btb

THAILAND: Auf dem Fluss Kok gleitet ein Kanu. Am Ufer ziehen Opiumfelder vorüber. Ein Mann hat die Zivilisation hinter sich gelassen, um ins Goldene Dreieck zu gelangen. Es ist eine Reise zu sich selbst und ein Versuch, die schreckliche Tat aufzuarbeiten, die ihn verfolgt. Der Mann in dem Kanu ist Ex-Kriminalkommissar Tom Stilton.

STOCKHOLM: Die junge Polizistin Olivia Rönning ist mit einem Mord befasst, der Schweden in Atem hält. Eine ganze Familie wurde kurz vor der Fahrt in die Winterferien in ihrem Auto brutal ermordet. Ein Mann ist verdächtig, der auch verurteilt wird. Nur Olivia zweifelt an seiner Schuld. Welche Rolle spielt Tom Stilton in der Sache?

CILLA UND ROLF BÖRJLIND gelten als Schwedens wichtigste und bekannteste Drehbuchschreiber für Kino und Fernsehen. Ihre mittlerweile sechsbändigen Serie um Polizistin Olivia Rönning und Kommissar Tom Stilton wurde sehr erfolgreich für das ZDF verfilmt. Nach »Die Springflut«folgt demnächst die zweite Staffel. »Wundbrand« stand wochenlang auf Platz 1 der SPIEGEL-Bestsellerliste.

DIE RÖNNING/STILTON-SERIE BEI BTB

Die Springflut. Kriminalroman
Die dritte Stimme. Kriminalroman
Die Strömung. Kriminalroman
Schlaflied. Kriminalroman
Wundbrand. Kriminalroman
Kaltes Gold. Kriminalroman

CILLA
& ROLF BÖRJLIND

WUND BRAND

Kriminalroman

Aus dem Schwedischen
von Susanne Dahmann und Julia Gschwilm

btb

Es geht ein schöner Jüngling durch den Park,
es fehlt ihm an nichts.
Nichts?
Nichts, flüstert sein Hüter.

Nordthailand

Little Pluto rannte durch die pechschwarze Dschungeldunkelheit, Blut lief ihm über den Rücken, aus langen, tiefen Wunden, die er sich zugezogen hatte, als er sich unter dem Stacheldraht durchgeschoben hatte. Zum Glück hatte er den Plastiksack nicht verloren. Er hörte die Hunde hinter sich heulen, doch die würden ihn niemals einholen, er kannte diese Gegend in- und auswendig, auch im Dunkeln. Zwölf Jahre war er alt, vier davon hatte er hier gelebt. Nun rutschte er den nassen Lehmpfad zum Flussbett hinunter, die Hitze dampfte zwischen den Bäumen, und er spürte, wie die Fliegen über seinen Rücken krochen. Es war nicht mehr weit. Unten am Fluss würde er schneller vorankommen, noch ein paar hundert Meter über den Strand, dann war er in Sicherheit. Er blieb stehen, um Atem zu schöpfen. Die Hunde waren verstummt. Jetzt hörte er nur noch die gewohnten Geräusche, dazu das stille Murmeln des vorbeifließenden gelbbraunen Wassers. Er hob den Sack wieder an – leicht war er, trotz des gewichtigen Inhalts.

Wenn sie sparsam waren, würde es lange reichen.

Plötzlich wurde der Fluss von einem breiten, blaukalten Strahl durchschnitten. Little Pluto fuhr zusammen. Manchmal glitten hier düstere Schiffe mit ausgeschalteten Motoren vorbei, Boote mit gefährlichen Männern an Bord und mit starken Scheinwerfern auf der Suche nach den Jungs, die unter dem Stacheldraht durchgerobbt waren.

Doch dieses Mal nicht.

Die Wolken hatten sich verzogen und Platz für einen Vollmond mit intensiver Strahlkraft gemacht. Little Pluto atmete tief durch, sprang das letzte Stück vom Abhang nach unten und blickte dann wieder auf. Der mächtige alte Flusskahn lag weiter weg vom jetzigen Ufer, halb auf die Seite gekippt, und in der Dunkelheit sah er aus wie ein altes, verlassenes Geisterschiff. In den runden Gläsern der Bullaugen spiegelte sich das Mondlicht, die Lianen wucherten bis übers Deck und zu den Schornsteinen hoch. Die breiten Holzspanten waren leck geschlagen, und in den Ritzen wuchs graugrünes Moos. Little Pluto betrachtete den Kahn.

Contamana.

Sein Zuhause.

Vorsichtig kletterte Little Pluto das Fallreep hinauf, er wusste ganz genau, welche Tritte knarzten und auf welche er nicht treten durfte. Auf keinen Fall wollte er Decha wecken. Barfuß schlich er mit dem Plastiksack in der Hand über das harte Holzdeck. Die Wunden auf dem Rücken brannten, doch daran dachte er kaum.

Er hatte es geschafft.

Er kam bis zur Kajüte ganz hinten, dann drehte er sich um. Keine Bewegung, kein Laut von Decha. Gut. Die Tür zur Kajüte war angelehnt, und ein paar Jungs in seinem Alter warteten direkt dahinter. Vermutlich hatten sie ihn schon unten am Fluss erspäht. Er ging rein, und sie schoben die Tür hinter ihm zu. Drei Jungs, unterschiedlich groß, mit mageren Leibern, in kurzen, schwarzen Hosen. Auf dem Boden brannte eine Kerze, vier Matratzen lagen entlang der Kajütenwände, und unter dem Bullauge stand ein rechteckiger Käfig. Der Schein der Kerze spiegelte sich in der harten Panzerschale des Insassen. Ein Schuppentier, die Jungs hatten es gestern im Dschungel gefangen. Erwischte man unten in Chiang Rai die richtigen Leute, dann ließ sich so etwas für viel Geld verkaufen.

»Tut es weh?«, flüsterte einer der Jungs, der den Rücken von Little Pluto gesehen hatte.

»Es brennt.«

Ein anderer Junge wischte ihm vorsichtig mit einem kleinen Lappen das Blut vom Rücken. Es schmerzte, aber Little Pluto riss sich zusammen und machte keinen Mucks.

»Danke«, sagte er und drehte seinen Plastiksack herum.

Der dunkle Fußboden war mit einem Mal voller roter Mohnblumen mit Samenkapseln, und einen Moment lang schauten alle nur nach unten. Sie wussten, dass die schönen Mohnblumen mit einer Welt lockten, die dunkler war als die Nacht, mit Reisen ohne Raum und Zeit. Ihr Puls hatte sich bereits beschleunigt. Vor dem Schritt in die Mohnnacht waren alle immer extrem angespannt, und ein paar von ihnen schwitzten schon stark. Little Pluto holte ein Stück Folie heraus und legte es auf den Boden. Jeder nahm sich eine Samenkapsel und zückte eine dünne Rasierklinge. Vorsichtig ritzten sie die Kapsel an zwei Seiten auf und ließen den roten Milchsaft auf die Folie tropfen. Als die Menge für alle reichte, sahen sie sich an und warteten. Sie hatten in vollkommener Stille gearbeitet. Dechas große Kajüte war nah. In manchen Nächten hörten sie sein Schnarchen übers ganze Deck, und dann war alles in Ordnung. In dieser Nacht war es ganz still.

Nach einer Weile erstarrte der Saft.

Little Pluto griff nach dem bereitliegenden kurzen Plastikstrohhalm, und einer der Jungs schob die Kerze unter die Folie. Schnell stiegen Dämpfe auf.

»Jetzt jagen wir den Drachen«, flüsterte Little Pluto, steckte den Strohhalm in den Mund und begann, die Dämpfe einzuatmen. Er hatte die Blumen besorgt, er durfte anfangen. Gleich würde der Strohhalm weiterwandern.

Als Little Pluto genug vom Drachen eingesogen hatte, sank er auf seine Matratze. Sie war hart und dünn, aber daran war er gewöhnt. Außerdem war er jetzt auf dem Weg an ganz andere Orte als den Kajütenboden, Orte, die er nur in der Mohnnacht besuchen konnte.

Orte, an denen die Erinnerung an ein brennendes, schreiendes Baby im Rauch des Drachen verschwand.

Als sich viele Stunden später Wolken über den Mond schoben, war die Kerze heruntergebrannt und der Drachen davongeschwebt. In der Kajüte blieben vier Jungs auf vier dünnen Matratzen zurück. Einer von ihnen, Little Pluto, war mit dem Daumen im Mund neben dem Käfig des Schuppentiers eingeschlafen.

Morgen würde er sich wieder erinnern müssen.

Wie immer wurden die Bewohner von Stockholm von Kälte und Schnee völlig überrascht. »Was zum Teufel ist das denn? Mitten im Winter!« Ein paar Stunden sorgte Glatteis für kilometerlange Staus an den Einfallstraßen zur Stadt, sodass die Leute aus ihren Autos ausstiegen und zu Fuß weitergingen. Je mehr Schnee fiel, desto mehr Straßen wurden auch in der Innenstadt blockiert, und die Katastrophenmeldungen nahmen zu. »Der schlimmste Winter seit Menschengedenken!« Allerdings reichte das Menschengedenken der Medien oft nicht mehr als ein paar Jahre zurück.

Doch es herrschten Schnee und Kälte, bis minus zwanzig Grad in der Nacht, Tankstellen und Läden hatten bald kein Glykol und kein Holz mehr zu verkaufen, und die Menschen, die sich rauswagten, spürten, wie der Frost ihnen ins Gesicht schlug.

So sah es auch draußen in Gribbylund in Täby aus.

Es war 7.00 Uhr morgens am 24. Februar, und ein Schneepflug tat sein Möglichstes, alle falsch geparkten Autos in Schneewehen zu verwandeln. Der Wachmann, der für die Ladenzeile in der Nähe zuständig war, versuchte sich aufzuwärmen, indem er seine Arme um sich schlang, und er fluchte, weil er die Schicht getauscht hatte. Der alte Mann, der von seinem Schoßhund in die weiße Hölle gejagt worden war, weil der Köter dringen kacken musste, entschied sich dafür, Schnee über die Hinterlassenschaften zu schieben, denn wenn er eine Tüte rausgeholt hätte, wären die Finger vielleicht in der weißen

Pracht stecken geblieben. Als er den Tatort verließ, knirschte es unter seinen Füßen, und sein keuchender Atem stand ihm wie eine Rauchsäule vorm Mund. Er sah zu den Einfamilienhäusern hinüber und bemerkte einen Mann, der den Kofferraum seines schwarzen Audi aufklappte. Der Wagen stand vor der Garage, aus der Motorhaube schlängelte sich das Kabel für die Wärmedecke.

Der Hundebesitzer winkte seinem Nachbarn zu, der ihn aber nicht sah, sondern grußlos durchs Gartentor marschierte und den Briefkasten aufklappte. Die Morgenzeitung war nicht gekommen. An einem solchen Tag wie heute muss man dafür wohl Verständnis haben, dachte er und kehrte zu seinem Auto zurück. Er hieß Kaj Brovall und würde mit seiner Familie in die Skiferien nach Sälen fahren. Seine Frau und er hatten es geschafft, sich eine Woche freizuschaufeln, um Zeit mit ihrer Tochter zu verbringen.

Wertvolle Zeit.

Alles war vorbereitet, und er wollte so schnell wie möglich los. Angesichts der aktuellen Verkehrslage konnte sich eine Woche Skiurlaub nur allzu leicht in eine Rutschpartie auf dem Rodelhügel verwandeln, deshalb hatte er es eilig. Er kehrte in das gelb gestrichene Holzhaus zurück, um seine Frau und seine Tochter ein bisschen anzutreiben. Vor allem seine Tochter, denn seine Frau war schon angezogen und startklar, sie wollte nur noch die letzten Mails abarbeiten. Tochter Ida war da schon ein schwererer Fall. Sie war sechzehn und bewegte sich in dem für dieses Alter typischen Tempo, mit dem dazu passenden Zeitgefühl. Während ihr Vater die Ansage: »Wir müssen spätestens um sieben los!« wortwörtlich so meinte, sah sie das ganz anders. Sieben war ein Richtwert, eine Zeit, die man anpeilte, um langsam in die Gänge zu kommen. Sie war immer noch erst halb angezogen, als Kaj in ihr Zimmer kam, und außerdem damit beschäftigt, sich wortreich mit ihrem Freund Sebastian auf Facetime zu unterhalten.

»Ich komme ja schon, Papa!«

Ida seufzte und betonte *komme* auf eine Weise, dass Kaj doch bitte begreifen möge, wie unmöglich er war, wenn er sie *immer* so stresste. Also biss er die Zähne zusammen und ging zum Arbeitszimmer.

Er ließ einen letzten Blick durch die Räume wandern, an denen er vorbeikam, und rückte ein paar Kissen auf dem Sofa zurecht. Das schön eingerichtete Haus zeugte sowohl von Geschmack als auch von Wohlstand. Er selbst war Wirtschaftsprüfer und seine Frau Staatsanwältin; das Haus hatten sie vom Erbe seiner Frau bezahlt und die Einrichtung wohlbedacht ausgesucht.

Ein Traumhaus, fand er.

»Bist du langsam fertig?«

Er sah zu seiner Ehefrau Malin, die mit dem Rücken zur Tür saß. Sie war gerade im Begriff, den Mailaccount zu schließen und den Computer runterzufahren.

»Ja«, antwortete sie, ohne sich umzudrehen.

Kaj betrachtete ihren Rücken, oder besser gesagt, er dechiffrierte ihn – Malin war angespannt.

»Was ist?«, fragte er.

»Ich habe heute Nacht eine unangenehme Mail bekommen.«

Malin leitete gerade die Ermittlungen über eine mögliche Terrorzelle, vielleicht hatte die Mail etwas damit zu tun. Auch wenn sie es nicht genau wusste, empfand sie den Text als bedrohlich.

»Ist schon weitergeleitet«, sagte sie. »Alles in Ordnung.«

Malin drehte sich um und lächelte ihren Mann an.

»Schön«, erwiderte er.

Und dachte: Ich werde es ihr noch nicht erzählen, das verschieben wir auf nach dem Urlaub.

»Wie weit ist Ida?«, fragte Malin.

»Ich hab versucht, sie ein bisschen anzutreiben, denn wir müssen jetzt wirklich los. Auf den Straßen herrscht absolutes Chaos, wir werden lange brauchen.«

Malin nickte, stand auf und rief:

»Ida!!«

Sie war das Getrödel ihrer Tochter genauso leid wie Kaj, zeigte aber doch ein wenig Verständnis. In diesem Alter hatte man einfach einen anderen Rhythmus im Körper, bei ihr war das nicht anders gewesen, auch wenn man damals noch nicht die halbe Nacht damit zubrachte, sich in den sozialen Medien herumzutreiben und so viele Kommentare wie möglich abzusondern. Und dann den Rest der Nacht mit dem Freund auf Facetime abzuhängen. Malin hatte den Verdacht, dass die beiden auch miteinander online verbunden blieben, wenn sie schliefen, und das gefiel ihr nicht. Sie fand, Sebastian wirkte ein bisschen wie ein Kontrollfreak, und sie hatte auch schon versucht, mit ihrer Tochter darüber zu sprechen. Natürlich war Ida furchtbar wütend geworden. Sie warf ihr vor, sich in Sachen einzumischen, von denen sie keine Ahnung hatte, um sich dann in ihrem Zimmer zu verbarrikadieren.

Und Sebbe anzurufen.

Malin hatte das Thema ruhen lassen, doch ihr Misstrauen war geblieben.

»Wir brechen jetzt auf!«, rief Kaj auf dem Weg zur Haustür in Richtung von Idas Zimmer. Für die lange Fahrt hatte er sich halbwegs bequeme Klamotten angezogen, und jetzt musste er nur noch das letzte Paket Skier zum Auto bringen. Alles, was ihnen möglicherweise noch an Ausrüstung fehlte, konnte man in Sälen leihen.

Kaj ging mit den Skiern in der Hand raus zum Auto, schob sie in die Dachbox. Eine geniale Erfindung, dachte er, als er die Box zuklappte. Malin kam auch schon, sie hatte ihre Daunenjacke über dem Arm und eine Plastiktüte mit Essen in der Hand, damit sie die ersten hundert Kilometer ohne Pause überstehen würden. Ida hatte die Angewohnheit, sowie sie auf der Autobahn waren, »einen Jibber auf irgendwas« zu kriegen.

Kaj setzte sich hinters Steuer und zog die Fahrertür zu. Malin öffnete die Beifahrertür.

»Ich will vorne sitzen! Bitte!«, machte Ida sich bemerkbar, die eben die Haustür zugeknallt und abgeschlossen hatte. »Ich merk schon, wie mir schlecht wird!«

Malin trat einen Schritt zurück. Sie wusste, dass Ida manchmal beim Autofahren übel wurde, vor allem dann, wenn sie sich damit einen angenehmeren Platz ergaunern wollte.

Aber was tat man nicht alles für seine einzige Tochter.

Malin hielt Ida die Tür auf, die jetzt in Zeitlupe mit Kopfhörern in den Ohren und Handy in der Hand zum Auto geschlendert kam. Sie trug Jeans und einen dünnen Pullover, der schräg über die eine Schulter gerutscht war. Als sie sich neben Kaj auf den Sitz warf, sah er sie an.

»Aber, Ida …!«

Da Ida immer noch mitten im Gespräch mit ihrem Freund war, reagierte sie nicht.

»Wo hast du denn den Rest?«, fragte Kaj. »Die Jacke, die Schneehose? Du musst doch …«

»Ich hab alles eingepackt«, sagte Malin, ehe sie die Beifahrertür zuschlug und Anstalten machte, selbst hinten einzusteigen. »Alles in Ordnung.«

Kaj schüttelte leicht den Kopf und drehte den Zündschlüssel herum.

Die Explosion erfolgte unmittelbar und war verheerend.

Das Auto der Familie Brovall wurde in Stücke gerissen, Teile des Kühlers pflügten eine zehn Meter lange Schneise in den Schnee, die Dachbox flog quer über die Straße und zerschlug in einem gegenüberliegenden Haus eine Scheibe, eine Schneewehe wurde mit Blut bedeckt, und eine Feuersäule stieg prasselnd aus der auseinandergerissenen Karosserie in die kalte Luft hinauf.

Und dann wurde es still.

Lähmend still.

Das Einzige, was man noch hörte, war das Knistern des Feuers im Wrack.

Sie versucht, ihr Kind über der Oberfläche zu halten, doch der kleine Körper gleitet ihr aus der Hand und sinkt nach unten, nein, er sinkt nicht, sondern wird runtergesogen. Blau, Rot, Gelb, Grün – Farben umschließen ihren Körper und ziehen ihn unbarmherzig mit sich in die Tiefe. Rund? Die Farben sind rund, und sie drücken sich an sie, schließen sie ein, verschlucken sie, sanft, aber gleichzeitig erstickend. Schwer, Luft zu holen. Sie muss hoch. Hoch zu ihrem Kind. Es ist doch so klein. Kommt allein nicht klar. Panik wallt auf. Sie tastet mit den Füßen. Es muss doch einen Boden geben. Es gibt immer einen Boden. Sie merkt, wie ihr Mund sich öffnet und zu einem Schrei formt, aber die Farben absorbieren die Stimme, ehe sie die Lippen überwinden kann, und es kommt kein Laut heraus. Sie muss rauf an die Oberfläche. Hilfe holen. Plötzlich löst sich der saugende Griff um ihren Körper, und sie kann sich wieder hochhieven. Zwischen den Farben glitzern Lichtfunken. Da! Da sind die Konturen des kleinen Körpers. Das Kind ist noch da oben! Es lebt! Es hüpft auf der Oberfläche aus runden Farben! Das Glücksgefühl gibt ihr die Kraft, sich nach oben durchzuschieben. Was ist das hier? Als sie endlich die letzten runden Farben beiseiteschiebt und ins warme Licht zurückkehrt, da sieht sie: ein Meer aus Bällen? Sie befindet sich in einem unendlichen Meer aus Bällen? Ein leises Jammern ist zu hören, sie wendet den Kopf, und gerade außerhalb ihrer Reichweite sieht sie ihr kleines Kind. Sie sieht, wie der flaumige Kopf des Babys langsam unter die Oberfläche aus Bällen sinkt, während sie selbst endlich Luft in die Lungen bekommen hat. Sie ruft und versucht verzweifelt, sich zu dem Kind hinzuarbeiten, doch sie kommt nicht vom Fleck. Sie sitzt fest. Wie in einem Schraubstock. Die Bälle haben sich wie nasser Sand um ihren Körper geschlossen. Hat meine Mutter das gefühlt?, denkt sie und sieht, wie das kleine Mädchen von derselben Kraft, gegen die sie eben gekämpft hat, ins Bällemeer gezogen wird. Sie sieht, wie ihre ungeborene Tochter von den Ballmassen verschluckt wird und in der Tiefe verschwindet. Eine kleine gestrickte hellgelbe Socke, die sich vom Fuß des Babys gelöst hat, bleibt noch ein Weilchen auf einem roten Ball, ehe auch sie weg ist.

Machtlos!

Warum bin ich so machtlos!

Das hartnäckige Klingeln ihres Handys riss Olivia schließlich aus dem Albtraum. Sie war schweißgebadet. Auf dem Display stand »Mette Olsäter«, das konnte sie gerade noch erkennen, ehe der Schirm wieder dunkel wurde.

Sie setzte sich im Bett auf. Es war ein wiederkehrender Traum, doch zeigte er sich in unterschiedlicher Gestalt. Das Kind, das sie nicht zu retten vermochte. Ihr Kind, das beschlossen hatte, ihren Körper bereits nach zehn Wochen zu verlassen. Eine schwere Zeit. Sie hatte den ganzen Weg zurückgelegt: von der Überraschung, schwanger zu sein, und der Angst vor der Entscheidung, was sie tun sollte, bis zum Glück darüber, ein Kind zu erwarten.

Und am Ende dieses Weges war sie fast ein bisschen euphorisch gewesen.

Und dann kamen die Blutungen. Die Fehlgeburt. Jamie war im Krankenhaus dabei gewesen, hatte sie umarmt, getröstet. Er war gut gewesen. Und traurig.

Die erste Zeit nach der Fehlgeburt umarmten sie sich noch. Immerhin hatten sie die Entscheidung getroffen, gemeinsam Eltern zu sein, auch wenn die Schwangerschaft sie beide überrumpelt hatte. Doch sie war auch das Einzige, was sie verband, denn gefühlsmäßig hatten sie einander schon vor vielen Jahren verlassen. Der kleine Rückfall, der zur Zeugung führte, war nichts weiter gewesen als die Befriedigung eines akuten Bedürfnisses nach Nähe. Jetzt schrieben sie sich ab und zu kurze SMS, und Olivia musste mit ihren Albträumen allein klarkommen.

Sie drehte ihr klatschnasses Kissen herum. Was war da eigentlich in ihrem Unterbewusstsein los?

Ein Meer aus Bällen?

Sie langte nach ihrem Handy, dem älteren Modell von den beiden, die sie besaß. Es war 8.00 Uhr morgens, und es war Samstag. Ihr freier Tag. Und Mette rief auf dem Arbeitshandy an – aber sicher nicht, um eine Einladung zum Abendessen in ihrem gemütlichen Haus in Kummelnäs auszusprechen.

»Endlich!«, rief Mette.

Volles Adrenalin. Olivia hörte es schon an ihrer Stimme, die gellend klang und sich fast überschlug, was ungewöhnlich war. Mette war nicht der Typ, der sich unnötig aufregte. Denk an deinen Blutdruck, war sie versucht zu sagen, wusste aber, dass Mette dann nur sauer werden würde. Ihre Chefin hasste es, wenn jemand sie darauf hinwies, sie solle auf ihre Gesundheit achten.

»Was ist denn los?«, fragte Olivia.

»Hast du es noch nicht gehört?«

»Nein.«

Olivia wollte nicht extra darauf hinweisen, dass normale Menschen gern ausschliefen, wenn sie frei hatten.

»Eine Autobombe in Täby. Malin Brovall, du weißt, wer das ist, oder?«

»Die Staatsanwältin?«

»Ja. Sie und ihre Familie wollten in die Berge fahren, ihr Auto ist heute Morgen in der Einfahrt gesprengt worden. Es könnte sich um einen Terrorangriff handeln. Komm sofort her!«

»Bin schon unterwegs.«

Olivia drückte das Gespräch weg, warf die Decke ab und bereute es sofort. In ihrer Wohnung war es eiskalt, wie sie jetzt merkte, und zwar richtig eiskalt. Ihre Daunendecke und die Albträume hatten sie während der Nacht warm gehalten. Sie trat an die Heizung, gerade mal lauwarm, sie musste daran denken, mit dem Hausverwalter zu sprechen. Ein Blick aufs Thermometer vor dem Fenster verriet, dass draußen minus neunzehn Grad herrschten. Olivia sah hinaus. Der Himmel über Södermalm wirkte schuldbewusst grau und sonderte große, schwere Schneeflocken ab.

Ich hasse Kälte und Dunkelheit, dachte Olivia, als sie sich zitternd ins Badezimmer begab.

Eine Autobombe?

Ihre Haare waren immer noch nass, als sie durch den Hauseingang auf der Högalidsgatan trat. Bei den Temperaturen vielleicht nicht so schlau. Sie zog sich die Kapuze über den Kopf, schob die Hände in die Jackentaschen und stellte sich dem eiskalten Wind entgegen, indem sie den Kopf stur gesenkt hielt. Den Blick richtete sie auf ihre schwarzen Doc Martens-Stiefel, in denen sie im Schnee über den Bürgersteig schlitterte.

Die Haarspitzen waren schon zu Eis gefroren, als sie an der Långholmsgatan bei der Bushaltestelle ankam. Auf der Straße waren fast keine Autos unterwegs, abgesehen von einem Schneepflug, der noch mehr Schnee auf den Bürgersteig schaufelte. Sie musste zur Seite springen, um nicht niedergewalzt zu werden. Etwas weiter hinten bei der Västerbron sah sie, dass ein Bus in ein Geländer gerutscht war und mit allem blinkte, was ihm zur Verfügung stand. Kein guter Tag zum Busfahren, erkannte sie, und ging lieber zur U-Bahn.

Als sie schließlich den Flur in der Nationalen Operativen Abteilung NOA hinunterging, schien das ganze Haus schon vor Aktivität zu vibrieren. Alle liefen hin und her, und sie musste mehrmals ausweichen, um nicht mit einem Kollegen zusammenzustoßen, der im Laufschritt auf sie zukam. Endlich stand sie vor Mettes Tür, die angelehnt war. Olivia konnte hören, dass drinnen ein Fernseher lief.

Sie klopfte leise.

»Ja?«

Olivia trat ein. Mette stand zusammen mit Bosse Thyrén und schaute auf den Fernsehschirm an der Wand. Beide hatten zerzaustes Haar und standen mit leicht geröteten Wangen dicht beieinander. Wenn Olivia es nicht besser gewusst hätte, wäre sie peinlich berührt gewesen, vielleicht doch in eine intimere Situation zu platzen.

Doch so war es nicht.

Und sie wusste es genau.

Vor ihr standen zwei Kollegen, die ebenso wie sie viel zu früh an einem Samstagmorgen zum Einsatz gerufen worden waren, mit dem Unterschied, dass die beiden wahrscheinlich, um so schnell wie möglich vor Ort zu sein, auf eine Dusche verzichtet hatten, im Gegensatz zu ihr. Auf dem Fernsehschirm vor ihnen sah man einen einsamen Journalisten, der im Schneetreiben vor der Polizeiabsperrung beim Haus der Familie Brovall in Täby stand. Im Hintergrund war das ausgebrannte Fahrzeug zu erkennen, um das herum die Polizei fieberhaft arbeitete. Der Reporter interviewte eine Polizeisprecherin, die keine konkreten Informationen über das Ereignis zu bieten hatte. Sie verwies auf eine bald stattfindende Pressekonferenz.

Mette drehte die Lautstärke herunter und wandte sich Olivia zu.

»Das hat gedauert. In zehn Minuten ist Besprechung.«

Kaum hatte Mette den Satz beendet, da kam schon Lisa Hedqvist zur Tür herein. Sie nickte Olivia leicht zu, dann wandte sie sich an Mette.

»Ich glaube, jetzt sind alle da.«

»Gut. Hast du darauf geachtet, dass Computer und Bildschirm funktionieren?«

»Ja.«

Mette fuhr sich durch das zerzauste, ungekämmte Haar und zog ihr Hemd ein wenig über den Bauch herunter, um einen so ordentlichen Eindruck wie möglich zu machen. Sie hatte den Blick schon vergessen, den ihr geliebter Mann Mårten ihr am Morgen zugeworfen hatte, ehe sie zu dem wartenden Wagen hinausgeeilt war. Pensionierung in allen Ehren, aber die musste jetzt noch ein bisschen länger warten. Wenn man gebraucht wurde, dann war es eben so. Vor exakt zwei Stunden und siebenundzwanzig Minuten waren Staatsanwältin Malin Brovall und ihre Familie in die Luft gesprengt worden.

Mette stand bereit herauszufinden, warum.

Das Gemurmel in dem vollbesetzten Raum verstummte, als Mette zusammen mit ihrem engsten Kreis eintrat. Hier waren einige der besten Ermittler versammelt, die die NOA zu bieten hatte, zudem noch eine Reihe von Spezialisten auf den unterschiedlichsten Gebieten. Dazu die beiden Streifenpolizisten in Uniform, die als Erste am Tatort angekommen waren. Ein Mann und eine Frau, und sie sahen nach dem, was sie erlebt hatten, erschöpft und mitgenommen aus. Beide hatten noch Ruß im Gesicht und auf den Kleidern. Mette richtete sich zuallererst an sie und bat sie, allen Anwesenden den Verlauf der Ereignisse zu schildern.

Polizeiassistentin Göransson ergriff das Wort. Sie hatten sich wegen eines möglichen Einbruchs mit ihrem Streifenwagen bei Täby Centrum befunden, als sie um 7.18 Uhr über 112 alarmiert wurden. Eine Nachbarin der Familie Brovall war von der Explosion aufgewacht und hatte den Notruf abgesetzt. Während des Gesprächs mit der Notrufzentrale stellte sich heraus, dass ein Auto auf der Garagenauffahrt der Familie Brovall am Furuvägen in Gribbylund explodiert war. Die Polizisten waren binnen sieben Minuten dort, und kurz darauf kamen auch Feuerwehr und Krankenwagen. Ihnen bot sich ein schrecklicher Anblick. Das Auto brannte immer noch. Die schockierte Nachbarin, die angerufen hatte, war im Morgenmantel rausgerannt, um Erste Hilfe zu leisten. Als die Polizei eintraf, saß sie im Schnee, hatte Malin Brovalls Kopf auf ihrem Schoß und wiegte sie hin und her. Sie war voller Blut und völlig unterkühlt. Ein älterer Mann lief mit einem kleinen Hund auf dem Arm den Bürgersteig auf und ab und weinte. Mehrere weitere Nachbarn waren aus ihren Häusern gekommen und hatten versucht, das Feuer zu löschen.

Doch es war zu spät.

»Kaj Brovall muss auf dem Fahrersitz gesessen haben«, erklärte Göransson, »sein Körper war völlig zerfetzt, er muss sofort tot gewesen sein. Die Tochter Ida saß neben ihm auf dem Beifahrersitz und starb wahrscheinlich auch sofort, aber ihr Körper war etwas intakter. Malin Brovall wies leichte Vitalzeichen auf und wurde umgehend ins Krankenhaus Danderyd gefahren. Genau wie die unter Schock stehende Nachbarin, die noch nicht ordentlich befragt werden konnte.«

»Das heißt, Malin Brovall befand sich wahrscheinlich außerhalb des Wagens, als er explodierte?«, erkundigte sich Mette.

»Ja, oder sie war gerade dabei, sich reinzusetzen. Nach den Spuren im Schnee zu urteilen, hat die schockierte Nachbarin Malin Brovall ein Stück vom Auto weggezerrt, um sie vor den Flammen zu retten.«

Mette tippte auf dem Computer vor sich herum, und dramatische Fotos vom Tatort erschienen auf dem Bildschirm hinter ihr.

»Sind das die Bilder, die ihr vor Ort gemacht habt?«, fragte sie.

»Ja, gleich nachdem Malin Brovall und die Nachbarin weg waren.«

»Da ist noch nichts abgesperrt.«

»Das ist sofort danach geschehen.«

Die Polizeiassistentin sah zu ihrem Kollegen, der nickte.

»Ja, das mit den Absperrungen haben wir erledigt, nachdem wir uns um die akuten Sachen gekümmert hatten«, ergänzte er.

»Das heißt, bis dahin konnten sich viele Menschen um das Auto herum bewegen?«, hakte Mette nach.

»Ja, als Tatort ist das Ganze ziemlich kontaminiert. Sowohl von Rettungspersonal als auch von Nachbarn. Und vom Schnee. Aber die Techniker kamen schon, als wir noch da waren.«

Die Streifenpolizisten von der Polizei Täby wurden von Mette und ihren Kollegen noch weiter befragt, ehe sie endlich den Raum verlassen und sich nach diesem traumatischen Erlebnis um sich selbst kümmern durften. Sie hatten sich ausgezeichnet verhalten, fand Mette, sowohl vor Ort als auch bei ihrer Berichterstattung.

»So, jetzt fängt unsere Arbeit an«, stellte sie fest, als die beiden gegangen waren. »Wir stehen im Rampenlicht vor der Öffentlichkeit und müssen extrem effektiv sein. Und ich möchte, dass die Ermittler sich folgendermaßen aufteilen.«

Mette drückte erneut auf eine Computertaste, und auf dem Großbildschirm hinter ihr erschien eine Einteilung in Gruppen von A bis F.

»Wie ihr wisst, ist Malin Brovall Staatsanwältin. Momentan war sie mit einer möglichen Terrorzelle befasst, einer Gruppe radikalisierter junger Männer, die schon eine ganze Weile vom Staatsschutz beobachtet werden. Ich habe alles Material zu dieser Ermittlung von der Säpo angefordert. Soweit wir wissen, hat Malin Brovall heute Nacht eine Drohmail erhalten, die sie heute Morgen an ihren Chef weitergeleitet hat. Es ist noch nicht geklärt, wer diese Mail geschickt hat, aufgrund ihrer Untersuchungen könnte eine Verbindung zu der aktuellen Terrorzelle bestehen. Deshalb umfasst die Gruppe A, die sich auf die Hauptspur, die Terrorverbindung, konzentriert, so viele Mitarbeiter. Gleichzeitig müssen wir aber breit und vorurteilsfrei arbeiten. Jeder Stein muss umgedreht werden.«

Mette erklärte weiter, worauf sich die unterschiedlichen Gruppen konzentrieren sollten. Olivia bemerkte mit einem Blick, dass Lisa und sie in Gruppe F gelandet waren.

Die letzte Gruppe.

Und nur sie beide.

Sie sah verstohlen zu Lisa, die ihren Blick bemerkte und etwas resigniert mit den Schultern zuckte. Keine von beiden begriff, warum sie vom Auge des Orkans ferngehalten wurden. Nun wandte sich Mette ihnen zu.

»Ich möchte noch betonen, dass die Gruppeneinteilung und die wenig originellen Namen keinerlei Wertung oder Rangordnung bedeuten. Das musste alles ziemlich schnell gehen heute, ich hoffe, ihr versteht das.«

Mettes Blick suchte stille Bestätigung bei Olivia. Sie registriert einfach alles, dachte Olivia, sogar, was man denkt. Und dann nickte sie Mette unmerklich zu, um zu zeigen, dass sie verstand.

»Nun schließlich Gruppe F: Olivia Rönning und Lisa Hedqvist. Ich möchte, dass ihr etwas freier, ohne jegliche Festlegungen arbeitet. Sucht nach möglichen Alternativen oder Szenarien, geht alte Fälle durch, mit denen Malin Brovall befasst war, und so weiter. Ist das klar?«

Lisa und Olivia nickten.

»Gut«, sagte Mette. »Jede Gruppe hat einen Gruppenleiter, der an mich berichtet. Wir werden uns jeden Tag jeweils um 9.00 Uhr und um 15.00 Uhr hier versammeln, und ich möchte, dass ihr vor jeder Besprechung eure Smartphones draußen in die Schränke einschließt. Wir benutzen ausschließlich unsere internen Arbeitstelefone. Aus diesem Raum darf nichts herausdringen. Absolut gar nichts. Ich halte gemeinsam mit dem Chef der Gruppe A, Bosse Thyrén, die Kollegen von der Säpo auf dem Laufenden.«

Mette sah auf ihre schwarze Armbanduhr.

»In fünf Minuten findet die Pressekonferenz statt, wir schalten den Großbildschirm ein, sodass alle die Sendung verfolgen können. Danach fahren Bosse, Ellinor und ich zum Tatort raus. Wir sehen uns um 15.00 Uhr wieder. Danke!«

Mette klickte die Seite mit der Gruppeneinteilung weg. Im Raum hob das Murmeln wieder an. Lisa fing an, auf dem Computer die Fernsehsendung einzustellen. Olivia ging hin, um ihr zu helfen, als plötzlich ein dunkel gekleideter Mann, den niemand kannte, in der Tür stand und Mette zuwinkte. Sie ging zu ihm und warf einen Blick über ihre Schulter, ehe sie zusammen in den Flur hinaustraten. Olivia sah ihnen nach und fragte Lisa:

»Wer war das?«

»Keine Ahnung.«

»Säpo«, flüsterte Bosse, der plötzlich neben ihnen aufgetaucht war, »Staatsschutz.«

Er lächelte.

»Ich habe sie nicht bestochen, um in Gruppe A zu kommen«, fuhr er fort.

»Nicht?«

Lisa erwiderte sein Lächeln. Da kam Mette wieder in den Raum. Ohne den Säpo-Mann. Das ging ja schnell, dachte Olivia und fand, dass Mette etwas bestürzt wirkte.

Erst sehr viel später würde sie verstehen, warum.

Jetzt räusperte sich Mette erst mal, um die Blicke aller Anwesenden auf sich zu ziehen.

»Ich muss noch einmal um eure Aufmerksamkeit bitten.«

Sie schaute auf ihre Hände herab, die sie vor sich gefaltet hatte, und es sah aus, als müsse sie sich einen Ruck geben, ehe sie aufsah und den Blick in den Raum richtete.

Sie sah alle und gleichzeitig keinen an.

»Ich muss leider mitteilen, dass auch Malin Brovall ihren Verletzungen erlegen ist.«

Mette senkte den Kopf.

*

Der Mann hielt ein fleckiges kleines Stück Stoff in der Hand, sein Fernseher stand in einem Bücherregal, und er schaute auf den Bildschirm, während er einen Pinsel mit dem Stoffstückchen abwischte. Da lief eine Pressekonferenz über eine Autobombe in Täby. Als er fertig gewischt hatte, schaltete er den Fernseher aus, nahm einen Bleistift zur Hand und öffnete das kleine Tagebuch auf dem Tisch vor sich. Auf eine leere Seite schrieb er in sehr schöner Handschrift: »Malin Brovall zu Tode gesprengt.«

Er schrieb noch einen weiteren Satz, dann ging er ins Atelier und schaltete die Neonröhre an der Decke ein. Er spürte, wie die Kopfschmerzen stärker wurden, bald würde er dort sein. Er kontrollierte, dass die Farbtuben bereitlagen, drei schwarze, eine blaue und vier in Ockergelb.

Malin Brovall?

Er sah das Gesicht seiner Mutter vor sich, die Tränen auf den Wangen, wie sie versuchte, einen trockenen Keks zu kauen. »Nichts hört auf«, sagte sie.

Er sah auf den Pinsel in seiner Hand.

Ihre Rippen, dachte er und drückte einen kurzen Strang Ocker auf die weichen Borsten.

*

Gruppe F war Kaffee fassen gegangen und hatte sich dann in dem Büro eingerichtet, das ihr zugeteilt worden war. Zwei Schreibtische, ein fast leeres Bücherregal in Birke, viel mehr war es nicht. Gemütlichkeitsfaktor nicht existent, aber deshalb waren sie ja auch nicht hier. Draußen vorm Fenster schneite es wie verrückt, drinnen im Büro herrschte dieselbe Aktivität wie bei den anderen Gruppen. Sie warteten auf das Material, das sie zuerst durchgehen wollten.

Malin Brovalls alte Fälle.

Olivia sah zu Lisa, die auf ihren heißen Kaffee blies. Wieder waren sie beide zusammengeworfen worden. Es hatte eine Zeit gegeben, als das nicht ohne Probleme gegangen war, doch die hatten sie überwunden. Inzwischen arbeiteten sie gut zusammen. Es war nicht so, dass sie nach der Arbeit noch was gemeinsam unternahmen, und Olivia hatte Lisa auch nicht von ihrer Fehlgeburt erzählt, doch davon wusste außer Jamie sowieso niemand.

Fast niemand. Luna noch, die Lebensgefährtin von Tom Stilton.

Luna wiederum hatte die Erlaubnis erhalten, Tom davon zu erzählen, aber da verlief die Grenze. Nicht einmal ihre Mutter wusste Bescheid. Sie hatte niemandem von der Schwangerschaft erzählen wollen, ehe die obligatorischen drei ersten Monate um waren. Und nachdem es passiert war, hatte es sich besser angefühlt, mit niemandem zu reden. Was geschehen war, betraf sie und Jamie, sie hatten gemeinsam getrauert. Nach außen war Olivia nach ein paar Tagen »Magen-Darm« wieder zur Arbeit gegangen.

So waren ihr die mitleidigen Blicke der Kollegen erspart geblieben.

Auch die von Lisa.

»Man hat ein bisschen den Eindruck, aufs Altenteil verfrachtet worden zu sein«, meinte Lisa und stellte die heiße Tasse Kaffee mit dem FBI-Logo auf den Tisch.

Die Tasse hatte sie von einem Kollegen bekommen, der in der Terrorfinanzierung arbeitete, und sie liebte die Tasse, niemand anders durfte sie anrühren. Olivia selbst besaß keine Lieblingstasse, nicht einmal eine, auf der »Polizei Stockholm« oder »NOA« stand. Sie hatte eine von Mette übernehmen dürfen, auf der »Die beste Oma der Welt« stand, was natürlich immer noch eine Steilvorlage für Kommentare war.

»Da kann man nur gute Miene machen«, antwortete Olivia. »Ich behaupte einfach mal, dass wir auserwählt wurden, weil wir diejenigen sind, die am besten ohne Scheuklappen denken.«

Lisa lächelte.

Sie hatte wirklich gelernt, ihre Kollegin zu mögen, und Olivia war im Laufe der Zeit, die sie mittlerweile schon zusammenarbeiteten, entschieden gereift. Lisa war aufgefallen, dass Olivia vor einer Weile eine harte Zeit gehabt hatte, und sie hatte auch einen Verdacht, worum es dabei gegangen war. Gesagt hatte sie aber trotzdem nichts. Olivia besaß eine besondere Integrität, vor der Lisa ziemlich Respekt hatte. Sie wusste aber auch, dass sie zuverlässig war. Ja, eigentlich vereinte Olivia alle Eigenschaften, die Lisa bei einer Freundin mochte, doch sie waren keine Freundinnen, nicht wirklich jedenfalls, sie waren Kolleginnen, die sich inzwischen sehr gut verstanden.

»Okay, dann sehen wir es mal so«, erwiderte sie. »Wir sind die supertolle, auserwählte Ermittlergruppe mit dem großen F. Und – wo fangen wir an?«

»Ich denke mal in der Gegenwart, und dann arbeiten wir uns zurück.«

Olivia nahm einen Schluck aus ihrer Tasse und merkte, dass sie keine Zeit für ein Frühstück gehabt hatte. Der starke Kaffee brannte im Magen.

»Gab es im Besprechungsraum was zu essen?«, fragte sie.

»Ich glaube, die wollten Butterbrote bestellen, ich kann gehen und nachsehen, wenn du willst.«

Lisa erhob sich.

»Ich kann selbst gehen«, meinte Olivia.

»Nein, kein Problem«, antwortete Lisa und zeigte auf ihren

Arm. »Ich brauche Strecke auf meinem Schrittzähler, ich gehe also gern. Mein Gefühl ist nämlich, dass wir hier noch eine ganze Weile stillsitzen müssen.«

Lisa verließ den Raum, und Olivia blickte aus dem Fenster in den Schnee. Irgendwie muss ich es noch schaffen, einen zusätzlichen Heizkörper zu kaufen, dachte sie. Die Hausverwaltung wird frühestens am Montag wieder erreichbar sein, und bis dahin bin ich längst erfroren. Der Rechner gab ein Geräusch von sich. Eine größere Anzahl Dokumente war in ihrem Eingangskorb gelandet. Sie klickte sie an und begann sie auszudrucken.

Lisa kam mit zwei in Plastikfolie eingewickelten Käsebrötchen zurück, von denen sie eines Olivia gab. Alles andere als tagesfrisch – das wurde ihr schnell klar, als sie reinbiss, aber das musste jetzt reichen.

»Was, wenn die Tat sich gar nicht gegen Malin Brovall richtete? Sondern gegen ihren Mann?«, schlug sie vor.

Olivia redete an dem schwer zu kauenden Brötchen in ihrem Mund vorbei.

»Er war Wirtschaftsprüfer. Bringt man so Revisoren um?«, antwortete Lisa, während sie mit angeekelter Miene ein schlappes Salatblatt aus ihrem Brötchen entfernte.

»Möglich. Wenn man von seinem Abschluss enttäuscht ist oder wenn man ungesetzliche Transaktionen durchgeführt hat? Wir müssen ihn auch kontrollieren.«

»Absolut. Und die Tochter Ida.«

»Wie alt war sie?«

»Sechzehn.«

»Aber lass uns mal damit anfangen, das hier durchzupflügen«, meinte Olivia und zeigte auf den Drucker, der ein Papier nach dem anderen ausspie.

»Ich glaube, ich fange mit dem Wachmann an«, sagte Lisa.

»Okay. Warum?«

»Der war diese Nacht da, nur ein Stück weit von Brovalls Haus entfernt. Weißt du, wie die Wachfirma heißt, für die er arbeitet?«

»Nein.«

Lisa rief die Ordnungspolizei an und bekam den Namen. »Stockholms Wachunternehmen«. Sie rief dort an und erhielt den Namen des Wachmanns, der laut Arbeitsplan die Schicht gehabt hatte. Bengt Näs. Als sie Näs persönlich erreichte, war sie ein wenig irritiert, denn er hatte diese Nacht gar nicht gearbeitet.

»Wer dann?«

»Das war Anders.«

»Anders wer?«, fragte Lisa.

»Grytman. Wir haben getauscht.«

»Aha. Und warum?«

»Ich musste mich um den Jungen kümmern, liegt mit Ziegenpeter flach, und die Frau hatte Nachtdienst im Söderkrankenhaus«, erklärte Bengt.

»Verstehe. Haben Sie eine Nummer, unter der ich Grytman erreichen kann?«

Näs gab sie ihr, und kurz darauf hatte Lisa auch Anders Grytman an der Strippe.

»Sie haben diese Nacht offenbar mit Bengt Näs die Schicht getauscht, stimmt das?«, fragte sie.

»Ja.«

»Warum, wenn ich fragen darf?«

»Na ja, ich brauchte ein paar Extraschichten, ich bin finanziell ein bisschen hinterher, und Bengt hat mir geholfen«, erklärte Anders.

»Ach so? Er war also nicht mit einem kranken Kind zu Hause?«

»Nein. Wieso?«

»Inwiefern sind Sie finanziell ein bisschen hinterher?«, fragte Lisa.

»Muss ich dazu was sagen?«

»Ist es was Heikles?«

»Nein. Ich hab ein paar Spielschulden«, meinte Anders.

»Okay. Aber danke, Anders, wenn sich noch was ergibt, melden wir uns.«

Lisa beendete das Gespräch, drehte sich zum Bildschirm, loggte sich ein und jagte Anders Grytmans Namen durch den Computer. Sie fand einen Freispruch wegen einer geringfügigen Körperverletzung im Zusammenhang mit einem Kneipenstreit. Aus den Informationen ging auch hervor, dass er sporadische Kontakte zu den Bandidos in Stockholm pflegte und einen Wohnsitz in Pattaya in Thailand unterhielt.

Anders Grytman?, dachte Lisa.

Als Mette mit Bosse und Kriminalassistentin Ellinor Valbom vor dem Haus der Brovalls aus dem Auto stieg, verfluchte sie ihre Wahl des Schuhwerks. Vor lauter Stress hatte sie, nur um ein paar Sekunden zu sparen, am Morgen die gefütterten Lederstiefel zugunsten flacher Halbschuhe aufgegeben.

Was hatte sie sich dabei nur gedacht?

Draußen lag mindestens ein halber Meter Neuschnee.

Die Fahrt nach Täby hatte wegen der Verkehrslage ewig gedauert. Überall standen Autos herum, die von der Fahrbahn abgekommen waren, und die, die sich immer noch auf der Straße hielten, schlichen mit dreißig über die Autobahn. Somit hatten sie während der Fahrt einiges besprechen können und laufend Informationen von der Säpo erhalten, unter anderem über eine Anschrift in Märsta, wo einige der Terrorverdächtigen sich zeitweilig aufgehalten haben sollten. Mette hatte mit ihren Vorgesetzten einen Einsatz der Nationalen Eingreiftruppe, die in Bereitschaft lag, erwogen.

Eine Reihe steifgefrorener Reporter und Kameraleute überfiel sie, sowie Ellinor den Wagen zum Stehen gebracht hatte. Mette wies sie freundlich, aber bestimmt ab. In der derzeitigen Situation durfte nichts von dem, was die Polizei plante, von übereifrigen Journalisten aus ihnen rausgepresst werden. Mette hob das Plastikband hoch, und Bosse, Ellinor und sie duckten sich unter der Absperrung zum Tatort durch.

Die Arbeit der Kriminaltechniker wurde durch den starken Schneefall erschwert, und einige von ihnen waren dabei, auf der Jagd nach möglichen Spuren den Schnee um den Tatort wegzuschmelzen. Eine Sisyphusarbeit. Sowie der Brand gelöscht war, hatte man ein Zeltdach provisorisch über das Auto gestellt, doch der Schnee drückte das Dach schon herunter, sodass die Konstruktion schwankte. Soeben war die Entscheidung getroffen worden, das Auto so schnell wie möglich in die Räume der Kriminaltechnik zu bringen, um es dort noch einmal zu untersuchen.

Mette sah zu Brovalls Haus auf.

Vor vielen Jahren war sie ein paarmal zum Abendessen hier gewesen. Malin und sie waren Mitglieder im selben Leseclub gewesen, den ein paar Frauen, die sich durch die Arbeit kannten, gegründet hatten, um mal etwas anderes zu lesen als nur Gerichtsprotokolle, juristische Gutachten und Polizeiberichte. Der Club hatte ein paar Jahre lang bestanden, mit einigen bekannten und diversen vergessenen Schriftstellerinnen als Lektüre, und er bot einen willkommenen Anlass, bei gutem Essen und Wein zusammenzusitzen und sich zu unterhalten. Malin war besonders in die Bücher von Joan Didion verliebt gewesen, daran erinnerte sich Mette noch, aber warum der Leseclub eingeschlafen war, fiel ihr nicht mehr ein. Wahrscheinlich aus Zeitmangel.

Jetzt herrschte eine andere, fieberhafte Aktivität in dem Haus. Ellinor fragte bei den Polizisten nach, die an alle Türen in der Umgebung geklopft hatten, ob sie irgendwelche Informationen von Wert sammeln konnten. Bosse eilte durch den Schnee zu einem der Techniker, der bei dem ausgebrannten Wagen stand und einem zweiten Mann, der sich darunter befand und von dem nur ein paar grobe Stiefel herausschauten, ein Werkzeug reichte.

»Habt ihr die Bombenkonstruktion schon gefunden?«, fragte er die Stiefel.

»Kleine Reste davon, ist nicht viel. Aber sie war wahrscheinlich mit der Zündung verbunden.«

»Kannst du sagen, um was für einen Typ es sich handelt?«

Bosse beugte sich ein wenig zu dem Mann auf dem Boden herunter. Der wandt sich unter dem Wagen heraus und bürstete den Schnee von seinem Arbeitsoverall. Mette erkannte ihn sofort und kam dazu.

»Magnus! Der richtige Mann am richtigen Ort.«

»Fräulein Olsäter, lange her«, erwiderte Magnus und grinste Mette breit an.

Fräulein, dachte Bosse, wer zum Teufel darf sie ungestraft »Fräulein« nennen? Doch Mette reagierte nicht und erwiderte das Lächeln.

»Also, was sagst du?«, fragte sie. »Was haben wir hier?«

»Eine Bombe mit echter Sprengkraft, welchen Typs, darüber kann ich noch keine Aussage machen.«

»Wir haben Besprechung um drei, kannst du dabei sein?«

»Ja, klar. Ist nicht wahrscheinlich, dass ich bis dahin mehr Antworten bieten kann, aber ich kann zumindest berichten, was wir wissen.«

»Gut.«

Sie gingen weiter ins Haus, wo die Techniker fieberhaft arbeiteten. Bosse übernahm sogleich das Kommando und begann abzufragen, was man bisher gefunden hatte – und das war sehr wenig. Wegen der Mail, von der man bereits Kenntnis hatte, waren die Computer der Familie natürlich von großem Interesse. Man hatte schon versucht, sich einzuloggen, doch dafür brauchte man Spezialisten für die Passwörter, die aber bereits dran waren. Ansonsten gab es in dem Haus keine Anzeichen auf irgendwelche Vorkommnisse vor der Explosion. Alles war aufgeräumt und ordentlich, abgesehen vom Bett der Tochter, das nicht gemacht war.

Mettes Handy klingelte, und sie trat beiseite und außer Hörweite. Bosse beobachtete sie, sah, wie sie sich ein wenig aufrichtete und gestikulierte, ehe sie auflegte.

»Was?«, fragte er.

»Die Nationale Eingreiftruppe steht in Märsta vor dem Haus bereit. Es herrscht eine gewisse Aktivität in der Wohnung, sie werden also reingehen. Wir sollten deshalb zurückfahren.«

Als die Eingreiftruppe die Wohnung am Rudvägen in Märsta stürmte, fand man eine einzige Frau in Panik vor, die behauptete, sie sei die Putzfrau und solle laut Anweisung die Wohnung aufräumen und einen umfangreichen Umzugsputz machen. Eine Reihe Matratzen auf dem Fußboden zeugten davon, dass dort mindestens fünf Personen gleichzeitig geschlafen hatten. Ansonsten war alles leer. Die Eingreiftruppe verließ die Wohnung wieder und machte Platz für die Techniker.

*

Fünf Minuten vor 15.00 Uhr waren alle außer Mette im Besprechungsraum. Die Nachricht von dem missglückten Zugriff wurde wild diskutiert, als die Tür aufging und ein sehr kleiner Mann mit hellem, lockigen Haar und offenem Gesicht Mette den Vortritt ließ. Er fiel Olivia sofort auf, denn er betrat den Raum zwar nach Mette, blieb dann aber erst mal stehen und ließ den Blick über die Anwesenden gleiten.

Er besetzt das Terrain, wie es nur ein Mann mit sehr hoher Meinung von sich selbst tut, dachte Olivia, aber aussehen tut er richtig gut. Sie sah zu Lisa in der Hoffnung, mit ihr ein paar Blicke über den Bombenexperten austauschen zu können, doch die war in ein paar Papiere vor sich vertieft.

»Ich bitte um Ruhe.«

Mettes Stimme ließ wie gewöhnlich alle unmittelbar aufhorchen.

»Bevor wir beginnen, möchte ich Magnus Larsson vorstellen«, sagte sie. »Sprengmittelexperte. Der beste des Landes, möchte ich hinzufügen. Magnus wird uns berichten, was er und sein Team bisher über die Bombe und alles damit im Zusammenhang Stehende rausgefunden haben.«

Und das tat Magnus nun auf eine Weise, die Olivia viel zu tiefschürfend und ausgedehnt fand. Er redete, als würde er vor einer Kindergartenklasse stehen, die noch nie in der Nähe eines Tatorts gewesen war, und nicht vor den besten Polizisten des Landes.

Mansplaining, dachte sie.

Doch sie war seit eh und je daran gewöhnt, dass Männer ihr Selbstverständlichkeiten erklärten. Inzwischen hatte sie einen sehr guten Filter entwickelt, um das, was es wert war, durchzulassen – meist nur ein Bruchteil. Den Rest der Zeit widmete sie ihre Gedanken wichtigeren Dingen.

Als Magnus nach einer gefühlten Ewigkeit auf die Bombe an sich zu sprechen kam, begann er mit einem kleinen Vorbehalt.

»Wir wissen im Moment noch nicht exakt, mit welcher Art von Bombe wir es zu tun haben, doch eine weitgehend abgesicherte Vermutung ist, dass es sich um eine sehr einfache Konstruktion mit großer Sprengkraft handelt. Eine Konstruktion, die man leicht im Netz finden kann, zum Beispiel auf *Douchermans Chemistry page*.«

Magnus zeigte auf dem Großbildschirm die Webseite, um dann eine Reihe der Bombenfragmente zu erklären, die beim Auto gefunden wurden.

Seine Ausführungen nahmen fast fünfundzwanzig Minuten in Anspruch, das Wichtigste davon hätte er gut in fünf Minuten erklären können. Als er fertig war, schaute er zufrieden auf seine Zuhörer, als erwartete er Applaus. Mette sah auf die Uhr. Sie hat wohl auch festgestellt, dass hier kostbare Zeit vertrödelt worden war, dachte Olivia.

»Danke, Magnus, für die wertvolle Information«, sagte sie. »Und jetzt folgt der Bericht der Gruppe A. Ihr wisst ja alle, dass der Zugriff in Märsta zu keinen Festnahmen geführt hat. Im Moment sichern wir die Spuren in der Wohnung. Was noch, Bosse?«

Bosse, der Gute, fasste sich genau so kurz, wie Olivia es liebte. Keine Umstände. Er sagte, dass man unmittelbar Einsätze gegen einige der Adressen plane, wo sich die Verdächtigen aufhalten könnten. Eine davon habe Priorität.

Und man arbeite mit der Hypothese, dass jederzeit eine weitere Attacke stattfinden könne.

»Das Attentat auf die Brovalls kann eine isolierte Tat sein«, sagte er. »Doch wir gehen besser davon aus, dass schlimmstenfalls noch weitere folgen.«

Er zeigte auch das Foto von einem Handschuh, der bei dem Autowrack unter dem Schnee gefunden worden war.

»Wie ihr seht, ist das ein Herrenhandschuh. Er könnte von Kaj Brovall stammen, aber wenn wir Glück haben, dann gehört er ihm nicht. Er ist zur technischen Untersuchung ans NFC geschickt worden.«

Dann kamen die anderen Gruppen dran und berichteten, dass man die Telefongespräche und die Computer der Familie Brovall durchging. Olivia sah zu Lisa, die immer noch in ihre Papiere vertieft zu sein schien. Nahm die hier einen Powernap mit offenen Augen? Oder meditierte sie?

Doch als Mette die Besprechung mit ein paar aufmunternden Worten beendete, erwachte Lisa wieder zum Leben. Als sie den Raum verließen, fragte Olivia:

»Kennst du diesen Magnus Larsson?«

»Wie kommst du denn darauf?«

Lisas Antwort kam wie aus der Pistole geschossen, und Olivia wusste nicht, was sie sagen sollte.

»Ich meine ja nur«, murmelte sie.

Lisa antwortete nicht, sondern ging schweigend neben ihr her zu ihrem gemeinsamen Büro.

Es war schon 9.00 Uhr, als Olivia nach einem langen und intensiven Tag endlich auf dem Weg nach Hause war. Der

Schneefall hatte etwas nachgelassen, aber es war immer noch ziemlich kalt, als sie aus dem Polizeipräsidium trat. Sie atmete die trockene, eisige Luft ein, zog die Handschuhe an, die sie von Lisa ausgeliehen hatte, und entschied sich, zu Fuß nach Hause zu gehen. Sie hatte das Gefühl, sich nach einem ganzen Tag drinnen bewegen und frische Luft schnappen zu müssen.

Also trotzte sie der Kälte und lief zügig von Kungsholmen in Richtung Södermalm. Der kalte Neuschnee knirschte unter ihren Stiefeln, und Kindheitserinnerungen von Skilanglauf und Picknick mit heißer Schokolade aus der Thermoskanne auf dem See auf Tynningö tauchten in ihrem Kopf auf. Ihr Vater, der Apfelsinen für sie schält und ihr den Pflugbogen beibringt.

Oben auf der Västerbron blies ein eisiger Wind, und sie musste die Kapuze festhalten, damit sie ihr nicht vom Kopf geweht wurde. Sie blieb einen Moment stehen und schaute über den Riddarfjärden und die in weißen, knisternden, glitzernden Schnee eingehüllte Stadt. Zwar hasste sie den Winter und die Kälte, doch sie musste zugeben, dass es schön war, wenn der Schnee eine Chance bekam, liegen zu bleiben, auch wenn der Wind gerade ihre Wangen malträtierte.

Die Heizung!

Sie hatte es nicht geschafft, einen zusätzlichen Heizkörper zu besorgen.

Und jetzt war es zu spät.

Das würde eine schweinekalte Nacht werden.

Als sie über das letzte Stück der Brücke ging, musste sie an den Kahn denken. Lunas Kahn. Auf dem sich eine Menge zusätzlicher Heizkörper befanden, die Luna, falls nötig, in die Kajüte stellen konnte. Nun waren aber Luna und Tom zu Olivias großem Bedauern nicht da. Sie vermisste es, nicht einfach runtergehen und mit ihnen rumhängen zu können, wenn sie sich in ihrer Zweizimmerwohnung auf der Högalidsgatan einsam fühlte.

Doch die beiden waren bei Toms Halbschwester Aditi in Thailand, und Olivia hatte keine Ahnung, wann sie vorhatten, nach Hause zu kommen.

Vielleicht überhaupt nicht mehr.

Luna hatte den Kahn ausgerechnet an den Nerz vermietet. Olivia konnte nicht nachvollziehen, warum Luna so ein Risiko eingegangen war. Der ehemalige Informant und Balancekünstler war schließlich nicht gerade einer der Zuverlässigsten in ihrem Bekanntenkreis, im Gegenteil. Der Nerz gehörte zu den Letzten, denen *sie* ihre Wohnung anvertrauen würde. Doch er besaß eine unglaubliche Fähigkeit, sich einzuschleichen und Dinge in Besitz zu nehmen, und offenbar war Luna der Meinung, der Nerz wäre in der Lage, den Kahn während ihrer Abwesenheit zu versorgen.

Olivia entschied sich, Richtung Söder Mälarstrand und Långholmen abzubiegen, um mal nach dem Rechten zu sehen und zu kontrollieren, wie der Nerz seiner Aufgabe nachkam. Und sie könnte fragen, ob er ihr vielleicht einen Heizkörper ausleihen würde.

Als sie an den Kai kam, erkannte sie schon aus der Entfernung die *Sara la Kali* und erschrak. In der schneeverkleideten Dunkelheit sah der Kahn aus wie ein Raumschiff. In sämtlichen kleinen Fenstern an der Seite flimmerte ein starkes, leicht lilafarbenes Licht. Olivia wusste sofort Bescheid. Gewächshauslampen. Sie war schon bei einigen Zugriffen in Sachen Marihuanaanbau dabei gewesen, und hier gab es keinen Zweifel. Nur Gewächshauslampen gaben dieses abartige Licht ab. Hatte der etwa angefangen, auf Lunas Kahn Gras zu züchten? Oder hatte er ein Solarium eröffnet? Was den Nerz betraf, war nichts unmöglich.

Sie zögerte.

Ich kann nicht einfach da reingehen, es sehen und nicht anzeigen.

Sie ging näher heran und stellte fest, dass Gangway und Schiff sorgfältig vom Schnee befreit waren, was sie erstaunte. Sie konnte sich den Nerz nicht mit einer Schneeschippe vorstellen. Jetzt war sie erst recht neugierig und versuchte, durch die Fenster irgendwas zu sehen. Doch die Bullaugen waren zu klein und die Lampen zu stark, sodass man nicht erkennen konnte, was da drinnen vor sich ging. Sie beschloss, an Bord zu gehen und zu klopfen. Wenn der Nerz schon illegale Pflanzen auf dem Kahn anbaute, dann hatte Luna ein Recht, das zu erfahren.

Und Tom auch.

»Ja?«

Seine Stimme war schwach von unten zu hören, als Olivia klopfte.

»Ich bin's, Olivia, darf ich reinkommen?«

Sie drückte gegen die Tür, doch die war verschlossen. Dann hörte sie Schritte, die Tür ging auf, doch nicht der Nerz stand vor ihr, sondern eine Frau um die fünfunddreißig, vierzig. Olivia war überrumpelt. Die Frau war hübsch, groß, blond, sehr üppig und mit wohlgeformten fülligen Lippen ausgestattet.

»Hallo?«, sagte Olivia.

Die Frau streckte ihr die Hand entgegen.

»Hallo, ich heiße Bettan.«

»Olivia.«

Olivia ergriff ihre Hand und begrüßte sie. Bettans Handschlag war von der festen, entschlossenen Sorte, und Olivia drückte noch ein bisschen fester zu, um zu zeigen, dass sie von derselben Art war. Bettan lächelte. Ihr Blick war energisch und ein wenig amüsiert.

»Ist der Nerz hier, ich dachte …«

»Klar, er ist hier«, erwiderte Bettan. »Komm rein!«

Olivia folgte Bettan die Treppe hinunter und hielt inne. Der ganze große Salon badete in dem lilafarbenen Licht, und mitten im Raum thronte der Kahnhüter selbst.

Leif Minqvist, genannt »der Nerz«.

Er sah sehr gut aus, an der Grenze zu Hochform, trug einen gelben Anzug älteren Schnitts mit breitem Revers, das Haar war zurückgekämmt. Er strotzte nur so vor Übermut.

Doch nicht nur das erstaunte Olivia, sondern auch, wie warm und schön es hier war, trotz der Kälte draußen. Ganz anders als in ihrer Wohnung. Außerdem wirkte der Salon sehr aufgeräumt und geordnet, und abgesehen von Lunas Zitronenbäumchen, die in einem ausgezeichneten Zustand waren, badete alles in Grün. Überall. Es wuchs aus PET-Flaschen und alten Milchkartons und großen Konservendosen: Gemüse, Salat und alle möglichen Kräuter.

Olivia sah sich erstaunt um.

»Da staunst du, was?«, sagte der Nerz grinsend mit einer großen Geste. »Ich glaube, Fräulein Sauertopf ist ein wenig überrascht!«

Bettan kam hinter Olivia vor.

»Setz dich doch, möchtest du etwas?«, fragte Bettan. »Wir machen eigenen Pfefferminztee.«

»Ja, danke. Gern.«

Olivia ließ sich neben dem Nerz nieder.

»Nett, oder?«, sagte er.

»Ja, wirklich. Aber was habt ihr mit all dem vor?«

»Verkaufen, natürlich!«, rief der Nerz und lief jetzt tatsächlich zur Höchstform auf. »An kleine Läden und Restaurants! Bettan hat Beziehungen in die Welt der gehobenen Küche! Leute, die lokal und urban, sozusagen innerstädtisch angebautes Grünzeug zu schätzen wissen. Wir haben auch unsere eigene Marke: Erzeugt auf der *Sara la Kali*! Lokaler geht nicht! Du ahnst ja nicht, was Leute bereit sind lockerzumachen, wenn's um ihr Essen geht, da ist heutzutage richtig Geld drin!«

Der Nerz lachte, und Olivia ließ sich zu einem Lächeln hinreißen. Was sie sah war wirklich beeindruckend.

»Komm«, sagte Bettan, »das musst du dir genauer ansehen! Leif! Pass auf das Teewasser auf, während ich Olivia rumführe.«

»Selbstverständlich, mein Herz.«

Leif, dachte Olivia und folgte dieser erstaunlichen Erscheinung, die das Leben vom Nerz völlig verändert zu haben schien.

»Entschuldige«, sagte Olivia, »aber ich hatte keine Ahnung, wohnst du auch hier?«

»Ja, ich habe meine Dreizimmerwohnung in Hägersten untervermietet und bin vor ein paar Monaten hier eingezogen. Wir haben uns kennengelernt und zack! Schon sind wir zusammengezogen, so schnell ging das!«

Und nun wohnen diese zwei UFOs gemeinsam in einem Raumschiff, dachte Olivia.

»Wo habt ihr euch kennengelernt?«, fragte sie.

»Auf einer Veranstaltung für Unternehmer.«

»Ach, ehrlich? Und was machte der Nerz, ich meine Leif, dort?«

»Er hat sich um die Karaokeanlage gekümmert. Er ist ja so praktisch veranlagt in all diesen technischen Dingen.«

Ach ja?, dachte Olivia, das war an ihr vollkommen vorübergegangen.

»Ja, und dann kam es, wie es kommen musste«, fuhr Bettan mit einem kleinen Lachen fort. »Ich war sofort hingerissen, denn seinem unglaublichen Charme kann man ja nicht widerstehen!«

Doch, dachte Olivia, das kann man durchaus, aber die Geschmäcker sind offenbar verschieden, und das ist auch gut so. Es besteht Hoffnung für alle.

Bettan öffnete die Türen zu den Kajüten, überall wurde gepflanzt. Vertikal und horizontal und alles gleichermaßen gepflegt.

»Wir ziehen in Nährlösung, superpraktisch, auf diese Weise haben wir nicht den ganzen Dreck mit Erde und so. Leif ist ja so geschickt mit Pflanzen, aber er hat ja auch noch seine Ausbildung als Gärtnermeister im Hintergrund.«

»Ah so, Gärtnermeister«, sagte Olivia. »Das wusste ich nicht.«

Auch nicht.

Olivia hatte den Verdacht, dass diese Ausbildung sich wohl auf einige Marihuanapflanzen und ein paar von Mama Nerzens Topfblumen beschränkte.

»Nein, es ist ja auch kaum zu glauben«, pflichtete Bettan ihr bei. »Ich meine, wie hat er das bloß alles geschafft? Er hat schon so viele fantastische Sachen in seinem Leben gemacht! Er überrascht mich jeden Tag, das ist einfach herrlich.«

»Ja, das verstehe ich. Und wie seid ihr auf diese Idee hier gekommen?«

»Ich bin ja, wie gesagt, Unternehmerin. Selbstständig. Ich habe schon seit vielen Jahren einen Blog. Den Bettan Botox-Blog, vielleicht kennst du den ja?«

»Nein, leider nicht.«

»Kleider- und Schminktipps, du weißt schon, ich hatte hunderttausend Follower. Da ist viel Anzeigengeld drin. Ich war gerade dabei, auch meine eigene Linie mit Schönheitsprodukten zu starten, aber dann habe ich gemerkt, dass ich die Branche ein bisschen leid bin, es gibt da so viele unseriöse Akteure, jedes kleine VIP-Mädel hat ja seine eigene Marke, und die Konkurrenz ist knallhart, also wollte ich was ausprobieren, was wirklich im Trend liegt. Lokale Pflanzenzucht. Und dann laufe ich geradewegs in einen Gartenbaumeister! Hab ich nicht einfach unglaubliches Glück?«

»Ja, echt«, sagte Olivia und schaute in Toms alte Kajüte.

Da wurde in langen Reihen gezüchtet, und sie fragte sich, wie Tom es wohl fände, dass seine Matratze gegen ein Salatbeet ausgetauscht worden war.

»Fantastisch, oder?«

Bettan machte eine große Geste.

»In ungefähr einer Woche werden wir ernten. Und ich habe schon angefangen, über Facebook Bestellungen aufzunehmen, und außerdem habe ich meinen Blog in ›Bettans Bio Logische Tipps‹ umbenannt, mit einer Menge Ideen über Pflanzenzucht im urbanen Milieu.«

Von Schminke zu Pflanzenzucht in einem Wimpernschlag, dachte Olivia. Und mit dem Nerz als Sachverständigem. Die Zeit des Wunderns ist noch nicht vorbei.

»Der Tee ist fertig!«, rief der Nerz aus dem Salon.

Olivia und Bettan gingen hinein. Der Nerz hatte in Lunas schöne mundgeblasene Gläser Pfefferminztee gegossen. Bettan setzte sich neben ihn, und er umarmte sie und küsste sie auf den Mund. Da sie einen Kopf größer war als er, musste er sich ordentlich strecken, aber es funktionierte.

»Na, siehst du, was für einen Fang ich gemacht habe?«, sagte er zu Olivia. »Bettan ist vom Himalaja gefallen, verdammt noch mal! Mein eigener Schneeengel. Ein wirtschaftliches Genie!«

Bettan lächelte ihn liebevoll an.

»Ja, und wir denken darüber nach, uns zu vergrößern«, sagte sie. »Ich habe mir ein paar unterirdische Bergräume angesehen, die vielleicht bald vermietet werden. Dann werden wir zuschlagen!«

Olivia dämmerte langsam, dass die Frau, die sich zuvor Bettan Botox genannt hatte, keine dumme Blondine war, sondern vielmehr eine sehr zielorientierte Geschäftsfrau. Wie sie an den Nerz geraten konnte, blieb ein Rätsel, aber offensichtlich waren die beiden sehr verliebt.

Sie nippte an dem heißen, guten Tee und sah den Nerz an.

»Ich wusste ja gar nicht, dass du Gartenbaumeister bist«, sagte sie.

»Mädel, da gibt es vieles, was du nicht weißt. Ich bin ja im Grunde in einem Garten aufgewachsen, die Mutter hatte ein Gewächshaus und so. Ich bin mit einer Mohrrübe im Ohr geboren.«

Das war gelogen, so viel wusste Olivia, denn er war im Stockholmer Vorort Kärrtorp aufgewachsen, und seine Mutter züchtete allerhöchstens Pelargonien. Aber sie ließ ihn reden. Wenn man mit dem Nerz zu tun hatte, dann musste man seinen Fabulierdrang aushalten, diese Lektion hatte sie schon längst gelernt.

»Hast du denn mal was von Luna und Tom gehört?«, wechselte sie stattdessen das Thema.

Ein bisschen auch, um abzuklopfen, ob die wussten, dass der Nerz und Bettan den Kahn in ein schwimmendes Gewächshaus verwandelt hatten.

»Ja, verdammt, die scheinen sich im Nirwana zu befinden, fühlen sich wie die Fische im Wasser da unten!«

»Ich habe Luna mit WhatsApp ein Foto geschickt, als die erste Lieferung an das Restaurant von Mathias Dahlgren ging«, ergänzte Bettan.

Als wüsste sie, was Olivia eigentlich gefragt hatte.

»Und sie hat das hier zurückgeschickt.«

Bettan holte ihr Handy raus und zeigte ein Bild von Stilton im Lotussitz. Was ihn betraf, vollkommen gegen alle Naturgesetze, das wusste Olivia. Sie musste laut lachen, sicher hatte Luna es heimlich gemacht und geschickt, denn Tom würde nicht mögen, dass jemand ihn so sah.

»Ja, siehst du, ein dickbäuchiger Buddha im wahrsten Samen des Wortes«, sagte der Nerz.

»Sinne, mein Herz«, korrigierte Bettan und sah ihn zärtlich an.

Dann sprachen sie weiter über die Zukunftspläne von Bettan und dem Nerz, und Olivia merkte zu ihrem eigenen Erstaunen, dass sie sich wohlfühlte. Es war sehr entspannend, mit diesen beiden schrägen Gestalten über Pflanzenzucht zu reden, und es stand in völligem Kontrast zu ihrem bisherigen Tag mit ekelhaft kaputtgesprengten Menschen. Und es tat gut, über die Ausführungen vom Nerz darüber, wie das hier zum ultimativen wirtschaftlichen Erfolg werden würde, zu lachen.

»Bald kann ich die Türen mit Geldscheinen isolieren!«, rief er.

»Die Schotten«, verbesserte Bettan.

»Welche Schotten?«

»Du bist auf einem Schiff. Da gibt es keine Türen. Es heißt Schotten.«

»Siehst du, was für eine sie ist? Ein wandelndes Lexikon! Was für eine Wahnsinnscombo wir doch sind!«

Und dann küsste er Bettan, und Olivia fand es ein wenig rührend zu sehen, wie er wirklich in sie verliebt war und sie in ihn.

Als sie mit einem Heizkörper unter dem Arm durch den Schnee nach Hause stapfte, war sie müde, aber auch ein bisschen aufgekratzt. Irgendwann würde auch sie jemanden finden. Sie war froh, dass sie den Umweg über den Kahn gemacht hatte, nicht nur wegen der Heizung, sondern weil sie das Gefühl hatte, noch öfter dort vorbeigehen zu wollen. Bettan ließ den Nerz in seinem besten Licht erscheinen, und da machte es wirklich Spaß, ihm zuzuhören, zumindest in kleinen Dosen.

Was doch ein bisschen Liebe aus den Menschen machen kann, dachte sie, als sie in ihre dunkle, kalte Wohnung kam. Sie schaltete die Lampe im Flur ein, stellte den Heizkörper ab, zog sich die Jacke aus und wurde plötzlich von dem krassen Gegensatz zu dem warmen, grünen Kahn überwältigt. Sie platzierte den Heizkörper zwischen Schlafzimmer und Wohnzimmer, damit es in beiden Räumen ein bisschen wärmer werden würde. Dann setzte sie sich aufs Sofa und loggte sich bei Tinder ein.

Nichts Interessantes.

Dann Instagram, ob ihre Freundin Lennie ein paar neue Partybilder aus Kopenhagen eingestellt hatte. Und entdeckte Bilder mit lachenden Freundinnen von heute Abend. Olivia verspürte einen Stich Eifersucht, sie war kein Teil mehr von Lennies Leben wie früher, und das tat weh. Nach Lennies Trennung von Erik hatte Lennie abrupt ihr Jurastudium abgebrochen und war aus Lund in die dänische Hauptstadt gezogen, um sich zur Goldschmiedin ausbilden zu lassen. Sie hatte ein neues Leben begonnen, mit neuen Freundinnen und neuen Freunden.

Olivia hatte weder das eine noch das andere, und jetzt nicht einmal mehr Lennie. Sie hockte hier in ihrer kalten Zweizimmerwohnung, und die einzigen Freunde, zu denen sie gehen konnte, waren ein abgehalfterter Informant und seine Freundin.

Bettan Botox.

Plötzlich fühlte sie sich sehr einsam.

Auch Tom Stilton fühlte sich einsam, obwohl er es nicht war. Er lag auf einem sehr harten Bett unter einem Moskitonetz und starrte an die Decke zu einem nicht funktionierenden Ventilator. Er selbst funktionierte ebenso wenig. Er war leer. Draußen vor der Bambuswand vernahm er flüsternde Stimmen. Aditi und seine Lebensgefährtin Luna saßen da zusammen und redeten, vielleicht über ihn, er konnte die Worte nicht verstehen, und es war ihm auch nicht so wichtig, dass er sich die Mühe gemacht hätte, heimlich zu horchen.

Hier hatte er Zuflucht gesucht, im Yoga-Retreat seiner Halbschwester Aditi in Mae Phim in Thailand. Die Ursache dafür war äußerst privat: Er hatte einen Menschen umgebracht. Jedes Mal, wenn er daran dachte, schnürte es ihm den Hals zu, und die Angst überfiel ihn so plötzlich, als müsste er sich schwallartig übergeben, er konnte sich nicht dagegen wehren. Sein ganzer Körper reagierte. Er hatte willentlich einen Menschen getötet, und damit würde er leben müssen.

Er wusste nur nicht, wie.

Auf den Philippinen hatte man das Ganze zunächst als Unfall betrachtet. Maria Cosmina Basescu war bei einem Bungee-Sprung von einer Brücke verunglückt. Die Sicherheitsmaßnahmen hatten aus irgendeinem Grunde versagt. Die Polizei wusste noch nicht genau, wie das passiert war, und auch nicht, warum sie beschlossen hatte, von der Brücke zu springen, und ob sie dabei allein gewesen war. Ein Barbesitzer hatte ausgesagt, dass er sie und einen Mann bedient habe, vermutlich ein

Europäer, den er aber noch nie zuvor gesehen hatte. Er meinte, ein Holländer. Und dann erinnerte er sich noch an den Vornamen, René, doch man konnte keinen René ausfindig machen. Als man herausbekam, dass die Frau wegen Mordes an mehreren Kindern in Schweden von Interpol gesucht wurde, nahm die Dringlichkeit, ihn ausfindig zu machen, rapide ab. Die philippinische Polizei entschied nach einer Weile, dass sie wahrscheinlich beschlossen hatte, ihrem Leben selbst ein Ende zu setzen.

Dass sie dabei Unterstützung bekommen hatte, wusste nur Stilton. Luna und Aditi hatten keine Ahnung, was ihn quälte. In dem Moment, als er es tat, war es eine Eingebung gewesen, eine rasche Handbewegung, und schon fehlte ein Sicherheitsbolzen, als er am meisten gebraucht wurde.

Es war ganz einfach gewesen. In jenem Moment.

Jetzt war es schwerer geworden.

Stilton beobachtete einen Gecko, der schnell an der Bambuswand hinunterkletterte und seinen charakteristischen schmatzenden Ruf von sich gab. Klingt fast wie ein Eichhörnchen, dachte er und schloss die Augen. Das gleichmäßige Murmeln der Frauen draußen übte trotz allem eine beruhigende Wirkung auf ihn aus. Die verschrobenen Angstbilder blieben fern, und er erlaubte sich, in einen traumlosen Schlummer zu entschwinden.

Draußen im Garten lagen Luna und Aditi nebeneinander auf einer Liege, eine Art Hollywoodschaukel, mit orangefarbenen und roten Kissen. Die laue Luft, die noch nicht heiß war, umschloss sie wie ein feuchtwarmer Umschlag. Es war früher Morgen, und sie hatten eben zusammen mit einigen Gästen, zumeist Frauen, eine Yoga-Session beendet.

Aditi hatte fast ihr gesamtes Erwachsenenleben in Thailand

verbracht. Zunächst war es mehr eine mit mehreren tragischen Vorzeichen versehene Flucht vor dem Leben in Schweden gewesen, doch inzwischen war sie hier verwurzelt. Im Laufe der Jahre hatte sie an einer Reihe verschiedener Orte Yoga-Retreats betrieben, und nun war sie in Mae Phim gelandet, einem kleineren Ort, der wie so viele andere Küstenorte in Thailand von den Touristen aufgespürt worden war, als es an den anderen Plätzen zu viel Gedränge um die Herrlichkeiten gab. In den letzten Jahren war allerdings auch Mae Phim stetig gewachsen.

»Na, was denkst du«, begann Aditi, »werden wir ihn heute dazu bringen, sich zu rasieren?«

Sie hielt die sehnigen Arme über den Kopf und wandte Luna ihr Gesicht zu. Ihr langes und inzwischen graues Haar lag wie ein Fächer über den bunten Kissen ausgebreitet. Luna fand, es sah wie eine Gloriole aus. Aditi war ein ganz besonderer Mensch. Sie strahlte eine tief in ihr verankerte Ruhe aus und besaß eine heilende Wirkung auf andere Menschen, von der Luna beeindruckt war und die bei allen zu funktionieren schien, außer bei Tom.

Ihn hatte sie noch nicht erreicht, aber sie ließ nicht locker, und dafür war ihr Luna zutiefst dankbar.

»Wir können es auf jeden Fall versuchen«, antwortete Luna und lächelte Aditi an.

Doch aus ihrem Blick sprach etwas anderes. Ohnmacht. Es zehrte an ihr, tatenlos dabei zusehen zu müssen, wie ihr Geliebter sich mit seinen Dämonen herumschlug. Das Gefühl, nicht zu genügen, wenn er sie am meisten brauchte, höhlte sie aus. Trotz alledem war sie dankbar, dass dies hier geschah und nicht zu Hause. Aditi und das Leben im Retreat halfen ihr durchzuhalten.

Und da war noch etwas.

Luna hatte sich vom ersten Tag an schnell an die Abläufe im Retreat angepasst und sich geradezu unverzichtbar gemacht. Sie liebte es, all die nötigen Alltagsarbeiten zu verrichten, zu putzen, dafür zu sorgen, dass nach jeder Yoga-Session Obst, Wasser und Tee bereitstanden, und Blumen zu pflücken, sie in die kleinen Wasserschalen zu legen und vor den zahlreichen Buddhastatuen im Garten zu platzieren.

Aditi ihrerseits begriff rasch, dass Luna das alles nicht nur tat, um zu helfen, sondern auch, um sich selbst zu heilen. Etwas mit den Händen tun zu können linderte ihre Sorge um Tom.

Aditi erhob sich geschmeidig aus den Kissen und strich Luna tröstend übers Bein.

»Und eines Tages wird es uns gelingen«, sagte sie und lächelte Luna an. »Aus einer Depression herauszukommen braucht Zeit.«

»Ja, ich weiß.«

»Und es geht ihm nicht besser davon, dass es dir schlecht geht.«

Auch das war Luna klar.

»Ich habe einfach Angst, dass er sich ganz zurückzieht und verschwindet«, erwiderte sie. »Das hat er schon einmal getan.«

»Dazu wird es nicht kommen.«

»Woher weißt du das?«

»Weil ich glaube, dass sein Zustand von einem besonderen Ereignis herrührt, das er verarbeiten muss«, antwortete Aditi.

»Hat er dir das gesagt?«

»Nein, und das ist wahrscheinlich genau sein Problem. Er beharrt darauf, mit niemandem zu reden. Stattdessen liegt er lieber allein rum und versteckt sich. Er hat einen großen schwarzen Sack voller Angst verschluckt. Aber erst wenn der

Sack irgendwann ein bisschen kleiner geworden ist, wird er ihn durch sein ganzes System, aus seinem Inneren, herausschieben. Das braucht Zeit. Ich würde ihm am liebsten eine Darmspülung verabreichen, aber er allein ist es, der entscheiden kann, wann es an der Zeit ist, alles herauszudrücken. So wie eine kleine Tüte Kot.«

Ein Lächeln blitzte in Lunas Blick auf. Aditis manchmal drastische Vergleiche standen in krassem Gegensatz zu der engelsgleichen Haltung, die sie als geistige Wegführerin annahm. Doch sie waren unterhaltsam und führten oft zu einem erlösenden Lachen, wenn es am meisten gebraucht wurde.

»Apropos – Zeit fürs Frühstück«, fuhr Aditi fort, stand auf, reichte Luna ihre Hand und zog auch sie von dem schaukelnden Bett.

Bevor Luna Aditi in die Küche folgte, schaute sie bei Tom rein. Er lag regungslos im Bett und sah aus, als würde er schlafen. Fast ein bisschen friedlich, dachte Luna und machte die Tür vorsichtig wieder zu.

In der Küche war Sirikit, die rechte Hand von Aditi, dabei, das Frühstück für die Gäste vorzubereiten. Der Duft von frisch gebackenem Brot schlug Luna entgegen, als sie eintrat. Frisch gepresste Säfte in schönen Glaskaraffen standen ordentlich aufgereiht parat. Große Schalen voller Obst und fein geschnittenem Obstsalat. Kleinere Schalen waren mit Nüssen und verschiedenen Körnern für den Joghurt gefüllt, der wiederum in eine große, schöne Keramikschale gegossen worden war. Das Frühstück und alles Essen hier war ein einziger Traum für eine Vegetarierin wie Luna. Und Sirikit war eine unerschöpfliche Quelle für neue, spannende Rezepte.

Aditi hatte schon Tee und Brot hinausgetragen, und Luna

nahm die Karaffen, um ihr zu helfen. In fünf Minuten würde der Speisesaal sich mit Gästen bevölkern, die sich nach der morgendlichen Yoga-Session kurz umgezogen hatten.

Nach dem Frühstück hatte Aditi immer ihre Computer- und Bürozeit und schaltete das WiFi ein. Alle, auch die Gäste, nutzten diese Zeitspanne für ihre digitalen Kontakte. Danach sollten sämtliche Telefone und Computer für den Rest des Tages wieder ausgeschaltet bleiben. Falls jemand erreicht werden musste, gab es zur Not noch das Festnetztelefon.

Luna fand die Lösung gut, denn sie hatte kein Problem damit, kein Netz zu haben. Im Gegenteil, sie empfand es als befreiend, nicht ständig erreichbar sein zu müssen. Doch jetzt schaltete sie wie alle anderen ihr Smartphone ein, um Mails und SMS zu lesen. Sie hatte nicht viele Nachrichten. Eine von ihrem Vater, der wissen wollte, wie es ihr ging und ob es die Möglichkeit gäbe, sie zu besuchen. Sie musste grinsen, als sie sich ihren Vater zwischen all den Damen in Yoga-Klamotten, vegetarischen Gerichten und gesunden Dekokten vorstellte. Garantiert würde er erst mal lautstark nach einem Whiskey verlangen.

Dann war da noch eine kurze SMS von Mette, die sich nach Tom erkundigte.

Die treue Mette, mehrmals in der Woche ließ sie von sich hören, doch leider konnte Luna ihr auch diesmal keine positive Nachricht geben. Sie würden sich beide weiter um Toms Zustand sorgen müssen.

Obwohl keine von beiden eine Ahnung hatte, was die Ursache für diesen Zustand war.

Nachdem sie auf ihre Nachrichten geantwortet hatte, schaltete Luna das Telefon wieder aus und ging zu Aditi, die in dem schön, aber sparsam eingerichteten Büro vor ihrem Computer saß. Aditi las sehr konzentriert etwas auf dem Bildschirm vor sich. Sie wirkte aufgewühlt, und Luna erkannte den Ausdruck in ihrem Blick nicht wieder.

»Ist was passiert?«, fragte sie und setzte sich auf den Stuhl vor Aditis Schreibtisch.

»Was? Nein, nichts Besonderes. Es macht mich nur so wütend, wenn ich lese, wie eine Friedensnobelpreisträgerin die Angehörigen einer Bevölkerungsminorität behandelt. Ich habe immer so große Achtung vor ihr gehabt, und wenn sie dann selbst an die Macht kommt, lässt sie so etwas zu. Das ist so widerlich!«

Luna wurde klar, dass Aditi von Burma, Aung San Suu Kyi und der Verfolgung der Rohingya sprach. Sie war derselben Ansicht und hatte ebenfalls die schrecklichen Berichte von Vergewaltigungen und niedergebrannten Dörfern und entführten Kindern gelesen, die in den Opiumbergen im Norden verschwanden.

»Die Welt ist doch komplett verrückt«, fuhr Aditi fort. »Ich verstehe einfach nicht, warum man seine Zeit auf der Erde damit verbringen will, andere Menschen zu quälen und zu töten. Vielleicht bin ich ein bisschen naiv, aber das ist doch unbegreiflich.«

»Du bist naiv.«

Die Stimme kam von der Tür her, und sie gehörte Tom. Luna drehte sich um. Er sah verschlafen aus. Die Haare auf dem Hinterkopf standen in Kissenrichtung zu Berge, und er war in den grünen Kimono des Retreats eingewickelt. Der Bart spießte kreuz und quer.

Und diesen Mann liebe ich, vorbehaltslos, dachte Luna. Auch das ist unbegreiflich.

Am Sonntag, dem 4. März um 5.34 Uhr, als Olivia ihre schönste Tiefschlafphase hatte, führte die Nationale Eingreiftruppe ihren zweiten Einsatz binnen einer knappen Woche durch. Diesmal konzentrierte er sich auf eine priorisierte Adresse, wie Bosse Thyrén angedeutet hatte, eine Wohnung in Vårby. Die Leute vom Staatsschutz hatten die Wohnung überwacht und rechneten damit, dass von hier eine Aktivität ausgehen würde. Als das der Fall war, kam der Alarm.

Diesmal wurde die Eingreiftruppe nicht von einer zu Tode erschrockenen Putzfrau begrüßt, sondern von vier verschlafenen jungen Männern im Alter zwischen zwanzig und dreißig, die man buchstäblich aus dem Bett holte. Oder besser gesagt, von den Matratzen. Lediglich mit Unterhosen bekleidet, bekamen sie Handschellen angelegt und wurden aus der Wohnung gebracht. Die Techniker übernahmen und fanden in der Unterkunft illegale Chemikalien und weiteres Material, das darauf hindeutete, dass man eine Sprengladung hergestellt hatte. Oder vorhatte, dies zu tun. Was für eine, war noch nicht bekannt. Die Nationale Sprengstoffschutzorganisation mit Magnus Larsson an der Spitze wurde gerufen, um herauszufinden, ob das gefundene Material Ähnlichkeiten mit der Sprengladung aufwies, die in Brovalls Auto platziert worden war.

Was die Säpo am meisten beunruhigte, war, dass man in der Wohnung nur vier Männer festnehmen konnte. Der fünfte Gesuchte befand sich nach wie vor auf freiem Fuß.

Diese Information erhielt Mette Olsäter um 6.00 Uhr früh.

Der dunkelhaarige junge Mann, der aus dem Hauseingang kam, trug keine Kopfbedeckung und war sehr klein. Einen Moment lang hielt er inne und befühlte vorsichtig die Weste unter der Jacke. Sie war ordentlich präpariert worden. Heute war sein Tag. Er war stolz, fühlte sich auserwählt. Ein heftiges Gefühl. Noch nie in seinem ganzen Leben hatte er so etwas empfunden, immer nur genau das Gegenteil.

Er war auserwählt.

Er ging an der Hausfassade entlang. Er war in dieser, wie er sie empfand, rückgratlosen Gesellschaft aufgewachsen und hatte sich in ihr nie zu Hause gefühlt. Eine Zeitlang war er drauf und dran gewesen, nach Syrien zu fahren und für seine Sache zu kämpfen, nur wurde der Plan von seiner Familie unterbunden, die seine neue Überzeugung nicht verstand.

Also hatte er den Vormarsch des Kalifats aus der Ferne verfolgen müssen.

Doch nun erlitt der Islamische Staat einen Rückschlag nach dem anderen, und er und seine Kameraden hatten den Eindruck, helfen zu müssen. Sie mussten für das, woran sie glaubten, Einsatz zeigen. Am besten war es, wenn sie Chaos und Verwirrung schufen, die Gesellschaft aufsplitterten. Sie wussten, dass brutale Bombenattentate die fremdenfeindlichen Kräfte im Land bestärken würden, die dann ihrerseits Angst verbreiteten.

Und eine auf Angst gegründete Gesellschaft verfault von innen.

Genau das war das Ziel.

Am Ende stürzt womöglich die gesamte westliche Welt ein, dachte er, weil alle großen Imperien letztendlich an ihren eigenen Defiziten zugrunde gehen.

Und dann wäre er dabei gewesen und hätte es möglich gemacht.

Er lächelte in sich hinein. Vor dem Tod fürchtete er sich nicht, es war egal, wenn er starb. Er war schon immer von Gewalt und Tod in irgendeiner Form umgeben gewesen. Als er schräg über die Straße ging, dachte er an seine Kameraden. Natürlich teilte er all ihre Ansichten, was sie aus dem Koran zitierten und dass die gesamte westliche Gesellschaft moralisch verdorben war, doch das war nicht der eigentliche Grund, warum er hier mit der explosiven Weste unter der Jacke durch die Gegend lief. Hierbei ging es um ihn selbst. Um die Chance, *Jemand* zu sein.

Etwas Historisches zu vollbringen.

Seinen Namen mit einem Opfer zu verbinden.

Märtyrer zu werden.

Er spürte das Adrenalin aufsteigen, die Kälte war ihm gleichgültig. Er nahm die Menschen wahr, denen er auf dem Bürgersteig begegnete, und merkte, wie er es genoss.

Endlich hatte er Macht!

*

Die Morgenbesprechung war wegen des Zugriffs von 9.00 Uhr auf 7.30 Uhr vorgezogen. Mette war um 6.00 Uhr geweckt worden und hatte nicht viel geschlafen.

Genau wie Bosse und seine Gruppe.

Doch der Zugriff war ein Erfolg gewesen, auch wenn einer der Gesuchten immer noch frei herumlief. Alle waren trotz des Schlafmangels zufrieden und voller Energie. Im Laufe des Tages würde man sich abwechselnd immer mal wieder ausruhen können. Jetzt kam es darauf an, den fünften Terrorverdächtigen zu finden und die bereits festgenommenen mit dem Attentat auf Familie Brovall in Verbindung zu bringen. Die

Wohnung in Vårby war auf der Suche nach Beweisen umgekrempelt worden, dass die jungen Männer die Tat geplant und ausgeführt hatten, und Mette hatte bereits einen Teil des gefundenen Materials übermittelt bekommen. Das meiste waren handgeschriebene Zettel, die man abfotografiert und ihr digital geschickt hatte. Das Problem war nur, dass sie in einer arabischen Sprache – es war nicht klar, in welcher – verfasst waren. Im Haus gab es Personen mit der entsprechenden sprachlichen Kompetenz, doch wahrscheinlich eher nicht um diese Zeit an einem Sonntag, weshalb Mette einen anderen Weg wählte.

Sie rief Abbas an.

»Hallo, hier ist Mette. Kannst du ins Präsidium kommen? Wir brauchen Hilfe bei der Lösung eines Sprachproblems.«

Zwanzig Minuten später stand Abbas in Mettes Büro.

Unter anderem schätzte Mette genau das an ihm: seine extreme Effektivität und Loyalität. Jetzt betrachtete sie den Mann, den ihre ganze Familie so sehr ins Herz geschlossen hatte, dass er inzwischen ein Teil von ihr war. Wie immer tadellos gekleidet. Den Kopf rasiert, um eine gewisse Tendenz zum Haarverlust zu kaschieren. Der Bart perfekt gepflegt und die dunklen Augen wie immer sprühend vor Neugier und Energie.

Sie umarmten sich.

»Wie gut, dass du so schnell kommen konntest«, sagte Mette. »Alles in Ordnung bei dir?«

»Immer. Was kann ich für dich tun?«

Mette hatte das Material aus der Wohnung der Terroristen bereits ausgedruckt und reichte es ihm.

»Das haben wir heute Morgen bei einem Zugriff gefunden, und wir müssen wissen, ob wir es gegen die Festgenommenen verwenden können.«

»Ich nehme mal an, es geht um das Sprengstoffattentat?«, erkundigte sich Abbas und nahm Mette die Papiere aus der Hand.

»Ja.«

Abbas setzte sich und begann zu lesen. Mette stand gespannt neben ihm. Zu gespannt. Abbas sah auf.

»Setz dich hin, es geht nicht schneller, wenn du mir in den Nacken pustest.«

»Oh, entschuldige.«

Mette ging zu ihrem Stuhl und setzte sich, nur um umgehend zu merken, wie erschöpft sie war. Sie war keine fünfundzwanzig mehr. Die Pensionierung stand an, und vielleicht würde es ja sogar schön werden. Solche intensiven Arbeitstage und -nächte zehrten an ihr. Sie schloss für einen Moment die Augen und holte ein paarmal tief Luft, um sich etwas zu entspannen.

»Ich würde sagen, es geht um die Planung einer irgendwie gearteten Tat.«

Abbas' Worte ließen sie zusammenfahren. War sie eingeschlafen?

»Ehrlich?«, fragte sie. »Taucht Malin Brovalls Name auf?«

»Nein, nicht, soweit ich sehen kann.«

Abbas las weiter. Mette war wieder hellwach.

»Also, sie erwähnen etwas, das sie ›das Fest‹ nennen«, fuhr Abbas fort. »Was sie für ›das Fest‹ brauchen und so weiter, und da es sich dabei unter anderem um den Einkauf von Chemikalien handelt, nehme ich mal an, dass ›das Fest‹ das Attentat selbst ist, oder?«

»Ja, das klingt plausibel«, meinte Mette. »Gibt es noch mehr Hinweise darauf?«

»Ja, ein Datum. Aber ausgerechnet da kann man die Handschrift schlecht lesen.«

»Der Vierundzwanzigste?«

»Nein, ich würde sagen, der Vierte.«

Abbas blickte von den Papieren auf und sah Mette an.

»Der Vierte? Bist du sicher?«, fragte sie nach.

»Ja, so steht es hier. Und das Fest findet nicht bei den Brovalls statt.«

»Sondern?«

Mettes Puls raste im Höchsttempo, während Abbas weiter die abfotografierten Zettel deutete.

»Auf einem Boot, die *Seebrise*, am Vierten um zehn Uhr. Am Strömkai.«

»Steht da ein Monat dabei?«

Abbas schaute wieder auf das Blatt.

»Ja, März.«

»Mein Gott«, rief Mette und sah auf ihre Armbanduhr. 9.25 Uhr. »Lies einfach weiter, ich muss …«

Sie war schon halb aus der Tür und führte den Satz nicht zu Ende.

*

Er war gut in der Zeit.

Die Uhr auf seinem Handy zeigte 9.26 Uhr. Langsam ging er durch den Kungsträdgården Richtung Strömkai. Die Weste war schwer, aber sie schützte auch gut vor der Kälte. Das Gefühl der Macht hatte sich den ganzen Weg über gehalten. In der U-Bahn hatte ihn ein besonderes Glücksgefühl gepackt, als er sich im Waggon umgesehen und festgestellt hatte, dass er die Macht besaß, alle diese Menschen umzubringen, wenn er nur wollte. Alle diese Ungläubigen.

Die Vorstellung war berauschend, doch der Plan sah einen

anderen Ablauf vor, und seine Mitreisenden waren beneidenswert ahnungslos, was ihnen an diesem Morgen hätte zustoßen können.

Anfangs war er davon ausgegangen, dass sie mit der Ausführung bis zum Sommer warten würden. Bis Mittsommer. Ein perfekter Anlass mit einem perfekten Ziel für ein perfektes Chaos. Doch dann waren Dinge passiert, die sie ihre Pläne ändern ließen. Sie hatten Kontakt zu einem Emir aufgenommen, der sehr deutlich gewesen war. Es musste jetzt, augenblicklich etwas geschehen, um die Existenz des Kalifats nicht in Vergessenheit geraten zu lassen und zu zeigen, dass sie in keiner Weise geschwächt waren.

Es würde eine symbolische Handlung werden.

Ein Sprengstoffattentat draußen auf dem Wasser direkt vorm Schloss.

Die Anzahl der Toten war nicht so wichtig wie die Symbolik der Handlung selbst: *Seht her, es gibt uns mitten unter euch, und wir können tun, was wir wollen!*

Er näherte sich den Schiffen.

*

Mette rannte den Flur hinunter, was in der letzten Zeit nicht mehr so oft vorkam. Der erstaunte Bosse sah sie die Tür zur Einsatzzentrale aufreißen, wo die Gruppe A intensiv daran arbeitete, die festgenommenen Täter mit dem Attentat auf Familie Brovall zu verknüpfen und den fünften Verdächtigen zu finden.

»Wir brauchen noch einmal die Einsatztruppe!«, schrie sie fast. »Sie haben möglicherweise auf zehn Uhr ein Attentat auf eines der Schiffe am Strömkai geplant!«

Was schreit sie da?, dachte Bosse, war aber klug genug, keine weiteren Fragen zu stellen, sondern sofort sein internes Telefon herauszuziehen und die Nummer des Chefs der Einsatztruppe zu wählen. Dann gab er das Handy an Mette weiter.

Und die erklärte dem Mann, was Abbas aus den Papieren gelesen hatte, und dass möglicherweise für zehn Uhr des heutigen Tages ein Attentat geplant sei.

»Ruf die Fährgesellschaft an«, sagte der Chef der Einsatztruppe. »Kein Boot darf den Kai verlassen!«

Der Kapitän der *Seebrise* stand auf seiner Brücke und sah auf den Kai hinunter. Ein fantastischer Wintertag. Der gestern gefallene Schnee knisterte vor dem Grand Hôtel, die Wolken am Himmel verschwanden allmählich, und zum ersten Mal seit Wochen war die Sonne zu sehen. Die Menge der Leute, die darauf wartete, an Bord gehen zu dürfen, war nicht sonderlich groß, einige Familien mit Kindern, die beschlossen hatten, für einen Tag zu ihren Sommerhäusern rauszufahren, und ein paar Touristen, die sich den Stockholmer Schärengarten oder die Insel Vaxholm im Winterkleid ansehen wollten.

Bald würden sie an Bord gehen dürfen, in die Wärme.

Wenn Erik, der Ticketverkäufer und Leichtmatrose, rechtzeitig zu Arbeitsbeginn aufgetaucht wäre. Er hatte angerufen und gesagt, er habe verschlafen, und das war nicht das erste Mal. Der Kapitän sah auf seine Uhr. Fünf nach halb zehn. Er schaute durch das Fenster der Kommandobrücke und sah eine Gestalt den Kai entlangrennen. Ein leichtes Lächeln umspielte seine Lippen, als er sah, wie Erik ein wenig im Schnee schlitterte und fast in einen jungen Einwanderer stolperte, der dick eingemummelt langsam aufs Boot zukam.

Da klingelte sein Handy.

Es war seine Frau, die ihm von einer Essenseinladung bei den Nachbarn berichten wollte.

»Wie nett«, antwortete er.

»Ja, aber ich war mir nicht sicher, wann du Schluss hast.«

Der Kapitän konnte im Handy hören, dass ein zweiter Anrufer anklopfte, aber das war ihm egal. Erik war endlich da und winkte ihm fröhlich zur Brücke hinauf, ehe er aufs Boot sprang.

Er winkte zurück.

»So gegen sechs Uhr müsste ich zu Hause sein«, sagte er seiner Frau.

Der Mann mit der Weste hatte sein Ziel erreicht.

Irgendein Idiot, der offensichtlich auf dem Schiff arbeitete, hätte ihn fast umgerannt, und das hätte richtig übel ausgehen können. Durch einen Sturz wäre der ganze Plan ruiniert gewesen.

Er betrachtete die wartenden Menschen. Eine Mutter mit Kinderwagen. Ein paar japanische Touristen, die vor dem Schiff Selfies mit dem Schloss im Hintergrund machten. Ein junges Paar, das sich im Arm hielt, um nicht zu frieren, und noch ein paar Familien. Plötzlich war er verunsichert, das Gefühl der Macht verschwand, als er sah, welche Menschen er mit sich in den Tod reißen würde. Er versuchte, die Gedanken wegzuschieben, nahm sein Handy und schickte einem seiner Kameraden eine SMS: »Gleich an Bord, das Fest kann beginnen.«

Der Kapitän beendete das Gespräch mit seiner Frau. Erik kam zu ihm rauf und bat um Entschuldigung für seine Verspätung.

»Soll ich sie jetzt rauflassen?«, fragte er.

»Ja, mach das. Draußen ist es kalt.«

Der Kapitän blickte wegen des beharrlichen Anklopfers noch mal auf sein Handy. Wer jagte ihn denn da? War das Claes vom Büro? Hatte der nicht heute frei? Er rief die Nummer an.

Der Mann mit der Weste starrte auf sein Handy. Warum antworten die nicht auf meine SMS? Schließlich sitzen sie doch nur rum und warten auf das, was ich tun werde, oder?

Er ärgerte sich, schließlich war er es, der sich opfern sollte, und nun hielten die sich nicht an ihren Teil der Abmachung. Sie hatten keinen Kontakt mehr gehabt, seit er am Tag zuvor mit der Weste ihre Wohnung verlassen hatte, und das war auch vollkommen okay, denn sie hatten vereinbart, nichts riskieren zu wollen.

Aber auch, dass sie auf seine letzte SMS antworteten, ehe er an Bord gehen würde.

So war es vereinbart.

Soll ich anrufen?, dachte er, als der Typ, der ihn fast umgerannt hatte, anfing, die Gangway auszulegen.

Er beschloss, erst mal an Bord zu gehen.

Der Kapitän erreichte Claes, und der schrie in sein Telefon, dass er unter keinen Umständen vom Kai ablegen oder Passagiere an Bord lassen dürfe! Wenn das nicht schon geschehen wäre. Der Kapitän hämmerte daraufhin fest an die Scheibe seines Fensters, um Erik zu bedeuten, dass er auf keinen Fall die Gangway ausfahren solle. Aber Erik winkte nur fröhlich zurück und begriff nicht, was er wollte. Der Kapitän griff zum Mikrofon.

»Ich muss leider mitteilen, dass die Fahrt aufgrund eines Maschinendefekts eingestellt wird!«, rief er durch den Lautsprecher.

Erik blickte erstaunt zum Kapitän. Die Menschen am Kai sahen einander an. Die japanischen Touristen verstanden nichts und fragten die Mutter mit dem Kinderwagen, was er gesagt habe. Der junge Mann mit seiner dicken Weste sah sich nervös um und hielt sein Handy ans Ohr. Aus Richtung Kungsträdgården kamen einige schwarze Fahrzeuge in hohem Tempo auf den Strömkai zugefahren. Der Mann ließ das Handy wieder sinken, schob die Hand unter die Jacke und packte das blaue Auslöserkabel.

Was ist hier los?

Was soll ich jetzt tun?

Während die schwarzen Autos auf den Strömkai rasten, lief er Richtung Grand Hôtel los und betrat kurz darauf das Foyer. Hinter sich sah er Autos abrupt bremsen und Männer mit Pistolen in den Händen herausspringen. Er lief zu einem offenen Fahrstuhl, stürzte hinein, die Türen schlossen sich augenblicklich, und der Fahrstuhl setzte sich in Bewegung – jemand hatte ihn angefordert. Im Spiegel in der Kabine sah er sein verschwitztes und erschrockenes Gesicht. Was soll ich nur tun? Ich kann mich doch nicht in einem Fahrstuhl in die Luft sprengen.

Der Lift hielt im dritten Stock an, die Türen glitten auf, und eine gut gekleidete Frau mittleren Alters stieg ein. Sie nickte ihm freundlich zu.

»Fahren Sie runter?«

Er antwortete nicht, also drückte die Frau den Erdgeschossknopf. Er sah im Spiegel, wie sie ihn von der Seite betrachtete, seine dicke Jacke.

»Wohnen Sie hier im Hotel?«, fragte sie.

Er schüttelte den Kopf und schob die Hand wieder unter die Jacke.

Als sie das Erdgeschoss erreichten, packte er blitzschnell von hinten ihren Hals im Würgegriff und schob sie aus der sich öffnenden Tür. Die Frau schrie laut. Vor dem Fahrstuhl standen ein paar Polizisten mit gezogenen Waffen.

»Wenn mich einer anfasst, sprenge ich diese Frau in die Luft!«, brüllte er.

Er verließ den Fahrstuhl mit der Frau fest an sich gedrückt. Die Polizisten wichen augenblicklich zurück, ein paar von denen, die weiter entfernt standen, kommunizierten mit der Einsatzleitung draußen. Wie einen Schild schob er die Frau vor sich her zum Ausgang. Inzwischen war sie so außer sich vor Angst, dass sie nicht mehr schrie. Er ging mit ihr durch die große Tür nach draußen auf den Bürgersteig vor dem Hotel. Überall standen schwarze Autos und Polizisten.

»Ich will ein Taxi!«, schrie er und presste sich mit der Frau an die großen Glasscheiben des Eingangs.

Die Polizisten warteten ab, sie wagten nicht zu schießen, solange er die Frau vor sich hielt.

Plötzlich entdeckte er ein Stück entfernt eine Reihe Taxis und ging darauf zu. Ich steige ins Auto, dachte er, lasse die Frau los und drohe dem Fahrer, dass er mich wegfahren soll, sonst löse ich die Bombe aus!

Doch an dieser Stelle griff das Schicksal auf eine Weise ein, wie er es nie hätte vorhersehen können.

Als er bei den Taxis angekommen war, trat ein älterer Fahrer hinter einem Auto heraus, packte seine Jacke und brüllte:

»Ali!«

Ali starrte seinen Onkel an. Er hatte ihn nicht mehr gesehen, seit er sich radikalisiert und mit seiner eigenen Familie gebrochen hatte.

»Was tust du?«, rief der Onkel. »Was ist hier los?«

»Lass mich los!«, schrie Ali. »Du kapierst gar nichts! Du machst alles kaputt!«

Aber der Onkel ließ nicht los, denn er kapierte durchaus. Er kapierte, was sich da unter Alis Jacke wölbte, und er gedachte nicht, das geschehen zu lassen, solange es nicht Allahs Wille war.

Und das war es nicht.

Also hielt er seinen Neffen ordentlich fest, auch wenn er damit sein eigenes Leben riskierte, während die Frau sich losriss und wegrannte.

Augenblicke später waren die Polizisten da.

Im Polizeipräsidium standen Mette, Lisa, Olivia und eine Reihe Polizisten im Besprechungsraum und wurden laufend von Bosse informiert, der sich vor Ort befand. Die Lage war angespannt. Der scharfe Geruch von durch Adrenalin hervorgerufenem Schweiß vermischte sich im Raum mit dem Duft von schwarzem Kaffee. Der Strömkai war abgesperrt worden. Dank des heldenhaften Taxifahrers hatte man dem Terroristen die Sprengstoffweste abnehmen und sie auf dem Kai ablegen können. Jetzt wartete man, dass die Bombenentschärfungskommission aus der Wohnung in Vårby eintreffen würde. Alle waren nervös, und es fühlte sich wie eine Ewigkeit an, bis sie wieder Bosses Stimme im Lautsprecher vernahmen.

»Sie kommen jetzt. Die Bombenleute sind vor Ort. Ich melde mich, sobald ich weiß, was hier passiert. Ich halte die Leitung offen.«

Mette atmete tief durch. Ihr war übel. Die Situation überforderte sie, aber sie konnte jetzt ja wohl kaum auf die Toilette rennen. Also blieb sie stehen, den Blick auf das Telefon fixiert, als glaubte sie daran, es hypnotisieren zu können, damit es schnell positive Informationen von sich gab. Doch man hörte nur Rauschen und im Hintergrund leise Stimmen – Bosse hatte das Handy offenbar in die Hosentasche geschoben. Die Minuten vergingen. Im Zimmer hustete jemand, während jemand anders sich erdreistete zu versuchen, der Pumpthermoskanne die letzten Tropfen Kaffee abzupressen, was ein zischendes Geräusch erzeugte und dem Kollegen ärgerliche Blicke einbrachte. Olivia hatte sich in Bosses Bürostuhl niedergelassen, sie wippte damit nervös vor und zurück, als plötzlich Abbas in der Türöffnung auftauchte. Sie nickte ihm mit einem schwachen Lächeln auf den Lippen zu, und er erwiderte ihren Gruß. Mette wandte ihren Blick vom Telefon ab, offensichtlich funktionierte das mit der Hypnose nicht, und sie merkte, dass sie etwas zu trinken brauchte. Lisa deutete ihren suchenden Blick richtig und war schnell mit einer Flasche Wasser zur Stelle.

»Danke«, flüsterte Mette, nahm die Flasche entgegen und trank.

Sie fühlte sich sichtlich unwohl, es war einfach schrecklich, nicht vor Ort zu sein und die Kontrolle über alles zu haben.

»Was ist los?«, fragte sie schließlich Bosse.

Keine Antwort.

»Bosse, was ist los? Haben sie die Situation unter Kontrolle?«

Es knisterte im Telefon.

»Antwort: ja. Sie haben eine Risikoeinschätzung durchgeführt und werden jetzt den Roboter losschicken, dann transportieren sie das Objekt nach Rosersberg, um es dort detonieren zu lassen.«

Mette atmete auf. Wenn die Leute von der Bombenentschärfung sagten, sie hätten es unter Kontrolle, dann war es auch so.

»Okay«, erwiderte Mette. »Hast du Zeit, dich via Bildschirm zu melden, sodass wir auch sehen können, was gerade passiert?«

Das hatte Bosse.

Alle standen mucksmäuschenstill da und beobachteten auf einem Computerbildschirm, wie der Bombenroboter sich dem Kleiderbündel mit der Sprengstoffweste näherte, sie hochnahm und zu einem Transportwagen brachte, der damit wegfahren würde.

Alle im Raum atmeten auf, als das Auto mit der Bombe langsam vom Bildschirm verschwand. Der Ort war gesichert und der festgenommene Täter auf dem Weg ins Untersuchungsgefängnis. Olivia sah im Augenwinkel, dass Abbas von der Tür in den Flur entschwand. Sie schlich sich raus und eilte ihm hinterher.

»Abbas!«

Als sie ihn rief, war er gerade im Begriff, um eine Ecke zu verschwinden. Er hörte ihre Stimme, machte einen Schritt zurück und blieb stehen. Sie kam und umarmte ihn.

»Du wirst dich doch nicht einfach so davonschleichen, wo du doch der Held des Tages bist.«

Abbas' braune Augen strahlten sie an.

»Ihr habt alle Hände voll zu tun, und ich hab auch noch ein paar Dinge zu erledigen. Aber schön, dich zu sehen, ist irgendwie ewig her. Geht es dir gut? Als wir uns das letzte Mal gesehen haben, wirktest du ein bisschen bedrückt.«

Immer geradeheraus. Und immer ein Volltreffer. Abbas in komprimierter Form. Er war ein Beobachter, ihm entging nichts.

»Stimmt, aber jetzt ist es gut. Nur ein kleines Formtief.«

Sie lachte, um zu unterstreichen, wie gut es ihr jetzt ging, obwohl sie wusste, dass Abbas auf einen so billigen Trick nicht reinfiel.

»Und wie geht es dir?«, fragte sie.

»Ich vermisse meine Backgammonabende mit Tom, ansonsten ist alles okay.«

»Aber ich bin auch krass gut darin. Also, Backgammon.«

Abbas lachte kurz auf, und es glitzerte in seinen Augen.

»Aber natürlich! Warum ist mir das nicht schon längst eingefallen?«

»Olivia!«

Lisa stand in der Tür zum Besprechungsraum und rief nach ihr. Olivia drehte sich nach ihr um.

»Mette will mit uns reden, sie hat nachher eine Pressekonferenz.«

»Ich komme«, antwortete Olivia.

Abbas legte ihr eine Hand auf die Schulter.

»Ich verschwinde jetzt, grüß Mette und sag ihr, ich melde mich. Und ruf mich an, wenn du mal richtig verlieren willst.«

Olivia antwortete mit einem Lächeln.

»Das werde ich tun, also dich anrufen. Das mit dem Verlieren hab ich überhört.«

Sie umarmte ihn noch einmal und sah ihm nach, wie er um die Ecke verschwand. Ich muss anfangen, mich um die Freunde zu bemühen, die ich habe, anstatt in meiner Einsamkeit zu versinken, dachte sie und ging zum Besprechungszimmer zurück.

*

Auf der Pressekonferenz waren jede Menge Journalisten, und Mette Olsäter saß mit auf dem Podium. Ein Terrorattentat war verhindert worden, und alle waren mit dem Ergebnis sehr zufrieden. Die Säpo und die Polizei, darüber war man sich einig, hatten auf vorbildliche Weise zusammengearbeitet. Jetzt versuchte man, einen Zusammenhang zwischen dem Attentatsversuch des heutigen Tages und dem Sprengstoffanschlag auf die Familie Brovall herzustellen, was aber einige Zeit dauern könnte, wie es hieß.

»Sie sind also nicht sicher, dass es sich um denselben Täter handelt?«, fragte ein Reporter.

»Nein«, antwortete Mette. »Wir gehen davon aus, doch sicher können wir erst sein, wenn es uns gelungen ist, die Festgenommenen mit dem Tatort in Täby in Verbindung zu bringen. Wir werden im Laufe des Nachmittags Vernehmungen durchführen, die hoffentlich zur Klärung einer Reihe von Fragen beitragen. Darüber hinaus erwarten wir Informationen von der Nationalen Sprengstoffschutzorganisation, inwieweit die Bombe, die der Täter am Leib trug, in der Bauweise derjenigen gleicht, mit der das Auto der Brovalls in die Luft gesprengt wurde. Und inwiefern man sie mit dem Material in Verbindung bringen kann, das wir in der Wohnung gefunden haben, die heute früh in Vårby gestürmt wurde.«

Damit mussten sich die Medien fürs Erste zufriedengeben.

*

Der Besprechungsraum war für die Zusammenkunft um 15.00 Uhr voll besetzt. Alle waren erleichtert. Jemand hatte, ohne das mit Mette abzusprechen, für Kuchen gesorgt. Mette lehnte an einer Wand, beobachtete ihre Mitarbeiter und verspürte eine kollegiale Wärme. Seit die Autobombe vor einer knappen Woche detoniert war, hatten alle hier bis zum Umfallen gearbeitet. Doch Mette wusste auch, bei wem sie sich letztendlich dafür bedanken musste, dass sie das Terrorattentat heute hatten abwehren können: Abbas el Fassi. Wäre er nicht so schnell gekommen und besäße er nicht dieses außergewöhnliche Sprachtalent, dann wäre um diese Uhrzeit schon ein großes Schiff auf dem Gewässer der Stockholmer Innenstadt in Stücke gesprengt gewesen. Mit einer Vielzahl Todesopfer an Bord.

Sie räusperte sich ein paarmal, und die Blicke aller richteten sich auf sie. Als es im Raum ganz still war, sagte sie:

»Es ist uns heute gelungen, etwas zu verhindern, was zu einem weiteren nationalen Trauma geworden wäre, und darauf können wir stolz sein. Alle miteinander.«

Olivia und Lisa sahen sich an – keine von beiden fühlte sich sonderlich beteiligt daran, ein nationales Trauma verhindert zu haben.

»Doch es gibt immer noch eine Tragödie, die wir aufklären müssen«, fuhr Mette fort und wies mit einer Geste auf die Tatortfotos von der Autobombe in Täby.

»Die schreckliche, gegen die Familie Brovall gerichtete Tat muss aufgeklärt werden, und es ist unsere Aufgabe, dies zu tun. Die festgenommenen Terroristen sitzen in Untersuchungshaft, sie werden so schnell wie möglich verhört. Wir hoffen, sie mit der Autobombe in Verbindung bringen zu können, doch zum jetzigen Zeitpunkt wissen wir noch nicht, ob uns das gelingen wird. Deshalb müssen wir weiter in die Breite arbeiten.«

Plötzlich öffnete sich die Tür, und Magnus Larsson betrat den Raum.

»Wie gut«, sagte Mette, »wir haben eben über die Autobombe gesprochen. Gibt es etwas Neues?«

Was Magnus berichten konnte, dämpfte die gute Stimmung ein wenig. Er erklärte, was sie in der Wohnung der Terroristen gefunden hatten:

»Die Bombe, die in der Wohnung hergestellt worden ist, ist nicht vom selben Typ wie die bei Brovalls. Hingegen ist es derselbe Typ Bombe wie die des jungen Terroristen heute. Das schließt nicht aus, dass es einen Zusammenhang zwischen ihnen und dem Brovall-Attentat gibt, sie könnten diese Bombe ja woanders hergestellt haben.«

Olivia sah verstohlen zu Lisa und merkte, wie die Kollegin es vermied, Magnus anzusehen. Bilde ich mir das nur ein oder läuft da was zwischen den beiden?, fragte sie sich.

*

Die große, rote Jahrhundertwendevilla in Kummelnäs war weiß von Schnee, und es brannten nicht viele Lichter in den Fenstern. Der einzige Raum, der hell erleuchtet war, lag im oberen Stockwerk: ein großes Schlafzimmer mit weißen Schränken und einer Tür direkt ins Badezimmer.

Mette hatte erst gefeiert und danach trotzdem noch weitergearbeitet. Auf dem Nachhauseweg hatte sie dann ihren Mann Mårten angerufen und ihn gebeten, ihr ein lauwarmes Bad einzulassen.

Sie mochte es nicht, wenn das Wasser zu heiß war.

Nun stand ein Glas Rotwein auf dem Badewannenrand, und ihr Mann hockte auf dem Toilettendeckel ein Stück entfernt. Als sie ins Wasser sank, konnte sie endlich entspannen, oder besser gesagt, alles andere wegschieben. Die Sache mit der Autobombe war immer noch nicht gelöst, auch wenn die Chancen, den Fall abschließen zu können, nach dem heutigen Zugriff entschieden gestiegen waren. Das Einzige, was ihr zu denken gab, war die Anzahl der Attentate: zwei Stück direkt hintereinander, und dazu noch ohne offensichtliche Verbindung. Auch das war früher schon passiert, sogar in Europa, doch die Sorge darüber blieb.

»Du hast noch die Arbeit im Kopf, oder?«, sagte Mårten, der mit seinem Glas in der Hand dasaß.

»Überhaupt nicht! Ich habe nur gerade gedacht ...«

Da Mette nicht sofort einfiel, was sie da wohl gedacht haben könnte, entstand eine Pause, die Mårtens Behauptung bekräftigte.

»Ich hab dich im Fernsehen gesehen«, sagte er.

»War ich gut?«

»Du warst deutlich. Wie immer.«

»Ist das ein Kompliment?«

»Es ist eine Feststellung. Du hast das getan, was du musstest.«

Mette hievte sich am Badewannenrand ein wenig hoch und sah Mårten an.

»Es geht doch nichts über einen Mann, der seine Ehefrau wirklich wertschätzt«, sagte sie.

»Das tue ich, und das weißt du auch. Und zwar seit dem Tag, an dem du mich eingesperrt hast.«

»Ich habe dich in Gewahrsam genommen, mein Lieber, in Schweden sperren wir nicht ein. Du hast zu viele britische Krimis gesehen.«

Mårten hatte in seiner revolutionären Jugend ohne Genehmigung im Kungsträdgården in der Stockholmer Innenstadt demonstriert und war dabei von einer jungen Polizistin sehr unsanft abgeführt worden.

Der Beginn einer Liebesgeschichte.

Jetzt lag die Polizistin nackt im lauwarmen Wasser, und der Demonstrant saß ein paar Meter entfernt auf einem Klodeckel und grinste.

Mette glitt wieder ins Wasser zurück.

»Ich finde, wir sollten mal Magnus und Veronica zu uns einladen«, sagte sie. »Es ist wirklich ein Segen, ihn im Team zu haben.«

»Gern. In Zukunft wird es ja mehr Zeit für Abendessen geben.«

Das war Mårtens feinsinnige Art, auf die herannahende Pensionierung anzuspielen, die er ebenso sehnsüchtig erwartete, wie seine Ehefrau dies nicht tat. Weshalb er seine Formulierungen sorgfältig wählte. Berührte er das Thema, wenn sie nicht in der Laune dazu war, ging das sofort nach hinten los.

Doch das Bad hatte, wie so oft, einen besänftigenden und einlullenden Effekt, weshalb Mette nur sagte:

»Ja, das wird nett.«

»Und wo wir gerade davon sprechen!«

Mårten, der bei der Kriminalkommissarin in der Wanne vor ihm einen winzigen Hauch Bereitwilligkeit erahnte, schlug sofort zu.

»Sieh mal!«, sagte er, schob die Hand unter sein Gesäß und zog hervor, worauf er die ganze Zeit gehockt hatte.

»Was ist das?«

Mette sah, wie Mårten ihr gespannt ein buntes Heft entgegenstreckte.

»Das ist ein wahnsinnig interessanter Prospekt für Themenreisen, eine Gruppenreise nach Südengland, eine Woche. Man besucht dort unter anderem das Haus und die Gärten der

Bloomsbury-Gruppe! Fantastische Gärten! Großartige Häuser! Wäre das nicht spannend?«

Mette trocknete sich überaus sorgfältig die Hände an einem Handtuch ab, das neben ihr hing, wobei es jedoch weniger um Rücksicht auf den Prospekt ging, sondern darum, Zeit zu gewinnen. Ihr Mann und sie hatten diametral entgegengesetzte Vorstellungen von dem Begriff »spannend«. Für ihn war das eine Reise durch Gärten, für sie waren das ganz andere und viel kompliziertere Dinge.

Doch sie nahm den Prospekt in die Hand und beäugte ihn ein paar Minuten. Aus dem Augenwinkel erhaschte sie Mårtens erwartungsvolles Gesicht.

Er kapiert es einfach nicht, dachte sie, nach hundert Jahren Ehe glaubt er immer noch, dass mich so was hier scharfmacht.

Sie hingegen hatte in diesen hundert Jahren gelernt, wie man mit hochgesteckten, aber naiven Erwartungen umgeht.

»Das ist eine wunderbare Idee«, sagte sie, »eine Gartenreise. Lass uns darüber reden, wenn ein bisschen Ruhe eingekehrt ist, ja?«

Sie reichte Mårten den Prospekt zurück, der merkte, dass er heute nicht weiterkommen würde. Er hatte den Moment sorgfältig gewählt, mit Mette in der Badewanne und dem Rotwein. Doch der Samen war gesät, jetzt würde er das Pflänzchen hegen und pflegen müssen.

»Du hast schließlich immer gern *Inspector Barnaby* gesehen«, warf er ein.

»Ja, wohl wahr«, antwortete Mette säuerlich und sank mit dem Gesicht unter die Wasseroberfläche.

Eine sehr effektive Art, eine Konversation zu beenden.

Es war schon nach Mitternacht, als das ältere Paar aus dem Badezimmer in das breite Doppelbett wechselte und jeder von seiner Seite aus ins Bett kroch. Mette streckte sich nach dem Lichtschalter. Sie wusste, dass es nicht lange dauern würde, bis Mårten zu schnarchen begann, und deshalb nutzte sie die Gelegenheit, ihn noch schnell anzusprechen.

»Olivia scheint es nicht so gut zu gehen«, sagte sie.

»Ehrlich? Wie schade. Vielleicht vermisst sie Tom.«

»Sie vermisst einen Mann in ihrem Leben, und das ist nicht Tom.«

»Nein, natürlich, aber sie wird schon finden, was sie braucht, es dauert eben ein bisschen. Sie muss sich mit dem versöhnen, was sie im Gepäck hat, und dann weitergehen.«

»Das ist leicht gesagt.«

»Aber es ist die Wahrheit. Irgendwann wird sie jemanden treffen, der durch alle ihre Schutzwälle stürmt und bleibt.«

»Oder sie wird wie Abbas. Der ist nie über dieses Mädchen in Marseille hinweggekommen.«

»Doch, ich glaube schon. Und auch er wird früher oder später den richtigen Menschen treffen.«

Mette hielt, ohne zu wissen, warum, den Lichtschalter weiter in der Hand. Vielleicht, weil sie nachdenklich geworden war.

»Eine Zeitlang habe ich ja mal gedacht, dass sie zusammenkommen würden«, sagte sie. »Abbas und Olivia.«

»›Zusammenkommen‹ … so hast du im Fernsehen aber nicht geklungen.«

»Ich glaube, sie war eine Weile ziemlich verknallt in Abbas.«

»Das waren wir doch alle. Und sind es noch. Aber warte mal!«, begeisterte sich Mårten.

»Ja?«

»Wir könnten sie doch mit auf die Gartenreise einladen! Zur Aufmunterung.«

Jetzt schaltete Mette das Licht aus, und es wurde dunkel im Zimmer.

Olivia trat aus der Haustür. Die Kälte hatte ihren Klammergriff um die Hauptstadt gelockert und die hübsche weiße Schneedecke in einen entschieden traurigeren, grauen Matsch verwandelt. Doch Olivia war froh darüber. In ihrer Wohnung war es ein bisschen wärmer, und die Tage wirkten, trotz des grauen Wetters, länger. Die Hoffnung, dass es auch in diesem Jahr einen Frühling geben würde, lebte ein wenig auf.

Gut gelaunt und mit Musik in den Ohren lenkte sie ihre Schritte zur Bushaltestelle auf der Långholmsgatan. Als sie auf Höhe der Borgargatan war, legte plötzlich jemand eine Hand auf ihre Schulter. Sie fuhr zusammen und blieb stehen.

»Hallo, Olivia!«

Sie drehte sich um, und da stand Jamie mit einem hübschen dunkelhäutigen Mädchen neben ihm. Sie riss die Kopfhörer aus den Ohren und lächelte. Sie fühlte sich überrumpelt, ihm hier zu begegnen, und dann gleich mit einer neuen, gut aussehenden Freundin. Sollte sie ihn in dieser Situation umarmen oder nicht? Sie entschied sich dagegen.

»Hallo!«, sagte sie.

»Das hier ist Amanda. Wir arbeiten zusammen.«

Offenkundig ist es nicht das Einzige, was ihr zusammen macht, dachte Olivia, als sie Amandas Hand nahm und sie mit einem leicht übertriebenen Lächeln auf den Lippen und einem »Schön, dich kennenzulernen« begrüßte.

»Ja, lange nichts voneinander gehört«, sagte Jamie. »Du hast gar nicht auf meine SMS neulich geantwortet.«

»Ehrlich nicht?«

»Nein, ich war echt ein bisschen sauer.«

»Tut mir leid, aber das muss total an mir vorbeigegangen sein. Wir hatten ziemlich viel Stress im Job, bitte entschuldige. Was wolltest du denn?«

»Ich saß im Tapasrestaurant auf der Högalidsgatan und dachte, dass du vielleicht runterkommen und ein Bier mit mir trinken magst.«

»Schade, ich wäre gerne gekommen«, erwiderte Olivia.

»Wir holen es ein andermal nach. Ich wollte eigentlich auch nur damit angeben, dass ich einen Vertrag mit einer Plattenfirma habe und eigene Musik produzieren werde.«

»Nein, wie toll, Glückwunsch, Jamie!«

Jetzt umarmte Olivia ihn doch, sollte Amanda denken, was sie wollte.

»Danke«, erwiderte Jamie. »Bist du gerade unterwegs irgendwohin, oder kommst du mit, einen Kaffee trinken?«

»Ich muss zur Arbeit, bin schon spät dran, aber total nett…«, es dauerte ein wenig, bis sie weitersprach, »…euch zu treffen.«

Mit gegenseitigen Versprechen, von sich hören zu lassen, trennten sie sich. Amanda und Jamie bogen nach links runter zum Hornstull ab, und Olivia sah ihnen kurz nach, ehe sie geradeaus weiterging. Da lief er, Jamie, der hübsche, charmante Jamie mit seinen Dreadlocks, seiner entspannten, coolen Art und dem tiefen Grübchen im Kinn. Das könnten jetzt wir beide mit einem Kinderwagen sein, dachte sie, und in dem Kinderwagen würde das allersüßeste Baby der Welt liegen.

Doch es hatte nicht sollen sein.

Vielleicht weil das Baby von Anfang an nicht hatte sein sollen.

Olivia spürte einen Schlag in die Magengrube, und es schossen ihr die Tränen in die Augen. Ab und zu kam diese abgrundtiefe Trauer noch hoch, die Abstände wurden nur größer. Sie setzte die Kopfhörer wieder ein und drehte die Lautstärke hoch, um nicht denken zu müssen.

Als sie am Rathaus aus dem 54er stieg, lief sie geradewegs in Magnus Larsson hinein. Offensichtlich war er auch unterwegs zur Morgenbesprechung. Sie hatte keine Lust, das letzte Stück bis zum Polizeipräsidium mit ihm Smalltalk machen zu müssen. Die Begegnung mit Jamie spukte ihr noch im Kopf herum, deshalb sah sie zur Seite und versuchte, durch ihn hindurchzusehen, als wäre sie komplett von ihrer eigenen Kopfhörerwelt absorbiert.

Es funktionierte nicht.

»Ja, hallo! Olivia, nicht wahr?«

»Ja.«

Olivia behielt die Kopfhörer im Ohr, um zu demonstrieren, dass sie nicht ansprechbar war. Auch das funktionierte nicht.

»Wir haben uns noch gar nicht richtig bekannt gemacht.«

Magnus streckte ihr die Hand hin, und Olivia kapitulierte, sie wollte ja schließlich nicht unhöflich sein. Also Kopfhörer raus und die Hand zur Begrüßung ausgestreckt.

»Als ich dich das letzte Mal sah, warst du so klein«, sagte Magnus.

Er lachte und zeigte mit der Hand, dass Olivia bei der Gelegenheit, an die sie sich überhaupt nicht erinnerte, ungefähr einen Meter groß gewesen sei.

»Ich habe damals viel mit deinem Vater gearbeitet«, erklärte er. »Ich mochte ihn sehr, furchtbar traurig, dass er so früh gestorben ist.«

Er strich ihr etwas mitleidig über die Schulter, während sie sich dem Eingang des Polizeipräsidiums näherten.

»Wie geht es deiner Mutter?«, fragte er.

Tja, wenn man das so genau wüsste, dachte Olivia.

»Gut. Im Moment ist sie auf Mallorca«, antwortete sie.

Mit neuem Mann und neuer Heirat im Visier – und das behielt sie für sich.

»Bitte grüße sie sehr herzlich von mir und Veronica, meiner Frau. Wir sind uns damals ein paarmal begegnet. Wir haben einen Sohn, Johannes, der genauso alt ist wie du. Ihr habt immer sehr schön miteinander gespielt.«

Ein Erinnerungsbild segelte durch Olivias Kopf, ein lachender Junge mit weißblondem Haar, der einen Tennisball warf, und ein kleiner weißer Hund, der hinterherrannte.

»Daran erinnere ich mich, glaube ich«, sagte sie. »Hattet ihr nicht einen Hund?«

»Ja, Laika, ein Malteser. Der ist richtig alt geworden. Johannes und er waren unzertrennlich.«

Magnus öffnete Olivia auf eine übertrieben galante Weise die Tür.

»Ladies first, auch wenn man das heute wohl nicht mehr so sagt«, meinte er und zwinkerte ihr zu.

Olivia entschied sich, den Kommentar zu ignorieren. Seit die Metoo-Bewegung um die Welt gegangen war, gehörte es zum Alltag, sich gegen solche Sprüche wehren zu müssen. Gern witzelten vor allem etwas ältere Männer, die sowieso der Meinung waren, das alles sei doch übertrieben, und man könne heutzutage ja gar keine Komplimente mehr machen, ohne missverstanden und als übergriffig bezeichnet zu werden.

»Aber ich bin nun mal von der alten Schule und bitte dich um Nachsicht«, fuhr Magnus fort.

Olivia lächelte und zeigte, dass sie in diesem Fall mit der alten Schule nachsichtig war. Sie hatte gerade keine Lust, die wütende junge Frau zu geben und darauf hinzuweisen, dass es genau diese Kommentare waren, die zeigten, dass man dem alten Patriarchat angehörte und nicht willens war, sich je zu ändern. Und dass außerdem jeder Mensch, ganz gleich, welchen Geschlechts, sich freute, wenn man ihm die Tür aufhielt.

»Was macht denn Johannes jetzt?«, fragte sie, um das Gespräch auf weniger vermintes Terrain zu lenken.

Magnus' Lächeln erstarrte zu einer Grimasse, und sein Blick wirkte traurig und unsicher, als sie die Frage stellte. Offensichtlich war sie soeben auf eine neue Mine getreten.

»Nicht viel, leider«, antwortete Magnus. »Vor ein paar Jahren hatte er einen Motorradunfall und hat gerade wieder angefangen, laufen zu lernen.«

»Oh, das tut mir leid. Ich wusste nicht …«

»Nein, woher solltest du das auch wissen.«

Magnus sah gequält aus, sein Blick flackerte, und er tauchte kurz in sein Inneres ab. Olivia wusste nicht recht, wie sie reagieren sollte, also begann sie ein Ablenkungsmanöver und tat so, als müsste sie in der Tasche nach ihrer Passierkarte wühlen, obwohl sie genau wusste, wo die steckte. Magnus hatte seine Karte in der Hand und passierte vor ihr den Wachmann. Als er merkte, dass sie nicht hinterherkam, blieb er stehen.

»Kannst du deine Karte nicht finden?«, fragte er.

»Doch, doch.«

Olivia fischte ihre Karte heraus und ging nach ihm durch.

»Entschuldige bitte, aber ich reagiere immer ein bisschen komisch, wenn jemand nach Johannes fragt«, erklärte er, als sie wieder nebeneinandergingen. »Das mit der Trauer ist eine schwierige Sache. Sie überkommt einen manchmal so plötzlich, wie eine Übermacht, gegen die man sich nicht wehren kann. Aber das weißt du ja, Arnes Tod muss euch schwer mitgenommen haben.«

Olivia nickte. Sie war erstaunt, wie offen er seine eigene Verletzlichkeit eingestand. So hatte er nicht auf sie gewirkt. Manchmal verurteile ich die Menschen zu schnell, dachte Olivia.

»Erst wussten wir gar nicht, ob er überleben würde«, fuhr Magnus fort. »Dann wussten wir nicht, ob er jemals aus dem Koma erwachen würde. Ob das Gehirn so wie früher funktionieren würde. Sein Kind so zu sehen … das wünscht man niemandem.«

Olivia sah wieder den lachenden Jungen vor sich. Das Leben veränderte sich schnell. Manche haben Glück, andere Unglück. Sie näherten sich den Räumen der NOA, und diesmal hielt Olivia Magnus die Tür auf. Er sah sie an, und ein Lächeln schob die niedergeschlagene Miene beiseite.

»Ganz schön fix!«

»Ich bin eben von der neuen Schule«, erwiderte sie und lächelte ebenfalls.

Magnus lachte laut.

»Und wieder fix! Es war nett, mit dir gesprochen zu haben, Olivia, und wie schön, dass du in die Fußstapfen deines Vaters trittst. Er war wirklich ein guter Polizist und in jeder Hinsicht ein guter Mensch.«

Magnus strich Olivia ein wenig über den Arm, als sie vor der Tür zum Besprechungszimmer stehen blieben. Im Augenwinkel sah Olivia, wie Lisa sie aus ihrem gemeinsamen Büro beobachtete. Olivia winkte ihr, Lisa machte eine rasche Geste und verschwand wieder.

»Ja, sehr nett«, sagte Olivia. »Wir sehen uns gleich, ich muss vor der Besprechung noch schnell in mein Büro.«

»Und denk dran, deine schöne Mutter zu grüßen.«

»Das werde ich tun«, sagte Olivia, schon auf dem Weg in ihr Zimmer.

Als sie reinkam, saß Lisa in einige Papiere vertieft da und las.

»Hallo«, sagte Olivia, »wie geht's?«

»Gut.«

»Ich bin mit diesem Magnus Larsson vom Bus hierhergelaufen.«

»Ja, hab ich gesehen«, antwortete Lisa, immer noch in den Text vor sich vertieft.

»Der ist tatsächlich richtig nett«, fuhr Olivia fort. »Erst fand ich ihn ein bisschen dröge, du weißt schon, umständlich und Mette gegenüber so von oben herab, aber er war sehr offen. Scheinbar habe ich, als ich klein war, mit seinem Sohn gespielt, ich konnte mich sogar an ihn erinnern. Aber jetzt hatte er einen schlimmen Motorradunfall, total traurig.«

Gott, was laberte sie da bloß? Wollte sie damit eine Reaktion von Lisa erzwingen? Doch Lisa verzog keine Miene, sie sah nicht einmal hoch. Also gab Olivia auf, zog sich die Jacke aus und hängte sie über Lisas an den gemeinsamen Kleiderhaken, der im Begriff war, aus der Wand zu fallen.

»Wir müssen da was machen«, sagte sie und zeigte auf den Haken.

»Verdammtes Arschloch«, murmelte Lisa.

»Wer?«

»Sebastian Landback.«

»Idas Freund?«

»Ja. Ich hab grade von der D-Gruppe ihre SMS-Konversation bekommen.«

»Und?«

»Hör dir das an. Er schreibt: ›Ich hab gesehen, wie du auf seinem Schoß gesessen hast, du verdammte Hure.‹ Sie antwortet: ›Aber Sebbe, das waren doch nur circa zwei Sekunden, und er hat mich doch runtergezogen!‹ Er weiter: ›Gab ja wohl einen Grund, so wie du dich benimmst. Wenn du mit mir zusammen sein willst, dann sitzt du gefälligst nur auf meinem Schoß, du Fotze. Okay?‹ Sie antwortet: ›Ok‹ und ein Herz. ›Gut, du gehörst nämlich mir, merk dir das.‹ Und dann wird es immer nur noch schlimmer.«

Es war nicht zu überhören, wie empört Lisa war. Als sie weitersprach, zitterte ihre Stimme:

»Und dann scheint er ein Nacktbild von ihr auf Instagram gepostet zu haben, um sie zu bestrafen«, sagte sie. »Ida war total verzweifelt und hat geschrieben, dass sie doch nur ihn liebt und dass es nie wieder vorkommen wird. Er nimmt das Bild wieder weg, schreibt aber, dass es ein schlimmeres Bild geben wird, wenn das noch mal passiert, und dann noch: ›Du weißt schon, welches.‹«

Lisa ließ das Papier sinken und sah Olivia zum ersten Mal, seit sie den Raum betreten hatte, an. Sie hatte rote Flecken am Hals, die sich auf Gesicht und Wangen ausbreiteten. Olivia war erstaunt über Lisas Zorn. Natürlich waren das provozierende und empörende SMS, aber gleichzeitig leider Alltag für Polizisten.

»Außerdem sieht es so aus, als wäre er genau in dem Augenblick, als das Auto gesprengt wurde, mit Ida auf Facetime gewesen«, fuhr Lisa fort. »Der Zeitpunkt stimmt überein.«

Olivia horchte auf. Sie hatten ja keine Ahnung gehabt, dass es vielleicht eine Person gab, die das alles in Echtzeit mitverfolgte. Warum erfuhren sie davon erst jetzt? Und falls das so war, warum hatte sich Sebastian nicht bei der Polizei gemeldet?

»Mit dem müssen wir auf jeden Fall reden«, sagte Olivia. »Wo wohnt er? Haben wir da Infos?«

»Ja, er wohnt auch in Täby, sie haben die Adresse rausgesucht. Ich checke mal unser Register, ob was gegen ihn vorliegt.«

Lisa sah auf die Uhr.

»Aber das schaffe ich nicht mehr vor der Besprechung.«

Mette und Bosse saßen in Mettes Büro. Noch fünf Minuten bis zur Besprechung. Mette trommelte mit den Händen auf ihre Knie.

»Bist du gestresst?«, fragte Bosse.

»Ja.«

»Warum?«

Bosse arbeitete, genau wie Lisa, schon viele Jahre in Mettes Team, Olivia war erst später dazugekommen. Er stand ihr so nahe, dass er in gewissen Situationen auch persönlich werden durfte. So wie jetzt.

»Es fühlt sich falsch an«, sagte Mette.

»Mit den Terroristen? Und den Brovalls?«

»Ja.«

»Geht mir auch so.«

Und dann schwiegen sie.

Die gesamte Ermittlungsmaschinerie war darauf fokussiert, die Terroristen mit der Autobombe in Verbindung zu bringen, darauf fußten alle Hoffnungen. Und hier saßen zwei der zentralen Ermittler, sahen einander an und hatten dasselbe Gefühl.

Da stimmte etwas nicht.

»Hätte der IS sich nicht melden müssen, wenn es so wäre?«, fragte Bosse.

»Doch, vielleicht.«

»Aber das haben sie nach dem Attentat auf der Drottninggatan auch nicht getan.«

»Nein. Aber das hier ist anders«, gab Mette zu bedenken.

»Ja.«

Mette fing Bosses Blick ein, um sich zu vergewissern, dass er aufnahm, was sie sagte:

»Das hier behalten wir für uns.«

Bosse nickte, und beide erhoben sich.

Als Olivia und Lisa den Besprechungsraum betraten, stand Mette mit Bosse und Magnus Larsson zusammen, und es sah tatsächlich so aus, als hätten sie Spaß. Magnus strich Mette über die Schulter und sagte etwas, das sie zum Lachen brachte. Olivia sah verstohlen zu Lisa und merkte, dass auch sie die Geste registriert hatte, dann aber den Blick senkte und sich auf einen Stuhl an der Wand setzte. Bosse grüßte Olivia mit einem Nicken und suchte auch Lisas Blick, doch die blätterte wieder in ihren Papieren. Olivia bemerkte, dass auch Magnus Lisa einen sehr wertschätzenden Blick zuwarf, und fragte sich erneut, ob zwischen den beiden irgendwas lief.

Sie nahm sich einen Stuhl und setzte sich neben Lisa an die Wand. Lisa sah auf und lächelte ihr zu. Alle waren versammelt, und Mette eröffnete die Besprechung.

»Die Situation ist wie folgt«, begann sie. »Wir haben vom Forensischen Zentrum eine Antwort zu dem Handschuh, der auf der Garagenauffahrt gelegen hat, bekommen. Er gehörte nicht Kaj Brovall und auch niemandem sonst aus der Familie. Wir haben die gefundene DNA unter anderem mit der der festgenommenen Täter verglichen, doch leider gab es keinen Treffer.«

Im Raum machte sich Enttäuschung breit. Alle hatten gehofft, dass man die Terroristen rasch auch für die Autobombe würde verantwortlich machen können.

»Das heißt, ein unbekannter Mann war am Auto«, stellte Mette fest.

Lisa gab Olivia einen kleinen Stoß mit dem Ellenbogen und hielt ihr Papier hoch, auf dem »Sebastian?« stand. Olivia nickte und flüsterte »möglich«, als Mette fortfuhr:

»Wie läuft es bei Gruppe A?«

Mette nickte Bosse zu, der sie ein paar Augenblicke wortlos ansah, und dann übernahm.

»Ja, die Festgenommenen leugnen derzeit das meiste, aber wir haben genug in der Hand, um sie wegen des verhinderten Attentats und des Tatbestands der Vorbereitung eines terroristischen Verbrechens zu belangen. Abgesehen von dem, was wir schon berichtet haben, sind in der Wohnung Messer, Karten über verschiedene bekannte Gebäude in Stockholm – unter anderem das Schloss – und eine Reihe von Zeitungsausschnitten über Terrorfinanzierung gefunden worden. In einem der Zeitungsausschnitte wird am Rande auch Malin Brovall erwähnt. Das könnte darauf hinweisen, dass sie wussten, wer sie war und womit sie befasst war. Wir intensivieren die Vernehmungen und werden sehen, ob wir sie in die Enge treiben können.«

»Das Schloss?«, fragte Olivia laut. »Glaubt ihr, dass sie ein Attentat auf das Schloss geplant haben?«

»Ja, es scheint eines der möglichen Ziele gewesen zu sein.«

Alle im Raum begriffen mit einem Mal, was sie durch den Zugriff in Vårby und am Strömkai vereitelt hatten.

»Wir gehen mit diesen Erkenntnissen nicht an die Medien, ehe wir mit Sicherheit wissen, dass es stimmt«, sagte Mette. »Danke, Bosse. Magnus?«

Magnus stand auf.

»Wir können beweisen, dass die Bombe, die der festgenommene Täter am Leib trug, in der Wohnung in Vårby hergestellt worden ist.«

Und dann begann er, alle technischen Details der Bombenherstellung zu erklären, und demonstrierte mithilfe des Großbildschirms, welche gediegene Arbeit sie geleistet hatten, um das herauszubekommen. Wieder ein wenig umständlich und einigermaßen uninteressant, fand zumindest Olivia, die jedoch darauf achtete, wann immer Magnus den Blick zu ihr wandern ließ, so zu wirken, als würde sie aufmerksam zuhören. Als er fertig war, bedankte er sich fürs Zuhören und endete mit ein paar aufmunternden Worten an die anwesenden Ermittler.

»Wir haben für die hervorragende Arbeit zu danken«, sagte Mette, »und wir werden uns sicher bald wieder an euch wenden. Hat sonst noch jemand neue Informationen?«

Olivia sah zu Lisa und erkannte sofort, dass sie nichts sagen wollte. Obwohl sie die neuen Informationen entdeckt hatte. Doch Lisa wirkte abwesend und war damit beschäftigt, seltsame kleine Figürchen auf ihre Papiere zu malen. Was war bloß los mit ihr? Lisa, die sonst in allen Besprechungen immer vorne mit dabei war, fiel plötzlich, sowie sie einen Konferenzraum betrat, ins Koma.

»Wir sollten uns Sebastian Landback, Idas Freund, etwas näher ansehen«, sagte Olivia. »Er hat jede Menge mehr oder weniger übergriffige SMS an Ida geschickt. Außerdem glauben wir, dass er genau in dem Moment, als die Tat geschah, mit Ida auf Facetime war, was bedeutet, dass er vielleicht Sachen gesehen hat, von denen wir bisher noch keine Ahnung haben.«

»Gut«, sagte Mette. »Verfolgt die Sache sofort!«

Lisa und Olivia legten umgehend los. Lisa ließ den Namen in ihrem Büro schnell durchs Register laufen und fand ein Urteil gegen Sebastian. Eine kleine Sache wegen Körperverletzung. Das machte ihn noch interessanter für sie, denn bei dem Opfer handelte es sich um Sebastians damalige Freundin.

Während Lisa vor dem Computer saß, gab ihr Handy einen Ton von sich. Olivia sah, wie Lisa die Mitteilung las und sofort wegdrückte.

Olivia hätte zu gerne gewusst, was in der SMS stand, denn Lisa bekam sofort wieder rote Flecken am Hals.

Und sie wäre erstaunt über den Inhalt gewesen, denn der lautete: »Magst du immer noch gelbe Rosen?«

Lisa stand abrupt auf, erzählte von Sebastians Verurteilung und zerrte ihre Jacke dabei so heftig vom Haken, dass die halbe Wand gleich mitkam. Olivia lachte. Doch Lisa wandte sich zu ihr und fragte:

»Was ist daran so lustig?«

»Der Haken«, antwortete Olivia.

Lisa warf ihr einen wütenden Blick zu.

»Fahren wir?«, fragte sie und ging zur Tür.

Olivia stand auf, nahm ihre Jacke, die zusammen mit dem Haken auf dem Boden lag, und eilte ihrer Kollegin hinterher.

»Bist du sauer?«, fragte Olivia, als sie Lisa eingeholt hatte.

»Nein, ich bin wütend.«

»Auf wen?«

»Sebastian Landback natürlich.«

Olivia sah Lisa an. Sie fand das überhaupt nicht natürlich.

Lisa fuhr, und Olivia saß auf dem Beifahrersitz und versuchte klarzustellen, ob Sebastian zu Hause war. Er war nicht an sein Handy gegangen, aber seine Mutter Beata war erreichbar.

»Sebastian ist krank«, erklärte sie, »er hat die Grippe, ist aber, glaube ich, nicht mehr ansteckend.«

Beata war es auch, die ihnen die Tür öffnete. Sie war um die fünfzig mit langem hennagefärbtem Haar, markanter Nase und dunklen Ringen unter den Augen, die deutlich machten, dass sie die letzten Nächte nicht gut geschlafen hatte.

»Entschuldigen Sie bitte«, sagte sie, »es ist etwas unordentlich hier. Das war alles so anstrengend, Ida war wie ein Familienmitglied, und Sebbe ist total fertig, der Arme.«

Lisa und Olivia betraten das Reihenhaus und stellten fest, dass es überhaupt nicht unordentlich war. Im Gegenteil.

Aber vielleicht hatte Beata ja mehr ihr Inneres gemeint.

»Sebbe! Sie sind jetzt da!«, rief sie ins obere Stockwerk hinauf. Die Antwort bestand lediglich aus unfreundlichem Gebrumme.

Sie zeigte ins Wohnzimmer.

»Kommen Sie doch herein und setzen Sie sich. Darf ich Ihnen etwas anbieten?«

»Nein, danke, nicht nötig«, antwortete Lisa kurz angebunden und ließ sich auf dem Sofa nieder.

»Für mich auch nicht«, sagte Olivia und bemühte sich um einen etwas höflicheren Ton.

Beata lächelte ihr dankbar zu. Von der Treppe waren schlurfende Schritte zu hören, und dann tauchte Sebastian auf. Eine lange, schlanke Erscheinung, die Haare verwuschelt.

»Es ist vielleicht am besten, wenn Sie sich nicht die Hand geben, obwohl er inzwischen eigentlich fast gesund ist«, erklärte Beata, als Sebastian den Raum betrat.

Sebastian sah alles andere als gesund aus. Die Haut war bleich, und unter ein paar vereinzelten Barthaaren am Kinn leuchteten große, rote Pickel. Auch er hatte dunkle Ringe unter den Augen, und sein Blick flackerte, als er sich gegenüber von Lisa und Olivia in den Sessel fallen ließ. Beata blieb stehen, rang ihre Hände und sah etwas verunsichert von einem zum anderen.

»Wir möchten mit Sebastian allein sprechen«, sagte Lisa.

»Wenn das möglich ist«, ergänzte Olivia.

»Ich weiß nicht«, sagte Beata unsicher. »Sebastian?«

»Sebastian ist neunzehn Jahre alt, er ist mündig, und Sie sind nicht länger Vormund«, stellte Lisa trocken fest. »Wenn Sie möchten, können wir ihn auch auf dem Präsidium vernehmen.«

Olivia warf ihrer Kollegin einen verärgerten Blick zu. Lisas Vorgehen gefiel ihr ganz und gar nicht. Es war weder nötig noch sinnvoll, Widerstand zu provozieren. Lisa ist aus irgendeinem Grund aus dem Gleichgewicht, dachte sie, und lässt das auf eine höchst unprofessionelle Weise in die Situation reinspielen.

Das sah ihr gar nicht ähnlich.

»Er wird wegen nichts verdächtigt«, erklärte Olivia zu Beata gewandt. »Wir möchten einfach mit ihm reden, und es könnte leichter sein, wenn kein Nahestehender dabei ist. Für Sie beide.«

Beata sah ihren Sohn fragend an. Sebastian antwortete mit einem schiefen Lächeln, das nicht bis zu den Augen reichte.

»Kein Problem«, sagte er und begann heftig zu husten.

Beata sah ihn besorgt an.

»Hast du die Hustenmedizin genommen?«

»Ja doch, jetzt geh.«

Während Sebastian fertig hustete, entschwand seine Mutter aus dem Zimmer, doch Olivia war ganz sicher, dass sie sich irgendwo befand, wo sie alles hören konnte, was gesprochen wurde. Lisa hatte sich auf dem Sofa gerade aufgerichtet, als wäre sie bereit, zum Angriff überzugehen, und deshalb sorgte Olivia dafür, die Erste zu sein.

»Wir verstehen, dass es anstrengend für Sie ist, Sebastian, Sie waren recht lange mit Ida zusammen, oder?«

Sebastian sah Olivia mit seinen rotgeränderten Augen an.

»Ja, bald ein Jahr. Wir wollten feiern, wenn sie vom Fjäll zurückkommt.«

Er schniefte und wischte mit der Hand unter der Nase herum.

»Und Sie hatten viel Kontakt, nicht wahr?«, fragte Olivia weiter. »Auch dann, wenn Sie sich nicht gesehen haben?«

»Ja, die ganze Zeit. Ihre Mutter war schon total sauer auf uns, weil wir die ganze Zeit auf Facetime waren. Aber wir waren so wahnsinnig verliebt.«

Olivia nickte und wollte eben nach ihrem Kontakt am Morgen des Attentats fragen, als Lisa ihr schnell wie eine Kobra zuvorkam.

»Da möchte ich dann mal fragen, wie Sie ›verliebt‹ definieren.«

Sebastian sah sie verwirrt an.

»Wie? Was meinen Sie? Wie definieren?«

»Das ist eine einfache Frage, aber ich kann Ihnen ein wenig helfen. Heißt verliebt sein für Sie, Ihre Freundin zu bedrohen und eine Hure zu nennen?«

»Lisa«, mahnte Olivia leise.

»Nein«, antwortete Sebastian.

»Aber genau das haben Sie doch getan. Wir haben Ihre SMS gelesen.«

Sebastian wischte wieder unter der Nase herum. Mit einem Mal wurde ihm klar, dass die beiden Polizistinnen vor ihm seine mobile Kommunikation mit Ida voll und ganz kannten. Er wusste zwar, dass man so etwas herausfinden konnte, hatte aber nicht richtig glauben wollen, dass sich jemand wirklich die Mühe machen würde.

»Aber das sind doch nur so Sachen, die man dahinsagt«, meinte er. »Das war ja wohl nicht ernst gemeint.«

»Und es war auch nicht ernst gemeint, dass Sie ein Nacktbild von ihr gepostet haben?«, erkundigte sich Lisa.

Da reagierte Sebastian augenblicklich.

»Ich war verdammt sauer auf sie, okay? Ich hab es später ja wieder rausgenommen. Das ist ja wohl nicht so schlimm, oder?«

Sebastians Beine zitterten aus Nervosität oder Ruhelosigkeit, und es lief ihm wieder Rotz aus dem einen Nasenloch, den er schnell mit einem Pulloverärmel wegwischte.

»Das finden Sie nicht schlimm?«, fragte Lisa. »Und was glauben Sie, wie Ida das fand? Die Nacktbilder im Netz?«

Lisa beugte sich vor zu Sebastian. Olivia legte ihr eine Hand auf den Arm, dass sie sich beherrschen möge, doch Lisa war in voller Fahrt. Ihre Stimme veränderte sich und wurde auf eine Art persönlich, die nichts mit ihrer Rolle bei einer Vernehmung zu tun hatte.

Sie sagte:

»Ich glaube, dass Ihnen das scheißegal war. Es war Ihnen scheißegal, wie sehr sie das kränkte und wie viel Angst sie hatte, als Sie ihr drohten, noch mehr Bilder ins Netz zu stellen, schlimmere Bilder. Jedes Mal, wenn sie nicht getan hat, was Sie wollten, haben Sie ihr gedroht, damit sie sich Ihnen fügte, nicht wahr? Und das hat sie dann auch getan, die arme Ida, sie hat um Entschuldigung gebeten, hat Ihnen versichert, wie sehr sie Sie liebte. Es fühlte sich gut an, diese Macht über sie zu haben. Ganz genau so bestrafen die Peiniger von Frauen ihre Opfer, brechen sie herunter auf eine fügsame Masse, die ihnen auf den kleinsten Wink hin gehorcht. So wollen Sie Ihre Mädchen haben, oder? Sie sind ja bereits wegen Gewalt gegen eine Freundin verurteilt, wollte dieses Mädchen sich nicht fügen?«

Lisa lehnte sich ein wenig zurück, sie hatte ihre ganze Artillerie in einer persönlichen Vendetta ins Feld geführt.

Olivia hatte davon keine Ahnung.

Sie, die immer noch die Vernehmungsrolle aufrechterhielt, hatte das Problem, dass die Sprache noch nicht auf die Facetime-Unterhaltung der beiden gekommen war. Lisa war entgegen der Fahrtrichtung unterwegs und hatte mit dem angefangen, was sie für das Ende der Befragung vorgesehen hatten.

Olivia sah im Augenwinkel, dass Beata die Tür zur Küche aufgeschoben hatte, und wusste nicht recht, was sie tun sollte, um die Situation wieder ins Gleis zu bringen. Sebastian starrte Lisa mit hasserfülltem Blick an.

»Worauf wollen Sie verdammt noch mal hinaus?«, zischte er.

»Wollten Sie Ida vielleicht härter bestrafen?«, fragte Lisa ruhig. »Nicht nur Nacktbilder? Wollten Sie vielleicht ihre ganze Familie in die Luft sprengen?«

»Sie sind doch wahnsinnig, verdammt!«

Sebastian stand abrupt aus dem Sessel auf und beugte sich vor zu Lisa.

»Fahren Sie zur Hölle!«

»Sebastian«, sagte Olivia so ruhig sie vermochte. »Bitte setzen Sie sich wieder.«

Dann wandte sie sich an Lisa.

»Geh du schon mal raus, dann schließe ich das hier ab, okay?«

»Ja, hauen Sie ab!«, sagte Sebastian und sank zu Olivias Erleichterung wieder in den Sessel.

Er starrte Lisa an, die keine Miene verzog.

»Solange die da ist, sag ich gar nichts mehr, dass das klar ist.«

»Lisa?«

Olivia sah Lisa auffordernd an. Die stand eilig auf und verließ demonstrativ das Zimmer. Als die Haustür zuschlug, flüsterte Sebastian »Fotze« vor sich hin.

»Das habe ich gehört«, ermahnte Olivia ihn.

»Und ich verstehe ihn«, war Beatas Stimme von der Tür her zu vernehmen. »Er ist auf eine Weise provoziert worden, die meiner Meinung nach jegliche Grenzen überschritten hat. Der Arme hat gesehen, wie seine Freundin in die Luft gesprengt worden ist, und Sie behandeln ihn so!«

Sie ging zu ihrem Sohn und legte die Hand auf seine Schulter. Sebastian zuckte von der Berührung zusammen, als würde er versuchen, einen Schlag zu parieren, und Olivia fragte sich insgeheim, wie es um das Verhältnis zwischen Mutter und Sohn eigentlich stand. War Beata wirklich die liebevolle Mutter, als die sie gelten wollte?

»Ich bitte um Entschuldigung«, sagte Olivia und wandte sich Sebastian zu. »Lassen Sie uns noch mal von vorn beginnen. Sie haben das Attentat also im Handy gesehen?«

Sebastian nickte mit gesenktem Blick.

»Und warum haben Sie das der Polizei nicht mitgeteilt? Oder haben Sie das? Haben wir irgendetwas nicht erfahren?«

Sebastian schüttelte den Kopf.

»Und warum nicht?«, fragte Olivia.

»Der Arme war doch total schockiert«, sagte Beata und ließ sich auf Lisas Platz nieder. »Und dann ist er auch noch krank geworden und hatte hohes Fieber, er hat nur dagelegen und gejammert.«

Olivia nickte.

»Ein ungünstiges Zusammentreffen«, sagte sie, »denn es kann sein, dass Sebastian wertvolle Informationen für uns hat.«

»Habe ich aber nicht«, sagte Sebastian leise. »Ich habe nichts gesehen, wir haben geredet, ich hab nur ihr Gesicht gesehen, wir haben uns Küsschen zugeworfen, und dann knallte es.«

»Und was haben Sie dann gemacht?«

»Geschrien wie blöd. Ich hab ja gar nicht kapiert, was passiert ist! Der Schirm wurde einfach schwarz. Und dann kam Mama rein, und dann hat sie 112 angerufen.«

»Aber da hatten schon andere angerufen«, flocht Beata ein.

»Und Sie haben während des Gesprächs nichts anderes bemerkt?«, fragte Olivia. »Irgendwas? Haben ihre Mutter oder ihr Vater etwas gesagt, woran Sie sich erinnern?«

»Nein. Verdammt, ich kann mich an nichts erinnern als den elenden Knall … und Ihre verdammte Scheißkollegin versucht, es so zu drehen, als ob ich das gemacht hätte, das ist doch total krank.«

Sebastian verbarg den Kopf in den Händen, und Olivia sah, dass er weinte. Der ganze lange Körper begann im Takt der Schluchzer zu zucken.

»Haben Sie ihn jetzt nicht genug gequält?«, fragte Beata.

Olivia wusste aus Erfahrung, dass es keinen Sinn mehr hatte, jetzt noch weitere Details aus ihm rauspressen zu wollen.

Die Gelegenheit war vorbei.

»Ich hätte noch eine einzige Frage. Wenn das okay ist?«

Olivia zog ein Foto von dem Handschuh heraus, der auf der Garageneinfahrt der Brovalls gefunden worden war, und hielt es Sebastian hin.

»Erkennen Sie diesen Handschuh?«

Er betrachtete das Bild und schüttelte dann den Kopf.

»Das heißt, er gehört nicht Ihnen?«

»Nein«, sagte er.

Auch Beata sah die Fotografie an, und Olivia hätte schwören mögen, dass sie einen winzigen Moment etwas verwirrt wirkte. Erkannte sie den Handschuh?

»Nein, solche hat er nie gehabt«, sagte Beata und sah Olivia ins Gesicht.

Olivia war wütend und enttäuscht, als sie das Haus der Familie Landback verließ. Das Gespräch war überhaupt nicht nach ihren Wünschen verlaufen, und Sebastian hatte ihnen rein gar nichts Handfestes geliefert. Sie wusste nicht, ob es an Lisas aggressivem Einstieg in die Vernehmung gelegen hatte, jedenfalls schuldete ihr Lisa eine Erklärung. Sie sah zum Auto, wo ihre Kollegin hinter dem Steuer saß und wartete.

Ihr wird ja wohl klar sein, dass sie zu weit gegangen ist, dachte Olivia und ging zum Auto, öffnete die Beifahrertür und setzte sich.

»Behandle mich nie wieder so«, zischte Lisa.

Sie hatte die Hände auf dem Lenkrad und starrte geradeaus. Olivia sah sie an.

»Lisa.«

»Du hast genau gehört, was ich gesagt habe. Du hast mich rausgeschickt, als wäre ich deine verdammte Assistentin. Mach das nie wieder!«

Olivia spürte, wie ihr die Haare zu Berge standen. Dass Lisa sie, nach allem, was da drin passiert war, hier attackierte, machte sie zornig, und sie schlug mit der Hand auf das Armaturenbrett.

»Du warst es doch, verdammt noch mal, die das ganze Ding versaut hat! Ihn zu beschuldigen, das Auto gesprengt zu haben, wo wir doch auf was ganz anderes rauswollten. Du hast ihn total blockiert! Findest du das vielleicht klug?«

Lisa antwortete nicht, sondern ließ den Wagen an und fuhr demonstrativ rasant aus der Parklücke.

»Lisa?«, fragte Olivia.

»Einer wie der sagt gar nichts, wenn er nicht provoziert wird«, gab Lisa zurück.

»Und das weißt du?«

»Das weiß ich, weil ich schon mit Hunderten solcher Typen im Verhör gesessen habe.«

»Aber worauf wolltest du denn hinaus? Du hast doch mit der Provokation rein gar nichts erreicht. Glaubst du allen Ernstes, dass er was mit dem Attentat zu tun hat?«

»Vielleicht nicht, aber ich wollte wenigstens sehen, dass er sich für das schämt, was er Ida angetan hat. Okay? Aber nicht mal dazu war dieses Aas imstande.«

Olivia betrachtete Lisa von der Seite. Die Kiefermuskeln waren angespannt, und am Haaransatz glitzerten Schweißperlen. Sie begriff nicht, was im Kopf der Kollegin vorging, aber es war klar, dass sie nicht sie selbst war.

»Du hast ein Problem, Lisa«, sagte sie. »Ich weiß nicht, was es ist, aber nimm dich zusammen, verdammt noch mal, denn ich werde dich nicht noch einmal aus einer solchen Situation retten.«

Lisa antwortete nicht, sondern drehte das Radio auf volle Lautstärke. »Hotel California« dröhnte aus den Lautsprechern, und auf der Fahrt zurück wechselten sie kein Wort mehr.

Es war später Nachmittag, und Little Pluto saß unten am Flussbett und goss Wasser über seine Füße, ein Ritual, an dem er festhielt.

Er befand sich weit weg von Rakhine, von seinem Ort, seiner Familie, von allem, was seine Geschichte war. Zwar war er erst zwölf Jahre alt, doch Kinder, die gezwungen werden, erwachsen zu sein, leben eine andere Zeitrechnung. Ihr Alter wird nicht in Jahren gezählt, es steht im Verhältnis zu ihren Erlebnissen. Nach dem, was er bereits mitgemacht hatte, war er ein gutes Stück älter als zwölf Jahre.

Er streckte eine Hand in das weiche, lauwarme Wasser und ließ sie dort und sah zu, wie ein paar kleine braune Fische hinschwammen. Er wusste nicht, was das für Fische waren, vielleicht gab es sie ja auch in den Flüssen zu Hause? Der Gedanke gefiel ihm. Er wandte den Kopf ein wenig und sah zum Flusskahn hinauf. Ein paar seiner Kameraden hingen über der Reling, niemand arbeitete etwas. Das lag an Decha. Wenn er nicht da war, geschah nichts von selbst. Wie schon oft, war er auch jetzt lange verreist gewesen. Keiner der Jungs wusste, wohin er fuhr, er sagte immer, er würde in ein Land reisen, in dem es kalt war und schneite und wo hauptsächlich Farangs wohnten.

»Little Pluto!«

Einer der Jungs an der Reling rief etwas und zeigte auf den Fluss hinaus. Little Pluto sah hin, konnte aber nichts erkennen, was daran lag, dass er auf der Erde saß. Als er aufstand, erkannte er ein paar lange, dunkle Schatten ein Stück weit draußen im Fluss, direkt unter der Wasseroberfläche. Er wusste, was es war, und machte ein paar Schritte zurück.

»Komm rauf!«

Die Jungs riefen, und er schlenderte zum Deck hinauf. Er kannte keine Furcht, weder vor Krokodilen noch vor Decha. Er hatte schon in den Slums von Wanssingi gelebt und Dinge gesehen, die niemand, und schon gar nicht ein Achtjähriger, sehen sollte. Er hatte gelernt, dass sein Körper die Haut nicht wert war, die ihn umgab.

Jetzt war er hier.

Hier war es besser.

Hier konnte man sich die Füße in dem stillen Fluss waschen und kleine braune Fische sehen, die vielleicht aus der Heimat kamen. Mit etwas Glück und Mut konnte man sich unter dem Stacheldraht hindurch in die Berge hinaufbegeben und von dort Mohn holen.

Auf dem Weg hinauf zum Schiff dachte er an seinen Großvater, einen alten Mann, der zusammengesunken vor seiner Holzhütte gesessen und auf Fliegen gespuckt hatte. Manchmal winkte er mit seinem dünnen Bambusstock zu einem der Kinder, die vorbeiliefen, und dann war man hingegangen und hatte sich zu ihm gesetzt. Großvater hatte einem mit einem wundersam wässrigen Blick tief in die Augen gesehen, das war anstrengend, doch wusste man, dass man nicht wegsehen durfte. Das kam bei Großvater nicht in Frage, auch wenn man manchmal den Blick hinunter zu seinem einzigen Zahn im Oberkiefer wandern ließ. Großvater war sehr faltig und roch säuerlich.

»Du bist Little Pluto.«

Das hatte er gesagt, als Little Pluto das letzte Mal vor ihm gesessen hatte, wahrscheinlich, weil Großvater nicht sicher war, welches von all den Kindern, die vorbeiliefen, er vor sich hatte.

»Ja, das bin ich.«

Großvater hatte seinen Stock ganz vorsichtig auf Little Plutos Schulter gelegt und sich ein wenig vorgebeugt.

»Der Mohn ist hier drin.«

Großvater hatte den Stock angehoben und auf seinen Kopf gezeigt. Little Pluto verstand nicht, was er meinte.

»Alle Trauer ist hier drinnen«, fuhr der Alte fort, »und alles Glück. Du sollst keine Abkürzungen gehen. Der Mohn ist eine Abkürzung. Es ist der falsche Weg.«

Dann hatte er die Lippen geöffnet und den einzigen Zahn mit einem Lächeln eingerahmt.

Little Pluto hatte natürlich nicht begriffen, was der fast zahnlose Mann sagte, doch viel später musste er daran denken. Oftmals. So wie auch jetzt, als er zum Schiff hinaufging. Der Mohn war eine Abkürzung. Doch er brauchte diese Abkürzung. Nicht für Trauer oder Glück, wie Großvater es ausgedrückt hatte, sondern zum Vergessen.

Das hatte Großvater nicht erwähnt.

Doch er hatte auch nicht erlebt, was Little Pluto durchgemacht hatte, denn Großvater war eine Woche, bevor das Feuer kam, gestorben.

Olivia hatte eine Nacht ohne Albträume gehabt und bis zum Klingeln des Weckers durchgeschlafen. Sie fühlte sich ausgeruht. Jetzt saß sie im Polizeipräsidium an ihrem Schreibtisch und fragte sich, wo Lisa blieb. Sie müsste schon längst hier sein. Ob sie immer noch wütend war?

Olivia betrachtete den Stapel Material, der eine mögliche Verbindung zum Sprengstoffattentat bergen konnte. Sie wusste, dass der größte Teil der Suche nach Zusammenhängen oder Fährten zu nichts führen würde, doch das war eben auch Polizeiarbeit, und das hatte man ihnen bereits an der Akademie eingetrichtert. Das systematische Sichten scheinbar unbrauchbaren Materials. Hatte man Glück oder war aufmerksam genug, tauchte manchmal doch etwas auf, mit dem man weiterarbeiten konnte, vielleicht auch nur ein winziger Hinweis.

Also arbeitete sie den ganzen Tag an Malin Brovalls alten Gerichtsfällen. Da Malin eine begabte und oft hinzugezogene Staatsanwältin war, gab es sehr viele Fälle. Als Olivia ungefähr ein Drittel durchgearbeitet hatte, beschloss sie, eine Pause einzulegen, einen Spaziergang zu machen, ein Wasser zu trinken oder ganz einfach für heute nach Hause zu gehen.

Nur noch einen Fall.

Ein Verfahren von vor einigen Jahren, an das sie sich selbst erinnerte, da sie am Rande an den Ermittlungen beteiligt gewesen war. Ein junger Mann war ausschließlich aufgrund von Indizien für eine brutale Vergewaltigung verurteilt worden. Sein jüngerer Bruder, Lukas Bengtsson, war über das Urteil ungeheuer empört gewesen und hatte während des Gerichtsverfahrens mehrmals seinen Hass auf Malin Brovall zum Ausdruck gebracht. Kurz darauf hatte sich die Mutter der beiden das Leben genommen, was Lukas Bengtsson auf das Urteil gegen den Bruder zurückführte. Er schrieb einen bösen Brief an Malin. Olivia holte den Brief heraus und las: »Sie sind schlimmer als die schlimmste Giftschlange, das eiskalte Böse in Ihnen muss ausgelöscht werden, Sie sind es nicht wert, in dieser Welt zu leben!«

Sehr schwerwiegende Drohungen, doch viele Jahre her, ausgelöst durch sehr besondere Ereignisse.

Trotzdem.

Lukas Bengtsson?

Könnte er etwas mit dem Attentat zu tun haben?

Weit hergeholt, das spürte sie sofort, doch Mette war deutlich gewesen: Jeder Stein sollte umgedreht werden.

Das hier war kaum ein Stein, eher ein Kiesel, aber sie würde ihn trotzdem herumdrehen oder wenigstens ein bisschen kullern lassen.

Sie loggte sich ins Netz ein und versuchte, aktuelle Information über Lukas Bengtsson zu sammeln. Es war nichts zu finden. Es gab ihn auf keiner sozialen Plattform. Neunundzwanzig Jahre und im Netz vollkommen unsichtbar? Das war ungewöhnlich. Schließlich fand sie seinen Namen auf der Webseite eines kleinen Buchverlags. Vor einer Weile hatte er eine Sammlung Prosagedichte veröffentlicht: *Wundbrand.*

Seltsamer Titel, dachte sie und stand auf.

Genug für heute, jetzt gehe ich nach Hause.

Auf dem Nachhauseweg überlegte sie es sich anders. Ihre Wohnung lockte sie nicht. Sie war den ganzen Tag allein im Büro eingesperrt gewesen, und deshalb beschloss sie, im Urban Deli auf der Skånegatan etwas zu essen, und sei es auch nur, um ein bisschen unter Leute zu kommen. Eigentlich ein für ihre Haushaltskasse etwas zu teures Lokal, doch sie fand einen Caesar Salat zu einem akzeptablen Preis und blieb über eine Stunde.

Als sie das Lokal verließ, fiel ihr ein, wie nah sie bei Ronny Redlös war. Ich werde bei ihm vorbeischauen, dachte sie. Vielleicht kennt er dieses Buch. *Wundbrand.*

Ronny Redlös führte ein Antiquariat auf der Katarina Bangata, ein mythenumrankter Ort für mehr oder weniger abgerissene Existenzen, die er mit etwas Essen und einem Glas Wein zu versorgen pflegte. Er war bekannt für sein großes Herz und seine brennende Leidenschaft für Literatur. Unzählige Heimatlose und Heruntergekommene hatten Lesungen aus dem literarischen Kanon, den Ronny als unverzichtbar für jeden denkenden Menschen ansah, über sich ergehen lassen müssen. Sie ertrugen es mit Gleichmut, denn manchmal waren es Texte, die Gedanken und Gespräche anregten, manchmal war es nur eine Möglichkeit, an etwas Proviant zu kommen.

Und manchmal beides.

Dieser Abend war so ein Mittelding. Ronny saß zusammen mit einem ziemlich ausgemergelten und geläuterten älteren Mann mit einer Vergangenheit als Obdachloser im Antiquariat. Essen und ein Kanister Wein standen unter der hohen Stehlampe auf dem Tisch. Doch Benseman war kein zufälliger Besucher auf der Jagd nach Ronnys freundlichem Angebot, er war inzwischen in Teilzeit im Antiquariat angestellt und konnte deshalb als Personal betrachtet werden.

»Störe ich?«

Olivia zog die Tür hinter sich zu, ohne eine Antwort abzuwarten.

»Du störst nie, Olivia, das weißt du doch«, erwiderte Ronny. »Hast du Hunger?«

Daran hatte sie noch gar nicht gedacht, doch in dem Moment, als Ronny fragte, knurrte ihr Magen trotz Salat.

»Ja, ein bisschen«, sagte sie.

»Setz dich.«

Olivia ließ sich dicht neben Benseman in einem von Ronnys Lesesesseln nieder. Benseman streckte die Hand aus und strich ihr über den Arm.

»Du siehst müde aus«, sagte er.

»Nicht so schlimm. Wie geht es dir?«

»Gut.«

Ronny wärmte die Reste eines Eintopfs in der Mikrowelle auf, und Benseman schenkte Olivia ungefragt etwas Rotwein in einen Plastikbecher. Sie hatte nichts dagegen. Als Ronny einen Teller vor sie hinstellte, fiel ihr ein, warum sie gekommen war.

»Du, Ronny, kennst du ein Buch, das *Wundbrand* heißt? Der Autor ist ein Lukas Bengtsson?«

»Ich habe es hier.«

Natürlich.

Ronny war immer auf dem neuesten Stand, nicht nur, was antiquarische Bücher anging, sondern er verfolgte auch den aktuellen Markt und interessierte sich für Bücher aus kleineren Verlagen. Dort entdeckte er oft seine Perlen, Bücher, von denen er spürte, dass sie früher oder später von Menschen gesucht werden würden, die sich außerhalb der großen Mahlströme vergänglicher Literatur bewegten. Er trat an ein bestimmtes Regal, fuhr mit dem Finger über ein paar Buchrücken und nahm dann einen grauen, schmalen Band heraus.

»Hier!«

Ronny reichte Olivia das Buch. Sie betrachtete den Umschlag, der ausschließlich aus dem Titel bestand. *Wundbrand.* Als sie ihn aufklappte, sah sie den Untertitel: »Von innen verfaulen«.

»Hast du es gelesen?«, erkundigte sie sich.

»Ja. Es ist seltsam.«

»Inwiefern?«

»Ein Teil der Texte ist sehr nackt und überhöht, wie ausgeschnitten, als wären sie geschrieben, ohne dass der Autor selbst richtig mit seinen Sinnen dabei gewesen wäre. Ich weiß nicht recht, wie ich das erklären soll, es handelt sich um eine Art Prosa mit sehr hohem poetischem Gehalt, äußerst abgeriegelt. Dann folgen plötzlich fast manische Wortflüsse, die an *Naked Lunch* erinnern, sehr suggestiv, ekstatisch, aber mit höchst eigener Bildsprache. Ich bin ein wenig erstaunt, dass über dieses Buch nicht mehr geschrieben worden ist. Kennst du den Autor?«

»Nein. Darf ich es ausleihen?«

»Selbstverständlich. Aber geh vorsichtig damit um, ich hätte es gern zurück.«

Ronny schob das dünne Bändchen in eine kleine Plastiktüte, die er Olivia reichte.

»Hast du was von Tom gehört?«, erkundigte sich Benseman.

»Wir schreiben uns manchmal SMS, aber er scheint nicht besonders wild auf Kontakt zu sein.«

»Wie immer.«

»Wie lange wird er da unten bleiben?«, fragte Ronny.

»Keine Ahnung.«

Ronny füllte Olivias Plastikbecher aus dem immer leichter werdenden Kanister nach. Sie nahm einen Schluck und merkte, dass sie gern noch etwas bleiben wollte. Die warme

Atmosphäre tat ihr gut, all die Bücher entlang der Wände und die Tische, die entspannte Stille des Raumes, dazu Ronny und Benseman. Zwei Menschen, die schließlich in den letzten Jahren auf diese oder jene Weise Teil ihres Lebens gewesen waren, zwar meist über Tom, aber trotzdem. Es gab nicht mehr so viele Menschen in ihrer Nähe.

Sie stellte ihren Becher ab und sah Benseman an. Der lange, weißhaarige Mann aus Norrland mit den freundlichen Augen fuhr mit einem Finger an seinem eigenen Becher entlang.

»Wo bist du aufgewachsen?«, fragte sie.

Benseman sah zu Ronny, als würde er auf eine Erlaubnis von ihm warten: Würde er es ertragen, die Geschichte noch einmal zu hören? Ronny lächelte, und Benseman nahm das für ein Ja. Er wandte sich Olivia zu und zupfte ein wenig an seinem langen Haar.

»Ich bin auf einem Einsiedlerhof in Jukkasjärvi aufgewachsen, mein Vater war Prediger und schnitt mir die Haare mit der Rebschere. Du wirst stark oder schwach, sagte er, Gott ist es gleich. Meine Mutter starb im Kindbett. Als ich 22 Jahre alt war, nahm Vater sich das Leben, und ich blieb allein auf dem Hof zurück. Meine Schwester war ins Ausland gezogen. Ich war ein sehr steif gefrorener Mensch.«

Benseman nahm einen Schluck aus seinem Becher. Olivia bemerkte, dass seine Hand ein wenig zitterte, möglicherweise strengte das Erzählen ihn an, aber vielleicht gab es auch noch ganz andere Gründe.

»Dann habe ich eines Nachts Louise kennengelernt, sie stand, die Augen voller Nordlicht, bei einem stillgelegten Bahnhof. Sie öffnete die Tür zu einem Raum, von dem ich nicht wusste, dass ich ihn tief innen in meinem Herzen beherbergt hatte, und zog zu mir auf den Hof. Sie blieb den ganzen

Winter und hielt Kälte und Frost auf Abstand. Als der Frühling kam, verschwand sie mit einem Hausierer aus Boden, auf dem Küchentisch ließ sie einen Zettel liegen: ›Verzeih.‹ Ich wurde dann Bibliothekar und ging eine lebenslange Romanze mit einer Frau ein, die einen nie verlässt: die Baronesse von Alkohol. Prost.«

Benseman erhob seinen Becher. Olivia wusste, dass er viele Jahre lang Alkoholiker und in denselben dunklen Gassen unterwegs gewesen war wie Tom. Jetzt hatte er wieder Boden unter den Füßen, zumindest einigermaßen, und einen Job im Antiquariat. Sie hatte keine Ahnung gehabt, dass er Bibliothekar gewesen war. Doch er war einer der wenigen aus Toms Zeit als Obdachloser, zu denen dieser noch Kontakt hatte. Die einäugige Vera und Muriel waren tot. Tom hätte auch tot sein können, dachte sie.

Und beschloss, ihn anzurufen, wenn sie nach Hause kam.

Als sie ihre Wohnung betrat, schaltete sie erst einmal den zusätzlichen Heizkörper aus. Sie benötigte ihn nicht länger und würde ihn dem exzentrischen Paar auf dem Kahn zurückbringen. Sie spürte den Wein, trank erst einmal ein Glas kaltes Wasser, dann legte sie sich aufs Bett. Das Buch, das sie von Ronny bekommen hatte, kam auf den Nachttisch, dann holte sie ihr Handy heraus. Nach langem Klingeln vernahm sie ein leises Gegrummel.

»Hallo, hier ist Olivia!«

»Ist was passiert?«, fragte Stilton.

»Nein, wieso?«

»Weißt du, wie spät es ist?«

»So gegen elf?«

»Es ist fünf Uhr früh«, erwiderte Stilton.

»Oje. Entschuldige, daran habe ich gar nicht gedacht. Hast du geschlafen?«

»Was pflegst du denn so um fünf Uhr früh zu tun?«

»Tut mir echt leid, ich ruf ein andermal an«, beeilte sich Olivia zu sagen.

»Gibt's was Wichtiges?«

»Nein. Oder doch, ich wollte hören, wie es dir geht.«

Am anderen Ende trat Schweigen ein. Entweder denkt er nach, dachte Olivia, oder er ist wieder eingeschlafen.

»Es ist ein bisschen leer hier, wenn du weg bist«, sagte sie ins Nichts.

»Nett zu hören.«

Er war nicht wieder eingeschlafen.

»Wie lange wirst du bleiben?«, erkundigte sich Olivia.

»Vielleicht für immer.«

»Im Ernst?«

»Nein, aber ich glaube, Luna würde gern bleiben, ich werde wohl demnächst nach Hause fahren. Und selbst?«

Ein bisschen interessierte er sich ja doch.

»Arbeit halt. Hast du von dem Bombenattentat hier gehört?«

»Nein. Luna hat was erwähnt. Hast du damit zu tun?«

»Mette leitet die Ermittlung, Lisa und ich sind dabei.«

»Das ist gut.«

Und dann trat wieder ein langes Schweigen ein, bis Olivia sich am Ende ein Herz fasste.

»Ich habe heute Abend Ronny und Benseman getroffen, ich soll dich grüßen.«

»Wie geht es Benseman?«

»Gut, wie es scheint. Wusstest du, wie er aufgewachsen ist? Auf diesem Hof in Norrland?«

»Ja.«

Schweigen.

Wieder.

Wieso hatte sie ihn bloß angerufen? Na ja, Tom war schon in hellwachem Zustand kein rhetorisches Wunder, im Halbschlaf war er offenbar das hier.

»Egal, ich wollte einfach mal von mir hören lassen«, sagte Olivia.

»Danke. Ich denke manchmal an dich.«

»Ach ja?«

»Schlaf gut.«

Die Verbindung wurde unterbrochen.

Mehr war wohl nicht drin an Informationen, aber zumindest war es seit Langem der erste persönliche Kommentar von Tom. Sie wusste, dass es ihm nicht gut ging, dass er sich versteckte, und sie wusste auch ungefähr, warum. Sie war mit demselben harten Fall beschäftigt gewesen, aber Tom hatte es am schlimmsten erwischt. Der Mord an der heruntergekommenen, drogensüchtigen Muriel hatte ihm schwer zugesetzt. Muriel hatte zu seinen wenigen Freunden aus der Zeit auf der Straße gehört: Muriel, Vera und Benseman.

Jetzt war nur noch Benseman am Leben.

Zum Glück hat er Luna da unten, dachte sie und sah an die Decke, nur ich habe niemanden. Selbstmitleid gehörte eigentlich nicht in Olivias Repertoire, deshalb schob sie die Schuld auf den Wein und eine Reihe anderer Dinge.

Sie nahm sich das Buch vom Nachttisch, um die Stimmung zu durchbrechen.

Wundbrand.

Sie betrachtete den Titel, klappte das Buch auf und begann zu lesen. Die ersten Sätze lauteten: »Das Leben ist heute Nacht unruhig, so wie die Nacht zuvor. Ich versuche, die Unruhe zu formulieren. Es handelt sich nicht um Einsamkeit oder Trauer, mehr um den Verlust von Sehnsucht. Man kann sich nach einem Kind sehnen oder nach einem Glauben, das ist eine Sehnsucht, die dich am Leben erhält. Ich sehne mich nach nichts. Ich weiß nicht, was Sehnsucht ist. Das macht die Nacht unruhig.«

Vielleicht war es die leichte Trunkenheit, die Müdigkeit oder die Einsamkeit – jedenfalls las sie einfach weiter, und die Texte drangen direkt in sie ein. Es waren Texte von Trauer und Ausgeliefertsein, von Innerlichkeit, von der Freude, irgendwohin zurückzukehren, wo man noch nie gewesen war.

Sie konnte sich des Sogs nicht erwehren, sondern wurde gepackt und musste an das denken, was Ronny über das Suggestive und Ekstatische gesagt hatte, über die Bildsprache. Sie nahm einen Stift und begann, spezielle Ausdrücke, besondere Formulierungen zu unterstreichen, und nach ein paar Stunden wurde ihr klar, dass sie das Buch zweimal gelesen hatte.

Es war nicht sonderlich dick, aber trotzdem.

Auf der vorletzten Seite stand ein einziger Satz: »Im Auge sitzt Gustave Doré und graviert einen Totentanz in den Blick.« Olivia las diesen rätselhaften Satz mehrere Male. Sie verstand nicht, was er bedeutete, aber das Bild von dem Auge blieb.

Der Blick.

Sie sah sich das Foto von Lukas Bengtsson auf der Klappe an, ein Portraitfoto. Dunkles, leicht lockiges Haar, gerade Nase, ein Grübchen im Kinn, sehr intensive blaue Augen unter markanten dunklen Augenbrauen. Er sieht gut aus, dachte sie, sein Mund erinnerte sie an jemanden, aber wer, fiel ihr nicht ein. Sie klappte das Buch zu, legte es auf die Decke und kroch ins Bett.

Lukas Bengtsson.

Schriftsteller.

Der Malin Brovall bedroht hatte.

Sollte er wirklich etwas mit dem Bombenattentat zu tun haben?

Nicht weit, höchstens eine Viertelstunde mit dem Bus entfernt, drückte Lukas Bengtsson einen kleinen ockerfarbenen Klacks aus einer Tube und fing ihn mit einem fingernagelbreiten Pinsel auf. Er legte die Tube beiseite und wandte sich der an der Wand aufgespannten Leinwand zu. Er würde die Fesseln des fahlen Pferdes ausfüllen. Nun beugte er sich vor und führte den Pinsel in sanften Strichen über das Tuch, er wusste genau, wo er das gewisse Etwas markieren würde. Als er fertig war, trat er ein paar Schritte zurück und betrachtete das große Gemälde. Ihm war klar, worauf er hinauswollte, doch war er noch lange nicht dort.

Bisher war er noch nicht weit genug eingedrungen.

Noch befand er sich in sich selbst.

Es geschah nicht jeden Tag, auch nicht jeden zweiten und kaum einmal im halben Jahr, aber heute war es so weit. Mårten hatte Mette zum Mittagessen rausgelockt. Als Begründung führte er an, dass sie mitkommen und ein Jackett für ihn aussuchen müsse. Er wolle sich mit ehemaligen Kollegen aus seiner Zeit als Psychologe im Kinderdorf Skå treffen und müsse in Sachen Outfit nachlegen. Zwei mögliche Objekte habe er schon entdeckt, wisse aber nicht, welches Jackett er haben wolle. Oder welches ihm am besten stünde.

Das war einer der Gründe.

Der andere war, dass er gern außerhalb der eigenen vier Wände etwas mit seiner Frau unternahm.

Mit ihr in der Stadt herumschlendern, Leute sehen, auf der Straße unterwegs sein, in Läden schauen, alles das, was in ihrer Ehe oft zu kurz kam. Einfach mal zwei verliebte ältere Menschen sein, die herumstreunen und das ganze Leben hinter sich haben.

Ein herrliches Gefühl, fand Mårten.

Und Mette ging es sogar genauso.

Als Mårten seinen Arm unter ihren schob und sie im Getümmel einer Kreuzung in der Nähe des großen Kaufhauses NK stehen blieben, merkte sie, dass es eine andere Welt gab, Menschen, die hin und her strömten, Sonne zwischen Hauswänden, Stimmen, Bewegung, Leben – und alles das hatte nichts mit der abgeschlossenen Welt der NOA-Einsatzzentrale zu tun.

Es gab alternative Planeten im Weltall.

Also wählte sie mit ausnehmend guter Laune ein Jackett für Mårten aus, auch wenn es für sie absolut identisch war mit dem Modell, das sie abschoss.

Aber Mårten war glücklich.

Auf dem Spaziergang zurück zum Bahnhof war er derjenige, der das Thema anschnitt.

»Hast du mal was von Tom gehört?«

»Nein, aber von Luna.«

Mette meldete sich in regelmäßigen Abständen bei Luna. Manchmal auch bei Tom, aber nur mit sehr mageren Informationen. Mit Luna hingegen konnte sie über das sprechen, was ihr Sorgen machte. Über Toms Zustand.

»Und was hat sie gesagt?«

»Offensichtlich geht es ihm beschissen.«

Mårten nickte, er wusste, was Mette in ihrem Herzen bewegte, und selbst empfand er ganz genauso. Tom hatte eine Geschichte, in die sie beide bis an die Grenzen der Verzweiflung eingebunden waren. Seine Psychose, seine totale Flucht aus der Wirklichkeit, sein tragisches Leben als Obdachloser – eine Existenz, in der irgendwann niemand mehr an ihn herangekommen war.

»Ich habe einfach Angst, dass er wieder in eine Psychose gerät«, sagte Mette.

»Steht es so schlimm?«

»Ich weiß nicht, aber Luna macht sich Sorgen, und sie ist schließlich ganz nah an ihm dran.«

Mårten packte die Tüte mit dem Jackett etwas fester und merkte mit einem Mal, wie unglaublich unwichtig es war, welches Jackett er tragen würde. Tom hatte unter unmenschlichen Bedingungen gelebt, in seelischem und körperlichem Elend.

War er wieder auf dem Weg hinunter?

»Können wir denn irgendetwas tun?«, fragte Mårten.

»Weiß nicht, ich glaube nicht. Das Beste wäre, wenn er etwas hätte, was nichts mit ihm selbst zu tun hat. Irgendwas, worauf er sich konzentrieren kann, und was ihn dazu bringt, konstruktiv und praktisch zu denken. Wir wissen beide, wie er funktioniert, er kann alles, wenn man nur die richtigen Knöpfe drückt.«

»Und wenn man sie nicht drückt, dann besteht die Gefahr, dass er immer weiter absinkt.«

Eine Feststellung, die das ältere Paar bis zum Polizeipräsidium begleitete.

Die Gefahr, dass er in den Zustand absinken könnte, zu dem er niemals zurückkehren wollte, war größer, als Mårten und Mette ahnten. Er war schon unten gewesen, tief im eiskalten Keller der Selbstverachtung, einsam in seiner Leere und Apathie. Wie ein totes Etwas, mehrere Jahre lang, jemand, der sich notdürftig mit der Hilfe anderer, die in derselben Situation waren, dahinschleppte.

Die Vorstellung, wieder in dieses Dasein einzutauchen, war ebenso abschreckend wie verlockend. Einfach loslassen. Alles. Noch hatte er es, dank Luna und Aditi, nicht getan, doch das letzte Mal gab es auch Menschen, die ihn liebten, eine Ehefrau, Abbas, Mette und Mårten. Und dennoch hatte er losgelassen. Ihre Zuneigung und ihr Einsatz hatten nicht ausgereicht. Im Gegenteil, nach einer Weile hatten alle Versuche, ihn festzuhalten, nur das Gegenteil bewirkt. Er wollte damals einfach nur noch weglaufen.

Und jetzt verspürte er wieder dieselben Impulse.

Deshalb war er allein auf dem menschenleeren Strand ein Stück vom Retreat entfernt unterwegs. Mitten in der Nacht hatte ihn ein gewaltiges Gefühl von Machtlosigkeit überkommen, und er war aus dem Bungalow geschlichen. Luna hatte fest geschlafen und wahrscheinlich nicht bemerkt, wie er in die Dunkelheit verschwand. Jetzt wurde es am Horizont hell, eine rotgoldene Sonne, die sich aus dem Meer kämpfte, um zu zeigen, wer die Göttin des Lichts war.

Stilton war das schnurz.

Er musste einfach nur gehen, sich bewegen, atmen, spüren, dass er zumindest mit dem physischen Teil seines Körpers in Kontakt stand. Er ging langsam, einen Sandschritt nach dem anderen, und versuchte, alles, was zusammenhangslos durch seinen Kopf schwirrte, unter Kontrolle zu bekommen. Was Grund ist in dir, ist Grund auch in anderen, hatte er irgendwo gelesen, wie eine Art Aussage über die fundamentalen Voraussetzungen des menschlichen Miteinanders. Er betrachtete das mit Skepsis. Seine Hoffnung war doch, dass andere den Abgrund nicht hatten erleben müssen, den er kannte. Zumindest den größten Teil davon nicht. Vielleicht ist der Abgrund in mir aber auch für alle anderen bedrohlich. Vielleicht war das ja so gemeint? Die armen Teufel.

Er spürte, wie das Sirren in seinem Kopf nachließ, weniger Blitze, und es fiel ihm leichter, einen Gedanken nach dem anderen zu fassen. Ich muss unterwegs bleiben, dachte er. Atmen, gehen, bald ist Morgen, Luna wacht auf, wir frühstücken, Aditi kommt mit Glöckchen im Haar.

Und dann?

Er ließ sich auf eine Sanddüne fallen und begann, ein paar dünne Grashalme aus einem kleinen Büschel zu zupfen. Liebt mich, liebt mich nicht, doch als er beim letzten Grashalm angelangt war, wusste er schon nicht mehr, wo er gerade war. Er zog den Halm heraus und steckte ihn in den Mund.

Da sah er sie.

Ein kleines Mädchen, das ein Stückchen entfernt hockte. Woher kam es? Er hatte es nicht herankommen sehen. Aber wahrscheinlich hätte er nicht einmal die *Titanic* bemerkt, denn Blindheit ist das Erste, womit ein Egozentriker geschlagen wird. Er betrachtete das Mädchen, es hatte sein schwarzes Haar mit einem grünen Gummiband hochgebunden, war barfuß, und ein dünner, heller Pullover hing über einem Paar schwarzer Hosen herunter. In der Hand hielt es einen kleinen Papierschirm.

Stilton erlaubte sich ein Lächeln und ein kleines Winken. Das Mädchen reagierte nicht. Er fand, er hatte so reagiert, wie man es von ihm erwarten würde, und sah wieder aufs Meer hinaus. Im Augenwinkel registrierte er, wie das Mädchen aufstand und zu ihm kam. Er wandte den Kopf nicht. Als es ein paar Meter entfernt von ihm war, setzte es sich auf dieselbe Düne, auf der auch er saß.

Da sah er es wieder an.

»Hallo. Wie heißt du?«

Es war ziemlich unwahrscheinlich, dass es Englisch sprach, aber da er selbst nicht so viele Worte Thai beherrschte, hatte er keine andere Wahl. Das Mädchen antwortete nicht, es sah Stilton an, weil er etwas gesagt hatte, dann wandte es den Blick zum Meer.

Stilton tat es ihm nach.

Ziemlich lange, wie lange genau, ist unerheblich, schauten der in sich versinkende Mann und das kleine Mädchen mit dem Papierschirm gegen die aufsteigende Morgensonne übers Meer hinaus. Stilton sah, wie das Mädchen manchmal seine nackten Füße im Sand bewegte, ein paar Striche mit seinen Zehen beschrieb, und nach einer Weile zog er auch seine Sandalen aus und begann, ein wenig die Zehen im Sand zu bewegen.

Zu dieser Zeit war es am Strand seltsam still, keine Menschen hatten den Weg hierhergefunden, keine Tiere hatten sich rausgewagt, oben im Laub der Platanen rührte sich ein schwacher Wind, ferne Wellen spülten mit einem sanften Gurgeln herein.

Stilton dachte an nichts.

Endlich.

Plötzlich stand das Mädchen auf, streckte ihm seinen Schirm hin, und als Stilton ihn genommen hatte, rannte es mit einem kleinen Lachen über den Strand davon. Er sah ihm nach, bis es zu einem Punkt geworden war, der hinauf zum Dorf verschwand.

Dann sah er auf den Schirm, den er in der Hand hielt, und stand auf.

Ich kann Luna sagen, ich war weg, um einen Schirm für sie zu kaufen, dachte er. Als wäre das witzig.

Warum auch nicht?

Olivia war sich nicht ganz sicher, wie sie vorgehen sollte. Sie hatte die Adresse von Lukas Bengtsson gefunden und festgestellt, dass er nur eine Viertelstunde mit dem Bus entfernt wohnte.

Am Ringvägen.

Jetzt saß sie in diesem Bus und hatte als Aufhänger für ein Gespräch sein Buch mitgenommen. Wohin das führen sollte, wusste sie nicht, außer dass sie neugierig auf ihn als Person war.

Und auf seine mögliche Verbindung zu Malin Brovall.

Als sie an der Adresse ankam, sah sie, dass an der Tür ein paar brennende Fackeln standen und die Tür mit einem Ziegelstein aufgehalten wurde. Sie ging hinein, die Treppe hinauf in den zweiten Stock. Auch dort stand die Tür zur Wohnung von Bengtsson offen. Sie hörte laute Musik, und es war klar, dass es sinnlos wäre, zu klopfen oder zu klingeln.

Sie betrat den Flur und sah überall Jacken herumliegen. Eine Party, nahm sie an, und wollte gerade schon wieder gehen, als sie den Mann vom Buchumschlag mit einem Glas Rotwein in der Hand auf sich zukommen sah.

Lukas Bengtsson selbst.

In grauen Chinos, einem dünnen Pullover voller Flecken und mit einem weichen Filzhut auf dem Kopf.

»Hallo!«, sagte er. »Komm rein!«

»Hallo. Ich wollte nicht stören, ich kann wiederkommen, wenn es …«

»Du störst nicht, hier ist Party! Kennen wir uns?«

»Nein, aber ich habe dein Buch in einem Antiquariat gefunden. Es hat mich sehr fasziniert, da wollte ich dich mal in Wirklichkeit treffen.«

Wie in einer Seifenoper, aber was Besseres fiel Olivia nicht ein.

»Wie nett!«, sagte Lukas. »Es haben nicht gerade viele Leute das Buch gelesen, das kann ich dir versichern.«

Er lachte auf und zog die Tür hinter Olivia zu.

»Möchtest du ein Glas Wein?«

»Also, ich werde nicht bleiben, ich muss …«

»Ach was, komm schon! Natürlich trinkst du ein bisschen Wein!«

Lukas packte sie ein wenig am Arm und stieg über einen Haufen Jacken, und Olivia folgte in ein unordentliches Wohnzimmer voller Leute. Alle Sitzplätze, Sofas und Sessel, waren besetzt, und junge Frauen und Männer tanzten, tranken und lachten und sprachen wegen der Musik sehr laut. Überall, in Ständern und Tassen und kleinen Tontöpfen, standen Kerzen, an den Wänden hingen verschiedene Kerzenhalter, die Farbe über den Raum warfen.

Dass er es wagt, so viele Kerzen anzuzünden, dachte Olivia und zog sich zu einer Wand zurück, in dem Versuch, sich ein wenig abseitszuhalten. Vergebens. Lukas sah sie sofort, und ehe sie reagieren konnte, stand er mit einer Flasche Rotwein und einem leeren Glas vor ihr.

»Frisch gespült«, versicherte er und schenkte ihr ein. »Wie heißt du?«

»Olivia.«

»Prost!«

Olivia erhob das Glas und prostete ihm zu. Der Wein war

gut. Als sie Lukas eben fragen wollte, ob sie am nächsten Morgen miteinander sprechen könnten, war er verschwunden. Ein Mädchen mit einem grünen Turban hatte ihn auf die winzige Tanzfläche vor dem Sofatisch gezerrt und eine Art Gymnastik begonnen. Olivia grinste ein wenig, bis sie bemerkte, dass ein Mann in ihrem eigenen Alter mit einem sehr markanten großen Bart und einem Gang, der einiges über seinen Alkoholkonsum verriet, auf sie zuwankte.

Shit, dachte sie und lächelte dem Bart zu.

»Bist du grade gekommen?«, fragte er und umhüllte die Worte dabei mit einem Atem, der an eine verfaulende Schlange gemahnte.

»Ja, genau«, erwiderte Olivia.

»Woher kennst du Lukas?«

»Ich habe sein Buch gelesen, ich kenne ihn nicht.«

»Das tut niemand, also spielt es keine Rolle, aber er ist der beste Maler der Stadt! Willst du tanzen?«

»Nein.«

»Schade.«

Der Bart schob ab, um jemand anderem verfaulte Schlangen zuzuhauchen. Olivia nutzte die Gelegenheit, den Platz zu wechseln, sie sah, dass ein Stück entfernt in einem großen Raum Licht schien, vielleicht war es da etwas ruhiger. Sie schob sich durch die Partymenge und verschwand in dem Zimmer.

Kurz darauf rief jemand, es sei jetzt an der Zeit, in die Stadt zu gehen, was den sofortigen Aufbruch aller Gäste auslöste.

Das Fest würde in einem Lokal weitergehen!

Lukas winkte die letzten Gäste in die Diele hinaus und versprach nachzukommen, er wolle nur noch ein wenig aufräumen. Er zog die Wohnungstür zu, blies einige der Kerzen aus und ging Richtung Atelier, einem großen Raum mit hoher

Decke. Das einzige Fenster war mit grauem Papier zugeklebt. Davor standen einige Farbdosen und eine leere Karaffe, und als Lichtquelle dienten ein paar starke Neonröhren an der Decke. Kein Teppich, das einzige Möbel war ein einfacher Holzstuhl an der einen Wand, der mit Farbklecksen übersät war.

Olivia hatte sich mit ihrem Weinglas ans Fenster gestellt und versuchte, alle Gemälde im Raum in sich aufzunehmen. Offensichtlich war er auch Maler. Einige Bilder standen eingerahmt auf dem Boden, dann wiederum waren Leinwände mit der Heftpistole direkt an die Wand getackert. Alles war voller starker Farben, dunkel und suggestiv. Es roch stark nach Öl und Terpentin, und sie fragte sich, ob Lukas hier wohl jemals lüftete, denn das Fenster war ja zugeklebt.

»Interessierst du dich für Kunst?«

Olivia, die mit dem Rücken zur Tür stand und völlig in den Anblick der Gemälde versunken war, fuhr ein wenig zusammen. Sie drehte sich um und sah Lukas mit einer Flasche Wein in der Hand auf sie zukommen.

»Ja«, sagte sie. »Meine Mutter war Künstlerin. Textilkünstlerin.«

»Ah so. Sie ist gestorben?«

»Ja.«

Sie ist an einem Strand auf Nordkoster ermordet worden, hätte sie hinzufügen können, doch sie ließ es bleiben. Sie wollte sich diese Tragödie nicht in Erinnerung rufen.

»Sie ist vor vielen Jahren gestorben«, erwiderte sie.

Lukas nickte und schenkte Olivia, noch ehe sie ablehnen konnte, ein wenig nach. Sie drehte sich herum und betrachtete eine große Leinwand, die fast die gesamte Wand bedeckte. Sie war voller surrealistischer Bilder in explosiven, starken Farben.

»Das da ist ziemlich krass«, sagte sie. »Malst du Träume?«

»Nein, Zustände.«

»Was für Zustände?«

»Das weiß ich nicht. Ich bin nicht dort.«

»Du bist nicht dort?«

»Nein, aber ich versuche, es zu malen.«

Lukas lächelte ein wenig und setzte sich auf den Holzstuhl an der Wand. Über ihm hing eine andere große Leinwand, das Motiv ein schwarzes schreckliches Monster, das auf einem gelblichweißen Pferd ritt. Lukas sah, dass Olivia es betrachtete.

»Der Reiter auf dem fahlen Pferd«, sagte er.

»Heißt es so?«

»Im Moment.«

»Wer ist das Monster auf dem Pferd?«, fragte Olivia.

»Der Tod.«

Lukas hielt sein Glas erhoben und prostete ihr zu, sie nahm einen Schluck aus dem Glas.

»Hast du Angst vor dem Tod?«, fragte sie.

»In manchen Nächten, wenn ich ins Bett gehe, wenn ich nicht weiß, ob ich wieder aufwachen werde. Höchst irrational. Hast du Angst?«

»Vor dem Tod?«

»Ja?«, fragte Lukas.

»Ich will jetzt nicht sterben.«

Beide lächelten sich an, als würde es in dem sich vortastenden Gespräch eigentlich um etwas anderes gehen. Um das große Ganze, das Universum, was einen seltsamen Nachhall im Raum verursachte. Olivia lehnte sich an den Fensterrahmen und wartete gespannt und neugierig darauf, wie es weitergehen würde.

»Hat dir mein Buch gefallen?«, erkundigte sich Lukas.

»Ja, total.«

»Warum?«

»Fishing for compliments?«

»Ja. Nicht viele haben es gelesen, und fast keiner hat ein Urteil dazu abgegeben. Du bist die Erste, das bedeutet viel.«

»Warum?«

»Weil ich dann jemanden erreicht habe. Du schickst einen Teil von dir selbst ins All und hoffst, dass jemand da draußen deine Signale auffängt. Wenn das nicht passiert, dann verschwindest du.«

»Dann ist es ja ein Glück, dass ich da war.«

»Ja. Darf ich noch ein bisschen fischen?«

»Gern.«

»Was genau an dem Buch hat dir gefallen?«

»Ganz viel. Ich habe es zweimal hintereinander gelesen, lag da und habe jede Menge Sätze und Ausdrücke unterstrichen.«

»Welche? Zum Beispiel?«

»›Mitten in der Bedeutungslosigkeit kommt ein Speer aus Zeit vorbei.‹«

Lukas schaute Olivia an, sie sah, wie er den Satz wortlos noch einmal wiederholte, wie er nach innen sank, seine linke Hand fuhr dabei sanft über einen Oberschenkel, und als er wieder auftauchte, fragte er:

»Stand das in dem Buch?«

»Ja. Was meinst du damit?«

»Keine Ahnung.«

Olivia betrachtete Lukas und musste an das denken, was Ronny gesagt hatte, dass ein Teil der Texte geschrieben zu sein schien, ohne dass der Autor mit seinen Sinnen dabei gewesen wäre.

»War das vielleicht auch ein Zustand?«, fragte sie. »Als du das geschrieben hast?«

»Vermutlich. Was arbeitest du?«

Der Themenwechsel kam so abrupt und wurde mit einer brüsken Körperbewegung unterstrichen, dass Olivia klar war, Lukas' Buch war von jetzt an kein Thema mehr. Sie verstand nicht, warum.

»Also los, was arbeitest du?«

Sie zögerte. Sollte sie sagen, dass sie Polizistin war? Sie wusste, welche Reaktionen das normalerweise hervorrief. Manche waren neugierig, andere unangenehm berührt, die meisten hatten in irgendeiner Weise Erlebnisse mit Polizisten.

Positive oder negative.

»Momentan arbeite ich bei einer staatlichen Behörde«, antwortete sie, »mit sozialer Ausrichtung. Und du? Lebst du von deiner Kunst?«

Sie fragte das rasch, um keine Folgefragen auf ihre Notlüge zu erhalten, doch Lukas schien nicht zu reagieren und wirkte immer noch etwas distanziert.

»Ich male nicht, um davon zu leben«, erwiderte er.

»Aber kannst du davon leben?«

»Nein. Aber ich werde jetzt eine Sonderausstellung haben, wenn ich da gut verkaufe, dann komme ich eine Zeitlang klar.«

Lukas nahm einen gelben Holzpinsel, der neben dem Stuhl auf dem Boden lag und fuhr mit ihm sanft durch die Hand.

»Es ist ein wenig seltsam«, begann er.

»Was denn?«

»Manchmal denke ich, der Pinsel ist die Rippe meiner Mutter. Als wäre es ihre Geschichte, die ich male.«

Olivia wusste ja, dass Lukas' Mutter sich das Leben genommen hatte, das tauchte in der Ermittlung über seine Drohbriefe an Malin Brovall auf.

»Ist das nicht anstrengend?«, fragte sie.

»Schon. Aber dann wieder glaube ich, ich male etwas ganz anderes, etwas, das es in meinem Kopf gibt, ohne dass ich davon weiß, Fragmente einer inneren Schönheit. Klingt das albern?«

»Ja.«

Lukas lachte laut und sagte:

»Sollen wir uns etwas bequemer hinsetzen?«

Er machte eine Handbewegung zum Wohnzimmer hinüber, und Olivia ging in die Richtung. Es war nicht weit bis zur Sofagruppe, doch es genügte, um über ihre eigene Reaktion auf Lukas nachzudenken. Es störte sie. Sie wollte sich nicht von seiner Ausstrahlung, seiner Energie, seinem intensiven Blick, seiner warmen, leisen Stimme beeinflussen lassen. Sie war überhaupt nicht hier, um sich beeinflussen zu lassen.

Eigentlich.

Doch in ihrem Körper liefen ab und zu chemische Prozesse ab, die sie nicht kontrollieren konnte, wie sehr sie das auch wollte.

Oder sollte.

»Welche Musik magst du?«

Lukas stand vor einer Musikanlage, hatte das Handy herausgeholt und wahrscheinlich Spotify angeklickt.

»Such du was aus«, sagte sie.

Um nicht zu persönlich werden zu müssen.

Also wählte Lukas, und es kam Instrumentalmusik mit Flöten und dumpfen Trommeln, etwas, das Olivia nicht kannte.

Aber schön und fein abgestimmt.

»Ich habe versucht, dich in den sozialen Medien zu finden«, sagte Olivia, »aber du scheinst nirgends unterwegs zu sein.«

»Nein.«

»Warum nicht?«

»Muss man das?«

»Nein, aber die meisten tun es heutzutage.«

»Ich versuche zu vermeiden, so zu sein wie die meisten.«

Lukas lächelte ein wenig, nahm sich eine Flasche Wein und setzte sich in einen Sessel. Sie selbst saß auf dem sehr breiten Sofa.

Sie war froh, dass er sich nicht neben sie gesetzt hatte.

»Deine Mutter war Textilkünstlerin?«, fragte Lukas.

»Ja.«

»Wie hieß sie?«

»Adelita Rivera.«

»Rivera?«

Olivia hatte schon einige Reaktionen auf den Nachnamen ihrer Mutter erfahren, meist waren sie mit dem berühmten Künstler Diego Rivera verbunden. Einmal hatte sie das benutzt und behauptet, es gebe eine Verwandtschaft.

Soweit sie wusste, stimmte das nicht.

Also sagte sie:

»Ja, und sie war nicht mit Diego verwandt.«

»Aber auch Mexiko?«

»Ja.«

»Das heißt, du bist Halbmexikanerin?«

Olivia lächelte, denn die Antwort war offensichtlich. Sie hoffte, dass Lukas sie nicht weiter über ihre Mutter ausfragen würde, denn diesen privaten Bereich wollte sie auf keinen Fall betreten, auch wenn sie die Tür selbst aufgemacht hatte.

»Ich bin ein halbes Jahr durch Mexiko getrampt«, sagte Lukas.

»Ach. Wann denn?«

»Vor ein paar Jahren, als ich den ganzen Mist hier zu Hause leid war und Inspiration brauchte.«

Lukas stand auf und zog seinen Pullover hoch, der einen sehr durchtrainierten Bauch entblößte, und Olivia rutschte weg von ihm an die Rückenlehne des Sofas.

Was hatte er vor?

Als er den Pullover auf die Höhe der Brustwarzen gezogen hatte, wurde zwischen ihnen eine Tätowierung sichtbar, zwei blaue Wörter in Versalien: *XIPE TOTEC*.

Er lächelte und schwieg, als Olivia sagte:

»Xipe Totec?«

»Unser Herr, der Gehäutete. Aztekische Mythologie. Er hat sich selbst gehäutet, um seinen Samen den Menschen zu schenken.«

Lukas zog den Pullover wieder herunter, setzte sich und füllte sein Weinglas.

»Möchtest du?«, fragte er.

»Ein bisschen noch, dann ist es genug.«

In den meisten Zusammenhängen eine verlogene Antwort.

»Das ist komisch«, sagte Olivia, »der Name kommt mir bekannt vor. Xipe Totec – den habe ich irgendwo gesehen.«

»Ich habe ihn mir in Cuatro Cienegas tätowieren lassen«, erzählte Lukas. »Da gab es ein Hotel, das so hieß.«

Olivia hätte fast ihren Wein verschüttet.

Cuatro Cienegas?

Die Stadt, in der sie selbst aus einem Bus gestiegen und in einem Wüstenhotel gelandet war, ein paar richtige Biere getrunken und beschlossen hatte, ihren Nachnamen in Rivera zu ändern, um schließlich mit dem jungen, lispelnden Barkeeper im Bett zu landen.

Ein Wüstenhotel mit Namen Xipe Totec.

War Lukas etwa auch dort gewesen?

»Was ist denn?«, fragte er. »Warst du da auch schon mal?«

»Ja, tatsächlich. In genau dem Hotel. Ist das nicht verdammt seltsam?«

»Vielleicht. Wie bist du da gelandet?«

»Ich bin rumgetrampt, Bus gefahren, habe ein Motorrad gemietet, einfach zufällig da gelandet. Doch, das ist seltsam.«

»Schon, aber vielleicht auch nicht. Cuatro Cienegas lockt Leute aus dem Westen an.«

»Warum?«

»Wegen der Peyoten, nehme ich an, all die Leute, die ihren Castaneda gelesen habe. Anscheinend gibt es dort viele.«

»Ich war nicht auf der Suche nach irgendwelchen Peyoten.«

»Und trotzdem bist du da gelandet«, sagte Lukas und lächelte. »Hast du dir auch ein Tattoo stechen lassen?«

Olivia wusste nicht, ob er sich einen hochgezogenen Pullover ihrerseits erhoffte, aber da sie kein Tattoo zwischen den Brustwarzen hatte, blieb sie lieber ehrlich:

»Ich habe für Tätowierungen nicht so viel übrig.«

»Klug«, sagte Lukas.

»Warum?«

»Weil es sich dabei oft um Statements handelt, die man in gewissen Situationen seines Lebens macht, und wenn man aber nicht stillstehen will, dann wird man die ganze Zeit an Sachen erinnert, die einem nichts mehr bedeuten.«

»Manchmal sind es aber auch Statements, die man das ganze Leben aufrechterhält. Ist es bei deinem Tattoo nicht so?«

»Hoffentlich. Aber ich habe es gemacht, um mich selbst festzuhalten.«

Lukas sah in sein Weinglas hinein, und Olivia bemerkte dieselbe Reaktion wie vorhin, als sie über das Buch gesprochen hatten. Er versank in sein Inneres und sackte ein wenig in sich zusammen.

»Wie geht es dir?«, fragte sie.

Sie wusste nicht, warum sie diese Frage stellte, vor einer halben Stunde hatte sie es vermieden.

Jetzt kam sie ganz spontan.

»Es geht mir sehr gut«, erwiderte Lukas und sah auf. »Ich werde eine Sonderausstellung haben, ich habe rund um die Uhr gemalt, bin verdammt zufrieden mit dem Ergebnis und sitze hier mit einer spannenden Frau, die in Cuatro Cienegas war. Und dir, wie geht es dir?«

Olivia hätte reflexmäßig mit einem »Mir geht es auch sehr gut« antworten können, doch aus irgendeinem Grund dachte sie ein paar Sekunden nach, verzögerte die Antwort, als wolle sie nicht lügen.

Am Ende log sie doch, zumindest teilweise.

»Mir geht es auch ganz gut.«

»Aber deinen Augen nicht.«

Lukas hatte seinen Blick in die Iris von Olivia geschraubt.

»Wie meinst du das?«, fragte sie.

»Ich finde, dass Diegos Frau Frida viel interessanter war als er, und zwar in jeder Hinsicht. Sie drückte Sachen aus, an die er nicht einmal entfernt herankam. Aber das Faszinierendste an ihr waren ihre Augen. Wenn man sich auf Augen versteht, dann konnte man darin eine Lebensgeschichte von abgrundtiefer Trauer lesen.«

Lukas verstummte und wandte den Blick von Olivia, als wolle er ihr Raum geben, das, was er eben gesagt hatte, zu verarbeiten.

Sie versuchte es.

Er wusste nichts von ihr, nichts von den Tragödien, die ihr Erwachsenenleben geprägt hatten, nichts von irgendwelchen Bällemeeren oder dergleichen, er wusste nichts.

Er sah ihr einfach nur in die Augen und unterstellte Dinge.

»Vor einer Weile hatte ich eine Fehlgeburt«, sagte sie. »Ich weiß nicht, ob du das in meinen Augen siehst, aber da ist seitdem eine Trauer in mir, und vielleicht sieht man die tatsächlich. Ist aber nichts, was ich zu verbergen suche.«

Lukas nickte, erhob sich mit seinem Weinglas und setzte sich neben Olivia aufs Sofa. Sie rückte ein wenig zur Seite.

»Entschuldige bitte«, sagte er. »Manchmal bin ich ein bisschen zu aufdringlich. Ich meine das nicht so, ich versuche nur, hier zu sein. Das bin ich nicht immer.«

»Wo bist du dann, wenn du nicht hier bist?«

»Ich weiß es nicht, ich begebe mich an Orte, an denen es nicht wehtut.«

»Was tut denn weh? Also, wenn du dich nicht wegbegibst?«

»Mensch zu sein, glaube ich. Zu wissen, dass man ein Teil von allem ist. Dass es keine Unmenschlichkeit auf der Welt gibt, an der man nicht auf die eine oder andere Weise beteiligt ist. Davor möchte ich manchmal fliehen.«

»Und wohin fliehst du dann?«, fragte Olivia.

»Nach Cuatro Cienegas.«

Lukas brach plötzlich in lautes Gelächter aus, und Olivia stimmte ein. Mitten im Lachen sagte Lukas:

»Wie schön, dass du hergekommen bist!«

Und stand auf.

Olivia stellte ihr Glas ab und erhob sich ein bisschen zu schnell, sie merkte, dass ihr Gleichgewicht nicht hundertpro war, aber sie kriegte den Körper in den Griff. Lukas ging vor ihr in Richtung Eingang. Auf dem Weg dorthin nahm er sich von einem Stuhl seinen weichen, weißen Filzhut und setzte ihn auf den Kopf.

»Hier!«, sagte er und streckte Olivia eine Karte hin.

Eine Eintrittskarte zur Vernissage seiner Ausstellung.

»Danke!«, erwiderte sie.

»Es wäre schön, wenn du vorbeikommen könntest. Es ist keine wahnsinnig flashige Galerie, aber es gibt doch ein bisschen Wein und coole Leute.«

»Ich werde es versuchen«, sagte Olivia mit einem Lächeln.

»Hast du mein Buch dabei?«

»Ja, wieso?«

»Soll ich was reinschreiben?«

Olivia wurde unsicher. Sie hatte das Buch nur ausgeliehen, es gehörte Ronny, aber kaufen wollte sie es ohnehin, warum also nicht?

»Ja, gerne«, sagte sie und zog das Buch aus der Jackentasche.

Lukas nahm es und klappte es auf.

»Hast du einen Stift?«, fragte er.

»Ja.«

Sogar das hatte Olivia in der Jacke, diesmal in der Innentasche. Lukas nahm den Stift und schrieb ein paar Worte aufs Vorsatzpapier. Olivia schaute über seinen Arm und sah, was er schrieb: »Danke, dass du es gelesen hast. Lukas.« Olivia nahm das Buch, und Lukas beugte sich vor, umarmte sie kurz warmherzig und flüsterte:

»Tut mir leid, das mit deinen Augen. Ich gehe manchmal zu weit.«

»Schon okay.«

Olivia ging aus der Tür, und Lukas machte sie hinter ihr zu.

Es war noch nicht sonderlich spät, um elf herum, doch als sie auf die Straße herauskam, war es kalt. Und zu ihrer Wohnung in der Högalidsgatan war es ein gutes Stück zu laufen, aber irgendwie war ihr jetzt nicht danach, an einer Haltestelle herumzustehen und auf den Bus zu warten. Also marschierte sie los.

Ihre Gedanken kreisten um zwei Dinge.

Nummer eins: Lukas Bengtsson.

Warum hatte er sie so beeinflusst, und zwar auf eine Weise, die ihr unangenehm war? Lag das daran, dass sie seit der Fehlgeburt den Umgang mit Männern vermied und nicht richtig darauf gefasst gewesen war? Oder war er so speziell und hatte sie in einer sehr verletzlichen Situation angetroffen? Es war unwahrscheinlich, dass sich ihre Wege bereits in Mexiko gekreuzt hatten. Hatte er sich das alles nur ausgedacht? Aber woher dann die Tätowierung?

Sie stellte fest, dass er nicht versucht hatte, sich an sie heranzumachen, eigentlich der Klassiker, und sie war dankbar, selbst nicht zu weit gegangen zu sein. In manchen Situationen verlor man doch leicht das richtige Gespür.

Außerdem versuchte sie, sich daran zu erinnern, zu welchem Zeitpunkt sie von ihrem eigentlichen Anliegen abgekommen war. Schließlich war sie aus beruflichen Gründen dort aufgetaucht, um herauszufinden, ob Lukas auf irgendeine Weise in das Sprengstoffattentat auf die Brovalls verwickelt sein könnte, zum Beispiel, ob er für die betreffende Nacht ein Alibi hatte. Leicht verschämt musste sie sich eingestehen, dass sie das wohl in dem Augenblick vergessen hatte, als sie sein Atelier betrat und seine Gemälde sah.

Nummer zwei: ihre Notlüge. Sie hatte nicht gesagt, dass sie Polizistin war.

Wenn sie daran dachte, fühlte sie sich richtig mies.

Als sie sich der Högalidskirche näherte, war ihr wieder warm geworden. Auf der Straße saß ein betrunkener älterer Mann auf einem Stück Karton und sang. Er trug eine Decke um die Schultern, doch Olivia sah, dass er am ganzen Leib zitterte. Was sollte sie tun? Ihn nach Hause einladen? Oder ein paar Kollegen anrufen, damit die ihn einsammelten? Sie entschied sich für Letzteres, und als das geklärt war, stand sie schon fast vor ihrer Haustür.

Den ganzen Weg über hatte sie die Situation in Gedanken gedreht und gewendet und versucht, sie zu analysieren. Wenn sich herausstellen sollte, dass Lukas Bengtsson auch nur im Entferntesten mit dem Attentat auf die Brovalls in Verbindung gebracht werden konnte, dann steckte sie sowieso schon in der Sache drin. Sie hatte ihn in Malins Gerichtsunterlagen gefunden. Und sie hatte ihn besucht. Da kam sie nicht mehr raus.

Andererseits: Wenn Lukas nichts mit dem Attentat zu tun hatte, was wahrscheinlich der Fall war, dann spielte es auch keine Rolle, dass sie Polizistin war, oder? Sie musste ja über den Grund, weshalb sie ihn aufgesucht hatte, nichts verlauten lassen. Und der war ja auch nicht ausschließlich polizeilicher Natur gewesen. Sie war von seinen Texten beeindruckt und neugierig gewesen, was für ein Mensch er war.

Als sie in ihre Wohnung kam, hatte sie die einzig vernünftige Entscheidung getroffen. Sie musste Lukas erzählen, was sie beruflich machte. Ihre Lüge könnte ganz schnell zu unerwünschten Nachwirkungen führen. Sie setzte Teewasser auf, holte das Handy heraus und überlegte, wie sie es am besten formulierte. »Hallo! Ich hab vergessen zu erwähnen, dass ich Polizistin bin. Nur, damit du's weißt.« Das klang unglaublich bescheuert. Sie versuchte es mit ein paar anderen Wendungen, doch alles wirkte gleichermaßen dämlich.

Außerdem beschloss sie, die Sache gleich hinter sich zu bringen, vielleicht erst mal kurz um Entschuldigung zu bitten und dann auszuhalten, was danach kam.

Wenn er überhaupt zu Hause war, denn vielleicht war er ja auch in die Stadt weitergezogen.

Sie tippte Lukas' Nummer ein, und er ging nach ein paarmal Klingeln ran.

»Ja? Wer spricht da?«

»Hallo, hier ist Olivia Rönning. Störe ich?«

»Nein. Wen möchten Sie sprechen?«

»Lukas? … Bist das nicht du, Lukas?«

»Hier gibt es keinen Lukas.«

Das Gespräch wurde unterbrochen. Olivia stand mit dem Handy in der Hand da. Es war zweifellos Lukas gewesen, der da gerade rangegangen war. Was sollte das denn bitte? Verleugnete er sich? War eine Frau bei ihm?

Olivia goss sich ihren Tee auf und schaute sich die Eintrittskarte zur Vernissage an, die sie von ihm bekommen hatte.

Eine Kunstgalerie auf der Tegnérgatan.

Sie klappte die Karte auf. Auf der einen Seite ein Foto von einem seiner Gemälde, das sie aus dem Atelier erkannte, und auf der gegenüberliegenden Seite ein Foto von ihm selbst, im Halbprofil. Er stand vor einer grauen Ziegelsteinmauer und hatte einen weichen Filzhut auf dem Kopf, den Blick in die Kamera gerichtet, als wolle er das Objektiv sprengen. *Ein Totentanz im Blick*, dachte Olivia. Unter dem Bild stand ein Zitat: »Ich bin nicht hier.«

Schwieriger Mensch, aber spannend.

Da rief Lisa an.

Sie war in der Nähe von Olivias Wohnung und fragte, ob sie raufkommen könne.

»Na klar!«

Sie drückte auf den Summer, dann setzte sie noch einmal Wasser auf. Der Spaziergang nach Hause hatte schon einiges von dem leichten Weinrausch verfliegen lassen, eine Kanne starker Tee würde den Rest erledigen. Sie stellte zwei Keramiktassen auf den Tisch und fragte sich, weshalb Lisa wohl kam. Sie war noch nie bei ihr zu Hause gewesen, so eng war ihr Verhältnis nicht, und jetzt wollte sie mitten in der Nacht raufkommen?

»Hallo«, sagte Olivia. »Komm rein. Häng deinen Mantel auf.«

Olivia zeigte Lisa ihre Wohnung und merkte sogleich, dass die Kollegin daran im Moment nur wenig interessiert war.

»Ich habe Tee gekocht. Möchtest du?«, fragte Olivia.

»Gern.«

Lisa ließ sich am Küchentisch nieder, und Olivia schenkte Tee ein und wartete. Es dauerte nicht lange.

»Ich bitte um Entschuldigung für mein Verhalten bei der Vernehmung von Sebastian«, begann Lisa. »Das war unmöglich von mir.«

Der Meinung war Olivia auch, doch sie sagte nichts.

»Aber es gab einen Grund dafür«, fuhr Lisa fort.

»Dass du ihn so hart angegangen bist?«

»Ja.«

Lisa verstummte, als würde sie Anlauf nehmen.

»Ich erkannte mich in dem wieder, was er Ida angetan hat«, erklärte sie. »Ich habe meine eigenen Erlebnisse in die Vernehmung einfließen lassen, das war unprofessionell.«

»Das passiert jedem von uns. Was hast du denn wiedererkannt?«

»Das Ausgeliefertsein. Bedroht zu werden.«

Lisa verstummte wieder und wärmte sich die Hände an der Teetasse. Olivia merkte, dass sie einfach fragen musste, auch wenn das falsch rüberkommen würde.

»Sprechen wir hier von Magnus Larsson?«, fragte sie.

»Ja.«

Lisa nahm die Hände von der Tasse und hielt sie für ein paar Sekunden an ihre Wangen, um sie dann wieder sinken zu lassen und tief Luft zu holen.

»Du hast sicherlich gemerkt, dass ich komisch reagiert habe, als er aufgetaucht ist«, sagte sie.

»Ja, ich habe mich schon gewundert.«

»Ich war total schockiert, als ich das erste Mal in den Besprechungsraum kam. Es war klar, dass es irgendwann mal passieren musste, aber trotzdem … als wir uns plötzlich wieder im selben Raum befanden, wurde es so offenkundig körperlich, alles kam zurück.«

Lisa schwieg, und Olivia sah sie an. Da würde noch mehr kommen, und sie wappnete sich ein wenig dagegen. Sie kannte Lisa als eine ungeheuer aufrechte und furchtlose Person, und jetzt sah sie eine Frau, die Mut fasste, um etwas zutiefst Persönliches und Schweres zu erzählen.

»Es fing an, als ich noch auf die Polizeihochschule ging«, begann Lisa. »Er war ein Semester lang Gastprofessor, ich fühlte mich zu ihm hingezogen, und das hat er wohl bemerkt. Wir begannen eine Affäre, heimlich. Er war verheiratet, das wusste ich, doch es störte mich nicht. Sein Problem, nicht meins. Nach einer Weile wurde mir klar, dass ich nicht der einzige Zeitvertreib war, den er sich gönnte, denn eine meiner Kommilitoninnen hatte ebenfalls eine Affäre mit ihm. Da machte ich Schluss oder sagte jedenfalls, dass ich ihn nicht mehr treffen wolle. Das akzeptierte er nicht. Vermutlich passte es nicht in sein Selbstbild, abgelehnt zu werden, denn wenn jemand Schluss machte, dann war er das.«

»Gekränkter weißer Mann.«

»So ungefähr. Also fing er an, mich zu terrorisieren.«

»Wie das?«

»Erst waren es nur SMS, unangenehme Nachrichten darüber, was für eine Fotze ich sei. Dann rief er nachts an, ohne was zu sagen. Aber mir war klar, dass er das war. Und dann folgte er mir, saß ein Stück von meinem Hauseingang entfernt in seinem Auto, wenn ich abends nach Hause kam, was verdammt unangenehm war. Er war schließlich gut durchtrainiert, und ich wusste nicht, wie weit er gehen würde. Einmal stand er im Lebensmittelgeschäft, in das ich immer gehe, zerrte mich zwischen ein paar Regale und erklärte mir, meine Karriere als Polizistin sei tot. Mausetot. Er würde alle kennen und überall verbreiten, was für eine verdammte Hure ich sei.«

»Aber du hast nie mit jemandem darüber gesprochen?«

»Damals kannte ich nicht so viele, ich war ja gerade erst hergezogen, um auf die Hochschule zu gehen, und hatte keine anderen Kontakte. Außerdem wusste ich, mit wem ich es zu tun hatte. Er war schließlich überall beliebt.«

Lisa nahm einen Schluck aus der Teetasse und wischte sich dann den Mund.

»Eines späten Abends klingelte er an der Tür. Ich war gerade auf dem Weg ins Bett, zog meinen Morgenmantel an und öffnete, und da stand er mit einem Strauß gelber Rosen. Er sagte, er sei ein verdammtes Schwein gewesen und wolle um Entschuldigung bitten, und er würde mich nie wieder verfolgen. Irgendwie schaffte er es in die Diele, und ich nahm die Blumen entgegen. Ich erinnere mich noch, dass ich dachte, vielleicht wird es jetzt zu Ende sein, vorbei, er hat begriffen, was er da getan hat. Da fragte er plötzlich, ob wir nicht ein letztes Mal Sex haben könnten, so als eine Art Abschluss von allem. Erst habe ich nicht begriffen, was er da sagte, dann wiederholte er es und zog die Tür hinter sich zu. Ich sagte ihm, er sollc abhauen, aber er blieb stehen, ich drehte mich um und wollte in die Wohnung laufen, aber er packte meinen Arm und drückte mich auf den Fußboden herunter. Er war stark, und ich kriegte wahnsinnige Angst, er fing an zu reden, wie schön wir es doch gehabt hätten und wie fantastisch es war, mit mir zu schlafen, und ich …«

Lisa verstummte, ihre Hände griffen wieder nach der Teetasse.

»Du hast nicht gewagt, dich zu wehren?«, fragte Olivia vorsichtig.

Lisa schüttelte den Kopf.

»Ich merkte, wie er sich die Hose auszog, und dachte, dann soll er es halt machen, wenn er danach nur abhaut, einfach verschwindet …«

Lisa schwieg wieder, und Olivia wartete, bis sie schließlich zu fragen wagte:

»Er hat mit dir geschlafen?«

»Ja. Auf dem Fußboden im Flur.«

Lisas Stimme klang fast vollkommen ausdruckslos. Olivia sah sie an.

»Magnus Larsson hat dich auf dem Fußboden in deinem Flur vergewaltigt?«

»Eigentlich war es keine richtige Vergewaltigung, ich ließ es ihn ja machen, wir hatten Sex auf dem Fußboden im Flur.«

»Das war kein Sex, Lisa, das war eine Vergewaltigung, und das weißt du auch.«

Lisa wandte sich ab, und Olivia sah ihre Kiefer mahlen, als wolle sie nicht hören, dass das eine Vergewaltigung war, als versuche sie, sich selbst zu schützen. Als sie Olivia wieder ansah, sagte sie:

»Ich weiß.«

Olivia konnte nicht länger stillsitzen, sondern stand auf, stellte sich an die Spüle und sah Lisa an. Was sie sah, war eine gefasste, aber sehr traurige Frau. Olivia ging hin und legte die Arme um sie. Lisa ließ es eine Weile geschehen, dann richtete sie sich auf, hob ihre Teetasse und sagte:

»Jetzt verstehst du meine Reaktion vielleicht besser. Es war die Hölle, dazusitzen und mir seine Vorträge anhören zu müssen, seine Stimme und all den Applaus, den er bekam … und Mette, die ihn die ganze Zeit hofiert hat … aber das Schlimmste war, als er plötzlich eine SMS schickte.«

»Als wir gerade auf dem Weg zu Sebastian waren?«

»Ja. Weißt du, was er geschrieben hat?«

»Nein, was?«

»›Magst du immer noch gelbe Rosen?‹«

Olivia ließ das ein paar Augenblicke sickern. »Was für ein verdammtes Arschloch«, sagte sie schließlich.

»Deshalb war ich bei den Landbacks so aus dem Gleichgewicht. Plötzlich hatte ich Angst, dass Magnus wieder anfangen würde, mich zu terrorisieren, alles drehte sich in meinem Kopf, und ich habe es an Sebastian ausgelassen.«

Olivia nickte und versuchte, sich vorzustellen, was Lisa durchgemacht hatte.

»Und das alles hast du niemals jemandem erzählt?«, fragte sie.

»Nicht so jedenfalls. Ich habe es anonym in unserer internen Facebookgruppe erzählt und in #Notwehr, aber niemand weiß, dass es dabei um mich oder Magnus geht.«

Olivia erinnerte sich sofort an die Geschichte, sie war sehr empört gewesen und hatte sich gefragt, wer die Frau wohl gewesen sein könnte.

Lisa Hedqvist.

Olivia setzte sich wieder auf ihren Stuhl. Es gab jede Menge Fragen, die sie Lisa stellen wollte, doch die wichtigste war: Warum hast du das nicht angezeigt?

»Ich habe es nie geschafft, das anzuzeigen«, sagte Lisa.

Ihr war klar, was Olivia gerade dachte.

»Warum nicht?«

»Mehrere Gründe. Einerseits habe ich mich wahnsinnig geschämt. Es war so idiotisch von mir, mich überhaupt an ihn zu binden, ich fühlte mich total nutzlos und vernichtet, wie bescheuert konnte man eigentlich sein? Und dann hatte ich Angst vor ihm, vor dem, was er anrichten konnte, was mit meiner Zukunft als Polizistin sein würde … außerdem wussten ja mehrere, dass wir ein Verhältnis gehabt hatten, er konnte alles Mögliche behaupten, mein Wort würde gegen seins stehen, ich hätte keine Chance. Es gab keine Zeugen, niemand außer ihm und mir weiß, was da im Flur passiert ist.«

»Aber heute?«, fragte Olivia. »Mit Metoo und #Notwehr und allem? Heute sieht es anders aus. Heute kannst du es erzählen.«

»Die Vergewaltigung und die Übergriffe sind verjährt, es ist über zehn Jahre her.«

»Aber sie haben stattgefunden, und er ist hier immer noch bei der Polizei und macht Karriere. Vielleicht tut er einem anderen Mädchen gerade das Gleiche an.«

»Ich weiß. Aber dann ist da noch Mette.«

»Mette?«

»Sie ist eine alte Freundin von Magnus' Frau, und außerdem mag sie Magnus sehr gern, wie du ja wohl selbst gesehen hast.«

»Ja.«

»Ich schaffe es nicht, Mette davon zu erzählen.«

Olivia verstand, was Lisa sagte. Sie konnte verstehen, dass es leicht war, daneben zu sitzen und empört zu sein, denn schließlich war nicht sie vergewaltigt worden. Sie konnte nicht sicher sein, wie sie an Lisas Stelle reagiert hätte. Sie würde nur zu gern glauben, dass sie es in die weite Welt hinausgeschrien hätte, doch: Es war leicht, so etwas zu denken, wenn man nur daneben saß.

Wenn man nicht selbst auf dem Fußboden im Flur gelegen hatte.

Da piepte es in zwei Handys gleichzeitig. Lisa und Olivia bekamen beide eine SMS von Mette:

Morgenbesprechung auf 7.30 Uhr vorgezogen wg. neuem Überwachungsfilm.

Als Lisa schließlich die Wohnung nach einer langen Umarmung in der Tür verließ, war es schon nach zwei. Olivia sank ins Bett und ging davon aus, dass sie binnen zehn Sekunden eingeschlafen sein würde.

Von wegen.

Der Körper war bleischwer, aber im Kopf tobte ein kleinerer Gedankenorkan mit Magnus Larsson und Lukas Bengtsson und Autobomben und Vergewaltigungen. Sie warf die Decke ab und zog sie wieder über sich, wälzte sich herum, wechselte das Kissen, als sie merkte, wie verschwitzt es war. Am Ende gab sie auf und setzte sich mit einem Glas Wasser, einem Stift und einem Post-it-Block an den Tisch. Ihre Augen schmerzten, sie sah lange auf den Block. Schließlich schrieb sie: »Tom«. Sie hatte vermutlich selbst keine Ahnung, ob sie damit Stilton meinte oder ganz andere Dinge.

Wann genau sie einschlief, wusste sie nicht, nur, dass es viel zu spät war, um so früh aufzustehen, wie es Mettes Besprechungstermin in der NOA von ihr verlangte.

Zwei ziemlich erschöpfte Frauen kamen am nächsten Morgen ins Besprechungszimmer, das bereits so gut wie voll besetzt war. Einige standen an den Wänden, Bosse saß auf einer Schreibtischkante, doch Lisa und Olivia erwischten ganz hinten noch Sitzplätze. Beide konstatierten erleichtert, dass Magnus Larsson nicht da war.

Mette stand ganz vorn, dort, wo sie immer Hof hielt. Sie hatte den Computer mit dem Großbildschirm verbunden. Bevor sie ihn einschaltete, wandte sie sich dem Raum zu.

»Gestern am späten Abend haben wir einen uns bisher noch nicht bekannten Überwachungsfilm bekommen. Er kam vom Netzwerk Nachbarschaftswache in Gribbylund. Die Kamera überwacht einen Parkplatz in der Nähe des Hauses von Familie Brovall.«

»Warum kriegen wir den erst jetzt?«, fragte Bosse.

»Weil die Nachbarschaftswache keine Bewilligung für die Kamera hat. Es gab dort Benzindiebstähle, die Hauseigentümer haben Druck gemacht, deshalb haben sie das Gerät angebracht. Es ist also in juristischer Hinsicht eine illegale Überwachung, deshalb haben sie sich erst nicht getraut, uns den Film zu schicken. Ob er was bringt, werden wir sehen.«

Mette startete den Film. Zuerst sah man nur den Parkplatz mit einigen Autos und Straßenlaternen. Nach einer Weile kam zwischen den Autoreihen ein Mann ins Bild. Er hatte eine Mütze auf und eine Tasche in der Hand. Etwa eine Sekunde lang blitzte sein Gesicht im Film auf, bevor es wieder verschwand.

Mette spulte den Film zurück und hielt das Gesicht als Standbild an.

»Dieser Mann ist noch nicht identifiziert, er taucht in unserem bisherigen Material nicht auf. Sobald wir hier fertig sind, werden wir Bilder von seinem Gesicht in Umlauf bringen und nach ihm fahnden. Fragen?«

»Was hat er da in der Hand?«, fragte einer der Polizisten.

»Sieht aus wie eine Tasche«, sagte Mette. »Wäre sicher spannend herauszufinden, was da drin ist.«

Nach einigen Fragen beendete Mette das Meeting.

Olivia wartete, bis endlich alle rausgegangen waren. Sie wollte, dass der Raum leer war.

Komplett leer, bis auf Mette.

Sie hatte ihre Gründe.

Als auch Lisa verschwunden war, nicht ohne einen fragenden Blick zu ihrer Kollegin, stand Olivia auf und ging zu Mette nach vorn, die gerade dabei war, den Laptop zuzuklappen.

»Ich weiß, wer der Mann auf dem Film ist«, sagte sie.

Mette zuckte zusammen und sah Olivia an. Sie registrierte das blasse Gesicht und den zerbrechlichen Blick aus müden Augen. Was ist denn da los?, dachte sie.

»Woher weißt du das?«

»Er heißt Lukas Bengtsson. Ich habe ihn getroffen. Er hat Malin Brovall mehrere Male gedroht, im Zusammenhang mit einem Prozess gegen seinen Bruder vor ein paar Jahren. So habe ich ihn gefunden.

»Lukas Bengtsson?«

»Ja. Er ist Künstler und Schriftsteller.«

»Und du hast ihn getroffen?«, fragte Mette.

»Ganz kurz.«

»Und das auf dem Film ist er, da bist du ganz sicher?«

»Ja.«

Mette nahm ein Handy vom Tisch, während sie sich Olivia zuwandte.

»Ich werde dem sofort nachgehen. Geh jetzt und iss etwas, du siehst vollkommen fertig aus.«

Olivia saß ganz hinten in einem U-Bahn-Waggon, sie war auf dem Weg zur Rådmansgatan. Sie wollte die Essenspause nutzen, um eine Kunstgalerie zu besuchen, sie wollte Lukas' Ausstellung sehen. Der Schock, den sie bei seinem Anblick auf dem Überwachungsfilm bekommen hatte, ebbte allmählich ab. Er war also nachweislich in der Nähe des Hauses von Familie Brovall gewesen, am Abend vor der Sprengung. Aber dafür konnte es ja andere Erklärungen geben als das Platzieren einer Autobombe. Vielleicht kannte er Leute in diesem Viertel? Oder war rein zufällig dort gewesen? Er hatte erzählt, dass er sich oft in einen Bus setzte und einfach mitfuhr, um zu entspannen oder nachzudenken. Vielleicht hatte er genau das getan? Und war zur falschen Zeit am falschen Ort gelandet?

Als sie ausstieg, fühlte sie sich etwas besser.

Auf dem kurzen Weg zur Galerie dachte sie darüber nach, warum sie instinktiv versuchte, Lukas zu verteidigen. Vielleicht hatte er die Autobombe ja doch angebracht, egal, was für schöne Texte und seltsame Bilder er schuf. Gleichzeitig meldete sich bei ihr aber auch das, was Mette einmal als eine ihrer größten Gaben bezeichnet hatte: ihr Bauchgefühl.

Und das sprach Lukas frei.

Sie betrat die Galerie an der Ecke Tegnérgatan/Döbelnsgatan. Es war eine ziemlich große Galerie, mit einer breiten Fensterfront zur Straße hin. Die Wände waren weiß gestrichen, wie es in Galerien üblich ist, mit ziemlich hohen Decken. Der erste große Raum war voller Besucher, die meisten standen mit einem Weinglas in der Hand da und betrachteten die Bilder. Die Vernissage war gut besucht.

Olivia erkannte ein paar Bilder aus Lukas' Atelier wieder. Große, dunkle Bilder mit krassen abstrakten Motiven. Auf einigen konnte man Formen erkennen, Gegenstände, verwischte Gesichter, die in einer Schattenlandschaft verschwanden. Sie stellte sich vor ein Bild und lauschte einem Gespräch neben ihr. Offensichtlich wollte ein Mitarbeiter der Galerie einen Besucher von der Qualität der Bilder überzeugen.

»Ein Werk von unglaublicher Tiefe«, sagte der Mann andächtig. »Ich habe selten eine solche Intensität bei einem so jungen Künstler erlebt.«

»Die Preise sind ziemlich hoch«, sagte der Besucher.

»Nicht im Vergleich zu dem, was die Bilder in ein paar Jahren wert sein werden. Jetzt sind es noch Schnäppchen, später werden es Sammlerobjekte. Nutzen Sie die Gelegenheit!«

Inwieweit der Besucher die Gelegenheit nutzen wollte, bekam Olivia nicht mehr mit, weil plötzlich der Künstler selbst hereinkam.

Lukas.

Ein lächelnder und offensichtlich bestens gelaunter Lukas.

Er hatte im Büro des Galeristen gesessen, Kataloge signiert und Wein getrunken. Als er den Raum betreten hatte, dauerte es nur wenige Sekunden, bis er Olivia sah.

»Hallo?«, sagte er.

Olivia lächelte auch und ging auf Lukas zu. Sie war nahe daran, ihn zu Begrüßung zu umarmen, ließ es aber sein.

»Hallo!«, sagte sie stattdessen. »Wie schön, die Bilder zu sehen.«

»Ein paar kennst du ja schon.«

»Ja.«

Olivia sah sich um.

»Das fahle Pferd ist nicht dabei?«

»Nein. Das traue ich mich nicht auszustellen.«

»Warum?«

»Jemand könnte es verstehen.«

Lukas lächelte, als er das sagte, als würde er so etwas wie ein Geheimnis verraten.

»Willst du ein bisschen Wein?«, sagte er. »Ich hab schon fünf Bilder verkauft. Es ist unglaublich! Champagner?«

»Nein danke, ich muss gleich zurück zur Arbeit. Aber wie toll, dass du schon so viel verkauft hast!«

»Ja, das ist total heftig.«

Lukas strahlte über das ganze Gesicht. Die Ausstellung war dabei, ein Erfolg zu werden, vielleicht sein Durchbruch.

Das würde vieles verändern.

»Jetzt können wir vielleicht zusammen nach Mexiko fahren«, sagte er und verlachte den Vorschlag im selben Moment. Sein dunkles, lockiges Haar fiel ihm in die Stirn, er war berauscht und wollte dieses Gefühl mit der ganzen Welt teilen. Glücklich! Er wandte seinen Blick den Besuchern zu, und Olivia dachte an das, was er über Augen gesagt hatte, über Frida Kahlos Augen, die abgrundtiefe Trauer. Wenn sie in Lukas' Augen sah, sah sie nicht das Glück, das seine restliche Erscheinung ausstrahlte. In seinem Blick lag etwas Gehetztes.

Sie spürte, wie sie erneut von den falschen Gefühlen überrollt wurde, sie hätte ihn am liebsten auf den Schoß genommen, wie ein Kind, und gefragt, was ihn so quälte.

Stattdessen nahm sie ihn etwas beiseite und stellte ihm die Frage, die ihr schon seit einer Weile auf der Zunge lag.

»Ich hab dich gestern angerufen«, sagte sie. »Als ich nach Hause kam, gleich nach unserem Aufeinandertreffen in deiner Wohnung.«

»Aha? Aber ich habe nicht abgenommen?«

»Doch. Du hast allerdings behauptet, es wärst nicht du.«

Lukas sah Olivia an, um herauszufinden, ob sie es ernst meinte.

»Du machst Witze?«

»Nein.«

»Ja, dann muss ich besoffen gewesen sein oder so, ich kann mich an kein Gespräch erinnern. Was wolltest du denn?«

»Mich für den Abend bedanken.«

Ihre eigentliche Absicht, ihm zu erzählen, dass sie Polizistin war, hatte nach dem Überwachungsfilm eine neue Bedeutung bekommen. Jetzt wusste sie nicht, wie sie sich verhalten sollte.

In diesem Moment rief Mette an.

Olivia warf einen Blick auf das Display und entschuldigte sich.

»Da muss ich drangehen.«

Olivia trat einen Schritt zur Seite, und sein Galerist nahm Lukas sofort in Beschlag und versuchte, ihn mit ein paar Besuchern zusammenzubringen.

»Hallo, Mette, was gibt's?«, sagte Olivia.

»Wir haben mit dem Wachmann gesprochen, der in der Nähe der Ladenzeile war und zum fraglichen Zeitpunkt jemanden gesehen hat. Er konnte die Mütze der Person beschreiben, und sie stimmt mit der überein, die der Mann auf dem Film aufhat. Ich will so schnell wie möglich eine Gegenüberstellung mit Bengtsson machen, um zu sehen, ob er es war. Hast du seine Adresse?«

»Ja.«

Olivia wandte sich um und sah einen aufgekratzten Lukas, der in ein angeregtes Gespräch mit einem potentiellen Käufer vertieft war. Sie senkte die Stimme und gab Mette seine Adresse. Dass sie sich gerade mit ihm im selben Raum befand, wollte sie nicht sagen. Dann würde Mette sie sofort bitten, Lukas festzunehmen und ins Präsidium zu bringen.

Und das würde sie nicht übers Herz bringen.

Lukas betrat seine Wohnung, warf seine Jacke auf einen Stuhl und stieß einen Schrei aus. Vor Glück! Er hatte noch ein Bild verkauft, bevor die Ausstellung schloss, eins der großen, teuren. Er würde eine Zeitlang richtig viel Geld haben. Jetzt wollte er kurz duschen, sich umziehen und ein Taxi zum Wasahof nehmen. Der Galeriebesitzer lud zum Abendessen ein, und er ging davon aus, dass es eine lange, verrückte Nacht werden würde.

Vielleicht sollte ich Olivia anrufen?, dachte er. Vielleicht will sie mitkommen?

Er holte sein Handy heraus und wollte gerade ihre Nummer wählen, als es an der Tür klingelte. Er steckte das Handy wieder ein, ging über den Flur zur Tür und öffnete sie.

*

Acht Personen waren an einer Betonwand aufgestellt, sämtliche hielten Nummern vor sich hoch, einer davon war Lukas Bengtsson. Er hatte die Nummer sechs. Hinter der Glasscheibe stand der Wachmann Anders Grytman mit einem Polizisten neben sich, hinter ihm an der Wand lehnten Mette und Olivia. Mette konzentrierte sich auf den korrekten Ablauf der Gegenüberstellung, Olivia auf Lukas. Sie sah, wie er seine Nummer hochhielt, und erkannte in seinen Augen, dass er nicht verstand, warum er das tun musste. Er hatte dieselbe Kleidung an wie in der Galerie. Olivia schluckte und spürte, wie sie unter den Achseln schwitzte. Es war eng dort, wo sie standen, aber das war nicht der eigentliche Grund.

»Nummer sechs«, sagte Grytman.

Er sagte es ziemlich leise, sodass Mette ihn bat, es zu wiederholen.

»Es war die Nummer sechs da drinnen.«

»Diesen Mann haben Sie in der Nähe der Ladenzeile gesehen?«

»Ja, da bin ich mir ganz sicher.«

»Danke.«

Mette nickte dem Polizisten zu, der Grytman mit nach draußen nahm. Als sie die Tür schlossen, sah Mette Olivia an.

»Eine ziemlich kristallklare Identifizierung«, sagte sie.

»Ja. Allerdings hat er vielleicht Interesse daran.«

»Bengtsson zu identifizieren?«

»Warum nicht? Um seine eigenen Vorhaben zu vertuschen? Vielleicht haben wir seinen Stein noch nicht richtig umgedreht?«

»Grytmans?«

»Ja? Ich weiß, dass Lisa ihn ziemlich merkwürdig fand.«

Mette sah Olivia an und konnte ihre Irritation nur schwer verbergen, ihr mahlender Kiefer verriet sie.

»Erst identifizierst du höchstpersönlich Bengtsson auf dem Überwachungsfilm«, sagte sie, »und dann wird er vom Wachmann wiedererkannt. Worauf willst du eigentlich hinaus?«

Das wusste Olivia selbst nicht.

*

Aufgrund der Art des Verbrechens hatten die Ermittlungen einen Punkt erreicht, an dem Mette als Leiterin der Ermittlungen von einer Staatsanwältin abgelöst wurde. Tova Hemmingson. Sie kannten sich bereits gut, und Hemmingson war außerdem Malin Brovalls Kollegin gewesen.

Das kurze Treffen fand in Mettes Büro statt.

»Was haben wir gegen ihn in der Hand?«, fragte Hemmingson.

Mette zählte auf, was es bisher gab. Den Überwachungsfilm. Die Identifizierung durch den Wachmann. Seine dokumentierten Drohungen gegen Malin Brovall.

»Ist er verhört worden?«

»Rein informatorisch. Er leugnet, dort gewesen zu sein.«

»Trotz der Identifizierung?«

»Ja.«

Hemmingson notierte etwas auf einem Block. Mette betrachtete sie und dachte darüber nach, warum weibliche Staatsanwälte fast immer gleich gekleidet waren. Streng, farblos. Vielleicht, um genau das zu sein, dachte sie. Farblos, um den Fokus nicht von ihrer Aufgabe im Gericht abzulenken.

Malin Brovall war eine Ausnahme gewesen.

»Wie willst du weiter verfahren?«, fragte Hemmingson.

»Ich würde sagen, dass ein konkreter Anfangsverdacht gegen ihn besteht.«

»Weil?«

»Weil ich eine Hausdurchsuchung machen will.«

»Dann sagen wir, dass ein konkreter Anfangsverdacht besteht.«

»Danke. Ich will auch seine Handyverbindungen einsehen.«

»Geht in Ordnung.«

Die Entscheidungen, die die beiden Frauen trafen, waren nicht unbedingt wohlbegründet, doch im Hinblick auf das Verbrechen, ein Bombenattentat auf eine Staatsanwältin und ihre Familie, waren sie mehr als verständlich.

*

Eine Hausdurchsuchung ist eine sensible Aufgabe. Ihr Ziel ist es, Material zu finden, das auf die eine oder andere Weise für die Ermittlungen relevant sein könnte. Das ist vor Ort nicht immer ganz einfach zu entscheiden. In einer sehr chaotischen und unaufgeräumten Wohnung wie der von Lukas war diese Aufgabe besonders schwierig.

Aber es gab einige konkrete Dinge, nach denen gesucht werden musste, zum Beispiel die spezielle Mütze, die dem Busfahrer an dem Passagier aufgefallen war, der an der Endstation in Gribbylund ausstieg.

Sie wurde gefunden.

Oder zumindest eine, zu der die Beschreibung passte.

Man fand auch diverse Dinge, die zweifellos interessant waren, auch wenn sie nicht unmittelbar mit der Tat in Verbindung gebracht werden konnten. Viel von dem, was in die Kisten gepackt wurde, würde erst später genau geprüft werden, im Präsidium, von den unterschiedlichsten Experten.

Aber alles Forensiker.

Die größte Verunsicherung seitens der Beamten entstand durch die Unmenge von Bildern im Atelier. Zwischen den Bildern und dem, weshalb Lukas verhört werden sollte, bestand kein konkreter Zusammenhang, außerdem waren die meisten von ihnen sehr groß. Man entschied sich also dafür, sie stattdessen zu fotografieren und zu dokumentieren.

Als Letztes fand man ein Tagebuch, das unter einem Kissen im Bett steckte.

Und das nahm man mit.

Der Raum war während der Besprechung voll besetzt gewesen, jetzt leerte er sich allmählich. Alle hatten eingehende Informationen über das Resultat der Hausdurchsuchung bei Lukas Bengtsson erhalten. Auch seine Handydaten zum fraglichen Zeitpunkt sowie ein paar Wochen davor waren analysiert worden. Es hatte ein paar Tage gedauert, das ganze Material durchzugehen, aber jetzt war der Bericht fertig.

Mette ging nach vorn und versuchte, ein Fenster zu öffnen, obwohl sie wusste, dass das nicht ging, aber sie hätte dringend frische Luft gebraucht. Sie wandte sich um und sah die einzige Person an, die noch dasaß.

Olivia.

»Ich werde Lukas Bengtsson heute Nachmittag verhören und ihn mit dem konfrontieren, was wir haben«, sagte Mette. »Ich möchte, dass du beim Verhör dabei bist.«

Olivia zuckte zusammen. Sie war in ganz anderen Gedanken versunken, Dinge, die bei der Hausdurchsuchung gefunden worden waren, wirbelten in ihrem Kopf hin und her und warfen erneut die Frage auf, diesmal in vollem Umfang: Wer war Lukas Bengtsson?

Sie sah zu Mette auf.

»Ich würde das am liebsten vermeiden.«

»Warum?«

»Darum. Weil ich es so will.«

Ein außerordentlich schlechtes Argument, besonders Mette gegenüber, das war Olivia klar, aber der wahre Grund war noch wesentlich schlechter. Vor allem für sie selbst. Natürlich könnte sie zu Mette sagen: »Lukas weiß nicht, dass ich bei der Polizei bin und dass ich ihn hinters Licht geführt habe.« Was Mette entweder verstehen würde, allerdings mit dem unvermeidlichen Hinweis, dass sie bei einer Person mit einem konkreten Anfangsverdacht bezüglich des Attentats auf die Familie Brovall etwas spät dran wäre mit ihrer Erklärung.

Oder sie würde Olivia einfach niederbügeln.

»Du hast ihn gefunden«, sagte Mette. »Du wirst mit im Verhör sitzen.«

Sie bügelte sie auch so nieder.

Mette und Olivia kamen gleichzeitig ins Vernehmungszimmer. Alles war vorbereitet. Ein Tisch, Stühle, Mettes Material. Mette setzte sich an den Tisch, Olivia nahm den anderen Stuhl und trug ihn zur gegenüberliegenden Wand.

»Was machst du da?«, fragte Mette.

»Ich will hier sitzen.«

»Warum das denn?«

»Weil es sich angenehmer anfühlt. Du führst die Vernehmung durch, ich will zuhören und lernen. Wie immer. Bald gehst du in Pension. Ich will die letzten Dinge aufsaugen.«

Mette zuckte kurz mit den Schultern, sie wusste, wer ihre Nachfolgerin in der Verhörhierarchie werden würde. Olivia.

Wenn sie an der Wand sitzen und die letzten Reste meiner herausragenden Vernehmungstechnik aufsaugen will, soll sie das tun, dachte sie.

Mette war nicht völlig resistent gegen Schmeicheleien.

Sie kontrollierte, ob bei der Videokamera alles funktionierte, und lehnte sich etwas zurück. Wenn sie Glück hatte, würde sie bei diesem Fall schon heute den Sack zumachen können.

Das würde Mårten gefallen.

Ein paar Sekunden später öffnete sich die Tür, und Lukas Bengtsson wurde hereingeführt. Er hatte es abgelehnt, einen Anwalt hinzuzuziehen, eine Entscheidung, die Mette schätzte. Jetzt ging er mit gesenktem Kopf zum Tisch, den Blick zu Boden gerichtet. Er bekam einen Stuhl zugewiesen und setzte sich.

Dann hob er den Kopf.

Das Erste, was er sah, war eine ältere Frau mit krausen grauen Haaren und freundlichen Augen. Das Zweite, was er sah, konnte er nicht einordnen. Eine Frau, die auf einem Stuhl ganz hinten an einer Wand saß, eine junge Frau, die in Cuatro Cienegas gewesen war und bei ihm zu Hause auf dem Sofa von einer Fehlgeburt erzählt hatte. Olivia? Eine Frau, die angestrengt zu Boden starrte.

Schließlich erreichte der Anblick sein Sprachvermögen: »Was machst du hier?«

Mette rückte etwas zur Seite, um sich Lukas' Blick in den Weg zu stellen.

»Ich heiße Mette Olsäter, bin Kriminalhauptkommissarin und werde die Vernehmung durchführen. Hinter mir sitzt Olivia Rönning, sie ist meine Assistentin, Sie kennen sich. Sie heißen Lukas Bengtsson und werden im Zusammenhang mit den Ermittlungen wegen einer Autobombe verhört, die am Samstag, dem vierundzwanzigsten Februar, in Täby die Familie Brovall getötet hat.«

Lukas versuchte erneut, mit seinem Blick Olivias Aufmerksamkeit zu erheischen. Er war voller Verachtung. Mette wiederholte ihr Manöver und verstellte ihm die Sicht.

»Haben Sie verstanden, worüber wir mit Ihnen reden wollen?«, fragte sie. »Die Autobombe?«

Lukas gab den Versuch auf, Kontakt zu Olivia zu bekommen, und senkte die Schultern.

»Warum soll ich dazu verhört werden?«, fragte er.

»Wo waren Sie am Abend davor? Am Freitag?«

»Keine Ahnung. Wahrscheinlich zu Hause.«

»Sie waren nicht in Täby?«

»Nein? Warum sollte ich dort gewesen sein?«

»Sie sind sich sicher?«

Lukas nickte kurz und versuchte wieder, Olivias Blick aufzufangen.

Vergeblich.

»Es ist besser, wenn Sie laut und deutlich antworten, anstatt zu nicken«, sagte Mette. »Sie waren nicht in Täby?«

»Nein.«

Mette zog eine blaue Tüte zu sich heran und nahm eine Mütze heraus, die aus verschiedenfarbigen Stoffstücken genäht war.

»Der Bus 605 hat seine Endstation in Gribbylund Zentrum in Täby. Der letzte Bus am Freitagabend, dem Abend vor dem Bombenattentat, hielt dort um Mitternacht. In diesem Bus saßen zwei Passagiere. Der Fahrer erinnert sich nicht an das Aussehen der Passagiere, aber er weiß noch, dass einer von ihnen eine sehr auffällige Mütze aufhatte. Sie sah so aus.«

Mette hob die Mütze hoch.

»Er hat sie mit großer Sicherheit identifiziert«, sagte sie. »Erkennen Sie die Mütze?«

»Nein.«

»Sie wurde bei der Hausdurchsuchung auf einem Regal in Ihrem Flur gefunden. Gehört sie Ihnen?«

»Wenn sie dort lag, dann ist das wohl so.«

»Warum sagen Sie, Sie erkennen sie nicht?«

Lukas zuckte kurz mit den Schultern und blickte auf den Tisch hinunter.

Olivia wagte nicht, ihn anzusehen, sie fühlte sich abgrundtief schlecht, gleichzeitig fand sie es aufreibend, dabei zusehen zu müssen, wie er sich quälte. Außerdem verstand sie nicht, warum er log. Sowohl in Bezug auf den Bus als auch auf die Mütze. Was wollte er damit erreichen?

»Sie sind also mit dem Bus gefahren und an der Endstation ausgestiegen, oder?«, sagte Mette.

»Offenbar.«

»Was wollten Sie dort?«

»Nichts. Ich fahre oft mit Bussen bis zur Endstation.«

»Einfach so?«

»Ja.«

»Warum?«

»Um in zwei Richtungen gleichzeitig zu reisen. Nach vorn und nach innen.«

Mette betrachtete Lukas, er wich ihrem Blick aus und versuchte nach wie vor nur, Olivia anzusehen.

»Soll sie die ganze Zeit einfach so dasitzen?«, fragte er.

Mette versperrte ihm mit gewisser Mühe erneut die Sicht.

»Wie sind Sie von dort aus nach Hause gekommen?«, fragte sie. »Von Täby?«

»Zu Fuß, nehme ich an.«

»Sie erinnern sich nicht?«

»Nein.«

»Zu Fuß von Täby nach Södermalm?«

»Wahrscheinlich«, sagte Lukas.

Mette biss die Zähne zusammen, sie hasste diese ausweichenden Antworten, sie hasste es, keinen Kontakt zu der Person zu bekommen, die sie verhörte.

Lukas schien sich völlig abzukapseln.

»Sind Sie gleich nach Hause gegangen, nachdem Sie aus dem Bus gestiegen waren?«

»Vermutlich.«

»Sie sind nicht an einer Ladenzeile vorbeigegangen, die ein Stück entfernt liegt?«

»Nicht dass ich wüsste.«

»Wir haben eine Gegenüberstellung mit Ihnen gemacht, zumindest das wissen Sie vielleicht noch?«

»Ja.«

»Dabei wurden Sie von einem Wachmann wiedererkannt. Er befand sich an dem Abend in dieser Gegend und hat Sie vorbeigehen sehen.«

Lukas schwieg.

»Wie erklären Sie sich das?«, fragte Mette.

»Vielleicht hab ich einen Abstecher gemacht, ich weiß es nicht mehr.«

»Aber ich weiß es. Sie sind durch die Ladenzeile in Richtung des Hauses von Familie Brovall gegangen. Es liegt am Furuvägen. Sind Sie bei dem Haus angekommen?«

»Nein.«

»Dann möchte ich, dass Sie sich das hier mal anschauen.«

Mette nahm ein iPad und spielte ein Stück aus dem Überwachungsfilm ab.

»Dieser Film wurde von einer Überwachungskamera auf einem Parkplatz dreißig Meter von Brovalls Haus entfernt aufgenommen. Eine Person geht über den Parkplatz.«

Mette hielt den Film an, als das Gesicht der Person ins Bild kam.

»Sehen Sie, wer das ist?«

Lukas blickte auf das angehaltene Bild, lange. Olivia wusste genau, was er sah, sie hatte ihn ja auf dem Film identifiziert. Plötzlich legte er die Hände auf sein Gesicht. Fängt er jetzt an zu weinen?, dachte Mette. Gut. Vielleicht wird er langsam weich.

»Ich frage noch einmal, Lukas«, sagte sie. »Sehen Sie, wer die Person ist?«

Lukas nahm die Hände vom Gesicht. Er weinte nicht, aber es lag ein deutlicher Schmerz in seinem Gesicht, in seinen Augen, er biss sich auf die Oberlippe.

»Das bin ich«, sagte er leise. »Aber ich war nicht da.«

»Sie waren nicht da?«

»Nein.«

Mette betrachtete Lukas. Hinten an der Wand erinnerte sich Olivia an ein paar Gesprächsfetzen bei Lukas zu Hause.

Was für Zustände?

Das weiß ich nicht, ich bin nicht dort.

Du bist nicht dort?

Nein.

Mette legte das iPad zur Seite und sah Lukas an.

»Sie waren also sehr nahe am Haus der Brovalls, wie wir gerade gesehen haben. Haben Sie eine Bombe in deren Auto angebracht?«

»Nein«, flüsterte Lukas.

»Etwas lauter, bitte.«

»Nein, das hab ich nicht.«

Mette betrachtete Lukas, sie versuchte, ihn zu fassen zu kriegen, wer er war, warum er so antwortete, wie er es tat.

»Sie sind Künstler, oder?«, sagte sie.

»Ja.«

»Und haben auch ein Buch geschrieben, *Wundbrand.*«

»Ja.«

»Wovon handelt es?«

»Von innen verfaulen«, sagte Lukas.

»Beziehen Sie das auf sich selbst?«

»Ja, und auf Sie. Es geht darum, heute Mensch zu sein. Um die Dinge, denen wir ausgesetzt sind.«

Mette spürte, dass es erst einmal genug war.

»Wir machen eine kurze Pause«, sagte sie. »Sie können sitzen bleiben.«

Mette stand auf und nahm ihre Papiere mit. Olivia stand auch auf, viel zu schnell, und ging Mette nach, ohne Lukas anzusehen.

Mette und Olivia erreichten den Pausenraum fast gleichzeitig. Olivia fing sofort an, sich eine Tasse Kaffee einzuschenken. Mette betrachtete sie.

»Was hat sich da drinnen abgespielt?«, fragte sie.

»Was denn?«

»Zwischen dir und ihm?«

»Wie meinst du das?«

»Er sucht die ganze Zeit deinen Blick, ich muss mir fast das Rückgrat brechen, um Kontakt zu ihm zu bekommen, was sowieso total schwer ist. Was läuft da zwischen euch?«

»Nichts?«

Mette sah Olivia an, und es dauerte nur wenige Sekunden, bis Olivia einsah, dass sie es ihr erklären musste. Ansonsten würde alles nur noch schwieriger werden.

Sie erzählte also, dass sie Lukas besucht hatte, als sie auf seinen Namen gestoßen war. Aus Neugierde.

»Du warst bei ihm zu Hause?«, fragte Mette.

»Ja.«

»Hast du ihm gesagt, warum?«

»Nicht direkt.«

»Du hast nicht gesagt, dass du Polizistin bist?«

»Nein.«

»Warum nicht?«

Das hatte sie sich selbst auch schon gefragt.

»Weil ich sondieren wollte.«

»Sondieren?«

Ein gutes Wort in gewissen Situationen, das meiste blieb unklar und ungesagt, wenn man die Lage sondierte.

»Ja. Sein Name war ein Schuss ins Blaue, zumindest an dem Abend, ich war in dem ganzen Wust von Malins Fällen auf ihn gestoßen, und ich war neugierig auf ihn.«

»Auf ihn?«

»Ja. Was er für ein Mensch war. Ich hatte *Wundbrand* gelesen und fand seine Texte interessant.«

»Von innen verfaulen?«

Jetzt fand Olivia, dass es reichte. Sie hatte ihre Beichte abgelegt und war nicht bereit, das Thema weiter zu vertiefen, weder in die eine noch in die andere Richtung. »Ich glaube, Lukas ist unschuldig«, sagte sie stattdessen.

Und dann stellte sie die Tasse ab und verließ den Raum.

»Wir fangen in einer Viertelstunde wieder an!«, rief Mette ihr nach.

So einfach würde sie Olivia nicht davonkommen lassen.

Lisa saß an ihrem Schreibtisch, als Olivia hereinkam. Sie hatten nicht viel Zeit zum Reden gehabt, seit Lisa in Olivias Küche gesessen und von Magnus Larsson erzählt hatte, aber beide wussten, dass sich in ihrer Beziehung etwas verändert hatte. Sie waren den einen Schritt von Kolleginnen zu Freundinnen gegangen.

Und die Freundin, die zu Lisa ins Büro kam, sah sowohl gestresst als auch gequält aus. Lisa wusste nicht genau, warum, ahnte aber, dass es mit Lukas Bengtsson zu tun hatte.

»Wie läuft die Vernehmung?«

»Gut, denke ich.«

Olivia setzte sich an ihren Schreibtisch und starrte einen nichtssagenden Ordner an.

»Ist es anstrengend?«, fragte Lisa.

»Ja.«

»Inwiefern?«

Hier hätte Olivia einiges loswerden können, was sie bedrückte, die Scham, die Verlogenheit, aber sie behielt es für sich.

»Lass uns nachher reden«, sagte sie.

»Okay. Ich hab mich etwas näher mit diesem Wachmann beschäftigt, Grytman, er ist absolut fishy, aber ich bringe noch kein Motiv unter.«

Olivia nickte, ziemlich abwesend.

»Aber jetzt konzentriert sich sowieso alles auf Bengtsson, oder?«, fuhr Lisa fort.

»Ja.«

Lisa sah Olivia an, dachte ein paar Sekunden nach und sagte:

»Können wir nicht heute Abend ein Glas Wein trinken gehen oder so?«

»Ja, auf jeden Fall!«

Viel mehr war nicht nötig, ein kleiner Rettungsring zur Außenwelt, eine Erinnerung daran, dass alles weitergeht. Verhöre sind ein Teil des Jobs, anstrengende Situationen sind ein Teil des Lebens, aber alles geht weiter.

Olivia stand auf, ging zu Lisa hinüber und umarmte sie etwas unerwartet.

»Wir saufen uns die Birne weg«, flüsterte Olivia und lächelte.

Eine Viertelstunde später wurde die Vernehmung wieder aufgenommen. Lukas hatte sich die Jacke ausgezogen und saß in einem grauen Strickpullover da. Mette goss Wasser in ein Glas vor ihm, lehnte sich etwas zurück und betrachtete den Verdächtigen. Sollte Olivia etwas zu sehr an ihm Gefallen gefunden haben, konnte sie das gut nachvollziehen, vor ein paar Jahrzehnten hätte ihr das auch passieren können.

Mal abgesehen davon, dass er der Hauptverdächtige in Zusammenhang mit einem Bombenattentat war.

Aber auch Verbrecher haben Charisma, dachte sie und beschloss, genau das zu beweisen: dass dieser junge Mann ein Verbrecher war.

»Auf dem Überwachungsfilm, den wir uns vor der Pause angesehen haben, tragen Sie eine Tasche«, begann sie. »Was hatten Sie da drin?«

»Das weiß ich nicht. Meistens sind Malsachen drin. Pinsel, Farben.«

»Was wollten Sie am späten Abend draußen in Täby damit?«

»Vielleicht wollte ich malen«, sagte Lukas.

»Wir haben die Tasche bei Ihnen zu Hause nicht gefunden, wissen Sie, wo sie ist?«

»Ich hab sie weggeworfen.«

»Warum?«

»Sie war kaputt.«

»Wo haben Sie sie weggeworfen?«, fragte Mette.

»In irgendeinen Container.«

Mette musste erneut die Zähne zusammenbeißen. Ständig

dieses Ausweichen. Sie war in vielen Vernehmungen mit deutlich abgebrühteren Menschen gesessen, die immer nur »Kein Kommentar« gesagt hatten. Das hier war etwas anderes.

Dieser Mensch antwortete, ohne zu antworten.

»Wir sind Ihre Handyverbindungen zum fraglichen Zeitpunkt durchgegangen«, fuhr sie fort. »Sie haben einen Anruf bekommen, als Sie sich in der Wohngegend befanden. Von wem?«

»Ich hab kein Handy.«

Jetzt war es Mette langsam leid. Sie riss eine Plastiktüte heraus, in der ein Handy lag.

»Das hier ist Ihr Handy! Sie hatten es bei sich, als Sie abgeholt wurden. Es bringt Ihnen nichts, hier zu sitzen und zu lügen, im Gegenteil. Wer hat Sie an dem Abend angerufen?«

Lukas starrte vor sich in die Luft, als würde er nachdenken. Schließlich antwortete er.

»Das können Sie doch in der Anrufliste sehen, oder?«

»Der Anruf kam von einer verschlüsselten App. Wer war es?«

Lukas begann am Nagel eines Mittelfingers zu kauen. Nach ein paar Sekunden nahm er das Wasserglas und trank ein paar Schlucke. Er stellte es vorsichtig ab, als wolle er nichts auf Mettes Papiere verschütten.

»Ich weiß nicht, wer es war«, sagte er. »Leider.«

Mette zog ein Blatt Papier heraus und setzte ihre Lesebrille auf.

»Ich werde Ihnen jetzt eine Mail vorlesen, die Malin Brovall in der Nacht vor ihrer Ermordung bekommen hat. Hier steht: ›Menschen wie Sie und das eiskalte Böse in Ihnen müssen vernichtet werden, Sie sind es nicht wert, auf dieser Erde zu leben, Sie sind schlimmer als die schlimmste Giftschlange!‹«

Mette ließ das Blatt sinken und nahm die Lesebrille ab. »Erkennen Sie das wieder?«, fragte sie.

»Nein, warum sollte ich?«

»Auch nicht die Formulierungen?«

»Nein.«

Mette nahm ein neues Blatt, setzte die Lesebrille auf und las:

»›Sie sind schlimmer als die schlimmste Giftschlange, das eiskalte Böse in Ihnen muss ausgelöscht werden, Sie sind es nicht wert, in dieser Welt zu leben!‹«

Mette sah Lukas an.

»Erkennen Sie dann diese Formulierungen?«

»Nein.«

»Sie stammen aus einer Drohmail, die Sie Malin Brovall im Zusammenhang mit dem Prozess gegen Ihren Bruder geschickt haben. Sie haben damals zugegeben, dass Sie sie geschickt haben. Jetzt kommen fast identische Formulierungen in der Mail vor, die Brovall in Nacht vor ihrem Tod bekommen hat. Haben Sie auch diese Mail geschickt?«

»Nein.«

»Jemand anders soll also eine Mail mit fast identischen Formulierungen geschickt haben?«

»Offenbar.«

Lukas zuckte kurz mit den Schultern. Mette war nicht der Ansicht, dass man einen Wort-Profiler brauchte, um die Übereinstimmungen in den beiden Mails festzustellen, aber dazu würde die Staatsanwältin Stellung beziehen müssen.

»Warum haben Sie Malin Brovall beim ersten Mal gedroht?«, fragte sie.

»Weil ich schockiert und aufgebracht war. Sie hatte meinen Bruder für eine Vergewaltigung verurteilt, die er nicht begangen hatte!«

»Das Gericht war nicht dieser Meinung.«

»Weil diese Staatsanwältin es dazu gebracht hatte, lauter Sachen zu glauben, die nicht wahr waren!«

Zum ersten Mal in der Vernehmung reagierte Lukas impulsiv, er lehnte sich nach vorn und starrte Mette an.

»Sie hat meinen Bruder verurteilt und meine Mutter getötet«, sagte er.

»Ihre Mutter hat sich das Leben genommen.«

»Das war nur wie ein verlängerter Arm. Sie ist gestorben, als mein Bruder verurteilt wurde.«

Lukas sank wieder zurück an die Stuhllehne.

»Und dann haben Sie also der Staatsanwältin geschrieben, sie sollte ausgelöscht werden?«, sagte Mette.

»Ja.«

»Und haben gedroht, sie zu töten?«

»Ja. Aber drohen ist nicht synonym mit töten.«

Mette betrachtete Lukas und ließ das Rachethema für den Moment fallen. Sie nahm ein dünnes Buch und schlug es auf.

»Wir haben in Ihrer Wohnung ein Tagebuch beschlagnahmt, unter dem Kissen in Ihrem Bett. Am selben Tag, als die Familie Brovall zu Tode gesprengt wurde, schreiben Sie Folgendes in das Buch: ›Malin Brovall zu Tode gesprengt. Der Reiter auf dem fahlen Pferd?‹ … Was meinen Sie damit?«

»Nichts.«

»Wer ist der Reiter auf dem fahlen Pferd?«

»Der Tod. Er ist einer der vier apokalyptischen Reiter.«

»Was hat er mit Malin Brovall zu tun?«

»Vielleicht hat er sie getötet.«

Olivia dachte sofort an das Bild in Lukas' Atelier, das er ›Der Reiter auf dem fahlen Pferd‹ genannt hatte. Warum sagt er nicht einfach, dass es ein Bild ist?

Mette nahm ein neues Buch in die Hand, geheftet, etwas abgegriffen. Sie hatte einen gelben Zettel als Einmerker hineingelegt und schlug das Buch bei dem Zettel auf.

»Ich werde Ihnen ein kleines Stück aus diesem Buch vorlesen«, sagte sie. »Es heißt *Die Industriegesellschaft und ihre Zukunft. Von den Gefangenen der Technologie*. Kennen Sie es?«

»Nein.«

Mette trank einen Schluck aus ihrem Glas und fing an zu lesen:

»›Die industrielle und technische Revolution und ihre Folgen haben sich für die Menschheit als eine Katastrophe erwiesen. Sie haben die Gesellschaft destabilisiert, die Menschen in eine unwürdige Abhängigkeit gebracht, zu weit verbreiteten psychischen Problemen geführt und der Natur unermesslichen Schaden zugefügt. Wir haben jedes Recht, ihr ein Ende zu setzen.‹«

Mette schlug das Buch zu und sah Lukas an.

»Das wurde 1995 geschrieben. Sind Sie auch dieser Meinung?«, fragte sie.

»Ja, bin ich.«

»Warum?«

»Weil es so ist, wir sind die Gefangenen der Technologie«, sagte Lukas.

»Können Sie das genauer erklären?«

Lukas richtete sich plötzlich auf und zog den Strickpullover aus. Darunter hatte er ein schwarzes T-Shirt. Er ließ den Pullover auf den Boden fallen und sah Mette an. Auf einmal hatte er eine ganz andere Stringenz in der Stimme:

»Wir sind Gefangene in einem Gefängnis, das wir selbst aufgebaut haben«, sagte er. »Wir haben unser Leben als freie Individuen verlassen.«

»Wie meinen Sie das?«

»Das wissen Sie selbst. Wir lassen uns überwachen, ohne zu protestieren. Alles, was wir tun, wird kartografiert, alles, was wir konsumieren, wird registriert, alles, was wir denken und finden, geben wir in sozialen Medien preis. Immer und überall kann jeder alles über uns wissen, unser Privatleben wird meistbietend verkauft, unsere Meinungen werden zu politischen Zwecken manipuliert. Finden Sie nicht auch?«

Leider teilte Mette diese Einstellung tatsächlich bis zu einem gewissen Grad, aber sie hatte nicht vor, das hier und jetzt kundzutun. Also ließ sie Lukas weiterreden:

»Wir haben eine ungeheure Technologie aufgebaut«, sagte er, »unglaublich avanciert, aber sie hat nur einen einzigen Zweck.«

»Und welchen?«

»Uns zu kontrollieren.«

Mit einem Mal sank er wieder zurück gegen die Stuhllehne, seine Stimmlage senkte sich.

»Das Deprimierendste ist, dass wir es bejahen«, sagte er. »Wir rennen mit dem neuesten Technikmodul in der Hand geradewegs in unseren eigenen Untergang. Wir sind so total erniedrigt, wir haben keinerlei Menschenwürde mehr. Wir verfaulen wirklich von innen.«

Olivia blickte auf ihre Hände hinunter. Deshalb ist er in allen sozialen Medien unauffindbar, dachte sie, es ist seine bewusste Entscheidung. Er will sein Privatleben für sich behalten. Sie hatte volles Verständnis dafür.

Lukas zeigte auf das Buch vor Mette.

»Wer hat das geschrieben?«, fragte er.

»Ted Kaczynski«, sagte Mette. »Das ist sein Manifest. Er hat in den USA drei Menschen in die Luft gesprengt und viele weitere verletzt. Der Unabomber. Teile seines Manifests wurden von Anders Behring Breivik kopiert. Haben Sie das Buch des Unabombers gelesen?«

»Nein.«

»Es stand in Ihrem Bücherregal, ziemlich abgegriffen.«

Lukas sah zuerst Mette und dann das Buch an, als würde er es zum ersten Mal sehen.

»Seltsam«, sagte er und nahm sein Wasserglas.

»Sie können sitzen bleiben«, sagte Mette, während sie ihr Material zusammenschob, »wir werden gleich noch eine Speichelprobe von Ihnen nehmen.«

*

Es war Lisas Vorschlag gewesen, und Olivia hatte angebissen wie eine Kobra. Kneipe und Wein. Beide hatten das jetzt bitter nötig. Olivia, nachdem sie das Verhör mit Lukas Bengtsson durchlitten hatte, und Lisa, weil sie seit der Nacht in Olivias Küche nicht hatten reden können. Lisa war damals mit einer Mischung aus Angst und Befreiung nach Hause gegangen. Angst, weil sie bei Olivia, der sie eigentlich gar nicht so nahestand, ihre ganze qualvolle Geschichte mit Magnus Larsson abgeladen hatte. Und Befreiung, weil sie es einfach getan hatte. Dass sie alles, was sie bisher nur in der Anonymität sozialer Medien preisgeben wollte, endlich einer physischen Person erzählt hatte.

Jetzt saßen die beiden in einer einigermaßen abgeschirmten Ecke in einer der vielen Schlupfwinkel von Vasastan und hatten eine Karaffe Weißwein in einem Eisbehälter auf dem Tisch.

»Wie schön, dass endlich mal jemand mit mir in der Kneipe

Weißwein trinkt«, sagte Olivia. »Ich hab den Eindruck, alle trinken beim Weggehen immer nur roten, oder Bier.«

»Ich trinke alles«, sagte Lisa und lächelte. »Aber nicht gleichzeitig.«

Sie stießen an und probierten den trockenen Wein, dann machte Lisa den Anfang.

»Danke für den Abend neulich«, sagte sie. »Es hat unglaublich gutgetan, mit dir zu reden, ich hoffe, ich hab nicht einen Haufen Mist bei dir abgeladen.«

»Nein, im Gegenteil. Also, du hast natürlich schon einen Haufen Mist abgeladen, aber das halte ich aus. Hast du noch was von ihm gehört?«

»Nein, seit dieser Nachricht nicht mehr.«

Sie sahen sich an, nach ein paar Sekunden senkte Lisa den Blick.

»Ich weiß, dass ich etwas tun sollte«, sagte sie. »Ich hab darüber nachgegrübelt, seit wir uns getroffen haben.«

»Aber?«

»Es liegt an Mette.«

»Du bringst es nicht fertig, es ihr zu sagen?«

»Nein.«

»Aber sie würde doch hundertprozentig hinter dir stehen, wenn du dich ihr erst mal anvertraust.«

Olivia wusste, dass es so war, und sie wusste, dass Lisa es ebenfalls wusste. In Wahrheit ging es wohl eher darum, diesen Schritt tatsächlich zu tun. Der Welt zu erzählen, was Magnus Larsson, der hochgelobte Bombenexperte, eigentlich für ein Mensch war.

Und dieser Schritt war sicherlich nicht einfach zu gehen.

»Du sahst übrigens wie eine Vogelscheuche aus, als du während des Verhörs mit Lukas Bengtsson ins Büro kamst«, sagte Lisa und reichte den Stab weiter.

»Echt?«

»Tu nicht so. Was ist da drin passiert?«

Olivia füllte sowohl ihr als auch Lisas Glas nach. Im Pub war die Musik lauter gedreht worden, was sie hasste, aber jetzt waren sie nun mal hier, also beugte sie sich etwas zu Lisa vor, um nicht noch lauter schreien zu müssen.

»Er hat mir leidgetan«, sagte Olivia.

»Bengtsson?«

»Lukas. Ja.«

»Warum?«

Wahrscheinlich hatte Olivia das Bedürfnis, Dinge auszusprechen, die sie bisher nur gedacht hatte. Die in ihrem Gefühlsleben herumgeschwappt waren, Dinge, über die sie sich nicht ganz im Klaren war. Sie saß Lisa gegenüber, die ihr ein schmerzhaftes Geheimnis anvertraut hatte, sie tranken gemeinsam guten Weißwein, sie hatte keinen Grund, sich zu schützen oder auszuweichen. Lisa hatte mehr verdient als Ausflüchte.

»Ich habe ihn privat getroffen, in seiner Wohnung«, sagte Olivia. »An dem Abend, bevor du bei mir warst, er ist Künstler, und wir haben uns unterhalten, er hat mich sehr berührt.«

»Warum warst du bei ihm zu Hause?«

»Ich hatte ein Buch von ihm gelesen und war fasziniert von den Texten.«

»Ist was passiert?«

»Wie passiert?«

»Keine Ahnung. Bei ihm zu Hause?«

»Passiert ist nur, dass ich berührt war, wie ich schon gesagt habe. Auf eine Art, wie ich es nicht sein wollte.«

Olivia musste einen Schluck Wein nehmen, Lisas Fragen hatten sie in die Ecke gedrängt, Fragen, die sie weder beantworten konnte noch wollte.

»Dann habe ich ihn plötzlich auf diesem Überwachungsfilm gesehen«, fuhr sie fort, »und dann wollte Mette, dass ich mit im Verhör sitze.«

»Und du hattest ihm an diesem Abend nicht gesagt, dass du bei der Polizei bist?«

Lisa hatte verstanden.

»Nein«, sagte Olivia.

»Deshalb sahst du wie eine Vogelscheuche aus. Die Ermittlungen hierzu hätten wir dann ja wohl abgeschlossen.«

Lisa lächelte, aber es war kein Lächeln, das ›Jetzt stürmen wir die Tanzfläche‹ signalisierte, sondern eher, dass sie verstand, wie kompliziert das alles war.

Wie mit Magnus Larsson.

Sie blieben sitzen und tranken noch ein paar Gläser, genug, um den Polizeialltag zu vergessen und auf andere Themen zu kommen, auf ihren jeweiligen Werdegang und Familienverhältnisse und den allgemeinen Zustand der Welt. Als sie herausgefunden hatten, wie man die Klimaerwärmung stoppen konnte, brachen sie auf.

»Hast du den Typen an der Garderobe gesehen?«, fragte Olivia, als sie draußen vor der Tür der Kneipe standen.

»Nein.«, sagte Lisa. »Wer war das?«

»Anders Grytman.«

»Der Wachmann?«

»Ja, ich habe ihn bei einer Gegenüberstellung gesehen.«

Der Stein, den sie im Nachhinein beide lieber noch mal richtig umgedreht hätten.

*

Am selben Abend saß die Staatsanwältin Tova Hemmingson Mette in ihrem Büro gegenüber, genauso streng gekleidet wie beim letzten Mal. Mette hatte Essen von einem recht guten Thai-Imbiss in der Nähe bestellt. Beide aßen aus duftenden Pappkartons und hatten ein Leichtbier in Reichweite. Hemmingson hielt ein iPad mit einer Videoaufzeichnung der Vernehmung von Lukas Bengtsson in der einen und eine Plastikgabel in der anderen Hand. Bei ein paar Gelegenheiten stoppte sie den Film, spulte zurück und sah sich die Sequenz erneut an.

Mette, die sowohl die Vernehmung durchgeführt als auch die Aufzeichnung schon mehrmals angesehen hatte, war mit ihren Gedanken kurz woanders. Das hier war ihr letzter Fall. Eine Entscheidung, die sie lange aufgeschoben hatte, so lange, dass es sie vor einer Weile beinahe das Leben gekostet hätte. Aber jetzt war es beschlossene Sache. Nach diesem Fall war es zu Ende.

Das Wort »Ende« behagte ihr nicht.

Sie war am Ende.

Zumindest ihre Karriere in diesem Haus, versuchte sie sich zu trösten. Ich selbst bin nicht am Ende. Ich bin eine Frau in den besten Seniorenjahren, mit allen Funktionen in einigermaßen gutem Zustand. Ich habe noch das ganze Leben vor mir!

Na ja.

Es würde kommen, wie es kam. Sie hatte einen Mann, der sie liebte, und Kinder und Enkelkinder, die sie schon fast nicht mehr zählen konnte, was wollte man denn mehr?

Viel, Mettes Meinung nach.

Vor allem das Adrenalin. Diesen Knall, wenn ein Mord auf ihrem Tisch landete, vor allem ein schwer lösbarer. Diesen Kick würde sie wohl kaum bekommen, wenn Mårten mit

Schweiß auf der Stirn hereingerannt kam und das erste selbst gezogene Gemüse des Jahres auf den Küchentisch legte.

Na ja, alles eine Frage der Einstellung, dachte sie.

»Er scheint nicht alle Tassen im Schrank zu haben«, sagte Hemmingson.

Mette war so in das Bild von Mårten mit Gemüse in der Hand versunken, dass sie sagte:

»Mein Mann?«

»Lukas Bengtsson.«

»Entschuldige, ich war … nein, das stimmt. Du würdest es auch so beurteilen?«

»Ja. Viele seiner Antworten sind ja sehr eigenartig.«

»Ja. Paragraf-7-Ermittlung?«, sagte Mette.

»Auf jeden Fall.«

Was bedeutete, dass ein Psychiater etwa eine Stunde lang mit Lukas Bengtsson sprechen und entscheiden würde, ob er Gegenstand einer deutlich umfassenderen Untersuchung werden sollte.

»Wie schnell kannst du das regeln?«

»Innerhalb einer Woche«, sagte Hemmingson.

*

Olivia saß auf dem Klodeckel und versuchte auszunüchtern. Vor einer Viertelstunde hatte sie gedacht, ihr gesamter Mageninhalt sei auf dem Weg nach oben, aber sie schaffte es gerade noch zur Toilette. Sie hasste es, sich zu übergeben. Weil es ekelhaft war, und weil ein einsamer halb nackter Mensch, der in einer leeren Wohnung würgend über einem Porzellanloch hing und sich selbst leidtat, einfach ein so unglaublich lächerlicher Anblick war.

Sie ließ am Wasserhahn ein Glas Wasser volllaufen und stürzte die erste Hälfte gleich hinunter. Die andere Hälfte trank sie auf dem Weg in die Küche. Das Licht ließ sie ausgeschaltet, der Schein von den Fenstern musste reichen, ob er nun vom Mond oder von den Straßenlaternen herrührte. Sie sank auf einen Stuhl und starrte in die Dunkelheit hinaus. ›Wir sind Gefangene in einem Gefängnis, das wir selbst gebaut haben.‹ Sie hörte Lukas' Stimme in ihrem Kopf, seine plötzliche Hitzigkeit, als würde das Verhör zum ersten Mal von etwas handeln, das ihn betraf. Gefangene der Technologie? Sie sah sich selbst ihr Handy in eine Box legen, bevor sie während der Jagd auf die Terroristen mit Mette in eine Besprechung ging. Wir legen unsere Handys weg, um nicht abgehört zu werden, dachte sie, das ist doch total krank. Und wir akzeptieren es einfach. ›Wir sind so total erniedrigt.‹ Sind wir das wirklich?

An diesem Punkt ihrer Dystopie probierte sie aus, ob sie es wagen könnte, sich hinzulegen. Ihr Magen hatte sich eine Weile nicht bemerkbar gemacht, und sie war todmüde. Sie fiel ins Bett und rollte sich unter der Decke zusammen. Sofort kehrte die Übelkeit zurück, wie ein betrunkener Bumerang. Sie setzte sich auf, schaltete die Nachttischlampe ein und versuchte, tief durchzuatmen. Auf dem Nachttisch lag Lukas' Buch. Sie griff danach und sank zurück aufs Kopfkissen. Aufs Geratewohl begann sie darin zu blättern, sah ihre eigenen Unterstreichungen, wiederholte halblaut ein paar Sätze und wurde gegen ihren Willen wieder in die Texte hineingezogen.

Nach einer Weile ließ die Übelkeit nach und machte etwas anderem, deutlich Anstrengenderem Platz.

Gedanken an Lukas als Attentäter.

Sie brachte es nicht richtig zusammen.

Sicher, sie hatte seine Drohung gegenüber Malin Brovall gelesen, aber dafür gab es trotz allem ein verständliches Motiv, ein junger Mann, der wütend und verzweifelt über das Urteil gegen einen Bruder und den Verlust einer Mutter war. Wie unrecht er dabei auch immer hatte. Aber aus dieser Situation hinaus drei Menschen physisch in die Luft zu sprengen, mehrere Jahre nach dem ursprünglichen Ereignis, das erschien ihr eigenartig. Oder, wie er selbst gesagt hatte: ›Drohen ist nicht synonym mit töten.‹

Am Schluss klappte sie das Buch zu und beschloss, etwas zu tun, von dem sie wusste, dass es nötig war: mit Lukas über ihre Lüge zu sprechen.

*

In derselben Nacht fiel der Schein einer Schreibtischlampe auf einen abgenutzten Laserdrucker. Die Frau, die ihn anhob, hatte einen grünen Zipfel darunter hervorlugen sehen. Mit einer raschen Bewegung zog sie eine Plastikmappe hervor. Warum sie unter dem Drucker versteckt gelegen hatte, begriff sie nicht. Als sie die Mappe öffnete, fiel ein kleiner Zettel heraus. Sie beugte sich vom Rollstuhl hinunter und hob ihn auf.

Es war ein Foto von einem Mann, einem ihr unbekannten Mann. Sie betrachtete das Bild und drehte das Foto um. Auf der Rückseite stand: Contamana. Auch der Name sagte ihr nichts. Sie schob das Foto unter die Decke und sah in die Mappe. Es lag ein einzelnes, von Hand mit Bleistift beschriebenes Blatt darin, sie erkannte die Handschrift sofort. Sie las die kurzen, abgehackten Sätze, sie handelten von Angst und einem Mann mit einem dunklen Geheimnis. Sie verstand die Bedeutung nicht. Vorsichtig zog sie das Foto wieder unter der Decke hervor und sah den unbekannten Mann an.

War er es, der dieses dunkle Geheimnis hatte?

*

Vor Mettes Fenster tropfte geschmolzener Schnee vom Dach und traf in arrhythmischen Kaskaden auf das Fensterblech. Doch das bekam sie nicht mit. Es war fast Mittag, und sie saß an ihrem Schreibtisch und feilte an einer Rede. Sie wusste, dass ihre Pensionierung von Krethi und Plethi in der Polizei gefeiert werden würde, vermutlich im großen Speisesaal, und dabei wurde eine Rede erwartet. Von ihr. Sie hatte noch keinen Termindruck, die Feier würde nicht stattfinden, bevor der Fall mit den Brovalls hoffentlich aufgeklärt war, und bis zu einer eventuellen Gerichtsverhandlung war es noch ein gutes Stück hin, aber sie wollte rechtzeitig fertig sein. Reden waren nicht gerade ihre Lieblingsdisziplin.

»Liebe Kollegen. Danke für die gemeinsame Zeit. Prost.« Etwas kurz, befürchtete sie. Mårten hatte darauf hingewiesen, dass sie am besten den einen oder anderen Witz, die eine oder andere lustige Erinnerung aus ihren Jahren bei der Polizei mit einflechten sollte, also versuchte sie, sich an irgendwas Lustiges oder einen Witz zu erinnern.

So kam sie auch nicht weiter.

War denn keine einzige lustige Sache passiert?, dachte sie. Das ist ja traurig. Oder bin ich diejenige, die alles sofort wieder vergisst? Sie hatte es außerordentlich lustig gefunden, als ein sehr ungeliebter Chef aufgrund von Umgang mit Prostituierten gefeuert worden war, aber das fiel eher in die Kategorie Schadenfreude. So was sollte man wohl lieber nicht in eine

Rede einbauen. Einmal war sie auf einem Meeting mit internationalen Einsatzleitern gewesen und hatte ihre Rede mit einem versehentlichen Rülpser begonnen. Eher peinlich als lustig, auch wenn im Raum ziemlich viel gekichert worden war. Darauf verzichtete sie besser auch.

Sie seufzte und wollte gerade den Stift weglegen, als es an der Tür klopfte und eine junge Polizistin mit einer Klarsichthülle in der Hand hereinkam.

»Was gibt's?«, fragte Mette.

»Der Bericht von der Paragraf-7-Ermittlung. Lukas Bengtsson.«

Mette nahm die Klarsichthülle und zog das Papier heraus. Es dauerte nicht lange, es zu lesen. Der Psychiater, der mit Lukas gesprochen hatte, empfahl eine groß angelegte psychiatrische Untersuchung. Punkt.

Mette schob das Blatt zur Seite und dachte an Olivia.

*

Olivia war mit steifem Rücken und schmerzenden Gliedern aufgewacht. Sie war die ganze Nacht verkrampft dagelegen, und sie wusste auch, warum. Ihr hatte vor diesem Besuch gegraut, aber sie kam da einfach nicht drum herum. Jetzt ging sie einer Wache hinterher, und ihr wurde schon wieder leicht übel. Aber sie wollte hier endlich loswerden, was sie belastete.

»Hier.«

Die Wache zeigte auf eine Tür und sperrte auf.

»Ich stehe draußen«, sagte er.

Olivia nickte und trat ein. Die Wache schloss die Tür hinter ihr. Lukas saß in einem hellgrünen Shirt und einer grauen Jogginghose auf der Pritsche, barfuß. Er blickte zur Tür.

»Wer sind Sie?«, sagte er.

»… Olivia …«

»Arbeiten Sie hier?«

»Lukas.«

Lukas beugte sich nach vorn, sein dunkles, lockiges Haar fiel ihm in die Stirn. Er hatte einen Block auf seinem Schoß und einen Bleistift in der Hand. Olivia wartete ab, sie dachte, er würde wieder aufsehen.

Sie wartete vergeblich.

»Ich bin gekommen, um mich zu entschuldigen«, sagte sie schließlich. »Ich hätte sagen sollen, dass ich Polizistin bin, als ich bei dir war, aber es hat sich irgendwie nicht ergeben. Es hatte für mich keine Bedeutung, damals, ich war nicht in meiner Eigenschaft als Polizistin bei dir. Ich hatte deine Texte gelesen und war neugierig auf dich.«

Notlüge oder im Nachhinein zurechtgezimmert, dachte sie. Aber teilweise wahr. Lukas sah noch immer auf seinen Block hinunter, seine Hand führte den Stift über das Papier.

»Ich wollte nur sagen, dass mir unser Gespräch damals sehr viel bedeutet hat, egal, was danach passiert ist. Ich lese oft in deinem Buch.«

Lukas verzog keine Miene. Olivia beugte sich etwas nach unten, sie versuchte, seinen Blick aufzufangen, aber es gelang ihr nicht.

»Wie geht es dir?«, fragte sie.

Lukas bewegte weiter den Stift über das Papier, ohne aufzusehen.

Hört er, was ich sage?, dachte Olivia. Ist es ihm egal? Sie wusste nicht, was sie tun sollte. Sie hatte gesagt, was sie sagen wollte, sie hatte sich entschuldigt. Vielleicht hasst er mich auch? Das Recht dazu hätte er.

»Ich gehe jetzt«, sagte sie und blieb stehen.

Als von Lukas keine Reaktion kam, ging sie zur Tür und streckte die Hand nach der Klinke aus. Da hörte sie ein leises Geräusch. Sie wandte sich um. Lukas hatte ein Blatt von dem Block abgerissen. Er hielt es ihr hin.

»Ein Geschenk«, sagte er. »Signiert.«

Olivia nahm das Blatt und sah es an. Es war eine sublime Zeichnung von ihrem Gesicht, ihrem Haar, detailliert und sehr an ein Portrait erinnernd, mit fein angelegten Schatten um die Augen und die Nase. Das Einzige, was nicht stimmte, war der Mund.

Es gab keinen.

In einer Ecke stand die Signatur: ›Der Gehäutete‹.

»Danke«, sagte Olivia. »Die ist sehr schön.«

Sie lächelte Lukas an, er sah ihr direkt in die Augen.

»Du kannst mir ein Alibi geben«, sagte er leise. »Ich war in dieser Nacht bei dir.«

»Warst du nicht.«

»Woher weißt du das?«

Olivia schob die Tür der Zelle zu und musste sich erst mal an der Wand abstützen. Ein irgendwie unangenehmer, unwirklicher Besuch. Nicht, weil er sie nicht angesehen hatte oder weil er so getan hatte, als wüsste er nicht, wer sie war, nicht einmal, weil auf der Zeichnung der Mund fehlte. Es war, als wäre sie dort drin allein gewesen, als wäre Lukas gar nicht anwesend. Bis sie gehen wollte.

›Ich war in dieser Nacht bei dir.‹

Warum hatte er das gesagt?

Das menschliche Gehirn ist eine verblüffende Konstruktion mit unvorhersehbaren Windungen. Einen Moment lang, nur für eine einzige Millisekunde, schoss Olivia durch den Kopf: War er da?

Da es ein komplett verrückter Gedanke war, verschwand er blitzschnell wieder und wurde durch einen deutlich vernünftigeren ersetzt: Lukas hat Probleme.

Luna kam von der dichten Vegetation am Rand des Retreats her. Sie hatte ihr Handy in der Hand und steckte es in die Tasche, als sie sich Tom näherte. Sie hatte wieder mit Mette gesprochen und einen Lagebericht abgegeben.

Alles beim Alten.

Tom war schweigsam und verschlossen, ohne unfreundlich zu sein. Er war nur niedergeschlagen oder verloren. Mette hatte vorgeschlagen, sie sollten nach Hause fahren. Vielleicht besserte sich sein Zustand, wenn er wieder mehr Menschen um sich hätte, die ihn mitrissen? Luna glaubte nicht daran. Sie wusste, dass Tom momentan alle Formen von sozialem Kontakt scheute, mit Ausnahme von ihr und Aditi. Nicht einmal auf die Geschichten vom Nerz und seinen grandiosen Plänen mit dem Lastkahn hatte er reagiert. Oder doch, reagiert hatte er.

»Der Nerz kann nie etwas zu Ende bringen«, hatte er gesagt. »Einmal hatte er die Idee, seinen Lebensunterhalt als Taschendieb unter Nudisten zu verdienen.«

Und dann hatte er wieder an die Decke gestarrt.

Luna setzte sich neben Stilton in den Eingang zum Bungalow und betrachtete sein ausdrucksloses Gesicht. Sie liebte diesen Mann und er liebte sie. Was das anging, war alles glasklar zwischen ihnen. Man musste diese Liebe nur wieder zum Laufen bringen. Das war nicht ganz einfach, wenn einer der Liebenden das Dasein, das Hier und Jetzt so bejahte, wie Luna es tat, seit sie hier angekommen waren, und der andere nur Schatten und Stille suchte.

Aber sie musste es versuchen.

»Mette geht jetzt in Pension«, begann sie. »Bald.«

»Ich weiß.«

»Sie muss nur noch den Fall mit dieser Autobombe aufklären.«

Stilton nickte und begann, eine seiner Fußsohlen zu massieren, vermutlich eine Nachwirkung von Aditis ambitionierten Heilungsversuchen.

»Vermisst du es nicht?«, fragte Luna.

»Was denn?«

Luna wusste, dass sie sich auf schwieriges Terrain begab, aber sie hatte nicht viele Alternativen.

»Wieder dabei zu sein und deinen Beitrag zu leisten, dass all dieser Mist in Ordnung kommt«, sagte sie.

Stilton sah Luna an, er hielt ihren Blick fest, lange, und es war kein leicht zu deutender Blick. Als er ihn abwandte und wieder den gelben Sand vor seinen Füßen anstarrte, stieß er einen langen Seufzer aus und sagte:

»Du hast sehr schöne Schultern.«

Luna sah den Mann an, der seine Füße im Sand betrachtete, und war nur eine Millisekunde davon entfernt, ihm einfach mitten ins Gesicht zu schlagen. Aber sie beherrschte sich. Sie wusste, dass er weglief, die ganze Zeit, dass er ihr auswich, und der Kommentar über ihre Schultern war nur ein weiterer Beweis dafür. Sie hätte es dahingehend interpretieren können, er wolle ihr einen Dämpfer verpassen und ihren Versuch eines ernst gemeinten Gesprächs in bedeutungslose Luftblasen verwandeln. Aber so war es nicht, das wusste sie, nachdem der erste Reflex, sich zu wehren, abgeflaut war.

»Und du hast sehr langweilige Zehen«, sagte sie.

»Was ist denn verkehrt an ihnen?«

»Sie sehen aus wie du.«

Luna lächelte, stand auf und ging in Richtung Blumengarten davon. Stilton folgte ihr mit dem Blick.

Wie lange wird sie es noch aushalten?, dachte er, ohne zu ahnen, dass das, was sie gerade erwähnt hatte, die Autobombe in Stockholm, sein ganzes Dasein verändern würde.

Lukas Bengtsson hatte Probleme. Ernsthafte Probleme, das ging aus dem gerichtspsychiatrischen Gutachten hervor, das einige Wochen später fertig wurde. Ihm zugrunde lag eine umfassende Untersuchung seines Geisteszustands, die in dem anstehenden Prozess gegen ihn mit berücksichtigt werden würde. Seine Untersuchungshaft war währenddessen mehrmals verlängert worden, ohne dass er sich widersetzt oder seinen Anwalt dagegen protestieren lassen hatte. Einen Anwalt, der ein eventuelles Verfahren gegen Lukas als mediales Geschenk des Himmels und als merkliche finanzielle Verbesserung ansah. Ohne deshalb seine Berufsmoral über Bord zu werfen. Das taten Anwälte nie, möglicherweise, weil sie bei einigen von Anfang an nicht vorhanden war.

Als schließlich der »schlimmste Winter seit Menschengedenken« in den »wärmsten Frühling seit Beginn der Temperaturaufzeichnungen« übergegangen war, hatten die polizeilichen Ermittlungen weiteres Beweismaterial gegen Lukas Bengtsson gesammelt. Das wichtigste war der Handschuh, der beim Autowrack gefunden worden war. Er gehörte Lukas. Seine DNA entsprach der aus dem Handschuh. Er war ganz offensichtlich in der Nacht bei dem Auto gewesen.

Jetzt saßen Mette und Staatsanwältin Hemmingson in Mettes Büro, um das Ermittlungsmaterial durchzugehen. Hemmingson begann, in den Papieren vor sich zu blättern.

»Stand der Dinge ist also, dass Lukas Bengtsson jede Beteiligung abstreitet«, sagte sie.

»Ja. Aber er kann über den Bus, die Mütze, die Identifizierung durch den Wachmann, die Überwachungskamera, das Handygespräch und den Handschuh an den Ort zurückverfolgt werden«, sagte Mette.

»Und ist psychisch äußerst instabil, wie die Untersuchung zeigt«, ergänzte Hemmingson.

»Er hat Malin Brovall in einer Mail, die mit ihm in Verbindung gebracht werden kann und die in der Nacht vor dem Attentat an sie geschickt wurde, gedroht, sie auszulöschen.«

»Er hat das Unabomber-Manifest zu Hause«, sagte Hemmingson. »Wie hat er die Bombe konstruiert?«

»Vermutlich mit Hilfe von Anleitungen aus dem Netz, für so was gibt es ziemlich viele Webseiten, sagt Magnus Larsson.«

»Hat man solche Seiten auf seinem Computer nachgewiesen?«

»Nein«, sagte Mette. »Aber er kann sie in jeder Bibliothek aufgerufen haben.«

»Aber wir haben keine Spuren der Bombenherstellung gefunden?«

»Nein.«

Hemmingson nickte und sah Mette an.

»Es ist nicht ganz wasserdicht«, sagte sie.

»Nein.«

»Nicht sehr viele technische Beweise«, fuhr Hemmingson fort.

»Die Drohmail und der Handschuh.«

»Und starke Indizien, ein starkes Motiv und Verfügbarkeit.«

Mette nickte.

»Eventuell gesteht er im Lauf der Gerichtsverhandlung«, sagte sie. »Wenn er unter Druck gerät.«

»Ja. So was kommt manchmal vor.«

Die Frauen sahen sich an, sie waren sich ziemlich einig, auch wenn eine von ihnen das bohrende Gefühl hatte, dass nicht alles hundertprozentig stimmig war.

Mette.

»Ich werde Anklage gegen ihn erheben«, sagte Hemmingson und stand auf.

*

Olivia bekam die Nachricht von der Anklage gegen Lukas am Morgen. Mette rief an und erzählte es ihr. Olivia sagte nicht viel, auf diese Dinge hatte sie keinen Einfluss. Wenn er schuldig war, musste er verurteilt werden, war er es nicht, dann umso besser. Dann konnte ein begabter Maler und Schriftsteller seine Karriere wiederaufnehmen. Ihre eigene Beziehung zu ihm betrachtete sie als abgeschlossen. Sie war kurz und intensiv gewesen und hatte bleibende Spuren hinterlassen, aber sie war vorbei.

Sie stieg in den Aufzug des Polizeipräsidiums, drückte auf den Knopf und wartete darauf, dass die Türen sich schlossen. Das hätten sie auch getan, wenn nicht ein Fuß ebendies verhindert hätte, sodass die Türen wieder aufglitten.

»Hallo, Olivia, darf man mitfahren?«

Magnus Larssons Lächeln war mild und freundlich. Er stieg ein und fragte, in welches Stockwerk sie wolle. Eine Etage über seinem. Er wandte sich ihr zu und ahnte nicht, wie sehr Olivia damit beschäftigt war, all das zu kontrollieren, was brodelnd in ihr aufstieg.

»Es ist offenbar zur Anklage gekommen«, sagte er.

»Ja.«

Der Aufzug war nicht sehr eng, er fasste acht Personen, aber

Olivia fühlte sich wie in einem Schuhkarton. Sie ging ein paar Schritte nach ganz hinten, und Magnus ging ein paar Schritte hinterher. Sie stand bereits dicht an der Wand.

»Du musst entschuldigen«, sagte er, »ich habe mich letztes Mal ein bisschen dumm gefühlt, ich habe nur über mich und Johannes und das ganze Elend geredet, und du konntest kaum einen Satz sagen. Wie sieht denn dein Leben aus? Bist du verheiratet? Hast du einen Freund?«

»Nein.«

»Eine hübsche Frau wie du sollte einen haben«, sagte Magnus und lächelte.

Olivia spürte, wie ihr Magen sich zusammenkrampfte. Der Mann, der da einen knappen halben Meter von ihr entfernt stand, hatte Lisa vergewaltigt, und jetzt wanzte er sich an sie ran. Sie musste ihre gesamte Beherrschung aufbieten, sie hatten noch ein paar Stockwerke vor sich.

»Du hast nicht zufällig Lust, mal auf ein Glas Wein mit mir auszugehen?«

Magnus' Einladung provozierte einen Blick von Olivia, der für ihn offensichtlich sehr unerwartet kam. In ihm lag alles, was ihr Inneres herauszuschreien forderte. Magnus machte einen Schritt nach hinten.

»Hoppla«, sagte er. »Da ist die alte Schule wohl ins Fettnäpfchen getreten.«

»So verdammt tief, das kannst du dir gar nicht vorstellen.«

Olivia sagte es ihm mitten ins Gesicht, ohne Spielraum bietende Untertöne, mit einer Stringenz, die sie beinahe selbst verwunderte. Magnus sah verwirrt aus, als der Aufzug in seiner Etage anhielt.

»Du musst hier raus«, sagte Olivia und nickte zur Tür hin, die sich öffnete.

Magnus wandte sich ab, ging zur Tür hinaus, drehte sich wieder um und sah Olivia an. Sein Gesichtsausdruck war völlig verändert, in nur wenigen Sekunden. Er stand da und starrte sie an, bis sich die Türen wieder schlossen. Als der Aufzug nach oben weiterfuhr, ließ Olivia sich an die gegenüberliegende Wand sinken. Den Blick, den Magnus ihr zugeworfen hatte, hatte Lisa vermutlich schon mehrmals gesehen. Er triefte vor Verachtung.

Und dann wurde es Zeit für Mettes große Abschiedsfeier. Sie fand nicht im Speisesaal des Polizeipräsidiums statt, das hatte Mårten abgewendet. Sie sollten bei ihnen zu Hause feiern, hatte er entschieden, in ihrem großen Haus in Kummelnäs. Mette hatte vergeblich versucht zu protestieren, und so war nun die Villa bis zum Bersten voller Leute, und alle waren wegen ihr da.

Mårten hatte tagelang wie ein Verrückter geschuftet, um die Veranstaltung zu etwas Besonderem zu machen, er wollte wirklich, dass gefeiert wurde. Für alle anderen, die dort waren, ging es darum, dass Mette verschwinden würde, für ihn war es umgekehrt. Sie würde nach Hause kommen.

Und darüber gedachte er zu jubeln.

Ein bisschen diskret, für sich, innerlich, er wusste, was Mette selbst vom Aufhören hielt. Nichts. Aber sie war klug genug, einzusehen, wann der Zeitpunkt gekommen war.

»Prost, allerseits!«

Mårten hob sein Glas, und sowohl enge als auch weniger enge Arbeitskollegen von Mette stimmten mit ein. Als er sein Glas wieder senkte, klingelte es an der Tür. Sein Ohr war auf dieses Signal trainiert, nur wenige andere in dem großen Zimmer hörten das Geräusch. Es fehlt doch niemand mehr, dachte er, außer Olivia. Vielleicht ist sie es?

Sie war es.

Olivia trat in den Flur und bekam eine feste Umarmung von Mårten.

»Ich hab es leider nicht geschafft, ein Geschenk zu besorgen«, sagte sie.

»Dann bist du eben das Geschenk!«

Mårten war von diesem Schlag, im Guten wie im Schlechten.

Er ging vor Olivia hinein und bahnte ihnen den Weg zu Mette.

»Jetzt ist Olivia da!«, sagte er, als würde er einen Fund aus einer Diamantenmine abliefern.

Mette umarmte Olivia und flüsterte:

»Er ist ein bisschen aufgekratzt. Er denkt, er kriegt mich nach Hause.«

»Ist es denn nicht so?«

»Was willst du trinken?«, wechselte Mette schnell das Thema. »Es gibt fast alles.«

»Ich nehme ein Glas Schampus, ihm zuliebe.«

Olivia lächelte und Mette lächelte, und beide spürten diese Verbindung, die sehr weit zurückreichte.

Und dann musste sie sich unters Volk mischen, eine Kunst, in der eigentlich nur ein einziger Mensch noch schlechter war als Olivia.

Tom Stilton.

Aber er kam dieses Mal darum herum.

Er sitzt wahrscheinlich an irgendeinem Strand und knackt Kokosnüsse, dachte Olivia nicht ohne Neid. Sie hätte gern neben ihm gesessen. Stattdessen war sie hier und lächelte und versuchte, allzu aufdringliche Gespräche mit Männern abzuwehren, die sie flüchtig aus dem Präsidium kannte.

»Olivia! Komm!«

Mårten winkte ihr zu, er stand mit Mette und ein paar anderen Leuten in einer Ecke des Zimmers. Olivia ging zu der Gruppe hinüber.

»Wir reden ein bisschen über Lukas Bengtsson, die abschließenden Gerichtsverhandlungen«, sagte Mårten. »Was denkst du?«

»Worüber?«

»Wie es laufen wird?«

Darauf wollte Olivia nicht antworten, also gab sie die Frage an Mette weiter, die danebenstand.

»Was denkst du?«

»Juristisch ist es kompliziert«, sagte Mette. »Es ist hauptsächlich ein Indizienprozess, er kann in jede Richtung ausgehen. Es gibt Schwächen in der Beweiskette, aber zugleich auch belastende Umstände, die auf Bengtssons Schuld hinweisen.«

»Aber was denkst du selbst?«, fragte Olivia.

»Ich habe ihn als Verdächtigen ermittelt. Was ich denke, ist nicht von Bedeutung.«

»Für mich schon.«

»Warum?«, fragte Mette. »Wir sind Polizisten, wir machen unseren Job, wir sind nicht diejenigen, die urteilen.«

»Das ist keine Antwort. Glaubst du, er ist schuldig?«

Mette spürte, wie ihre Irritation wuchs, sie wollte nicht zu Antworten gedrängt werden, die ihrer Meinung nach privat waren. Sie wollte nicht, dass Olivia von ihren eigenen Zweifeln an Lukas' Schuld erfuhr. Ihr war klar, dass Olivia nach jedem Strohhalm griff, und sie hatte nicht die Absicht, etwas dazu beizutragen.

»Ich glaube, er ist schuldig«, sagte sie. »Mehr Champagner?«

Olivia sah Mette nach, als sie hinwegschwebte, um alle halb leeren Gläser, die sie finden konnte, aufzufüllen. Lügnerin, dachte sie, du hast auch Zweifel.

Dafür kannte sie Mette gut genug.

Ein paar Stunden später leerte sich das Haus von fröhlichen

und zufriedenen Gästen. Auf Mettes eindringlichen Wunsch hin blieb eine kleine Gruppe zurück, ihre engsten Vertrauten: Abbas, Olivia und Lisa. Bosse war auf einen ordentlichen Nachtschlaf angewiesen, er sollte am nächsten Morgen um sechs Uhr früh Hockey spielen, deshalb war er entschuldigt.

»Kommt, wir gehen in die Küche«, schlug Mette vor.

Alle setzten sich um den abgewetzten Holztisch, zündeten ein paar Kerzen an, schenkten sich etwas Wein ein und schickten Mårten an den Herd, um einen kleinen Mitternachtsimbiss zu machen.

»Du hast eine richtig schöne Rede gehalten«, sagte Olivia.

Mette hatte schließlich doch noch eine Rede zustande gebracht, nach ein paar Monaten Tüftelei, eine sowohl spirituelle als auch gefühlvolle Rede mit einigen lustigen Einsprengseln. Sogar die Geschichte mit dem Rülpser vor den Einsatzleitern war drin gewesen und mit Gelächter aufgenommen worden, es gab ja genügend freien Zugang zu flüssiger Nahrung.

»Danke«, sagte Mette und sah ihre kleine Gruppe am Tisch an. »Ich werde euch so vermissen.«

Jetzt wird sie gleich sentimental, dachte Mårten, aber das ist an so einem Abend wohl Pflichtprogramm.

»Nur schade, dass Magnus heute nicht kommen konnte«, fuhr Mette fort. »Ich hätte mich so gern bei ihm bedankt, er war während des ganzen Bombenfalls ein Fels in der Brandung, oder?«

Mette lächelte und sah die Leute am Tisch an. Ihr Blick blieb an Lisa hängen.

»Ich vermisse ihn nicht«, sagte Lisa.

»Warum?«

»Er hat mich vergewaltigt.«

Lisa sagte es mit ruhiger Stimme und sah Mette dabei in die Augen. Die Stille um den Tisch bohrte sich jedem der Anwesenden ins Fleisch, bis hin zu Mårten. Er drehte sich von der Arbeitsfläche weg und fragte:

»Was hast du gesagt?«

»Magnus Larsson hat mich vergewaltigt. Es ist passiert, als ich noch auf die Polizeihochschule ging. Olivia ist die Einzige, die davon weiß.«

Abbas' mahlende Kiefer verrieten, was in ihm vorging. Mettes zitternde Hände taten dasselbe. Olivia sah die ganze Zeit Lisa an. Sie konnte es nicht fassen, dass Lisa es gesagt hatte, hier, jetzt, Mette direkt ins Gesicht. Sie fand, es war unglaublich stark, aber auch unglaublich anstrengend.

»Ich muss aufs Klo«, sagte Lisa.

Sie stand auf und verließ die Küche. Vermutlich absichtlich, um Olivia den Rest zu überlassen. Sie schaffte es nicht, alle Details über die Beziehung mit Magnus durchzugehen, aber Olivia schon.

Olivia würde sie nicht im Stich lassen.

Sie erzählte alles, was Lisa sich an ihrem Küchentisch von der Seele geredet hatte, und von Magnus' SMS und seiner versuchten Anmache ihr selbst gegenüber im Aufzug. Alles lief auf das hinaus, was Lisa gerade gesagt hatte, zweimal.

Magnus Larsson hatte sie vergewaltigt.

»In ihrem eigenen Flur?«, fragte Abbas.

»Ja.«

Mette hatte während Olivias Bericht vollkommen still dagesessen. Sie hatte den ersten Schock verdrängt und auf Autopilot geschaltet. Sie durfte auf keinen Fall falsch reagieren. Die Situation war da und musste richtig eingeschätzt werden. Der nächste Schritt war entscheidend.

Sie wartete, bis Lisa zurückkam, stand auf, ging zu ihr und umarmte sie.

»Du hast jetzt zwei Möglichkeiten, Lisa«, sagte sie leise. »Egal, welche du wählst, ich stehe voll und ganz hinter dir. Die eine ist, mit der Sache an die Öffentlichkeit zu gehen und genau zu berichten, was passiert ist. Die andere ist, mich das intern regeln zu lassen. Es ist deine Entscheidung. Die erste Möglichkeit wird anstrengender für dich selbst, aber ich hätte großen Respekt davor und würde dich natürlich unterstützen. Wenn du dich dafür entscheidest, mich die Sache regeln zu lassen, wird es vielleicht in gewisser Weise schonender für Magnus, aber die internen Auswirkungen für ihn werden trotzdem verheerend sein.«

Lisa nickte und blieb in Mettes Armen.

Viel später gingen Olivia und Lisa gemeinsam aus dem Haus, Abbas blieb, um Mårten beim Aufräumen zu helfen, Mette war in ihre Töpferwerkstatt verschwunden.

»Ich bin unglaublich beeindruckt, Lisa«, sagte Olivia und legte einen Arm um sie.

Sie waren auf dem Weg zu einem ein Stück entfernten Nachtbus, es war windstill und frühlingshaft warm.

»Ich habe einfach gespürt, dass ich es tun muss«, sagte Lisa. »Ich hatte das nicht geplant.«

»Die Gelegenheit war perfekt.«

»Findest du?«

»Ja. Mette hatte keine Chance nachzudenken, sie war total ungeschützt, das bringt immer ihre besten Seiten zum Vorschein.«

Lisa nickte, genauso kannte sie Mette auch. Wenn es ohne Vorwarnung schwierig wurde, war sie ein Fels in der Brandung.

Der große Tonklumpen drehte sich schnell, und Mettes Finger gruben sich ohne eine Idee in die matschige Masse. An diesem Abend ging es nicht ums Töpfern, sie musste einfach diese Wut irgendwie verarbeiten.

Was sie zu Lisa gesagt hatte, meinte sie auch so. Es war nicht als Trost gedacht gewesen, in dieser Situation gab es nur diese beiden Möglichkeiten. Trotzdem war sie delikat und kompliziert, und sie durfte Lisa nicht falschen, schädlichen Kräften aussetzen. Magnus war äußerst stark in der Polizeiorganisation verankert, ihn der Vergewaltigung einer Polizeischülerin anzuklagen, würde verheerende Konsequenzen haben. Sie persönlich hatte nichts dagegen, aber sie musste Lisa schützen. Wahrscheinlich wäre es besser, wenn Lisa nicht in den Medien von der Vergewaltigung erzählen würde, so was ging schnell nach hinten los. Mette konnte ein Lied von fehlgeleiteter kollegialer Solidarität innerhalb des männlichen Teils der Körperschaft singen. Wenn sie selbst die Sache übernähme, läge ein Teil der Verantwortung für Magnus' Erniedrigung bei ihr. Auch dagegen hatte sie nichts, und in diesem Moment wäre es ihr am liebsten, es würde so kommen.

Aber es war Lisas Entscheidung.

Sie beugte sich nach vorn und sah Magnus' lächelndes Gesicht im Tonklumpen vor sich. Sie empfand eine enorme Enttäuschung. Magnus? Ein Mann, den sie all die Jahre geschätzt und respektiert hatte, mit dem sie sich sogar privat getroffen hatte. Ein Vergewaltiger und sexueller Belästiger?

Wie konnte ich nur so unglaublich blind sein?, dachte sie.

Es war ein strahlend schöner Tag, einer, an dem die Sonne zu Höchstform auflief und Wärmeoasen an Hauswänden und unter Parkbäumen schuf. Ein Tag zum Draußensein und Genießen.

Aber was half das?

Olivia ging langsam durch den Skinnarvikspark und spürte nichts von all dem, was die anderen genossen. Sie hatte ihre graue Strickmütze ins Gesicht gezogen, so tief sie konnte, und hielt die Hände in den Taschen. Jederzeit, jetzt oder in einer halben Stunde oder Stunde, würde das Urteil im Prozess gegen Lukas fallen. Sie hatte beschlossen, nicht im Gerichtssaal zu sein, sie wollte Lukas' Reaktion nicht sehen, wenn der Urteilsspruch kam. Mette hatte ihre Entscheidung respektiert, auch wenn sie sich ein wenig darüber wunderte.

Wieder mal.

Sie begriff, dass Olivia das passiert war, was professionellen Ermittlern nicht passieren durfte: auf der falschen Ebene persönlich involviert zu sein. Mette ärgerte sich darüber, Olivia war immerhin ihr Schützling. Gleichzeitig war so ein Verhalten nicht so ungewöhnlich, wie Polizisten gerne behaupteten, ein tief gehendes Engagement war oft eine Voraussetzung dafür, in schweren Fällen etwas zu erreichen, und nicht selten hinterließ das Spuren im Privatbereich der Ermittler.

Aber das war Teil ihres Berufs.

Man musste lernen, damit umzugehen.

In diesem Moment ging Olivia auf ihre Art damit um, indem sie völlig planlos herumlief, ohne ihre Umgebung wahrzunehmen, tief versunken in die Leere in ihrem Kopf, so tief, dass es lange dauerte, bis das Geräusch des klingelnden Handys zu ihr durchdrang.

»Hallo!«

Es war Mette.

»Lukas wurde verurteilt, trotz seiner Leugnung. Einer der Schöffen war anderer Meinung.«

Olivia ließ die Information durchsickern, sie hatte versucht, sich auf diese Variante vorzubereiten, darauf, dass Lukas verurteilt wurde.

»Welche Strafe kriegt er?«, fragte sie.

»Geschlossene psychiatrische Unterbringung.«

»Warum das?«

»Aufgrund des gerichtspsychiatrischen Gutachtens.«

»Was stand da drin?«, fragte Olivia.

»Warum willst du das wissen?«

Mette war sich natürlich darüber im Klaren, warum, aber sie hätte gern gesehen, dass Olivia Lukas Bengtsson langsam losließ. Sich in seinen psychischen Zustand zu vertiefen, würde da wohl kaum hilfreich sein.

»Ich will wissen, was mit ihm nicht in Ordnung ist«, sagte Olivia.

»Er ist psychisch krank.«

»Aber auf was für eine Art?«

»Olivia, lass gut sein. Er ist verurteilt.«

Olivia machte das Handy aus und steckte es in ihre Hosentasche. Geschlossene psychiatrische Unterbringung? Zum ersten Mal blickte sie auf den Riddarfjärden hinaus und sah, wie die Sonnenstrahlen über die Wasseroberfläche tanzten. Wie schön das ist, dachte sie und fing an zu weinen.

Die Frau im Rollstuhl war von Mae Phim nach Bangkok gefahren, hatte sich im Hotel Oriental eingemietet und zwei Tage in dessen elegantem Poolbereich verbracht, umworben von freundlichen Kellnern mit feuchten kleinen Leinentüchern und leckeren Kanapees. Diesen Luxus gönnte sie sich.

Jetzt saß sie ein Stück vom Pool entfernt und beobachtete einen sehnigen Mann mittleren Alters, vielleicht auch ein paar Jahre mehr, der ins Wasser eintauchte. Nicht der weiße Körper des Mannes hatte ihr Interesse geweckt, sondern sein Gesicht, sie hatte es vor ein paar Minuten gesehen und der Schock steckte ihr immer noch in den Gliedern. Ihre Hände zuckten weiterhin, und Blut sickerte zwischen den Fingern hervor, so tief hatte sie die Fingernägel in die Handflächen gepresst. Sie versuchte herunterzuschlucken, was in ihr aufstieg, und nahm ein paar tiefe Atemzüge.

Es war kurz nach zwei Uhr.

Sie rollte ein Stück in den Schatten und wartete darauf, dass der Mann wieder an die Oberfläche kam. Es dauerte eine Weile. Er hatte schon fast die andere Seite des Pools erreicht, als sein Kopf wieder nach oben glitt und der Körper abbremste. Mit einem leichten Klimmzug hob er sich auf den gekachelten Rand und betrachtete die Umgebung, zwei junge Frauen, die ein Stück entfernt auf einem großen Diwan lagen. Keine der beiden sah in die Richtung des Mannes. Er fuhr sich mit der Hand durch das feuchte Haar, drehte den Kopf und warf einen Blick auf die Frau im Rollstuhl im Schatten. Sie lächelte kurz.

Sie wusste, was der Mann sah, eine arme Behinderte mit entstelltem Gesicht, in etwa das, was die meisten sahen. Daran war sie gewöhnt.

Sie wusste auch, was der Mann nicht sah.

Eine Viertelstunde später, als sie durch den prächtigen Eingang des Hotels rollte, hatte sie plötzlich eine Eingebung, wo sie anfangen musste. Sie blieb hinter der Glastür stehen, holte ihr Handy heraus und rief eine Nummer in Stockholm an.

Lukas Bengtsson versuchte zu verstehen. Er war zu geschlossener psychiatrischer Unterbringung verurteilt worden, aber was genau das bedeutete, war ihm nicht klar. Er saß auf einem Bett mit einer Wand gegenüber und einer Wand hinter sich. Dazwischen ein Granitfußboden und links ein Waschbecken. Seit einer Woche war er hier und dachte angestrengt nach. Worauf lief die Behandlung hinaus? Was war nicht in Ordnung? Er nahm an, dass es um das fahle Pferd ging, um den, der er war, als er das Monster gemalt hatte.

Aber er war sich nicht sicher.

Ein paarmal war er zu einem Mann in weißem Kittel gebracht worden, der mit ihm gesprochen hatte, ihm Fragen gestellt hatte, ein Mann mit weichen Augen und leiser Stimme. Beim letzten Mal hatte der Mann ihm einen Block und ein paar Stifte hingelegt und gesagt, er solle zeichnen.

»Was soll ich zeichnen?«

»Woran Sie denken.«

Dann war der Mann hinausgegangen, und er hatte darüber nachgedacht, dass er sein Denken zeichnen sollte.

Wie zeichne ich das?

Ein anderes Mal hatte der Mann nach seiner Malerei gefragt und was er damit ausdrücken wollte.

»Nichts. Ich versuche, den Schmerz aus mir herauszumalen.«

»Was ist das für ein Schmerz? Wie würden Sie ihn beschreiben?«

»Ich weiß nicht, wie ein rundes Lineal.«

Lukas lehnte sich gegen die Wand. Er versuchte, die Ereignisse zu sortieren. Einmal während der Gerichtsverhandlung hatte er versucht, die Symbolik der Rippen zu erklären. Dass er den Selbstmord seiner Mutter malte. Niemand hatte reagiert. Vielleicht verwendete er die falsche Sprache? Olivia hatte es verstanden, als sie bei ihm zu Hause gewesen war. Sie hatte den Mund geöffnet, als er den gehäuteten Gott beschrieb, und dann hatte sie ihn wieder zugemacht.

Sie ist Polizistin.

Warum hatte sie das nicht gesagt?

Er versuchte, diese Frage einzusortieren: Warum hatte sie nicht gesagt, dass sie Polizistin war? Oder hatte das keine Bedeutung? War es ihr vielleicht egal?

Er lehnte sich gegen das Waschbecken, legte die Stirn gegen den Porzellanrand, sein braunes, lockiges Haar ringelte sich in den Ausguss hinunter.

Warum bin ich hier?

Als er den Kopf hob, kamen zwei Frauen in den Raum, eine von ihnen hatte eine Schere in der Hand.

»Was ist?«, fragte er.

»Sie wollten sich die Haare schneiden.«

»Hab ich das gesagt?«

Die Frauen sahen sich an.

Wo kein Schatten war, brannte die Sonne unerbittlich herunter, deshalb saßen Stilton und Luna unter ein paar großen Palmen und waren mit sich selbst beschäftigt, jeder für sich. Luna war mitten in einer von Aditis komplizierteren Yogaübungen, Stilton blieb eher bodenständig mit Bewegungen, zu denen sein Körper nach einem Leben mit allem anderen als Wohlstand noch fähig war. Er reckte die Arme in die Luft, senkte sie über seine gekreuzten Beine und ahnte, was sich seine Menisken leise knirschend zuflüsterten.

Da schwebte Aditi heran, frisch und munter wie immer, jede Falte im Gesicht wie eine Erinnerung an die Worte der Maya: »Aus deinem Gesicht strahlt die Liebe des Lichts!« Sie strich ihr dünnes grünes Kleid beiseite und sank vor Stilton auf den Boden.

»Gut«, sagte sie.

»Was?«

»Du wirst ständig weicher.«

»Was du nicht sagst.«

Stiltons leichter Sarkasmus perlte an Aditi ab, sie war an das Bedürfnis ihres Halbbruders gewöhnt, sein kleines Gebiet als Mann zu markieren, also sagte sie:

»Veronica Wadner hat vorhin angerufen, sie will dich treffen.«

»Mich? Warum?«

»Das hat sie nicht gesagt, sie will dir wohl etwas erzählen, was dich interessieren könnte, sie klang, als sei es sehr wichtig.«

»Aha?«

Stilton ließ die Arme sinken, die Finger kamen fast bis in den Sand hinunter, und sah Luna an.

»Weißt du, worum es geht?«

»Nein, keine Ahnung.«

Stilton erlöste seine Beine aus der unbequemen Stellung, und er spürte, dass die beiden Frauen ihn ansahen. Maulwürfe leben fast ihr ganzes Leben lang unter der Erde, dachte er, halb blind, niemand bittet sie, unbekannte Frauen zu treffen. Warum sollte er es tun?

»Ich habe keine große Lust dazu.«

»Aber ich glaube, es wäre gut für sie«, sagte Aditi.

»Warum?«

»Einerseits ist sie sehr einsam, ich denke nicht, dass sie hier unten sonderlich viele Kontakte hat, andererseits würde sie nicht um so etwas bitten, wenn es nicht wichtig für sie wäre.«

Stilton hatte Wadner ein paarmal flüchtig im Retreat gesehen, aber sie hatten nie ein Wort gewechselt. Er wusste nichts über sie, außer, dass sie Schwedin war.

»Was weißt du über sie?«, fragte er.

»Nicht besonders viel, wir haben ein paarmal zusammen meditiert, sie spricht nie über sich selbst, aber ich spüre, dass es einen fast beängstigenden Klangboden von Trauer in ihr gibt.«

Aditi verstummte und versuchte, Stiltons Blick einzufangen.

»Du kannst es doch für mich tun.«, sagte sie.

Stilton blickte Luna an und sah, dass sie offensichtlich auf Aditis Seite stand. Schließlich sagte er:

»Wo wohnt sie?«

»Unten an der Bucht, ganz hinten.«

*

Sie saß am Fenster, blickte aufs Meer hinaus und grübelte über die Tatsache nach, dass ihr Zustand sich langsam veränderte. Er hatte sich schon einmal verändert, als das Unbegreifliche schließlich in Apathie und dann weiter in etwas übergegangen war, was man gemeinhin als Trauer bezeichnete. Dieses Etwas quetschte ihre Lungen zusammen und kam mit dem Atem heraus wie feine schwarze Asche.

Jetzt würde er sich wieder verändern.

Die Trauer war immer noch da, sie war ihre Resonanz, aber sie war nicht mehr allein, sie hatte Kontakt mit etwas ganz anderem in ihrem Innern bekommen, das immer näher herankam, in regelmäßigen Intervallen. Sie schloss die Augen und versuchte zu verstehen, was sie da durch die Trauer spürte, worum es sich handelte. Als sie die Augen öffnete, sah sie den Mann am Pool vor sich, sein Gesicht.

Er war identisch mit dem Mann auf dem kleinen Foto, das eines Nachts vor vielen Monaten aus einer grünen Plastikmappe gefallen war, begleitet von einem handgeschriebenen Zettel, der sie verwirrt hatte.

Sie drehte den Rollstuhl ein wenig und folgte dem letzten Splitter Sonne, der am Horizont verschwand. Bald würde es dämmern und dann schnell dunkel werden, wie es hier unten üblich war. Sie mochte die Dunkelheit aus mehreren Gründen, einerseits weil sie verbarg, aber auch, weil sie ihre Unruhe glättete. Im Dunkeln war es natürlicher, mit sich selbst zu flüstern.

Sie war sich voll und ganz im Klaren, dass ihr Leben sich erneut verändern würde. Sie hatte nicht damit gerechnet und sich längst in einen Sarg von Trauer gebettet, mit dem sie im Meer versinken würde.

Nun würde es anders kommen.

Sie merkte, dass ihre Hände wieder zu zittern begannen, und griff nach den Armlehnen des Rollstuhls. Sie brauchte Gin.

*

Der Strand bei Mae Phim war lang und beliebt, an den Wochenenden fielen Invasionen von Lokalbevölkerung und angereisten thailändischen Familien dort ein, einfache Garküchen tauchten an den Straßenrändern auf und verbreiteten ihren würzigen Duft zwischen den Pinien. Unter der Woche waren es meist ansässige Ausländer, die zusammen mit ihren wohlgenährten Hunden am Ufer entlangspazierten.

Heute war es Mittwoch, Abenddämmerung und der Strand fast leer. Veronica Wadners Haus sollte ganz hinten liegen, am Rand eines Stücks Dschungel. Stilton hatte keine Eile, er hatte sich ohnehin nur Aditi zuliebe auf den Besuch eingelassen. Am Strand angekommen, hatte er sich die Schuhe ausgezogen und war barfuß durch den Sand gegangen. Nach einem unaufhörlichen Slalomlauf zwischen kaputten Plastikflaschen, angespülten Quallen und der einen oder anderen weggeworfenen Spritze hatte er sie wieder angezogen. Er ging langsam auf das hintere Ende des Strandes zu, der Straßenrand war mit kaputten grünweißen Fahnen an kleinen Holzstäben markiert, am Ufer lag schönes schwarzes Treibholz.

Stilton nahm nichts davon wahr, er war in sich selbst versunken, das einzige Mal, dass er innehielt, war, als eine lange gelbschwarze Schlange sich direkt vor ihm etwas aus dem Sand erhob. Er nahm an, dass es ein Krait war, ein gebänderter Krait, eine Schlange, deren Biss man vermeiden sollte, wenn man nicht innerhalb von fünf Minuten ein Gegengift in Reichweite hatte. Daher blieb er stehen und sah sich um. Vielleicht sollte er ein Stück weiter nach oben gehen und die Schlange umrunden? Oder besser doch nicht? Vielleicht würden seine Bewegungen bei der Schlange die falsche Reaktion auslösen, und genau das wollte er vermeiden. Er blieb reglos stehen und blickte nach unten. Da lagen eine Kokosnuss und eine kaputte Fernbedienung, zwei schwer zu vereinbarende Gegenstände. Stilton lächelte kurz, und als er wieder aufsah, war die Schlange verschwunden.

Zumindest aus seinem Sichtfeld.

Er ging weiter, aufmerksamer als vorher und etwas schneller. Die Temperatur lag trotz der Abenddämmerung knapp über dreißig Grad, und er spürte, wie der Schweiß sein T-Shirt an die Brust klebte. Er hatte sich ein paarmal nach dem kleinen Mädchen mit dem grünen Gummiband umgesehen, aber sie war nicht da.

Schließlich näherte er sich etwas, das wohl ein Haus sein sollte. Ein sehr merkwürdiges Haus, halb verfallen, teilweise auf Pfählen gebaut und fast ganz in Grün gebettet. Im oberen Stockwerk wies eine sechseckige Glasveranda aufs Meer hinaus, vor dem Fenster tanzten große Schwärme von Libellen. Stilton versuchte ohne Erfolg, an der Vorderseite eine Tür zu finden. Er drängte sich durch das grüne Dickicht und kletterte ein Stück nach oben auf die Ebene des oberen Stockwerks. Dort gab es eine Tür, eine abgewetzte graugrüne Tür mit einem langen geflochtenen Zopf daran. Nachdem er keine Türklingel fand, zog er an dem Zopf. Nichts passierte. Er klopfte an und wartete. Keine Reaktion. Hätte das Haus ein paar Kilometer näher am Retreat gelegen, wäre er umgekehrt und heimgegangen. Stattdessen drückte er die Klinke hinunter und schob die Tür auf. Drinnen war es dunkel. Er machte einen Schritt in den Flur und rief: »Hallo!« Zuerst war es still, dann hörte er die schwache, heisere Stimme.

»Danke, dass Sie gekommen sind.«

Die Stimme kam aus der Dunkelheit, aus einem Zimmer auf der anderen Seite des Flurs. Stilton ging ein paar Schritte in Richtung der Stimme und kam in ein Zimmer, an dessen Ende sich die sechseckige Glasveranda befand. Ein Duft von Minze schlug ihm in der Tür entgegen. Er blickte hinein. Eine niedrige Wandlampe verbreitete ihr schwaches Licht über alte, blanke Dielen, zu viel mehr reichte es nicht. Als seine Augen sich daran gewöhnt hatten, sah er die Silhouette eines Frauenkopfes, der zum Fenster gewandt war.

»Veronica?«, fragte er.

Die Frau drehte sich in ihrem Rollstuhl um und blickte zur Tür.

»Wer sonst?«

Immer noch konnte er ihr Gesicht nicht sehen.

»Setzen Sie sich«, sagte sie.

Veronica machte eine Geste zu einem zierlichen Lederstuhl hin, der ein Stück von der Wand entfernt stand. Stilton ging zum Stuhl und setzte sich, vorsichtig, er wusste nicht, wie viel er aushielt. Veronica wandte ihm den Rollstuhl zu. Sie trug eine zarte Bluse am Oberkörper, das linke Bein war in einen hellgrünen Sari gehüllt.

»Sie wissen, wer ich bin, nehme ich an«, sagte sie.

»Ich habe Sie bei Aditi gesehen.«

»Ich bin schwer zu übersehen.«

Ihr kleines Lächeln entging ihm in der Dunkelheit.

Stilton ließ den Blick durch den Raum schweifen, das schwindende Dämmerlicht und die Wandlampe ließen einen Teil der Einrichtung erkennen. Sie war bunt. Ein gut gefülltes Bücherregal aus Holz an der einen Wand, ganz oben stand ein Flaschenschiff, ein paar ausdrucksstarke Brokatstoffe an der anderen Wand. Ein alter Holzventilator an der Decke wirbelte mit einem leise knirschenden Geräusch die Luft herum, hier und da standen Gegenstände auf dem Boden, die Stilton im gegenwärtigen Licht nur schwer identifizieren konnte. Das Einzige, was er deutlich ausmachte, war ein runder Cocktailtisch in Reichweite der Frau im Rollstuhl. Er sah auch, dass sie ein hohes Glas in der einen Hand hielt.

»Sie wollten mit mir sprechen?«, fragte er.

»Ja.«

»Warum?«

»Weil Sie Polizist waren.«

Stilton ließ die Information ein paar Sekunden sacken, sie kam natürlich von Aditi, und er war nicht gerade begeistert darüber.

»Ja«, sagte er. »Ist lange her. Worüber wollen Sie sprechen?«

»Ich werde darauf zurückkommen.«

Veronica nippte an ihrem Glas und sah Stilton an, ihre freie Hand strich über die Armlehne. Stilton wusste nicht recht, wohin das hier führen würde, aber angesichts des Kraits da draußen war er bereit, noch etwas hier drinnen sitzen zu bleiben. Durch die Dunkelheit begegnete er Veronicas Blick und sagte das, was am Nächstliegenden war.

»Was ist Ihnen zugestoßen?«

»Böses.«

Die Antwort kam fast schon, bevor die Frage überhaupt gestellt worden war, und wurde nicht weiter ausgeführt. Stilton sah ein, dass diese Tür verschlossen war. Noch. Er betrachtete Veronica, das rechte Bein, das oben am Schenkel gekappt war, ihr entstelltes Gesicht, die Augen, blinzelnde Höhlen in der strammen, blanken Haut, die Nase, nur ein Stück Knorpel über dem lippenlosen Mund, das wellige dunkle Haar, das über Teile ihres Gesichts fiel. Eine Perücke, vermutete er. Veronica sah, wie er aus ihrem Gesicht las, und lächelte.

»Kümmern Sie sich nicht um mein Gesicht«, sagte sie, »sehen Sie es als eine groteske Maske, in der Nacht nehme ich sie ab. Trinken Sie Gin?«

»Manchmal.«

Veronica streckte sich nach dem Cocktailtisch neben ihr und mischte mit sehr geübten Bewegungen einen Gin Tonic. Stilton beobachtete ihre Hände, sie waren schön. Für ihn waren schöne Hände sinnlich, waren es immer gewesen, er sah auch ihre wohlgeformten dunkelroten Fingernägel.

»Sie haben schöne Hände«, sagte er.

Veronica streckte Stilton ein Glas entgegen.

»Das ist ein sehr schwacher Trost.«

Stilton stand auf und nahm das Glas.

»Prost«, sagte Veronica.

Stilton hob das Glas, nahm einen kurzen Schluck und setzte sich wieder. Der Drink war gut. Veronica drehte den Rollstuhl herum und rollte zum Fenster, sie blieb mit dem Rücken zu Stilton stehen und saß eine Weile schweigend da.

»Haben Sie Angst vor der Dunkelheit?«, fragte sie schließlich.

»Manchmal. Aber ich fürchte mich nicht im Dunkeln, falls Sie das meinen.«

»Nein.«

Veronica blickte aus dem Fenster. Die Dämmerung war in kohlschwarze Nacht übergegangen, das Himmelsgewölbe war von Sternen durchlöchert.

»Canopus«, sagte sie.

»Canopus?«

»Man sieht ihn da oben, im Sternbild Schiffskiel, er ist hier unten der hellste Stern nach Sirius. Wussten Sie das?«

Stilton war nicht sehr bewandert in Astronomie, er kannte den Großen Wagen und den Gürtel des Orion, alles andere waren Sterne. Sein Großvater, der Robbenjäger, hatte ihn auf Rödlöga in sternklaren Nächten manchmal mit auf die Klippen genommen und ihm verschiedene Formationen gezeigt. Für Großvater war es ein Wissen, bei dem es ums Überleben ging, ein Hilfsmittel draußen auf dem Meer. Er hatte gehofft, dass Stilton sich wie er für ein Leben auf See entscheiden würde. Es war anders gekommen. Aber in der Nacht, als Großvater in der Hütte im Sterben lag, hatte er Stiltons Hand in seine wesentlich größere genommen und geflüstert: »Es wird gut, so oder so.«

In diesem Moment, an dieser Stelle, an der sich Stilton im Leben befand, war er nicht ganz sicher, ob es so geworden war. Gut, so oder so. Aber das konnte wohl kaum dem alten Robbenjäger zur Last gelegt werden.

»Nein, das wusste ich nicht«, antwortete er. »Mit Sternen kenne ich mich nicht so aus.«

»In welchem Zeichen sind Sie geboren?«

»Waage. Und Sie?«

»Ich habe mein Zeichen auf dem Rücken.«

»Eine Tätowierung?«

»Nein, eine Ansammlung von Leberflecken, sie haben das gleiche Muster wie ein Skorpion.«

Stilton fühlte sich von dieser plötzlichen Intimität etwas überrumpelt, er war im Prinzip ein Fremder, ein flüchtiger Kontakt aus einem Retreat in der Nähe. Trotzdem fühlte sich die Situation ganz natürlich an. Er nahm noch einen Schluck und blickte zum Fenster.

»Wie lange wohnen Sie schon hier?«, fragte er.

»Ich weiß nicht so genau, mein Zeitgefühl hat sich verändert, ich erinnere mich, dass es geregnet hat, als ich gekommen bin, dann wurde es heiß und die Touristen kamen. Zeit ist nicht so wichtig, sie kommt und geht.«

Veronica wandte sich wieder um, das Licht des nahenden Mondes schimmerte auf ihrer gespannten Haut, ihr Mund bewegte sich, aber Stilton nahm keine Worte wahr.

»Ich höre nicht richtig, was Sie sagen«, sagte er.

»Entschuldigung. Ich bin es gewöhnt zu flüstern, meistens nur vor mich hin. Wie sind Sie hier gelandet?«

»Wo? In Thailand?«

»Ja. Ich nehme an, Sie haben eine Vergangenheit.«

»Das haben wohl alle.«

»Nein. Die meisten haben keine Vergangenheit. Ihr Tag sieht immer aus wie der gestrige, ihre Vergangenheit wiederholt sich vor ihnen, das, was passiert, ist schon passiert und wird wieder passieren. Sie sind nicht so. Wie sieht Ihre Vergangenheit aus?«

Stilton saß fest.

Warum, wusste er nicht, er spürte nur, dass er irgendwo war, wo er noch nie zuvor gewesen war. Aus mehreren Gründen. Nicht nur wegen der speziellen Atmosphäre, der suggestiven Umgebung oder der exzentrischen Frau neben sich. Er war an einem Ort in sich selbst, an dem er noch nie gewesen war, einem Ort, von dessen Existenz er nicht einmal gewusst hatte. Der Schlüssel dazu war ein Mord.

Dachte er blitzschnell, bevor er sagte:

»Meine Vergangenheit ist ein einziger langer Kampf ums Überleben. Ich bin mal auf eine Ölplattform geflohen, wurde Polizist, wurde tiefer in die Gewalt hineingezogen, als ich bewältigen konnte, bin in der Gosse gelandet, wieder herausgekommen … jetzt weiß ich nicht so richtig, wo ich bin.«

»Sie sind hier.«

»Und wo ist das?«

»Im Jetzt.«

Veronica rollte zum Cocktailtisch hinüber, mixte mit den gleichen geübten Bewegungen zwei neue Drinks und reichte Stilton einen davon. Er nahm ihn entgegen und fühlte sich merkwürdig ruhig. Ob es am Alkohol, der Atmosphäre im Raum oder ganz einfach der Frau vor ihm lag, wusste er nicht, aber er spürte, dass er gerne sitzen blieb.

Außerdem sollte laut Veronica auf Dinge zurückgekommen werden. Und darauf war er neugierig.

»Sich mit seiner Unvollkommenheit versöhnen.«

Veronica sagte es leise, den Blick ins Glas gerichtet, und fuhr fort:

»An einem gewissen Zeitpunkt, vor vielen Jahren, bin ich zu diesem Schluss gekommen. Im Leben geht es darum, sich mit seiner Unvollkommenheit zu versöhnen. Damals war das ein existentieller Gedanke, in einem anderen Leben. Jetzt sehe ich mich selbst im Spiegel und merke, dass er eine ganz andere Bedeutung bekommen hat. Ich muss mich mit einer ganz anderen Unvollkommenheit versöhnen.«

»Ihrer Behinderung?«

»Meiner Verwandlung von einem Menschen in eine Kreatur.«

Veronica lächelte, nicht zu Stilton gewandt, sondern in ihr Glas hinein. Stilton wusste nicht, was er antworten sollte, existentielle Reflexionen waren nicht wirklich sein Ding. Aber er hatte eine Ahnung, was sie meinte. Veronica richtete sich auf und sah Stilton an.

»Können Sie kochen?«

»Geht so. Haben Sie Hunger?«

»Im Kühlschrank steht eine Suppe, die Sie bitte aufwärmen,

ich bin hungrig. Tom Kha Gai, sie ist ziemlich scharf. Da ist auch eine Flasche Wein.«

Stilton ging in die Küche, holte die Suppe und die Weinflasche aus dem Kühlschrank und stellte sie auf die Arbeitsfläche. Er nahm eine große, gelbe Frucht aus einer Schale, als Veronica in die Küche rollte.

»Durian«, sagte er.

»Ja. Eine ziemlich spezielle Frucht, wenn man sie zusammen mit Alkohol isst, kann man sterben. Wir essen sie besser nicht zum Nachtisch. Können Sie die Kerzen da anzünden?«

Veronica zeigte auf zwei hohe Holzpfeiler mit ein paar dicken Kerzen ganz oben. Stilton nahm eine Streichholzschachtel von der Arbeitsplatte und zündete die Kerzen an.

»Haben Sie was dagegen, wenn wir die Deckenlampe ausmachen?«, fragte Veronica.

»Nein.«

Stilton schaltete das Licht aus und setzte sich Veronica gegenüber an den Küchentisch. Der flatternde Schein der Kerzen reichte kaum bis zu ihrem Gesicht hinunter. Er verstand das Arrangement, und sie verstand, dass er es tat.

»Meine Gegenwart wird den Leuten leicht unangenehm«, sagte sie. »Es fällt ihnen schwer zu kommunizieren, das Entstellte drängt sich dazwischen. Ich habe über plastische Operation nachgedacht, man kann heute alles operieren, aber ich habe mich dagegen entschieden.«

»Warum?«

»Um in der Vergangenheit zu bleiben. Ich will sie nicht verraten.«

»Und wie sieht Ihre Vergangenheit aus?«

Stilton spürte, dass er das Thema wieder anschneiden durfte, immerhin hatte er sich inzwischen auch ein ganzes Stück geöffnet. Veronica nahm einen Löffel von der Suppe und wischte sich den Mund ab. Er sah, dass sie abwägte, oder bildete sich ein, dass sie es tat.

»Die Vergangenheit ist eine lange Zeit«, sagte sie, »je nachdem, wo man anfängt.«

»Fangen Sie an, wo Sie wollen.«

»Es gibt ein Vor und ein Nach.«

»Dem Bösen?«

»Ja. Das Vor ist spannend und trivial, immer abwechselnd, wie das Leben oft ist. Das Nach ist das hier.«

»Und das Vor? Wer waren Sie da?«

»Eine andere.«

Das war auch Stilton klar. Aber wer? Und was war das, was sie das Böse nannte?

»Meine Vergangenheit ist wie die Ihre«, sagte Veronica. »In vielerlei Hinsicht. Sie ist in Ereignissen und Gefühlen ablesbar, in allem, was wir als Leben registrieren. Es unterscheidet sich nicht vom Leben anderer. Es unterscheidet sich erst dann, wenn das Fundament deines Daseins sich verändert, was bei einigen Leuten passiert. Wenn das Normale aufhört zu existieren.«

Veronica hielt eine Sekunde inne und sagte dann:

»Wenn du wirst wie ich.«

Stilton wurde klar, dass Veronica es nicht erzählen würde. Nicht das, was er von ihr wissen wollte, was ihn verstehen lassen würde, wer sie war, warum sie so war, wie sie war. Nicht, was ihr zugestoßen war.

Also aß er seine Suppe, trank seinen Wein und hatte schon fast vergessen, weshalb er gekommen war. Wohl kaum, um Gesprächspartner bei einer Reihe Gin Tonic und einer Flasche Wein zu sein. ›Weil Sie Polizist waren.‹ Es fühlte sich an wie eine weit entfernte Antwort aus einer anderen Zeit, aber es war das Einzige, was er als Bezugspunkt hatte.

Also nahm er das Thema wieder auf.

»Sie haben also erfahren, dass ich Polizist war?«

»Ja.«

»Und?«

»Ich möchte, dass Sie mir helfen, jemanden zu finden.«

Veronica rollte aus der Küche ins Wohnzimmer, Stilton folgte ihr. Sie blieb am Bücherregal stehen und zog eine grüne Plastikmappe heraus. Aus der Mappe nahm sie ein kleines Foto eines Mannes und zeigte es Stilton.

»Diesen Mann. Ich will wissen, wer er ist und was er tut.«

Stilton betrachtete das Foto.

»Hat das etwas mit Ihrer Vergangenheit zu tun?«

»Im besten Fall ja … oder eher im schlimmsten.«

»Und wo sollte ich nach ihm suchen?«

»Ich habe ihn vor einer Weile am Pool im Hotel Oriental gesehen, er hat dort gewohnt. Ich glaube, er ist Schwede.«

»Hat er Sie gesehen?«

»Er hat eine entstellte Frau im Rollstuhl gesehen. Und keine Ahnung, wer ich bin. Das verschafft uns einen gewissen Vorsprung.«

Stilton sah erneut das Foto an.

»Woher kommt das Foto?«

»Die Hinterlassenschaft eines toten Mannes.«

Stilton drehte das Foto um und las das Wort auf der Rückseite: Contamana.

»Was bedeutet das?«

»Das weiß ich nicht.«

»Warum wollen Sie den Mann finden?«

»Um das Böse zu verstehen.«

»Und welche Rolle spielt er dabei?«

»Das erzähle ich, wenn Sie herausbekommen, wer er ist.«

Stilton steckte das Foto in die Innentasche seiner Jacke.

»Ich will es mir bis morgen überlegen«, sagte er.

»Tun Sie das. Sie bekommen als Entschädigung, was immer Sie wollen, Geld ist kein Problem.«

Sie unterhielten sich noch eine Weile und öffneten eine weitere Flasche Wein. Dann sagte Veronica:

»Darf ich vorschlagen, dass Sie hier übernachten?«

Der Vorschlag war in Stiltons Lage ziemlich verlockend, ein Spaziergang in der Dunkelheit zurück zum Retreat war wesentlich weniger einladend.

»Gerne«, sagte er.

»Es gibt ein Bett hinter der Küche, es ist frisch bezogen. Sie stören sich nicht an Kakerlaken?«

»Nein.«

»Falls Sie mich schreien hören, bleiben Sie liegen, es ist niemand, der versucht, mich zu vergewaltigen. Es ist etwas anderes, das ich nicht steuern kann.«

Veronica wendete den Rollstuhl und rollte auf eine ein Stück entfernte Tür zu, kurz vor der Tür blieb sie stehen und drehte sich um.

»Könnten Sie sich vorstellen, Sex mit einer entstellten Frau zu haben?«, fragte sie.

Stilton wandte den Blick nicht von ihren Augen ab.

»Es hat sich noch nie ergeben«, erwiderte er.

Veronicas Mund verzog sich zu einem schiefen Lächeln, vermutlich sah sie eine Spur von Verwirrung in Stiltons Augen.

Oder auch nicht.

»Ich frage nicht meinetwegen«, sagte sie. »Ich bin vor allem neugierig, auf Männer. Worauf es ihnen ankommt. Schöne

Hände oder ein schönes Gesicht? Inneres oder Äußeres? Ich denke schon eine Weile darüber nach. Invalidisiert zu werden, so wie ich, bedeutet nicht, dass der Sexualtrieb nachlässt. Schlafen Sie gut.«

Sie drückte die Tür mit dem Fuß auf und rollte ins Zimmer, Stilton blieb sitzen, bis die Tür zuging. Er stand auf und ging ins Zimmer hinter der Küche hinüber. Es war eng, ein ziemlich schmales Bett an der einen Wand, das war alles. Er zog sich die Hose aus, kroch unter die dünne Decke, erschlug eine Kakerlake an der Wand und fing an, das Gespräch des Abends durchzugehen. ›Sich mit seiner Unvollkommenheit versöhnen.‹

Drei Sekunden später schlief er.

Drei Stunden später wachte er auf, in der Zeit der Leber, die letzte Flasche Alkohol hatte sich gesetzt. Es dauerte ein paar Sekunden, bis ihm klar wurde, wo er war.

Und warum.

Bei Veronica Wadner, die Hilfe bei der Suche nach einem unbekannten Mann wollte. Gegen Bezahlung. Ohne irgendeine tiefer gehende Begründung. Sollte er sich darauf einlassen? Gerade, als er darüber nachdenken wollte, hörte er einen lang gezogenen Schrei. Er kam aus einem anderen Teil des Hauses, und er ging davon aus, dass es Veronica war. Sie hatte ihn ja vorgewarnt. Instinktiv wollte er aufspringen und nachsehen, aber er blieb liegen. Sie hatte selbst gesagt, dass sie über die Auslöser ihrer Schreie keine Kontrolle hatte. Phantomschmerzen? Er spürte, wie er zu schwitzen begann, sowohl von der Hitze im Zimmer als auch von den Auswirkungen des Alkohols. Es war Zeit zu gehen, egal, wie spät es war. Er wollte nicht mehr da sein, wenn Veronica aufwachte. Vorsichtig stieg er aus dem Bett und zog seine Hose an. So leise er konnte, schlich er in den Flur und zur Haustür hinaus. Er drückte sie zu und ging die Treppe hinunter.

Es war immer noch pechschwarz draußen, aber der Mond half ihm, zum Strand hinunterzufinden. Er sah auch, dass es weit hinten am Horizont langsam hell zu werden begann, er würde vor Sonnenaufgang zu Hause sein. Er nahm einen langen Ast und fegte damit vor sich her, um unerwünschte Überraschungen zu verscheuchen. Ganz kurz fuhr ihm der Gedanke an ein morgendliches Bad durch den Kopf und verschwand genauso schnell wieder. Stilton war kein Freund von dunklen Gewässern, obwohl er vom Meer umgeben aufgewachsen war. Er liebte es, Boot zu fahren, gerne schnell, aber das war alles. Plötzlich blieb er stehen und fühlte in seiner Innentasche nach. Hatte er dieses Foto mitgenommen? Ja, hatte er. Er holte es heraus, um sich den Mann noch einmal anzusehen, doch in der Dunkelheit konnte er nur seine Konturen erkennen.

Alles zu seiner Zeit.

Als er eine halbe Stunde später in seine Hälfte des Bettes im Retreat kroch, passierte das, was er am liebsten vermieden hätte. Luna wachte auf.

»Habt ihr bis jetzt geredet?«, fragte sie.

»Nein, ich hab dort übernachtet … besser gesagt eine Weile geschlafen, vor einer halben Stunde bin ich aufgewacht.«

»Du riechst nach Schnaps.«

»Gin. Willst du noch mehr wissen?«

Luna lächelte ein wenig und küsste ihn auf die Schulter.

Mette hatte Lisa nicht unter Druck setzen wollen, wie sie mit Magnus Larsson verfahren wollte, sie sollte sich die Zeit nehmen, die sie brauchte.

Aber wie auch immer sie sich entscheidet, dachte sie jetzt, Magnus Larsson wird mit dem konfrontiert werden, was er getan hat, egal, wie es ans Licht kommt.

Und sie wollte einen Schritt in diese Richtung beitragen.

Vermutlich ging es zum Teil auch um diese tief sitzende Verachtung, die sie nicht richtig unter Kontrolle hatte.

Sie hielt ihrem hochgelobten Bombenexperten die Tür auf und bat ihn, sich an den Schreibtisch zu setzen.

»Wir haben ihn eingelocht«, sagte Magnus.

»Lukas Bengtsson?«

»Ja. Obwohl wir am Anfang auf der falschen Spur waren. Aber so ist das eben manchmal. Wie kommt es, dass du hier sitzt, du bist doch in Pension gegangen?«

»Ich muss ein bisschen ausmisten.«

»Aha, brauchst du Hilfe?«

Magnus lächelte über seinen eigenen Witz, Mette jedoch nicht, und er verstand, dass es ernst war.

»Ist was passiert?«, fragte er.

»Ja. Ich habe mit Lisa Hedqvist über eure Beziehung gesprochen.«

»Unsere Beziehung?«

Magnus sah genauso aus, wie Mette es erwartet hatte, eine Mischung aus Verwirrung und Verteidigung.

»Welche Beziehung?«, fragte er.

»Eine Beziehung, die sowohl sexuelle Kränkungen als auch Vergewaltigung miteinschließt. Sie hat ausführlich davon erzählt, und ich bezweifle keines ihrer Worte. Nachdem sowohl die Kränkungen als auch die Vergewaltigung verjährt sind, erwägt Lisa momentan zwei Alternativen. Die eine ist, öffentlich zu erzählen, was passiert ist. Wenn sie das tut, werde ich an ihrer Seite stehen, um zu zeigen, dass ich dem, was sie sagt, vollkommenes Vertrauen schenke. Wenn sie sich dafür entscheidet, es nicht öffentlich zu machen, wird es in einem begrenzten Kreis bleiben. In diesem Fall werde ich Maßnahmen ergreifen, die Auswirkungen auf deine Anstellung innerhalb der Organisation haben werden. Die Entscheidung liegt momentan bei Lisa. Darüber hinaus will ich dir nur sagen, wie unfassbar enttäuscht und angeekelt ich von deinem Verhalten bin. Es ist verabscheuungswürdig.«

Mette verstummte. Sie hielt Magnus' Blick stand und sah, wie erschrocken er war.

»Darf ich jetzt etwas sagen?«, fragte er schließlich.

»Nein. Weder zu mir noch zu Lisa. Wenn ich erfahre, dass du Kontakt zu ihr aufgenommen hast, werde ich persönlich öffentlich machen, was du getan hast, und ich werde wesentlich unerbittlicher sein als Lisa. Du kannst jetzt gehen.«

Die Frau im Rollstuhl zog einige Blicke auf sich, besonders die der Ausländer, die Dorfbewohner hatten sich inzwischen an sie gewöhnt. Veronica rollte zu einem der Fischstände an der nahe am Strand gelegenen Hauptstraße von Mae Phim hinüber und zeigte auf das, was sie haben wollte. Heute waren es eine schwarze Makrele und eine Tüte Riesengarnelen. Sie zog leichtes Essen vor. Sie hängte die Einkaufstüte an eine Armlehne und rollte ein Stück weiter. Wie gewöhnlich waren viele der Stände mit Touristenkram überhäuft, der hauptsächlich mit der Badesaison zu tun hatte. Das war nichts für sie. An einem Tisch mit hübschem Schmuck und Halsketten blieb sie jedoch stehen. Sie sah sich gerne die farbenfrohen Steine, die zierlich gewundenen Armbänder und die Ohrringe mit ihren glitzernden Einlegearbeiten an. Ohrringe konnte sie immer noch tragen, aber sie würde nie vergessen, wie sie zum ersten Mal nach Hause gekommen war, nachdem sie ein paar hübsche blau eingefasste Perlenohrringe gekauft hatte. Sie legte sie schon im Flur an, rollte zum Spiegel neben der Tür und sah hinein.

Vermutlich war es der Kontrast, der so schockierend war, die hübschen Schmuckstücke an ihren wohlgeformten Ohren und dann das Gesicht dazwischen. Es war, als würden die Ohrringe das Entstellte noch betonen, die grazilen Perlen sahen makaber deplatziert aus. Sie hatte sie heruntergerissen und in den Flur hineingeschrien.

Heute kaufte sie also keine Ohrringe und auch keinen anderen Schmuck. Sie hatte sich schon auf den Heimweg gemacht, als sie es sich plötzlich anders überlegte und wieder zurückkam. Nicht zum Schmuckstand, sondern zum Stand daneben. Dort hingen einige Plastiktüten mit zusammengefalteten Papierdrachen. Sie bat die Frau am Stand, einen davon herunterzuholen, einen rotblauen mit schmalen, hübschen Stäben aus glattem, stabilen Bambus. Sie nahm ihre Handtasche und holte heraus, was der Drachen kostete. Vorsichtig legte sie ihn auf ihren Schoß und rollte davon. Die Frau im Stand blickte ihr nach. Ein Papierdrachen? Aber vielleicht war es ja ein Geschenk?

Nein, war es nicht.

Sondern eine sehr spezielle Erinnerung.

*

Stilton saß mit nacktem Oberkörper im Schatten unter einer breiten Palme. Er war wieder eingeschlafen, hatte lange gepennt und war allein im Bett aufgewacht. Luna war unten am Meer und badete, ihre Lieblingsbeschäftigung.

Alles hatten sie nicht gemeinsam.

Er nahm sein Handy in die Hand und googelte »Veronica Wadner«. Kein Treffer. Wer zum Teufel war sie? Als er aufblickte, sah er Aditi auf sich zukommen. Sie war in einen luftigen gelben Sarong gewickelt und hatte eine Tasse in der Hand, vermutlich mit einer von all den Teesorten gefüllt, die Stilton sich weigerte zu trinken.

»Hallo! Wie war es gestern?«, fragte sie.

»Es ist spät geworden.«

»Das sehe ich.«

Vermutlich hatten sie Stiltons müde Augen oder sein gewohnt desolater Anblick zu diesem Kommentar veranlasst.

»Sie ist eine sehr spezielle Frau«, sagte er.

»Ja.«

Aditi sank mit gekreuzten Beinen in eine Stellung hinunter, die Stilton nicht einmal in bewusstlosem Zustand zustande gebracht hätte.

»Sie ist der erste Mensch, den ich kennengelernt habe, der völlig losgelassen hat«, sagte Aditi.

»Wie losgelassen?«

»Hier kommen viele unterschiedliche Menschen her, wie du weißt, Menschen mit allen möglichen Arten von Bedürfnissen. Oft geht es darum, ein inneres Gleichgewicht zu finden oder etwas greifbar zu machen, was einem entgleitet. Viele haben anstrengende Dinge erlebt, lange zuvor oder gerade eben erst, aber alle haben immer noch eine Rettungsleine in sich, an der sie hängen, sie wollen Hilfe, um wieder hinaufklettern zu können. Veronica nicht. Sie hat losgelassen, komplett. Sie hat keine Rettungsleine mehr.«

Stilton nickte, er verstand nicht so ganz, was Aditi meinte, aber der tiefere Sinn war ihm klar. Veronica war nicht wie die anderen, die es ins Retreat zog. Er wandte den Blick von Aditi ab und sah Luna mit einem Handtuch um den Kopf im Laufschritt auf sie zukommen. Sie läuft momentan viel, dachte er, ich dachte, in einem Retreat geht es darum, sich nicht zu stressen.

Luna löste das Handtuch und setzte sich neben Aditi.

»Willst du ein bisschen Tee?«, fragte Aditi.

»Gerne.«

»Du auch?«

Aditi sah Stilton an, und er fragte sich, warum. Sie hatte ihn das seit dem Tag, an dem sie angekommen waren, immer wieder gefragt, und die Antwort war immer dieselbe gewesen wie jetzt.

»Nein. Ich mag keinen Tee.«

»Du magst die Dinge nicht, die du nicht gewohnt bist«, sagte Aditi mit einem Lächeln. »Das ist dein Problem.«

Als Stilton Luna ansah, entdeckte er bei ihr ein ähnliches Lächeln.

»Das ist mein Problem?«, fragte er.

»Eines von vielen. Was wollte Veronica?«

Stilton zog die Jacke zu sich herüber, die ein Stück entfernt lag, und holte das Foto heraus.

»Sie will wissen, wer dieser Mann ist.«

Luna und Aditi betrachteten den Mann auf dem Bild.

»Und warum?«, fragte Aditi.

»Das hat sie nicht gesagt. Sie behauptet, es ginge um etwas Böses. Ich glaube, es geht um sie selbst, um das, was ihr zugestoßen ist, ihre Tragödie, er ist wohl irgendwie darin verwickelt.«

»Und wie sollst du ihn finden?«, fragte Luna.

»Sie hat ihn neulich im Oriental in Bangkok gesehen, er hat dort gewohnt, mehr wusste sie nicht.«

»Und wie willst du vorgehen?«, fragte Aditi.

»Ich weiß nicht.«

»Aber du bist neugierig?«

»Ja. Nicht so sehr auf den Mann, eher auf sie. Worauf will sie unbedingt eine Antwort haben? Wenn es um das geht, was ihr zugestoßen ist, habe ich dafür volles Verständnis.«

»Und du würdest dafür bezahlt werden?«

»Zweihunderttausend.«

»Oh! Wow, das ist viel.«

»Ja. Unter der Voraussetzung, dass ich rausfinde, wer er ist.«

Stilton sah wieder auf das Foto hinunter. Luna betrachtete ihn, sie wusste, dass er sich entschieden hatte, er wollte nur darin bestätigt werden.

»Ich finde, du solltest ihr helfen«, sagte sie. »Erstens verdienst du eine Menge Geld, und zweitens kommst du auf andere Gedanken.«

»Als?«

»Dich selbst.«

Luna kannte Tom inzwischen, sie sah und wusste, wo er sich befand. Er war schon immer kein Mann vieler Worte gewesen, aber jetzt saß er fast nur noch schweigend da und grübelte. Ein Auftrag als Privatdetektiv konnte ihm vermutlich nur guttun.

Dachte sie.

Und er dachte das auch, nur vielleicht etwas weniger analytisch.

Er war, wie gesagt, vor allem neugierig.

»Ich gehe zu ihr rüber und rede mit ihr«, sagte er und stand auf.

*

Eigentlich hatte er wirklich nur mit Veronica reden, etwas mehr erfahren wollen, aber auf dem Weg zu ihr über den Strand wuchs der Entschluss in ihm. Warum nicht? Nach einer unbekannten Person zu suchen passte ja ziemlich gut zu seiner Vergangenheit. Er hatte während seiner Karriere einige Jahre als Ermittler gearbeitet, oft mit gutem Resultat. Außerdem mochte er es, Geheimnisse aufzudecken.

Mit Ausnahme seiner eigenen.

Als er sich Veronicas Haus näherte, sah er zwei Dinge, die er beim letzten Mal nicht gesehen hatte. Die Besitzerin des Hauses saß in ihrem Rollstuhl unten am Strand, ein Stück vom Wasser entfernt, und hoch in der Luft über der Veranda des Hauses schwebte ein rotblauer Drachen. Er winkte Veronica kurz zu, ohne eine Reaktion zu bekommen. Als er näher an ihr dran war, sah er, dass sie sich das Gesicht abwischte, die Augen, bevor sie sich zu ihm umdrehte.

»Haben Sie fertig nachgedacht?«, fragte sie.

»Ja. Ich bin dabei.«

»Danke.«

Veronica blickte über das Meer hinaus, und Stilton blickte den Drachen an, der über dem Haus schwebte.

»Sie haben einen Drachen steigen lassen?«

»Nein, eine Erinnerung.«

Veronica sah weiter auf das Meer hinaus. Stilton setzte sich neben sie in den Sand, er wusste, es würde mehr kommen.

»Als ich ein kleines Mädchen war, wohnten meine Mutter und ich an der Südküste von England«, sagte Veronica, »an einem Strand namens Willow Beach. Ich habe oft allein unten am Wasser gespielt. Eines Tages kaufte meine Mutter einen Drachen auf dem Markt in Eastbourne, einen rotblauen Papierdrachen. Wir haben ihn gemeinsam zusammengebaut, und dann musste sie wieder zum Haus zurück. Ich bin mit dem Drachen hin und her gerannt und habe ihn zum Fliegen gebracht. Ich war ganz allein an dem langen Strand und überglücklich über den hoch über mir schwebenden Drachen. Plötzlich habe ich etwas entdeckt, das ein Stück entfernt im Wasser schwamm, etwas Längliches, Dunkles. Ich bin stehen geblieben und habe den Drachen in der Luft wirbeln lassen. Als ich ein paar Schritte auf das Wasser zuging, kam eine große Welle und hat dieses dunkle Ding an Land gespült. Es war ein toter Hund, ein großer, dunkler Labrador. Ich bin zum Haus gerannt und habe es Mama erzählt, sie hat die Polizei angerufen. Sie wollte keinen toten Hund an ihrem Badestrand haben. Sie haben den Hund abgeholt, und es stellte sich heraus, dass er markiert war. Als sie nach dem Besitzer suchten, war er verschwunden. Er wohnte auf einem großen Landgut, in einem der Zimmer lag eine verweste Frau auf einem Billardtisch.«

Veronica verstummte und sah Stilton an.

»Wer war die Frau?«, fragte er.

»Irgendwann haben sie herausgefunden, dass sie Schwedin war. Was sie in dem Haus gemacht hat, wurde nie geklärt, und auch nicht, wer sie umgebracht hatte. Sie war erwürgt worden.«

»Und der verschwundene Hundebesitzer?«

»Er ist immer noch verschwunden, soweit ich weiß.«

Veronica drehte den Stuhl herum und rollte auf die Rampe zum Haus zu. Das war im Sand nicht so einfach, also half ihr Stilton und schob an.

»Warum wollten Sie sich daran erinnern?«, fragte er. »Ich nehme an, Sie haben den Drachen gekauft, um …«

»Er hat mich an meine Mutter erinnert.«

»Lebt sie noch?«

»Nein. Wann wollen Sie anfangen?«

»Zu suchen?«

»Ja«, sagte Veronica.

»Tja, im Grunde sofort. Ich sollte wohl im Oriental anfangen, wo Sie ihn gesehen haben.«

»Das klingt vernünftig.«

Stilton half Veronica ins Haus und in das Verandazimmer. Sie schenkte sofort etwas Gin in ein niedriges Glas ein. Stilton lehnte dankend ab.

»Wie läuft es im Retreat?«, fragte sie.

»Ruhig.«

»Hat Aditi etwas von mir erzählt?«

»Nicht viel. Sie sagt, Sie hätten losgelassen. Was meint sie damit?«

Veronica nahm einen kleinen Schluck aus ihrem Glas und betrachtete Stilton.

»Aditi lebt in einer sehr bequemen Welt, begrenzt von Glauben und Hoffnung, sie weiß nichts über das, was außerhalb liegt… sie glaubt, Güte sei der Schlüssel zur inneren Ruhe oder umgekehrt. Sie weiß nichts über Menschen, die jenseits der Menschlichkeit sind.«

Da täuschst du dich, dachte Stilton, Aditi hat größere Erfahrungen mit Unmenschlichkeit, als du ahnst.

»Sie tut, was sie kann«, antwortete er.

»Sicher. Das werden Sie auch tun.«

Stilton war nicht ganz klar, worauf sie abzielte. Seine Suche nach dem unbekannten Mann oder etwas ganz anderes? Er spürte, dass es an der Zeit war, aktiv zu werden. Er war nicht daran interessiert, noch eine Nacht hier zu bleiben, egal wie neugierig er auf Veronica war. Er wusste ja eigentlich gar nichts über sie. Jetzt etwas mehr, vielleicht, angesichts ihrer Kindheitserinnerung, aber die konnte ja auch erfunden sein. Alles, was sie sagte, konnte reine Fantasie sein. Vielleicht war der Mann auf dem Foto der verschwundene Hundebesitzer, und sie wollte nur etwas Aufregung in ihr Leben bringen? Mit seiner Hilfe?

Wie auch immer, er hatte sich entschieden. Wenigstens Luna würde zufrieden sein, wenn er an etwas anderes dachte als an sich selbst – und dabei noch einen ordentlichen Batzen Geld verdiente.

»Ich zieh jetzt los.«

»Viel Glück.«

Stilton war auf dem Weg in den Flur, als er noch einmal ihre Stimme hinter sich hörte.

»Es gibt eine Erklärung für alles.«

Lukas Bengtsson war nach Karsudden etwas außerhalb von Katrineholm gebracht worden, die größte geschlossene psychiatrische Klinik des Landes mit hundertvierzehn Plätzen. Die Anstalt galt als ausbruchssicher. Für die einen waren es vier anonyme dreigeschossige gelbe Ziegelhäuser im Sechzigerjahre-Stil auf irgendeinem Acker, die so aussahen wie der Rest eines Vororts aus dem Millionenprogramm, für andere war es eine Ansammlung funktionaler Gebäude in einer schönen, naturnahen Umgebung in der Nähe eines Sees.

Für Olivia war es der Ort, an dem Lukas einsaß.

Sie hatte selbst um den Besuch gebeten. Sie wollte Lukas treffen, ihn sehen, sehen, wie es ihm ging. Wie er sich fühlte. Das, was sie sah, als man ihn schließlich zu dem Stuhl an dem grünen Tisch ihr gegenüber geführt hatte, war der Rest eines Menschen. Ein Wesen, das alles verloren hatte, was uns als Menschen definiert. Der Blick der Augen, in dem einmal ein Totentanz gelegen hatte, der ein Kameraobjektiv verbrennen konnte, dieser Blick war völlig verschwunden und durch einen trüben, hohlen Raum ersetzt worden. Das Gesicht sah aus, als hätte es sich vom Schädel gelöst, in den Mundwinkeln hingen kleine weiße Überreste eines Pulvers, und der Körper, der ihr gegenübersaß, war aufgequollen und wiegte sich langsam hin und her.

Das schöne, lockige Haar war abrasiert.

Als sie die Hand ausstreckte, um ihn zu begrüßen, sah sie seine abgekauten Fingernägel, nur noch kleine Splitter waren übrig.

»Hallo«, sagte sie.

Lukas rührte sich nicht, abgesehen vom Wiegen, der Kopf hing zum Tisch hinunter.

»Ich wollte nur sehen, wie es dir geht.«

Ein paar Sekunden war es still, dann hob Lukas langsam den Kopf und suchte mit seinem trüben Blick ihr Gesicht.

»In meinem Zimmer ist eine blaue Scherbe«, sagte er und sank wieder in sich zusammen.

Olivia ging langsam zu Fuß nach Katrineholm. Die Begegnung mit Lukas hatte sie furchtbar angestrengt. Einen Menschen so zu sehen, in diesem Zustand, bis zur Unkenntlichkeit mit Medikamenten ruhiggestellt, war kaum auszuhalten. Fast angsteinflößend, dachte sie. Geht es wirklich so zu in der Welt? Psychisch Kranke werden unter Drogen gesetzt, bis nichts mehr von ihrer Menschenwürde übrig ist? Sie war nicht naiv, die Geschichte bot eine Aneinanderreihung ähnlicher Fälle. Es wurde nur so unglaublich greifbar, wenn man diesen Menschen selbst kannte, wenn man sich mit ihm getroffen hatte, mit ihm Gespräche geführt, seinen Duft gerochen hatte. Wenn man von ihm fasziniert gewesen war.

Ein Mensch mit Feuer.

Jetzt war es nur noch ein verblichener Rest mit abgekauten Fingernägeln.

Sie war immer noch in derselben deprimierten Verfassung, als sie zum Bahnhof kam. Entweder man akzeptiert es einfach, dachte sie, und lässt einen Menschen im Dunkeln verschwinden. Oder man versucht, etwas dagegen zu tun.

Sie hatte keine Ahnung, unter was für einer psychischen Krankheit Lukas litt, aber dass sie diese Art von Behandlung erfordern sollte, fasste sie als Provokation auf.

Als sie zurück nach Stockholm kam, fuhr Olivia direkt zum Polizeipräsidium. Es war spätnachts, aber das Treffen mit Lukas saß ihr noch immer in den Gliedern, seinen trüben Blick wurde sie einfach nicht los.

Sie fing an zu suchen.

Das psychiatrische Gutachten fand sie nicht, es war vermutlich irgendwo weggesperrt, eventuell fiel es unter die Schweigepflicht, aber sie ging davon aus, dass man herausfinden konnte, wer alles Teil des Untersuchungsteams gewesen war. Normalerweise besteht so ein Team aus einem forensischen Sozialermittler, einem Psychologen, Pflegepersonal und einem hauptverantwortlichen, gerichtlich bestellten Psychiater. Sie konzentrierte sich auf den Psychologen und den Gerichtspsychiater. Dann kam der Hunger.

Pizzaservice?

Später.

Irgendwann fand sie das Protokoll der Gerichtsverhandlung und ging es durch. Aus einem beigefügten Anhang ging hervor, welche Sachverständigen an dem Fall beteiligt gewesen waren. Es waren viele, inklusive Magnus Larsson, aber auch die, nach denen sie suchte. Die Namen des Gerichtspsychiaters und des Psychologen. Sie recherchierte ihre Adressen und traf ihre Wahl. Der Gerichtspsychiater wohnte in Linköping, der Psychologe in Stockholm.

Zu ihm würde sie morgen Kontakt aufnehmen.

Jetzt würde sie sich eine Pizza holen.

Und ihr fiel auf, wie unglaublich armselig es war, sich allein in einem verlassenen Büro eine aufgeweichte Teigplatte reinzuschieben.

Was Lisa wohl gerade macht?

Schlafen, natürlich.

Stilton betrat das imposante Foyer des Hotel Oriental in Bangkok. Die exklusive Umgebung war extrem weit von seiner eigenen Lebenswelt entfernt, und er merkte, wie seine abgetakelte Gestalt an der Glastür sofort einige Blicke auf sich zog.

Sollten sie doch.

Er trat an den vergoldeten Empfangstresen und winkte einen dunkelhäutigen kleinen Mann in einer eleganten roten Livree zu sich.

»Kann ich Ihnen helfen, mein Herr?«

Höflichkeit war hier selbstverständlich, der Mann auf der anderen Seite des Tresens mochte aussehen, wie er wollte, denn das verriet nicht, wie viele Milliarden sich möglicherweise auf seinem Konto befanden. Stilton zog Veronicas Foto aus der Tasche und hielt es hoch.

»Kennen Sie diesen Mann?«, fragte er.

Der Livreemann warf einen sehr kurzen Blick auf das Foto, schüttelte den Kopf und lächelte.

»Leider nein.«

Diskretion ist Ehrensache.

»Er hängt oft hier herum«, sagte Stilton.

Der Ausdruck »herumhängen« war wohl nicht Teil des üblichen Vokabulars, wenn es um einen Betrieb wie das Oriental ging, aber der Livreemann lächelte erneut höflich.

»Wie gesagt, niemand, den ich kenne.«

»Wie schade. Ich schulde ihm einen Bentley, wir haben uns

am Wochenende die Zeit mit Glücksspiel vertrieben, er würde ihn sicher gerne haben.«

Stilton lächelte zurück, und in den Augen des Livrierten blitzte kurz Unentschlossenheit auf. Einen Bentley?

»Wo kann ich Sie erreichen, falls er eventuell auftauchen sollte?«, fragte er.

Stilton zog einen ledergebundenen Block vom Tresen zu sich und schrieb seine Telefonnummer darauf.

Er hatte zwei Möglichkeiten.

Entweder vor dem Eingang des Oriental herumzulungern und darauf zu hoffen, dass der Mann früher oder später auftauchte, oder woanders nach ihm zu suchen.

Die Wahl fiel auf Suzys Bar, in einer schmalen Gasse ein paar Meter hinter der Silom Road. Ein klassisches Loch in der Wand, betrieben von einer Frau in seinem Alter. Suzy. Stilton war zufällig dort gelandet, als er das erste Mal in Bangkok gewesen war, um Luna zu treffen, und ein paar Stunden Zeit gehabt hatte, bevor der Flieger landete. Und Hunger. Außerdem hatte er einen Hang zu Lokalen, die dort lagen, wo sonst keine waren, ein bisschen abseits, mit ein paar einfachen Plastiktischen direkt auf dem Gehsteig und einer Besitzerin, die nicht lächelte.

Suzy lächelte fast nie.

Beim ersten Mal hatte er sie gebeten, sich zu ihm zu setzen, als er eine Suppe gegessen hatte, eine Tom Yam Gung, die absolut fantastisch war. Sie hatte sich gesetzt, nicht widerwillig, eher aus Höflichkeit. Er hatte seine Wertschätzung für die Suppe ausgedrückt und gesagt, er sei etwas verloren im Leben. Das war eine Einleitung, die in einen mehrminütigen Dialog über Vergänglichkeit und andere vorstellbare Themen zwischen zwei Fremden in einer wuseligen Gasse mündete, bis Suzy einen neuen Kunden bekam.

Seitdem ging er in Suzys Bar, sobald er in Bangkok etwas zu erledigen hatte.

Nicht nur wegen des Essens.

»Kennst du diesen Mann?« Stilton hielt Suzy Veronicas Foto hin. Sie betrachtete es, etwas länger als der Livrierte, aber ihre Antwort war ähnlich.

»Nein.«

Stilton steckte das Foto wieder in die Jacke. Er wusste, es war ein Schuss ins Blaue, der Mann auf dem Foto badete ja im Pool des Oriental, er würde wohl kaum auf einem wackeligen Plastikstuhl bei Suzy landen.

»Aber frag Douglas«, sagte Suzy.

»Wer ist Douglas?«

»Ein Farang. Er wohnt seit vielen Jahren hier, ist schon überall gewesen, einer, der viele Leute trifft.«

»Wie heißt er mit Nachnamen?«

»Weiß ich nicht.«

»Wo kann ich ihn finden?«

»In irgendeiner Bordellbar hinten am Markt. Er hat immer kurze Hosen an. Rotes Haar.«

»Isst er manchmal hier?«

»Wenn er einen Kater hat.«

Suzys Beschreibung war so exakt, wie ein Ermittler es sich nur wünschen konnte. Ein rothaariger Europäer mit kurzen Hosen, der sich in Bordellbars aufhielt. Can't miss him. Trotzdem musste Stilton einige neonblinkende, musikwummernde Bars mit keuchenden, aufgeschwemmten Ausländern abklappern, bevor er Douglas entdeckte.

Den Mann mit den kurzen Hosen und dem roten Haar.

Er saß am einen Ende einer langen Marmorbar mit einem hohen, schmalen Glas vor sich. Hinter ihm spielte sich ein Akt sexueller Erniedrigung ab, an dem er offensichtlich völlig desinteressiert war, eine sehr junge Frau, die ein Bambusrohr durch ihren Slip geschoben hatte und am Rohr entlang auf und ab rutschte.

Stilton war mindestens genauso desinteressiert.

Er ging direkt zu dem Mann am Tresen.

Es gibt verschiedene Arten, von einem unbekannten Menschen in einer Bar Informationen zu bekommen. Man kann über Alkohol Kontakt aufbauen und sich im Gespräch an sein Anliegen herantasten. Man kann aber auch das Ganze überspringen und sich darauf verlassen, dass man Eindruck macht.

»Douglas?«

Der Mann drehte sich um und sah Stilton an.

»Und du bist?«, sagte er auf Englisch.

»Tom Stilton. Schwede. Kennst du diesen Mann?«

Stilton hielt ihm sein Foto hin und sah, wie das Neonlicht von den Flaschenregalen das Bild rot färbte.

»Bist du Bulle?«

»Nein. Ich wurde gebeten herauszufinden, wer dieser Mann ist.«

»Und warum fragst du mich?«

»Weil einer meiner Kontakte meinte, du bist ein Mann, der viel weiß und viele Leute kennt.«

Douglas saugte durch einen durchsichtigen Strohhalm einen Schluck aus seinem Glas, eine Bewegung, die sehr gut einstudiert aussah.

»Wer sagt das?«

»Offensichtlich jemand, der Vertrauen zu dir hat. Kennst du den Mann?«

»Nein.«

Immer dieselbe Antwort. Douglas konnte lügen, natürlich, er wusste ja nichts über Stiltons Beweggründe. Aber seine wässrigen Augen und sein geädertes Gesicht verrieten einen Mann, der nichts dagegen hatte, sich bedeutungsvoll zu fühlen.

Douglas betrachtete das Foto noch einmal, drehte es um und las, was auf der Rückseite stand.

»Contamana?«, fragte er.

»Ja. Weißt du, was das ist?«

»Gibt es dafür Geld?«

»Nein. Ein Drink oder zwei, mehr ist nicht drin.«

Douglas winkte den Barkeeper zu sich und bestellte drei Drinks mit einem Namen, den Stilton noch nie gehört hatte. Dann wandte er sich zu Stilton um.

»Willst du etwas haben?«

»Antworten. Sagt dir das, was auf der Rückseite stand, etwas?«

Douglas kratzte sich ein bisschen an einem seiner nackten Unterschenkel, als könne er dann besser nachdenken.

»Ich glaube, es ist der Name eines alten Binnenschiffs«, sagte er. »Wenn ich mich recht erinnere, lag es oben im Kok, einem Nebenfluss des Mekong, ein paar Freunde von mir sind mal damit gefahren. Aber das ist lange her.«

Und das war's auch schon, was Stilton aus Douglas herausbrachte.

Der Höflichkeit halber blieb er während des ersten der drei Drinks sitzen, aber als Douglas fragte, ob er an einem kurzen Geschlechtsverkehr in einer der Kabinen hinter der Bar interessiert war, ging er.

Etwas erregt war er, nicht von Douglas, sondern von dem, was er gesagt hatte. Es war immerhin ein erster kleiner Treffer.

Contamana.

Ein Binnenschiff? Hielt sich der unbekannte Mann auf einem Binnenschiff auf? Oben am Kok-Fluss? Sein Enthusiasmus über den Treffer wurde eine Spur gedämpft, als er daran dachte, wo er sich befand. In Bangkok. Es war unglaublich weit bis dorthin. Er googelte den Namen des Schiffs, ohne Resultat. Damit hatte er gerechnet, sogar Google geriet an seine Grenzen.

Aber immerhin.

Er hatte einen Namen.

Und er würde nicht lockerlassen.

Er kannte sich bis zu einem gewissen Maß mit Registern unterschiedlichster Art aus, vor allem schwedischen, und ging davon aus, dass es in diesem Land ein Register über Binnenschiffe gab. Wenn Douglas recht hatte.

Als Erstes rief er die schwedische Botschaft an und bat um Hilfe, ein Binnenschiff zu finden, das am Kok lag. Er behauptete, er müsse dringend einen Verwandten erreichen, der auf dem Schiff arbeitete. Das Botschaftspersonal war sehr freundlich, hatte aber natürlich keine Ahnung, von welchem Schiff er sprach. Vermutlich waren sie nur dankbar, dass es nicht wieder ein Schwede war, der im Rausch seinen Pass verloren hatte und auf Kosten von Steuergeldern heimgeschickt werden wollte.

»Ist es ein Passagierschiff?«

»Das weiß ich nicht«, sagte Stilton.

»Ansonsten wird es wohl schwierig.«

»Dann nehmen wir mal an, dass es eins ist.«

Sie gaben ihm einen Tipp, wo er nach dem Schiff suchen konnte, bei einem Amt, das für den öffentlichen Personenverkehr im Land zuständig war.

»Wenn das Schiff nicht abgemeldet ist.«

Darauf musste er es ankommen lassen.

Es war sowohl als auch.

Aus dem Register des Amtes ging hervor, dass das Binnenschiff nicht mehr im Verkehr war, aber bei einer Firma aus dem Dorf Wanssingi gemeldet gewesen war. Als Stilton fragte, wo das Dorf lag, bekam er eine kurze Antwort.

»Ein Stück außerhalb von Chiang Rai, oben in den Bergen im Norden.«

Chiang Rai? Sollte er bis ganz dort nach oben fahren? Auf Gedeih und Verderb? »Um das Böse zu verstehen.« Was hatte Veronica damit gemeint? War es auf den Mann auf dem Bild gemünzt? Nachdem sie bereit war, zweihunderttausend zu zahlen, um herauszubekommen, wer der Mann war, eine Summe, die schon bei ihrer Nennung eine heftige Reaktion in ihm ausgelöst hatte, war diese Person mit Sicherheit in das verwickelt, was ihr zugestoßen war, in ihre Tragödie. So viel hatte Stilton verstanden. Aber wie?

Und warum sollte der Mann sich auf einem Binnenschiff oben in den Opiumbergen aufhalten?

Er brauchte ein Bier.

Das bekam er bei Suzy.

Und noch eines.

Eine Fahrt nach Wanssingi bedeutete eine lange Busreise nach Chiang Rai, eine kürzere mit einem lokalen Bus und für das letzte Stück im besten Fall ein Tuk Tuk. Wie verlockend war das? Nach dem dritten Bier war es ziemlich verlockend. Als Flucht. In Stiltons Kopf wuchs ein Abenteuer heran. Eine lange, einsame Reise ins Niemandsland mit zweihunderttausend Piepen im Jackpot. Das Problem waren Luna und vielleicht Aditi. Sollte er es ihnen erzählen? Oder sollte er nur sagen, dass er für eine Weile wegfahren würde? Luna war es ja gewohnt, dass er hier und da verschwand. Zwar nur nach Rödlöga, aber trotzdem. Er beschloss, nicht zu sagen, wohin er wollte. Fürs Erste. Wenn er einmal dort war, konnten sie ja nicht mehr viel dagegen machen.

Ein leicht betrunkener Gedankengang, das sah er ein, aber manchmal trifft man im Leben eben Entscheidungen, ohne völlig nüchtern zu sein.

»Noch eins.«

Stilton hob sein Glas in Suzys Richtung, die in der Tür zur Küche stand. Sie reagierte nicht, sah ihn nur an. Er stellte das Glas wieder ab.

Okay, er sah es ein.

Drei reichten.

Jetzt würde er eine Busfahrkarte kaufen, auf dem ganzen Weg nach Chiang Rai seinen Rausch ausschlafen und sich dann nach Wanssingi durchschlagen.

Mochte es ausgehen, wie es wollte.

Olivia hatte sich in ordentliche Klamotten gezwängt und ihr Haar hochgesteckt, wohl in erster Linie, um sich selbst mental in den Griff zu bekommen. Sie war zu einem Termin mit Gustav Frövik unterwegs, dem Psychologen, der bei der gerichtspsychiatrischen Untersuchung von Lukas Bengtsson hinzugezogen worden war. Am Telefon hatte sie gesagt, sie sei als Polizistin an den Ermittlungen bezüglich des Bombenattentats auf die Familie Brovall beteiligt gewesen. Sie wolle sich mit ihm treffen, um ein paar ergänzende Informationen zu erhalten.

Nicht die ganze Wahrheit.

Als sie Fröviks Privatklinik betrat, wurde sie von einer älteren Dame empfangen, die ihr lächelnd die Tür aufhielt. Im Raum dahinter erhob sich ein großer Mann in hellgrauem Anzug hinter einem großen, breiten Schreibtisch.

»Olivia Rönning?«

»Ja.«

»Willkommen.«

Olivia trat ein, und Frövik zeigte auf den Stuhl auf der anderen Seite des Tisches.

»Setzen Sie sich doch.«

Olivia setzte sich auf den angebotenen Stuhl, doch auf einmal fühlte sie sich unsicher und bereute, dass sie hergekommen war. Der Fall war schließlich abgeschlossen. Jetzt saß sie vor dem gelassen wirkenden älteren Mann mit freundlichen Augen und musste das Gespräch zu Ende bringen.

»Wie ich schon am Telefon gesagt habe, darf ich auf Details nicht eingehen«, sagte Frövik.

»Das verstehe ich. Ich frage mich nur, woran Lukas eigentlich leidet. Ich habe ihn vor dem Prozess ein paarmal getroffen, und da kam er mir ganz normal vor. Wie lautet denn die genaue Diagnose?«

»Man nennt das eine dissoziative Identitätsstörung.«

»Und was heißt das?«

»Früher hat man diese Erkrankung als Multiple Persönlichkeit bezeichnet. Sie bewirkt, dass sich Teile der Persönlichkeit voneinander lösen.«

»Eine Art Schizophrenie?«

»Nein, es ist keine Schizophrenie. Aber Sie haben nicht Unrecht; manchmal wird die dissoziative Identitätsstörung fälschlicherweise damit verwechselt. Die betroffene Person erlebt den Zustand so, als würde jemand anderes die Kontrolle über ihren Körper übernehmen, oder als würde man vom eigenen Körper oder der Umgebung abgekoppelt.«

»Man ist sich nicht richtig bewusst, was man tut?«

»So kann man es ausdrücken.«

»Wenn Lukas also die Tat leugnet, dann sagt er aus seiner Sicht durchaus die Wahrheit? Er ist sich gar nicht bewusst, was er getan hat? Ein anderer in ihm hat die Tat begangen? Könnte es so sein?«

»Ja. So tragisch könnte es sein. Wenn er nicht einfach lügt.«

»Glauben Sie, dass er lügt?«

»Nein.«

»Wie bekommt man so eine Krankheit?«

»Ungefähr neunzig Prozent der Betroffenen hatten in ihrer Kindheit traumatische Erlebnisse wie Misshandlung oder sexuellen Missbrauch. Dissoziation ist ein Schutzmechanismus des Körpers und der Psyche, sich von derartigen Ereignissen zu distanzieren, um die Angst zu verringern.«

»Kann man davon geheilt werden?«

»Es gibt Behandlungen, die helfen, oft ist es eine Psychotherapie, die auf die Bearbeitung des Traumas ausgerichtet ist.«

»Wird Lukas eine solche Behandlung bekommen?«

»Das weiß ich nicht. Das entscheidet die Anstalt, in der er sitzt.«

Olivia nickte und blickte auf den Tisch hinunter. Frövik betrachtete sie.

»Sie wirken sehr persönlich engagiert.«

»Ich mache mir etwas aus Lukas, also, wer er war, er ist so verblüffend. Ich habe Texte gelesen, die er geschrieben hat, sehr poetische Texte, und es fällt mir so schwer, die Bilder in Einklang zu bringen.«

»Welche Bilder?«

»Das Bild eines Menschen, der ein brutales Bombenattentat in Szene setzt, mit dem des Menschen, den ich kennengelernt habe. Es passt einfach nicht zusammen.«

»Was natürlich mit seiner Krankheit zu tun hat. Die Erkrankung an einer dissoziativen Identitätsstörung ist oft auch eine große Tragödie für Angehörige und Freunde, da sie in Schüben verläuft und sich über lange Zeiträume gar nicht äußert.«

»Er malt absolut irre Bilder.«

»Das kann ich mir vorstellen. Viele große Künstler haben ähnliche psychische Probleme gehabt, Hill und Josephson zum Beispiel, Erlend Cullberg. Wenn man einen Schub hat, kommt man in gewisser Weise mit der unterbewussten Fantasiewelt in Kontakt, wie es normalerweise gar nicht möglich ist. Aber darf ich fragen, der Fall ist doch abgeschlossen, oder nicht, und soweit ich weiß, wird er nicht in Berufung gehen?«

»Vermutlich nicht.«

»Also geht es in Ihrem Besuch hier eigentlich um Sie selbst? Um Ihre Gedanken über Lukas?«

Olivia fühlte sich einerseits ertappt, andererseits schämte sie sich vor diesem freundlichen Mann überhaupt nicht für ihr Bedürfnis, mehr über Lukas' Erkrankung in Erfahrung zu bringen.

»Ja, eigentlich schon«, sagte sie. »Auch Polizisten müssen ihre Erlebnisse aufarbeiten.«

»Das verstehe ich, und Sie sind immer willkommen, wenn Sie meinen, ich kann Ihnen dabei helfen. Leider habe ich nicht viele Möglichkeiten, um Lukas Bengtsson zu helfen.«

Ich auch nicht, dachte Olivia, als sie das Gebäude verließ. Lukas litt an einer schweren psychischen Krankheit, die er nicht kontrollieren konnte, das musste sie einfach akzeptieren. Er hatte zwei Gesichter. ›Mitten in der Bedeutungslosigkeit kommt ein Speer aus Zeit vorbei.‹ Sie dachte an den Satz aus *Wundbrand* und sah Lukas' Augen vor sich, die Augen aus dem Portrait in seinem Buch. Wie war er der geworden, der er war? Was war ihm zugestoßen?

Darauf hatte sie noch immer keine Antwort.

Genauso wenig wie auf das, was sie am allerdringendsten wissen wollte.

War er wirklich schuldig?

*

Lisa hatte inzwischen in Bezug auf Magnus Larsson eine Entscheidung getroffen. Sie könnte ihn öffentlich an den Pranger stellen, dann stünde Aussage gegen Aussage. Mette hatte versprochen, sie, auch wenn sie diese Wahl traf, voll und ganz zu unterstützen. Aber Magnus hatte Frau und Kind, ihn als Vergewaltiger hinzustellen, würde auch seine Familie hart treffen. Das wollte sie vermeiden. Selbst wenn es wahr war. Für sie war das Wichtigste, dass Magnus, und nur Magnus, seine Strafe bekam. Er war der Täter. Sie hatte sich mit Mette in einem Straßencafé am Sankt Eriksplan verabredet, sie wollte das Gespräch nicht im Polizeigebäude führen.

Es war kurz nach zwei Uhr, als sie sich hinsetzten und bestellten, Lisa ein Glas Saft und Mette eine Tasse Kaffee und ein Stück Torte. Sie hatte in letzter Zeit angefangen, sich ab und an etwas zu gönnen, vielleicht ein stiller Protest gegen ihr neues Leben.

Lisa stellte ihr Glas ab.

»Ich will das mit Magnus nicht öffentlich machen«, fing sie an.

»Gut. Dann kümmere ich mich darum.«

Das war's.

Lisa hatte völlig überflüssigerweise einige Argumente vorbereitet, um sich zu rechtfertigen. Mette lächelte sie an und schob sich einen Bissen Torte in den Mund.

»Es wird mir eine wahre Freude sein«, sagte sie.

»Aber intern wird es trotzdem die Runde machen?«

»Vielleicht, vielleicht auch nicht. Ich weiß noch nicht genau, wie ich vorgehen werde, aber du wirst damit nichts zu tun haben. Das hat oberste Priorität. Ich habe schon mit Magnus gesprochen und ihn vorbereitet, momentan hat er wohl vor allem Angst, du könntest die andere Alternative wählen.«

»Was hast du ihm erzählt?«, fragte Lisa beunruhigt.

»Das, was du erzählt hast.«

»Hat er es bestritten?«

»Er hat nichts gesagt, er war total erschrocken.«

Mette legte eine Hand auf Lisas Arm, um ihr zu zeigen, dass alles gut gehen würde, dass es bald vorbei war und dass Lisa die richtige Entscheidung getroffen hatte.

Dann ging sie dazu über, von einer demnächst anstehenden Gartenreise nach England zu berichten.

»Interessierst du dich für Pflanzen?«, fragte Lisa.

»Kein bisschen.«

Eine Stunde später hatte Mette einen Termin mit dem Polizeipräsidenten in seinem Büro in der NOA. Sie hatten viele Jahre lang in vielen unterschiedlichen Positionen zusammengearbeitet, und ihr gegenseitiger Respekt war tief verwurzelt. Es dauerte nur wenige Minuten, bis Mette ihr Anliegen dargelegt hatte, und nicht sehr viel länger, bis der Polizeipräsident eine Entscheidung getroffen hatte. Er war von dem, was er gehört hatte, in etwa genauso angewidert wie Mette und sah darüber hinaus sofort, wie wichtig es war, dass nichts davon nach außen drang. Die Polizei konnte sich definitiv keine neuen Sexskandale leisten, vor allem nicht in diesen Zeiten.

»Ich werde mich persönlich um Magnus Larsson kümmern«, sagte er.

»Gut.«

Wie genau sich der Polizeipräsident um Magnus Larsson kümmern würde, war Mette nicht wichtig, sie wusste nur, dass es Konsequenzen für ihn haben würde. Vermutlich würde er aus der Organisation verschwinden oder an einen unbekannten Ort versetzt.

Als sie das Polizeigebäude verließ, tat sie das zum ersten Mal seit ihrer Pensionierung merklich leichten Schrittes. Jetzt musste sie nur noch Tom wieder auf die Beine bekommen und vielleicht kurz vor der Gartenreise von einer schweren Grippe heimgesucht werden.

In Wanssingi gab es ein paar größere lehmige Straßen und sehr viel mehr kleinere, noch lehmigere Sträßchen und Gassen. Die Häuser waren aus Bambus oder Holzplanken, Steinhäuser hatten Seltenheitswert. Die größere Straße, an der Stilton abgesetzt wurde, wimmelte vor Dorfbewohnern, viele knatterten auf halb verrosteten Mopeds vorbei, andere zogen Karren mit Obst, einige saßen einfach am Straßenrand und glotzten. Ausländer sah er fast keine. Er bezahlte sein Tuk Tuk, und der Fahrer fragte, ob er warten solle, falls Stilton später zurück zur Bushaltestelle gefahren werden wolle. Das wollte er nicht, und so zog der enttäuschte Fahrer mit seinem Fahrzeug davon und überfuhr beinahe ein zu Tode erschrockenes Federvieh, das im selben Augenblick über die Straße rannte.

Stilton sah sich um, er brauchte etwas zu trinken. Wasser. Der Durst plagte ihn schon seit einigen Stunden, die Hitze und der Durst. Er zog seine Stoffjacke aus und schob sich in der Menschenmenge auf dem schmalen Gehweg voran. Ein Stück weiter vorne entdeckte er ein paar Stühle und Tische, die zu einem Straßencafé zu gehören schienen. Als er dort ankam, setzte er sich an einen kleinen runden Tisch. Am Nebentisch saß eine ältere Frau und häkelte, sie hatte ein halb aufgegessenes Gericht vor sich stehen. Stilton wartete ein paar Minuten, bevor er sich an die Frau wandte.

»Entschuldigen Sie, wird man hier bedient, oder geht man zum Bestellen rein?«

Die Frau schüttelte kurz den Kopf: eine ziemlich schwer zu

deutende Antwort. Vielleicht konnte sie kein Englisch, was wahrscheinlich war, oder sie wollte nicht antworten. Als Stilton gerade aufstehen wollte, kam ein Mann mittleren Alters aus einer Tür. Er ging ein paar Schritte auf Stilton zu und sagte in leicht gebrochenem Englisch:

»Was möchten Sie haben?«

»Gerne etwas kaltes Wasser und eine Speisekarte, falls es hier etwas zu Essen gibt.«

Der Mann drehte sich um und fischte eine Speisekarte aus einer kleinen Box an der Wand.

Stilton nahm sie entgegen, und der Mann verschwand nach drinnen. Hoffentlich, um Wasser zu holen. Stilton betrachtete die Speisekarte. Sie war natürlich auf Thai, aber er hatte eine gewisse Erfahrung mit Suzys Speisekarten und konnte sich einigermaßen orientieren. Er entschied sich für ein thailändisches Omelett mit einigen ihm unbekannten Zutaten.

Als der Mann mit einer Flasche Wasser und einem Glas herauskam, bestellte Stilton sein Omelett.

»Gute Wahl«, sagte der Mann und ging wieder hinein.

Stilton schenkte sich ein Glas Wasser ein und trank es in einem Zug. Es war kalt und tat gut. Er lehnte sich zurück, gerade so weit, um nicht mit dem wackeligen Stuhl umzukippen, und beobachtete die häkelnde Frau. Sie wirkte so gelassen. Wie lautet wohl ihre Geschichte?, dachte Stilton, wie er es oft tat, wenn er fremde Menschen betrachtete. Hat sie auch das Foto eines unbekannten Mannes in ihrem Kleid versteckt? Oder häkelt sie einen Pullover für ein Enkelkind? Vermutlich ist sie in dieser Gegend geboren und vermutlich nicht sehr viel gereist, dachte er voller Vorurteile, bis sie sich zu ihm umdrehte und sagte:

»Bangkok ist nichts für mich.«

Ihr Englisch war gut, aber deshalb zuckte Stilton nicht zusammen. War sie Hellseherin? Oder sah er nur einfach so aus, als käme er gerade aus Bangkok?

»Haben Sie dort gewohnt?«, fragte Stilton.

»Ja, viele Jahre lang. Ich habe Schmuck an Touristen verkauft. Damals war ich jung und neugierig, jetzt weiß ich, was ich wissen muss. Bangkok ist nichts für mich.«

»Sie sind wieder hierhergezogen?«

»Ja.«

»Und fühlen sich hier wohl?«

»Man fühlt sich dort wohl, wo man zu Hause ist.«

Eine Antwort, die Stilton kurz ins Grübeln brachte. Wo war er zu Hause? Wo fühlte er sich wohl? Im Moment fühlte er sich ziemlich wohl dabei, hier mit kaltem Wasser in der Sonne zu sitzen und mit einer offensichtlich klugen Frau zu reden. Aber zu Hause? Zu Hause war er nicht.

Der Kellner kam mit dem versprochenen Omelett und stellte es vor Stilton hin. Es sah ausgesprochen verführerisch aus.

»Danke«, sagte er.

»Stört sie Sie?«

Der Mann nickte zu der alten Frau hinüber.

»Nein? Warum sollte sie?«

»Gut.«

Der Mann verschwand wieder nach drinnen. Stilton sah die alte Frau an.

»Warum hat er das gesagt?«

»Er denkt, er betreibt ein Fünfsternelokal, was dieser Laden hier ja ganz offensichtlich nicht ist. Er ist ein Träumer und ein Hypochonder.«

»Woher wissen Sie das?«

»Er ist mein Sohn.«

Stilton ließ diese Information sacken, während er einen Bissen von dem Omelett nahm. Es schmeckte genauso gut, wie es aussah. Er spülte es mit einem großen Schluck Wasser hinunter und sah die Frau an, die weiterhäkelte.

»Wovon lebt man in dieser Gegend?«, fragte er etwas aufs Geratewohl.

»Opium und Tiere.«

Ohne von ihrer Häkelarbeit aufzusehen, redete sie im selben Tonfall, in dem sie ihren Sohn kommentiert hatte.

»Tiere?«

»Vom Aussterben bedrohte Tiere. Schuppentiere. Hier wird eifrig Jagd auf sie gemacht, sie bringen jede Menge Geld unten in Chiang Rai. Zum Schluss landen sie in Restaurants in Shanghai, leider. Aber Opium bringt mehr.«

Das wusste Stilton, aber er hakte nach.

»Wird hier viel angebaut?«

»Überall, ein Stück weiter oben in den Bergen.«

»Keine gute Sache«, entfuhr es Stilton.

»Das ist leicht gesagt für jemanden wie Sie.«

Die Frau hörte plötzlich auf zu häkeln und sah Stilton an. Ihre dunkle Iris schien sich direkt in seine zu bohren, und in diesem Blick lag das Gewicht von unzähligen Erfahrungen.

»Was wissen Sie über die Verhältnisse hier oben?«, fragte sie.

»Nicht sehr viel.«

»Nein.«

»Aber es kann doch wohl nie gut sein, Opium anzubauen, wenn man die Konsequenzen bedenkt?«, hakte Stilton nach, obwohl er spürte, dass er bereits in der Defensive war.

Die Frau hielt den Blick fest auf Stilton gerichtet.

»Die Leute hier haben zwei Möglichkeiten«, sagte sie. »Die

eine ist, etwas anzubauen, für das sie kein Geld bekommen, was bedeutet, dass sie hungern, dass ihre Kinder hungern und sie gezwungen sind, ihre Söhne an Schmuggler zu verkaufen, während die Töchter als Prostituierte in Bangkok landen. Die andere ist, Opium anzubauen. Das bringt Geld, sie können überleben, ihre Kinder bekommen genug Essen. Die Konsequenzen? Die wiegen leicht. Wie war das Omelett?«

Bevor Stilton antworten konnte, hatte die Frau ihre Häkelarbeit wieder aufgenommen, und ihm dämmerte, dass sie kein sonderliches Interesse an einer Antwort von ihm hatte.

»Es war sehr gut«, sagte er trotzdem.

»Wie schön. Das werde ich meinem Sohn ausrichten, er ist mit so wenig zufrieden. Was machen Sie hier?«

Die Frage kam, als Stilton gerade seinen Teller wegschob. Er dachte nach, bevor er antwortete.

»Ich suche nach einem Flussdampfer. *Contamana*. Haben Sie den Namen mal gehört?«

»Nein.«

»Wissen Sie jemanden, der den Kahn kennen könnte?«

Die Frau ließ ihre Häkelarbeit sinken und sah Stilton erneut an, mit einem deutlich skeptischeren Blick.

»Leute, die in diesem Ort Fragen stellen, besonders Leute aus Bangkok, bekommen selten Antworten. Zumindest nicht die, die sie haben wollen. Wenn Sie etwas wissen wollen, müssen Sie etwas zu bieten haben.«

»Und was? Geld?«

»Nein.«

Die Frau stand plötzlich auf, stopfte ihre Häkelarbeit in einen kleinen Bastkorb und ging davon.

Sie wandte sich nicht um.

Stilton verließ das Lokal, nachdem er dem Sohn reichlich Trinkgeld gegeben hatte, er war schließlich Hypochonder. Die häkelnde Frau hatte ihm ein paar Dinge klargemacht. Hier bekam man nicht einfach so Antworten, und wenn man welche haben wollte, erforderte das eine Gegenleistung. Völlig logisch, so funktionierte es auch in den Milieus, in denen Stilton Erfahrung hatte. Nicht zuletzt im Umgang mit dem Nerz, dem hitzköpfigen Spitzel, der immer und überall seine Finger mit im Spiel hatte, und davon überzeugt war, dass auch die allerkleinste, noch so unerhebliche Information einen sehr hohen Preis wert war. Die Frage war nur, welche Währung hier galt. Stilton brauchte nicht sonderlich lange, um selbst auf die Antwort zu kommen.

Opium.

Drogen, genau wie in Stockholm. Allerdings lösten dort meist andere Substanzen die Zunge.

Er tat also das, was er für zielführend hielt.

Er schlenderte durch die Gegend.

Zuerst in den größeren Straßen, dann in etwas kleineren. Es verging nicht viel Zeit, bis er Blicke auf sich zog. Ein weißer Fremder ohne Gepäck, der planlos durch die Straßen lief, war eine potentielle Beute. Der junge Mann, der dieses Urteil fällte, stand ein Stück weiter oben an einer Straßenecke. Er trug ein zerschlissenes grünes T-Shirt und weiße fleckige Jeans. Entweder würde es den Fremden in Richtung seiner Ecke treiben, oder er musste selbst die Initiative ergreifen.

Das war nicht nötig.

Stilton hatte den jungen Mann gesehen und seinen Blick richtig gedeutet. Er signalisierte das, worauf Stilton aus war.

Einen Deal.

Er schlenderte zur Straßenecke. Die Männer sahen sich an.

Der junge Mann drehte sich um und ging in die Gasse hinter ihnen. Stilton folgte ihm. Ein paar magere braune Hunde streiften an einer Hauswand entlang, eine Wäscheleine voller Kinderkleidung hing quer über die Gasse, aus einem Fenster war jaulende Musik zu hören. Der junge Mann blieb an einer geschlossenen Tür stehen und wandte sich um. Als Stilton bei ihm ankam, hielt der junge Mann ihm eine alte Tabakdose hin. Er hob den Deckel. Die Dose war voll mit schwarzem, klebrigem Rohopium.

»Aus der ersten Ernte des Jahres«, sagte er mit leiser Stimme. »Topqualität, fühl mal, wie klebrig es ist.«

»Was kostet das?«

»Für dich, mein Freund, nur fünfhundert Bath.«

»Das kommt mir viel vor«, sagte Stilton.

Sie sahen einander in die Augen.

»Dreihundertfünfzig Bath«, sagte der junge Mann.

»Zweihundert.«

Der junge Mann zog eine Grimasse und zuckte kurz mit den Schultern, als würde er bei diesem Preis einen schmerzhaften Verlust machen. Eigentlich hätte er es ohne Weiteres für hundertfünfzig Bath verkauft. Aber zweihundert waren besser.

»Okay«, sagte er.

Stilton sah sich in der Gasse um, bevor er das Geld herauszog und die Dose kaufte. Der junge Mann verschwand blitzschnell durch die Tür ins Haus. Stilton steckte die Dose tief in seine Jackentasche und ging zurück zur größeren Straße. Jetzt war er auch noch Drogenkäufer.

Die Sache wurde immer besser.

Nun musste er nur noch ein Opiumhaus finden.

Er konnte ins Netz gehen und schauen, ob es irgendwelche Posts von Drogenfans gab, die mal in einem Opiumhaus in

Wanssingi gewesen waren, aber er hielt die Chance für recht gering. Aus verständlichen Gründen war er auch nicht besonders scharf darauf, sich durchzufragen, aber er ging davon aus, dass er in der näheren Umgebung ein solches Haus finden würde. Es war diese Art von Gegend. Also schlenderte er wieder herum, in noch miesere Viertel und engere Gassen, deren Bebauung hauptsächlich aus niedrigen, fensterlosen Bambushütten bestand. Nach einer Weile sah er ein Gebäude, das in etwas besserem Zustand war als die anderen, aus Holzplanken gebaut, mit einem Obergeschoss. Er blieb ein paar Meter davon entfernt stehen und lehnte sich gegen eine Straßenlaterne. Es war immer noch hell draußen. Glücklicherweise war es in der letzten Stunde bewölkt gewesen, sodass die Hitze erträglich war.

Stilton betrachtete das Holzgebäude. Er sah, wie ein paar Männer hineingingen und ein paar andere herauskamen. Opiumsüchtige? Er beschloss, sein Glück zu versuchen. Wenn er falschlag, musste er eben weiterziehen.

Er lag richtig.

Das spürte er bereits, als er die schmale Tür öffnete, der schwere Duft, der ihm entgegenschlug, war eindeutig. Er hatte zwar keine Erfahrung mit Opiumrauch, aber allein die Tatsache, dass er den Duft vor allem anderen wahrnahm, signalisierte, dass er am richtigen Ort war. Er kam zu einer dunklen, schmalen Treppe, stieg sie hinauf und blieb an einer Tür stehen, die breiter war als die am Eingang. Sie führte in einen großen, dunklen Raum. An den Wänden brannten kleine Lampen, und auf dem schmutzigen Fußboden standen ein paar brennende Kerzen. Als sich seine Augen an die Lichtverhältnisse gewöhnt hatten, sah er im Raum Männer sitzen und liegen, an den Wänden und mitten auf dem Boden. Manche lagen auf dünnen Matratzen, andere direkt im Dreck. Er ging ein paar Schritte hinein und merkte, dass niemand auf sein Kommen reagierte. Bei wem sollte er es probieren? Er entschied sich für einen Mann in einer dunklen Jacke, der mit einem Glas Wasser an der linken Wand saß. Stilton ging zu ihm, setzte sich neben ihn auf den Boden und nickte dem Mann zu. Der Mann sah Stilton ausdruckslos an.

»Hallo, ich heiße Tom.«

Stilton sprach so leise, als würde die Situation danach verlangen, aber vermutlich spielte es überhaupt keine Rolle, keine Köpfe drehten sich in seine Richtung, niemand schien sich seiner Anwesenheit bewusst zu sein. Alle waren ganz woanders, versunken in ihren schweren Räuschen.

»Dich hab ich hier noch nie gesehen«, sagte der Mann in holprigem Englisch.

»Ich bin zum ersten Mal hier.«

»Willst du mit Rauchen anfangen?«

Stilton registrierte, dass ein junger Mann den Raum betrat und sich an die gegenüberliegende Wand setzte, gleich neben der Tür.

»Nein, ich brauche ein paar Informationen«, sagte er.

»Und warum tauchst du dann hier auf?«

»Um frisches Opium anzubieten.«

Stilton öffnete die Tabakdose. Der Mann warf einen Blick auf den Inhalt, streckte zwei Finger aus und berührte prüfend die schwarze Masse. Der Test fiel zu seiner Zufriedenheit aus.

»Du kannst sie behalten«, sagte Stilton und hielt ihm die Dose hin.

Der Mann nahm die Dose, zog eine Zigarre aus der Jackentasche, schmierte sie mit der klebrigen Substanz ein, zündete sie an und nahm einen Zug. Die Opiumdämpfe vermischten sich mit dem Tabak, und Stilton schlug ein ziemlich ekelerregender, süßlicher Duft entgegen, ähnlich wie der vom Eingang. Er versuchte zu vermeiden, ihn einzuatmen, er war nicht besonders erpicht darauf, high zu werden.

»Ein paar Informationen, sagtest du?«

»Ja«, sagte Stilton. »Ich bin auf der Suche nach einem Schiff, *Contamana*, kennst du es?«

»Ja.«

»Wo finde ich es?«

»Es liegt ein Stück weiter oben, im Lat, einem Nebenfluss des Kok«, sagte der Mann.

»Ist das weit?«

»Mit dem Boot nicht. Hast du ein Boot?«

»Nein, ich dachte, ich miete mir hier eins.«

Der Mann nahm wieder einen Zug, und Stilton sah, wie seine Augen trüb wurden. Er musste sich beeilen, bevor der Mann ganz verschwand.

»Wem gehört die *Contamana*?«, fragte er.

»Decha.«

»Thailänder?«

»Nein, er ist Europäer, aber er nennt sich so.«

Stilton holte Veronicas Bild heraus, er hatte es in eine kleine Plastikhülle gesteckt.

»Ist das Decha?«

Der Mann warf einen Blick auf den mageren jungen Mann an der Tür, bevor er antwortete.

»Keine Ahnung, ich weiß nicht, wie er aussieht. Willst du zur *Contamana* rausfahren?«

»Ja.«

Der Mann schüttelte kurz den Kopf und nahm einen neuen Zug von der Zigarre.

»Was ist?«, fragte Stilton.

»Das ist keine besonders gesunde Gegend für Fremde.«

»Wegen des Opiumhandels?«

»Auch.«

Der Mann war dabei, vollkommen wegzutreten, also stand Stilton auf.

»Denk daran, was ich über die Gegend da oben gesagt habe«, sagte der Mann und schloss die Augen mit einem leichten Lächeln. *»No country for old men.«*

Stilton wandte sich um und sah, dass der Magere an der Tür verschwunden war.

Stilton verließ das Haus, er spürte, dass er einiges an Dämpfen abbekommen hatte, sein Gang war nicht sonderlich stabil. Er blieb mitten in der Gasse stehen und atmete tief durch. Es hatte kräftig zu regnen begonnen. Schwerer, tropischer Regen.

Der Mann mit der Zigarre hatte ihn nicht gerade zu einem Besuch auf dem Schiff ermutigt. War es in Opiumschmuggel verwickelt? War der Mann auf dem Foto in Opiumschmuggel verwickelt? War er dieser Decha?

Neue Fragen.

Aber er hatte immerhin einen Namen für eine Dose klebriges Rohopium bekommen. Einen Namen und auch eine Erklärung für das Wort, das auf der Rückseite von Veronicas Foto stand. *›Contamana‹*. Sollte er sie anrufen und Bericht erstatten? Er begann in Richtung der großen Straße zu gehen, die in einiger Entfernung zum Hafen führte, und holte sein Handy heraus. Ziemlich viele verpasste Anrufe von Luna. Vielleicht war es Zeit, sich mal zu melden.

Er rief sie an.

Luna nahm sofort ab.

»Hallo! Wo bist du?! Ich hab versucht …«

»Ich bin oben in den Bergen, ein Stück nördlich von Chiang Rai.«

Er biss die Zähne zusammen und wartete auf ihre Reaktion.

»Chiang Rai?«

»Ja. Ich hab vielleicht den Mann auf dem Foto aufgespürt, es kann sein, dass er auf einem Binnenschiff hier in der Nähe ist.«

»Okay?«

Ein paar Sekunden lang war es still, und in der Stille sah Stilton zwei dunkle Autos in seine Straße einbiegen und die Ausfahrt zu der größeren Straße blockieren.

»Wie lange bleibst du denn noch da oben?«, fragte Luna.

»Das weiß ich nicht.«

Und angesichts der vier Männer, die vor ihm aus den Autos stiegen, zwei davon mit kurzen, schwarzen Maschinengewehren in der Hand, war das wohl die passende Antwort. Vor allem, als der magere junge Mann aus dem Opiumhaus hinter den Männern auftauchte.

»Ich melde mich«, sagte er.

»Aber kannst du nicht …«

Stilton legte auf. Die vier waren Thailänder, aber von einer etwas anderen Sorte als der Träumer und Hypochonder. Diese hier würden wohl kaum Omeletts servieren. Stilton blickte sich um und beurteilte die Situation. Er konnte in die andere Richtung rennen, was im schlimmsten Fall nach ein paar Sekunden mit einem Loch im Rücken enden würde. Also ging er stattdessen ein paar Schritte auf die vier zu.

»Steig ein.«

Einer der bewaffneten Männer erteilte die Anweisung ziemlich ruhig und zeigte auf eins der Autos.

Stilton stieg wie befohlen in das Auto ein und verfluchte sich selbst, dass er keinerlei Waffen mitgenommen hatte. Wenigstens eine Pistole. Im besten Fall hätte er eine ordentliche Schießerei in der Gasse anzetteln und mit der Waffe in der Hand sterben können. Eine Sekunde später war er allerdings schon wieder dankbar dafür, dass er unbewaffnet war. Unter dem Einfluss der Opiumdämpfe hätte er vielleicht wirklich um sich geballert.

»Worum geht es hier?«, fragte er den Mann, der sich hinters Steuer setzte.

Er rechnete nicht mit einer Antwort und bekam auch keine.

Die Autos fuhren auf den Ortsrand von Wanssingi zu. Während der ganzen kurzen Fahrt durch regennasse Slums ging Stilton alternative Szenarien durch. Drogenpolizei? Das wahrscheinlichste Szenario war, dass der magere Mann aus dem Opiumhaus ihn angezeigt hatte. Ausländer, die sich mit Opium befassen, liegen bei der thailändischen Polizei ganz oben auf der Interessenskala. Es ist immer ein Fleißkärtchen wert, einen Farang einzulochen.

Wie kam er da bloß wieder raus?

Szenario Nummer zwei, und Stiltons Einschätzung nach deutlich unangenehmer, war, dass es sich bei den Männern im Auto nicht um Polizisten handelte, sondern um das Gegenteil.

Kriminelle.

Opiumschmuggler.

Die aufgrund seiner Fragerei über das Schiff und seinen Besitzer neugierig geworden waren.

Die Autos bogen plötzlich in ein hohes offenes Tor ein und fuhren durch eine kleine Allee weiter zu einem großen Steinhaus. Stilton stellte fest, dass es am Tor keine Überwachungskameras gab.

Das Haus war beeindruckend, mit Säulen am Eingang und vergoldeten Tigern an der Treppe. Drogenpolizei? Wohl kaum, dachte Stilton, und ihm wurde klar, dass es sich wahrscheinlich um Szenario Nummer zwei handelte.

Die Autos hielten vor der Treppe an, und einer der Männer öffnete Stilton die Tür. Er stieg aus. Der Mann, der die Tür geöffnet hatte, ging vor ihm die Treppe hinauf, und Stilton verstand durch die Gesten der anderen Männer, dass er ihm folgen sollte. Die große hölzerne Flügeltür schwang auf, noch bevor sie sie erreicht hatten, und der Mann, der vorweg ging, blieb stehen.

»Geh rein«, sagte er.

Stilton zuckte leicht mit den Schultern, wie um zu zeigen, dass er die Ruhe selbst war, was so weit von seiner wahren Verfassung entfernt war, wie es nur ging. Er ging durch die Tür hinein und wurde von einem neuen Thailänder empfangen, mit weniger verräterischer Physis als die Männer draußen, aber komplett ausdruckslosem Gesicht.

»Hier lang«, sagte er.

Der Mann ging los, und Stilton folgte ihm. Er registrierte die Einrichtung in dem riesigen Flur, eine Art Mischmasch aus großen Holzskulpturen, Jagdwaffen und ausgestopften Tierköpfen an den Wänden. Wie irgendein durchschnittliches englisches Herrenhaus, dachte er.

»Hier rein.«

Der roboterartige Mann ging weiter durch ein paar gigantische Räume von ähnlichem Charakter, bevor er stehen blieb und einen Arm auf eine offene Tür richtete. Stilton blieb ebenfalls stehen und zögerte. Warum, wusste er selbst nicht so recht, er hatte ja nicht wirklich eine Wahl.

Er holte Luft, trat durch die Tür und war außerordentlich überrascht. Dieser Raum passte gar nicht zu dem, was er bisher von dem Haus gesehen hatte. Alle anderen Räume waren auf einer Linie mit den Säulen und den vergoldeten Tigern eingerichtet, oder besser vollgestopft, gewesen. Dieser Raum hier war fensterlos und vollkommen leer, abgesehen von einem gigantischen Aquarium auf einem Podest in der Mitte. Stilton betrachtete das Aquarium. Auf seinem Grund lag das Skelett eines großen Tieres, was für eines, konnte er nicht erkennen, vielleicht ein Tiger. Fische gab es keine. Er sah sich im Raum um, von der Decke schien ein einziger kräftiger Scheinwerfer geradewegs auf das Aquarium, die restliche Beleuchtung kam von einer Vielzahl kleiner Spotlights, die in den Holzboden eingelassen waren und ihre Lichtkegel zur hohen Decke hinaufschickten. Stilton trat ein paar Schritte auf das Aquarium zu, als er das Geräusch hörte. Es kam aus einer dunklen Ecke im Saal. Er blickte hinüber.

Den Anblick würde er vermutlich nie vergessen.

In der Ecke stand ein monströses schwarzes vierbeiniges Tier. Die Kette, die es an der Wand zurückhielt, war dick wie ein Unterarm. Stilton starrte das Tier an. Er wusste nicht, was es für eine Kreatur war, es sah aus, als hätten die Gene von sämtlichen Kampfhunden der Welt diesen angeschwollenen Körper geschaffen, garniert mit einem Schuss tollwütiger Hyäne. Das Tier sabberte ununterbrochen und gab einen leisen, knurrenden Laut von sich.

»Er heißt Khun Sa.«

Stilton fuhr herum.

»Nach meinem Vater.«

Hinter Stilton war ein Mann durch die Tür getreten. Er trug einen maßgeschneiderten Anzug, genau wie bei Abbas umschmeichelte der Stoff den Körper des Mannes elegant. Das Sakko war dunkel, mit eingestreuten Goldfäden, die Hose war vollkommen schwarz, ein mattgrünes Hemd stand am Hals offen. An der Spitze seines Kinns trug er ein Bartfleckchen.

»Und wer war Khun Sa?«, fragte Stilton.

Auch wenn er sich keine Familienchronik erwartete, musste er doch Zeit gewinnen. Den Raum, in dem er sich befand, wollte er so schnell wie möglich wieder verlassen.

»Er war Opiumbaron.«

Der Mann hatte eine sehr weiche, fast feminine Stimme, die einen ziemlich starken Kontrast zu der Umgebung bildete, in der sie sich aufhielten. Doch abgesehen von der Stimme bekräftigte die Antwort des Mannes das, was Stilton befürchtet hatte.

Er war am falschen Ort.

»Mögen Sie Reisschnaps?«, fragte der Mann.

»Das ist wohl nie verkehrt.«

Der Mann lächelte und ging zu dem riesigen Aquarium. Er nahm eine lange Metallstange, holte ein kleines Glas vom Rand, befestigte es an der Stange und tauchte es in das Aquarium mit dem Tierskelett. Vorsichtig füllte er das Glas mit der Flüssigkeit aus dem Aquarium und hob es wieder heraus.

»Wir versuchen zu vermeiden, uns die Finger nass zu machen.« Lächelnd schwenkte er den Stab mit dem Glas zu Stilton. »Bitte schön.«

Zwei Möglichkeiten, dachte Stilton. Entweder, ich nehme das Glas und scheiße auf dieses Tierskelett, oder ich lehne ab.

»Vielen Dank, aber ich verzichte«, sagte er.

»Wie schade.«

Stilton hatte die Bewegung nicht wahrgenommen, als ihm der Reisschnaps bereits ins Gesicht und die Augen schwappte. Es brannte heftig, und die Bestie in der Ecke zerrte an ihrer Kette. Stilton war einen Reflex in seinem Rückenmark weit davon entfernt, dem Mann eine Kopfnuss zu verpassen, aber er hielt sich zurück, denn damit würde er seine Überlebenschance wohl kaum erhöhen.

Der Mann senkte die Stange mit dem Glas.

»Unhöflich«, sagte er mit derselben weichen Stimme.

Stilton wischte sich mit dem Arm übers Gesicht und begriff die Bedingungen. Das hier war erst der Anfang. Er ging also direkt zur Sache.

»Was wollt ihr von mir? Ich heiße Tom Stilton. Ich bin als Tourist hier und suche nach einem Binnenschiff, auf dem ein Verwandter von mir arbeitet.«

»Ein Opiumverwandter?«

»Nein. Was meinen Sie damit?«

»Ich heiße Jhang Sa.«

Jhang ging wieder zum Aquarium, wechselte das Glas und füllte ein neues mit der Flüssigkeit. Er löste das Glas von der Stange und kehrte zu Stilton zurück.

»Mein Vater hat hier ein Imperium aufgebaut«, sagte er. »Einen funktionierenden Opiumhandel, der das goldene Dreieck dominierte. Sie kennen es?«

»Ja.«

»Ich habe sein Erbe verwaltet.«

Jhang nippte am Reisschnaps.

»Einer der Schlüssel zum Erfolg meines Vaters, und zu meinem, war Weitblick. Immer einen Schritt voraus zu sein. Immer alles zu eliminieren, was den Betrieb stören könnte. Es kam darauf an, potentielle Bedrohungen zu beseitigen. Bauern, die auf die Idee kamen, Informationen an die Polizei zu verkaufen, oder Glieder in der Kette, die sich nebenbei bereichern wollten. Er hatte all das eisern unter Kontrolle. Eine ziemliche Herausforderung.«

Jhang leerte das kleine Glas.

»Aber das absolut Wichtigste war, Informanten unter Kontrolle zu halten. Personen, die sich einschleichen, sich Wissen über Transportketten und Verladeplätze verschaffen und dann Behörden bis hin zur internationalen Drogenpolizei darüber informieren. So etwas macht ordentlich Probleme. Das wusste mein Vater, und das weiß ich.«

Jhang zog nachdenklich an seinem Bärtchen am Kinn und lächelte.

Und warum steht er hier und erzählt mir das?, dachte Stilton und kam in derselben Sekunde auf die Antwort. Weil ich diesen Ort nicht verlassen werde. Zumindest nicht lebend.

Jhang ging mit seinem Glas zurück zum Aquarium. Stilton hatte das Bild nun klar vor Augen. Er war ein potentieller Informant. Seine Fragen nach dem Binnenschiff und Decha waren den falschen Ohren zu Gehör gekommen.

Jhangs.

Hatte er Interesse an der *Contamana*?

»Ich bin kein Informant«, versuchte Stilton zu retten, was zu retten war.

»Was sind Sie dann?«

»Was ich gesagt habe.«

»Und wie kann ich das wissen? Ein Tourist? Der Opium kauft, um Abhängige über Dinge auszufragen, die er sonst nicht erfahren kann? Mein Freund …«

Jhang breitete die Arme ein wenig aus und lächelte.

»Sie trinken nicht einmal Reisschnaps.«

»Nicht Ihren.«

Stilton wusste, dass diese Antwort unnötig war, aber sie rutschte ihm heraus und ließ Jhangs Lächeln verschwinden.

»Woher kommen Sie?«, fragte Jhang.

»Schweden.«

Die Information brauchte ein paar Sekunden, um einzusickern, man merkte es an Jhangs Reaktion. In seinen Augen war ganz kurz so was wie Neugier aufgeblitzt.

»Ein tüchtiges Land«, sagte er schließlich bedächtig.

Ein Urteil, das für Stilton etwas schwer zu deuten war. Tüchtig auf was für eine Art?

»Meine Schwester war einmal in Stockholm«, fuhr Jhang fort. »Sie sagte, es sei eine schöne Stadt.«

»Das stimmt.«

»Am Abend, bevor sie nach Hause fliegen sollte, wurde sie in einem Parkhaus vergewaltigt. Sind Sie schon mal vergewaltigt worden?«

»Nein«, sagte Stilton.

»Scheußliche Sache, hier oben wird das oft als Bestrafung verwendet. Oder um die falschen Leute verschwinden zu lassen.«

Jhang lächelte wieder und ging langsam zur Tür, die immer noch offen stand. Als er dort ankam, wandte er sich zu Stilton um.

»Khun Sa hat eine sehr stabile Leine«, sagte er, »eine Kette, für deren Herstellung der Schmied mehrere Tage gebraucht hat. Sie ist in einer Dose an der Wand befestigt. Wenn ich auf meine kleine Fernbedienung drücke, wird die Kette gelöst.«

Jhang verschwand durch die Tür, die sich sofort wieder schloss. Stilton sah das Aquarium an, aber vor allem beobachtete er das Tier in der Ecke. Es stand vollkommen still, nur der Oberkörper wiegte sich hin und her. Sein Blick war auf ein einziges Ziel gerichtet.

Ihn.

Die Diode an der kleinen Dose am Ende der Kette leuchtete rot. Was würde passieren, wenn sie plötzlich grün wurde? Stilton rannte zur Tür. Sie war verschlossen. Natürlich. Er fuhr herum und versuchte, ruhig zu bleiben. Er war mit einer sabbernden Bestie und einem Aquarium voller Schnaps mit Skelettaroma eingeschlossen. Wenn er hier lebend wieder rauskam, würde er Veronicas Rechnung mit gewaltig vielen Nullen salzen. Er sah, dass die Diode immer noch rot leuchtete, und fühlte in seine Jackentasche, in der er das Handy hatte. Was sollte er damit? Luna anrufen? Erneut starrte er die rote Diode an. Vergewaltigung? Was hatte dieser Schleimbeutel damit andeuten wollen? Er spürte, wie der Schweiß ihm den Hals runterlief, und zog die Stoffjacke aus. Keine Fenster, keine andere Tür.

Plötzlich erloschen alle Lichter im Raum.

Das Einzige, was man in der Dunkelheit noch sehen konnte, waren zwei gelbe Punkte hinten an der anderen Wand, die Augen des Untiers, und gleich dahinter die rote Diode. Stilton tastete sich zur Tür vor, so weit von den gelben Augen entfernt wie möglich. Er legte das Ohr an die Holzplanken und versuchte, nach draußen zu horchen. Es war still. Was ging hier vor? War Jhang draußen und rekrutierte Vergewaltiger? Er fühlte in seinen Hosentaschen und fand sein kleines Schweizer Taschenmesser. Als Waffe gegen Khun Sa war es völlig wertlos, er würde die Bestie kaum anritzen können, bevor er zu Hundefutter wurde. Das Türschloss? Vielleicht konnte er es damit irgendwie aufkriegen? Mangels Alternativen war es einen Versuch wert. Er fingerte sich an den Planken entlang nach unten und fand die große Metallklinke. Etwas weiter unten das Schlüsselloch. Er klappte eines der kleinen Messer heraus, steckte es in das Schloss und begann aufs Geratewohl daran herumzudrehen. Besonders leise war er nicht, aber das war ihm egal. Der Schweiß, der ihm von der Stirn lief, brannte in seinen Augen, fast wie der Schnaps, er blinzelte, biss die Zähne zusammen und drehte das Messer immer verzweifelter hin und her.

Bis es klick machte.

Ein schwaches Klicken, aber immerhin.

Stilton richtete sich auf und holte Luft, er hatte sie in den letzten Minuten angehalten, jetzt machte er ein paar tiefe Atemzüge und ließ seinen Blick dabei durch den Saal schweifen.

In diesem Moment wechselte die Diode von Rot auf Grün.

Er hörte das kräftige Rasseln der Kette, als sie sich löste und zu Boden fiel, und begriff, was zu ihm auf dem Weg war. Er riss die Tür auf und stürzte hinaus. Das starke Licht im Raum dahinter blendete in den Augen, er rannte mehr oder weniger blindlings und krachte frontal gegen eine Holzwand. Als er sich umwandte, sah er die Bestie durch die Tür schießen, mit der Kette im Schlepptau, und es dauerte kaum eine Sekunde, bis das Tier ihn an der Wand gewittert hatte und auf ihn zuraste. Stilton versuchte, sich zur Seite zu werfen, und fiel zu Boden. Das Untier wollte sich gerade auf ihn stürzen, als der schrille Ton einer Trillerpfeife die Luft zerschnitt. Das Tier hielt jäh inne, als hätte es tausend Volt durch seinen Körper bekommen, der Geifer hing ihm aus dem Maul, der Körper zitterte, der Blick aus den brennenden gelben Augen war auf Stilton gerichtet, der auf dem Boden lag.

»Ich mag es nicht, wenn die Teppiche schmutzig werden.«

Die Stimme kam von einer Tür am anderen Ende des Raumes. Jhang ging auf ihn zu, in Gesellschaft einiger Männer, die keine maßgeschneiderten Anzüge trugen und vermutlich auch nicht übertrieben viele Gehirnzellen hatten.

»Sie wurden in Isfahan in Persien handgeknüpft, lange bevor es Ihre Familie überhaupt gab«, sagte Jhang und jonglierte mit der Trillerpfeife in der Hand.

Stilton versuchte sich aufzurappeln, er hatte den Blick noch immer auf das Tier vor sich gerichtet, es bestand schließlich das Risiko, dass es nicht denselben Respekt vor Teppichen aus Isfahan hatte wie Jhang. Er kam genau in dem Moment zum Stehen, als einer von Jhangs Handlangern die ganze Vorstellung mit einem harten Knüppelschlag auf seine Schläfe beendete.

Hier endete die Erinnerung des ehemaligen Obdachlosen an das Treffen mit Jhang Sa.

Seine nächste Erinnerung, die sehr viel kürzer ausfiel, war, dass er mit auf den Rücken gebundenen Händen über einen Holzsteg geschleift wurde. Es war hell draußen, in seinem Kopf herrschte Nebel, er sah nicht, wer ihn zog. Das Letzte, was er hörte, bevor er in einen Fluss geworfen wurde, waren Frösche, Unmengen von quakenden Fröschen.

Dann trieb er fort.

*

Veronica hatte sich eine warme Decke über die Beine gelegt, sie saß am Fenster und blickte auf das graublaue Meer hinaus. Manchmal beruhigte die Aussicht sie, manchmal nicht. Manchmal sah sie blutende Tintenfische aus dem Wasser kriechen und sich am Strand entlang auf das Haus zubewegen. Wenn sie zu weit nach oben kamen, drehte sie sich mit dem Rollstuhl weg und löschte das Licht. In der Dunkelheit war sie der Person näher, die sie einmal gewesen war, und wurde ruhig.

Wieder ließ sie ihren Blick übers Meer schweifen.

Sie hatte sich darauf eingestellt, ihr Leben hier zu beenden, in diesem Haus. Sie konnte auf den Tod warten oder ihm auf die Sprünge helfen, letztendlich nur eine Frage der Kondition. Sie wollte es schaffen, hier zu sterben, nicht in einem schäbigen Krankenzimmer am Rand von Bangkok. Sie blickte auf ihre Hände hinunter, sah, wie die Abendsonne über die Adern glitt, und hörte Stiltons Worte: ›Sie haben schöne Hände.‹

Die hatte meine Tochter auch, dachte sie.

Sie holte ihr Handy heraus und überlegte, ob sie Stilton anrufen und sich erkundigen sollte, wie es ihm erging. Sie wollte ihn nicht stressen, aber die Neugier gewann die Oberhand. Sie rief ihn an, erreichte ihn aber nicht. Das Handy schien tot, sie konnte nicht einmal eine Nachricht hinterlassen. Sollte sie sich Sorgen machen? Sollte sie Aditi fragen, ob sie wusste, wo er war? Würde das nur unnötige Neugier bezüglich seines Auftrags wecken? Sie ging davon aus, dass Stilton Aditi einiges erzählt hatte, aber nachdem er im Grunde selbst sehr wenig wusste, störte das Veronica nicht.

Was sie lieber vermieden hätte, war das lästige Nachdenken über die Risiken für Stilton. Wenn sie mit ihren Befürchtungen richtiglag und der unbekannte Mann derjenige war, für den sie ihn hielt, dann konnte alles Mögliche passieren.

Sowohl mit dem Mann als auch mit Stilton.

Von Jhang Sa hatte sie keine Ahnung.

Aom hatte ihr ganzes Leben am Ufer des Lat verbracht, der still dahinfließende Nebenfluss war ein Teil ihres Herzens, sie hatte ihre Kinderfüße eingetaucht und tat jetzt das Gleiche mit ihren schrumpeligen Zehen. Vor vielen Jahren hatte hier ein kleines Dorf voller Menschen gelegen, aber Einbußen bei der Ernte und beim Fischfang hatten mehr und mehr Familien dazu gezwungen, nach Wanssingi oder noch weiter weg zu ziehen. Heute war nur noch sie übrig, sie und ihre Tochter Sudarat. Sie wohnten im selben kleinen Bambushaus, in dem schon ihre Eltern gewohnt hatten, auf einer Lichtung im Dschungel, es war einfach zu unterhalten und hielt dem schlimmsten Monsunregen stand. Was kaputtging, konnte man reparieren.

Sudarat war am Ende ihrer Teenagerjahre, und Aom wusste, es war nur eine Frage der Zeit, bis sie verschwinden würde. Sudarats Papa war schon vor langer Zeit verschwunden, er fand Geschmack an der Mohnblüte und wurde ein Träumer, im letzten Jahr lag er nur wie ein Sack Haut im Haus herum und verlangte, dass Aom seine Pfeife auffüllte. Sie warf ihn hinaus, obwohl er ihr Mann war, ein Mann, den sie einmal geliebt und respektiert hatte. Als er an Bord eines Flussdampfers wankte und wegfuhr, trauerte sie, doch als das Schiff hinter der ersten Biegung verschwand, war der Schmerz schon vergessen.

Sudarat war ja noch da.

Und wenn sie ging, war nur noch Aom da.

Doch daran wollte sie nicht denken. Sie wollte lieber dafür

sorgen, dass die Zeit, in der Sudarat noch da war, eine gute sein würde. Sudarat sollte Reis auf dem Teller, ein sauberes Bett und eine Mutter haben, die von der Vergangenheit erzählen konnte, bis das Mädchen eingeschlafen war.

»Mama! Schau mal!«

Sudarat stand unten am Fluss und zeigte auf etwas. Aom wischte sich die Hände ab und kniff die Augen zusammen, die Sonne kam direkt von vorn und blendete sie.

»Komm!«

Aom stand aus dem Kräuterbeet auf und ging zum Ufer hinunter.

»Was ist?«, fragte sie.

»Da draußen!«

»Das ist nur ein alter Baumstamm. Komm jetzt rauf, ich habe Reis aufgewärmt.«

»Aber das ist doch kein Baumstamm! Schau!«

Aom ging zum Uferrand und schaute, ihre Augen waren nicht mehr die besten, aber jetzt sah sie deutlich, was Sudarat bereits gesehen hatte.

Da draußen trieb ein Mensch im Wasser.

»Was sollen wir machen?«, fragte Sudarat.

»Was sollen wir machen, was sollen wir machen!? Den Körper herausholen.«

»Aber stell dir vor, wenn es eine Leiche ist?! Es muss ja eine Leiche sein. Ein toter Mensch?!«

Aom hatte in ihrem langen Leben schon ziemlich viel erlebt, Leichen jagten ihr keinen besonders großen Schrecken ein, sie hatte in den umliegenden Gegenden schon oft welche gesehen. Sie holte also einen langen Holzrechen und watete etwas in den Fluss hinaus. Der Körper trieb langsam, die Strömung war hier nicht sonderlich stark, Aom konnte ihn leicht mit dem Rechen erreichen. Vorsichtig zog sie ihn ans Ufer. Sudarat starrte den Körper an, dunkle Hose, graue Jacke, nackte Füße.

»Es ist ein Mann«, sagte sie.

»Ja.«

»Ein Farang. Er ist gefesselt.«

Aom zog ein schmales Messer aus ihrer Schürze, schnitt den Strick ab, der die Hände zusammenband, und beschloss, es wenigstens zu versuchen.

Eine Entscheidung, die Tom Stilton das Leben rettete.

Als sie die Knie ein paarmal auf seinen Brustkorb gepresst hatte, kam ein schwaches Husten und ein Rinnsal Wasser aus seinen Mundwinkeln.

»Er lebt!«

Sudarat schrie es beinahe.

»Du hast ihn zum Leben erweckt!«

Ihre Bewunderung für ihre runzelige alte Mutter wuchs, obwohl sie davor ohnehin schon ziemlich groß gewesen war. Sudarat wusste, wie viel Aom ihr bedeutete, obwohl sie es selten zum Ausdruck brachte.

»Was machen wir jetzt?«, fragte sie.

Aom wusste, was zu tun war. Sie mussten den Mann zum Haus schleppen, dafür sorgen, dass er wieder zu sich kam, ihm vielleicht etwas Reis geben. Möglicherweise war er verletzt, sie hatte eine scheußliche Wunde an seiner linken Schläfe gesehen. Die musste sie verbinden. Vielleicht war er ein Gangster, aber das spielte in diesem Moment keine so große Rolle. In diesem Moment ging es darum, etwas Leben in die Augen des Mannes zu bringen.

Alles andere würde schon irgendwie werden.

Es wurde einigermaßen.

Stilton kam zu sich und aß Reis. Er merkte, dass er in einem ziemlich harten Bett lag. Es dauerte lange, bis er die Situation erfasst hatte. Er sah eine alte Frau mit weichen Augen neben sich sitzen, und eine junge Frau mit langem schwarzem Haar und offenem Gesicht, die hinter ihr stand. Als er den Blick von ihnen abwandte, sah er Bambuswände und kleine Tonschüsseln, die an Nägeln hingen, auf einem Regal stand eine Buddhafigur, ebenfalls aus Ton, mit zwei brennenden Kerzen daneben.

Dass er nicht mehr bei Jhang Sa war, begriff er schnell.

Langsam kehrten Erinnerungen zurück. Die Erste war ein Geräusch, quakende Frösche, die in seinem Kopf dröhnten, die Nächste war ein deutliches Bild, eine sabbernde Bestie und der Versuch, sich vor einem Knüppelschlag zu schützen. Dann lag er in einem Fluss und kämpfte mit Beinzügen, die schwächer und schwächer wurden, dagegen an unterzugehen. Er erinnerte sich auch noch, dass er versucht hatte, seine Beine um einen vorbeitreibenden Baumstamm zu schlingen.

Er sank auf ein hartes Kissen zurück und schloss die Augen.

Er lebte.

Hinter seinen geschlossenen Lidern hörte er flüsternde Stimmen auf Thai.

»Was machen wir mit ihm?«

Sudarat sprach leise zu ihrer Mutter. Ein fremder misshandelter Mann mit gefesselten Händen war vorbeigetrieben. Jetzt lag er in ihrer Hütte und war wieder aufgewacht.

»Das muss er entscheiden.«

Aom stand auf und sah ihre Tochter an.

»Du musst heute Nacht auf dem Boden schlafen.«

Und als es Nacht wurde und die beiden thailändischen Frauen ein Stück voneinander entfernt schliefen, die eine in ihrem Holzbett und die andere auf dem Boden, erwachte die dritte Person im Haus zum Leben.

Mit deutlich klareren Erinnerungen.

Bis auf eine quälende Lücke: Er hatte keine Ahnung, was passiert war, nachdem er in Jhangs Haus niedergeschlagen worden war, bis er mit gefesselten Händen über einen Holzsteg gezogen wurde. Dazwischen mussten mehrere Stunden vergangen sein.

Er hörte Jhangs weiche Stimme vor sich: »Sind Sie schon einmal vergewaltigt worden?« War ihm das passiert? Er spürte nichts an den Stellen, an denen man als Folge davon etwas hätte spüren müssen, und verdrängte die Gedanken an eine Vergewaltigung.

Allerdings hatte er so ziemlich am ganzen Körper Schmerzen, vermutlich war er übel zusammengeschlagen worden. Jedes Mal, wenn er versuchte, sich im Bett umzudrehen, tat es fürchterlich weh. Er musste einsehen, dass er diese Hütte momentan nicht verlassen konnte.

Also blieb er.

Und am dritten Tag wurde er wieder gesund.

Am Vortag hatte Sudarat ihm noch auf die Beine helfen und bis zu dem kleinen Abort begleiten müssen, der hinter der Bambushütte lag. Keine Eskorte nach seinem Geschmack. Aber heute war er allein aufgestanden und ging gerade durch die niedrige Tür. Er sah sich um. Die Sonne brannte, ein Stück weiter unten strömte der Fluss langsam vor sich hin, ein paar schlanke, weiße Vögel mit gelben Schnäbeln nutzten die Gelegenheit, auf einem großen Ast mitzufahren, der auf eine Biegung zutrieb, ansonsten war es ruhig und still. Hinten in dem kleinen Kräuterbeet saß Aom und jätete Unkraut. Sie hatte dort Thai-Basilikum, Galgantwurzeln und Koriander angebaut. Das meiste wurde zum Würzen der täglichen Reismahlzeit verbraucht. Er setzte sich ein Stück vom Haus entfernt auf eine kleine Holzbank unter einer niedrigen Palme. Als er die Arme ausstreckte, sah er die Striemen des Stricks, mit dem er gefesselt gewesen war.

Ich lebe, dachte er erneut. Wenn mich diese beiden Frauen hier nicht gefunden hätten, wäre ich jetzt tot.

Er sah zum Kräuterbeet hinüber und spürte einen Kloß im Hals. Er betrachtete die gebückte Frau. Aom musste ihn mehr erahnt als gehört haben, sie drehte den Kopf und blickte in seine Richtung.

»Wo ist Sudarat?«, fragte er.

Aom konnte kein Englisch, aber sie hörte den Namen ihrer Tochter und verstand die Frage. Sie wedelte mit der Hand Richtung Dschungel hin. Stilton blickte hinüber und sah nur ein paar kleine Affen, die oben zwischen den Zweigen herumsprangen. Er drückte auf den Verband um seinen Kopf und konstatierte, dass die Wunde dahinter schmerzte. Die restlichen Schmerzen im Körper ließen langsam nach. Nichts gebrochen, was ein Glück war. In der Nacht zuvor hatte er darüber nachgegrübelt, warum sie ihn lebendig in den Fluss geworfen hatten. Sie hätten ihm ja auch die Kehle durchschneiden oder die Bestie mit frischem Farang füttern können. Vermutlich gingen sie davon aus, dass er ertrinken würde, gefesselt und bewusstlos. Trotzdem ziemlich schlampige Arbeit von Jhang, dachte er. Oder es war dem Opiumbaron völlig egal, ob er überlebte oder nicht. Er wusste ja nicht wirklich viel.

Er steckte die Hand in seine Hosentasche und merkte, dass

das kleine Messer noch da war. Hatte er es nicht weggeworfen, als die Bestie durch den Saal auf ihn zu gestürzt war? Auch das war etwas sonderbar.

Sowohl sein Handy als auch seine Uhr waren hingegen fort. Das Handy war ersetzbar, er konnte sich ein neues kaufen, sobald sich die Gelegenheit ergab. Bei der Uhr war das anders. Sie war ein Geschenk seines Großvaters gewesen, eines der wenigen physischen Andenken, die es von dem alten Robbenjäger noch gab. Der Großvater hatte die Uhr getragen, so lange Stilton sich erinnern konnte, und den Tag, an dem er sie vom Arm genommen und gesagt hatte: »Die hier sollst du haben«, den würde er nie vergessen. Er war zwar schon ein erwachsener Mann gewesen, aber gefreut hatte er sich wie ein kleines Kind, das ein unfassbar wertvolles Geschenk bekommt. »Danke«, hatte er noch herausgebracht, und dann war die Sache erledigt gewesen. Als er die Uhr am Abend genauer betrachtete, hatte er die kleine Inschrift auf der Rückseite gesehen: »Es wird gut, so oder so«, Großvaters letzte Worte auf dem Totenbett.

Alles hängt zusammen, dachte er und betrachtete Aom. Sie erinnerte ihn an seine Großmutter, eine alte Frau, die ihr Leben lang geschuftet hatte, weit von den Modernitäten und der sinnlosen Hetze der Zeit entfernt. Warum lebt man nicht so?, dachte er. An einem abgelegenen Ort auf der Erde, an dem nichts außer dem Notwendigen eine Bedeutung hat. Wie draußen auf Rödlöga? Gleichzeitig erinnerte er sich an höllisch harte Winter, wenn die Stürme vom offenen Meer aufs Land trafen und alles kaputtrissen, was nicht mit doppelten Planken gesichert war. An die dünne Suppe, die es wochenlang als Einziges zu essen gab, an die nagende Stille zwischen erwachsenen Menschen, die alle Worte verbraucht hatten, die ihnen zur Verfügung standen.

Keine sonderlich verlockende Vorstellung.

Eigentlich.

»Guten Morgen!«

Die Stimme kam aus dem Dschungel und gehörte Sudarat. Sie tauchte zwischen ein paar hohen Bäumen auf, in einem langen blauen Kleid, die Arme voller trockener Zweige.

»Hast du gut geschlafen?«

Sudarat konnte einigermaßen Englisch, sie war in einer moderneren und globaleren Welt aufgewachsen, einer Welt, der Aom nicht angehörte und nie angehören würde. Sudarat warf ihr langes schwarzes Haar zurück, ließ das Brennholz auf den Boden fallen und setzte sich im Schneidersitz vor Stilton hin.

»Ich habe gut geschlafen«, sagte er. »Die Schmerzen sind fast weg.«

»Das ist Mamas Mixtur, sie ist magisch.«

Die magische Mixtur war ein Gebräu, das Aom Stilton in den letzten Tagen mehrmals eingeflößt hatte, und sie schmeckte so, wie sie aussah. Eine trübe graugrüne Flüssigkeit mit kleinen Klumpen darin.

Aber sie half.

Die Schmerzen nahmen ab, die Stiche im Rücken wurden schwächer, vermutlich enthielt die Mischung schwer rezeptpflichtige Zutaten. Opium vielleicht, hatte Stilton das letzte Mal gedacht, als er einen neuen Löffel in sich hineinzwang, die Dosis macht das Gift, das ist alles nur eine Frage der Handhabung.

»Ja«, sagte er, »diese Mixtur ist magisch. Weißt du, was drin ist?«

»Nein. Aber Mama hat mir versprochen, dass ich das Rezept kriege, wenn ich ausziehe.«

»Und wann willst du ausziehen?«

Sudarat warf einen Blick zu Aom hinüber, die noch immer im Kräuterbeet saß, die dünne Bluse der gebeugten Frau war durchtränkt von Schweiß.

»Wenn es nicht wehtut«, sagte sie mit leiser Stimme.

Stilton verstand.

»Und du?«, fragte Sudarat. »Nichts hast du erzählt, außer, dass du Tom heißt und Schwede bist. Was machst du hier? Warum bist du im Fluss getrieben?«

Stilton hatte nicht die Absicht, ihr die Wahrheit zu sagen. Aber er bat Sudarat, ins Haus zu gehen und seine Stoffjacke zu holen. Als sie damit zurückkam, holte er Veronicas Foto aus der Innentasche und lobte sich selbst, dass er es in Bangkok in eine Plastikhülle gesteckt hatte.

»Ich suche nach diesem Mann«, sagte er.

»Bist du Polizist?«

»Nein. Das war ich mal.«

Stilton sah Sudarat an, dass der Interessantheitsgrad des Gesprächs ordentlich gestiegen war. Er sah außerdem an ihrem Gesichtsausdruck, dass die Fantasie gleich mit ihr durchgehen würde. Sie inspizierte den unbekannten Mann auf dem Foto so genau, als wäre sie in ein Drama hineingezogen worden.

Was sie ja irgendwie auch war, ohne es zu wissen.

»Ich kenne ihn nicht«, sagte sie nach einer langen Pause.

»Du hast ihn nie in Wanssingi gesehen?«

»Nein. Wohnt er da?«

»Das weiß ich nicht, ich glaube allerdings, er wohnt auf einem Schiff namens *Contamana*.«

Stilton hatte das Wort kaum ausgesprochen, als Sudarat reagierte. Sie warf wieder einen Blick zu Aom hinüber, bevor sie Stilton in die Augen sah.

»Warum glaubst du das?«, fragte sie.

»Ich habe es in Wanssingi gehört. Er nennt sich Decha.«

Sudarat begann, einen Finger im Sand vor ihren Füßen zu bewegen, als würde sie nachdenken oder wäre verwirrt. Sie merkte nicht, dass Aom herüberkam und sich neben sie setzte.

»Wovon redet ihr?«, fragte sie auf Thai.

Sudarats Zeigefinger im Sand zögerte.

»Tom erzählt, warum er hier ist.«

»Er sucht nach jemandem«, sagte Aom.

Sie sagte es, als sei es die selbstverständlichste Sache der Welt, mit derselben Stimme, mit der sie Stilton erklärt hatte, dass er die ekelhafte Mixtur schlucken musste, auch wenn sie wusste, dass er kein Wort von dem verstand, was sie sagte.

So wie jetzt auch.

»Was sagt sie?«, fragte er Sudarat.

»Sie sagt, dass du nach jemandem suchst.«

»Wie kann sie das wissen?«

»Wie kannst du das wissen?«, sagte Sudarat zu Aom gewandt.

»Die magische Mixtur.«

Das wollte Sudarat Stilton nicht übersetzen, denn sie wusste nicht genau, was ihre Mutter damit meinte. Hatte er im Schlaf gesprochen? Also sagte sie einfach:

»Mama ist gut darin, Menschen zu lesen.«

Stilton spürte, dass jetzt nicht der richtige Moment war, weiter in Aoms spiritistischen Talenten zu bohren, also zeigte er auch ihr das Foto von Decha. Sudarat erklärte, und Aom schüttelte den Kopf. Sie kannte den Mann nicht.

»Er sagt, er wohnt vielleicht auf der *Contamana*«, sagte Sudarat.

Aom schwieg, sie sah zu Boden und begann, einen Finger im Sand zu bewegen. Stilton fragte sich, ob das eine Art Kulthandlung war. Offenbar löste der Name *Contamana* kreisende Finger im Sand aus. Schließlich blickte Aom auf und sah Stilton direkt an, aus denselben Augen, die er in den letzten Tagen gesehen hatte, Augen, die erst unruhig und später ruhig gewesen waren. Allerdings lag jetzt etwas völlig anderes in ihrem Blick.

»*Contamana* ist nicht gut«, sagte sie.

Stilton sah Sudarat an, um eine Übersetzung zu bekommen.

»Sie sagt, *Contamana* ist nicht gut.«

»Was meint sie damit?«

»Das weiß ich nicht, ich weiß nur, dass sie immer zu mir gesagt hat, ich soll mich nie flussaufwärts bewegen, sonst könnte ich auf der *Contamana* landen.«

Stilton nickte, er ging davon aus, dass er keine weiteren Informationen über Decha bekommen würde.

»Wo finde ich die *Contamana*?«, fragte er.

Sudarat gab die Frage an Aom weiter und übersetzte deren Antwort.

»Flussaufwärts, an sieben Biegungen und zwei verlassenen Dörfern vorbei«, sagte sie. »Man muss mit dem Boot hinfahren.«

Stilton hatte kein Boot. Aber er hatte gesehen, dass unten am Wasser ein paar primitive Kanus lagen.

»Kann ich mir von euch ein Kanu ausleihen? Ich bringe es auch zurück.«

Mutter und Tochter vertieften sich in ein leises Gespräch, das auf Stilton gerichtete Gesten und Blicke enthielt.

»Ich kann dafür bezahlen«, sagte er, um das Gespräch zu beschleunigen. »Ich möchte jetzt gerne los.«

Aom stand auf und bedeutete Sudarat mit einer klaren Handbewegung, ins Haus zu gehen. Sudarat richtete sich auf und gehorchte. Aom nahm Stilton am Arm, er hielt seine Stoffjacke im anderen, langsam führte sie ihn zum Fluss hinunter, zu einem der Holzkanus. Sie beugte sich hinunter und schöpfte etwas Wasser heraus, richtete sich wieder auf und sah Stilton mit einem Blick an, als würde sie durch tausend Jahre Menschheit hindurchsehen.

»Möge dein Blick mit dir sein«, sagte sie.

Auf Thai, was bedeutete, dass Stilton kein Wort verstand. Aber er begriff, dass er das Kanu bekommen sollte. Er hob seine Jacke hoch und zog das eingenähte Spezialfach neben der einen Armbeuge auseinander. Es enthielt eine Plastikhülle mit Scheinen. Er zog ein paar Scheine heraus, eine Summe, die er völlig willkürlich wählte. Vielleicht würde sie Aom verlegen machen, vielleicht auch nicht. Aom nahm die Scheine ohne ein Wort entgegen, wühlte in ihrer Rocktasche und holte eine grobe Dose heraus. Sie streckte sie Stilton entgegen.

»Bzz«, sagte sie und schlug sich zur Verdeutlichung leicht auf den Unterarm. »Dengue.«

Stilton nahm die Dose. Er war nicht besonders empfindlich gegen Mücken oder Bremsen oder was es in Schweden sonst an Blutsaugern gab, aber das war was anderes. Hier oben gab es reichlich Mücken, die man lieber meiden sollte, wenn man nicht mit schwerem Fieber oder noch schlimmeren Dingen infiziert werden wollte. Er steckte die Dose in die Jacke, lehnte sich nach vorn, legte die Handflächen aneinander und machte eine leichte Verbeugung. Als er sich aufrichtete, trat Aom zu ihm und umarmte ihn herzlich. Er war etwas überrascht, in Thailand umarmt man sich nicht auf diese Art. Er blickte über ihre Schulter und sah, dass Sudarat oben in der Tür der Bambushütte stand und winkte. Er winkte zurück, und Aom ließ ihn los. Sie wandte sich um und ging zum Haus hinauf. Stilton sah ihr nach, bevor er mit seinen nackten Füßen ins Kanu stieg und lospaddelte.

*

Der Fluss Lat floss im selben langsamen Tempo, wie er es schon immer getan hatte, seit er aus den Bergen in seinen Furchen durch den Dschungel hinunter zum Kok gefunden hatte. Schmaler mit den Jahren, auch wenn der Monsunregen ihn jedes Jahr verbreiterte, aber nicht mehr so wie in den guten alten Zeiten. Da hatte er sich ausgebreitet und den Boden zu beiden Seiten mit Wasser getränkt. Nun gab er sich mit seiner ruhigen braunen Rinne zufrieden, die für Bootsverkehr und lokale Fischerei ausreichte.

Es war kein größeres Problem, sich auf dem Fluss fortzubewegen, auch wenn Stiltons Ziel stromaufwärts lag. Jeder seiner kräftigen Paddelzüge brachte das wackelige Kanu mehrere Meter auf einmal nach vorn. An vier Biegungen war er schon vorbeigekommen, doch laut Aom sollten es sieben sein. Die Sonne war noch nicht untergegangen, aber so langsam brach die Abenddämmerung herein. Trotz seiner Versuche, sich am Rand zu halten, um etwas Schatten von herabhängenden Ästen zu bekommen, war das Paddeln eine schweißtreibende Arbeit. Er nahm an, dass die Luftfeuchtigkeit enorm hoch war. Jedenfalls fühlte es sich so an. Er glitt über das Wasser und dachte daran, wie er sich bei seiner Ankunft verhalten sollte. Er ging davon aus, dass er das Schiff bald finden würde, daran hatte Aom nicht gezweifelt.

Contamana ist nicht gut, hatte sie gesagt.

Was sie damit meinte, blieb abzuwarten.

Stiltons Ansicht nach gab es auf dieser Reise sowieso nicht

besonders viel, was gut war. Vielleicht die magische Mixtur, aber sonst? Er machte einen Paddelzug unter den Zweigen, während er völlig in den Erinnerungen an die Erlebnisse bei Jhang versunken war, was wohl der Grund dafür war, dass er sie nicht bemerkte, bevor er ihnen viel zu nahe gekommen war.

Krokodile.

Zwei Stück, am Flussufer, nicht weit von ihm entfernt.

Siamesische.

Dieses Wissen hatte er Aditi und ihrem wachsamen Auge auf viele Dinge der Welt zu verdanken, unter anderem auch auf bedrohte Tierarten. Wie das siamesische Krokodil. Ihr zufolge gab es nicht mehr so viele davon in Thailand. Sie hatte auf ihre inkludierende Art die Schönheit der Reptilien beschrieben, ihre hübschen grau-grünen Panzer, gelb bei den Jungtieren, ihre enorme Geschmeidigkeit und ihre kraftvollen Kiefer. Mit einem spürbaren Faible für Naturphänomene hatte sie ihre Intelligenz beschrieben, ihre unterschiedlichen Arten zu kommunizieren. In einem Nebensatz hatte sie ihre achtundsechzig scharfen Zähne erwähnt, als ein faszinierendes urzeitliches Attribut.

Stilton war schon damals nicht ganz ihrer Meinung gewesen – und jetzt erst recht nicht –, aber er konnte sich bis ins letzte Detail an ihre Information erinnern.

Vor allem an die urzeitliche Funktion der Kiefer.

Es kam ihm auch so vor, als dürfte es sie so weit im Norden eigentlich gar nicht geben. Vielleicht waren sie aus irgendeinem lokalen Tierpark in der Gegend entwischt? Oder von Jhang Sa freigelassen worden, um Neugierige von seinem Revier fernzuhalten?

Er sah, dass es zwei jüngere Krokodile waren, eher gelb als graugrün. Sie lagen mit ihren kleinen, mürrischen Augen regungslos am Ufer, und er hatte den Eindruck, sie würden ihn bewachen. Gott sei Dank waren sie immer noch ein paar Meter entfernt, also führte er das Paddel ins Wasser, um wieder weiter hinaus auf den Fluss zu schwenken. Das Kanu folgte der Kursänderung und glitt zur Mitte des Flussbetts. Stilton sah, wie die Krokodile die Köpfe wandten und seinem Manöver folgten. Vielleicht sind sie pappsatt, dachte er, vielleicht auch nicht. Er machte einen weiteren kräftigen Paddelzug, den Blick immer noch auf die Krokodile gerichtet, was ein Fehler war. Der kräftige Ast, der genau vor ihm trieb, rammte das Kanu am Bug und brachte es zum Kentern. Stilton fiel schnurstracks ins lauwarme Wasser. Als er prustend an die Oberfläche kam, sah er, dass der Uferstreifen leer war. Die Krokodile waren nicht mehr da. Was heißen musste: Sie waren im Fluss. Er fing an, wie ein Verrückter zum Ufer zu schwimmen, ein gutes Stück entfernt, immer darauf eingestellt, achtundsechzig scharfe Zähne über seinem Bein zusammenschlagen zu hören, vielleicht auch doppelt so viele. Die Stoffjacke drosselte die Geschwindigkeit, und er schluckte immer wieder Wasser. Sein Körper war nicht gerade in Topzustand, und er spürte, dass er nahe daran war, einen Krampf zu bekommen. Plötzlich spürte er eine Bewegung an einem Schienbein.

Verdammt!

Er riss das Bein an den Bauch und spürte gleichzeitig unter dem anderen Bein Grund. Er richtete sich auf und versuchte, zum Strand zu rennen. War es ein Krokodil, das nach ihm geschnappt hatte, oder hatte er nur den Boden berührt? Scheißegal, was es gewesen war. Er stürzte aus dem Wasser und fiel hin. In der nächsten Sekunde sprang er wieder auf. Krokodile sind Landgänger. Er stolperte auf das grüne Dickicht zu, sank mitten in einen Busch und starrte zum Ufer hinunter. Hierher kamen die vom Aussterben bedrohten Tiere wohl nicht, mit denen Aditi so unglaubliches Mitleid hatte!

Stilton blieb lange im Busch liegen, um sich wieder zu erholen und um die Lage zu sondieren. Das Kanu war verschwunden, und nach Aoms Beschreibung waren noch drei Biegungen übrig. Was das aus der Vogelperspektive – oder aus der Dschungelperspektive – an Wegstrecke bedeutete, konnte Stilton sich nicht vorstellen. Er lehnte sich zurück, entspannte sich und schloss die Augen. Fünf Sekunden später begriff er, warum er Aoms Spezialdose bekommen hatte. Sein ganzes Gesicht war übersät von fliegenden Insekten. Moskitos. Bevor er sich die Wangen frei streifen konnte, bekam er einige spürbare Stiche und hörte Aoms Stimme: »Dengue.« Er sprang auf die Beine und riss die Dose heraus. Er holte einen fetten Klecks heraus, fing an, sich das ganze Gesicht zu bestreichen, und machte bei den Armen weiter. Es roch merkwürdig. Vermutlich war die Paste verwandt mit der magischen Mixtur.

Doch auch die Salbe half, zumindest temporär. Er merkte, dass die Moskitos ihn zwar immer noch umschwirrten, es aber vermieden, auf ihm zu landen und ihm Blut auszusaugen oder Viren zu injizieren.

Gut so.

Er ging los, der sinkenden Sonne entgegen. Das Positive an seiner Lage war, dass es nur eine richtige Richtung gab: immer dem Fluss folgen. Früher oder später würde er das Schiff erreichen.

Dem Fluss zu folgen klang in der Theorie gut, nur Sand und Wasser. In Wirklichkeit war es ein äußerst anstrengender Hindernislauf. Alle fünf Meter umgefallene Baumstämme, über die man klettern musste, ins Wasser hinausragende Steinblöcke, die man umrunden musste, scharfe Schneckenhäuser, die die Fußsohlen zerschnitten, runterhängende Lianen, die sich um den Körper wickelten. Er kam nicht viele Meter in der Minute vorwärts, und zum Teil war auch das Erlebnis mit den Krokodilen an seinem Schneckentempo schuld, denn er musste ständig nach hinten, zur Seite und nach vorn Ausschau halten. Dass es im grünen Dickicht Unmengen von anderen Kriechtieren gab, die seine Reise für immer beenden konnten, verdrängte er. Er hatte keine Wahl. Zu Aom zurück war es weiter als bis zu dem verfluchten Schiff, er musste sich einfach durchschlagen.

Als er seiner Zählung nach an der fünften Biegung vorbeigekommen war, fing es an, wirklich dunkel zu werden. Er rechnete sich aus, dass die nächste Biegung hinter der Landzunge kommen würde, die vor ihm in den Fluss hineinragte, und beschloss, in direkter Linie über die Landzunge zu gehen, anstatt dem Flussbett zu folgen.

Plötzlich hörte er Geräusche, Motorengeräusche. Er kroch hinter einen umgefallenen Baumstamm. Nach ein paar Minuten kam mitten auf dem Fluss ein offenes Kunststoffboot angefahren, auf dem Weg hinunter nach Wanssingi. Am Außenbordmotor stand ein Schwarzer mit nacktem Oberkörper und einer gehäkelten Mütze auf dem Kopf. Stilton überschlug kurz die Lage. Sollte er sich zu erkennen geben und um eine Mitfahrgelegenheit auf dem Boot bitten, den Mann dafür bezahlen, dass er wendete und ihn zur *Contamana* fuhr? Oder war das die falsche Person zum Mitfahren?

Er musste es darauf ankommen lassen.

Stilton stand auf, watete ein paar Schritte ins Wasser und winkte.

»Hallo!«

Der Mann am Außenbordmotor sah in Stiltons Richtung,

lächelte kurz und fuhr geradeaus weiter. Stilton rief dem verschwindenden Boot noch einmal hinterher, bevor er auf den Baumstamm hinuntersank. Er lächelte? Worüber lächelte dieser Idiot? Oder war er gerade in einen angenehmen Opiumrausch eingelullt und dachte, er steuerte eine Lustjacht?

Stilton blieb nichts anderes übrig, als sich durch den dichten Dschungel auf der Landzunge zu schlagen. Das bisschen Licht des gerade aufgehenden Mondes ermöglichte ihm, zumindest ein paar Meter vor sich zu sehen, wo er hintrat. Hunger? Er spürte, wie sein Magen sich zusammenkrampfte, er hatte seit dem Morgenreis bei Aom nichts mehr gegessen. Plötzlich fühlte sich die kleine Bambushütte mit den buddhistischen Frauen und der magischen Mixtur wie das reinste Himmelreich an. Warum war er nicht dortgeblieben? Er schob sich zwischen Lianen und dunklen Büschen vorwärts und merkte, dass er nasse Füße bekam. Er sah nicht besonders viel, begriff aber, dass ein Sumpf vor ihm lag. Oder überschwemmter Dschungelboden. Er versuchte, auf die Äste zu treten, die er sah, hier und da rutschte er ins Sumpfwasser. Nicht mehr sehr lange, das hier schaffst du nicht mehr sehr lange, Tom. Was machst du dann? Hier schlafen, in der Nässe? Als nahrhafte Mahlzeit für die Wesen, die hier leben? Der Gedanke daran ließ ihn etwas schneller stapfen, er pfiff auf das Wasser um seine Füße, er musste weiter.

Plötzlich gab der Mond eine Lichtung im Dschungel frei. Keuchend kämpfte er sich zu ein paar Bambushütten vor, die er zwischen den Bäumen entdeckt hatte. Er blieb stehen und horchte. Die Geräusche des Dschungels erfüllten seine Ohren, aber es waren Geräusche, an die er sich mittlerweile gewöhnt hatte. Er lauschte nach anderen Geräuschen, doch er hörte nichts. Vorsichtig bewegte er sich auf die dunklen Bambushütten zu. Wohnten hier Menschen? Es war spätnachts, vielleicht lagen dort drinnen Leute und schliefen? Er schlich so leise er konnte zu einer der Hütten und sah, wie verfallen sie war. Hier wohnten schon seit Langem keine Menschen mehr. Er erinnerte sich, dass auf dem Weg flussaufwärts ein paar verlassene Dörfer liegen sollten, vielleicht war dies eines davon? Vorsichtig öffnete er die halb herunterhängende Tür und blickte hinein. Der Mond schickte Licht durch die Bambusritzen, der Raum war leer, etwas Müll auf dem Boden, aber leer. Stilton trat ein und zog die Tür zu, so gut es ging. Er sank zu Boden und rang nach Atem. Als er wieder auf seine Füße schaute, sah er Dinge, die nicht dort sein sollten. Blutegel. Kleine, schwarze Blutegel. Der Sumpf, dachte er und fing an, die Saugmonster eines nach dem anderen abzuziehen. Er musste sein kleines Messer herausholen und sie teilweise wegschneiden, was ewig dauerte und richtig wehtat, aber es funktionierte. Als er die Blutegel hinausgeworfen und die Tür wieder geschlossen hatte, gab es nur noch eines zu tun.

Schlafen.

Er fegte also den Müll vom Boden und kroch in Embryonalstellung zusammen.

Was außerhalb der Hütte vorging, all die heulenden Laute, die durch die lichte Bambushütte zogen, oder Geräusche von Tieren, die nicht einmal Aditi auf dem Schirm hatte, bekümmerten ihn nicht. Auch nicht die vielen Stiche in seinem Gesicht, die infernalisch juckten.

Er schlief ein – oder wurde bewusstlos, das war Jacke wie Hose.

Er war vollkommen erschöpft.

*

Veronica saß unten am Strand und blickte auf das morgendliche Meer hinaus, eine ihrer wenigen täglichen Routinen. Am Anfang, als sie gerade hier angekommen war, hatte sie sich die Zeit damit vertrieben, Wellen zu zählen. Man sagte ja, die siebte Welle sei die größte. Das stimmte nicht, wie sie ziemlich schnell bemerkt hatte. Vermutlich war es ein alter Mythos. Die siebte Welle war wie die sechste und die achte. Sie blickte auf das Handy in ihrer Hand, ihrer offenbar schönen Hand. Sie hatte sich die Nägel lackiert, sorgfältig, das tat sie jeden zweiten Morgen. Auch das war eine Routine, die deutlich weiter zurückreichte als ihr Leben hier. Eine Routine, die sie mit der Vergangenheit verband. Sie hatte ihr Äußeres stets gepflegt. Einerseits, weil sie es genoss, denn ihr Aussehen war nichts, wofür sie sich hätte schämen müssen.

Damals.

Andererseits, weil sie sich in einem Umfeld bewegt hatte, in dem ihr Aussehen von gewisser Bedeutung gewesen war. Ein ungepflegtes Image war in ihrem Fall nicht zweckdienlich.

Jetzt war das alles völlig egal.

Aber sie würde nie vergessen, was eine ältere Frau einmal zu ihr gesagt hatte, eine Frau, die sich durch Betteln über Wasser hielt: »Wenn ich meinen Körper nicht pflege, dann bleibt mir nichts mehr.«

Also pflegte sie das, was ihr von ihrem Körper geblieben war.

Jeden Morgen.

Sie nahm ihr Handy und wählte eine Nummer. Sie hatte noch ein paarmal versucht, Stilton zu erreichen, ohne Erfolg. Inzwischen war ziemlich viel Zeit vergangen, und so hatte sie einen Entschluss gefasst. Sie rief Aditi an.

»Hallo, hier ist Veronica Wadner. Störe ich?«

»Absolut nicht. Hallo! Wie geht es dir?«

Immer gleich schlecht, wollte sie sagen, hielt sich jedoch zurück. Es fühlte sich deplatziert an.

»Mir geht's gut. Ich wollte nur hören, ob Stilton sich gemeldet hat?«

»Er hat einmal angerufen, bei Luna, aus Chiang Rai, aber das Gespräch wurde unterbrochen. Hast du Kontakt zu ihm gehabt?«

Chiang Rai, dachte Veronica. Was macht er dort oben?

»Nein, ich habe versucht, ihn zu erreichen, aber sein Handy scheint tot zu sein.«

»Weißt du, was er in Chiang Rai wollte?«, fragte Aditi.

»Nein. Es hat wohl mit dem Foto zu tun. Hat er davon erzählt?«

»Ja.«

»Wenn er sich meldet, kannst du ja kurz anrufen.«

»Mach ich.«

Aditi ließ das Handy sinken. Luna saß neben ihr und hatte das Gespräch mitgehört.

»Hat sie auch nichts von ihm gehört?«

»Nein.«

Luna war nicht der Typ Mensch, der Leuten hinterherlief oder sich unnötig Sorgen machte. Sie wusste einiges über Toms Vergangenheit, und ihr war klar, dass er mit den meisten Situationen, in die er geriet, zurechtkam.

Aber trotzdem.

Sie wählte Toms Nummer auf ihrem Handy, und nach ein paar Sekunden sah sie Aditi an.

»Der Anruf scheint durchzugehen!«

Es klingelte ein paarmal, dann war eine Stimme am anderen Ende zu hören, eine Stimme in gebrochenem Englisch.

»Vergiss diese Nummer«, sagte die Stimme.

Dann wurde aufgelegt. Lunas Reaktion sagte Aditi, dass da nicht Tom geantwortet hatte.

»Wer war das?«

»Ich weiß nicht, irgendein Mann, ›Vergiss diese Nummer‹, hat er gesagt.«

Was Luna zufolge nur eines bedeuten konnte. Tom hatte keinen Zugang zu seinem Handy. Entweder war er in der Nähe des Mannes, der wollte, dass sie seine Nummer vergaß, oder er war irgendwo ganz anders.

Keine der Alternativen war sonderlich beruhigend.

»Sollen wir ihn als vermisst melden?«, fragte Aditi.

Luna ließ ihr Handy sinken. Sollten sie ihn als vermisst melden? Was würde das bedeuten? Sie hatten ja keine Ahnung, was er vorhatte. Sollten sie die Polizei in Chiang Rai einschalten? War er überhaupt dort?

»Wir warten noch ein bisschen«, sagte sie. »Vielleicht meldet er sich ja morgen.«

Aditi nickte, Luna hatte trotz allem Vortritt in der Verantwortung für Tom.

Aber als Luna eine Weile später ihren Bungalow betrat, fühlte sie sich wesentlich unruhiger, als sie sich hatte anmerken lassen. Sie musste mit jemandem reden. Über Tom. Sie rief Olivia an.

Ihr kurzes Gespräch endete mit ungefähr der gleichen Schlussfolgerung von Olivia:

»Hoffen wir mal, dass er sich morgen meldet.«

*

Er würde sich morgen nicht melden.

Und heute erst recht nicht.

Er war gerade eben mit geschwollener Zunge und einem unerträglichen Durst aus einer Bambushütte gekrochen. Der Vorteil daran war, dass der Hunger in den Schatten gedrängt wurde. Er konnte nicht beurteilen, wie viele Stunden er geschlafen hatte, weil er keine Uhr hatte, aber er sah an der Höhe der Sonne, dass es ziemlich lang gewesen sein musste, wenn man den Mond bedachte, mit dem er eingeschlafen war.

Der Schlaf hatte das Seinige getan, auch wenn Stilton den Holzboden in den Hüftmuskeln spürte. Er streckte sich sogar, als er heraustrat, als würde er die Welt auf einer Marmorterrasse in der Provence willkommen heißen.

Und war fasziniert davon, was etwas Schlaf bewirken konnte.

Nachtschwarze Angst und Hoffnungslosigkeit beim Einschlafen, neue, frische Energie am nächsten Morgen. Wir Menschen sind nicht besonders kompliziert.

Stilton kontrollierte seine Füße, ob nicht noch irgendwelche Blutsauger von der Nacht festsaßen, er hatte sich immerhin im Dunkeln mit ihnen abmühen müssen, aber es war alles okay. Jetzt gab es drei Dinge, die wichtig waren. Der Durst, der Krampf im Magen und das Schiff.

Sein juckendes Gesicht überging er.

Erstens: der Durst. Er ging ein paar Schritte um die Hütte und sah ein Stück entfernt eine breite Lehmgrube. Die Grube war zur Hälfte mit trübem Wasser gefüllt. Wenn er Glück hatte, war es Regenwasser, er erinnerte sich schwach, dass er nachts irgendwann Tropfen im Gesicht gespürt hatte. Er streckte die Hände ins Wasser hinunter, formte sie zu einer Schale, schöpfte etwas Flüssigkeit heraus und roch daran. Es roch nicht modrig, doch das Wasser konnte hier trotzdem seit

Ewigkeiten stehen und massenweise Bakterien mit seltsamen Namen angesammelt haben. Aber er musste es darauf ankommen lassen. Vorsichtig benetzte er erst nur die Lippen damit, dann übernahm seine geschwollene Zunge das Kommando. Er trank einen kleinen Schluck, und noch einen. Es schmeckte völlig in Ordnung. Er schöpfte mit den Händen etwas mehr Wasser heraus und trank es, dann streckte er den halben Kopf in die Grube und spülte Wasser darüber.

Herrlich.

Zweitens: der Hunger.

Er ging wieder in den Dschungel und suchte nach etwas, womit er seinen Magen füllen konnte, irgendetwas, das nicht giftig war und die Magensäure und die Krämpfe stoppen konnte. Er probierte ein paar grüne Blätter, testete mit der Zunge, um die Bitterkeit abschätzen zu können, nicht so schlimm, die Blätter verschwanden in seinem Mund. Er ging etwas weiter in den Dschungel hinein, und da sah er einen Baum mit stacheligen Früchten, die von den Ästen hingen. Er erkannte sie sofort. Durian. Er pflückte eine, öffnete vorsichtig die stachelige Hülle und biss in das feuchte Fruchtfleisch. Es schmeckte nach Mandel, ein starker Geschmack, aber in seiner Lage war es sowohl gut als auch einigermaßen erfrischend. Er aß mehrere direkt vor Ort, er wusste ja nicht, wann es wieder etwas Essbares geben würde.

Gestärkt von Schlaf, Durian und einem Funken Lebensmut, schlug er sich durch den Dschungel der Landzunge und kam wieder zum Fluss. Er brauchte dringend ein Bad, sehnsüchtig blickte er auf den ruhigen Wasserlauf vor sich und fühlte sich verdreckt wie ein altes Abflussrohr.

Aber.

Vielleicht gab es gepanzerte Geschöpfe, die sein Hygienebedürfnis als delikates Frühstück betrachteten, also ließ er es sein. Er lehnte sich hinunter und spülte Gesicht und Oberkörper ab, der Unterleib musste warten.

Auch das Waschen stärkte ihn.

In den nächsten Stunden ging er mit neu gewonnener Energie weiter den Fluss entlang. Als er die letzten Biegungen hinter sich gebracht hatte, war die Sonne langsam dabei aufzugeben, und er hielt intensiv nach dem Ziel seiner ganzen Reise Ausschau.

Contamana.

Aber das Binnenschiff tauchte nicht auf.

War es weggefahren? Vielleicht war es längst ganz woanders? Es war schließlich ein Schiff. Vielleicht war es gerade schon auf halbem Weg nach Burma?

Diese Art Gedanken waren selten konstruktiv, vor allem nicht in Stiltons Situation, einer Situation, in der man schon viel zu viele Querschläger abgekriegt hatte. Dann musste man sich erst recht wieder zusammenreißen und an das glauben, was man sich vorgenommen hatte.

Also, drittens: das Schiff. Es musste hier irgendwo liegen.

Erst als es schon später Abend und bis auf denselben gleichgültigen Mond völlig dunkel war, sah Stilton plötzlich einen Lichtreflex zwischen den Bäumen. Eine Taschenlampe? Er war unten am Flussufer, und da lag weit und breit kein Kahn, Dampfer oder sonst was für ein Boot. Plötzlich blitzte weiter oben kurz Licht auf. Er ging ein paar Meter die Böschung hoch, und da sah er es.

Doch mit dem, was er sah, hatte er sicher nicht gerechnet.

Er hatte einen Steg erwartet, einen Ankerplatz, ein Schiff auf der Reede.

Dieses Schiff lag hoch oben an der Flussböschung, halb auf die Seite gekippt, und sah aus wie ein gigantischer gestrandeter Wal. Das Mondlicht spiegelte sich in den runden Bullaugen.

Er ging ein paar Meter weiter auf das Schiff zu.

Der Oberbau sah weiß aus, von den kräftigen Holztischen blätterte rote Farbe ab, einige Planken waren verrottet. Als er noch ein Stück höher stieg, konnte er das Heck sehen. Dort stand der Name gleich unter der Reling.

Contamana.

Sie war es.

Stilton war, wenn nicht schockiert, dann zumindest verblüfft. Das hier war das Binnenschiff? Er ging auf eine lange Leiter zu, die sich von der Reling nach unten streckte. Als er hochsah, bemerkte er Leben auf dem Boot, lauter kleine Menschen, die sich im Mondlicht bewegten. Als er sich der Reling näherte, hörte er einen lauten Schrei. Kein Menschenschrei, soweit er es beurteilen konnte, eher ein Tierlaut. Er zögerte eine Sekunde und tastete mit der Hand nach dem kleinen Messer in seiner Hosentasche. Es war noch da. Er begann, die Leiter hinaufzuklettern, und als er die Reling erreicht hatte, sah er einen kleinen, dunkelhäutigen Jungen mit einer Katze auf dem Schoß auf dem Boden sitzen. Er näherte sich ihm langsam.

»Hallo. Sprichst du Englisch?«, fragte er.

Der Junge nickte.

»Ist Decha da?«

»Nein.«

»Wo ist er?«

»Weg.«

»Weißt du, wann er zurückkommt?«, fragte Stilton.

»Vielleicht morgen, vielleicht an einem anderen Tag.«

»Kann ich hier auf ihn warten? Gibt es eine freie Kajüte?«

»Kannst du bezahlen?«

»Ja.«

Der Junge hob die Katze hoch und ging an der Reling entlang, ein Stück weiter standen ein paar andere kleine Jungs. Sie diskutierten leise miteinander, auf Thai. Einige der Jungs sahen in Stiltons Richtung. Nach mehreren Minuten kam der Junge mit der Katze zurück und zeigte an Stilton vorbei in Richtung Achterdeck.

»Es gibt ganz hinten eine freie Kajüte«, sagte er, »du kannst dort warten.«

»Wie gut. Danke.«

Stilton betrachtete den Jungen. Aus seinem einen Mundwinkel lief rote Flüssigkeit.

»Du blutest im Mund«, sagte er.

»Nein. Das ist Betelnuss. Willst du probieren?«

»Nein, danke.«

Stilton ging los, Richtung Kajüte.

»Wie heißt du?«, fragte der Junge.

Stilton wandte sich um.

»Tom. Und du?«

»Little Pluto.«

»Und die Katze?«

»Bagha.«

»Bagha?«

»Das bedeutet Tiger«, sagte Little Pluto.

Die hinterste Kajüte war völlig leer, abgesehen von einer dünnen, dunklen Matratze auf dem Boden. Durch ein schmutziges Bullauge fielen ein paar Lichtstreifen auf die gesprungenen Planken. Es roch undefinierbar scheußlich. Er hoffte inständig, dass Decha so bald wie möglich auftauchte, am besten morgen, denn der Gedanke, mehr Zeit als nötig in dieser Zelle zu verbringen, war nicht besonders verlockend.

Aber in Anbetracht dessen, was er durchgemacht hatte, um sein Ziel zu erreichen, war er bereit, eine Weile zu bleiben. Die Kajüte war im Vergleich zu dem Bambusboden, auf dem er letzte Nacht gelegen hatte, ein klares Upgrade.

Außerdem war sie blutegelfrei.

Er hatte Träume, Albträume, aufblitzende zusammenhanglose Bilder von einer behinderten Frau, die in einem großen Aquarium saß und lachte, einer Buddhafigur, die von einem Regal hinunterlief und sich in ein Krokodil verwandelte, das flüsterte, auf Deutsch, kleinen dunkelhäutigen Jungen, die auf dem Wasser gingen und mit sonderbaren stacheligen Früchten jonglierten.

Es war keine gute Nacht.

Er wachte ein paarmal auf, schweißgebadet, mit juckenden Stichen im Gesicht, und wusste nicht, wo er war. Als es ihm klar wurde, versuchte er, wieder einzuschlafen. Einmal hörte er Stimmen, flüsternde Stimmen in einer Sprache, die er nicht kannte. Es klang, als wären sie genau vor seiner Tür. Er wollte gerade aufstehen, um sie zu öffnen, als die Stimmen verschwanden.

Als er beim nächsten Mal aufwachte, nahm er einen Geruch wahr, der ihm inzwischen wohlbekannt war.

Süßlich und irgendwie kühl.

Er versuchte, wieder einzuschlafen.

Mårten nahm Mette in Empfang, als sie sich aus dem Reisebus hievte. Die Sonne schien, und es herrschte fantastisches Frühlingswetter, fast schon Sommer, jedenfalls mit schwedischem Maß gemessen. Alle Gerüchte, dass es in England immer regnete, waren bisher Lügen gestraft worden. Mårten strahlte mit der Sonne um die Wette. Geradezu lyrisch rühmte er all die Gärten, die sie bisher gesehen hatten. Sissinghurst, Pashley Manor, Monks House. Letzterer war Virginia und Leonard Woolfs Garten, wo Mårten angesichts der Gewächshäuser, die mit dem Haus zusammengebaut waren, ins Schwärmen geriet. So eines wollte er auch haben! Er sah sich bereits darin Pflanzen vorkultivieren, stellte sich die große Weinrebe vor, die sie dort drinnen haben würden, sie würde sich vor Trauben nur so biegen, wenn sie abends jeder in einem Sessel mit einem Glas Wein in der Hand darunter säßen. Mette wiederum dachte daran, wie viel Arbeit ein Gewächshaus machte, wie viel Zeit mit Gießen vergehen würde und dass es ziemlich viele Jahre dauern würde, bis eine Weinrebe so groß war, dass sie sich vor Trauben bog. Zu diesem Zeitpunkt würden sie beide vermutlich schon tot sein. Aber sie sagte nichts, weil sie begriff, dass ihre Sicht der Dinge vermutlich mit einer gewissen Melancholie wegen ihrer Pensionierung zusammenhing.

Nun waren sie nach Charleston gekommen. Zum Haus von Virginia Woolfs Schwester Vanessa Bell. Seinerzeit einer der Hauptsitze der Bloomsbury Group. Und ja, es war schön, das musste sogar die pensionierte, leicht deprimierte Kriminalhauptkommissarin zugeben. Teiche, große und kleine, Skulpturen und Mosaike in einem Meer von Frühlingsblumen. Etwas später sollten sie eine Führung im Haus bekommen, und Mårten war ganz hibbelig vor Aufregung. Er hatte vor ihrer Abfahrt alles verschlungen, was er über die Bloomsbury Group finden konnte, und wusste genau, wer ein Verhältnis mit wem gehabt hatte, was eine große Leistung war. Nicht im Hinblick auf Mårtens Erinnerungsvermögen, sondern weil man Karte und Kompass brauchte, um sich durch den Dschungel von Beziehungen zu fieseln, die die Mitglieder der Gruppe untereinander gehabt hatten.

Mårten hakte sich bei seiner Frau unter, er wollte ein bisschen mit ihr im Garten herumschlendern, bis sie dran waren mit der Besichtigung. Da kam eine ältere, grauhaarige Dame auf sie zu, die zu ihrer Reisegruppe gehörte, und lächelte Mette auf eine liebenswürdige Art an, wie es nur ältere Damen können.

»Viola hat mir erzählt, dass Sie Kriminalkommissarin sind, meine Güte, wie spannend!«

Mårten sank etwas in sich zusammen. Er war nicht hier, um über den ehemaligen Job seiner Frau zu sprechen, im Gegenteil, er war hier, um das endlich einmal nicht tun zu müssen. Und das war Mette klar, aber sie lächelte genauso freundlich zurück, um nicht unhöflich zu sein.

»Nicht mehr. Jetzt bin ich pensioniert und unglaublich interessiert an Gärten«, antwortete sie und versuchte, der Dame durch die Blume zu zeigen, dass sie gerne weitergehen und die Beete bewundern wollten.

Zu zweit.

»Wie schön diese schwarzen Tulpen sind!«, sagte sie. »Solche sollten wir zu Hause pflanzen, Liebling.«

Aber die alte Dame verstand den Wink nicht, wahrscheinlich hatte sie überhaupt nicht gehört, was Mette gesagt hatte. Stattdessen nahm sie Mettes Arm, sah sich kurz um und ging noch einen Schritt näher an sie heran, als wolle sie ihr ein Geheimnis anvertrauen.

»Ich muss Ihnen etwas erzählen, das ich von einer englischen Freundin gehört habe, die hier in der Gegend wohnt. Eine absolut fantastische Geschichte über einen grauenvollen Mord, fast wie bei Inspector Barnaby. Am Anfang war etwas mit einem Hund, ich glaube, es war ein Labrador, der an einem Strand angeschwemmt wurde. Er war tot, hatte ich das schon gesagt? Jedenfalls hatte er so eine Tätowierung, mit der man Tiere registriert, und so konnte man den Besitzer herausfinden, und als sie in sein Haus kamen, also ich meine, in das von dem Besitzer des Labradors, und ihn über den Tod seines Hundes informieren wollten, war er nicht zu Hause, aber stattdessen hat man eine tote Frau auf einem Billardtisch gefunden, sie muss schon lange tot gewesen sein, denn sie war ganz, wie heißt das noch mal, wie die in Ägypten …«

»Mumifiziert«, sagte Mårten hilfsbereit.

»Mumifiziert, genau, danke. Und sie lag auf einem Billardtisch, glaube ich, oder hab ich das schon gesagt? Aber der Mann, er war einfach verschwunden, bis zum heutigen Tag. Ist das nicht unglaublich spannend? Und ganz hier in der Nähe. Was glauben Sie? Als Profi? Glauben Sie, er hat sie und den Hund ermordet, oder glauben Sie, er ist auch tot?«

Mette wusste nicht, was sie sagen sollte. Etwas über die Kunst, eine gute Geschichte zu verhunzen, vielleicht? Denn sie kannte den rätselhaften Fall gut, von dem die Frau so wirr erzählte, sie hatte vor vielen Jahren darüber gelesen, nur gerade überhaupt keine Lust, das jetzt zu verraten. Was sollte sie also antworten?

Da wurde sie von einem Klingelton gerettet.

Manchmal sind Handys ein Geschenk des Himmels, dachte sie, als sie sich bei der alten Dame entschuldigte und dadurch stattdessen Mårten zwang, ihr zu antworten.

»Schwer zu sagen«, sagte er, »vielleicht war es der Hund der Frau und der Mann war eifersüchtig auf ihn?«

Er wandte sich von der aufdringlichen Dame ab und sah Mette in dem schönen Garten verschwinden, hinter einer Venusstatue, umgeben von einer wogend geschnittenen Buchsbaumhecke. Er lächelte der liebenswürdigen Mordfanatikerin zu, entschuldigte sich und sagte, er wolle etwas zu trinken holen. Als er zurückkam, sah er Mette rastlos auf den Kieswegen zwischen den Rabatten auf und ab gehen, das Handy am Ohr. Jetzt läuft sie auch noch auf und ab, dachte er bekümmert. Er kannte die Körpersprache seiner Frau in- und auswendig, und wenn sie auf diese Art auf und ab lief, war es ernst. Seufzend beschloss er, trotzdem zu ihr zu gehen und so das Ende des Gesprächs vielleicht zu beschleunigen. Denn angeschwemmte tote Labradors interessierten ihn noch weniger.

Als er bei Mette ankam, hatte sie gerade das Handy sinken lassen.

»Wer war das?«, fragte er.

»Olivia.«

»Aha? Probleme?«

»Ja.«

Mette blickte über den blühenden Garten, in den Rabatten drängten sich Tulpen und Vergissmeinnicht.

»Tom ist verschwunden«, sagte sie.

»Wo? In Thailand?«

»Oben, im nördlichen Teil.«

»Was macht er da oben?«

»Sucht nach jemandem.«

»Und ist verschwunden.«

»Ja. Sie erreichen ihn nicht mehr«, sagte Mette.

»Das haben wir auch nicht, mehrere Jahre lang.«

»Weil er auf der Straße gelebt hat und keinen Kontakt wollte. Das ist ein verdammter Unterschied!«

Mette fluchte?

Sehr ungewöhnlich. Das hatte er noch nicht so oft erlebt, und wenn er es erlebt hatte, war es in der Regel um ein misslungenes Töpferobjekt gegangen.

Jetzt ging es um Tom.

»Was können wir tun?«, fragte er.

»Nichts.«

Mette hatte bereits mehrere Alternativen im Kopf sortiert.

Abbas losschicken? Ein paar gute Polizisten in Bangkok kontaktieren, die sie kannte?

Beide Alternativen kamen ihr momentan übertrieben vor. Sie wusste ja, wie Tom tickte. Dass er nicht erreichbar war, musste nicht bedeuten, dass er in Not war und Hilfe brauchte. Weder von Abbas noch von der Polizei. Es konnte auch sehr gut bedeuten, dass er nicht erreicht werden wollte.

Aus dem einen oder anderen Grund.

Sie hatte fundamentales Vertrauen in Toms Überlebenspotential, sie wusste, aus welchem Holz er geschnitzt war. Dass er ein paarmal von der Bahn abgekommen war, war verwerflich, aber verzeihlich. Dass er in der Gosse gelandet war, war zutiefst menschlich.

Dass sie nicht wusste, was er auf den Philippinen gemacht hatte, war wahrscheinlich gut.

»Wir warten erst mal ab«, sagte sie zu Mårten. »Und, was denkst du über diesen toten Hund?«

Stilton hörte das Motorengeräusch lange, bevor er das Boot sah. Er stand auf dem Deck und blickte auf den schmalen Fluss hinunter, es war kurz nach sechs Uhr abends, die Dämmerung brach langsam herein. Inzwischen war er seit drei Tagen hier und hatte schon angefangen, sich zu langweilen, doch jetzt wurde er wieder munter. Er ahnte, wer sich dem Schiff näherte, und war gespannt. Wenn es der falsche Mann war, war Stilton umsonst ziemlich weit gereist und hatte dabei eine Menge Scheiße erlebt.

Es war der richtige Mann.

Der Mann, der aus dem offenen grünen Motorboot an Land stieg, war der Mann von Veronicas Foto. Das sah er selbst aus dieser Entfernung.

Die Reise hierher hatte sich gelohnt.

Der Mann trug einen maßgeschneiderten weißen Anzug, der Hut auf seinem Kopf war ein klassischer cremefarbener Borsalino. In der einen Hand hielt er einen abgewetzten Koffer, ein älteres Modell von Louis Vuitton, mit der anderen Hand stützte er sich auf einen schwarzen Stock. Er nahm den Hut ab, wischte sich mit einem kleinen, hübschen Tuch übers Gesicht und winkte der Frau zu, die mit dem Motorboot davonfuhr. Schnell war einer der Jungs bei dem Mann, hievte dessen Koffer auf seinen Kopf und lief damit in Richtung Schiff los. Der Mann ließ seinen Blick über den Fluss schweifen und atmete tief ein, als wären die Düfte aus dem Dschungel für ihn etwas Besonderes.

Stilton konnte das nicht nachvollziehen.

Ein paar Minuten später ging der Mann dem Jungen mit dem Koffer nach, auf seinen schwarzen Stock gestützt. Nach ein paar Metern blickte er zum Schiff empor. Dann blieb er stehen. Vermutlich hatte ihn der Anblick von Stilton auf dem Vorderdeck innehalten lassen. Der Mann sah ihn ein paar Sekunden an, bevor er mit gesenktem Kopf zur Leiter weiterging. Er beeilte sich nicht besonders. Entweder hat er Probleme mit den Beinen, dachte Stilton, oder er muss nachdenken.

Als der Mann an Deck kam, blieb er stehen und lehnte sich an die Reling. Stilton stand ein paar Meter entfernt. Der Mann musterte ihn: ein merklich heruntergekommener weißer Mann, unrasiert und ungekämmt, mit einem schmutzigen Verband um den Kopf und zerstochenem Gesicht. Als der Mann den Besucher ausgiebig betrachtet hatte, hob er den schwarzen Stock ein wenig und sprach Stilton auf Englisch an.

»Und wer sind Sie?«

Stilton trat einen Schritt auf den Mann zu und streckte die Hand aus.

»Tom.«

»Sie sind weit von zu Hause weg.«

Der Mann ging weiter auf die breite Tür einer Kajüte zu, öffnete sie und verschwand. Stilton nahm zur Kenntnis, dass er die Tür offen gelassen hatte. Würde er gleich wieder herauskommen? Als nichts dergleichen passierte, ging Stilton zur Tür und warf einen Blick hinein. Es war eine sichtlich große Kajüte, vermutlich die Kapitänskajüte, fast ein kleiner Salon. Sie hatte auf der einen Seite eingepasste, gut gefüllte Bücherregale aus dunklem Tropenholz, auf der anderen Seite ein breites Bett mit tiefgrünem Überwurf. In der Mitte standen zwei bequeme Ledersessel an einem hübschen Holztisch, genau unterhalb eines rechteckigen Bullauges. Auf dem Boden lag ein dunkelroter, runder Teppich, zerschlissen, aber schön, fand Stilton. Die Kabine, in der er geschlafen hatte, entbehrte alles, was diese Kajüte hatte.

Aber er war ja auch nur ein Besucher.

Der Mann hatte den Stock gegen einen der Sessel gelehnt und einen kleinen Tonkrug vom Tisch genommen, aus dem er vorsichtig ein dunkles Getränk in ein kleines Glas einschenkte. Stilton fielen seine feingliedrigen, weißen Hände auf. Als das Glas voll war, sagte der Mann, ohne sich zur Tür umzuwenden:

»Isla del Tesoro… Castros privater Rum, gibt es heute nur noch in einer sehr begrenzten Auflage. Wollen Sie?«

»Nein, danke, im Moment nicht.«

Der Mann wandte sich mit dem Glas in der Hand um, betrachtete Stilton und setzte sich in einen der Sessel. Die andere Hand legte er auf den silbernen Knauf des Stocks. Stilton blieb in der Tür stehen.

»Die Jungs sagen, Sie heißen Decha«, sagte Stilton. »Ist das Ihr richtiger Name?«

»Nein, aber für hier ist er in Ordnung. Sind Sie Engländer?«

»Nein, Schwede.«

Decha zeigte eine minimale Reaktion, nur ein paar Sekunden lang, und ging dann ins Schwedische über.

»Ein Landsmann?«

»Sie sind auch Schwede?«

Stilton tat so erstaunt, wie er nur konnte.

»Ja.«

Decha nahm einen Schluck Rum, ließ ihn eine Weile im Mund hin- und hergleiten, schluckte ihn hinunter und fragte:

»Und was führt Sie in diese gottvergessene Gegend, Tom?«

»Schuppentiere.«

»Aha … Sie sind einer von denen.«

»Ja.«

»Sie wissen, dass die Tiere vom Aussterben bedroht sind?«, sagte Decha.

»Genau das macht die Sache so einträglich. Die Leute bezahlen viel für ein Abendessen mit Schuppentier in einem besseren Restaurant in Shanghai.«

»Ich dachte, man wäre eher auf die Schuppen aus.«

»Dachten Sie?«, sagte Stilton.

»Ja. Für medizinische Zwecke.«

Die Männer musterten einander. Stilton trat einen Schritt weiter in den Raum und nickte zu dem Krug mit Rum hin.

»Isla del Tesoro?«

Decha bedeutete ihm, sich am Krug zu bedienen. Stilton trat vor und schenkte sich ein Glas ein. Gin oder Rum, immer führte es zu etwas. Er setzte sich in den anderen Sessel und prostete Decha zu.

»Wie sind Sie hergekommen?«, fragte Decha.

»Per Boot.«

»Aus Wanssingi?«

»Ja.«

»Barfuß?«

Stilton zuckte leicht mit den Schultern. Decha betrachtete sein zerstochenes Gesicht und seine wunden Füße, stand auf, ging zu einem kleinen Schrank hinüber, holte ein Paar Ledersandalen heraus und reichte sie Stilton.

»Danke«, sagte Stilton.

Er zog sich die Sandalen an, die Größe stimmte einigermaßen.

»Wanssingi, sagten Sie?«

»Ja«, antwortete Stilton.

»Ziemlich gefährliches Kaff. Viel Opium.«

»Ja. Jhang Sa.«

Stilton nahm ein minimales Zucken in Dechas Augenlidern wahr.

»Sind Sie ihm begegnet?«, fragte Decha.

»Nur flüchtig. Kennen Sie sich?«

Decha betrachtete Stilton, nachdenklich, und sagte dann:

»Was für eine Verletzung haben Sie da? Unter dem Verband?«

»Ich bin gestolpert und gegen einen Stein gestoßen.«

»Sie wissen, dass mit Wundinfektionen hier nicht zu spaßen ist, in der Hitze entwickeln sich einige unangenehme Parasiten sehr schnell. Wollen Sie Antibiotika?«

»Ich komme schon klar.«

Decha nickte und nahm noch einen Schluck Rum, seine Hand war ruhig.

»Jhang Sa?«, sagte er.

»Ja.«

»Opiumbaron.«

»Das hab ich begriffen.«

»Aber Sie sind nicht in die Sache verwickelt?«

»Nein.«

Stilton merkte, dass Decha ihn umkreiste, sich Informationen verschaffen wollte, was sehr verständlich war. Ein völlig fremder Mann, der plötzlich auf dem Vorderdeck steht und kurz danach mit einem Glas Rum in der Kapitänskajüte sitzt. Er hätte ja wer weiß wer sein können. Was er auch war. Doch er spürte, dass Decha das Gespräch kontrollieren musste, bis er sich sicher fühlte.

»Wie sind Sie hier gelandet?«, fragte Decha.

Stilton hatte schon mit dieser Frage gerechnet und sich eine

Antwort überlegt. Er wollte gleich den richtigen Einstieg finden.

»Ich habe einen Mord begangen und mich hier versteckt, als er verjährt war, hatte ich Wurzeln geschlagen und bin geblieben.«

Der Mord war ja die Wahrheit, die Verjährung eine Lüge, aber das konnte Decha schließlich nicht wissen.

»Warum sind Sie geblieben?«, sagte Decha.

»Mir gefällt die Abwesenheit.«

»Von?«

»Allem.«

Decha lächelte und musterte den zerschlissenen Mann im Sessel. Log er? Vermutlich nicht. Warum sollte er? Wer präsentiert sich schon als Mörder, wenn er es nicht ist?

»Sie haben viele Stiche im Gesicht«, sagte er.

»Ja. Moskitos.«

»Von wann sind die?«

»Ist ein paar Tage her, warum?«

»Denguefieber hat eine Inkubationszeit von vier, fünf Tagen. Damit ist nicht zu spaßen.«

»Nein.«

Stilton wollte das Thema nicht vertiefen, er hatte diesen Gedanken schon selbst gehabt, fand ihn aber nicht besonders lustig, also wechselte er das Thema.

»Das Schiff gehört Ihnen?«

»Ja. Ein alter Flussdampfer, achtundzwanzig Kajüten, Küche, Speisesaal. Es ist hier oben geblieben, als das Flussbett schmaler wurde, ich bin ziemlich billig drangekommen.

»*Contamana*, das klingt nicht besonders thailändisch?«

»Nein, ich habe es umgetauft«, sagte Decha. »Kennen Sie Werner Herzog?«

»Ein Regisseur, oder?«

»Er hat einen fantastischen Film über einen Mann mit einem großen Traum gemacht, *Fitzcarraldo*. Er wollte eine Oper im Amazonas bauen und musste einen Flussdampfer über einen Berg ziehen, um den Traum zu verwirklichen.«

»Und der hieß *Contamana*?«, fragte Stilton.

»Im Film hieß er *Molly Aida*, aber in Wirklichkeit hieß er *Contamana*.«

»Das hier ist also Ihr großer Traum?«

Decha lächelte ein wenig.

»Gewissermaßen. Ist kein Luxusdampfer, aber er erfüllt seinen Zweck.«

»Und der wäre?«

Stilton fand, dass er nun an der Reihe war.

»Was glauben Sie?«, fragte Decha mit einem angedeuteten Lächeln.

»Keine Ahnung, es liegt ja etwas abseits hier.«

»Ja.«

Decha schloss die Augen, Stilton wartete ein paar Sekunden, und sagte dann:

»Wohnen Sie schon lange hier?«

»Ja.«

Decha öffnete die Augen wieder und streckte sich nach einem schmalen Buch auf dem kleinen Tisch, es war deutlich, dass er seine Wohnverhältnisse nicht weiter kommentieren wollte.

»Sind Sie ein lesender Mensch?«, fragte er.

»Nicht besonders, ich bin ziemlich primitiv«, sagte Stilton.

»Aber mutig. Es gibt nicht viele Europäer, die sich in diese Gegend wagen.«

»Sie haben sich auch hergewagt.«

»Ich bin mutig, auf meine Art. Oder habe vielleicht nicht so viel zu verlieren, das ist eine andere Definition von Mut.«

Decha lächelte kurz, legte das Buch zurück und sah Stilton an. Es blieb eine Weile still. Schließlich begann sich Stilton etwas unwohl zu fühlen.

»Ist es okay, wenn ich mir hier eine Kabine miete?«, fragte er.

»Während der Schuppentierjagd?«

»Ja.«

Decha lächelte wieder, und Stilton wurde unruhig. Würde dieser Mann Kontakt zu den Behörden aufnehmen? Die Strafe für die Jagd auf Schuppentiere war bestimmt nicht unerheblich. Warum hatte er nur damit angefangen?

»Sie können sich gern eine Kabine mieten«, sagte Decha. »Man stößt in dieser Gegend nicht sonderlich oft auf Landsleute. Und was Ihre Schuppentiere betrifft, dazu habe ich keine Meinung. Die Jungs jagen sie auch manchmal, vielleicht können sie Ihnen im Dschungel ein bisschen helfen? Noch ein Glas?«

»Gerne.«

Und während Decha Stiltons Glas nachfüllte, dachte der Schuppentierjäger darüber nach, warum Veronica Wadner gerade diesen Mann hier kriegen wollte.

Auf welche Art und Weise er wohl in ihre Tragödie verwickelt war.

*

Veronica saß auf dem Sofa und beobachtete einen sehr großen, dunklen Käfer, der über den Dielenboden kroch, einen Skarabäus. Sie wusste, was ihm für Bedeutungen zugeschrieben wurden. In gewissen Religionen war er ein Symbol für Leben und Wiedergeburt, die Unsterblichkeit der Seele, in anderen wurde er als Todesuhr bezeichnet. Für sie war die Idee der Unsterblichkeit der Seele ein widerwärtiger Selbstbetrug, sie zog es vor, das leise Klacken des Käfers als Ticken des Todes zu sehen. Alles ist bemessen, dachte sie und blickte in ihr Ginglas.

Es war leer.

Ihr Verhältnis zu Alkohol hatte sich seit ihrer Ankunft in Thailand verändert. Früher hatte sie sehr maßvoll getrunken, meistens Wein zum Essen, jetzt trank sie bedeutend mehr und aus anderen Gründen. Bei einem bestimmten Grad an Betrunkenheit hatte sie den Mut, sich der Vergangenheit zu nähern, die zeitlich gesehen noch gar nicht so lange her war. Der Zeit vor dem Bösen. Diese Zeit beinhaltete ein völlig anderes Leben in einer völlig anderen Welt, einer Welt mit vielen Menschen und vielen Gesichtern. Gesichter, die vorübergegangen waren, ohne einen bleibenden Eindruck zu hinterlassen, und Gesichter, die sie gehasst hatten. Letztere waren in der Überzahl gewesen. Um sie brauchte sie sich jetzt nicht mehr zu sorgen.

Und dann die Gesichter, die sie liebten.

Ihren Namen flüsterten.

Gesichter, die nicht mehr existierten.

Sie blickte in das leere Glas hinunter. Die Tränen, die nun still an ihrer zerstörten Haut herunterrannen, waren echt, daran konnte keine Behinderung etwas ändern.

*

Stilton hatte keine Ahnung, wie viel Uhr es war, er musste sich um dringendere Angelegenheiten kümmern, als er mitten in der Nacht in Rekordtempo über die Leiter von Bord ging. Das Einzige, was er mitbekam, war der große, gelbe Mond. Er schlug sich ins Gebüsch und konnte sich gerade noch die Hose nach unten ziehen, bevor sich eine Sturzflut aus ihm ergoss. Durchfall. Danach sackte er zusammen, nahm eine Handvoll Laub und wischte sich so gut es ging ab. Schweißgebadet kletterte er die Leiter wieder herauf, und als er sich mit zitternden Beinen wieder auf die Matratze fallen ließ, musste er sich eingestehen, dass er verdammt hohes Fieber hatte. Er fluchte.

Diese Nacht würde er so schnell nicht vergessen. Abgesehen von Schwindel, Durchfall und Schüttelfrost litt er vor allem an quälendem Durst. Er lechzte nach Wasser, war viel zu schwach, um aufzustehen, und gleichzeitig widerstrebte es ihm, nach Hilfe zu rufen. Mitten in der Nacht. Wen sollte er rufen? Decha? Little Pluto? Oder einfach nur schreien? Er wand seinen schweißtriefenden, nackten Körper und verschwand in einem Tunnel von wirbelnden Hirnfragmenten.

Einmal in dieser Nacht versuchte er, gegen die Wand zu schlagen, aber seine Hand ließ sich nicht heben, sie fiel wie ein zerbrochener Zweig zu Boden.

Irgendwann öffnete Little Pluto die Tür zu Stiltons Kajüte und holte sofort Decha. Als der das Wrack auf dem Boden sah, war er sich sofort über die Situation im Klaren. Denguefieber. Er wusste auch, dass es jetzt nur ein Heilmittel gab. Flüssigkeit. Literweise Flüssigkeit. Er wies die Jungs auf dem Boot an, so viel Wasser in Stilton hineinzuzwingen, wie sie nur konnten. Im besten Fall würde das Fieber relativ schnell wieder sinken, im schlimmsten Fall würde es sich zu hämorrhagischem Fieber entwickeln, ein Verlauf, der diesen Schuppentierjäger vermutlich das Leben kosten würde.

Die Jungs wechselten sich also ab, Stiltons Kopf nach oben zu halten und seinem zitternden Körper über den Mund Wasser einzuflößen.

Stunde um Stunde.

*

Nach etwa einem Tag ließ das Fieber nach, und Stilton kehrte in die Wirklichkeit zurück. Er lag auf der Matratze und begriff, was er durchgemacht und überstanden hatte. Dank Decha und den Jungs und all der Flüssigkeit. Als er an Deck wankte, die Sonne und den Fluss sah und die Vogelschreie hörte, fühlte er eine ähnliche Demut vor dem Schicksal wie bei Aom und Sudarat. Es kann die ganze Zeit schiefgehen, dachte er, oder es kommt in Ordnung.

Er lehnte sich an die Reling und dachte an den vorherigen Abend bei Decha, bis ihm klar wurde, dass ein Tag vergangen war, mindestens. Aber wie auch immer. Er war bei Decha sitzen geblieben, bis der Tonkrug leer war. Ihr Gespräch hatte sich um nichts gedreht oder um alles. Decha war ein versierter Mann, der gern kulturelle Anspielungen einstreute, die komplett an Stilton vorbeigingen. Das Einzige, was Stilton aus dem Gespräch mitgenommen hatte, war der Eindruck, er sitze einer Fassade gegenüber, und dass Decha nur das zeigte, was er zeigen wollte, und verbarg, was er nicht nach außen tragen wollte.

Stilton hatte damit überhaupt kein Problem.

Auch er hatte Dinge, die er nicht nach außen tragen wollte.

Er wandte sich zu Dechas Kajüte um. Wer zum Teufel war er? Und wer war Veronica Wadner? Hatten sie ein Verhältnis gehabt? Aber sie behauptete ja, nicht zu wissen, wer der Mann auf dem Foto war. Oder wollte sie nur, dass Stilton ihn fand und berichtete, was er machte? Aber warum?

Er blickte über den kompakten grünen Dschungel hinaus, Nebelschleier hingen zwischen den Bäumen, eine große, braune Eidechse kletterte einen Baumstamm hinauf. Der Lebensraum der Schuppentiere, dachte er und begann, den Verband um seinen Kopf abzuwickeln. Von Decha hatte er an besagtem Abend noch ein kräftiges Pflaster bekommen, das er jetzt aufklebte. Es deckte die Wunde von dem Schlag bei Jhang gut ab. Er verscheuchte ein paar Wildkatzen, die auf dem Deck herumstrichen. Plötzlich hörte er laute, wummernde Musik aus Dechas Kajüte. Er lockerte seinen Griff um die Reling und begann, mit leicht zitternden Beinen auf die Kajüte zuzugehen, die Nachwirkungen des Fiebers steckten ihm noch in den Knochen. Er blieb vor der Tür stehen und horchte ein paar Sekunden, überlegte, ob er erst ein Bad im Fluss nehmen oder gleich anklopfen sollte.

Er klopfte an.

Niemand öffnete.

Vorsichtig machte er die Tür auf und spähte hinein. Decha saß in einem der Sessel, mit schweißglänzendem Oberkörper und einem Handtuch um die Hüften. Er hatte ein kleines Glas in der Hand, die Augen waren geschlossen. Offenbar genoss er die laute Musik. Stilton klopfte fest an den Türrahmen. Decha öffnete die Augen, es dauerte ein paar Sekunden, bis er Stilton eingeordnet hatte, dann nickte er zu einem alten Kassettenrekorder auf dem Fußboden hin.

»Judas Priest«, sagte er. »Die Metal-Götter, ich liebe sie. Kommen Sie rein!«

Decha beugte sich vor und schaltete den Kassettenrekorder aus.

»Geht es Ihnen besser?«, fragte er in die Stille.

»Ja.«

»Gut. Das ist die Flüssigkeit. Viel Flüssigkeit in der Anfangsphase, habe ich gelernt, wenn es eine leichte Infektion ist. Sie hatten Glück.«

»Ja. Danke.«

Decha machte eine abwehrende Handbewegung, als wäre es eine Selbstverständlichkeit, Flüssigkeit in Leute mit Denguefieber zu kippen.

Was es natürlich auch war.

»Sie müssen entschuldigen, dass ich noch nicht angezogen bin«, sagte Decha. »Gestern Nacht ist es spät geworden.«

»Aha?«

Wobei?, dachte Stilton, wollte aber nicht vorpreschen.

»Ich musste mit einem der Jungs zum Arzt nach Wanssingi fahren, er war ziemlich schlimm von einer Katze gebissen worden. Sie können alle möglichen Krankheiten im Speichel haben, deshalb mussten wir dem Jungen eine Tetanusspritze geben. Es wird langsam Zeit für die hier.«

Decha beugte sich hinunter und zog eine Pistole unter dem Sessel hervor.

»Ab und zu muss ich sie abknallen, auch wenn ich nur ungern Tiere töte. Jetzt sind schon wieder zu viele Katzen auf dem Schiff. Fällt es Ihnen leicht, Tiere zu töten?«

»Was sein muss, muss sein.«

»Exakt. Was sein muss, muss sein, wie bei so vielem anderen. Oder nicht?«

Decha sah Stilton in die Augen, als er das sagte, und hielt seinen Blick forschend fest. Stilton wusste nicht, was er signalisierte. Was sein muss, muss sein? Was muss sein? Katzen zu töten?

Also wechselte Stilton das Thema.

»Wohnen Sie das ganze Jahr über hier?«, fragte er.

»Nein, ich fliege her, wenn es zu Hause zu eng wird.«

»Was meinen Sie mit eng?«

»Schweden ist in vielerlei Hinsicht ein gutes Land, aber es ist in gewissen Dingen total verkrüppelt, verflacht, jede Erhebung ist verboten. Man hat seine Box und seinen Platz, und daran soll man sich halten. Das Abweichende und Elastische hat keinen Raum. Groß zu denken ist gut, gleich zu denken ist schwedisch. Da kriegt man leicht keine Luft mehr. Kleine Menschen aus kleinem Milieu sind selten interessiert daran, was außerhalb des Gartenzauns vor sich geht. Oder wie sehen Sie das?«

Stilton wusste nicht, worauf Decha hinauswollte.

»Ich hab nichts gegen Schweden«, sagte er.

»Sagte der Mann einen Mord später. Ich nehme an, Sie haben Ihren Mord in Schweden begangen?«

»Nein, im Ausland.«

»War es schwer zu morden?«

Stilton mochte die Wendung nicht, die das Gespräch genommen hatte, und lenkte mit einer Frage ab, mit der er eigentlich noch hatte warten wollen.

»Wissen Sie, wer Veronica Wadner ist?«

Decha stand auf, ließ das Handtuch zu Boden fallen und nahm gleichzeitig einen dunklen Bademantel vom Bett.

»Nein«, sagte er. »Wer ist das? Sollte ich sie kennen?«

»Sie ist Schwedin. Wohnt hier in Thailand. Sitzt im Rollstuhl.«

»Hier wohnen viele Schweden, viele, die nicht auf dem Radar erscheinen wollen. Wie Sie. Ist sie in Ihr Geschäft verwickelt?«

»Nein.«

Plötzlich lächelte Decha Stilton an und fuhr mit einer Hand durch sein Haar.

»Haben Sie schon ein Bad genommen?«, fragte er.

»Nein.«

»Fühlen Sie sich dazu in der Lage?«

»Absolut.«

Decha deutete zur Tür, und Stilton ging vor ihm hinaus. Jetzt hatte er die Veronica-Karte ausgespielt und war ziemlich überzeugt davon, dass Decha nicht wusste, wer sie war.

Wenn er nicht sehr gut schauspielern konnte.

Was alles noch merkwürdiger machte.

»Ich komme gleich«, sagte er.

Decha nickte und kletterte die Leiter herunter. Stilton ging ein paar Schritte auf seine Kabine zu und beobachtete dabei Decha. Als er sah, dass Decha fast unten am Fluss war, lief er zurück zur Kapitänskajüte. Vorsichtig öffnete er die Tür und schlüpfte hinein.

Er wollte wissen, wie Decha eigentlich hieß.

Zuerst zog er ein paar Schubladen einer Kommode heraus, die an der einen Wand stand. Er arbeitete schnell. In den Schubladen fand er nichts. An einem Ende des Bettes stand ein schmaler Kleiderschrank aus Holz. Er öffnete ihn und tastete hastig ein paar Innentaschen der dort hängenden weißen Anzüge ab.

»Was machst du?«

Die Stimme kam von der Tür und gehörte Little Pluto.

Stilton drückte die Schranktür zu und wandte sich zu dem Jungen um.

»Ich will wissen, wie Decha heißt. Mit richtigem Namen.«

»Warum?«

»Um zu verstehen, wer er ist.«

»Warum fragst du ihn nicht?«

Gute Frage.

Stilton war einmal kurz davor gewesen, hatte aber gespürt, dass es da eine rote Linie gab. Es war ein ständiger Balanceakt. Decha hatte ihm seinen richtigen Namen nicht von selbst genannt, also wollte er ihn nicht verraten. Wenn Stilton zu neugierig war, konnte leicht herauskommen, dass er nicht der war, für den er sich ausgab, und das war nicht in seinem Sinne.

»Das werd ich machen«, sagte er und ging zur Tür. »Kommst du heute mit auf Schuppentierjagd?«

»Gern.«

Little Pluto ging vor ihm zur Tür hinaus, und Stilton wusste, dass er jetzt hoch pokerte. Er hatte keine Ahnung, was der Junge für ein Verhältnis zu Decha hatte. Vielleicht würde er ihm von Stiltons Besuch in der Kajüte erzählen, vielleicht auch nicht.

Wenn ja, würde alles sehr kompliziert werden.

Olivias letzter Besuch in Abbas' Wohnung war schon eine Weile her, aber alles sah noch genauso aus wie damals. Er war kein Mensch, der nur um der Veränderung willen etwas veränderte, die Einrichtung, die er sich ausgesucht hatte, war die, die er haben wollte. Exklusiv und sparsam, viel Weiß und Grau, Glastisch, kein Gegenstand zu viel, ein Art-déco-Teppich auf dem Boden.

Beherrscht, würden viele denken, an der Grenze zu ängstlich.

Erlesen, fanden sicher andere.

Olivia dachte nichts von beidem. Ihre eigene Wohnung würde sie niemals so einrichten, aber sie fühlte sich immer wohl, wenn sie hierherkam.

Daran hatte vermutlich Abbas selbst einen großen Anteil.

Es hatte eine Zeit gegeben, ganz am Anfang ihrer Bekanntschaft, in der sie sich von ihm angezogen gefühlt hatte. Er sah gut aus, war im Verhältnis zu den Männern, die Olivia zu dieser Zeit um sich hatte, extrem gut gekleidet, schweigsam, mit Augen, in die man vieles hineininterpretieren konnte. Mystisch, durch seine kriminelle Vergangenheit und seinen multikulturellen Hintergrund.

Als sie zum ersten Mal bei ihm zu Hause gewesen war, hatte er ihr darüber hinaus eine Demonstration seines heimlichen Markenzeichens geliefert. Sie hatte in einem seiner Sessel gesessen und angezweifelt, dass er wirklich immer Waffen bei sich trug, wie Tom behauptete. Eine Sekunde später hatte sich ein kurzes schwarzes Messer in die Rückenlehne gebohrt, nur ein paar Zentimeter von ihrem Kopf entfernt. Sie hatte nicht einmal die Bewegung gesehen.

Dann hatte er ihr Eistee angeboten.

Das tat er jetzt auch.

»Danke«, sagte Olivia und nahm den Becher entgegen.

Abbas setzte sich neben sie aufs Sofa, legte einen kleinen Untersetzer auf den Glastisch und stellte seinen eigenen Becher darauf ab.

»Ist es schwer?«

»Was?«

»Das mit Lukas Bengtsson?«

Darauf war Olivia nicht gefasst. Sie hatte über ganz andere Dinge reden wollen, wie es Abbas ging, was in seinem Leben passierte, ob er sich auch im Nichts befand.

Aber es sollte offensichtlich anders kommen.

»Warum fragst du?«

»Er ist dir nicht egal.«

Das stimmte, absolut, aber warum Abbas gerade das zur Sprache brachte, kapierte sie nicht richtig.

»Woher weißt du das?«, fragte sie.

»Ich hab mit Mette gesprochen.«

Aha, Mette also. Sie wusste, wie nah sich Abbas und Mette standen, aber es störte sie trotzdem, dass die beiden offensichtlich über ihr Verhältnis zu Lukas gesprochen hatten. Das ging außer ihr niemanden etwas an.

Aber daran ließ sich nichts mehr ändern.

»Er leidet an einer dissoziativen Identitätsstörung«, sagte sie. »Weißt du, was das ist?«

»Ja. Meine Mutter hatte das.«

»Deine Mutter?«

»Das ist meine Interpretation. Sie war zwei Personen, ohne es zu wissen. Eine, die Kinder liebte und Lätzchen aus Stoffresten nähte, und eine andere, die auf dem Kai Männer aufgabelte.«

»Warum glaubst du das?«

»Weil ich es will. Es erleichtert mir die Erinnerung an sie.«

Abbas nahm seinen Becher und trank etwas Tee. Olivia wusste nicht allzu viel über seinen familiären Hintergrund, nur, dass er chaotisch war und vieles enthielt, vor dem man am liebsten verschont bleiben wollte. Vielleicht nicht so verwunderlich, dass er sich eine plausible Erklärung zurechtgelegt hat, dachte sie.

Dass seine Mutter zwei Personen war.

Vielleicht stimmte es ja.

Olivia konnte dazu nichts sagen, also kehrte sie zu seiner ersten Frage zurück.

»Also, ja«, sagte sie, »das mit Lukas ist schwer. Ich hab ihn in beiden Zuständen getroffen, und es ist sehr schmerzhaft. Neulich hab ich ihn in Karsudden besucht, er war wie ein Zombie.«

»Wie war er vorher?«

Ja, wie war er vorher?

Olivia versuchte, den Zombie in Karsudden zurückzudrängen und an den Künstler am Ringvägen zu denken, aber es fiel ihr schwer.

»Ich hab ihn nur zweimal getroffen, bevor er festgenommen wurde, bei ihm zu Hause und in seiner Galerie, da war er fröhlich, intensiv, hat viel geredet, merkwürdige Geschichten erzählt. Ich fand ihn spannend, sehr besonders.«

»Er hat dich nicht losgelassen?«

»Irgendwie ja, denke ich, ein paar Tage lang, dann ist er auf einem Überwachungsfilm aufgetaucht, und dann wurde auf einmal alles total seltsam.«

»Weil er nicht der war, für den du ihn gehalten hast?«

»Ja.«

»Oder halten wolltest?«, fragte Abbas.

»Eher das, vielleicht, ich wusste ja, dass er was damit zu tun haben könnte, ich hatte die Akte mit dem Verfahren, in dem er Malin Brovall gedroht hatte, selbst gefunden, aber trotzdem. Ich konnte die Bilder nicht zusammenbringen.«

»Weil er zuerst einen ganz anderen Eindruck gemacht hatte.«

»Vermutlich.«

Wahrscheinlich war es so, wie Abbas sagte, Lukas war in einer Situation in ihr zerbrechliches Leben getreten, in der er Bedürfnisse erfüllte, von deren Existenz sie gar nichts gewusst hatte. Seine Texte, seine Gemälde und seine Anwesenheit hatten sie mit Dingen in Kontakt gebracht, die sie verdrängt hatte, Dinge aus ihrer Vergangenheit, Dinge, die sie verloren hatte.

Die sie jetzt nicht losließen.

Abbas legte einen Arm um Olivia, und sie lehnte den Kopf an seine Schulter. Lange Zeit saßen sie still da, tranken mehr Tee und dachten jeder für sich über das Leben nach.

Schließlich landeten beide bei ihrer Schnittmenge.

»Hast du was von Tom gehört?«, fragte Olivia.

»Nein, aber ich musste gerade an ihn denken. Er schickt sonst regelmäßig Nachrichten, nur ist die letzte jetzt schon eine Weile her.«

»Er ist verschwunden.«

Abbas nahm den Arm von Olivias Schultern und richtete sich im Sofa auf.

»Wie? Vom Retreat?«

»Von der Landkarte. Er hatte sich offenbar bereit erklärt, einer Frau zu helfen, einen unbekannten Mann zu finden. Eines Morgens ist er aus dem Retreat losgefahren, dann hat er viele Tage später aus Chiang Rai oben in Nordthailand angerufen, und plötzlich ist das Gespräch abgebrochen. Seitdem haben sie keinen Kontakt mehr zu ihm.«

»Luna und Aditi?«

»Niemand. Mette hat es auch versucht, genau wie ich.«

»Chiang Rai?«, sagte Abbas.

»Ja. Weißt du, wo das ist?«, fragte Olivia.

»Ich kenne die Region, leider. Eine absoluter Opiumsumpf. Die Typen in Marseille hatten da phasenweise Leute stationiert. Was zum Teufel macht er da?«

Auch Abbas war niemand, der unnötig Kraftausdrücke verwendete, daher verriet seine Reaktion Olivia eine Menge.

»Vermutlich sucht er nach diesem Mann«, sagte sie.

Abbas stand auf und holte sein Handy heraus, in der Bewegung stieß er gegen den Glastisch, und sein Tee schwappte ein wenig auf den Untersetzer.

»Wie heißt die Frau, der er helfen sollte?«, fragte er.

»Keine Ahnung.«

»Kennt Mette den Namen?«

»Glaub ich nicht.«

Abbas wählte eine Nummer und wischte den verschütteten Tee mit einem Hemdsärmel auf, nach ein paar Signalen antwortete Luna.

»Hallo, hier ist Abbas. Olivia hat von Tom erzählt. Hat er sich schon gemeldet?«

»Nein«, antwortete Luna.

»Wie heißt diese Frau, für die er unterwegs ist?«

»Veronica Wadner.«

»Hast du ihre Nummer?«

»Nein«, sagte Luna. »Aber Aditi hat sie, ich kann sie dir nachher schicken.«

»Danke.«

Abbas legte auf und setzte sich wieder hin. Olivia fiel auf, dass er schneller atmete als vorher. Sie legte eine Hand auf seinen Arm.

»Tom kommt doch eigentlich immer klar«, sagte sie, in vollem Bewusstsein, dass es ein absolut sinnloser Versuch war, jemanden zu beruhigen, der Tom wesentlich besser kannte als sie.

Sie versuchte es also auf eine andere Art.

»Wie war das noch mit Backgammon? Wolltest du da nicht fertiggemacht werden?«

Stilton saß auf einer Bank auf dem wackeligen Steg und trocknete sich mit einem großen Badehandtuch ab. Decha hatte es mit zum Fluss gebracht. Er selbst lag in einem Bademantel in einem flachen Boot und sonnte sich. Stilton sah ihn an.

»Sie haben nicht zufällig ein Handy, das ich mir leihen dürfte?«, fragte er.

»Es gibt kein Netz hier, leider.«

Stilton wusste nicht, ob er log, ob er nicht wollte, dass Stilton Kontakt zur Außenwelt aufnahm. Aus dem Augenwinkel sah er, wie Decha ihn musterte. Vielleicht war es so. Er ging davon aus, dass Decha verschiedene Szenarien mit ihm durchspielte, er war kein Mann, der einem jede Geschichte sofort abkaufte. Stilton hatte kapiert, dass er seine Zunge besser zu jedem Zeitpunkt im Zaum hielt. Noch immer wusste er nicht, wie Decha eigentlich hieß, und was für eine Verbindung er zu Veronica Wadner hatte. Vielleicht wusste Decha das selbst nicht.

Allerdings war er sich im Klaren darüber, dass Decha ihm während des Fiebers vielleicht das Leben gerettet hatte.

»Denken Sie viel über das Leben nach?«, fragte Decha plötzlich.

»Das Leben?«

»Die Existenz. Was es heißt zu leben?«

»Nein. Sie?«

»Täglich. Ich versuche zu verstehen, was es heißt, ein Mensch zu sein, was uns antreibt.«

Decha setzte sich im Boot auf und blickte auf den Fluss hinaus.

»Irgendjemand hat mal geschrieben, das Leben sei eine unheilbare Krankheit, die zum Tod führt«, sagte er. »Da ist viel Wahres dran.«

»Sind Sie unheilbar krank?«

»Das kommt darauf an, wie man krank definiert. Krank zu sein, muss kein körperliches Gebrechen mit sich bringen, nicht einmal ein mentales. Es kann darum gehen, wie die Umwelt einen definiert. Sie sind ja ein Mörder, betrachten Sie sich als gesund?«

»Einigermaßen.«

Decha lachte auf und lehnte sich gegen die Reling, das Boot war nahe daran umzukippen.

»Aber wenn man nun einmal weiß, dass das Einzige, auf das wir uns zubewegen, der Tod ist, muss man doch versuchen, so viel wie möglich aus der Reise dorthin zu machen, oder?«

»Absolut.«

»Pflücke den Tag, wie es wortwörtlich übersetzt so schön heißt. *Carpe diem*. Es gab einen englischen Henker namens Pierrepoint; er äußerte sich 1936 darüber, dass die Last der Arbeit manchmal zu groß wurde. ›Die Freude an der Arbeit verschwand‹, sagte er. Absurd, aber ich kann ihn verstehen. Das Leben ist zu kurz, um es in Routine und Tristesse zu verschwenden. Was genießen Sie?«

Stilton war ein wenig sprachlos. Was er genoss? Auf einmal wurde ihm klar, dass es sehr lange her war, dass er überhaupt etwas genossen hatte. Die Stunden mit Luna natürlich. Aber darüber hinaus? Was gab es für Genussfaktoren in seinem Leben? Keine Kinder. Kein Job. Kein Zuhause. Eine Handvoll Freunde, fiel ihm ein, die Abendessen bei Mette und Mårten.

War das alles? Backgammon mit Abbas? Wohl kaum ein maximaler Genuss. Möglicherweise draußen auf Rödlöga, die Einsamkeit auf den Klippen, die Verbindung zur Vergangenheit, Großmutter und Großvater.

Und von Rödlöga war er gerade ziemlich weit entfernt.

Er sah zu Decha hinunter.

»Da mussten Sie aber lange nachdenken«, lächelte Decha.

»Ja, leider.«

Stilton blickte zum Ufer und erinnerte sich an seine erste Frage bei ihrem ersten Zusammentreffen.

»Sie haben mir nie auf die Frage geantwortet, was der Zweck des Schiffs ist«, sagte er. »Ist das ein Geheimnis?«

»Überhaupt nicht. Es ist eine Zuflucht für Rohingya-Kinder. Die Rohingya sind in Myanmar einer brutalen ethnischen Vernichtung ausgesetzt, einer ›Säuberungskampagne‹, wie das Militär es nennt, das wissen Sie vielleicht?«

»Ja.«

»Und im Zuge dessen werden Kinder gekidnappt, um in den Bergen Opium zu stehlen, sie sind ja klein und schmal und können unter dem Stacheldraht um die Mohnfelder durchkriechen.«

Vielleicht nutzt du sie selbst für die gleichen Dinge aus, dachte Stilton, aber er sagte:

»Und wie landen sie hier? Auf dem Schiff?«

»Die Jungs, denen es gelingt, vor den Schmugglern zu fliehen, landen als Bettelkinder in den Städten hier in der Gegend. Oft unterernährt, verängstigt, viele haben Krankheiten, sie sind ja auch hier in Thailand Paria. Sie werden bespuckt, man behandelt sie schlimmer als Hunde.«

Decha blickte ins Wasser hinunter und schüttelte leicht den Kopf.

»Es ist wirklich widerwärtig«, sagte er.

»Ja.«

Stilton konnte nichts einwenden, er wusste, wie empört Aditi über die Behandlung der Rohingya war, Dechas Schilderung der Situation war vermutlich völlig korrekt.

Decha sah zum Steg hinauf.

»Also leiste ich meinen bescheidenen Beitrag, in der Zeit, die mir noch bleibt«, sagte er. »Geld habe ich mehr, als ich brauche, ich versuche, es auf sinnvolle Weise zu verwenden. Ein wenig erträglichere Umstände für die Kinder zu schaffen, ihnen etwas Sicherheit zu geben. Einmal in der Woche kommt eine Lehrerin aus Wanssingi hierher und gibt ihnen ein bisschen Englischunterricht, ich selbst versuche, ihnen etwas über Literatur und Musik beizubringen.«

»Das klingt sehr beachtlich.«

Decha lächelte ein wenig.

»Ich bin kein Heiliger«, sagte er. »Ich versuche nur, ein einigermaßen guter Mensch zu sein.«

Im Gegensatz zu einem Mörder, der vom Aussterben bedrohte Tiere jagt, dachte Stilton, aber er war sich nicht sicher, ob das der Subtext war. Decha klang aufrichtig in dem, was er sagte.

Ein lauter Pfiff ließ Stilton herumfahren. Little Pluto stand oben an der Reling und winkte.

Es war Zeit für die Schuppentierjagd.

Little Pluto hatte den Schuppentierkäfig der Jungs mitgenommen, er war auch als Falle verwendbar. Er ging vor und schlug ihnen mit seiner Machete einen Weg durch den Regenwald, Stilton ging mit dem Käfig in der Hand hinterher. Der Dschungel um sie her war voller Geräusche, eine Kakofonie aus schreienden Affen und wilden Vögeln, deren Namen Stilton nicht wusste, knackenden Ästen und Wasserrauschen aus verschiedenen Richtungen. Das Einzige, was er tun konnte, war, dem kleinen Jungen vor sich auf den Fersen zu bleiben. Little Pluto wusste genau, wo er den Käfig platzieren musste, er wusste, wo die Schuppentiere ihre Pfade zu den kleinen Rinnsalen hatten, die durch den Dschungel flossen. Er hatte hier schon viele Schuppentiere gefangen. Um die meisten von ihnen hatten sich andere gekümmert, Männer, die auf Dechas Schiff kamen. Aber manchmal konnten die Jungs heimlich ein Schuppentier abzweigen und auf eigene Rechnung verkaufen. Es waren Festtage, wenn die Jungs etwas Geld an den Ständen unten am Hafen von Wanssingi ausgeben konnten.

Stilton hatte Schwierigkeiten, zwischen den Bäumen und Büschen mit dem wendigen Jungen mitzuhalten, er hatte seine besten Jahre schließlich schon hinter sich. Er blieb stehen, um Atem zu holen. Little Pluto wandte sich um.

»Geh ich zu schnell?«

»Nein, es ist die Hitze, die nervt ein bisschen.«

Sie befanden sich in tropischem Klima, Hitze und Luftfeuchtigkeit waren extrem hoch, es war, wie der Opiummann in Wanssingi gesagt hatte: ›*No country for old men*‹. Little Pluto ging zu Stilton hinüber und sah ihn an.

»Hast du Wasser dabei?«, fragte er.

»Nein.«

Little Pluto schüttelte den Kopf und ging weiter. Stilton lief dicht hinter ihm her, sein Blick fiel auf die nackten Füße des Jungen.

»Hast du keine Angst vor Schlangen?«, fragte er.

»Nein.«

»Aber es gibt hier Schlangen?«

»Ja. Giftige Schlangen. Aber sie beißen mich nicht.«

»Warum?«

»Ich habe ein schützendes Schild von meiner Mutter bekommen. Bei unserem Abschied hat sie mit zwei Fingern über meine Stirn gestrichen und Worte gesagt, die ich nicht verstanden habe, dann sagte sie, dass die Schlangen im Dschungel jetzt wüssten, wer ich bin, sie würden mich nicht beißen.«

Stilton, der nicht viel für Aberglauben übrighatte, sah den kleinen barfüßigen Jungen an, der sich durch die Büsche schlug. Er erinnerte ihn an einen anderen Jungen in Not, dem er vor nicht allzu langer Zeit begegnet war, ein Junge, der in Nigeria zu grausamen Dingen gezwungen worden war. Zwei kleine Jungs, die von der Erwachsenenwelt widerlichen Dingen ausgesetzt und dann erwachsen geworden waren, bevor sie überhaupt aufwachsen konnten.

Er schämte sich.

»Hier!«

Little Pluto zeigte auf eine kleine Lichtung an einem schmalen Wasserlauf.

»Stell ihn quer zum Wasser hin, mit der Öffnung nach oben. Dann leg ich den Köder rein.«

Stilton stellte den Käfig dorthin, wo der Junge gezeigt hatte, und Little Pluto füllte ihn.

»Jetzt gehen wir ein Stück nach oben, man hört, wenn die Klappe zuschnappt.«

Beide gingen wieder ein Stück in den Dschungel hinein. Stilton sank auf einen Stein und wischte Fluten von Schweiß aus seinem Gesicht. Little Pluto lehnte sich gegen eine Palme.

»Jetzt heißt es nur noch warten«, sagte er.

»Wo hast du so gut Englisch gelernt?«

»Von Decha, und einer Lehrerin, die manchmal kommt.«

»Decha wohnt nicht das ganze Jahr über auf dem Schiff, hab ich gehört.«

»Nein. Er fährt manchmal weg, dann müssen wir uns um uns selbst kümmern. Dann kommt er wieder.«

»Wie lange ist er weg?«

»Manchmal lange.«

Stilton war sich bewusst, dass er den Jungen schamlos ausquetschte, aber es gab eben sonst nicht viele zugängliche Informationsquellen. Decha selbst traute er nicht über den Weg. Dieser Mann hatte verborgene Räume, zu denen er Stilton keinen Zugang gewähren würde. So viel stand fest.

Also fragte er noch weiter.

»Hier in den Bergen wird viel Opium angepflanzt?«

»Ja.«

»Macht Decha auch so was?«

»Rauchen?«, fragte Little Pluto.

»Nein.«

Stilton hoffte, dass Little Pluto verstand, worauf er hinauswollte, und er hatte den Eindruck, dass es so war. Zumindest drehte Little Pluto sich weg und fing an, mit seiner Machete einen Zweig zu schälen.

»Ich weiß nicht, was Decha macht«, sagte er. »Du musst ihn selbst fragen.«

Stilton begriff, dass Little Pluto nicht erzählen würde, was er eventuell über Decha wusste. Aus Loyalität vielleicht oder aus anderen Gründen.

Er verdankte Decha immerhin ein Leben in Sicherheit.

Decha hatte sein Fernglas mehrmals über den Dschungel schweifen lassen, ein starkes, modernes Fernglas, aber trotzdem fand er nicht, was er suchte. Das Paar, das angeblich auf

Schuppentierjagd gegangen war. Er wollte schon fast aufgeben, als er eine Gestalt tief drinnen zwischen den Bäumen entdeckte, sehr weit weg, einen Jungen, der mitten im Grün gegen eine Palme gelehnt stand. Little Pluto. Vermutlich war Tom in der Nähe. Gut. Dann wusste er, wo sie waren. Er senkte das Fernglas, setzte sich auf eine Holzbank neben der Reling und strich sich mit einer Hand über die Brust. Es war heiß und stickig, wie immer, aber das bereitete ihm weiter keine Sorgen. Im Gegensatz zu dem Gast aus Schweden. Wer war dieser Tom eigentlich? Und Veronica Wadner? Warum hatte er ihn nach ihr gefragt, einen ihm völlig unbekannten Menschen? Was hatte das mit der Jagd auf Schuppentiere zu tun? Er holte sein Handy heraus und googelte »Veronica Wadner«. Es gab nichts über sie im Netz. Rollstuhl? Plötzlich schoss ihm eine Erinnerung durch den Kopf, eine fremde Frau im Rollstuhl, die im Schatten am Pool des Oriental saß und ihn anlächelte. War das Veronica Wadner? Hatte sie Tom geschickt? Er hob erneut das Fernglas und richtete es auf den Dschungel.

Little Pluto war verschwunden.

Plötzlich war ein kurzer Knall zwischen den Bäumen zu hören.

»Jetzt!«

Little Pluto rannte auf die Stelle zu, an die sie den Käfig gestellt hatten. Stilton lief hinterher. Als sie ankamen, sah er das Tier im Käfig. Ein Schuppentier. Es warf seinen gepanzerten Körper gegen das Bambusgitter. Little Pluto stand daneben und sah Stilton triumphierend an.

»Wir haben eins gefangen!«

»Ja.«

Stilton blickte den Käfig und Little Pluto an. Er musste eine Entscheidung treffen.

Sie war nicht besonders schwer.

Er ging zum Käfig, zog die Klappe nach oben und sah, wie das Schuppentier sich davonmachte und im Dschungel verschwand.

»Was machst du?!«

Little Pluto verstand die Welt nicht mehr. Stilton nahm ihn am Arm und zog ihn auf den Boden hinunter. Nahe der Quelle setzten sie sich dicht nebeneinander hin. Little Pluto sah Stilton an.

»Warum hast du es freigelassen?«

»Weil es fast ausgerottet ist.«

»Was bedeutet das?«

»Dass es überall, wo es vorkommt, gejagt und getötet und verkauft wird, wegen seines Fleisches und seines Panzers. Bald gibt es vielleicht keine Schuppentiere mehr auf der Erde. Deshalb.«

Little Pluto blickte zu Boden und sagte erst nach ein paar Sekunden wieder etwas.

»Und keine Rohingya. Wir werden auch ausgerottet.«

Auf diese Antwort war Stilton nicht gefasst gewesen. Er sah Little Pluto an.

»Ich weiß«, sagte er, weil ihm nichts Besseres einfiel.

»Du weißt nichts.«

Was ziemlich nahe an der Wahrheit war. Stilton wusste nicht viel über die Rohingya, außer ein paar schemenhaften Fetzen aus den Nachrichten und dem, was Aditi in späten Nächten erzählt hatte, wenn sie aufgebracht war.

»Kannst du mir nicht etwas erzählen?«, fragte er.

Was Little Pluto letztlich zum Reden brachte, war unklar, vielleicht hatte er einfach das Bedürfnis, vielleicht hatte er irgendeine Art von Zusammengehörigkeitsgefühl Stilton gegenüber, oder ganz einfach deshalb, weil Stilton das Schuppentier freigelassen hatte.

Und was er berichtete, sollte Stilton noch lange nachhängen. Er begann mit den Worten:

»Die Soldaten sind eines Morgens früh ins Dorf gekommen, alle Erwachsenen waren draußen auf dem Reisfeld. Sie haben die Häuser nach Kindern durchsucht, alle Kinder, die sie fanden, haben sie erschossen, außer meiner kleinen Schwester Somaya. Sie war gerade erst auf die Welt gekommen, sie haben sie mit rausgenommen, an den Beinen hochgehalten und dann auf einen großen Haufen mit brennenden Kleidern geworfen. Nachts schreit sie noch immer in meinen Ohren.«

Stilton merkte, dass er kaum zu atmen wagte. Die Stille inmitten der Kakofonie der Dschungelgeräusche schuf einen Raum zwischen dem Jungen und ihm. Little Pluto erzählte weiter, kurze Erinnerungsbilder von Grausamkeiten, ohne Zusammenhang, nur ein Strom von Schrecken, der durch den Mund des kleinen Jungen rann, von Vergewaltigungen draußen auf dem Reisfeld und besinnungslosen Schießereien im Dorf.

Plötzlich verstummte er und sah auf.

Ein Stück entfernt hing ein Affe an einem Arm hoch oben an einer Palme, er schaukelte hin und her und musterte das Paar, als fände er das Gespräch, das da stattfand, interessant.

Das fand Stilton nicht. Er fand es entsetzlich.

»Sollen wir zurückgehen?«, fragte Little Pluto.

Er stand auf, zog sein T-Shirt aus und ging los. Stilton sah lange Narben auf seinem Rücken.

Woher stammten sie?

Aus der Vergangenheit oder der Gegenwart?

*

Natürlich war es kein Zufall, dass Veronica ausgerechnet Kontakt zu Tom Stilton aufgenommen hatte, aber davon wusste er nichts. Außerdem hatte sie sich nicht nur deshalb an ihn gewandt, weil Aditi erzählt hatte, dass er Polizist gewesen war.

Das hatte sie längst gewusst.

Der Grund war, dass Stilton sich perfekt für ihre Ziele eignete. Die Frage war, wann sie ihm ihre Ziele verraten sollte.

Ob sie es überhaupt tun sollte. Oder ob sie es irgendwann tun musste.

Sie rollte langsam die Rampe zum Strand hinunter. Es war ein wolkenschwerer Tag, ein Wetter, das sie mochte. Sie schob sich ein wenig im Sand voran und blieb stehen. Vor ihr lagen ein paar angespülte wabbelige tote Quallen. Der Schlosser hatte erzählt, dass man sie zubereiten und essbar machen konnte, eine Art Suppe, die nach nichts schmeckte, bis man sie würzte. Er hatte sie einmal gekocht, als er bei ihr zu Besuch gewesen war, sie hatte einen Löffel heruntergewürgt, das hatte gereicht. Der Schlosser fand, sie sei wählerisch, aber im Hinblick auf ihren Zustand war sie der Meinung, dass wählerisch zu sein ihr gutes Recht war.

Ihr Blick schweifte über das blaugrüne Meer, das Symbol für Reisen in bekannte und unbekannte Länder. Einmal, als alles noch anders ausgesehen hatte, nicht zuletzt sie selbst, war sie über Meere gereist, die sich weiter erstreckten als dieses hier. Sie hatte Städte besucht, in denen ihre Eltern sie in Kunstmuseen und auf wimmelnde Märkte mitgenommen hatten. Ihr Vater war Diplomat gewesen, ihre Mutter hatte das gleiche Interesse an anderen Kulturen gehabt. Sie hatte vieles gelernt, das ihr in der Schule niemand beibringen konnte, menschliche Schicksale, die sie nie vergessen hatte. Ihr Vater konnte auf eine Skulptur zeigen und erzählen, dass der Bildhauer eine

Frau geliebt hatte, die einen anderen liebte, und in seiner Verzweiflung seine rechte Hand in einen Eimer mit Säure steckte. Dann schuf er die Skulptur mit der linken Hand und nannte sie »Liebe«. Ob das Fantasie oder Wahrheit war, spielte keine Rolle. Für sie war es zu diesem Zeitpunkt sinneserweiternd.

Sie blickte zum Horizont und sah Silhouetten von Schiffen.

Ich muss lernen, auf eine neue Art zu reisen, dachte sie.

Da klingelte ihr Handy. Zum vierten Mal innerhalb kurzer Zeit, eine unbekannte Nummer. Sie beschloss, abzuheben und der Sache ein Ende zu bereiten. Vielleicht war es ja Stilton, mit erfreulichen Neuigkeiten.

»Hallo, Veronica, entschuldigen Sie die Störung«, sagte eine Männerstimme. »Mein Name ist Abbas el Fassi, und ich bin ein guter Freund von Tom Stilton. Er ist verschwunden, und ich will wissen, wo er ist. Haben Sie eine Ahnung?«

Ohne Umschweife.

Veronica war bestürzt, auch wenn sie es sich nicht anmerken ließ, sie begriff, woher der Mann am anderen Ende ihre Nummer hatte und verstand seine Sorge vollkommen. Auch sie fragte sich, wo Stilton war. Also antwortete sie ganz wahrheitsgemäß:

»Nein, im Moment nicht.«

»Zuletzt war er offenbar in Chiang Rai. Was wollte er dort?«

»Mögen Sie Pflaumen?«

Es wurde ein paar Sekunden still, viele Sekunden, bis Abbas antwortete:

»Warum fragen Sie?«

»Um Zeit zu gewinnen. Ich weiß nicht, wer Sie sind, und Sie wissen nicht, wer ich bin.«

»Veronica Wadner.«

»Und wer ist das?«

Abbas fing langsam an, die Geduld zu verlieren.

»Also, ich weiß, dass Tom Ihnen helfen sollte, nach einem unbekannten Mann zu suchen. Worum geht es dabei?«

»Um einen unbekannten Mann.«

»Der sich oben im Opiumland befindet?«

»Anscheinend«, sagte Veronica. »Darf ich fragen, sind Sie selbst hier in Thailand?«

»Nein, aber ich überlege, hinzufliegen und nach ihm zu suchen.«

Dazu hatte Veronica keine Meinung. Wenn dieser Mann nach Stilton suchen wollte, dann war das seine Sache.

»Wenn Tom sich meldet, bitten Sie ihn doch, sofort unter dieser Nummer anzurufen«, fuhr Abbas fort. »Danke.«

Das Gespräch wurde beendet, und Veronica blickte wieder aufs Meer hinaus.

Offenbar waren noch mehr Leute beunruhigt über Toms Verschwinden.

Olivia trug einen Heizkörper unter dem Arm, er hatte seinen Zweck während des Kälteeinbruchs im Winter erfüllt, und jetzt wollte sie ihn endlich zurückbringen. Sie ging in Richtung Långholmsbron hinunter und hoffte, dass der Nerz oder seine neue Liebe auf dem Kahn sein würden. Wenn nicht, wollte sie ihn aufs Vorderdeck stellen.

Das Treffen mit Abbas hatte ihr gutgetan, auch wenn sie ihn mit der Information über Tom aufgescheucht hatte. Aber je mehr Leute Bescheid wussten, desto größer war die Chance, dass einer davon dort unten Kontakt zu ihm bekam.

Dachte sie.

Heute Morgen hatte sie über einen Wochenendtrip nach Kopenhagen nachgedacht. Eine Dosis von Lennies totaler Bejahung all dessen, was das Leben lebenswert machte, konnte sie jetzt wirklich gebrauchen. Goldschmiedin? Warum nicht. Vielleicht sollte sie sich ihr anschließen? Ihre Mutter war Textilkünstlerin gewesen, Goldschmiedin war nur eine andere Art filigrane Arbeit. Aber vor allem war es Lennie selbst, nach der sie sich sehnte. Sie und Lennie kannten sich schon ewig, das war sicher ein Grund. Der andere war, dass Lennie keine Grenzen kannte. Lisa war nicht so, im Guten wie im Schlechten. Grenzenlose Personen werden wohl selten Polizisten, dachte Olivia und spürte, wie traurig dieser Gedanke sie auf einmal machte. Wie war sie selbst denn? Nicht besonders grenzenlos, das wusste sie, aber gleichzeitig bereit, ziemlich weit zu gehen, wenn es hart auf hart kam. Aber dabei ging es eher um

Mut oder um Dummdreistigkeit, das war was anderes. Wie Lisa und Lennie sich wohl verstehen würden? Wahrscheinlich supergut: Weißwein, lustige Geschichten über Mansplaining und Ergüsse über die unglaublichen Vorteile des Singlelebens. Vielleicht sollte sie Lisa mit nach Kopenhagen einladen?

Als sie so weit gekommen war, konnte sie konstatieren, dass aus allen Bullaugen des Kahns noch dieselben violetten Lichter leuchteten. Sie ging die Gangway hinauf und wurde auf dem Vorderdeck vom Nerz empfangen.

»Hi, Olivia!«, sagte er.

Na so was.

Der Nerz verwendete ihren richtigen Namen ohne beleidigenden Zusatz, das hatte es vorher noch nie gegeben. Bald wird er Parteimitglied bei den Grünen und legt sich Lapplandstiefel zu, dachte Olivia.

»Komm rein, zum Teufel, aber sei verdammt vorsichtig, diese kleinen Seitensprösslinge sind das reinste Rohöl!«

Olivia stieg so vorsichtig sie konnte über all die Pflanzen, die im ganzen Salon wucherten, und streckte dem Nerz den Heizkörper entgegen.

»Danke fürs Ausleihen.«

»Keine Ursache. Bist du auch warm geworden?«

»Es hat geholfen.«

»Siehst du! Eine helfende Hand ist wie ein Vogel im Wald!«, sagte der Nerz.

»Wo ist Bettan?«

»Sie macht einen Powernap.«

Plötzlich ergriff der Nerz Olivia am Arm und schob sie auf die einzige Bank hinunter, auf der noch keine Pflanzen standen. Er setzte sich selbst dicht neben sie und flüsterte:

»Sie will nichts riskieren.«

»Was riskieren?«

»Mit dem kleinen Nerz.«

Der Nerz richtete sich auf, als er das sagte, und sah aus, als hätte er den Namen eines Nobelpreisträgers vier Jahre im Voraus verraten. Dieser Tage war das zwar an sich nicht so unwahrscheinlich, aber davon hatte der Nerz keine Ahnung. Er sah Olivia nur an, als rechnete er mit einer Gefühlsexplosion.

»Ist sie schwanger?«, fragte Olivia.

»Ist sie schwanger? Was zum Geier ist das für eine Frage? Das Mädel hat so was von ’nen Braten in der Röhre, dass man es bis Nordkorea hören könnte, wenn sie heute werfen würde! Ist sie schwanger …«

Der Nerz schluckte die seiner Ansicht nach extrem laue Reaktion Olivias hinunter und fegte ein paar Milchpakete mit Pflänzchen zu seinen Füßen weg. Da er von Olivias eigener Schwangerschaft und der Fehlgeburt keine Ahnung hatte, ging er davon aus, dass sie schockiert war und keine Worte für diese weltbewegende Nachricht fand.

»Hallo!«

Der Brutkasten des kleinen Nerzes betrat den Raum, etwas rotwangig und in einen voluminösen grünen Morgenrock gehüllt.

»Hallo«, sagte Olivia. »Ich hab gehört, du kriegst ein Kind!«

»Redest du von Leif?«

Bettan lachte, als sie das sagte, und zog vorsichtig einen Hocker zwischen all den Anbaukisten hervor.

»Nein, er hat gesagt, du bist schwanger«, sagte Olivia.

»Er sagt so viel, wenn der Tag lang ist, neulich hat er behauptet, er wäre mit einem arabischen Mönch in einer Rattenfalle um die Welt gesegelt, also in einem Gummiboot, das wie eine …«

»Bettan!«, sagte der Nerz. »Red jetzt kein wirres Zeug. Dieses Sauerköpfchen zählt zu Toms besten Freunden, wir haben keine Geheimnisse voreinander. Sag, wie es ist!«

Bettan zog ihren Morgenrock enger zusammen und sah Olivia an, eine Art Blickkontakt zwischen Frauen.

»Dass meine Periode ein bisschen überfällig ist, das ist schon öfter passiert, aber du weißt, wie Leif ist. Er schwebt schon auf dem Mond, bevor er überhaupt den Gehsteig verlassen hat.«

Das wusste Olivia. Auch wenn sie sich auf das Resultat der biologischen Verschmelzung dieser zwei Existenzen gefreut hätte.

Auch der Nerz hatte die Botschaft verstanden und spürte, dass er an Boden verlor.

»Wie findest du ›Urban Turban‹?«, wechselte er das Thema und sah Olivia dabei an.

»Hab ich nie so richtig gehört, war ein bisschen vor meiner Zeit, etwas abstruse Musik, oder?«

Der Nerz sah plötzlich erstarrt aus.

»Gibt es etwa eine Band, die so heißt?«, sagte er.

»Ja. Wusstest du das nicht?«

Offensichtlich nicht, denn er wandte sich sofort an Bettan und sagte:

»Dann müssen wir ihn umbenennen.«

»Wen umbenennen?«, fragte Olivia.

»Wir wollten einen Podcast starten, der so heißt«, antwortete Bettan. »Urban Turban.«

Da kam der Nerz wieder in Gang:

»Bettan redet über Pflanzenzucht, und ich erzähle Geschichten aus aller Herren Länder, ich bin ja ganz schön rumgekommen. Was für ein verdammter Mist! Wir scheißen auf diese abstruse Band und bleiben trotzdem bei ›Urban Turban‹!

Und dann wollten wir noch ein kleines Café hier auf dem Kai starten, Bistro la Kali, Hängematten und so Zeug, und eine Boule-Bahn mit Kugeln direkt aus der Erde! Na?«

Olivia blickte Bettan an, die etwas entschuldigend lächelte. Der Nerz kramte ein paar Plastikflaschen mit Proteindrinks heraus und streckte Olivia eine entgegen.

»Und, hast du mal was von unserem Landesflüchtigen gehört?«, fragte er.

»Er ist verschwunden.«

»Hör auf. Wie verschwunden?«

»Irgendwo im Goldenen Dreieck, niemand kriegt Kontakt zu ihm. Habt ihr nichts gehört?«

»Nein? Was zum Geier macht er da?«, fragte der Nerz.

»Nach jemandem suchen.«

»Solo?«

»Das nehm ich an.«

»In dieser Scheißgegend!«

Der Nerz stand abrupt auf und warf dabei Milchpakete und Plastikflaschen um, offensichtlich war er beunruhigt. Bettan und Olivia sahen sich an, keine von ihnen war beim Nerz diese Art von Reaktion gewohnt.

»Was ist los?«, fragte Bettan.

»Was los ist? Verdammt noch mal, mein Kumpel ist verschwunden! Kapierst du nicht, was wir zusammen durchgemacht haben?«

»Nein?«

Olivia kapierte es auch nicht. Sie wusste bei Weitem nicht alles über die gemeinsame Vergangenheit von Tom und dem Nerz, nur, dass sie sehr weit zurückreichte, bis zu Toms Zeit als Kriminalkommissar, mit dem Nerz als einem seiner besten Spitzel. Jetzt trampelte der Spitzel in einem Gemüsebeet auf einem Kahn herum, der Toms Lebensgefährtin gehörte, und war sichtlich erschüttert.

»Stellt euch nur vor, wenn sie ihn kriegen!«, sagte der Nerz.

»Wer?«, fragte Olivia.

»Alle diese scheiß Drogentypen, die den Mist da oben betreiben! Er könnte ja verdammt noch mal tot sein oder gefoltert! Verkrüppelt!«

Der Nerz stieg über eine Salatzucht und verschwand nach oben aufs Deck. Olivia und Bettan sahen sich an.

»Der Arme«, sagte Bettan. »Ich verstehe, wie es ihm geht. Er hat einiges von Tom erzählt, dass er seine rechte Hand bei der Polizei war und wie sie zusammen ermittelt haben. Schon klar, dass er erschüttert ist.«

Olivia nickte und stand auf.

Der Nerz stand draußen an der Reling des Vorderdecks und blickte aufs Wasser hinaus. Olivia ging zu ihm und stellte sich neben ihn. Sie sah aus dem Augenwinkel, dass ihm Tränen über die Wangen liefen. Sie wusste nicht, was sie sagen sollte, also blickte sie auch aufs Wasser hinaus.

»Er hat den guten Kern in mir gesehen.«

Die Stimme des Nerzes war dünn und brüchig, Olivia konnte ihn kaum verstehen.

»Ich war so weit unten, wie man kommen kann, lag da und hab die Kakerlaken mit Krümeln gefüttert, um sie mir aus der Visage zu halten, bin in Vierteln herumgekrochen, in die die Polizei sich zu kommen weigert … Hab alle angelogen, alle enttäuscht, jeden Kumpel übers Ohr gehauen, bis mich niemand mehr mit der Kneifzange anfassen wollte … eines Nachts hatte ich beschlossen, dass es genug war, ich hab eine Überdosis genommen und mich an der Kungsgatan eine

Steintreppe runtergestürzt … als ich im Krankenhaus aufgewacht bin, saß Tom in meinem Zimmer, in Zivil, ich dachte erst, er wäre der Pfarrer …«

Der Nerz verstummte und strich sich übers Gesicht. In der Stille, die folgte, wagte Olivia zu fragen:

»Was hat er da gemacht?«

»Er ist gleich zur Sache gekommen, du weißt, wie er ist, er sagte: ›Ich brauche einen Spitzel.‹ Er wusste offenbar, in welchen Kreisen ich mich bewegte, und brauchte Informationen. Aber das war es gar nicht, eigentlich, es war die Art, wie er mich angeschaut hat, direkt in die Augen, als ob ich ein Mensch wäre, ein Ebenbürtiger, kein Penner aus der Vorstadt. Kapierst du?«

Der Nerz wandte sich zu Olivia. Sie nickte.

»Es war, als würde er sagen, du bist du und ich bin ich, und wir können einander helfen«, fuhr der Nerz fort. »Auf den Rest hat er geschissen.«

Schlauer Polizist, dachte Olivia, behielt es aber für sich.

»Respekt, das war es, was ich von Anfang an empfunden hab, beinharten Respekt. Danach hab ich mit einer Menge Scheiße aufgehört und versucht, mich auf den Beinen zu halten.«

»Jongleur«, sagte Olivia. »Erinnerst du dich, wie du das zu mir gesagt hast, als wir uns zum ersten Mal getroffen haben?«

»Nein, aber das sag ich zu allen.«

»Auch zu Bettan?«

Der Nerz blickte Olivia an, und sie sah das Flehen in seinen Augen.

»Lass sie mit dem Leif leben, der ich heute bin, bitte.«

»Ich versprech's.«

Stilton wälzte sich auf seiner Matratze, aus mehreren Gründen. Einer war die Vorstellung von Little Pluto da draußen im Dschungel, Plutos Geschichte war ein anderer, und dazu noch die drückende Hitze. Er brauchte dringend Luft, also kroch er aus seiner Kajüte, barfuß, und lehnte sich gegen die Reling. Die Hitze war hier draußen nicht viel geringer, aber es gab zumindest den Hauch eines Luftzugs. Er blickte auf den dunklen Fluss hinunter, hier und da sah er Glühwürmchen, ein paar Affen schrien im Dschungel, und plötzlich fühlte er, wie alles über ihm zusammenbrach. Was zum Teufel machte er hier? Er hätte jetzt auf einer wunderbar weichen Matratze liegen können, mit Luna dicht an ihn gekuschelt und einem zarten Glockenspiel in Hörweite. Stattdessen stand er hier, auf einem alten havarierten Flusskahn voller kranker Wildkatzen und einem seltsamen Schweden mit einer Pistole unter dem Sessel. Okay, er hatte einige Brücken abgebrannt, einige Zugänge zerstört, war tiefer gesunken als die meisten, aber er war ja wieder aufgestanden! Um schließlich hier zu landen. Wie war es nur dazu gekommen? Was hatte ihn an diesen Ort getrieben? Das Foto eines unbekannten Mannes und Mitleid mit einer behinderten Frau. Wie verdammt dämlich konnte man sein? Oder gab es noch tiefer liegende dunkle Räume in ihm, die sein Handeln bestimmten?

Er blickte wieder in die Dunkelheit.

Jhang Sa.

Er wurde den Gedanken an Jhang Sa nicht los. Den Mann,

der versucht hatte, ihn zu töten, und ihn stattdessen wachgerüttelt hatte. Er sah Dechas minimale Reaktion vor sich, als er Jhang Sas Namen erwähnt hatte. War Decha in Jhangs Geschäfte verwickelt? War das Schiff eine von Jhangs Verladestationen? Es gab sehr große Frachträume unter Deck, das wusste er, ohne dort gewesen zu sein. Was lag dort unten?

Einen Kontrollbesuch ist es wert, dachte Stilton.

Es war eine bewölkte Nacht, mondlos, die Dunkelheit auf dem Schiff war kompakt. Stilton hatte nichts, womit er leuchten konnte, er musste sich auf seine Erinnerung verlassen, dass es auf dem Vorderdeck eine große Luke gab, die zum Frachtraum herunterführen musste. Er war barfuß und hoffte, keine der Wildkatzen würde auf die Idee kommen, sich auf ihn zu stürzen.

Er wollte schließlich niemanden wecken.

Er hangelte sich an der Reling entlang, seine Augen hatten sich jetzt etwas auf die Dunkelheit eingestellt, er konnte sehen, dass er auf dem Vorderdeck angekommen war. Stilton ging in die Hocke und tastete mit den Händen den Boden ab. Die Planken waren grob und rau, aber nach ein paar Metern stieß er gegen eine Stahlkante. Mit beiden Händen griff er nach der Kante und versuchte, sie anzuheben. Das Risiko, dass es ordentlich knarzen würde, war groß, das meiste auf dem Boot war verzogen. Er probierte es trotzdem.

Zentimeter um Zentimeter stemmte er die schwere Luke nach oben, und als sie senkrecht stand, ging er leise um sie herum und klappte sie vorsichtig nach hinten auf den Boden. Sonderlich viel sah er nicht, aber es reichte aus, um ein großes, dunkles Viereck hinunter zum Frachtraum zu erkennen. Er ging davon aus, dass gleich unter dem Rand eine Treppe begann, und streckte einen Fuß aus. Seine nackte Fußsohle stieß auf einen Metallabsatz, vermutlich eine Treppenstufe. Er senkte den anderen Fuß auf eine Stufe weiter unten und tauchte langsam durch das dunkle Viereck ab.

Wenn es oben auf dem Schiff dunkel gewesen war, dann war es hier unten kohlschwarz. Falls es Bullaugen gibt, dann sind sie wohl abgedeckt, dachte er. Um vor Einblicken zu schützen? Er stand auf einem Holzboden und konnte fast aufrecht stehen. Er wusste, dass die Augen sich auch hierauf einstellen würden, zumindest einigermaßen. Durch die Ritzen in den verzogenen Planken fielen Streifen der etwas helleren Dunkelheit von draußen ins Innere. Er presste eine Hand nach der anderen gegen die Planken und arbeitete sich schrittweise vor. Es fiel ihm schwer, die Größe des Frachtraums zu schätzen. Wenn er sich getraut hätte, hätte er gerufen, um das Echo zu prüfen, aber das wagte er nicht. Er versuchte, seinen Blick zu schärfen, eventuelle Kisten auszumachen, Ballen, Gegenstände, die verraten würden, was hier gelagert wurde.

Er sah nichts.

War der Raum leer?

Plötzlich hörte er Geräusche, unterschiedliche Geräusche. Eines davon konnte er identifizieren, es war vermutlich eine Ratte, die mit leichten Trippelschrittchen über den Boden lief. Das andere Geräusch, oder die Geräusche, klang ganz anders. Eher wie ein leises Wimmern. Von oben. Er richtete sich auf und schlug sich den Kopf an. Als er sich wieder nach unten beugte, nahm das Geräusch an Intensität zu. Katzen?

Er sah ein, dass er hier unten nicht viel mehr finden würde, und ging wieder zur Treppe. Mit ein paar leisen Schritten war er oben auf dem Vorderdeck, klappte die schwere Luke zu und horchte. Das Geräusch war jetzt etwas deutlicher zu hören.

Kam es aus Dechas Kajüte?

War er krank?

Lautlos hangelte er sich an der Reling entlang zu Dechas Tür. Das Geräusch kam definitiv aus der Kajüte. Er lauschte und versuchte hineinzuspähen. Hier gab es keine Ritzen. Aber auf der anderen Seite, das hatte er gesehen, als er drinnen bei Decha gesessen hatte. Er ging auf die andere Seite des Decks und schlich zur Wand von Dechas Kabine. Ein Stück weiter unten war ein Spalt zwischen den Brettern. Er beugte sich nach unten und blickte hinein.

Das Erste, was er sah, war Little Plutos Gesicht. Es war verzerrt, als hätte er Schmerzen, die Augen waren geschlossen.

Er wimmerte.

Stilton versuchte, einen anderen Blickwinkel durch die Ritze zu finden, er kratzte mit dem Fingernagel etwas Moos heraus, und da sah er den großen, weißen Körper. Er lag über dem dünnen Jungen.

Dechas Körper.

Was sich hier abspielte, war Stilton kristallklar.

Decha war pädophil.

Gerade als er sich aufrichten wollte, begegnete er im Spalt Little Plutos Blick.

Stilton stürzte zurück auf die andere Seite des Schiffes, auf Dechas Kabine zu. Sein Kopf drohte zu zerplatzen. Mitten auf dem Vorderdeck stellte sich ihm ein nackter Junge in den Weg: Little Pluto. Er wusste, was Stilton vorhatte, und hinderte ihn am Weiterrennen.

»Geh nicht zu Decha rein!«, flüsterte er.

»Warum nicht?! Ich hab gesehen, was er mit dir gemacht hat!«

»Komm!«

Little Pluto zog an Stiltons T-Shirt. Er war stark. Stilton verlor kurz das Gleichgewicht und wankte einen Schritt zurück.

»Komm mit«, bat ihn Little Pluto. »Bitte.«

Stilton hyperventilierte, als er den nackten Jungen ansah. Er sah die Angst in seinen Augen. Sein Blick zuckte zu Dechas Kajüte hinüber. Die Tür war geschlossen. Little Pluto zog erneut an seinem T-Shirt.

»Wir gehen runter zum Fluss«, sagte er.

Stilton wusste nicht, was er tun sollte. Sein Reptiliengehirn schrie nach Rache, nach Gewalt, schlag dieses verdammte Arschloch in der Kabine zusammen, aber die Augen des Jungen sagten etwas anderes. Sie flehten ihn an. Also folgte er Little Pluto zur Leiter.

Sie verschwanden in der Dunkelheit in Richtung Fluss.

Little Pluto hatte sich nahe am Steg hingesetzt. Stilton musste zuerst zum Fluss gehen und sich das Gesicht abspülen, seine Hände zitterten immer noch, als er sich das Wasser ins Gesicht schleuderte. Er war schon früher Pädophilen begegnet, im Dienst, immer mit dem gleichen ekelhaften Nachgeschmack im Mund. Aber nicht so, nicht in flagranti, mit einem Jungen, den er persönlich kannte. Das ging ihm zu nah, sein ganzer Körper rebellierte dagegen. Er schüttelte sich das Wasser aus dem Haar und ging zu Little Pluto. Der Junge saß still da, er hatte am Steg ein Handtuch gefunden und es sich um die Hüften geschlungen. Stilton konnte sein Gesicht in der Dunkelheit nicht richtig sehen, aber das war auch nicht nötig, er hörte das leise Schluchzen, das von Little Pluto kam. Stilton setzte sich neben ihn und legte eine Hand auf seine hochgezogenen Knie.

»Macht er das schon lange?«, fragte er.

Little Pluto nickte.

»Warum durfte ich nicht rein und ihn zusammenschlagen?«

Es dauerte eine ganze Weile, bis Little Pluto antwortete, mit sehr schwacher Stimme.

»Er sagt, dass er mich liebt … und ich hab nicht mehr so viele, die mich lieben.«

Stilton biss die Zähne zusammen, er musste sich beherrschen, er sprach mit einem Kind.

»Du bist ein Kind, Little Pluto, er ist ein erwachsener Mann. Das, was er mit dir macht, ist nicht nur widerlich, sondern auch strafbar.«

»Er sagt, das ist Liebe zwischen Jungs und Männern, und dass es das schon immer gegeben hat, dass es nicht falsch ist.«

»Glaubst du das?«

Little Pluto wischte sich die Augen, er hatte aufgehört zu schluchzen.

»Er sagt, es ist ein Geheimnis zwischen ihm und mir.«

»Weil es verboten ist. Er nutzt dich aus, weil er ein kranker Mensch ist. Hast du Angst vor Decha?«

»Ich hab Angst vor seiner Pistole.«

Little Pluto stand auf und sah Stilton an.

»Du wirst wieder wegfahren. Ich werde bleiben. Hier gibt es niemanden, der mich jagt. Ich wohne hier. Sag Decha nicht, dass du uns in der Kabine gesehen hast.«

Little Pluto ließ das Badehandtuch fallen und verschwand in der Dunkelheit in Richtung Schiff.

Stilton blieb sitzen.

Es war fast neun Uhr abends, und die Dämmerung brach über Kummelnäs herein. Mette kam mit ein paar schweren Einkaufstaschen in der Hand von der Bushaltestelle, Mårten war es nach dem Mittagessen nicht so gut gegangen, und sie hatte das Einkaufen übernommen. Als sie in ihre ruhige Seitenstraße einbog, dachte sie über ihre Situation nach. Mårten war mehrere Jahre älter als sie und würde wohl kaum beweglicher oder stärker werden. Langsam würde sie mehr und mehr von all dem übernehmen müssen, wovon ihr Hausmann sie bisher entlastet hatte. Kein besonders angenehmer Gedanke.

Als sie sich ihrem Grundstück näherte, sah sie vor dem Gartentor ein dunkles Auto mit ausgeschalteten Scheinwerfern stehen. Sie kannte das Auto nicht, es gehörte niemandem aus dem Viertel. Instinktiv verlangsamte sie ihre Schritte, ihr Polizistengehirn schaltete sich ein. Warum steht es da? An unserem Gartentor? Als sie näher dran war, sah sie jemanden am Steuer sitzen. Wer ist das? Mehr oder weniger logische Gedanken schossen ihr durch den Kopf. Die Terroristen? Aber die sitzen ja hinter Gittern! Sie ging rasch weiter zum Gartentor, als sich die Autotür öffnete und jemand ausstieg. Sie verfluchte ihre zunehmende Nachtblindheit, blinzelte etwas, um besser zu sehen, und verspürte im ersten Moment Erleichterung, als sie die Gesichtszüge schließlich erkannte.

»Magnus?«

Die Erleichterung ging rasch in Wachsamkeit über, aber trotzdem trat sie ein paar Schritte auf die dunkle Gestalt zu.

»Was machst du hier?«, fragte sie.

Jetzt sah sie sein Gesicht in aller Deutlichkeit und versuchte, ihre Bestürzung zu verbergen. Sein normalerweise sorgfältig gekämmtes Haar stand in alle Richtungen ab, das Gesicht war bärtig und verlebt: Magnus Larsson war in den letzten Wochen schnell gealtert. Sie konnte nicht anders, als Mitgefühl für ihn zu empfinden, mit einem Spritzer schlechtem Gewissen. All das verschwand jedoch, als sie in seine kohlschwarzen Augen blickte. Sie zuckte zurück.

»Wonach sieht es denn aus?«, fragte Magnus.

Er verzog das Gesicht zu einer merkwürdig grinsenden Grimasse.

»Ich will dir meinen persönlichen Verfall vorführen, damit du ihn so richtig genießen kannst.«

Magnus kam einen Schritt näher, machte vor Mette eine Drehung und breitete die Arme aus.

»Ich hab meinen Job verloren. Elinor hat mich rausgeworfen, und mein Sohn will nichts mehr von mir wissen. Du hast eine ganze Familie zerstört, eine Familie, die du auch noch gut kennst, mit der du privaten Kontakt hattest, und die schon einmal einen harten Schlag verkraften musste. So sieht ein Teil der Konsequenzen aus. Ich hoffe, du bist zufrieden mit dem Resultat.«

Sein Gesicht war jetzt dicht vor Mettes, und ihr fiel auf, dass sein Atem nach nasser Wolle stank. Sie bemühte sich, so ruhig wie möglich zu wirken, und stellte ihre Einkaufstaschen ab.

»Und warum sollte ich damit zufrieden sein?«, fragte sie.

»Weil es genau das ist, was du bewirken wolltest.«

»Und du meinst nicht, dass du das selbst bewirkt hast?«

»Nein. Ich habe nichts anderes getan als Millionen von Männern vor mir.«

»Vergewaltigt?«

Mette sprach das Wort aus, ohne nachzudenken. Magnus' Augen blitzten auf, und Mette wich zurück, aber der Schlag, den sie erwartet hatte, kam nicht.

»Ich habe niemanden vergewaltigt. Ich habe mich von einer aufreizenden Frau verleiten lassen.«

Magnus spuckte den Satz aus. Mette fand seine Wortwahl fast schon wieder komisch, er klang wie ein Mann aus einem Roman des 19. Jahrhunderts.

»So siehst du das?«, sagte sie.

»So war es. Aber es hat dich ja nie interessiert, meine Version zu hören, oder? Weißt du, ich hatte tatsächlich die Illusion, du wärst eine gute Polizistin. Und außerdem eine der wenigen vernünftigen Frauen, die ich kenne. Ich hatte offensichtlich unrecht. Eine gute Polizistin holt sich aus allen Richtungen Fakten und lässt sich nicht von irgendwelchen tränenreichen Geschichten von hysterischen Frauen beeinflussen.«

»Du nennst Lisa hysterisch?«

»Sie ist nicht die erste Frau, die versucht, sich wegen unerwiderter Liebe zu rächen. Und du hast ihre Geschichte völlig widerspruchslos stehen lassen.«

»Du hast dich nicht gerade angestrengt, sie zu dementieren, als du die Chance dazu hattest.«

»Weil ich unter Schock stand, verdammt noch mal! Angeklagt für etwas, was ich nicht getan hatte! Und du sollst einer der besten Vernehmungsleiter der Polizei gewesen sein? Das erschreckt mich am allermeisten, denn es zeigt, wo es mit diesem verschissenen Land hingeht. Wenn auch nur ein Funken Professionalität in dir wäre, hättest du um meine Version gebeten. Aber heutzutage werden ja alle Männer ohne Verhandlung an den Pranger gestellt, sogar die Polizeichefs sind so verängstigt, dass sie sich sofort einscheißen, sobald nur jemand »metoo« flüstert. Seh ich aus wie ein Mann, der Gewalt anwenden muss, um eine Frau flachzulegen? Sag schon, seh ich so aus?«

Magnus schlug sich zweimal auf die Brust, um seine Potenz zu unterstreichen.

»Und warum hat es über zwei Jahre gedauert, bis deine kleine Adeptin mit ihren Anklagen rausgerückt ist?«, fuhr er fort. »Warum hat sie mich nicht sofort angezeigt? Sie ist doch Polizistin, zum Teufel! Außerdem ist sie dafür ausgebildet, sich zu verteidigen. Warum hat sie es denn nicht gemacht? Wenn nicht deshalb, weil sie eigentlich mit ein bisschen Gewalt genommen werden wollte? Manche Frauen mögen das tatsächlich. Aber sie kriegt automatisch einen Heiligenschein, während ich Hörner kriege!«

Magnus machte eine Geste zu seinem Kopf hin und trat einen Schritt zurück, bevor er erneut Anlauf nahm:

»Das ist eine gefährliche Gesellschaft, die ihr da schafft, ihr Frauen. Ihr habt gerade so viel Rückenwind, dass ihr völlig die Relation verliert. Jedes kleinste Vergehen wird ans Licht gezerrt, und unschuldige Männer werden auf dem Altar des Feminismus geopfert. Vor lauter Frauensolidarität kommt euch das Denkvermögen abhanden, falls ihr jemals welches hattet!«

Er war ihr viel zu dicht auf die Pelle gerückt. Mette spürte Speichelspritzer in ihrem Gesicht landen. Sie sah aus dem Augenwinkel, dass Mårten sich in der Küche bewegte. Bald würde er sich fragen, ob ihr Bus so viel Verspätung haben könnte.

»Bist du jetzt fertig?«, fragte sie.

Magnus wandte ihr den Rücken zu, hielt jedoch inne und drehte sich wieder um.

»Dann willst du vielleicht meine Version hören«, sagte Mette. »Ich hege die größte Empathie für Elinor und deinen

Sohn, ich hätte ihnen ein besseres Schicksal gewünscht als dieses. Aber du und niemand anders hast diesen Schaden verursacht. Wir wissen beide, dass Lisa kein Einzelfall war. Du hattest schon immer den Ruf, ein Weiberheld zu sein. Gentlemanlike an der Oberfläche, aber offenbar mit einer tiefen Frauenverachtung im Innern. Ich habe dich immer entschuldigt, weil ich fand, dass du ein ausgesprochen guter Polizist warst, und deine ständigen Andeutungen als Jargon abgetan. Ein Jargon, mit dem ich mein ganzes Berufsleben lang leben musste, sodass ich erst jetzt einsehe, dass ich blind und taub und auf diese Weise ein Teil davon geworden bin. Aber Tatsache ist, dass Metoo ein echter Augenöffner für mich war. Die Machtstrukturen habe ich immer gesehen, aber ich habe alles damit abgetan, dass es eben so ist, wie es ist, und dass man es akzeptieren muss, wenn man klarkommen will. Meine einzige Waffe war, besser zu sein als meine männlichen Kollegen. Es hat nie gleiche Voraussetzungen gegeben. Und es ist höchste Zeit, dass es sie gibt. Und ja, es wird unschuldige Opfer kosten, und es ist immer widerwärtig, wenn das passiert. Aber du bist keines davon.«

»Und das weißt du?«

»Ja, das weiß ich. Das hab ich in deinem Gesicht gesehen, als ich dich mit der Sache konfrontiert habe. Du hattest Angst, Angst, dass mehr Geschichten rauskommen würden, und deshalb hast du die Entscheidung der Chefetage nicht infrage gestellt. Aber wenn du das jetzt tun willst, bitte schön. Ich persönlich finde, du solltest froh sein, dass das alles keine größeren Kreise gezogen hat als bisher.«

Magnus sah Mette an und senkte die Stimme:

»Du bist wirklich eine total widerliche, gefühlskalte Fotze, Mette Olsäter.«

»Absolut nicht, diese Sache geht mir näher, als du denkst, aber ich bin Polizistin bis ins Mark. Ich glaube an Gerechtigkeit und finde, wenn man schuldig ist, muss man bestraft werden. Alle müssen die Konsequenzen für ihr Handeln tragen.«

»Du warst Polizistin, und du hast kein Herz, verdammt noch mal!«

Magnus trat gegen eine der Einkaufstaschen, sodass eine Tüte Äpfel auf den Gehsteig rollte. Mette sah ihn an.

»Ich glaube nicht, dass wir hier weiterkommen«, sagte sie. »Oder?«

Sie blickte Magnus in die Augen, bevor sie sich hinunterbeugte und die Äpfel einsammelte. Als sie sich wieder aufrichtete, sah sie, dass Mårten in der Haustür stand.

»Mette?«, rief er. »Ist alles okay?«

Magnus wandte sich um und ging zu seinem Auto, während Mette Mårten beruhigend zuwinkte.

»Ja, sicher, ich komme jetzt!«

Das Auto legte einen Kavalierstart hin, und Mette musste zur Seite springen, um nicht niedergemäht zu werden.

»Mette! Was ist denn hier los?«

Mårten kam ohne Schuhe zum Gartentor gelaufen.

»Kannst du mir ein Glas Wein einschenken?«

Mette saß am Küchentisch und beobachtete, wie ihr Mann ein Glas und eine halb volle Flasche Rotwein herausholte, das Glas füllte und vor ihr auf den Tisch stellte. Sie hatte ihm gerade eine kurze Zusammenfassung der Szene mit Magnus Larsson auf der Straße gegeben. Mårten zog einen Stuhl heraus und setzte sich neben sie.

»Du musstest so handeln«, sagte er ruhig.

»Ich weiß. Das ist es nicht, was mich quält.«

»Sondern?«

»Dass ich es nicht gesehen habe, oder wenigstens geahnt.«

»Aber du hast nicht bewusst die Augen verschlossen.«

»Nein, vielleicht nicht«, sagte Mette. »Aber ich hätte durchaus früher schon mal was sagen können.«

»Dann wärst du nicht so weit nach oben gekommen.«

Mette nahm einen Schluck Wein und versuchte, Mårtens lakonische Wahrheit damit runterzuspülen.

Stilton ging in Unterhosen zum Wasser hinunter. Er war die ganze Nacht wach gelegen. Wieder und wieder hatte sich in seinem Gehirn die Szene aus Dechas Kajüte abgespielt, die nackten Körper, der dünne Junge mit dem schmerzverzerrten Gesicht, der Mann mit den glänzenden Augen und dem Schweiß auf dem Rücken, das Stöhnen aus seinem keuchenden Mund. Es war schlimmer als ein Albtraum. Er hatte das Bedürfnis, sich reinzuwaschen, tauchte unter und schwamm ein Stück.

Er musste nachdenken.

Decha war pädophil.

War das das Böse, von dem Veronica gesprochen hatte? Hatte er sich an ihren Kindern vergriffen? Hatte sie überhaupt Kinder? Und was hatte das mit ihren Verletzungen zu tun?

Er konnte sich keinen Reim darauf machen.

Was sollte er jetzt tun?

Little Pluto hatte ihn gebeten, sich von Decha fernzuhalten. Er verstand, warum. Little Pluto hatte Angst vor Decha und war gleichzeitig von ihm abhängig. Stilton nicht.

Er konnte Decha niederschlagen, ihn entwaffnen, fesseln und in einem der Boote wegbringen, die am Steg lagen. Aber wohin? Nach Wanssingi? Mit all den Drogenhändlern, die glaubten, sie hätten ihn ertränkt? Vermutlich kannte Decha jeden Einzelnen von ihnen. Polizei? Gab es überhaupt Polizei in Wanssingi? Und wenn es sie gab, was kümmerte sie ein schwedischer Pädophiler, der sich an einem Paria vergriff?

Er ließ sich wieder unter Wasser sinken.

Oben an Deck stand Decha und ließ einen Jungen einen Eimer kaltes Wasser über seinen nackten Körper gießen. Es ging ihm gut. Dies würde ein guter Tag werden. Er schielte zur Seite und sah Stilton unten im Fluss. Decha schlang ein Handtuch um seine Hüften und ging zu Stiltons Kajüte. Bevor er die Tür öffnete, warf er noch einmal einen Blick zum Fluss hinunter und sah, wie Stilton am Ufer entlangschwamm. Er betrat die Kajüte und betrachtete die Matratze auf dem Boden. Empfindlicher Rücken, dachte er und zog die Tür zu. Rasch konstatierte er, dass der Gast nicht viel mehr als Kleider mit sich hatte. Er hob eine Jacke hoch, roch kurz an ihr und ließ sie wieder auf die Matratze fallen.

Da sah er es.

Aus der Innentasche der Jacke war ein Stück Papier gerutscht, ein Foto. Er beugte sich hinunter und hob es auf. Es war ein Foto von ihm selbst. Er drehte es um. Auf der Rückseite stand ›*Contamana*‹. Als er sich bückte und das Foto wieder in die Jacke steckte, war er sich über die Situation im Klaren: Tom hatte eine völlig andere Agenda, als er vorgab.

Er war nicht hinter Schuppentieren her.

Und als Decha die Tür hinter sich schloss und registrierte, dass Tom gerade wieder aus dem Wasser gestiegen war, kreisten seine Gedanken nur noch um eine einzige Frage.

Was hatte er an Bord gesehen?

Er war beunruhigt.

Als Stilton die Leiter hochkam, sah er, dass Decha in einem Sessel auf dem Vorderdeck saß. Stilton wollte in der momentanen Lage am liebsten nicht mit ihm sprechen, er wusste nicht, ob er sich im Griff haben würde. Er ging auf seine Kajüte zu, als er die Stimme hörte.

»Tom!«

Stilton wandte sich um. Decha winkte ihn zu sich. Stilton trocknete sich langsam mit einem Handtuch die Haare und zögerte ein paar Sekunden. Nicht hinzugehen würde seltsam wirken.

»War das Bad angenehm?«, fragte Decha.

»Ja.«

»Setzen Sie sich.«

Decha wies mit einer Geste auf eine Holzbank. Stilton blieb stehen.

»Ich wollte mich gerade anziehen«, sagte er.

»Sie und ich haben in diesen Tagen über viele Dinge geredet, viele interessante Dinge. Mord und Schuppentiere, zu tun, was man tun muss, nicht wahr?«

»Ja.«

»Interessante Gespräche.«

»Wirklich.«

»Wie lange planen Sie zu bleiben?«, fragte Decha.

»Ich fahre morgen.«

»Und wie?«

»Ich dachte, ich bitte einen der Jungs, mich nach Wanssingi zu bringen. Ist das okay?«

»Absolut«, sagte Decha. »Haben Sie Schuppentiere gefunden?«

»Nein.«

»Dann war die Reise hierher also vergeblich?«

»Ich habe Sie kennengelernt.«

Stilton lächelte ein bisschen. Die Männer sahen sich an.

»Ja, das haben Sie. Wie finden Sie mich denn?«, sagte Decha.

Stilton gefiel der Unterton des Gesprächs nicht, er fragte sich, worauf Decha hinauswollte.

»Sie haben verdammt guten Rum«, sagte er.

Decha lachte auf, völlig ohne Wärme, fuhr sich mit einer Hand durch das dünne Haar und sah Stilton an.

»Haben Sie einen polizeilichen Hintergrund?«, fragte er.

»Was soll die Frage?«

»Vielleicht sind Sie ja gar kein Mörder, vielleicht sind Sie genau das Gegenteil? Vielleicht haben Sie ein Geheimnis?«

»Das haben wohl alle«, sagte Stilton.

»Absolut. Ein Mensch ohne Geheimnisse ist wie ein Aquarium ohne Fische. Was ist Ihr Geheimnis?«

Stilton dachte daran, was er auf den Philippinen getan hatte, ein Geheimnis, das er sein ganzes Leben lang hüten würde.

»Sollen wir Geheimnisse austauschen?«, sagte er.

»Warum nicht?«

Stilton hatte absolut kein Interesse an einer solchen Unterhaltung. Auch wenn er viel dafür gegeben hätte, Dechas Geheimnisse zu erfahren. Wie hieß er richtig? Wie war seine Verbindung zu Veronica Wadner? Was hatte er für einen Hintergrund? Und vor allem: Wie konnte er sich an einem Kind vergreifen, das er vor Opiumschmugglern gerettet hatte? Vielleicht vor Jhang Sa?

»Mein Geheimnis ist einfach«, sagte Stilton. »Ich schlafe nachts gut. Und Sie?«

Stilton sah Decha direkt in die Augen, als er das sagte. Decha stand aus dem Sessel auf und blickte über den Dschungel hinaus: Tom wusste Bescheid, und das war nicht gut. Gut war nur, dass niemand wusste, wo Tom sich aufhielt. Vermutete Decha jedenfalls. Und gut war auch: Tom hatte keine Ahnung, dass Decha von dem Foto wusste. Das verschaffte ihm einen Vorsprung.

Und den würde er für sich zu nutzen wissen.

Stilton verschwand direkt nach dem morgendlichen Bad und dem Gespräch mit Decha in den Dschungel. Er hielt es auf dem Schiff nicht mehr aus. Er hielt Dechas Anblick nicht mehr aus. Mit Little Pluto hatte er vereinbart, dass der Junge ihn morgen bei Sonnenaufgang nach Wanssingi bringen sollte. Er hätte ihn auch darum bitten können, ihn schon heute hinzufahren, aber irgendetwas hielt ihn zurück.

Little Pluto.

Er hatte den Jungen nicht fragen wollen, ob Decha auch andere seiner Freunde missbrauchte, vielleicht war es so, vielleicht auch nicht. Vielleicht war es wie so oft bei Pädophilen, sie finden ein Lieblingsobjekt, das eine Zeit lang Gegenstand ihrer sexuellen Perversionen wird.

Er hatte auch nicht gefragt, wann der Missbrauch angefangen hatte. Little Pluto war schon seit einigen Jahren auf dem Schiff, das wusste er. Der Gedanke, dass die Übergriffe die ganze Zeit über stattgefunden hatten, zerriss Stilton das Herz. Er merkte, dass er sehr nahe an den Gefühlen dran war, die ihn zum Mord an Maria Basescu getrieben hatten. Jenem Hass ihr gegenüber, der ihn damals die Grenze überschreiten ließ.

Er könnte diese Grenze auch jetzt problemlos überschreiten, das spürte er.

Er könnte sich in Dechas Kajüte schleichen, seine Pistole nehmen und ihm in den Kopf schießen. Rein praktisch wäre es kein Problem, im Vergleich zu ihm war Decha ein Hänfling. Rein gefühlsmäßig wäre es eine enorme Befriedigung.

Rein privat wäre es eine Katastrophe.

Es würde alles zunichtemachen, was er mit Aditis Hilfe wieder mühsam aufgebaut hatte. Wohin sein innerer Kompass ihn führte, das, was Mette in den letzten Jahren ein paarmal infrage gestellt hatte. Sein Gefühl dafür, wo die Grenze verläuft. Egal, wie sehr Hass blind macht. Er hatte viele Gespräche und viele lange, stille Nächte gebraucht, bis er eingesehen hatte, dass er das, was er auf den Philippinen getan hatte, niemals hätte tun dürfen, egal, wie gerechtfertigt es aus allen möglichen Blickwinkeln war. Sondern dass nur eine Sichtweise relevant war.

Man tötet keinen anderen Menschen.

Aber er hatte es getan, und damit musste er leben. Er hatte versucht, sich mit dem Mord zu versöhnen, zumindest war er ein gutes Stück auf dem Weg dorthin. Sollte er jetzt wieder töten?

Er ließ sich an einer Palme nieder, nicht so weit von dem Ort entfernt, an dem die Schuppentierfalle zugeschlagen war, und er war sich über die Antwort völlig im Klaren.

Er würde nicht wieder töten.

Auf die eine oder andere Art würde er zusehen, dass Decha die Strafe bekam, die er verdiente, auch wenn diese Strafe nie an das herankommen würde, was er selbst Decha an den Hals wünschte.

Kastration?

Er blickte zu dem Wasserlauf hinunter, an dem die Falle gestanden hatte, und hörte Little Plutos Stimme:

›Du wirst wieder wegfahren. Ich werde bleiben. Ich wohne hier.‹

Konnte er Little Pluto nicht einfach mitnehmen, ihn von hier wegbringen? Warum nicht?

Stilton ging zum Wasserlauf hinunter, wusch sich das Gesicht und fasste einen Beschluss. Er würde Little Pluto am nächsten Tag mitnehmen. Wenn sie nach Wanssingi kamen, würde er ein Taxi nehmen, kein Tuk Tuk, und mit dem Jungen neben sich bis zur Bushaltestelle in Chiang Rai fahren. Egal, was Little Pluto sagte.

Besser das, als wieder zu töten.

Da hörte er einen Schuss.

Er kam von weit weg. Vom Schiff. Stilton sprang auf und schlug sich durch die dichte Vegetation, so schnell er konnte. Als er sich dem Waldrand näherte, kam ihm Little Pluto entgegen. Der Junge trug eine tote Katze im Arm, die Tränen liefen ihm übers Gesicht, als er zu Stilton aufsah.

»Bagha«, sagte er und lief weiter in den Dschungel.

Stilton blickte ihm nach. Dann wandte er sich um und ging auf das Schiff zu. Decha stand oben an die Reling gelehnt, er hatte seine Pistole in der Hand. Die Männer musterten sich.

»Was sein muss, muss sein«, sagte Decha und verschwand in seine Kabine.

Irgendwann war Stilton schließlich auf der Matratze in dem feuchten Raum eingeschlafen. Er schlief unruhig, sein Körper warf sich immer wieder hin und her. Während dieses Herumwälzens hörte er auf einmal einen Laut, der durch seinen Dämmerzustand drang, ein schwaches Knarren. Stilton öffnete die Augen und blickte zur Tür. Sie war nicht ganz geschlossen, ein Spalt hatte sich geöffnet, in dem er den Schatten eines Mannes verschwinden sah. Er setzte sich jäh auf, und da hörte er das Geräusch in der Dunkelheit, ein schwaches, kriechendes Geräusch auf dem Boden. Eine Sekunde später, als der Mondschein durch die Ritzen im Dach drang, sah er etwas, das zusammengerollt mitten auf dem Fußboden lag. Eine Schlange. Er konnte sich denken, was für eine Schlange es war, wieder ein gebänderter Krait, ähnlich dem, der ihm am Strand von Mae Phim begegnet war, aber dieser hier war kräftiger und hatte den Kopf direkt auf die Matratze gerichtet. Stilton lag regungslos da. Er litt nicht an Schlangenphobie, er hatte in seiner gesamten Kindheit draußen auf Rödlöga Kreuzottern in nächster Umgebung gehabt, aber er hatte Respekt vor ihnen. Der Mondstreifen bewegte sich ein wenig zwischen den Dachritzen und glitt über die Schlange. Sie lag ganz still und zusammengerollt da, lang und schön, mit glänzenden schwarzen und gelben Streifen über dem ganzen Körper. Die Zunge spielte zwischen ihren Kiefern. Stilton wusste, dass die kleinste Bewegung eine Attacke hervorrufen konnte, also versuchte er zu atmen, ohne die Brust zu bewegen, und spürte, wie ihm der Schweiß übers Gesicht lief. Es war nur eine Frage der Zeit, bis die Schlange zum Angriff übergehen würde. Plötzlich begann sie sich über den Boden zu schlängeln, direkt auf ihn zu.

»Psst.«

Auf einmal stand Little Pluto in der Tür.

Er hielt eine Maus in der einen und eine Machete in der anderen Hand. Vorsichtig beugte er sich hinunter und ließ die Maus los. Sie raste quer über den Boden auf eine Ecke zu, kam aber nur einen Meter weit, bevor die Schlange zuschlug. Little Pluto trat einen Schritt in den Raum, der Kopf der Schlange wandte sich ihm zu, die Maus im Maul, und in derselben Sekunde schoss die Machete durch die Dunkelheit und trennte den Kopf vom Körper. Das sterbende Tier zappelte auf dem Boden. Little Pluto drehte sich zu Stilton um.

»Du solltest jetzt besser verschwinden«, sagte er.

Stilton sprang auf, er riss seine Jacke an sich und stürzte zur Tür hinaus. Als er sich umwandte, sah er Little Pluto die Teile der Schlange aus dem Fenster werfen. Stilton hastete die Leiter zum Fluss hinunter und merkte nicht, dass Little Pluto gleich hinter ihm war. Er stolperte und fiel beinahe hin, als er das Flussufer erreichte.

»Da!«

Little Pluto zeigte auf ein niedriges, offenes Metallboot mit einem Außenbordmotor. Stilton rannte zum Boot, und in diesem Moment fiel der erste Schuss. Er fuhr herum und sah das Mündungsfeuer eines neuen Schusses oben an Deck. Er warf sich ins Boot, hinter ihm sprang Little Pluto hinein. Der Junge ließ den Motor mit einem schnellen Ruck an und nahm volle Fahrt in den Fluss auf. Der nächste Schuss schlug direkt hinter ihnen ins Wasser ein, Decha schoss dem Motorengeräusch hinterher. Stilton duckte sich, als der vierte Schuss kam. Er traf ihn in die Schulter und ließ ihn vor Schmerz aufschreien.

Das Boot donnerte in der Dunkelheit den Fluss hinunter und kam ziemlich rasch außer Schussweite. Little Pluto kniete beim Motor und fuhr direkt in die kohlschwarze Finsternis, als hätte er Lasermarkierer in den Augen. Stilton hielt sich die verletzte Schulter und starrte nach vorn, er sah so gut wie nichts. Der Mond hatte beschlossen, sich aus allem rauszuhalten, und Stilton begriff nicht, wie der kleine Junge am Außenbordmotor das Boot steuern konnte.

Aber er konnte es.

Sie fuhren mit gleichbleibend hoher Geschwindigkeit weiter. Hier und da sah Stilton Lichter im Dschungel, er nahm an, sie kamen von Hütten oder Fackeln, das Geräusch des dahinrasenden Bootes war sicher ein gutes Stück weit zu hören und erweckte vielleicht Aufmerksamkeit.

Es war mitten in der Nacht.

Nach einer Weile merkte er, dass sie in einen kleineren Fluss einbogen, einen sehr schmalen Fluss, die Bäume am Ufer hingen herunter und Äste schlugen ihm ins Gesicht. Er nahm an, dass Little Pluto wusste, wohin er wollte.

»Hier.«

Plötzlich verlangsamte Little Pluto die Fahrt und lenkte das

Boot zum Ufer hin. Es glitt sanft nach oben und blieb mit weiterlaufendem Motor im Sand stehen. Little Pluto wandte sich zu Stilton.

»Geh hier geradeaus nach oben, da ist ein schmaler Pfad, ein Stück weiter kommst du zu einer Straße, die gehst du nach links, und irgendwann siehst du dann eine Bushaltestelle. Wenn es hell wird, kommt der Bus nach Chiang Rai dort vorbei.«

Stilton stand im Boot auf und ging zu Little Pluto. Er blickte den kleinen Jungen an, er sah seine Augen in der Dunkelheit, seine großen Augen.

»Ich will, dass du mitkommst«, sagte er.

»Ich muss zurück.«

»Warum?«

»Ich muss noch was erledigen.«

Stilton trat einen Schritt auf Little Pluto zu und bekam plötzlich einen kräftigen Stoß direkt in die Brust, die ihn über Bord fallen ließ. Little Pluto setzte das Boot zurück, bevor Stilton im Wasser auf die Beine kam. Als er endlich wieder festen Stand hatte, war das Boot schon mit hoher Geschwindigkeit auf dem Weg den Fluss hinunter.

»Ich bin in Mae Phim!«, rief er Little Pluto nach.

Nachdem das Boot in der Dunkelheit verschwunden war, spürte er, wie sich sein Magen in einem harten, schmerzhaften Knoten zusammenzog.

Dann merkte er, wie ihm das warme Blut den Arm hinunterlief.

Olivia hatte Lukas' Buch in der Hand, sie war auf dem Weg zu Ronnys Antiquariat. Es war kurz vor Ladenschluss, also ging sie davon aus, dass Ronny noch da sein würde. Als sie dort ankam, sah sie flackerndes Licht aus dem Laden dringen. Sie öffnete die Tür und trat ein. Mitten im Raum standen zwei große, stilvolle Kandelaber mit Unmengen von brennenden Kerzen, das war die einzige Beleuchtung. Leise, schöne Musik strömte aus der Kochnische dahinter, eine Symphonie von Arvo Pärt.

In einem der Sessel unter der ausgeschalteten Leselampe saß Benseman.

Er empfing Olivia mit einer Geste, die sowohl »Sei still« als auch »Komm und setz dich« bedeuten konnte. Olivia ging hinüber und setzte sich.

Da sah sie Ronny.

Er stand ganz oben auf einer Leiter, um an die Regale direkt unter der Decke zu kommen. Das ganze Antiquariat war mit Regalen bedeckt, die obersten erreichte man nur mit einer Leiter. Ronny fuhr mit einem Finger über die Buchrücken im Regal, hielt bei einem Buch inne, zog es heraus und stieg von der Leiter herunter. Mit einer raschen Bewegung warf er das Buch in eine Kiste auf dem Boden. Daneben stand eine weitere Kiste, randvoll mit Büchern. Ronny schob die Leiter ein wenig zur Seite und kletterte wieder hinauf. Olivia sah die brennenden Kandelaber an.

»Was geht hier vor?«, flüsterte sie.

»Totenwache«, flüsterte Benseman.

Ronny ließ den Blick über das neue Regal schweifen, schüttelte leicht den Kopf und zog ein weiteres Buch heraus. Er kletterte herunter und entsorgte auch dieses Buch in die Kiste. Olivia hatte das Gefühl, dass irgendetwas an ihm merkwürdig war, ungewöhnlich, sein Rücken war gebeugt, seine Bewegungen sanft. Sein Gesicht konnte sie im Kerzenschein nicht richtig erkennen, aber sie meinte, so etwas wie Wehmut darin aufblitzen zu sehen.

»Was sind das für Bücher, die er da wegwirft?«, flüsterte sie.

»Bücher, die seine Regale beschmutzen, er sortiert alle Autoren aus, die ihren moralischen Platz verwirkt haben.«

Olivia war nicht ganz klar, was das bedeutete, doch sie konnte an Ronny und seiner traurigen Haltung sehen, dass es ein qualvolles Unterfangen war.

»Die Mitglieder der Schwedischen Akademie werden zu Grabe getragen«, flüsterte Benseman. »Das bisschen, was noch davon übrig ist.«

Da dämmerte es Olivia allmählich, was hier vor sich ging. Sie hatte in der letzten Zeit einige empörte Reportagen über die Akademie gesehen und gelesen. Der Ursprung des Ganzen war ein Mann, der viele Jahre lang sexuelle Übergriffe auf Frauen begangen hatte. Welche Verbindung er genau zur Schwedischen Akademie hatte, wusste sie nicht mehr genau, aber Ronnys heftiger Reaktion nach zu urteilen, bestand kein Zweifel, dass diese Verbindung einflussreich gewesen sein musste. Ronny hatte sein ganzes Leben den Büchern geweiht, dem Lesen und dem Versuch zu verstehen, was es bedeutete, Mensch zu sein. Für alle, die ihr Leben der Aufgabe widmeten, es zu beschreiben oder zu erklären, hegte er die größte

Hochachtung. Jetzt waren offensichtlich viele von ihnen auf dem Weg in Abfallkartons.

Sie beobachtete den zur absoluten Hingabe fähigen älteren Mann, der seine geliebten Bücher durchging. Langsam zog er ein schmales Buch heraus und betrachtete den Umschlag.

»Das letzte Schwein«, sagte er still zu sich selbst.

»Wer hat das geschrieben?«, flüsterte Olivia.

»Il Porco. Ein kleiner Mann mit großem Mund und glänzenden Schuhen«, flüsterte Benseman.

Olivia sah Ronny an, der sich auf der Leiter nach außen lehnte.

»So beklemmend«, sagte er leise und ließ das Schweinebuch in die Kiste fallen.

Sie war jetzt fast voll.

»Was will er mit den Kisten machen?«, flüsterte Olivia.

»Ich glaube, er bringt sie auf die Müllkippe in Vantör.«

Schließlich setzte sich Ronny auf die Leiter und ließ den Blick über sein Lebenswerk schweifen, das Antiquariat, das er von seiner Mutter geerbt hatte und auf brillante Art führte. Die Tausenden von Büchern, die noch in ihren hübschen Regalen standen, waren endlich von ihrer besudelten Gesellschaft befreit. Es klafften zwar kleine Lücken in den meisten Regalen, aber er wusste, dass er heute Nacht gut schlafen würde, zum ersten Mal seit Langem.

Sein Gewissen war wieder rein.

»Bist du fertig?«, wagte Olivia zu fragen.

Ronny nickte.

»Ich hoffe«, sagte er. »Ich hoffe es wirklich.«

Olivia hielt ihm das Buch hin, dass sie dabeihatte, *Wundbrand*. Es würde jedenfalls nicht in einem Abfallkarton landen, das wusste sie.

»Ich will es kaufen«, sagte sie.

»Hat es dir gefallen?«

»Ja. Es war sehr faszinierend.«

»Du kannst es haben«, sagte Ronny.

»Aber ich will dafür bezahlen. Wie viel kostet es?«

»Das war Lukas Bengtsson, oder?«

»Ja.«

»Der, der für dieses Bombenattentat verurteilt wurde?«

»Ja und?«, sagte Olivia.

»Dann wird es teuer.«

»Warum?«

»Weil es ein herostratisch berühmter Autor ist.«

Olivia blickte Ronny an. Meinte er, dass Lukas' Tat den Wert seines Buches erhöht haben sollte? Im nächsten Moment sah sie, dass Benseman sich nur schwer das Lachen verkneifen konnte.

»Das war nur Spaß«, sagte Ronny. »Ich will kein Geld dafür. Behalte das Buch, vielleicht kannst du es dir signieren lassen.«

Das hatte sie bereits.

Eine Weile später verließ sie das Antiquariat und machte sich auf den Heimweg. Von der Katarina Bangata bis zur Högalidskyrkan war es ein ordentliches Stück, aber sie brauchte ein bisschen Bewegung. Sie ging durch den Rosenlundspark und war wie betört vom Anblick all der blühenden Kirschbäume. Sie musste die weißrosa Blüten, die schon fast künstlich aussahen, einfach berühren, anschließend holte sie ihr Handy aus der Tasche und machte ein Foto von der Pracht, für Luna. Kirschblüten hatten sie bestimmt nicht in diesem Retreat.

Nach einer Weile kam sie zu ihrer Haustür und trat ein. Ein

paar Meter vor ihr lag ein Mann mit einer Kamera in der Hand und fotografierte den Fußboden. Olivia blieb stehen.

»Was machen Sie da?«

»Ich dokumentiere Kratzer.«

»Aha? Und wer sind Sie?«

»Belvin.«

Der Mann stand auf und nickte. Er war um die fünfundvierzig, hatte einen Blaumann an und kratzte sich ausgiebig am Kopf, zwischen seinem dünnen, flattrigen Haar. Dabei stellte er sich viel zu dicht an Olivia und starrte ihr in die Augen.

»Ich bin der neue Hausmeister der Hausverwaltung. Und hier muss einiges gemeistert werden, das kann ich versprechen. Sehen Sie sich das an!«

Belvin zeigte auf ein paar bunte Zettel unterschiedlicher Größe an der Wand, die über alles Mögliche informierten, jemand wollte renovieren und warnte wegen Lärm vor, ein anderer plante ein Fest, ein Dritter bot seine Dienste als Babysitter an.

»So was geht nun wirklich nicht!«, sagte er.

»Was denn?«

»Zettel, die einfach irgendwie irgendwohin geklebt werden und alles versauen. Ich werde eine Anschlagtafel anbringen, die muss dann benutzt werden, und zwar mit Papier, das für diesen Zweck zugeschnitten ist. Haben Sie Kinder?«

Die hatte Olivia nicht, und sie wollte auch nicht danach gefragt werden.

»Nein. Warum?«

»Schauen Sie mal!«

Belvin zeigte auf ein paar Kinderwagen, die an der einen Wand entlang abgestellt worden waren.

»Das ist ja absolut lebensgefährlich! Im Brandfall muss der gesamte Durchgang frei sein!«

»Aber wohin soll man sie denn dann stellen?«

»Man muss sie mit in die Wohnung nehmen. Wo wohnen Sie?«

»Ganz oben in D.«

Belvin nickte wieder und zog eine Visitenkarte heraus.

»Hier ist meine Nummer. Ich bin rund um die Uhr erreichbar.«

Olivia nahm die Karte und eilte in Richtung Innenhof, der zu ihrem Eingang führte.

Da haben wir also einen neuen Hausmeister, dachte sie.

Einen Glotzer.

Tief im Traum hörte Stilton die Sirenen des Feuerwehrboots, er stand fast nackt da, an der Hand seiner Mutter, barfuß auf einer Felsplatte, das Haus vor ihm war dabei, bis auf den Grund niederzubrennen. Der Schornsteinschacht ragte wie ein trauriger schwarzer Pfeiler aus dem Flammen, die Sirenen kamen näher, und er wollte zu dem Boot rennen, als könnte es sein Zuhause retten.

Da fuhr er mit einem Ruck hoch.

Er hatte gar keine Sirenen gehört, sondern das eindringliche Hupen eines farbenfrohen Busses, der ein paar Meter weiter angehalten hatte. Er war an der Bushaltestelle eingeschlafen, und jetzt war offensichtlich Eile geboten.

Stilton stand auf, taumelte auf die offene Bustür zu und stieg ein.

»Ich bin eingeschlafen«, sagte er zu dem thailändischen Busfahrer und bekam ein breites Lächeln zurück. »Ich will nach Chiang Rai.«

Als er nach Geld für die Fahrkarte zu wühlen begann, winkte ihn der Fahrer einfach weiter. Er wandte sich um und sah, dass der Bus fast leer war. Ein junges Paar saß ein paar Meter weiter eng umschlungen auf einer Bank, und ein älterer Mann mit Strohhut schlief mit auf die Brust gesunkenem Kopf. Stilton setzte sich ganz nach hinten. Keine optimale Wahl im Hinblick auf die Straßenqualität und die Tatsache, dass es ganz hinten immer am meisten schaukelte. Aber er war nicht in der Lage, sich umzusetzen.

Die Reise dauerte an.

Sie führte durch wunderschöne Gegenden und kleine Dörfer, in denen Menschen Karren zogen und große Tiere vor sich hertrieben. Hoch oben auf einem Berg sah er einen riesigen goldglänzenden Buddha über der Landschaft thronen. Er überlegte, was Buddha wohl dazu gesagt hätte, wie sein Volk mit den Rohingya umging. Sie waren zwar keine Buddhisten, aber Menschen mit einem Anrecht auf das gleiche Leben wie alle anderen hier in der Gegend. Vermutlich hätte er die Augen geschlossen, das war Stiltons generelle Meinung über religiöse Symbole und Götter. Sie schlossen gern die Augen, um nicht zu sehen, was geschah.

Dann sah er Little Pluto vor sich.

Und es tat weh.

Was sollte er tun? Was konnte er tun? Ein paar Sekunden lang dachte er daran, Abbas herzuholen, ihn mit seiner Armee von schwarzen Messern zur *Contamana* zu schicken und Decha zu einem Wokgericht zu verarbeiten. Nicht sehr klug, natürlich, aber ein gutes Gefühl, solange er es für sich behielt. Polizei? Das wäre natürlich das Vernünftigste.

Dann dachte er an Veronica Wadner.

Was für einem Auftrag hatte sie ihm da bloß verpasst? Wie viel mehr wusste sie, als sie preisgab? Warum wollte sie Informationen über einen dreckigen Pädophilen? Einen ihr völlig unbekannten Mann, wie sie behauptete. Hatte sie gelogen?

Und dann dachte er an Luna, sie musste sich Sorgen machen.

Sobald er irgendwie an ein Handy kam, würde er sie anrufen.

Chiang Rai ist eine alte Stadt im Norden Thailands, ihre Bebauung ist eine Mischung aus Slums und Modernität. Die größeren Straßen sind von Ständen für Touristen gesäumt, die alles feilbieten, was vorübergehende Besucher anlocken könnte, von raubkopierten Uhren bis zu echtem Schlangenleder. Der Kommerz läuft fast rund um die Uhr und hält die zentralen Teile am Leben, mit gewisser Hilfe diverser illegaler Räumlichkeiten für sexuelle Dienstleistungen und Opiumnächte.

Als Stilton in der Nähe des großen Gemüsemarkts aus dem Bus stieg, hatte er ein einziges Ziel: eine Polizeistation. Es war fast neun Uhr abends, er wusste also, dass es schwierig werden konnte, einen diensthabenden Beamten anzutreffen, der vertrauenswürdig genug für das war, was er zur Anzeige bringen wollte. Nach viel Fragerei und ein paar brauchbaren Hinweisen stand er vor einer Holztür mit einem großen Polizeiwappen. Er öffnete sie und trat direkt in einen ziemlich großen Raum mit Neonröhren an der Decke. Die Wände waren graugelb und kahl, und der einzige Mensch, der sich im Zimmer befand, saß mit dem Rücken zur Tür hinter einem niedrigen Tresen.

Eine Frau.

»Hallo«, sagte Stilton.

Die Frau wandte sich nicht um, sie war zu sehr damit beschäftigt, sich auf dem kleinen Fernseher vor sich irgendeine thailändische Quizshow anzusehen. Stilton ging zum Tresen und klopfte mit den Fingerknöcheln auf die braune Oberfläche. Die Frau drehte sich um. Sie war ungeschminkt und vermutlich jünger, als sie aussah. Sie bedachte Stilton mit einem Blick, der deutlich markierte, dass er störte.

»Ja?«, fragte sie.

»Ich möchte mit einem Polizeibeamten sprechen.«

»Mit einem Polizisten, meinen Sie.«

»Ist einer da?«

»Worum geht es?«, fragte die Frau.

»Ich will ein Verbrechen anzeigen.«

»Sind Sie ausgeraubt worden?«

»Nein.«

»Sie sehen aus, als wären Sie ausgeraubt worden.«

Die Frau betrachtete Stilton. Er hatte seine Jacke an, um die Schussverletzung zu verbergen, aber das große Pflaster an der Stirn saß immer noch dort. Er sah vielleicht nicht gerade aus wie ein Schwiegermuttertraum.

»Ich hab es eilig«, sagte er.

»Dann können Sie mit Kommissar Lek sprechen.«

»Und wo ist er?«

Die Frau drehte sich um und schaute wieder in den Fernseher, als wollte sie nachprüfen, ob sie die Quizshow einen Augenblick verlassen konnte, was offenbar der Fall war. Sie stand auf, ging um den Tresen herum und verschwand wortlos in einem Flur.

Stilton folgte ihr.

Ganz hinten hielt die Frau inne, an einer Tür mit einer kleinen flimmernden Lampe darüber, und machte eine Geste zu Stilton hin, die signalisierte, er solle besser Abstand halten. Also blieb er stehen. Die Frau klopfte leicht an die Tür. Von drinnen war ein kurzer Laut zu hören. Die Frau öffnete die Tür einen Spalt breit und sagte ein paar Worte. Sie erhielt eine knappe Antwort und zuckte mit den Schultern, wie um zu erklären, dass sie keine Ahnung hatte, wer da Anzeige erstatten wollte. Nach einigen weiteren Worten von drinnen machte sie die Tür ganz auf und zeigte Stilton mit der einen Hand, dass er eintreten durfte.

Er betrat den Raum.

Vor ihm saß ein Mann mittleren Alters in einem grauen, ärmellosen T-Shirt mit einer Zeitung in der Hand. Auf dem

Tisch vor ihm stand ein halb volles Glas mit für Stilton unbekanntem Inhalt. Vermutlich weder Rum noch Gin, dachte er und sagte:

»Ich möchte einen Pädophilen anzeigen, der sich in der Nähe von Wanssingi aufhält.«

»Setzen Sie sich.«

Kommissar Lek faltete die Zeitung zusammen und verscheuchte eine Fliege vom Tisch, während Stilton sich auf den Besucherstuhl setzte. Er stand an einer gelben Wand mit einem großen Portrait von Bhumibol, dem geliebten König, der vor ein paar Jahren gestorben war.

»Einen Pädophilen?«, sagte Lek.

»Ja.«

»Wie heißt er?«

»Das weiß ich nicht genau, er ist Schwede, nennt sich aber Decha. Er wohnt auf einem Flussdampfer namens *Contamana*.«

»Und woher wissen Sie, dass er pädophil ist?«

»Ich habe gesehen, wie er sich an einem kleinen Jungen vergriffen hat.«

»Einem Thai?«

Stilton wollte gerade verneinen, als ihm einfiel, dass die Rohingya in diesem Land Paria waren. Auch wenn er mit einem Polizisten sprach, wusste er nicht, wie die Reaktion ausfallen würde, oder ob es sein Engagement beeinflussen konnte. Also sagte er:

»Ich glaube schon.«

Lek nickte und schrieb ein paar Worte auf einen Block.

»Sind Sie auch Schwede?«

»Ja.«

»Und Sie heißen?«

»Tom Stilton.«

»Und Sie wohnen hier?«

»Nein, unten in Mae Phim in der Nähe von Bangkok.«

»Was machen Sie dort?«

Jetzt ging es auf einmal um Stilton. So hatte er sich das nicht vorgestellt.

»Ich wohne in einem Retreat bei meiner Halbschwester.«

»Und was haben Sie oben in den Opiumbergen gemacht?«, fragte Lek.

»Nach Decha gesucht.«

»Wussten Sie, dass er pädophil ist?«

»Nein. Das habe ich erst herausbekommen, als ich ihn bereits gefunden hatte.«

»Warum haben Sie nach ihm gesucht?«

»Viele Fragen«, sagte Stilton.

»Ja. Ist das ein Problem?«

»Nein.«

Lek sah Stilton prüfend an. Ein Schwede, der einen anderen Schweden anzeigen will. Stilton unterbrach seine Betrachtungen.

»Er ist bewaffnet, mit einer Pistole.«

Lek machte sich erneut eine kurze Notiz, legte einen nackten Unterarm auf den Tisch und ließ zwei Fliegen darauf landen. Er beobachtete eine dritte Fliege, die über dem Arm summte. Als sie sich niedergelassen hatte, machte er eine blitzschnelle Bewegung mit der anderen Hand und hielt sie verschlossen.

»Pädophilie ist ein schweres Verbrechen«, sagte er, »ungeachtet der Nationalität des Täters.«

»Davon gehe ich aus.«

Lek öffnete die geschlossene Hand und zeigte die Fliegen, zwei waren tot, die dritte flog schwankend in Richtung Fenster.

»Leider haben wir einen ziemlichen Zustrom von Pädophilen aus der westlichen Welt, unter anderem aus Ihrem Heimatland. Das nimmt einige Zeit in Anspruch. Haben Sie irgendwelche Beweise dafür, dass dieser Decha pädophil ist? Außer dem, was Sie gesehen haben?«

»Nein.«

»Wenn er es leugnet, steht also Aussage gegen Aussage?«

Stilton betrachtete Lek. Er begriff, dass er vermutlich nur seinen Job machte, vielleicht wie Stilton selbst es in seiner Situation getan hätte. Stilton wusste auch, was erforderlich war, um einen Pädophilen hinter Gitter zu bringen. Ermittlungen, Fotos, Beschlagnahmung von Computern, Kontaktnetzwerke. Eine Behauptung von einem Augenzeugen allein reichte nicht. Aber jetzt hatte er das angezeigt, was er gesehen hatte, somit war der formelle Teil erledigt. Wenn das nicht reichte, um Decha einzubuchten, gab es andere Wege. Weniger offizielle, gefährlichere.

Stilton stand auf.

»Ich bin in Schweden viele Jahre lang Kriminalkommissar gewesen«, sagte er, »ich weiß, wie problematisch es ist, Pädophile hinter Gitter zu bringen. Aber ich musste Anzeige erstatten. Danke für das Gespräch.«

Stilton ging zur Tür.

»Mister Stilton«, sagte Lek und sah ihn an. »Danke für Ihre Informationen. Wir werden uns die Sache ansehen. Wir haben nicht viel in der Hand, aber wenn Sie recht haben, werden wir uns alle Mühe geben, mit den Ressourcen, die uns zur Verfügung stehen. Pädophile sind eine Plage für dieses Land. Mehr kann ich nicht versprechen.«

Und damit musste Stilton sich zufriedengeben.

*

Eines der Dinge, die Stilton an Suzy mochte, war, dass sie nicht fragte, wenn man nicht von selbst erzählte. Dass die Wunde an seiner Schulter eine Schussverletzung war, erkannte sie vermutlich sofort, auch wenn sie nur recht oberflächlich war. Sie wusch und trocknete und verband sie ohne ein Wort. Als sie fertig war, sagte sie:

»Du hast den Mann auf dem Foto gefunden.«

»Ja.«

»Was willst du essen?«

»Irgendeine Suppe, scharf.«

Sie nickte und ging in die winzige Küche. Stilton lehnte sich zurück. Er war vor einer halben Stunde mit dem Bus aus Chiang Rai nach Bangkok gekommen und direkt zu Suzy gefahren. Er betrachtete das Gewimmel in der engen Straße, ein Mädchen führte einen jungen Elefanten an einem Strick, dahinter ging ein Mann mit einem langen, zusammengerollten Teppich über der Schulter, ein paar Meter weiter oben hing ein gigantischer Wirrwarr von schwarzen, Funken sprühenden Leitungen, an der Wand auf der anderen Seite schlüpften dicke Ratten unter die Salatkisten. Das Sammelsurium von Düften und Geräuschen bettete ihn in eine behagliche Glocke von Ruhe. Er fühlte sich wohl, wenn die Wirklichkeit sich um ihn herum abspielte, ohne dass er daran teilnehmen musste.

»Bitte schön.«

Suzy stellte die dampfende Suppe vor Stilton hin und rieb einen Löffel mit einer weißen Stoffserviette ab, bevor sie sich neben ihn setzte.

»Sie ist heiß«, sagte sie.

Stilton nickte, er erwartete, dass sie heiß war. Er nahm etwas Suppe auf den Löffel und blies darauf.

»Mein Mann ist gestorben.«

Suzy sagte es, als er gerade die Suppe hinunterschlucken wollte, aber er brachte gerade noch heraus:

»Wie traurig.«

»Ja und nein. Er war krank und vor allem eine Last. Jetzt ist es leer, aber leichter.«

»Vielleicht findest du einen neuen Mann?«

»Vielleicht. Wenn es nötig sein sollte.«

Stilton aß seine Suppe, und Suzy saß daneben, keiner von ihnen sagte sonderlich viel, sie wussten, wer sie waren, und das reichte. Stilton wischte sich den Mund mit der Serviette ab und sah Suzy an.

»Hast du ein Handy, das ich benutzen darf? Ich muss jemanden anrufen.«

Suzy ging in die Küche und kam mit einem Handy in einer geblümten Hülle zurück. Nicht gerade das neueste Modell, aber es funktionierte.

»Danke.«

Stilton rief Luna an, doch er erreichte sie nicht. Als er auflegte, stand Suzy auf und strich ihm leicht über die Wange.

»Alles wird besser werden«, sagte sie und verschwand in die Küche.

Stilton legte etwas Geld auf den abgewetzten Plastiktisch, stand auf und ging.

Es war halb sieben Uhr abends, und Olivia saß mit einem Salat am Küchentisch, als Mette anrief.

»Lukas Bengtsson ist ausgebrochen.«

Olivia schwieg.

»Hallo? Olivia?«

»Wann?«

»Letzte Nacht. Sie haben es heute Morgen entdeckt«, sagte Mette.

»Wie hat er das geschafft?«

»Details kenne ich nicht.«

»Was passiert jetzt?«

»Er ist zur Fahndung ausgeschrieben. Ich bezweifle, dass er sich besonders lange versteckt halten kann. Aber vielleicht meldet er sich bei dir.«

»Warum sollte er das tun?«

»Das weißt du wohl selbst am besten. Jetzt gehe ich wieder in Pension. Mach's gut!«

Mette legte auf. Olivia blieb mit dem Handy in der Hand sitzen. *Das weißt du wohl selbst am besten.* Was bildete sich Mette eigentlich ein? Warum sollte Lukas sie kontaktieren? Wenn es einen Menschen gab, den er absolut nicht leiden konnte, dann war das ja wohl sie. Die Frau ohne Mund.

Sie schob den Salat weg und trank ein Glas Wasser.

Lukas ist abgehauen.

Einerseits verwunderte sie das nicht, bei den Umständen, die in einer psychiatrischen Anstalt herrschten, konnte wohl jeder auf Fluchtgedanken kommen. Aber in Hinblick auf seinen Zustand, als sie ihn besucht hatte, wirkte das sehr unwahrscheinlich. Er war ja völlig weg gewesen. Komplett sediert.

Sie aß fertig und spülte ab, den Kopf voller Gedanken. Wo er jetzt wohl war? Es stimmte natürlich, was Mette gesagt hatte, er würde sich wohl nicht sehr lange versteckt halten können. Er hatte kein Netzwerk aus kriminellen Kontakten, das sich um ihn kümmern und ihn nach Holland oder zumindest nach Dalarna schleusen konnte. Irrte er einfach in der Stadt herum?

Sie ging ins Schlafzimmer und setzte sich aufs Bett.

Und was, wenn doch? Wenn er zu ihr Kontakt aufnehmen würde, aus welchem Grund auch immer, und sie dadurch zwingen würde, die Polizei zu informieren und ihn einzubuchten?

Noch einmal.

Olivia, dachte sie plötzlich, reiß dich zusammen. Es geht um einen verurteilten Attentäter. Begabt oder nicht. Du bist Polizistin. Du trägst berufliche Verantwortung für dein Handeln, und du darfst Privates nicht mit Beruflichem vermischen. Lukas ist faszinierend, aber das sind viele Schwerverbrecher. Denk daran, was du in der Polizeischule gelernt hast: Wer dem Monster zu lange in die Augen starrt, wird selbst zum Monster.

Lukas war kein Monster.

Olivia weigerte sich, das zu glauben.

Sie weigerte sich sogar, den Gedanken zu akzeptieren, dass er der Tat schuldig war, für die man ihn verurteilt hatte. Es war schließlich ein Indizienprozess gewesen, und die Rechtsprechung war nicht immer wasserdicht. Es gab Lücken, Justizmorde, Joy Rahman, Kaj Linna und andere.

Vielleicht befand sich Lukas auch in einer dieser Lücken?

Sie zog sich aus, langsam, und fragte sich, warum sie eigentlich versuchte, Lukas zu verteidigen. Lag es nur an ihrem Bauchgefühl, das ihn eher für unschuldig hielt? Oder war da noch etwas anderes? Sie war sich über ihre Gefühle für Lukas vollkommen im Klaren, als Privatperson Olivia für die Privatperson Lukas, den Künstler und Poeten. Diese Gefühle waren anstrengend und vernebelten natürlich ihre Urteilskraft auf anderen Ebenen.

Doch woher rührten diese Gefühle, was hatte sie in Gang gesetzt?

Vermutlich die Herausforderung, dachte sie, weil er als Mensch so anders war als alle anderen Männer, die sie kannte. Er war abwesend und gleichzeitig präsent, verträumt und ernüchtert, intensiv. Psychisch krank, ja, in Schüben, und zwischendrin einfach faszinierend.

Und dann dachte sie an sein Buch. An die Tatsache, dass sie über seine Texte mit Lukas in Kontakt getreten war. Er war schon bei ihr gewesen, bevor sie ihn überhaupt getroffen hatte. Sie war durch das, was er schrieb, in sein Leben geführt worden.

Wie merkwürdig.

Und jetzt war er auf der Flucht.

Würde er sie wirklich aufsuchen?

Stilton saß eine ganze Weile still am Esstisch, und weder Luna noch Aditi wollten die Stille durchbrechen. Sie ließen ihm Zeit aufzuholen. Alles, was man hörte, war zarte Musik aus Aditis Bungalow.

Er war vor einer Stunde mit dem Taxi gekommen und sofort zu der sichtgeschützten Dusche unter der Palme gegangen. Dort hatte er lange mit gesenktem Kopf unter dem lauwarmen Strahl gestanden. Als er fertig war, trocknete er sich mit einem großen Badehandtuch ab und zog sich wieder an. Er ging zu dem gedeckten Tisch hinüber und setzte sich auf eine blaue Decke. Luna hatte eingekauft, und Aditi hatte gekocht, in den Keramikschalen vor ihm gab es viele Leckereien zur Auswahl. Er füllte seinen Teller und begann zu essen.

Nach einer Weile wandte er sich zu Luna und sah sofort, worauf ihr Blick gerichtet war. Seine schlecht verheilte Narbe an der linken Schläfe.

»Ich bin gegen einen Felsen gestolpert«, sagte er.

»Hätte das nicht genäht werden müssen?«

»Vermutlich, aber es hat sich nicht so richtig ergeben.«

Er legte das Besteck weg und fing an, die Dinge zu erzählen, die unvermeidbar waren. Was auf dem Flussdampfer passiert war, Decha und sein Missbrauch von Little Pluto und einiges andere. Er hielt es nicht für sinnvoll, ins Detail zu gehen, vor allem nicht in Bezug auf seinen Besuch bei dem Opiumbaron Jhang Sa. Oder auf Krokodile, Denguemücken oder Blutegel. Später vielleicht, allein mit Luna, wenn der richtige Zeitpunkt gekommen war, aber nicht jetzt. Er hatte auch seine Jacke noch nicht ausgezogen.

Die Fragen prasselten auf ihn nieder.

»Was hast du denn da gemacht?«

Luna streckte eine Hand nach dem feuchten Verband um seine Schulter aus, und Stilton wich sofort zurück. Es tat immer noch ziemlich weh.

»Eine Schussverletzung. Die hab ich am Schiff abgekriegt.«

»War das dieser Decha?«

»Ja. Es ist nur eine Fleischwunde.«

»Warst du im Krankenhaus?«

»Nein. Suzy hat sich darum gekümmert.«

»Suzy?«, fragte Aditi.

Sie hatte keine Ahnung, wer Suzy war. Luna schon.

»Das ist Toms Freundin in Bangkok.«

Sie sagte es mit einem leichten Lächeln. Aditi sah Stilton an.

»Deine Freundin?«

»Eine Frau, die ein gutes Lokal hat. Wir mögen uns. Sie fragt nicht so viel.«

»Im Gegensatz zu uns?«, entgegnete Aditi.

»Das hab ich nicht gesagt.«

»Was ist in dieser Stadt passiert?«, bohrte Luna weiter. »Wanssingi? Wir haben telefoniert, und das Gespräch ist plötzlich einfach abgebrochen. Später haben wir versucht anzurufen, und ein fremder Mann hat abgenommen.«

»Es gab ein bisschen Streit um ein Boot, das ich mieten wollte. Dabei hab ich mein Handy verloren.«

»Deine Uhr auch?«

Ihr Fehlen war Luna aufgefallen, und sie hatte darauf gewartet, dass Tom selbst darauf zu sprechen kommen würde. Sie wusste, wie viel die Uhr ihm bedeutete.

»Ja, die auch«, sagte er und senkte den Blick auf seinen Teller.

Was für Luna, die aus ihrem Lebensgefährten einiges ablesen konnte, Bände sprach. Narbe an der Schläfe? Schusswunde an der Schulter? Handy und Uhr weg?

»Was ist dir da oben zugestoßen?«, fragte sie und legte eine Hand auf Stiltons nackten Arm.

Er spürte die Wärme ihrer Hand auf seiner Haut, eine Berührung, die in ihrer Einfachheit Kanäle öffnete, für die er nicht bereit war.

»Ziemlich anstrengende Dinge.«

Stilton blickte auf die blaue Decke hinunter und spürte, wie Gefühle in ihm aufstiegen, die er nicht sofort offenlegen wollte, nicht jetzt, nicht hier, aber sie waren nicht so leicht zurückzuhalten.

»Der kleine Junge?«, fragte sie.

Stilton nickte. Der kleine Junge. Den er mitten in der Nacht an einem Fluss allein gelassen hatte. Er stand auf und ging zurück zu ihrem Bungalow.

Er wollte es allein verarbeiten.

Als Luna eine Weile später hereinkam, lag er unter der Decke auf der weichen Matratze. Sie zog sich nackt aus und glitt neben ihn. Als sie ihre Hand langsam über seine Brust zu seinen Hüften schob, hörte er draußen das zarte Glockenspiel.

Morgen würde er Veronica aufsuchen.

*

Lange vor seinem Besuch war Veronica mit einiger Quälerei zum Strand gerollt, sie wollte draußen sein. Es nieselte, aber nicht besonders stark, warmer Nieselregen, der über ihr glattes

Gesicht lief. Stilton hatte nicht gesagt, was er herausgefunden hatte, nur, dass er sie treffen und Bericht erstatten wollte. Der Ausdruck hatte sie irgendwie gestört, auch wenn er wahrscheinlich nur ein Überbleibsel aus seiner Zeit bei der Polizei war. Er bewirkte, dass sie sich auf einmal wie ein Auftraggeber fühlte.

Gewissermaßen war sie das ja auch.

Sie sah auf ihre Hände hinunter, und ein leichtes Zittern verriet, wie sie sich fühlte. Schon gestern hatte sie diese innere Unruhe gespürt, noch bevor sie wusste, dass Stilton zurückgekommen war. Vielleicht war das Unterbewusstsein ihr einen Schritt voraus? Sie hatte schlecht geschlafen, manchmal war die Stille in ihrem Haus ein Störfaktor, ein Nährboden für Gedanken, die sie lieber nicht gehabt hätte. Gedanken darüber, was geschehen würde, wenn Stilton gelang, worum sie ihn gebeten hatte. Es würde alles verändern. Nicht die Vergangenheit, aber die Wahrheit darüber.

Und dann?

Wenn bestätigt würde, was sie bereits befürchtete, seit sie diesen handgeschriebenen Zettel in der grünen Mappe gelesen hatte, was würde dann passieren? Würde es ihre Trauer verändern? Wohl kaum. Ihr Aussehen? Definitiv nicht.

Aber es würde sie mit einem massiven Bedürfnis nach Rache erfüllen.

Davon hatte Stilton keine Ahnung, als er über den Strand auf sie zukam. Er hatte den festen Vorsatz, der behinderten Dame eine Antwort auf die Frage abzuringen, worum es bei der ganzen Sache eigentlich ging. Das, was sie bei ihrem letzten Zusammentreffen gesagt hatte: ›Es gibt eine Erklärung für alles‹.

Die wollte er jetzt endlich hören.

Als er sich dem Haus näherte, sah er, dass der Drachen verschwunden war.

»Hallo, Veronica.«

Er blieb ein paar Meter vor dem Rollstuhl stehen, knapp über dem Meeresrand. Veronica sah ihn an, ohne zu antworten. Sie erwartete von ihm, dass er ablieferte, sofort, das war ihm klar, also legte er los.

»Der Mann auf dem Foto ist ein schäbiger schwedischer Pädophiler, der sich auf einem Flussdampfer oben im Kok-Fluss aufhält. Er nennt sich Decha, aber das ist nicht sein richtiger Name. Wie der lautet, weiß ich nicht. Eventuell ist er in Opiumschmuggel verwickelt, das habe ich nicht herausbekommen. Er behauptet, er hat keine Ahnung, wer Sie sind.«

»Haben Sie von mir erzählt?«

»Ich habe gesagt, wie Sie heißen, und gefragt, ob er Sie kennt«, sagte Stilton.

»War das nötig?«

»Damals kam es mir so vor. Spielt das eine Rolle?«

Veronica antwortete nicht. Sie begann zurück zum Haus zu rollen, Stilton folgte ihr.

»Pädophil?«, sagte sie leise, mehr zu sich selbst.

»Ja. Er vergreift sich auf dem Schiff an burmesischen Jungs. Ich habe ihn bei der Polizei angezeigt.«

Sie näherten sich dem Haus. Stilton hatte berichtet, was er wusste, zumindest eine destillierte Fassung, und jetzt wollte er von Veronica die Fortsetzung hören.

Aber da kam nichts.

Als sie zur Rollstuhlrampe an der Rückseite kamen, ergriff er den Stuhl und hielt ihn fest. Veronica drehte sich um und sah ihn an.

»Was ist?«, fragte sie.

»Viel. Fangen wir mit dem Mann auf dem Foto an. Sie wollten mir eine Erklärung geben, wenn ich ihn gefunden habe.«

»Nein, wenn Sie herausgefunden haben, wer er ist. Decha sagt mir nichts. Er ist immer noch ein Fremder.«

»Aber Sie wissen, was er macht! Dass er pädophil ist.«

»Ja. Das ist gut. Das bringt mich ein Stück weiter.«

»Wohin?«

»Zu dem, was ich wissen muss. Seinen Namen. Wollen Sie Ihre Bezahlung?«

Stilton zuckte leicht zusammen.

»Wir sind also fertig?«

»Viel weiter kommen wir wohl nicht, zumindest Sie nicht.«

»Bei der Polizei besteht Anzeige gegen ihn. Vielleicht findet sie heraus, wer er ist.«

»Ja, vielleicht«, sagte Veronica.

»Sie wirken enttäuscht.«

»Nicht von Ihnen. Sie haben getan, was Sie konnten, mehr kann ich nicht verlangen. Ich nehme an, es war eine beschwerliche Reise?«

»Ja.«

Veronica begann wieder auf die Rampe zuzurollen. Stilton blickte ihr nach.

»Sie werden mir also nichts erzählen?«

Veronica hielt inne und drehte den Kopf.

»Nicht jetzt. Eines Tages ergibt sich vielleicht die Gelegenheit. Falls Sie dann immer noch hier sind.«

Stilton ging langsam über den Strand zurück. Wütend war als Beschreibung seines Gemütszustands noch untertrieben. Ausgenutzt traf es besser, aber es war nur eines der Gefühle, die in ihm brodelten.

Worum zur Hölle ging es hier? Was konnte so verdammt geheim sein?

Ja, sie hatte um Hilfe gebeten und gut dafür bezahlt, aber der Rest? Was wollte sie jetzt machen?

Er hatte ihre minimale Reaktion bemerkt, als er ihr von der Pädophilie erzählt hatte. Als hätte sie es zur Kenntnis genommen. Mehr aber auch nicht.

Hatte sie es schon längst gewusst?

Er verstand Veronica Wadner immer weniger.

Veronica Wadner ihrerseits verstand eine ganze Menge. Sie saß am Verandafenster und sah Stilton den Strand entlang verschwinden. Ein guter Polizist, erinnerte sie sich, wie mochte er wohl damals vor vielen Jahren obdachlos geworden sein? Sie rollte zum Cocktailtisch und durchbrach ihre Gewohnheit. Es war zu früh für Gin, aber wie sie selbst zu sagen pflegte: Die Zeit kommt und geht. Gerade war sie gegangen. Sie schenkte sich ein und dachte an Stiltons Informationen. Er hatte den Namen des unbekannten Mannes nicht herausbekommen, aber aufgedeckt, dass er pädophil war. Diese Auskunft war weit wichtiger, als Stilton ahnen konnte.

Sie belegte vermutlich eine Tragödie.

Olivia kam aus dem Badezimmer, wo sie lange unter der heißen Dusche gestanden hatte und allmählich wach geworden war. Sie fuhr sich mit dem Handtuch über den Körper, um das letzte Wasser abzutrocknen, zog ihren Bademantel von einem der Küchenstühle und hüllte sich ins Frottee. Tee, war ihr erster Gedanke, doch plötzlich hatte sie auch Lust auf etwas anderes. Sie öffnete den Kühlschrank und überprüfte den Inhalt mit kritischem Blick. Ein bisschen von allem, aber da war auch eine Plastikflasche mit Rote-Bete-Saft, auf den sie ziemlich neugierig war. Irgendwo hatte sie gelesen, Rote Bete sei gut für die Haut, oder war es der Blutdruck?

Sie drehte die Kappe ab, nahm einen Schluck und ließ sich am Küchentisch nieder. Und stellte sofort fest: Ganz gleich, wofür der Saft gut war, er schmeckte scheußlich. Sie stellte die Flasche weg, nahm ihr Handy und sah, dass Lennie auf WhatsApp eine Reihe von Bildern über ihr sorgloses Leben in Kopenhagen geschickt hatte. Lachende Freundinnen und schöne Freiluftlokale und lauter Zeug, das Olivia nicht sehen wollte, weil es mit ihrem Leben so gar nichts zu tun hatte. Zumindest nicht momentan. Trotzdem klickte sie ihre eigene Bildergalerie an und suchte unter den letzten aufgenommenen Fotos nach welchen, mit denen sie an Lennies heranreichen könnte.

Es dauerte einige stille, verwirrte Augenblicke, bis sie begriff, was sie da sah.

Nacktbilder von sich selbst.

In der Dusche.

Zwei Stück.

Sie ließ das Handy auf den Tisch fallen, als ob es pestverseucht wäre, ihr Puls schoss hoch. Nach ein paar Augenblicken beugte sie sich vor und sah die Bilder noch einmal an.

Am Tag zuvor aufgenommen.

Jemand hat Bilder von mir in der Dusche gemacht, dachte sie, und zwar mit meinem Handy! Jemand hat in der Diele gestanden und diese Fotos gemacht!

Sie sprang auf und merkte, wie ihr schlecht wurde, sodass sie zum Waschbecken gehen und den Wasserhahn aufdrehen musste. Sie trank jedoch nichts, sondern starrte nur auf den Wasserstrahl aus dem Hahn und dachte angestrengt nach.

Wer?

Wer zum Teufel war hier in der Wohnung gewesen? Wer hatte einen Schlüssel zur Tür? Sie dachte nach. Lennie ist in Kopenhagen, sie hat einen. Wer noch?

Sie war nackt in der Dusche fotografiert worden, ohne etwas davon zu merken. Auf dem Weg zurück zum Küchentisch legte sich der erste Schock ein wenig. Lukas? Er war auf der Flucht. Mette hatte gesagt, dass er möglicherweise Kontakt zu ihr aufnehmen würde. Aber das hier?

Warum sollte er in ihre Wohnung eindringen und Bilder von ihr in der Dusche machen?

Wusste er überhaupt, wo sie wohnte?

Vor ihrem inneren Auge sah sie das sich hin- und herwiegende zusammengekauerte Wesen in Karsudden, mit trübem Blick, rasiertem Schädel und Pulver in den Mundwinkeln. Lukas?

Unmöglich.

Aber es war ihm gelungen abzuhauen. Dazu wäre die Person, mit der sie im Krankenhaus am Tisch gesessen hatte, nicht imstande gewesen. Hatte er vielleicht neue Medikamente bekommen? Oder die Medikation verweigert?

Egal, sie jedenfalls war, obwohl sie erst vor wenigen Minuten geduscht hatte, schweißgebadet. Sie nahm sich das Handy, rief einen Kollegen im Polizeihaus an und fragte nach Lukas Bengtsson. Er war immer noch flüchtig. Danach rief sie den Hausverwalter an, dessen Nummer sie bei ihrer ersten Begegnung im Telefon gespeichert hatte.

»Ja, hier Belvin!«

»Hallo, hier ist Olivia Rönning, im vierten Stock in Haus D. Ich möchte das Schloss an meiner Wohnungstür auswechseln lassen.«

»Warum?«

»Bei mir ist eingebrochen worden, und ich will, dass es ausgewechselt wird. Und zwar jetzt!«

»Dann komme ich so schnell wie möglich, ich muss nur eben noch ein Moped fotografieren, das vor dem Stellplatz auf dem Hof steht.«

Eine Viertelstunde später kreuzte Belvin mit einer stark abgenutzten Werkzeugtasche in der Hand auf. Olivia hatte sich inzwischen angezogen und war nervös in der Wohnung herumgetigert.

Sie ließ Belvin herein.

»Dann ist bei Ihnen also eingebrochen worden?«

»Ja.«

»Ist etwas gestohlen worden?«

»Nein.«

»Wie wissen Sie dann, dass eingebrochen wurde?«

»Weil jemand in die Wohnung eingedrungen ist und mich mit meinem eigenen Handy in der Dusche fotografiert hat«, erwiderte Olivia.

»Das heißt, Sie duschen mit offener Badezimmertür?«

»Und was zum Teufel hat das damit zu tun?«

Belvin erstarrte und wandte sich der Wohnungstür zu.

»Sie meinen das hier?«, fragte er und zeigte auf das Türschloss.

»Ich habe nur eine Wohnungstür.«

Belvin stellte die Werkzeugtasche ab und betrachtete das Schloss.

»Ganz schön alt«, sagte er.

»Ja. Und?«

»Diese Sorte Schloss habe ich nicht einfach da, die muss ich bestellen. Andernfalls, wenn Sie ein ganz anderes Schloss haben wollen, müsste ich bohren und die Tür beschädigen.«

»Wie schnell können Sie ein Schloss besorgen, das passt?«

»Das kann schon einen Tag oder zwei dauern«, antwortete Belvin.

»Okay. Danke. Erledigen Sie das so schnell wie möglich.«

»Das werde ich.«

Belvin ging auf den Flur hinaus, drehte sich um und blieb einfach stehen. Olivia schlug die Tür vor seiner Nase zu. Verdammter Glotzer, dachte sie.

Zurück in der Küche rief sie Lisa an.

Sie musste mit jemandem reden.

*

Olivia und Lisa waren in der Polizeizentrale den ganzen Tag vollauf beschäftigt gewesen und hatten beschlossen, nach der Arbeit zusammen auszugehen und über den Vorfall zu reden.

Die Bilder in der Dusche.

Sie hatten auf der Terrasse eines Lokals einen guten Tisch

gefunden. Diesmal tranken beide Bier. Olivia wartete, bis der Kellner ihre Getränke gebracht hatte, ehe sie das Handy herausnahm und die Nacktfotos aus der Dusche aufrief. Lisas Reaktion glich der von Olivia.

»Das ist doch krank«, sagte sie.

»Ja.«

»Hast du es angezeigt?«

»Ja. Einbruch. Was auch immer das bringen wird.«

»Und du hast keine Ahnung, wer es gewesen sein könnte?«, fragte Lisa.

»Nein. Die Einzige, die außer mir noch einen Schlüssel hat, ist eine Freundin, die derzeit in Kopenhagen lebt. Aber ich habe ein uraltes Schnappschloss in meiner Wohnungstür, das zu knacken war also sicher nicht sonderlich schwer.«

Lisa gab ihr das Handy zurück und schüttelte nur den Kopf. Sie hatte ja eigene Erfahrungen mit sexuellen Übergriffen, brutalerer Natur als Nacktfotos, aber sie konnte trotzdem nachvollziehen, wie verletzt Olivia sich jetzt fühlen musste.

Die schob das Handy wieder in die Tasche und sagte, da sie schon mal bei dieser Art Themen waren:

»Und Mette hat dafür gesorgt, dass Magnus verschwunden ist.«

»Ja«, antwortete Lisa. »Offenbar hat er mit sofortiger Wirkung gekündigt.«

»Und du hast nichts mehr von ihm gehört?«

»Kein einziges Wort. Das ist sehr schön.«

»Hast du denn das Gefühl, irgendwie Gerechtigkeit erfahren zu haben?«, fragte Olivia.

»Ich weiß nicht recht… aber für mich fühlt es sich einfach gut an, dass die Sache abgeschlossen ist. Und das war wirklich dein Verdienst, wenn du da in der Küche nicht so deutlich gewesen wärst, hätte ich es vielleicht nie geschafft, Mette davon zu erzählen. Danke.«

»Prost.«

Beide lächelten und nahmen einen Schluck Bier.

»Und wie fühlt sich das mit Lukas Bengtsson jetzt an?«, erkundigte sich Lisa. »Dass er ausgebrochen ist?«

»Seltsam. Hoffentlich macht er nichts Dummes.«

»Zum Beispiel?«

»Keine Ahnung, es geht ihm schließlich total schlecht, und er steht unter starken Medikamenten, das ist wirklich keine gute Kombi.«

Olivia senkte den Blick und starrte in ihr Glas, als könne sie dort einen Schatten von Lukas erblicken. Was nicht der Fall war.

Lukas war weit entfernt.

*

Der kleine Junge hockte ein paar Meter vom Ufer entfernt auf einem dicken Stein und betrachtete sein Spiegelbild im Wasser. Unter der Oberfläche schwamm ein Schwarm kleiner Barsche. Er sah die Fische unter seinem Gesicht und umklammerte den kleinen Stein in seiner Hand. Am liebsten würde er ewig hier sitzen. Da hörte er die Stimme, sie rief seinen Namen. »Lukas.« Er wollte die Stimme nicht hören, nie wieder. »Lukas!« Er warf den Stein auf die Wasseroberfläche, und sein Gesicht zersprang in tausend Teile, und er wusste, dass er es niemals wieder würde ganz machen können. Als die Stimme näher kam, begann er zu weinen.

Ich weine jetzt auch, dachte Lukas und schaute über ein ganz anderes Wasser. Die Erinnerung an mich selbst sollte verschwunden sein, denn darauf lief doch schließlich alles hinaus. Warum taucht sie jetzt auf?

Eigentlich dachte er nie an sich selbst als ein Ich. Er war ein Wesen, das lediglich weiterlebte. Dinge geschahen, und sie hatten mit ihm zu tun. Manchmal begriff er, warum, manchmal nicht. Vor dem Tod hatte er nur dann Angst, wenn es Zeit wurde, schlafen zu gehen. Warum ausgerechnet dann, wusste er auch nicht. Denn die eigentliche Angst war die vorm Einschlafen, vor dem, was im Schlaf geschehen und in ihm eingelagert werden würde, tief unten, worauf er nur Zugriff hatte, wenn er nicht hier war.

Davor fürchtete er sich.

Er sah über den Rand hinunter.

Da unten fuhren fast keine Autos, es war schließlich mitten in der Nacht, also war die Gefahr, dass er auf einem Auto landen und andere Menschen verletzen würde, minimal.

Die Gefahr, dass er überleben würde, ebenso.

Als er die Arme bewegte, merkte er, dass er einen Pinsel in der Innentasche seiner Jacke trug. Er holte ihn raus und betrachtete ihn. Eine Rippe, dachte er, oder ein Anker. Das Malen hielt ihn zurück, meistens. Früher, als er nicht eingesperrt war.

Der Wind fuhr ihm ins Haar, und er spürte, wie er schwankte. Die Kälte war ihm egal. Er schaute über ein nächtlich dunkles Stockholm, ein toter Ausblick. Und als er über den Rand schaute, traf er eine Entscheidung.

*

Olivia warf sich im Bett herum, sie befand sich in einem gigantischen Steinlabyrinth und jagte ein Kind, das höhnisch lachte, sowie sie es erblickte.

»Bleib stehen!«, schrie sie und fuhr verschwitzt im Bett hoch.

Das Mondlicht sickerte durch die Jalousien, und es dauerte eine Weile, bis sich ihre Augen an die Dunkelheit gewöhnten. Sie spürte, wie ihr der Puls im Hals pochte, sie keuchte, bis sich die Atmung nach einigen Augenblicken beruhigte.

»Hallo.«

Die Stimme kam aus der Dunkelheit, und sie fuhr erschrocken zurück, sodass ihr Kopf an die Wand hinter dem Bett donnerte. Als sie wieder nach vorn fiel, sah sie eine dunkle Gestalt still an der Tür stehen. Und kurz bevor sie schreien konnte, hatte das Mondlicht das Gesicht des Mannes angeleuchtet.

Lukas.

Wie war er in die Wohnung gekommen? Das alte Schloss war zwar noch in der Tür, aber trotzdem. Sie hatte doch wohl kontrolliert, dass es richtig eingerastet war, als sie nach Hause kam?

Olivia riss die Decke zum Kinn hoch und starrte zur Tür.

»Was tust du hier, Lukas?«, fragte sie mit so beherrschter Stimme wie möglich.

»Ich will mit dir reden.«

»Du bist auf der Flucht.«

»Nicht vor mir selbst.«

Olivia spürte, wie ihr Herzschlag sich beruhigte, sie musste ihre Gedanken und Gefühle schnellstens in den Griff kriegen, denn da hinten in der Dunkelheit, in ihrem eigenen Schlafzimmer, stand ein kranker Mensch. Sie musste so ruhig sie nur konnte auf ihn einwirken.

»Worüber wolltest du reden?«, fragte sie.

»Du hast nach dem schwarzen Dämon in meinen Gemälden gefragt.«

»Ja.«

»Ob es eine Frau ist.«

»Ja.«

»Ist es nicht. Es ist ein Mann«, sagte Lukas.

»Wer denn?«

»Das weiß ich nur, wenn ich dort bin.«

Lukas machte ein paar Schritte ins Zimmer. Olivia erkannte, dass er bedeutend besser aussah als letztes Mal, schmaler, das Gesicht markanter. Sie schob sich das Kopfende hinauf, hielt immer noch die Decke bis zum Kinn gezogen. Seine Stimme war auch anders als in der Klinik, als er von einer blauen Scherbe geredet hatte. Die Stimme war ruhig, vertraut.

Lukas blieb gegenüber vom Bett stehen.

»Weißt du, woran ich leide?«, fragte er.

»Ja.«

»Ich werde ein anderer.«

»Ich weiß«, erwiderte Olivia.

»Vielleicht war ich da auch ein anderer. Als das mit dem Auto passierte.«

»Ja, vielleicht.«

»Alle glauben, ich hätte gelogen«, sagte er. »Das habe ich aber nicht. Ich war nicht dort.«

»Du warst dort«, entgegnete Olivia. »Aber du wusstest nichts davon.«

»Vermutlich. Darf ich mich setzen?«

Lukas zeigte auf die Bettkante und Olivia nickte. Sie spürte, wie der Druck nachließ. Sie konnte mit ihm reden. Er war ausgebrochen, und jetzt war er hier. Genau, wovor Mette sie gewarnt hatte. Und worüber sie sich jetzt ärgerte.

Lukas ließ sich ein Stück von ihren hochgezogenen Füßen entfernt nieder.

»Vorhin hatte ich noch vor zu springen«, sagte er.

»Springen?«

»Aber ich habe es mir anders überlegt. Weißt du, warum?«

»Nein. Warum?«

»Es wäre ungerecht.«

»Ah so?«

»Wenn man eine andere Person in sich hat, von der man weiß, die man aber nicht kennt, dann wäre doch Selbstmord ein Mord an dieser anderen Person, oder?«

»Schon.«

Olivia versuchte, seine Gedankengänge zu verfolgen. Eben war sie aus einem Steinlabyrinth gekommen, wo sie ein verlorenes Kind gejagt hatte, um jetzt hier mit einem Mann über Selbstmord als Mord zu sprechen.

Sie nahm ihr Handy vom Nachttisch und wollte schon die Nacktbilder in der Dusche aufrufen, überlegte es sich aber anders. Stattdessen fragte sie:

»Hast du damit Fotos von mir in meiner Dusche gemacht?«

Lukas sah das Handy an.

»Nein! Warum sollte ich?«

Er sah ungeheuer aufrichtig aus, doch ein paar Augenblicke später sackte er ein wenig zusammen und sagte so leise, dass Olivia ihn kaum hörte:

»Hat das vielleicht der andere getan?«, fragte er. »Wenn ja, bitte ich für ihn um Entschuldigung.«

Olivia rückte ein bisschen näher und legte eine Hand auf seinen Arm.

Er sah auf die Hand.

»Ich verstehe sehr gut, warum du nicht gesagt hast, dass du Polizistin bist«, sagte er.

»Wie gut.«

»Du bist auch eine andere.«

Er lächelte, als er das sagte, und Olivia erwiderte sein Lächeln. Sie war auch eine andere. Nicht in seelischer Hinsicht, aber doch eine andere. Der Unterschied war, dass sie wählen konnte, wann sie die andere sein wollte. Und genau diese Wahl hatte Lukas nicht.

»Wie läuft es mit deiner Behandlung?«, fragte sie.

»Sie bringen mich in den Park raus und wieder rein, manchmal kommt einer und versucht, mit mir zu reden, aber meist geben sie mir Medikamente. Ich weiß ja, worum es denen geht.«

Sie kümmern sich um dich, wollte Olivia schon sagen, erkannte aber, wie falsch das selbst für ihre eigenen Ohren klingen würde. Sie sperren dich weg, wäre passender.

»Glaubst du, es hilft dir?«

»Ich weiß nicht recht, wobei man mir eigentlich helfen will, ob es wirklich darum geht, dass ich wieder ganz werden soll, ein einziger Lukas. Und ich weiß nicht, ob ich das will.«

»Warum denn nicht?«

»Weil es vielleicht meine Begabung austrocknet.«

Olivia bedachte seine Worte, sie verstand, dass er sich fürchtete, den Kontakt zur Quelle seiner Kreativität zu verlieren. Doch gleichzeitig litt er und wollte doch nicht verschwinden. Oder?

»Gut ist, dass ich gelernt habe, die Signale zu erkennen«, sagte er. »Wenn es anfängt. Es geht fast immer mit Kopfschmerzen los, dann verschwinde ich.«

»Aber, Lukas, es ist doch sicher so, dass du gesund werden willst, oder?«

Lukas saß lange schweigend da, schließlich nahm er Olivias Hand in seine, und sie ließ es geschehen. Er streichelte die

Hand ein wenig, dann sah er auf, und sie sah ihm an, dass er kurz davor war zu weinen.

»Ich will nicht dort sein«, sagte er leise. »Ich will hier sein.«

Olivia war unsicher, ob er von Karsudden sprach oder von seinem anderen Zustand. Was Karsudden anging, so musste er leider gezwungenermaßen dort sein.

Dann saßen sie lange Zeit dicht beieinander da, bis Olivia das Gefühl hatte, agieren zu müssen. Sie zog ihre Hand weg, griff nach dem Handy, rief Lisa an, entschuldigte sich für die Uhrzeit und erklärte, dass sie ihr Auto ausleihen müsse. Sie würde Lukas Bengtsson nach Katrineholm fahren.

»Dann sollte ich vielleicht mitfahren«, schlug Lisa vor.

»Ist nicht nötig, alles in Ordnung.«

»Okay.«

Lisa ging davon aus, dass eine Erklärung nachgereicht werden würde.

Lukas war schon auf der Höhe des Hornstull eingeschlafen, und wachte auch nicht auf, ehe Olivia seinen Arm berührte und sagte, sie wären da. Sie stand auf der Auffahrt zum Eingang von Karsudden. Eine halbe Stunde vorher hatte sie die Klinik angerufen und die Situation erklärt. Scheinbar hatte Lukas das Gespräch nicht mitgehört, denn jetzt sah er auf und musste erst mal begreifen, wo er war, was aber nicht lange dauerte. Als er die drei Pfleger sah, die sich dem Auto näherten, wandte er sich Olivia zu.

»Es gibt zwei Möglichkeiten, sich umzubringen«, sagte er. »Die eine ist zu sterben.«

Dann drückte er die Autotür auf und stieg aus.

Die ganze Rückfahrt über versuchte Olivia einzuordnen, was sich in ihrem Schlafzimmer abgespielt hatte. Das Gespräch mit Lukas, dem einen Lukas.

Dieser Lukas hatte springen wollen und es sich aber noch mal anders überlegte.

Dieser Lukas redete von Selbstmord als Mord.

Seine Krankheit verblüffte sie immer wieder aufs Neue.

Luna und Aditi kümmerten sich um die Bewässerung. Viele der Pflanzen benötigten in der Hitze Unterstützung, und das nahm eine Weile in Anspruch. Zeit, die ihnen gleichzeitig die Möglichkeit gab, ungestört miteinander zu reden. Aditis Meditationsgruppen hatten noch nicht angefangen, und Stilton saß im Bungalow und knirschte mit den Zähnen. So interpretierte zumindest Luna seinen Zustand, seit er von Veronica Wadner zurückgekehrt war.

»Ich verstehe ihn«, sagte Luna. »Er hat sich einer Menge Gefahren ausgesetzt und bekommt fast nichts zurück.«

»Nein, aber vielleicht gibt es einen Grund dafür.«

»Welcher könnte das sein?«

»Was weiß ich, aber Veronica hat offensichtlich etwas Schreckliches erlebt, und Toms Auftrag hängt wahrscheinlich damit zusammen. Vielleicht kann sie einfach nicht darüber sprechen.«

»Ich finde, sie ist gemein«, widersprach Luna.

»Zu Tom?«

»Ja. Natürlich, er ist sehr gut bezahlt worden, aber es muss ihr doch klar sein, wie frustrierend das für ihn ist. Er will wissen, was los ist. Und dann ist er auch noch fast erschossen worden, der Arme.«

Aditi sah Luna an und lächelte ein wenig.

»Was ist?«, fragte Luna.

»Deine Liebe.«

»Meine Liebe?«

»Zu Tom«, sagte Aditi.

»Was ist damit?«

»Ich beneide dich darum.«

Aditi drehte sich um und richtete den Wasserstrahl auf ein weiter entferntes Blumenbeet.

»Warum das denn?«, fragte Luna.

»Weil ich selbst noch nie auf diese Weise geliebt habe.«

Luna wusste nicht sonderlich viel über Aditis Vergangenheit, sie sprach nicht darüber, sondern konzentrierte sich einzig und allein auf das Hier und Jetzt. Tom hatte einiges von ihrer Kindheit erzählt, und da hatte es offenbar nicht viel Glück und Freude gegeben.

»Du warst nie verheiratet, oder?«, fragte Luna.

»Nein. Ich habe mich dem hier gewidmet.«

Aditi schaute über das schöne Retreat, und Luna sah für einen Moment einen traurigen Schimmer in ihrem Blick, der aber schnell wieder entschwand.

»Ich war glücklich damit«, sagte Aditi.

»Das verstehe ich, es ist wunderbar hier. Es ist mir noch nie so gut gegangen wie jetzt. Ich habe keine Sekunde Sehnsucht nach zu Hause.«

Aditi lächelte wieder.

»Du darfst bleiben, so lange du willst«, erwiderte sie.

Luna drehte den Wasserschlauch zu und ging in die Hocke. Das Gespräch war auf empfindliches Terrain geraten. Sie empfand nicht nur keine Sehnsucht nach zu Hause, sondern sie wollte tatsächlich bleiben.

Hier.

Noch nie hatte sie sich so ruhig und ausgeglichen gefühlt, ihre wirre Vergangenheit war wie weggewischt und durch eine natürliche Harmonie ersetzt worden. Der Ort selbst war mit der Ruhe, die über allem lag, ein Teil davon, doch das meiste hing mit Aditi zusammen. Es gab etwas an ihr, das Luna ihr ganzes Leben lang vermisst hatte, eine ältere Frau, die die richtigen Dinge auf die richtige Weise sagte. Ihre eigene Mutter war geflohen oder verschwunden, als sie selbst noch klein war, und ihr Vater, der Kapitän, hatte kein vollständiger Ersatz sein können.

Das Problem war Tom.

»Irgendwann muss schließlich jemand das alles hier übernehmen«, sagte Aditi und setzte sich neben Luna. »Aber so sieht Toms Zukunftsvision von einem Leben mit dir wahrscheinlich nicht gerade aus, oder?«

Luna sah in den Sand zwischen ihren Füßen. Ein Leben hier mit Tom? In den Nächten, als sie von der Hitze wach geworden war und der Mond durch die Bambuswand schien, hatte sie sich das schon mal probeweise vorgestellt. Anfangs war es ihr wie ein unsinniges Gedankenspiel vorgekommen, doch dann hatte sie die Idee bearbeitet, gedreht und gewendet. Was zog Tom denn nach Hause? Nichts. Rödlöga? Das war doch nur eine halb verfallene kleine Holzbaracke auf halbem Weg draußen im Meer von Åland. Er hatte ein paar Freunde, aber die hatte er hier doch auch. Zumindest eine Frau, die ihn liebte, und eine Halbschwester. Einen Job hatte er zu Hause nicht. Warum sollte er sich nicht vorstellen können, hier zu bleiben?

Wenn sie an dieser Stelle der Überlegungen angelangt war, wurde ihr immer klar, dass sie eine ganze Reihe anderer Argumente verdrängt hatte, die Toms Beziehung zu Schweden betrafen. Aber trotzdem – jeder Mensch konnte sich verändern, vor allem, wenn er Schweres durchlebt hatte, und das war bei Tom so, das wusste sie. Vielleicht hatte ihn das ja in eine positive Richtung – hierher – gelenkt?

Schließlich antwortete sie Aditi:

»Nein, ich glaube kaum, dass Tom momentan davon träumt, aber bei ihm weiß man ja nie.«

»Nicht einmal du?«

Als Luna gerade antworten wollte, dass sie es wahrscheinlich am wenigsten von allen wusste, brummte ihr Handy. Es war offizielle Handyzeit, also las sie die Nachricht, die sie bekommen hatte.

»Was ist los?«, fragte Aditi.

»Ist für Tom.«

Luna stand auf und ging zu ihrem Bungalow. Stilton saß an einen Bambusträger gelehnt und schaute einer Grille zu, die an seiner Wade hochkletterte. Es kribbelte, aber er wollte doch sehen, wie hoch sich das Insekt wagen würde. Und darin hatte sich sein Ehrgeiz für den Augenblick auch schon erschöpft.

»Du sollst diese Nummer anrufen«, sagte Luna und zeigte ihm die SMS, die sie bekommen hatte.

Stilton sah die Nummer an, die ihm nicht mehr sagte, als dass es ein thailändischer Anschluss war. Er holte sein neues Handy heraus, das er unten in einem Spezialgeschäft in Mae Phim gekauft hatte, und wählte die Nummer.

»Kommissar Lek.«

Die Polizei in Chiang Rai. Mit einem Mal verflüchtigte sich sein lethargischer Zustand. Er setzte sich kerzengerade auf und sagte:

»Hier Tom Stilton. Der Schwede. Haben Sie Decha?«

»Nein, leider nicht. Wir waren oben bei dem Flusskahn, doch da war er nicht. Die Jungs an Bord haben gesagt, er sei kurz nach Ihrem Verschwinden abgereist.«

Stilton sank in sich zusammen.

»Und was haben Sie dann gemacht?«, fragte er.

»Eine Hausdurchsuchung auf dem Boot, die aber nicht viel erbracht hat. Keine Waffen. Keine Drogen.«

Lek klang enttäuscht.

»Haben Sie mit den Jungs gesprochen?«, erkundigte sich Stilton.

»Es waren Rohingyas, keine thailändischen Jungs, wie sie gesagt haben.«

»Und? Konnte man mit ihnen nicht reden?«

»Doch. Aber sie sind nicht sonderlich scharf darauf, mit Polizisten zu sprechen. Auf jeden Fall wollte keiner von ihnen einen irgendwie gearteten Übergriff anzeigen. Aber damit hatten wir auch nicht wirklich gerechnet. Wenn ich etwas fragen darf – Sie haben nach diesem Decha gesucht. Warum haben Sie das getan?«

»Ich wollte wissen, wer er ist.«

»Warum?«

Da waren sie also wieder, zurück bei Stilton.

»Tja, da muss ich Ihnen leider sagen, dass ich darauf keine Antwort habe«, erwiderte er.

Und die hatte er wirklich nicht. Eigentlich. Einen Moment lang war er versucht, Lek einfach weiter an Veronica zu verweisen, besann sich aber. Sie würde einem ihr unbekannten thailändischen Polizisten kaum mehr verraten als ihm.

Hingegen entschied er, von seinem Besuch bei Jhang Sa zu erzählen. Das würde Lek vielleicht aufmuntern.

Das tat es auch, und zwar so richtig.

Als er fertig war, sagte Lek:

»Da war ja wohl nicht geplant, dass Sie überleben.«

»Nein.«

Sie schwiegen ein paar Augenblicke.

»Jhang ist ein gefährlicher Mann«, sagte Lek.

»Ich weiß. Aber vielen Dank für die Hilfe mit Decha.«

»Ich melde mich, wenn wir irgendwie weiterkommen.«

»Okay.«

Stilton drückte das Gespräch weg. Luna sah ihn an.

»Sie haben ihn nicht erwischt?«

»Nein.«

Stilton donnerte mit der Hand auf die Bambuswand, sodass der ganze Bungalow erbebte und die Grille einen Weltrekord im Weitsprung hinlegte.

»Ich will dieses verdammte Aas kriegen!«

Stilton sank auf den Boden.

»Hattest du nicht ein Bild von ihm?«, fragte Luna vorsichtig.

»Doch, wieso?«

»Hast du denn schon mal die Polizei in Schweden gefragt? Wenn er ein Pädophiler ist, dann taucht er vielleicht in irgendeinem Register zu Hause auf.«

Stilton blickte Luna voller Bewunderung an.

Gustav Frövik hatte Olivia zwischen zwei Patienten reingeschoben. Sie hatte erklärt, dass es nicht lange dauern würde, es gehe wieder um Lukas Bengtsson und eine Begegnung, die sie mit ihm gehabt habe.

»Bitte, setzen Sie sich.«

Olivia ließ sich auf demselben Stuhl nieder wie das Mal zuvor. Diesmal verspürte sie keine Nervosität. Sie wusste, dass Frövik sich gut in dem, was sie fragen wollte, auskannte, und dass er ihr wahrscheinlich eine Antwort würde geben können.

»Sie wissen, dass ich mich nach wie vor zu keinen Details die Behandlung von Lukas Bengtsson betreffend äußern kann«, warnte er sie vor.

»Ja. Deshalb dachte ich, wir könnten vielleicht hypothetisch reden.«

Frövik lächelte ein wenig, er ahnte schon.

»Über eine hypothetische Person?«, fragte er.

»So ungefähr. Ich möchte wissen, ob eine Person, eine hypothetische Person, wenn sie in einen dissoziativen Zustand gerät, imstande wäre, jederzeit in diesen Zustand hinein- oder hinauszugleiten.«

»Das habe ich zum Teil schon erklärt, als Sie voriges Mal hier waren. Der Zustand, unter dem Ihre hypothetische Person leidet, verläuft in Schüben, was heißt, dass die Person sich zwischen ihren Persönlichkeiten hin- und herbewegt.«

»Aber weiß die Person selbst, wenn sie das tut? Sich von einer Persönlichkeit in die andere bewegt?«

»Das kann man nicht so einfach beantworten. Für viele Menschen mit dieser Krankheit gibt es Signale, die sie zu erkennen lernen. So kann ein schwerer Kopfschmerz eine Vorwarnung auf einen Wechsel des Zustands sein. Es ist also schon möglich, dass solche Menschen merken, was geschieht.«

»Aber wenn sie von ihrer Krankheit wissen und was diese mit sich bringt, dass sie sich verändern und jemand anders werden, können sie dann Verantwortung für den empfinden, der sie werden? Für das, was diese andere Person tut?«

»Wie meinen Sie das? Verantwortung?«

Olivia wusste nicht recht, wie sie erklären sollte, dass Lukas sich nicht das Leben nehmen wollte, weil es bedeuten würde, eine andere Person zu töten, die aber auch er war. Und die vielleicht leben wollte. Es war ihr bewusst, wie schräg dieser Gedanke klang, doch für Lukas war er real.

»Ich kann es nicht richtig erklären«, sagte sie. »Kürzlich bin ich Lukas Bengtsson begegnet, und er hat über seine Beziehung zu der Person nachgegrübelt, in die er sich verwandelt, wenn er krank wird.«

»Haben Sie ihn im Krankenhaus besucht?«

»Nein, er ist eines Nachts zu mir gekommen, er war weggelaufen. Wir haben uns lange unterhalten, und dann habe ich ihn nach Karsudden zurückgebracht.«

»Das heißt, Sie haben eine gute Beziehung?«

»Beziehung weiß ich nicht, aber es scheint ihm jetzt ein bisschen besser zu gehen.«

»Wie schön.«

Frövik lächelte ein wenig, und Olivia stand auf.

Als sie auf der Straße stand, kam ihr dieser Besuch ziemlich sinnlos vor. Vermutlich hatte sie einfach das Bedürfnis, Türen zu Lukas' Zustand zu finden, und dabei konnte ihr niemand helfen. Sie nahm den Bus zum Mariatorget und setzte sich dort auf eine Bank, um ein paar Leuten zuzusehen, die Boule spielten. Selbst hatte sie das noch nie gespielt, doch es sah interessant aus. Es wurde mit spielerischem Ernst geworfen und gelegt, gemessen und Bier getrunken.

Die lockere Stimmung um sie herum war ansteckend, und Olivia entspannte sich auf ihrer Bank. Die Art, wie die Spieler miteinander redeten, gefiel ihr, sie waren schlagfertig und meilenweit von ihrem eigenen Alltag entfernt. Sie lachte unwillkürlich über den einen oder anderen Kommentar zu der Dicken und dem Schweinchen oder wie die Kugeln alle hießen. Als einer der Spieler sich zu ihr umdrehte und fragte, ob sie nicht auch mal eine Kugel werfen wolle, war sie schon im Begriff aufzustehen, doch da brummte ihr Handy in der Tasche. Sie zog das Telefon heraus, eine SMS von Tom, das Bild eines Mannes. Unter das Bild hatte Tom geschrieben:

»Ein schwedischer Pädophiler. Nennt sich Decha. Kannst du mal nachsehen, ob er in unserem Register ist? Ich möchte wissen, wie er heißt. Eilig.«

Olivia drückte das Bild weg. Sie brauchte kein Register zu bemühen, sondern erkannte den Mann sofort.

*

Einer von vielen Vorteilen der Pensionierung war, dass man mehr Zeit miteinander verbringen kann. Wenn man denn ein Paar war. Mette hatte sich allmählich daran gewöhnt, auch am Tag und selbst mitten in der Woche mit ihrem Mann zusammen zu sein. Das verlief nicht völlig ohne Reibereien, doch es funktionierte. Mårten gab sich alle Mühe, das Leben interessant und spannend zu gestalten. Er wusste, dass seine Frau ihr gesamtes Berufsleben über mit Adrenalinkicks versorgt worden war und dem alltäglichen Leben in dem großen Haus in Kummelnäs mit einem gewissen Schaudern entgegensah. Kinder und Enkelkinder hatten ihr eigenes Zuhause, doch er versuchte, sie so oft wie möglich herbeizutrommeln. Leben und Trubel würden das Haus schon mit Energie erfüllen. Das war dann vielleicht nicht die Sorte Energie, die einen durchfuhr, wenn man vor einer gerade erschossenen Leiche stand, aber immerhin. Der Vergleich ist sowieso ziemlich schräg, dachte Mårten schuldbewusst.

Heute hatten sie einen langen und anstrengenden Einkauf in einem Supermarkt hinter sich gebracht und Kühlschrank wie Kühltruhe auf unbestimmte Zeit im Voraus mit Essen gefüllt. Mette hasste Einkaufen von Lebensmitteln, das wusste Mårten, deshalb sorgte er dafür, dass sie sich gleich für eine Reihe zukünftiger Mittag- und Abendessen eindeckten. Er hatte sogar versucht, Mette für das Kochen zu interessieren, allerdings mit nur mäßigem Erfolg. Aber sie stand immerhin neben ihm am Herd, schaute zu, kommentierte alles und piekte mit den Fingern in den Zutaten herum. Mit der Zeit würde sie schon auf den Geschmack kommen, selbst Speisen zuzubereiten. Heute gab es indischen Eintopf. Keine große Herausforderung für den Koch, aber doch gut gewürzt und mit Wein stimulierend.

Der große Topf mit den kräftigen Aromen war eben auf den Tisch gekommen, als es an der Tür klingelte. Mårten sah, wie Mette zusammenzuckte. Ein Notfall? Ein Einsatz? Doch dann sank sie ein wenig in sich zusammen, diese Zeiten waren vorbei. Mårten eilte in die Diele hinaus.

»Hallo, Olivia! Komm rein! Wir haben eben den indischen Lammeintopf auf den Tisch gestellt, den musst du unbedingt probieren!«

Olivia betrat die Küche und umarmte eine augenblicklich aufgemunterte Mette. Ein Besuch von Olivia konnte alles bedeuten – im besten Fall ein kriminalistisches Problem.

Olivia setzte sich an den Tisch und sah Mårten an. Warum wandte sie sich erst Mårten zu? Wegen des indischen Eintopfs? Mette fand das komisch, hielt sich aber zurück. Dann sah Olivia Mette an, und die war mehr als erleichtert.

»Du hast was auf dem Herzen, nicht wahr?«, fragte Mette.

»Ich habe heute eine MMS von Tom bekommen.«

»Ach ja?«

»Das hier.«

Olivia hielt Mette das Handy mit Stiltons MMS hin, die das Bild des Mannes betrachtete und den Text las.

»Er will einen Pädophilen finden?«

»Ja. Erkennst du den Mann nicht?«, fragte Olivia.

»Nein.«

»Das ist Gustav Frövik.«

»Der Psychologe?«

»Ja.«

Stille senkte sich über den Tisch, und niemand dachte mehr an den Eintopf.

»Und woher weiß Tom, dass er ein Pädophiler ist?«, fragte Mette schließlich.

»Das habe ich ihn auch gefragt. Er hat gesehen, wie sich dieser Mann in Thailand an einem Jungen vergriffen hat. Aber da nannte er sich Decha.«

»Gustav Frövik?«, fragte Mårten.

»Ja.«

Mårten hatte in völligem Schweigen dagesessen, und dafür gab es einen Grund. Er war schockiert, und das vermutlich mehr als die beiden Frauen. Schließlich sah er Olivia mit einem sehr verwirrten und erschrockenen Blick an, so als würde er versuchen, etwas zu verstehen.

»Frövik hat in Skå gearbeitet«, sagte er.

»Im Kinderdorf? Wann denn?«

»Vor ungefähr zwanzig Jahren.«

Während er das aussprach, dachte er zurück. Eigentlich wollte er nicht den unausweichlichen Schluss ziehen.

»Als du auch dort warst?«, fragte Olivia nach.

»Ja. Und ich war es, der ihn gebeten hat dorthinzukommen. Er war Spezialist für traumatisierte Kinder.«

Es wurde wieder still. Mette nahm die Rotweinflasche und füllte Mårtens Glas, sie hatte das Gefühl, er könne es gebrauchen.

»Und er ist pädophil?«, fragte Mårten.

Es dauerte eine Weile, bis die Nachricht durch eine Lage von langen, harten Jahren hingebungsvoller Arbeit mit missbrauchten Kindern drang. Ein Pädophiler in Skå?

»Ja«, sagte Olivia.

Mette goss sich selbst ein wenig Wein ein, sie wollte ihr Glas in Reichweite haben, wenn sie nun sagte, was sie am liebsten nicht aussprechen würde:

»In dem gerichtspsychiatrischen Gutachten stand, dass Lukas Bengtsson auch einige Jahre in Skå gelebt hat.«

Rasch hob sie das Glas und trank. Der Ball war jetzt in Olivias Feld, und sie wusste, was nun kommen würde. Es dauerte einen Moment, dann wandte sich Olivia an Mårten.

»Hat Lukas Bengtsson zur selben Zeit dort gelebt, als auch Frövik da war?«

Diese Frage zerrte Mårten in die Gegenwart zurück, und er sah Olivia an.

»Daran kann ich mich nicht erinnern, aber ich kriege es raus.«

Olivia verließ das Haus, ohne den Eintopf probiert zu haben. Sie hatte keinen Appetit mehr. In der Küche blieben zwei Pensionäre zurück, die sich wortlos anschauten. Mette hatte ihren ordentlichen Schub Adrenalin bekommen, wenngleich sie den Grund dafür schrecklich fand. Würde Olivia eine pädophile Verbindung zwischen Lukas Bengtsson und Gustav Frövik ausgraben?

Und falls ja, was würde das bedeuten?

Mårten ließ Mette schon mit dem Essen anfangen. Er musste eine Weile allein sein.

Also ging er in den Hobbyraum herunter, in sein Musikzimmer, seinen eigenen geschützten Raum. Hier landete er immer, wenn er sich von der Außenwelt abschirmen wollte, sei es, wenn der Trubel mit allen Kindern und Enkelkindern auf Besuch überhandnahm oder wenn er einfach mal für sich sein wollte.

Oder aus ganz anderen Gründen.

So wie diesmal.

Er schaltete Musik ein. In der letzten Zeit hatte er häufig eine irische Sängerin gehört, die nach Mårtens Dafürhalten ihre Karriere viel zu früh beendet hatte. Sinéad Lohan. Er liebte ihre besondere Stimme, und diese Vorliebe teilte er mit Kerouac, der schwarzen Kellerspinne, die eigentlich längst tot sein müsste. Darüber hatte Mårten sich informiert. Doch mit alten Spinnen, dachte er, war es wahrscheinlich wie mit alten Kinderpsychologen: Wir leben, bis wir sterben.

Als Lohans Stimme im Raum erklang, kam Kerouac langsam aus ihrem Winkel gekrochen und wankte über die weiße gekalkte Wand. Mårten sah ihr nach, bis sie an ihrer Lieblingsstelle in der Ecke saß.

Jetzt war alles an seinem Platz.

Und er war gezwungen, sich um das zu kümmern, weswegen er sich in den Keller begeben hatte.

Die Tatsache, dass einer seiner besten Mitarbeiter pädophil gewesen war. Ein Mann, von dem er eingenommen gewesen war, der ihn beeindruckt hatte, sowohl mit seinem tiefen theoretischen Wissen über psychische Krankheiten wie auch mit seiner einzigartigen Fähigkeit, zu schwer traumatisierten Kindern durchzudringen und Kontakt zu ihnen zu bekommen. Bei einigen Fällen hatte Frövik kleine Wunder vollbracht. Während seiner Zeit in Skå wurde er mehr oder weniger zum Genie erklärt. Man war der Meinung, er sei mit einem besonderen Talent gesegnet, die Mikrosignale aufzufangen, die schwer geschädigte Kinder von sich gaben.

Ein Pädophiler?

Mårten war, was menschliches Verhalten anging, ohne Illusionen, und wenn Mette von dem einen oder anderen schrecklichen Fall erzählte, nötigte ihm das nur selten eine Reaktion ab. Er wusste, dass der Mensch zu bedeutend mehr imstande war, als man sich vorstellen konnte.

Aber das hier?

Vermutlich war er in diesem Fall wegen der Nähe zum menschlichen Bösen so schockiert. Einerseits, weil er selbst dafür gesorgt hatte, dass Frövik in Skå arbeiten konnte, andererseits, weil er ihm privat auch häufig begegnet war. Sie hatten gute Abendessen miteinander genossen, über das Leben diskutiert und über die Kinder in der Anstalt.

Und die ganze Zeit sollte sich Frövik an denselben Kindern vergriffen haben?

Das war im Grunde noch nicht geklärt, Frövik musste ja nicht speziell in Skå Übergriffe verübt haben, aber die Gefahr bestand doch.

Hinter Mårtens Rücken.

Er sah auf seine Hände und merkte, wie fest sie die Armlehne umklammerten. Er hatte weder etwas gesehen noch geahnt, und das quälte ihn.

Stilton suchte Veronica mit einer gewissen Genugtuung wieder auf. Olivia hatte angerufen und ihm den Namen von Decha durchgegeben, seinen schwedischen Namen. Den würde er nun Veronica servieren. Diesmal saß sie nicht am Strand. Er ging zur Tür, fuhr sich durch die Haare, klopfte leicht und machte Anstalten einzutreten.

»Nicht reinkommen!«

Veronicas Stimme schlug ihm von drinnen entgegen. Er blieb sofort stehen.

»Entschuldigung, ich wollte nur berichten, dass ich weiß, wer der Pädophile ist.«

Keine Reaktion. Was war passiert? Stilton wusste nicht, ob er den Wintergarten betreten sollte oder nicht. Doch als kurz darauf ein thailändischer Mann mit nacktem Oberkörper und einem Hemd in der Hand in die Diele trat und durch die Tür hinausging, begriff er.

»Kann ich jetzt reinkommen?«, rief er.

»Nein.«

Stilton blieb stehen und kam sich ein bisschen albern vor.

»Das war der Schlüsseldienst«, erklärte Veronica.

Ihre Stimme kam immer noch aus dem Wintergarten, jetzt etwas sanfter.

»Er sah nett aus«, sagte Stilton, ohne genau zu wissen, wie er auf diese Antwort kam.

»Wie heißt der Pädophile?«

Stilton hatte nicht vorgehabt, diese Information zwischen

Tür und Angel an eine Person weiterzugeben, die er nicht sah, also trat er durch die Tür in den Wintergarten.

»Er heißt Gustav Frövik und ist offenbar Psychologe.«

Veronica saß auf dem kleinen geschwungenen Sofa in der Ecke. Sie hatte einen Morgenrock um den Körper geschlungen, und ihre Perücke saß schief. Sie hatte nicht mit Besuch gerechnet.

»Gustav Frövik?«, fragte sie mit rauer Stimme.

»Ja. Kennen Sie den Namen?«

Veronica faltete die Hände, wie um sie stillzuhalten, und als die Knöchel weiß wurden, sah sie zu Stilton hoch, der in der Tür stand.

»Nein, leider nicht.«

Olivia hatte ohne größere Begeisterung fertig gefrühstückt, und jetzt saß sie da und wartete auf den Anruf von Mårten. Der kam gegen elf Uhr, als sie schon drauf und dran war, selbst anzurufen. Sie stand am Fenster, als sie ranging, und Mårten kam gleich zur Sache:

»Lukas Bengtsson wohnte in Skå, als Gustav Frövik dort war. Lukas war es in seiner Familie schlecht ergangen, und er hatte psychische Probleme.«

Olivia schwieg und verarbeitete diese Information so lange, dass sie fast Mårten am anderen Ende vergaß.

»Olivia?«

»Ja, entschuldige. Danke, dass du das rausgefunden hast.«

»Was fangen wir jetzt damit an?«, fragte Mårten.

»Mit dem, was wir wissen?«

»Ja.«

»Keine Ahnung, noch nicht.«

Beide wussten genau, was das bedeutete. Es war an Mårten, den nächsten Schritt zu tun.

»Ich glaube, wir sollten Lukas besuchen«, sagte er.

»Gut. Dann tun wir das.«

Olivia legte auf. Sie ließ den Blick über die Spüle schweifen und hörte Gustav Fröviks Worte über Menschen mit dissoziativer Persönlichkeitsstörung:

›Ungefähr neunzig Prozent der Betroffenen hatten in ihrer Kindheit traumatische Erlebnisse wie Misshandlung oder sexuellen Missbrauch.‹

Sie saßen im selben Besucherraum, wie Olivia das beim letzten Mal getan hatte, an einem Holztisch mit drei Stühlen und an der einen Wand zwei schmale Fenster eingelassen. Das Licht, das von draußen kam, reflektierte eine abstrakte Form auf den Fußboden.

Olivia versuchte zu erspüren, in welchem Zustand Lukas war. Sein Blick war wieder verschleiert, nicht so klar wie in der Nacht, als sie ihn vor dem Eingang der Klinik abgesetzt hatte. Vermutlich bekam er wieder Medikamente.

Ich hoffe, er ist hier, dachte sie, war aber nicht sicher.

»Das hier ist Mårten Olsäter«, sagte sie, »er ist Kinderpsychologe und ein alter Freund von mir.«

Lukas sah Mårten an, ohne etwas zu erwidern.

»Hallo, Lukas. Sie haben vor vielen Jahren im Kinderdorf Skå gewohnt«, begann Mårten. »Ich habe damals dort gearbeitet. Ich weiß nicht, ob Sie sich an mich erinnern, aber ich erinnere mich an Sie. Sie konnten sehr gut zeichnen. Noch jemand anders arbeitete dort, nämlich Gustav Frövik. Erinnern Sie sich an ihn? Von damals her?«

Frövik hatte Lukas im Zusammenhang mit dem Gerichtsverfahren untersucht, aber Mårten wollte weiter in die Vergangenheit zurück.

Lukas antwortete nicht.

»Gustav hatte einen engen Kontakt zu allen Kindern, die dort waren, er war sehr beliebt, aber Sie erinnern sich nicht an ihn?«

In der Stille, die dann folgte, sah Olivia zu Mårten, als wolle sie ihn fragen: Glaubst du, dass er hier ist? Mårten nickte und wandte sich wieder Lukas zu.

»Ich frage das, weil wir glauben, dass Gustav …«

»Ich war erst acht Jahre.«

Lukas hielt den Kopf beim Sprechen gesenkt, aber die Stimme klang fest.

»Wann?«, fragte Mårten.

»Als ich anfing zu verfaulen.«

Lukas sah zu den Fenstern, weit draußen konnte er den Park sehen, die Bäume, und noch weiter entfernt den See. Olivia wollte gerade etwas sagen, als Mårten ihr die Hand auf den Arm legte. Er wollte warten. Es dauerte lange, dann wandte sich Lukas wieder zum Tisch. Mårten sah ihn an.

»Was meinen Sie mit verfaulen?«, fragte er.

»Wenn das, was gesund ist, stirbt.«

»Warum ist es gestorben?«

»Weil es zu schwach und zu klein war, es hatte keine Stimme, die gehört werden konnte«, sagte Lukas.

»War das in Skå, wo Sie angefangen haben zu verfaulen?«

»Ja. Mein Gesicht ist im Wasser zersprungen.«

Olivia musste das Weinen unterdrücken, sie wandte den Kopf, denn sie wollte Lukas nicht zeigen, dass ihr die Tränen in den Augen standen.

»Bist du traurig?«, fragte er.

Er hatte es gesehen.

»Ja«, sagte Olivia.

»Warum denn?«

Darauf konnte oder wollte Olivia nicht antworten.

Sie wollte nur weg.

Auf dem Weg zu Mårtens Auto ließ Olivia alles raus, was sie unterdrückt hatte, sie weinte hemmungslos und trat mit voller Kraft gegen die Reifen von Mårtens Wagen, und er musste sie fest umarmen.

Beiden war vollkommen klar, was das Treffen bedeutete.

Lukas war im Kinderdorf Skå sexuellen Übergriffen durch Gustav Frövik ausgesetzt gewesen.

Im Alter von acht Jahren.

*

Olivia saß zu Hause am Küchentisch und versuchte, ihren Puls runterzukriegen. Jedes Mal, wenn sie an Lukas dachte, schoss er wieder hoch, und wenn ihre Gedanken dann zu Gustav Frövik wanderten, überschlug er sich fast. Sie musste mit jemandem reden. Aber nicht mit irgendwem. Lisa? Nein, sie musste mit Mette sprechen. Sie hatte ihr von der Verbindung nach Skå erzählt, und Mette konnte am besten einschätzen, wie sie weiter vorgehen sollte.

Auch wenn sie pensioniert war.

Sie rief Mette an, und sie telefonierten lange. Olivia erzählte von dem Besuch bei Lukas und merkte, wie ihre Stimme zitterte, als sie von dem Übergriff berichtete. Mette hörte zu, das meiste hatte sie schon von Mårten gehört, und ab da mehr oder weniger darauf gewartet, dass Olivia anrufen würde. Sie teilte Olivias Empörung voll und ganz, und Mårten war mindestens genauso wütend gewesen. Doch nun hörte sie hauptsächlich zu und ließ Olivia alles sagen, was sie sagen musste. Als Olivia dann eine Pause machte, hatte Mette das Gefühl, einhaken zu können.

»Und, was willst du tun?«, fragte sie.

»Ihn holen und vernehmen.«

»Ist das denn so klug?«

»Was heißt hier klug? Er ist ein Pädophiler.«

»Ja. Aber wird Lukas in der Sache denn aussagen können?«

»Das weiß ich nicht. Ihm geht es so, wie es ihm geht.«

»Und was machst du, wenn Frövik alles abstreitet?«

»Tom hat gesehen, wie er andere Übergriffe begangen hat.«

»Tom ist in Thailand.«

Mette widersetzte sich. Sie wusste, worauf Olivia hinauswollte. Frövik sollte für die sexuellen Übergriffe verurteilt werden. Wenn sie beweisen konnte, dass Lukas Bengtsson das Opfer gewesen war, dann gab es auf jeden Fall eine Verbindung zu dem Urteil gegen Lukas, an dem Frövik beteiligt gewesen war. Oder zumindest an den Konsequenzen. Sie wollte die gerichtspsychologische Ermittlung neu eröffnet sehen. Und dann? Wie sollte es dann weitergehen?

»Aber ich bin nicht diejenige, die das entscheidet«, sagte Mette. »Wenn du Frövik verhören willst, dann tu das. Aber achte darauf, es hinter verschlossenen Türen zu tun. Jemanden als Pädophilen zu outen, ohne wasserdichte Beweise dafür zu haben, kann auf dich selbst zurückfallen. Meiner Meinung nach brauchst du mehr Material.«

»Wenn es eng wird, kann Tom aussagen.«

»Im Moment ist Tom vielleicht nicht der gewichtigste Zeuge, den man finden kann.«

Das vielleicht nicht, dachte Olivia, doch sie hatte gehört, wie zornig Tom war, als er ihr erzählte, was Decha einem burmesischen Jungen angetan hatte, und sie war ziemlich sicher, dass Tom, wenn es drauf ankam, liefern würde.

Das tat er immer.

Sie würde Gustav Frövik, den Psychologen mit den freundlichen Augen, vernehmen.

Als Lisa und Olivia im fünften Stock an der Grev Magnigatan im vornehmen Stockholmer Viertel Östermalm an der Tür von Frövik klingelten, öffnete seine Frau Inger.

»Ja bitte?«

»Guten Tag, mein Name ist Olivia Rönning, ich komme von der Kriminalpolizei. Wir suchen Gustav Frövik, ist er zu Hause?«

Inger Frövik war eine Frau, die sich um ihr Äußeres kümmerte – je mehr Jahre ihrem Körper aufgebürdet wurden, desto intensiver. Zum Teil aus privaten Gründen, aber auch, weil sie Fundraiserin für die Hilfsorganisation »Wohl der Kinder« war und viele öffentliche Auftritte absolvierte. In diesem Augenblick trug sie ein biederes blaues Kleid mit einem passenden Schal um den Hals, denn sie würde zu einem Vorbereitungstreffen für die große Wohltätigkeitsgala der Organisation am kommenden Wochenende gehen.

Ihr sorgfältig geschminkter Mund schloss sich und öffnete sich wieder.

»Worum geht es?«, fragte sie.

Dein Mann ist pädophil, dachte Olivia, sagte aber:

»Wir müssen ihn aus ermittlungstechnischen Gründen befragen. Ist er zu Hause?«

»Was für eine Ermittlung?«

Olivia verspürte den Unterton. Was für eine Ermittlung? Als würde die Ehefrau sich hinter einem Schild verschanzen. Als gäbe es Dinge, über die nicht gesprochen werden sollte, zumindest nicht woanders, außer im Ehebett.

Was zum Teil stimmte.

Inger sah in den meisten Fällen zu ihrem Mann auf, er war ein sehr erfolgreicher Psychologe, doch ihr war auch klar, dass er eine dunkle Seite hatte. Sie wusste nicht genau, was da passierte, doch war sie bereit, sehr weit zu gehen, um ihre Ehe zu schützen.

»Darauf kann ich nicht näher eingehen«, erwiderte Olivia.

»Nun, er ist jedenfalls nicht hier. Tut mir leid.«

»Und wo erreichen wir ihn?«

»Haben Sie es schon in der Praxis versucht?«, schlug Inger vor.

Gustav Frövik war nicht in der Praxis. Er befand sich bei seinem Sommerhaus draußen auf Ingarö, und war gerade dabei, unten am Steg ein Holzboot zu teeren, als seine Frau ihn völlig außer sich erreichte.

»Aber jetzt beruhige dich doch, Inger, was wollten sie denn?«, fragte Frövik.

»Das haben sie nicht gesagt, darauf könnten sie nicht eingehen, sie wollten mit dir reden, dich aus ermittlungstechnischen Gründen befragen, sagten sie. Warum denn? Dann sind sie in die Praxis gefahren. Was geht hier vor?«

»Das weiß ich nicht. Wie hieß die Frau, die mit dir gesprochen hat?«

»Daran erinnere ich mich nicht. Olivia irgendwas.«

»Rönning?«

»Möglich. Dann haben sie noch mal angerufen und wollten, dass ich mich melde, sowie ich dich erreiche«, empörte sich Inger.

»Mach das auf keinen Fall. Ich kümmere mich darum, das wird sich regeln lassen.«

»Aber was ist denn …«

»Ich komme nach Hause. Tschüss!«

Doch Frövik hatte nicht vor, aufs Festland oder gar nach Hause zu kommen, denn schließlich konnte es sein, dass die Polizei seine Wohnung oder die Praxis überwachte. Ihm war klar, dass sein verborgenes Leben möglicherweise enthüllt würde, und das wäre in jeder Hinsicht eine Katastrophe. Wie es so weit gekommen war, wusste er nicht, und er hatte auch nicht vor zu warten, bis jemand es ihm erklärte.

Er stellte den Eimer mit dem Teer ab und sah übers Meer. Es war fast Flaute, und die Wasseroberfläche lag, so weit der Blick reichte, glatt und still da. Früher oder später musste es so kommen, dachte er, wahrscheinlich war das unvermeidlich. Obwohl er überall so vorsichtig gewesen war. Man kann nicht ein ganzes Leben verbringen, ohne entdeckt zu werden. Aber er hatte es versucht, und so schnell würde er nicht aufgeben.

Er zog sein Jackett an und lief zum Auto.

Olivia Rönning?, dachte er. Lukas Bengtsson? War das die Verbindung?

*

Olivia hatte Lisa zu sich nach Hause eingeladen. Diesmal war es nicht mitten in der Nacht, und der Grund war auch nicht Magnus Larsson, sondern sie wollte über Gustav Frövik reden. Weder er noch seine Ehefrau hatten bisher von sich hören lassen.

Olivia stellte zwei Weingläser auf den Tisch und bat Lisa, eine Flasche Weißwein aus dem Kühlschrank zu holen. Auf dem Weg zum Kühlschrank hielt Lisa inne. An der Wand in der Küche hing, mit Reißzwecken befestigt, eine Zeichnung, die letztes Mal noch nicht da gewesen war.

»Wer hat die denn gemacht?«, fragte Lisa und besah sich die eine Ecke der Zeichnung. »›Der Gehäutete‹?«

»Das ist die Signatur von Lukas. Er hat sie gezeichnet, als ich ihn vor dem Gerichtsverfahren besucht habe.«

»Er ist verdammt gut.«

»Ja«, sagte Olivia.

Lisa zog die Kühlschranktür auf, nahm eine Flasche Weißwein heraus und reichte sie Olivia. Ehe sie wieder am Tisch Platz nahm, betrachtete sie noch einmal die Zeichnung.

»Warum hat er keinen Mund gemalt?«, fragte sie.

»Weiß nicht. Es ging ihm nicht sonderlich gut, als er das gemalt hat.«

»Aber jetzt geht es ihm besser?«

»Ich glaube schon.«

Olivia schenkte ihnen Wein ein, sie wollte nicht weiter über Lukas reden. Auf dem Tisch brannten ein paar Teelichte, die sie hauptsächlich wegen der Stimmung angezündet hatte, denn die Abende wurden nun mit jedem Tag länger, und inzwischen war es schon bis zehn Uhr hell.

»Was zum Teufel machen wir nur mit Frövik?«, fragte Olivia.

»Du meinst, wenn er sich nicht meldet?«

»Ja. Sollten wir ihn vielleicht zur Fahndung ausschreiben?«

»Haben wir gute Gründe dafür?«

»Mette meint nicht. Aber es könnte durchaus sein, dass er abhaut und verschwindet.«

Lisa nickte. Sie nahm sich einen gelben Block und einen Bleistift und schrieb etwas abwesend »Frövik« auf das Papier. Olivia betrachtete sie und sah, wie sie grübelte, die Augen zusammenkniff und den Namen immer wieder hin und her unterstrich.

»Was ist?«, fragte Olivia.

»Seit dieser Name aufgetaucht ist, läuten da irgendwelche Glocken, und das fing schon an, als wir bei ihm waren und mit seiner Frau gesprochen haben.«

»Und was läutet?«

»Ich bin an anderer Stelle schon mal auf seinen Namen gestoßen«, sagte Lisa, »bevor du ihn entdeckt hast.«

»Er war in die rechtspsychologische Untersuchung eingebunden.«

»Die habe ich nicht gelesen, es muss woanders gewesen sein, in dem ganzen Material, was ich durchgepflügt habe.«

Lisa unterstrich den Namen auf dem Block noch ein paarmal, dann brach plötzlich die Spitze des Stiftes ab und sie sah Olivia an.

»Jetzt weiß ich es!«, rief sie.

Es war schon spät in der Nacht, und die beiden Frauen saßen immer noch da und schauten gemeinsam eine Reihe von Ordnern und Mappen auf Lisas Tisch durch – all das Ermittlungsmaterial, das sie durchgearbeitet hatte. Als es auf zwei Uhr zuging, rief Lisa plötzlich:

»Hier! Hier ist es! Sieh!«

Sie reichte Olivia ein Papier, das Lisa selbst geschrieben hatte. Zunächst störte sich Olivia an ein paar Rechtschreib- und Grammatikfehlern, doch als sie weiterlas, wurde ihr klar, warum Lisa aufgeschrien hatte, und fast hätte sie das Gleiche getan. Das, was da stand, war erst mal nur eine Verbindung. Doch dann dämmerte ihr langsam, was dahintersteckte, und sie holte ihr Telefon heraus.

»Wen willst du anrufen?«

»Mette.«

»Es ist zwei Uhr nachts.«

Olivia ließ das Handy sinken und schaute auf die Uhr. Sollte sie Mette wecken und ihr davon erzählen? Schließlich war sie in Pension.

Sie weckte Mette und sagte, Lisa und sie würden eine Hausdurchsuchung bei Gustav Frövik machen wollen und erklärte auch genau, warum.

»Mit wem organisieren wir das am besten, ohne dass es Ärger gibt?«, fragte sie. »Tova Hemmingson? Wir wollen es so schnell wie möglich durchziehen!«

Mette ließ Olivias forcierte Stimme und die erstaunliche Information auf sich wirken und begriff sofort – hier musste gehandelt werden.

»Ich spreche mit ihr«, sagte sie. »Das geht am schnellsten.«

»Danke!«

Mette hielt ihr Versprechen, und um kurz nach zehn Uhr am nächsten Morgen stand Olivia wieder vor der Tür des Ehepaars Frövik, diesmal mit einem Durchsuchungsbeschluss in der Hand. Sie hatte Lisa und ein paar Kollegen dabei. Als Inger sah, wer geklingelt hatte, sagte sie sofort:

»Mein Mann ist ins Ausland gereist.«

»Ach ja? Wann denn?«

»Gestern.«

Inger Frövik wirkte auf Olivia nicht so, als würde sie eine Auslandsreise vorgeben, denn ihr war natürlich bewusst, dass die Polizei so etwas schnell überprüfen konnte.

Also stimmte es vermutlich.

»Wohin ist er gereist?«

»Das weiß ich nicht.«

»Sie wissen es nicht?«

»Nein. Gustav muss manchmal sehr überraschend verreisen, denn er hat viele internationale Aufträge in Krisengebieten. Ich war nicht zu Hause, als er wegfuhr, aber ich gehe davon aus, dass er sich bald melden und mir mitteilen wird, wo er sich befindet.«

Olivia hielt Inger Frövik ein Dokument hin.

»Wir haben hier einen Hausdurchsuchungsbeschluss für Ihre Wohnung.«

Die Polizisten betraten die Wohnung der ebenso schockierten wie erschrockenen Inger Frövik. Sie beschlagnahmten, was sie für relevant hielten, vor allem einen Computer und ein iPad, und ließen die Ehefrau in einem Zustand völliger Verwirrung zurück.

»Können Sie mir denn nicht wenigstens erklären, worum es geht?«

»Übergriffe«, war alles, was Olivia erwiderte, ehe sie die Wohnung verließ.

Sowie die Tür zu war, sank Inger auf einen weichen Stuhl in der Diele. Diesen Augenblick hatte sie gefürchtet. Wenn das geheime Leben ihres Mannes nicht mehr geheim sein würde. Wenn das Verborgene und Dunkle ins Licht gezerrt würde. Sie nahm sich ein kleines, ordentlich zusammengefaltetes weißes Taschentuch vom Spiegeltisch und biss darauf. Was würde bloßgelegt werden? Sie wusste es wirklich nicht. Ihr war klar, dass Gustav Laster hatte, über die er niemals ein Wort verlor. Viele Nächte hatte sie wach gelegen und sich vorzustellen versucht, was es sein könnte. Drogenmissbrauch? Das hätte sie doch gemerkt. Eine Geliebte? So what! Das war zu banal. Prostituierte? Hatte er Bedürfnisse nach sexuellen Ausschweifungen, die sie nicht bedienen konnte? Ging er an Orte, wo er ausgepeitscht wurde oder Krankenschwester spielen durfte? Sie hatte keine Ahnung.

Aus Gründen der Selbsterhaltung schaltete sie an einem gewissen Punkt ihre Vorstellungskraft ab.

Einmal, ein einziges Mal, hatte sie ihn ernsthaft gefragt.

»Was verbirgst du da vor mir?«

»Das, was ich verbergen muss, damit wir zusammenleben können.«

Mehr bekam sie nicht zur Antwort.

Sie sah auf den kleinen Langhaardackel herunter, der auf dem Dielenteppich stand und mit seinem Schwanz wedelte.

Du hast wenigstens keine Geheimnisse, dachte sie.

Olivia, Lisa und ihre Kollegen fuhren direkt weiter in die Praxis von Gustav Frövik. Die ältere Dame, die an der Rezeption saß, war ebenso schockiert wie die Ehefrau des Doktors, und zwar so sehr, dass sie ohne die kleinste Gegenfrage alles zur Verfügung stellte, was die Polizisten mitnehmen wollten. Und noch ein bisschen mehr.

»Er hat auch ein Steuerjournal, wollen Sie das auch mitnehmen?«

»Gern«, antwortete Lisa.

Dann fuhren sie weiter zu Gustav Fröviks Sommerhaus auf Ingarö.

Und dann begann das Warten.

Die Hausdurchsuchung hatte ihnen sehr umfangreiches Material eingebracht, das nun von diversen Kriminaltechnikern bearbeitet wurde, was Olivia, Lisa und in gewisser Weise auch Mette in einen angespannten Wartezustand versetzte. Techniker sind ein verschwiegenes Völkchen und ziemlich resistent gegen Druck. Das würde jetzt einfach so lange dauern, wie es dauerte.

Olivia hatte Stiltons Bericht von Fröviks Übergriffen auf dem Flusskahn gehört, und zusammen mit Mårten hatte sie Lukas auch von der Zeit im Kinderdorf Skå erzählen hören.

Doch nichts von alldem konnte hundertprozentig bewiesen werden.

Wenn die Anklage halten sollte, brauchten sie mehr.

Es dauerte ein paar Tage, ehe sie einen vollständigen Bericht erhielt, doch als er kam, rief sie sofort Mette an. Sie erklärte ihr, was sie herausgefunden hatten, und sagte schließlich:

»Es wird ein Weilchen dauern, allen Spuren und Hinweisen nachzugehen, aber Lisa und ich haben die Leute gekriegt, um die wir gebeten haben. In der Zwischenzeit werde ich Tom einschalten.«

Diesmal hatte Mette keine Einwände.

Stilton ging davon aus, dass dieser Nachmittag ungefähr genauso langweilig werden würde wie der am Tag zuvor. So langsam kannte er dieses Retreat in- und auswendig. Am Morgen hatte er mit Aditi ein paar Übungen gemacht, und sie war sehr zufrieden mit ihm gewesen.

»Dein Körper ist inzwischen mindestens doppelt so geschmeidig wie bei deiner Ankunft!«

Und mein Kopf mindestens doppelt so träge, dachte Stilton.

Jetzt war sie schon wieder im Anmarsch und setzte sich neben ihn.

»Sollen wir noch einen Durchgang machen?«, fragte sie.

In dem Moment rief Olivia an und rettete ihn.

Allerdings nicht ohne Komplikationen. Aditis entschiedener Hinweis, doch bitte die Handyregeln im Retreat einzuhalten, hinderte ihn am Telefonieren. Die Handynutzung sei zu dieser Zeit nicht erlaubt, insistierte sie, und er müsse sich eine Stunde gedulden.

Stilton hatte nicht vor, noch eine Stunde zu warten, also wagte er einen Bestechungsversuch.

»Ich mache nachher einen doppelten Durchgang.«

Darauf ließ Aditi sich ein, und Stilton konnte an sein Telefon gehen.

»Hallo, Olivia!«, sagte er. »Was gibt es Neues?«

Wenn es nichts Neues gab, dann würde er vielleicht wenigstens einen kleinen Energieschub von zu Hause mitbekommen.

Und so war es auch.

Olivia berichtete von der Verbindung zwischen Gustav Frövik und Lukas Bengtsson. Das sagte Stilton nicht viel, denn er wusste nicht, wer Lukas Bengtsson war. Was sie danach erzählte, war entschieden interessanter.

»Frövik ist ins Ausland abgehauen.«

»Wisst ihr, wohin?«

»Nein«, sagte Olivia.

»Aber du meinst, dass er vielleicht wieder in Thailand ist?«

»Ja.«

Die Überlegung war nicht weit hergeholt. Wenn Frövik versuchte unterzutauchen, dann hatte er oben in den Opiumbergen das perfekte Versteck. Auf einem ausrangierten Flusskahn, wo er Decha hieß und niemand seine wirkliche Identität kannte.

Zumindest glaubte Frövik das.

»Er versteckt sich möglicherweise auf einem Flusskahn oben in den Opiumbergen«, erwiderte Stilton.

»Könnte sein. Kannst du versuchen, ihn da zu finden?«

»Ja, das kann ich versuchen.«

Olivia hatte ja keine Ahnung, wie sehr Stilton das versuchen konnte. Für ihn war das die Chance, endlich in mehrfacher Hinsicht Nägel mit Köpfen zu machen.

Er packte die Gelegenheit beim Schopfe.

»Ich fahre gleich heute hin!«

»Es wäre fast besser, wenn du bis morgen warten würdest.«

»Warum das denn?«

»Da landet Abbas in Bangkok«, erklärte Olivia.

»Abbas?«

»Mette und ich haben die Sache besprochen, und sie möchte gern, dass er dabei ist und hilft.«

»Ach ja?«

Nicht, dass Stilton etwas gegen Abbas gehabt hätte, ganz im Gegenteil, bei einigen Gelegenheiten oben in Wanssingi hatte er sich selbst gewünscht, Abbas wäre dabei.

Doch ihn serviert zu bekommen, ohne gefragt worden zu sein, fühlte sich, ja, wie fühlte es sich an? Erniedrigend? Als würde er den Auftrag nicht allein hinkriegen?

Scheißegal.

»Gut. Ich hole ihn vom Flughafen ab.«

*

Der dunkelhäutige Mann mit dem durchtrainierten Körper und dem maßgeschneiderten Anzug passte nicht so recht in die Gruppe blasser Schweden mit trockenen Kehlen und in Shorts und Hawaiihemden.

Abbas war da.

Stilton wartete auf ihn, als er mit einem kleinen Koffer in die Halle kam, den er offensichtlich aufgegeben hatte. Er hätte ihn sicherlich mit ins Flugzeug nehmen können, aber Stilton vermutete, dass er etwas enthielt, was im Handgepäck durch keine Sicherheitskontrolle gekommen wäre.

Und Stilton wusste, was das war.

»Guten Morgen! Flight okay?«, fragte er.

»Businessclass.«

Stilton nahm es zur Kenntnis und hatte nicht vor, groß nachzufragen, wer diese Extravaganz bezahlt hatte. Hauptsache, Abbas war in Form.

Sie hatten eine lange Reise vor sich.

»Schön, dich zu sehen«, sagte Stilton.

»Ganz meinerseits. Du bist abgemagert.«

Tatsächlich?, dachte Stilton. Wie fett war ich denn letztes Mal? Oder war das ein Witz von Abbas?

»Du bist so wie immer«, erwiderte er. »Ich habe Bustickets nach Chiang Rai, Abfahrt in vier Stunden, hast du Hunger?«

»Ja.«

Stilton bemerkte, wie Abbas bei Suzy ein Gericht nach dem anderen verschlang, mindestens drei hintereinander, alle unterschiedlich. Er selbst nahm etwas aus dem Wok mit Hähnchen und thailändischem Basilikum, was ihn gut sättigte. Er bemerkte auch, dass Suzy in der Tür zur Küche stand und den hungrigen, dunkelhäutigen Schweden beobachtete.

Ein Freund von Tom, aber mit einer völlig anderen Ausstrahlung. Mehr nach Suzys Geschmack, zumindest, was die Anziehungskraft anging. Ein bisschen zu jung. Zwar war sie Witwe und in alle Richtungen offen, aber ein Freund von Tom?

Abbas spülte das letzte Gericht mit einem Glas kaltem Wasser herunter, Stilton hatte ein Bier genommen.

»Gutes Essen, was?«, fragte Stilton.

»Fantastisch.«

Abbas wandte sich Suzy in der Tür zu und streckte den Daumen hoch. Sie senkte ein wenig den Blick.

»Sie erinnert mich an meine Mutter.«

Abbas sprach leise, als wäre er nicht sicher, ob Suzy nicht doch Schwedisch verstand. Stilton war erstaunt.

»Die verschwunden ist?«, fragte er.

»Ja. Vielleicht ist sie hier gelandet und hat in einer versteckten Gasse einen kleinen Imbiss aufgemacht.«

»Suzy ist nicht deine Mutter«, erwiderte Stilton trocken.

»Das weiß ich. Sie erinnert mich nur an sie, die Augen.«

Stilton sah zu Suzy. Die gleichen Augen wie die Mutter von Abbas?

»Und du hast immer noch keine Ahnung, wo sie hin ist?«, erkundigte er sich.

»Vor vielen Jahren kam eine seltsame Postkarte aus Trivandrum in Indien, wo sie sich offenbar aufhielt.«

»Was stand darauf?«

»›Pass auf dich auf. Wir sehen uns in einer anderen Dimension.‹ Vermutlich war sie auf Drogen. Also, erzähl mal, wohin wir unterwegs sind. Ein Pädophiler, den Mette und Olivia dingfest machen wollen?«

»Ja.«

»Von dem du aber mehr weißt?«

»Sehr viel mehr.«

Es erforderte noch zwei weitere Bier für Stilton, der hiermit seine Busration intus hatte – ehe die ganze Geschichte von dem Pädophilen auf dem Tisch war. Oder in Abbas' Kopf.

»Dann nennt sich Gustav Frövik da oben also Decha?«, fragte Abbas.

»Ja.«

»Und wie sollen wir deiner Ansicht nach vorgehen?«

Er verließ sich darauf, dass Tom das Ganze durchdacht hatte, schließlich war er ein alter Polizist und er selbst nur Assistent. Wertvoll, durch seine besonderen Fähigkeiten, aber nicht der Mann am Ruder.

»Ich dachte, wir fahren erst mal nach Wanssingi«, meinte Stilton. »Das ist der letzte Außenposten vor dem Flusskahn. In dem Dorf gibt es Leute, mit denen ich nicht ganz grün bin, aber das müssen wir in Ordnung bringen.«

»Wie immer. Wann geht der Bus?«

Stilton sah auf die Uhr und merkte, dass sie nur noch eine

knappe Stunde hatten. Zeit aufzubrechen. Er stand auf und legte die erforderlichen Scheine auf den Tisch. Auch Abbas erhob sich und ging zu Suzy.

»Danke für das Essen«, sagte er. »Sie haben sehr schöne Augen.«

Und davon würde Suzy jetzt eine Weile leben.

Abbas stand an der Bushaltestelle und wartete. Tom wollte noch etwas besorgen, hatte er gesagt. Abbas beobachtete derweil einen Thailänder, der mit einem Besen herumging und Müll zusammenfegte. Sobald er den Müll in einem Kreis versammelt hatte, verteilte er ihn immer wieder und begann von vorn.

Wahrscheinlich wurde er nach Stunden entlohnt.

Abbas hockte sich auf eine Holzbank und sah sich in der Wartehalle um. Nicht viele Leute, einige, meist junge Menschen mit Rucksäcken, gingen zu den abfahrenden Bussen, andere bewegten sich Richtung Ausgang. Er versank in sich selbst und dachte an Tom. Der Bulle, der ihn aus dem Regen gezerrt hatte, um selbst in der Traufe zu landen. Jetzt waren sie auf dem Weg ins Goldene Dreieck. Abbas wusste einiges darüber, oder zumindest über die Effekte dieser Gegend. Eine Zeitlang war er in ein Drogennetz um Marseille verwickelt gewesen, das seine Waren aus den Opiumbergen des Goldenen Dreiecks geholt hatte. Eine ertragreiche, aber gefährliche Angelegenheit. So gefährlich, dass er ausstieg und ein Kopfgeld auf ihn ausgesetzt wurde.

Tom Stilton, dachte er.

Sie hatten einiges an der Grenze zum Tod zusammen durchlebt, und sie hatten eine Menge Backgammon gespielt. Nicht viel geredet, nichts Unnützes jedenfalls.

Jetzt war es wieder so weit.

Stilton kam wieder zurück. Als Erstes bemerkte Abbas eine Plastiktüte vom Warenhaus MBK in Stiltons einer Hand, und dann seine Jacke. Es war dieselbe Jacke, die er auch vorhin bei Suzy angehabt hatte, doch sie hatte ihre Form verändert.

»Du hast eine Pistole?«, fragte er.

»Sieht man das?«

»Ja.«

»Eine Smith & Wesson«, sagte Stilton.

»Wer hat die besorgt?«

»Douglas. Ein rothaariger Mann mit kurzen Hosen.«

Abbas sah Stilton an und lächelte.

»Du glaubst also, dass es nötig sein wird?«, fragte er.

»Könnte sein.«

»Erzähl.«

Und Stilton entschied sich, die ganze Geschichte mit Jhang Sa zu erzählen.

Bei seiner gestohlenen Uhr fing er an.

*

Ein verrückter Hahn stand auf dem Dach eines Bambushauses und krähte. Verrückt, weil es schon fast zehn Uhr abends war, ein Zeitpunkt also, zu dem Hähne normalerweise nicht mehr krähen.

Stilton und Abbas hörten den Hahn, denn sie hockten nicht weit entfernt in der Nähe von Jhangs Haus an eine Holzwand gelehnt und warteten darauf, dass es vollkommen dunkel würde. Beide hatten Kapuzen über den Kopf gezogen, Stilton hatte bei MBK ein paar billige Pullover besorgt. Es war immer noch heiß, aber nicht klebrig. Ein schwacher Wind zog über die Gegend und kühlte die Luft einigermaßen ab.

»Ist das sein Haus?«, flüsterte Abbas und nickte zu einem großen, dunklen Haus innerhalb ein paar starker Zäune hin.

»Ja«, flüsterte Stilton.

Er hatte Abbas seinen Plan erklärt, der aus drei Etappen bestand. Ein Besuch bei Jhang, ein kurzer Stopp bei Aom und dann der Flusskahn. Abbas war nicht sonderlich begeistert von dem Plan. Er war schließlich hier, um eine Person dingfest zu machen, die sich hoffentlich auf dem Flusskahn befand, die beiden anderen Stationen waren Toms Privatangelegenheiten.

Doch stellte er Toms Absichten nur selten infrage.

Er half.

So wie Tom es in Marseille getan hatte.

»Wie kommen wir rein?«

»Ich weiß nicht.«

»Alarmanlage?«

»Vielleicht. Am Eingang sind keine Kameras.«

Abbas vergewisserte sich noch einmal, ob das Werkzeug auch an der Stelle saß, wo es sitzen sollte. Stilton hatte ihm sehr ausführlich von dem Mann berichtet, dem das Haus gehörte, der Sohn eines legendären Opiumbarons, Erbe eines Schmuggelimperiums.

Kein Mann, der nackt herumlief.

»Komm«, sagte Stilton.

Er stand auf und schlich an der hohen Mauer entlang, die Jhangs Haus umgab. Sie hatten lange genug vor dem Zaun gesessen, um ganz sicher sein zu können, dass Jhang und seine Gang aus primitiven Helfershelfern sich nicht im Haus befanden. Dazu war es zu früh schon vollkommen dunkel. Vielleicht würden sie wiederkommen, oder aber der Baron hielt sich in einem ganz anderen Teil des Landes auf. Ausgerechnet heute Abend, aber er war bereit, dieses Risiko einzugehen. Und natürlich rechnete er damit, dass noch Personen im Haus waren. Unter anderem der Mann mit der regungslosen Miene, der ihm den Weg durch die Räume bis zum Aquarium gezeigt hatte.

Und die Bestie.

Stilton folgte der Mauer, bis sie zu Ende war und in einen Zaun überging, der den Garten nach oben hin abgrenzte. Abbas war direkt hinter ihm. Stilton sah den Zaun an, er war fast drei Meter hoch. Elektrisch? Die Gefahr war groß, also beugte er sich herab und kratzte Erde weg. Abbas nahm sie entgegen. Es dauerte eine Weile, doch nach einer knappen Viertelstunde hatte Stilton unter dem Zaun eine Grube gegraben, durch die man sich hindurchschlängeln konnte.

»Du zuerst«, flüsterte er.

Abbas sah Stilton an.

»Warum?«

»Keine Ahnung.«

Stilton hockte sich hin und schob sich Zentimeter für Zentimeter unter dem Zaun durch. Es war höllisch anstrengend, doch es klappte, und er kam auf der anderen Seite an, ohne den Zaun berührt zu haben. Elektrisch oder nicht. Kurz darauf mühte Abbas sich erfolgreich ab.

Dicht beieinander rannten sie zum Haus hinauf, kreuzten unter den Bäumen hindurch, um möglichst selten eine sichtbare Zielscheibe abzugeben.

Der Rasen war perfekt gepflegt.

»Was, wenn er den Mist vermint hat?«, flüsterte Abbas, als sie halb über den Rasen waren.

»Er hat Hunde, die müssen zum Scheißen raus.«

»Okay.«

Zumindest einen Hund, dachte Stilton und bewegte sich auf

die Rückseite des Hauses zu. Dort sah er, dass zwei Fenster erleuchtet waren. Mit Abbas dicht hinter sich schob er sich an einer Hauswand entlang. Nach ein paar Metern kamen sie zu einer großen Holztür. Ein Kücheneingang, dachte Stilton. Er drückte die Klinke hinunter. Verschlossen.

»Taschenlampe«, flüsterte er.

Abbas zog eine schmale, dünne Taschenlampe heraus, schirmte das Licht mit der Hand ab und richtete den Strahl auf das Türschloss. Ein altes, schön verwittertes Schloss, perfekt zum übrigen Haus passend. Seltsam, dachte Stilton, ein solches Schloss macht doch jeder mit dem Dietrich auf. Wieder einmal verwunderte ihn Jhangs Lässigkeit. War er denn so wenig sorgfältig? Oder war er schlichtweg überzeugt davon, dass seine Macht sämtliche Einbruchsversuche abwehren würde? Dass niemand es wagen würde? Die Hybris der edelsten Sorte.

Stilton wagte es. Binnen weniger Sekunden öffnete er das Schloss mit seinem kleinen Taschenmesser und drückte die Tür auf. Sie quietschte ein wenig, also verschwanden sie schnell drinnen und schoben sie wieder zu.

»Weißt du, wo im Haus wir uns befinden?«, flüsterte Abbas.

»Keine Ahnung.«

Klasse, dachte Abbas. Er hatte nichts dagegen, einfach mal reinzugehen, oft war dies der direkte Weg zum Ziel, doch ausgerechnet hier, in der privaten Burg eines Drogenbosses, hätte sich etwas mehr Ortskenntnis gut angefühlt.

Stilton nahm Abbas die Taschenlampe ab und ging los. Durch eine kurze Diele, an einer dunklen Küche vorbei zu einer breiten Holztreppe. Da die Tür, durch die sie gekommen waren, im Erdgeschoss lag und er selbst letztes Mal vom Eingang eine breite Treppe hochgeführt worden war, ging er davon aus, dass die Treppe vor ihm zu der Etage führte, auf der die interessanten Dinge waren. Die Räume, an denen er schon mal vorbeigekommen war.

Und vielleicht noch ganz andere.

Er hatte Abbas nicht genau erklärt, warum er unbedingt hier herkommen wollte. Zum Teil war sein Motiv rein persönlicher Natur: Es gefiel ihm nicht, was man hier mit ihm gemacht hatte. Aber eben nicht nur. Er wollte Jhangs Büro oder Arbeitszimmer finden. Er wollte an Informationen rankommen. Jhang hatte ihn immerhin schwer misshandeln und zum Sterben in einen Fluss werfen lassen – weil er ein vermeintlicher Informant war.

Jetzt wollte er ihm im Nachhinein den Grund dafür liefern.

Und dann war es vermutlich auch noch pure Gewohnheit aus über dreißig Jahren Polizeiarbeit, die ihn zu dieser Entscheidung getrieben hatte. Er wollte Jhang, wenn irgend möglich, ins Gefängnis bringen.

Er ging, den Lichtkegel der Lampe nach unten gerichtet, die Treppe hinauf. Keine Geräusche, keine Stimmen und auch kein Kläffen waren zu hören. Als er auf der obersten Stufe angekommen war, wartete er auf Abbas.

»Und jetzt?«, flüsterte dieser.

Stilton wagte, die Lampe ein wenig anzuheben, und sah einen großen Raum, der ihm jedoch nicht bekannt vorkam.

»Sieht aus wie ein Speisesaal«, flüsterte er. »Bist du hungrig?«, fragte er Abbas, um ein bisschen den Druck rauszunehmen.

Beide gingen durch den Speisesaal zu einer Tür, von der Stilton keine Ahnung hatte, wohin sie führen könnte. Er fühlte die Klinke, die Tür glitt auf, im Zimmer dahinter war es dunkel. Er hob die Lampe und leuchtete hinein. Die Wände waren mit Bücherregalen voller Akten bedeckt, mitten im Raum standen zwei Schreibtische einander gegenüber. Ein Büro.

Stilton trat ein, Abbas folgte und zog leise die Tür hinter sich zu. Tom schraubte den Lichtstrahl groß und ließ ihn über die Wände gleiten. Es gab eine einzige Wand ohne Bücherregale, die war von Boden bis Decke von einem breiten geriffelten Schirm bedeckt. Stilton leuchtete mit der Taschenlampe über den Schirm, und entdeckte ganz unten rechts einen Knopf. Er drückte ihn, der Schirm glitt langsam Richtung Decke. Als er oben war, wurde eine große Karte sichtbar. Stilton ging hin und erkannte, dass es sich um eine sehr detaillierte Karte von Nordthailand handelte, über die sich wie ein Spinnennetz eine große Anzahl eingezeichneter Striche ausbreitete. An einigen Stellen verliefen die Striche in markierte Kreise.

So wie sie im Raum hing, war diese Karte wichtig, wenn auch Stilton nicht ganz klar war, was sie bedeutete. Im besten Fall, dachte er, ist es eine Karte über Jhangs Schmugglerwege.

Er löste die Karte mit dem Taschenmesser von der Wand, faltete sie ein paarmal zusammen, bis sie unter seine Jacke passte, und nickte dann zur Tür.

Sie schlichen zurück durch den Speisesaal, doch als sie die Holztreppe erreichten, flüsterte Stilton:

»Ich muss noch was erledigen. Wir sehen uns unten im Hafen.«

Abbas sah Stilton an. Er wusste, dass Tom eine Pistole unter seiner Jacke hatte und dass er auch einigermaßen durchsetzungsfreudig war, wenn es hart auf hart kam – aber konnte er ihn hier so einfach zurücklassen?

»Hau ab«, flüsterte Stilton.

Und der Freund glitt nahezu lautlos die Treppe hinunter.

Abbas lief an einigen grau verwitterten Holzhäusern vorbei, die auf Pfosten im Wasser standen, dann gelangte er zum

Hafen. Der Gestank von Müll, Benzin und süßlichen Räucherstäbchen schlug ihm entgegen. In den meisten Häusern war es dunkel, nur ein paar Bars waren geöffnet, aus denen thailändische Popmusik drang. Hier kannte ihn niemand, und er konnte entspannt unterwegs sein. Hätten die Leute gewusst, dass er eben beim Opiumbaron eingebrochen hatte, dann wäre die Situation vielleicht anders gewesen.

Doch das wusste hoffentlich niemand.

Er ging zu einer der Bars, die ein paar Meter oberhalb des Kais auf einem schmalen Streifen, der zum Wasser abfiel, Tische stehen hatte. An den Bojen vor dem Kai lagen einige heruntergekommene Fischerboote aus Holz mit rot gestrichenen Steuerkabinen und ein paar offene kleine Kunststoffboote. Er wusste nicht, wie Tom sich die Fahrt zur *Contamana* vorgestellt hatte, aber es musste auf jeden Fall ein Boot organisiert werden. Das konnte er jetzt, während er auf seinen Vorturner wartete, schon erledigen. Er ließ sich an einem der Tische nieder und winkte einem grobschlächtigen Mann zu, der in der Tür zur Bar lehnte. Vermutlich ein Kellner.

Der Mann sah Abbas an.

»Willst du was von mir?«, fragte er auf Englisch.

»Ich hätte gern ein Glas Wasser und ein Boot. Können Sie mir dabei helfen?«

»Wofür ein Boot?«

»Wofür man ein Boot so braucht.«

Der Mann sah Abbas ab. Vermutlich dachte er nach, auch wenn er nicht gerade den Eindruck erweckte, als könne er das besonders gut. Nach einer Weile setzte er sich zu Abbas an den Tisch.

»Du hast nicht auf meine Frage geantwortet«, sagte er.

Abbas wurde schlagartig klar, dass er hier keinen Kellner

angesprochen hatte. Dieser Mann stand dem Opiumbaron wahrscheinlich näher als der Bar.

Nun könnte es lustig werden.

»Ich muss ganz einfach ein Boot mieten«, sagte er.

»Wohin willst du fahren?«

»Den Fluss hinauf.«

»Warum?«

Jetzt war Abbas die Sache langsam leid. Bis gerade eben hatte er überlegt, ob er hier vielleicht mit einem seltsamen Zivilbullen zusammensaß, doch diese Möglichkeit verwarf er, als er die Armbanduhr des Mannes sah. Oder, besser gesagt: Toms Armbanduhr. Eine so ausgefallene Uhr, dass die Wahrscheinlichkeit, ein Schlägertyp in einem elenden Loch hier oben könne die gleiche besitzen, zu vernachlässigen, um nicht zu sagen nichtexistent war.

Also wechselte er das Thema.

»Schicke Uhr hast du da«, bemerkte er.

Der Mann sah Abbas an und blickte in zwei dunkle Brunnen der Gelassenheit. Das verunsicherte ihn, und zwar so sehr, dass er die Hände auf den Tisch legte, um zu markieren, dass hier jetzt mal Klartext geredet werden würde.

»Du hast genau drei Sekunden, um zu verschwinden«, sagte er.

Abbas ließ zwei Sekunden verstreichen, dann hieb er ein schmales schwarzes Messer geradewegs durch den Handrücken des Mannes in den Tisch und schlug ihm gleichzeitig mit einem Handkantenschlag über den Kehlkopf. Der Mann sackte mit einem Gurgeln auf dem Stuhl zusammen. Abbas stand auf, machte die Uhr vom Arm los, zog das Messer aus dem Tisch und sah sich um. In der Tür zur Bar standen ein paar Frauen und rauchten. Keine von ihnen wirkte sonderlich empört. Abbas ging zu ihnen und sagte, er müsse ein Boot mieten. Eine der Frauen verschwand im Haus, es dauerte ein Weilchen, Abbas behielt den zusammengesunkenen Mann auf dem Stuhl im Blick, die andere Frau ging hin und wischte mit einem dunklen Handtuch das Blut vom Tisch.

»Hier.«

Die Frau war wieder rausgekommen und hielt ihm einen Schlüssel hin.

»Der passt zu dem da.«

Sie zeigte auf eines der Kunststoffboote mit Außenborder.

»Wie viel?«, fragte Abbas.

»Ist gratis. Der da ist ein Schwein.«

Die Frau nickte zu dem Mann auf dem Stuhl hin, der nun langsam auf den Kai hinunterrutschte.

»Danke«, sagte Abbas.

Er nahm den Schlüssel und ging zum Boot.

Stilton hatte es aus mehreren Gründen eilig, zum Hafen runterzukommen. Er hatte in Jhangs Haus mehr Lärm gemacht, als gut war. Als lauter Leute angerannt kamen, hatte er sich schleunigst in die Dunkelheit nach draußen verabschiedet. Es war aber nur eine Frage der Zeit, wann das Verschwinden der Karte entdeckt werden würde, und dem folgenden Aufruhr wollte er am liebsten entgehen.

Also kam er den Kai entlanggelaufen und sah einen großen Mann mit blutiger Hand niedergeschlagen mehr oder weniger vor einem Tisch liegen. Abbas? Für einen Moment hielt er inne und sah wahrscheinlich einigermaßen verwirrt aus.

»Er sitzt da in dem Boot.«

Eine der rauchenden Frauen zeigte mit ihrer Zigarette hin. Stilton sah zum Wasser und erkannte Abbas, der aus einem kleinen Kunststoffboot winkte. Der Motor tuckerte. Stilton lief ans Ufer und sprang ins Boot.

»Fahr los!«

Abbas gab Vollgas, doch fehlte ihm Little Plutos Fähigkeit, im Dunkeln zu sehen, weshalb sie nicht so schnell vorankamen. Die Lichter von Wanssingi halfen ihm ein wenig, doch als sie das Dorf hinter sich gelassen hatten, wurde es schwieriger. Hie und da gab es einzelne Häuser, die einen schwachen Schein auf den Fluss warfen, sie wurden aber immer seltener. Stilton hatte gesagt, sein nächstes Etappenziel sei Aom, doch hatte er leider keine Ahnung, wie weit es bis zu ihr war. Da er von einem Steg in Wanssingi in den Fluss geworfen und von Aom eingesammelt worden war, konnte es nicht sonderlich weit sein, überlegte er. Die Strömung war nicht stark.

Da wurde ihm klar: Wie hatte er denn stromaufwärts treiben können? Wanssingi lag schließlich unterhalb von Aoms Haus, oder?

Seltsam. Gab es Verwirbelungen? Oder Unterströmungen?

»Es geht nicht mehr«, sagte Abbas. »Ich sehe nichts.«

»Ein Stückchen noch«, sagte Stilton.

Ein kleines Stück noch, sodass sie plötzlich ein flackerndes Licht wahrnahmen.

»Fahr hier rein«, sagte Stilton.

Abbas lenkte das Boot zum Flussufer, wo es sehr schnell flach wurde, bis das Boot stilllag. Stilton konnte zunächst außer dem flackernden Licht ein Stück im Landesinneren nichts in der Dunkelheit erkennen. Als er sich umsah, entdeckte er genauso ein Holzkanu, wie er eins ausgeliehen und verloren hatte. Aoms Kanu.

»Hier sind wir richtig«, sagte er.

Gemeinsam zogen sie das Boot ein Stück nach oben. Stilton

schaltete die Taschenlampe ein und ging in Richtung auf das Bambushaus, von dem er wusste, dass es dort lag. Hoffentlich würden sie die beiden Frauen nicht zu Tode erschrecken.

Doch sie erschreckten nur eine.

Sudarat.

Sie kam aus der Tür des Bambushauses und starrte in das Licht der Taschenlampe.

»Ich bin's«, sagte Stilton. »Tom. Entschuldige, wenn ich dich erschreckt habe. Schläft Aom?«

»Sie ist tot.«

Sudarat sagte das mit leiser und sanfter Stimme, als habe sie Abschied genommen. Stilton blieb regungslos ein paar Meter vor ihr stehen.

»Wann ist sie gestorben?«

»Donnerstag.«

Jetzt war Sonntag. Vor vier Tagen.

»Komm rein.«

Sudarat machte eine Handbewegung und verschwand im Haus. Stilton sah Abbas an und folgte ihr. Drinnen im Haus hatte sie überall Lichter angezündet, auf dem Fußboden, auf dem Regalbrett neben dem Buddha, bei den Betten, und es duftete schwach nach Räucherstäbchen.

»Setz dich.«

Sudarat nickte zu einem der Betten hin. Stilton ließ sich nieder und sah, wie Abbas in der Tür erschien. Sudarat hockte sich vor Stilton und nahm seine Hände.

»Sie ist im Kräuterbeet gestorben. Wir haben sie verbrannt, gestern haben wir die Gedächtniszeremonie abgehalten. Nimm das hier.«

Sudarat nahm einen kleinen roten Faden heraus und wickelte ihn um einen von Stiltons Jackenknöpfen.

»Was passiert jetzt?«, fragte er. »Mit dir?«

»Ich werde erwachsen.«

Sudarat stand auf und setzte sich auf das Bett gegenüber. Stilton betrachtete ihr Gesicht und erkannte in ihrem Blick, was geschieht, wenn das Dach verschwindet. Wenn es keinen mehr über einem gibt, der einen bedecken, schützen, trösten und einem Geschichten erzählen kann. Wenn man plötzlich selbst das Dach wird. Wenn es niemanden mehr zwischen einem selbst und dem Tod gibt.

»Wollt ihr hier schlafen?«, fragte Sudarat.

»Gern«, erwiderte Stilton. »Das hier ist Abbas.«

Abbas trat ein und begrüßte Sudarat und bekam auch einen roten Faden um einen Knopf.

Der Abschied am nächsten Morgen war emotional, auch wenn Abbas nicht so recht verstand, warum. Tom war hier gelandet, war ein paar Tage versorgt worden und dann weitergezogen – das hier waren ja wohl kaum Menschen, die er sein ganzes Leben lang gekannt hatte. Dennoch bemerkte er, wie sein Freund kaum die Tränen zurückhalten konnte, als er Sudarat umarmte.

»Gehen wir?«, fragte Abbas ungeduldig.

Sudarat ging mit hinunter zu dem Kunststoffboot. Stilton hatte erklärt, was mit dem Kanu geschehen war, das er geliehen hatte, und bot Sudarat Geld dafür an, das diese ebenso unbeschwert in ihren Rock steckte, wie Aom es getan hätte.

Dumm war sie nicht.

Als sie auf den Fluss hinausglitten, stand Sudarat am Ufer und winkte. Stilton winkte lange zurück, ehe er sich in den Bug setzte.

»Was hatte das zu bedeuten?«, fragte Abbas.

»Was denn?«

»Du wirkst ergriffen.«

Stilton sah Abbas an und merkte, dass er erzählen sollte.

»Sudarat und Aom haben mich aus dem Wasser gezogen, als ich im Begriff war zu ertrinken. Aom behandelte mich mit einer magischen Paste, die alles heilt, was schmerzt, und dann gab sie mir ein Kanu und eine Dose mit etwas darin, was mich vermutlich davor bewahrte, an Denguefieber zu sterben. Außerdem erinnerte sie mich daran, was hier im Leben eigentlich von Wert ist. Jetzt ist sie tot.«

Das konnte Abbas nachvollziehen, zumindest im Großen und Ganzen.

Sie waren an den ersten sechs Biegungen bereits vorbei, als Abbas es an der Zeit fand, doch mal nach dem zu fragen, was Tom von selbst offenbar nicht erzählen wollte.

»Was hast du in dem Haus gemacht, nachdem ich weg war?«, fragte er.

»Einen Gruß hinterlassen.«

»An wen?«

»Jhang Sa.«

»In welcher Form?«

Jhang war in Chiang Rai gewesen, um sich um die Transportlogistik seiner Geschäfte zu kümmern. Als er die telefonische Nachricht bekam, was in seinem Haus geschehen war, hatte er einen Helikopter geordert und war nach Wanssingi zurückgeflogen. Spät in der Nacht war er auf dem Rasen vor seinem Haus gelandet und von ein paar aufgeregten und erschrockenen Männern begrüßt worden, die wussten, dass die Ereignisse wahrscheinlich das Ende ihres Jobs bedeuten würden.

Wenn nicht sogar das Ende ihres Lebens.

Jhang eilte ins Haus und hinauf ins Büro, wo er feststellte, dass die Karte über das Herz seiner Geschäfte verschwunden war. Er versuchte, seinen Puls wieder in den Griff zu kriegen, während sein Gehirn auf Hochtouren lief. Wer? In seinem eigenen Haus. Wer wagte es? Es gab eine Reihe kleiner Barone, die sich Stücke aus seinem Markt aneignen wollten. Aber in sein Haus einzubrechen! Ins Allerheiligste. Wer würde so unerträglich frech sein?

»Jhang Sa.«

Einer der Männer, der wusste, dass seine Tage gezählt waren. Seine Stimme zitterte bedenklich, doch er bekam es heraus:

»Kommt.«

Der Mann ging vor Jhang durch eine Tür und öffnete sie, dann trat er schnell zur Seite. Jhang ging geradewegs hinein.

Drei Dinge sah er ungefähr gleichzeitig. In der Ecke die dicke Kette, leer. Dann der Reisbranntwein, der über den ganzen Fußboden geflossen war, und schließlich die tote Bestie, die, mit Kopfschuss, im Aquarium versenkt worden war.

Da hatte er so etwas wie eine Eingebung.

Abbas grinste, als Stilton seine Geschichte zu Ende erzählt hatte. Rache ist eben Blutwurst. Ein primitiver und tabuisierter Genuss, doch ach, so befriedigend. Er stellte den Außenborder auf maximales Tempo. Jetzt, da es hell war, konnte er leicht Ästen und anderen Hindernissen ausweichen, die vor ihm im Fluss auftauchten. Er dachte darüber nach, wann er sein eigenes Ass aus dem Ärmel ziehen würde. Am liebsten, wenn es den größten Effekt haben würde.

Stilton sah ihn an.

»Danke, dass du gekommen bist«, sagte er und wischte sich einige Insekten aus dem Gesicht. Er hatte Aoms Dose mit der Paste im Retreat gelassen.

Schlamperei.

»Es war Mettes Idee«, sagte Abbas.

»Sie vertraut mir nicht.«

»Doch, das tut sie ganz bestimmt, aber sie macht sich Sorgen um dich.«

Stilton ließ die Bemerkung auf sich wirken. Mette machte sich Sorgen um ihn. Auch um Abbas machte sie sich Sorgen, zwei Zwillinge, die allen möglichen Ärger anrichten konnten, aber eben auch die Dinge für sie in Ordnung brachten.

Er liebte Mette.

»Hat es dich gekränkt?«, fragte Abbas.

»Was denn?«

»Dass sie mich runtergeschickt hat?«

»Keine Sekunde.«

»Immerhin habe ich mich ja ein bisschen nützlich gemacht.«

Abbas lächelte wieder, und Stilton dachte an den erschlagenen Mann mit blutiger Hand in Wanssingi.

»Absolut«, sagte er. »Du hast schließlich ein Boot besorgt.«

»Und eine Uhr.«

Stilton sah Abbas an. Er konnte ihm nicht ganz folgen. Eine Uhr?

»Was für eine Uhr?«, fragte er.

»Die hier.«

Abbas zog die Uhr des alten Seehundjägers aus der Tasche und reichte sie Stilton rüber. Der brauchte ein Weilchen, bis er eins und eins zusammengezählt hatte.

»Der Typ im Hafen?«, fragte er.

»Ja.«

»Danke.«

Stilton legte die Uhr um den Arm, an den sie gehörte, und sah über den Fluss.

»Nur noch eine Biegung«, sagte er.

Noch ehe sie um die letzte Kurve gefahren waren, erreichte sie ein erstickender, beißender Gestank. Rauch. Nach der Biegung sahen sie, woher der Rauch kam: vom Flusskahn. Ein einziges großes Feuermeer, aus allen Kajüten schlugen die Flammen, und Tausende Funken wurden in die Dschungelvegetation geschleudert. Unten am Steg stand eine Gruppe Jungs und schrie. Ein paar weitere kamen mit kleinen Eimern in den Händen von dem brennenden Schiff gerannt.

Stilton stand im Boot auf, als Abbas auf das Ufer zuraste. Er sprang raus und rannte zur Reling hinauf, an der schon das Feuer leckte. Abbas eilte ihm nach. Als Stilton das Deck erreicht hatte, war aus Dechas Hütte ein schreckliches Brüllen zu hören. Er sah, wie die Tür aufgerissen wurde und eine Gestalt in Flammen herausfiel. Das Feuer tobte um Stilton, als er sich zu der brennenden Person vorkämpfte: Decha. Er riss sich die Jacke vom Leib und schlug damit auf den brennenden Körper ein. Es half kaum. Abbas war jetzt auch da und packte einen von Dechas Armen.

»Wir müssen ihn runterbringen!«, schrie er.

Stilton packte den anderen Arm. Gemeinsam zerrten sie den brennenden Körper über die Gangway und zum Fluss hinunter. Abbas spürte, wie das Feuer an seinen eigenen Armen leckte. Die Jungs unten am Wasser schrien und weinten und wedelten mit den Armen in alle Richtungen. Stilton zog Decha ins Wasser und wälzte ihn herum. Das Feuer zischte in dem lauwarmen Wasser und verging. Abbas sah den Verbrannten an, die Kleider waren verkohlt, das Gesicht schwarz und fleischig.

»Das Boot!«, befahl er.

So vorsichtig sie konnten, hoben sie Decha ins Boot und legten ihn in die Plicht. Abbas sprang hinein und warf den Außenborder an. Stilton drehte sich um und sah die Jungs am Ufer an. Ein Gesicht fehlte.

»Wo ist Little Pluto?«

Zwei der Jungs zeigten auf den Flusskahn, oder was davon übrig war.

»Ist er noch da oben?«, schrie Stilton entsetzt.

»In Dechas Kajüte.«

Stilton rannte wieder zum Kahn hinauf.

»Tom!«, rief Abbas.

Stilton hatte es bis zur Gangway geschafft, als die erste Explosion kam, die so kräftig war, dass sie die Reste des Aufbaus in Stücke riss. Die nächste Explosion sprengte den Laderaum und hinterließ ein gähnendes Loch direkt zum Fluss hin. Die Druckwelle warf Stilton um, und er rollte herum. Als er sich wieder zum Kahn drehte, sah er, wie die gesamte Konstruktion in einem flammenden Inferno zusammenkrachte. Die glühende Hitze zwang ihn zum Fluss hinunter. Er stolperte gebückt vorwärts und brach auf dem Steg zusammen.

»Wir müssen weg!«, rief Abbas.

Stilton stand auf allen vieren im Wasser und rang nach Luft, dann sah er wieder zu den Resten des Schiffes hinauf. Vermutlich waren die Gasflaschen in die Luft gegangen, dachte er.

Dann musste er an den kleinen Jungen denken.

Abbas sah, wie Stilton zitterte. Er sprang aus dem Boot und watete zu ihm.

»Wir müssen weg, der Typ in dem Boot wird nicht mehr lange leben.«

Stilton nickte und Abbas legte ihm eine Hand auf die Schulter. Stilton richtete sich auf, der Körper zitterte immer noch.

»Komm.«

Abbas packte Stilton unter dem Arm und zog ihn zum Boot. Mit einiger Mühe bekam er ihn auf die vordere Bank und fuhr los.

Stilton starrte auf den verbrannten keuchenden Mann in der Plicht. Er lebte, im Gegensatz zu Little Pluto. Es war unbeschreiblich, welche Gefühle in ihm tobten, ein Chaos aus Wut und Schmerz und Trauer.

»Gibt es in Wanssingi ein Krankenhaus?«, fragte Abbas.

»Keine Ahnung.«

Abbas sah, dass Tom sich in einem Schockzustand befand. Er wusste nicht genau, was in ihm vorging, das würden sie später klären. Jetzt musste er funktionieren.

»Kannst du dich mal darum kümmern?«, schrie er ihn über den Motorenlärm an. »Jetzt!«

Abbas' harte Ansage brachte Stilton dazu, sich zusammenzureißen. Er holte sein Handy raus. Ein Krankenhaus in Wanssingi? Vielleicht, aber nicht von der Sorte, wie es die verbrannte Gestalt im Boot brauchte. So etwas gab es möglicherweise in Chiang Rai.

Aber was war mit Kommissar Lek?

Er rief die Nummer von Lek auf und wählte. Kurz darauf antwortete eine Männerstimme.

»Hier Kommissar Lek.«

»Hallo, hier ist Tom Stilton! Ich habe den Pädophilen Decha in einem Boot auf dem Lat, er ist vollkommen verbrannt und muss so schnell wie möglich ins Krankenhaus! Können Sie mir helfen? Wir sind auf dem Weg nach Wanssingi!«

»Okay! Wir werden dort sein.«

Stilton legte auf. Wie schön waren doch Leute, die keine großen Umstände machten.

Als sie an der siebten Biegung vorbei waren, hielt Stilton nach Aoms und Sudarats Haus Ausschau, an dem sie bald vorbeikommen würden. Er presste sich eine Hand über Mund und Nase, um den erstickenden, widerlichen Geruch, der von dem Körper in der Plicht ausging, zu lindern. Seit sie um die erste Landzunge gefahren waren, hatte er nicht mehr hingeschaut, sondern hielt den Blick fest auf den Fluss und Abbas gerichtet.

»Fühlst du dich besser?«, fragte Abbas.

Stilton nickte, doch eigentlich mehr, um weitere Fragen zu verhindern. Seine wahren Gefühle konnte er nicht offenbaren.

»Da ist es.«

Abbas zeigte zum Flussufer. Ein Stück weiter oben lag das Haus der Frauen. Die Tür war geschlossen, und Sudarat war nicht zu sehen, ebenso wenig wie das verbliebene Kanu. Stilton zog sich seine Jacke an, die neben Decha lag. Sie war von den Flammen angefressen worden und stank nach Rauch, taugte aber noch. Er drehte sie herum und sah, dass der kleine rote Faden von Sudarat noch um den Knopf gewickelt saß. Warum er den wohl bekommen hatte? Und Abbas? Er tastete in der Innentasche nach der Karte von Jhang. Sie war nicht da. Doch dann fiel es ihm ein: Als sie von Wanssingi wegfuhren, hatte er sie in das Bugschapp gesteckt.

Und da lag sie auch noch.

Lek war absolut kein Mann der Umstände, sondern, zumindest was seinen Beruf anging, ein Mann der Ressourcen. Direkt nach dem Gespräch mit Stilton hatte er einen Militärhelikopter nach Wanssingi schicken lassen und gleichzeitig einige Polizisten mit schnellen Fahrzeugen alarmiert. Er ging davon aus, dass es in Wanssingi aus mehreren Gründen hoch hergehen würde. Ein Militärhelikopter und ein Boot mit drei Weißen, einer davon mit schweren Verbrennungen, das würde in dem kleinen Dorf für einige Aufmerksamkeit sorgen. Zudem wurde dieses Dorf von Jhang kontrolliert, den Lek seit vielen Jahren jagte, genau wie sein eigener Vater den von Jhang gejagt hatte. Khun Sa. Manchmal konnten sie Erfolge vorweisen, der eine oder andere Schmuggelpfad war entdeckt worden, ein paar Partien Opium beschlagnahmt, doch alles in allem keine wirkliche Beeinträchtigung des Handels. Und vor allem war es nichts, was Vater oder Sohn mit einer verbrecherischen Tätigkeit hätte in Verbindung bringen können.

Das stand noch aus.

Doch der Hauptgrund für die große Aktion war Stiltons Bericht von seinem Besuch bei Jhang und dem Mordversuch des Opiumbarons. Es konnte sonst was passieren, wenn Stilton nun wieder in Jhangs Hoheitsgebiet auftauchte.

Und dann wollte Lek zur Stelle sein.

Zusammen mit seiner kleinen Polizeiarmada kam Lek ungefähr zur gleichen Zeit an, als Abbas das kleine Boot in den Hafen steuerte. Der Militärhelikopter stand ein Stück entfernt auf dem Kai. Schnell waren ein paar Sanitäter zur Stelle, hoben den verbrannten Decha auf eine Bahre und verluden ihn in den Heli. Als der abhob, sah Stilton auch schon Lek zusammen mit ein paar schwer bewaffneten und stilvoll gekleideten Polizisten aus einem Jeep steigen.

Eine Demonstration, dachte Stilton und ging an Land. Lek kam ihm entgegen und streckte die Hand aus, doch als Stilton sie gerade nehmen wollte, spürte er, wie es in der verbrannten Handfläche schmerzte. Er drehte Lek die Hand zu und sagte:

»Der ganze Flusskahn ist abgebrannt«, sagte er.

»Aber Sie haben den Pädophilen mitgebracht, das ist ja wohl die Hauptsache, nicht wahr?«

Einerseits. Andererseits war das ganz und gar nicht die Hauptsache gewesen, doch das vermochte er Lek jetzt nicht zu erklären. Auf dem Weg in den Hafen hinein hatte er Abbas von Little Pluto erzählt, das hatte schon viel zu wehgetan. Also antwortete er nur:

»Ja.«

»Wie werden Sie nun von hier wegkommen?«, erkundigte sich Lek.

»Eine Polizeieskorte nach Chiang Rai wäre nicht übel.«

Lek lächelte.

»Das ist ohne Frage am sichersten«, sagte er. »Es wird nicht lange dauern, bis Jhang Sa erfährt, dass Sie wieder hier sind. Wenn er es nicht schon weiß.«

Da erinnerte sich Stilton an die Karte.

Er ging zum Boot, hob die Bugklappe ab und holte die Karte heraus. Abbas half ihm, wieder auf den Kai zu kommen.

»Die wird Ihnen vielleicht von Nutzen sein können«, sagte Stilton und reichte Lek die Karte.

Dieser faltete die Karte auf, betrachtete sie, schaute Stilton an, sah sich auf dem Kai um und sagte dann leise:

»Woher haben Sie die?«

»Sie hing an einer Wand in Jhangs Büro. In seinem Haus.«

»Waren Sie wieder dort?«

»Ja, gestern.«

Lek sah wieder auf die Karte und winkte gleichzeitig einen uniformierten Mann heran. Jetzt betrachteten sie beide die Karte und sahen sich dann an.

»Wissen Sie, was das bedeutet?«, fragte Stilton.

»Ja«, sagte Lek und schaute sich wieder vorsichtig um. »Vermutlich eine Übersicht über Jhangs versteckte Umladezentralen.«

»Wie schön«, erwiderte Stilton. »Sollen wir los?«

Lek faltete die Karte wieder zusammen und reichte sie dem Uniformierten. Der schob sie in eine schwarze Aktentasche und eilte zu einem Jeep. Lek streckte einen Arm aus und zeigte, welches Auto Stilton und Abbas mitnehmen würde. Sie wollten schon zum Wagen gehen, als Stilton die Stimme hörte.

»Tom.«

Er drehte sich um. Sudarat trat mit einem Glas Saft in der Hand aus der Tür einer der Bars. Stilton ging sofort zu ihr und umarmte sie. Sudarat nickte zu dem Platz hin, wo der Helikopter gestanden hatte.

»Was das der Mann auf dem Foto?«

»Ja. Ein böser Mann.«

»Fährst du jetzt nach Hause?«

Nach Hause?, dachte Stilton. Wo ist das?

»Ja. Oder besser gesagt, ich fahre zu meiner Halbschwester in Mae Phim«, sagte er. »Und du?«

»Ich habe kein Zuhause mehr. Jetzt wohne ich hier bei einer Freundin. Das wird gut.«

Stilton nickte und sah auf den roten Faden an seiner Jacke herab.

»Warum habe ich den bekommen?«

»Das gehört sich so. Es ist eine Erinnerung an Mamas Seele. Vielleicht wirst du sie eines Tages treffen.«

»Vielleicht.«

Stilton lächelte, strich Sudarat über den Arm und folgte Abbas mit der nach Rauch stinkenden Jacke in der Hand zum Auto. Ob es wohl in Chiang Rai eine Schnellreinigung gab?

»Vielleicht sollten wir Olivia anrufen«, sagte Abbas, als sie am Wagen standen.

»Natürlich. Du oder ich?«

»Du.«

Olivia saß im Polizeipräsidium und nahm den Anruf von Stilton mit gemischten Gefühlen entgegen. Sie war dankbar, dass sie Frövik erwischt hatten, und gleichzeitig besorgt über seinen Zustand. Die Ermittlung gegen ihn ging in die Schlussphase, und sie hatte ausreichend Material beisammen, um ihn vor Gericht zu bringen. Und nun befand er sich mit schweren Brandverletzungen in einem Krankenhaus in Bangkok. Was, wenn er starb, ehe sie ihn vernehmen und zur Rede stellen konnte? Das war natürlich ein zynischer Gedanke, aber er trieb sie trotzdem um. Also rief sie Mette an und erklärte ihr die Situation.

»Was soll ich deiner Meinung nach tun?«, fragte sie schließlich.

»Fahr runter, sowie du die Ermittlung abgeschlossen hast. Ich komme mit.«

Antwortete Mette und drückte das Gespräch weg.

»Wohin kommst du mit?«, fragte Mårten, der gerade ein Zitrusbäumchen, das Läuse hatte, besprühte.

»Nach Thailand.«

»Thailand! Warum das denn?«

»Olivia soll dort Frövik vernehmen.«

»Und was hat das mit dir zu tun?«

Mårten kapierte nicht. Warum musste Mette nach Thailand reisen, damit Olivia dort einen Pädophilen, wie verabscheuungswürdig der auch war, verhören konnte? Sie war doch pensioniert.

»Betrachte es als Rentnertrip. Viele Pensionäre reisen nach Thailand.«

»Dann komme ich auch mit«, entgegnete Mårten und hörte auf zu sprühen. »Ich bin auch Pensionär.«

Und das konnte Mette nun wohl kaum ändern, auch wenn sie es gern getan hätte.

Aditi hatte ein Backgammonbrett hervorgezaubert und platzierte es vor den beiden Männern, die im Schatten saßen. Stilton wählte Weiß, und Abbas bekam die schwarzen Steine. Über das Spiel gebeugt, blieb ihnen alles erspart, was sie gern abschütteln wollten. Fragen über Fragen und noch mehr Fragen. Sie hatten von ihrer Reise in den Norden berichtet, was streckenweise ziemlich dramatisch ausfiel, denn wenn Abbas richtig drauf war, konnte er eine Geschichte sehr gut würzen. Luna und Aditi hatten mit einer Mischung aus Skepsis und Verwunderung zugehört.

War das alles wirklich passiert?

Es war passiert, und dennoch hatte Stilton noch nicht über sich gebracht, das Schlimmste an der Reise zu erzählen. Den Verlust von Little Pluto. Er konnte einfach nicht, also ließ er Abbas die Damen unterhalten, während er selbst im Schatten lag und ein ins Retreat geschmuggeltes Bier trank. Als der Freund seine Erzählung beendet hatte, richtete sich Stilton mit einem sanften Lächeln auf. Das meiste hatte sich doch gefügt. Sie hatten erledigt, was erledigt werden musste, und noch etwas mehr.

Das war das Wichtigste.

Für Luna war das Wichtigste, Tom in diesem neuen Zustand zu sehen. Ein anderer Mensch. Stimme, Blick, die Hand, die sie im Bungalow streichelte. Er war wieder da. Sie mochte gar nicht an das denken, was für diese Veränderung nötig gewesen war, denn Aditi hatte ihr eingeprägt: »Jetzt ist jetzt, von dem Hier gehen wir weiter.«

Und das Jetzt fühlte sich sehr gut an.

»Wann kommen Olivia und Mette?«, fragte sie.

Stilton hatte schon berichtet, was jetzt passieren würde.

»Sowie Olivia fertig ist.«

»Hoffentlich kommen sie auch her und besuchen uns«, meinte Aditi.

»Das hoffe ich auch«, fügte Abbas hinzu und verschob einen schwarzen Stein.

*

Veronica rollte langsam durch einen ziemlich leeren Flur. Niemand fragte, warum sie hier durch das Krankenhaus fuhr. Eine Frau mit Brandverletzungen im Rollstuhl fiel in dieser Umgebung nicht weiter auf. Sie musste nicht viele Fragen stellen, um an ihr Ziel zu kommen: der Mann, der auf einem halb hochgeklappten Bett lag, mit Schläuchen an den Handgelenken, große Teile des Körpers unter Verband, keine Haare mehr, die Haut im Gesicht fast schwarz, das Gewebe verfault, die Beine mit Wundbrand.

Sie blieb am Fenster zu dem Raum stehen, wählte dabei einen Winkel, sodass der Mann sie nicht sehen konnte.

Ganz still betrachtete sie ihn.

Noch nie in ihrem Leben hatte sie auch nur annähernd ein solches Gefühl verspürt, das langsam von ihrem Körper Besitz ergriff. Glück, das ihr ganzes unverletztes Inneres mit Hitze erfüllte. Sie spürte, wie das Blut in den Armen fast vor Freude glühte, als sie das verkrüppelte Wesen vor sich betrachtete.

Gustav Frövik.

Lange saß sie dort, bis eine zufällig vorbeikommende Krankenschwester sie vorsichtig fragte:

»Entschuldigung, was tun Sie hier?«

»Ich genieße.«

Veronica rollte ein Stück zurück. Sie war fertig. Wortlos fuhr sie zum Fahrstuhl.

*

Stilton sah zu dem Namen hoch, der über dem Eingang des Krankenhauses prangte. Ein paarmal schon hatte er versucht, ihn auszusprechen, aber aufgegeben. Phramongkutklao, mitten im Zentrum gelegen. Ein großes modernes Krankenhaus, oft vom Militär beansprucht. Wahrscheinlich hatte Lek deshalb Decha hierherbringen lassen. Für Stilton war der Mann vom Flusskahn immer noch Decha, auch wenn er inzwischen wusste, wie er wirklich hieß.

Er stand unter einem Dach direkt vor den großen Glastüren, vor ihm prasselte der Regen herunter. Nach einem kurzen Besuch bei Suzy wartete er jetzt darauf, dass die Delegation aus Schweden vom Flughafen hier eintreffen würde. Wäre er eine Stunde früher gekommen, hätte er eine wohlbekannte Person herausrollen und verschwinden sehen.

Er spähte in den Regen hinaus nach einem Taxi.

Es war lange her, seit er einen von den dreien, die hier gleich auftauchen würden, gesehen hatte, und deshalb war er ziemlich nervös. Sie hatten Kontakt gehabt, miteinander telefoniert, doch das war nicht das Gleiche. Es waren die drei Menschen, die ihm am meisten bedeuteten. Abgesehen von Luna und Abbas. Und Aditi, dachte er, die Beziehung zu seiner Halbschwester hatte sich in der Zeit im Retreat vertieft, und er durfte auch sie jetzt als einen Teil seines Privatlebens betrachten. Außerdem hatte sie Humor. Am Morgen, ehe er hierhergefahren war, hatte sie vorgeschlagen, er solle sich doch ein Tattoo zulegen. Stilton allerdings gehörte zu der Generation, in der nur Knastbrüder Tattoos hatten. Als er auf Lunas Rücken ein Tattoo entdeckt hatte, war er erschüttert gewesen – nicht wegen des Bildes an sich, sondern wegen der Konnotation, die das für ihn hatte.

Auf die Frage, welches Motiv Aditi ihm denn empfehlen würde, hatte sie ein Symbol vorgeschlagen. »Ein Symbol wofür?« »Für etwas, das du wichtig findest.« Seither musste Stilton darüber nachdenken, was er wichtig fand, und ihm war mittlerweile klar, dass Aditi genau das beabsichtigt hatte.

Ihn dazu zu bringen, genau darüber nachzudenken.

Als die Gedanken bei Little Pluto ankamen, war er gegangen.

Jetzt schaute er über den asphaltierten Platz vor dem Krankenhaus. Das müssen sie sein, dachte er, als ein sauber geputztes großes Taxi durch den Regen glitt und vor dem Eingang hielt. Die drei Musketiere aus Schweden stiegen aus dem Wagen und nickten Stilton zu. Er ging zu ihnen und bekam von Olivia eine innige Umarmung und einen kurzen Satz:

»Wir reden nachher«, sagte sie und marschierte gleich weiter ins Krankenhaus hinein.

So angespannt hatte er sie selten gesehen.

Mette war ein wenig lockerer, sie hielt ihn länger im Arm und sprach ein paar Wörter mehr:

»Wo ist Abbas?«

»Er ist noch im Retreat.«

»Okay. Wir fahren alle zusammen hin, wenn wir hier fertig sind.«

Und dann eilte sie hinter Olivia her.

Mårten umarmte ihn gar nicht, denn er hatte die Aufsicht

über zwei Rollkoffer. Im Gegensatz zu seinen Reisegenossinnen litt er nicht unter Zungenlähmung, denn er hatte seine Flugangst mit Alkohol gedämpft und fand es äußerst nett, Tom wiederzusehen.

»Du siehst ja richtig gesund aus!«

*

Olivia stand allein an einem Fenster im Krankenhaus und schaute in den strömenden Regen hinaus. Der Flug war die Hölle gewesen. Lang, unbequem und fast ohne Schlaf. In ihrem Kopf war es zugegangen wie bei einer Tombola, die Gedanken waren im Halbdämmer ohne Zusammenhang und Fokus herumgefahren. Sie hatte an einem Ende darüber nachzudenken begonnen, wie sie die Vernehmung planen sollte, und war an einem völlig anderen Ende bei dem wütenden Hausverwalter gelandet, der sich über ihre Fußmatte beklagte, weil die außen vor der Tür liege und nicht innen.

Jetzt galt es, alles auf eine Karte zu setzen. Ihr war bewusst, dass dies hier eine Form von Gesellenprüfung war, in der sie sich bewähren musste. Sie hatte die ganze Reise durchgesetzt und den Staat dazu gebracht, dafür zu bezahlen. Wiewohl nicht für Mårten, doch Mette hatte sich auf irgendeine Weise in die polizeiliche Rechnung eingeschlichen.

Was aber vollkommen unwichtig war. Hier und jetzt stand mehr auf dem Spiel.

Viel mehr.

Sollte das Ergebnis ein anderes sein, als sie hoffte, dann würde das wahrscheinlich Folgen für ihre Polizeikarriere haben.

Sie senkte den Blick aufs Fensterbrett und sah, wie die Wassertropfen über die Kante kullerten.

»Sollen wir reingehen?«

Mette fragte. Sie stand ein Stück entfernt an einer offenen Tür. Weiter hinten saßen Mårten und Stilton in ein paar niedrigen Holzsesseln. Mårten hatte einen Kaffeebecher in der Hand, er war damit beschäftigt, seinen kleinen Rausch aus dem Flugzeug abzuschütteln.

Olivia und Mette betraten den provisorischen Vernehmungsraum – ein Besuchszimmer, das für diese Zwecke umgeräumt worden war und in dem nur ein Tisch und zwei Stühle standen.

Zwei?, dachte Olivia, ehe ihr klar wurde, dass der zu Vernehmende wahrscheinlich nicht auf einem normalen Stuhl sitzen würde. Mette zog einen der Stühle an die Wand und setzte sich. Olivia ging zum Tisch, stellte ein kleines Aufnahmegerät hin und legte einen Teil ihres Ermittlungsmaterials ab.

Dann ließ sie sich nieder, ohne Mette anzusehen.

Sie spürte ihre Anspannung, saß ein wenig vorgebeugt auf dem Stuhl, nur die Zehen auf dem Boden, und hoffte, dass ihre Stimme normal klingen würde.

Diese Situation war neu für sie.

Natürlich hatte sie schon jede Menge Vernehmungen durchgeführt, doch niemals auch nur im Entferntesten eine von solcher Bedeutung. Und hier war es zudem ihre Aufgabe, einen schwer verletzten Menschen fertigzumachen.

Ein Schwein – sie zwang sich, dieses Wort zu denken.

Vergiss das nicht, Olivia, lass dich nicht von seinem massakrierten Äußeren beeinflussen, er ist der Täter, ganz gleich, was ihm zugestoßen ist. Die Opfer seiner Übergriffe sind mindestens so verletzt wie er.

Und dann passierte genau, wogegen sie sich eigentlich gewappnet hatte: Ein Bild von Lukas fuhr ihr durch den Kopf, ein Bild von dem Häufchen Elend, das sich an einem Tisch auf Karsudden niederließ.

Kurz nachdem das Bild aufgeblitzt war, wurde ein Mann von einer thailändischen Krankenschwester ins Zimmer gerollt. Gustav Frövik. Olivia zeigte auf die andere Seite des Tisches, und die Pflegerin schob den Rollstuhl hin, arretierte ihn und verließ das Zimmer. Jetzt erst sah Olivia den Mann an.

Er hatte keine Wimpern mehr.

Die Verbände am Körper wurden von einem locker sitzenden graugrünen Krankenhaushemd verdeckt, das Gesicht war vollkommen entstellt.

Zum Glück weiß ich, wer du bist, dachte Olivia.

Auf dem Kopf hatte er eine runde, platte Mütze.

Er hielt die Hände unterm Tisch.

Olivia schaltete das Aufnahmegerät ein, sprach die Formalien auf und lehnte sich zurück. Sie hatte in unzähligen Vernehmungen gesessen, die Mette geführt hatte, und dabei viel gelernt. Eins war, direkt zu sein.

»Sind Sie pädophil?«, fragte sie als Erstes.

Fröviks dunkler Blick bewegte sich ein wenig über Olivias Gesicht, als wolle er sich versichern, wer sie war. Dann räusperte er sich ein wenig, seine Kehle war von den Verbrennungen in Mitleidenschaft gezogen, die Stimme, die durch den schmalen Mund drang, klang, als würde sie aus einem tiefen Brunnen aufsteigen.

»Ich bin Psychologe«, erwiderte er. »Das wissen Sie.«

»Das ist keine Antwort auf die Frage, auch Psychologen können pädophil sein. Sind Sie pädophil?«

»Abgesehen davon, dass es eine ungeheuer unverschämte Frage ist, entbehrt sie jeder Grundlage.«

»Dann lautet die Antwort also Nein?«

»Selbstverständlich.«

Olivia zog ein paar Fotografien aus einem Ordner vor sich und breitete sie auf dem Tisch aus.

»Das hier sind fünf pornografische Bilder von kleinen Jungen in eindeutigen, einem Missbrauch ausgesetzten Situationen.«

Olivia schob die Bilder zu Frövik rüber, der einen raschen Blick darauf warf.

»Kennen Sie diese Bilder?«, fragte Olivia.

»Nicht direkt.«

»Das müssten Sie aber, denn wir haben sie auf einem Ihrer Computer gefunden.«

»Ach, die sind das. Dann verstehe ich. Diese Bilder gehörten zu einem Forschungsprojekt über traumatisierte Kinder, das ich geleitet habe. Kinder, die sexuellen Übergriffen ausgesetzt waren.«

»Enthielt das Projekt ausschließlich diese Bilder?«

»Ja, soweit ich mich erinnere.«

»Ihre Erinnerung trügt Sie«, entgegnete Olivia.

»Ach ja?«

»Wir haben noch mehr Bilder auf Ihren Speichermedien gefunden.«

»Aha? Ja, schon möglich, dass es noch ein paar mehr gab.«

»Es waren an die fünfzigtausend.«

Olivia bohrte ihren Blick in den von Frövik, in die Augen in dem verbrannten Gesicht, und sah, wie die Pupillen reagierten.

»Fünfzigtausend«, wiederholte sie. »Der größte Teil davon auf einem Rechner, der nicht mit Ihrer Praxis verbunden war. Wie erklären Sie das?«

Frövik wich ihrem Blick aus, sah zu dem einzigen Fenster des Raumes hin, wo der Regen ununterbrochen gegen die Scheibe prasselte. Nach einer Weile schaute er wieder die Frau ihm gegenüber an.

»Und was für Bilder waren das?«, erkundigte er sich.

Die Stimme zischte mehr, als dass sie artikulierte.

»Auf einer Reihe von ihnen posieren Sie selbst nackt mit minderjährigen Kindern in sexuellen Situationen. Sind diese Fotos auf Ihrem Flusskahn gemacht worden?«

»Auf meinem Flusskahn?«

»Sie besitzen oder besaßen ein nunmehr abgebranntes Schiff mit Namen *Contamana*, das an einem Nebenarm zum Kok gestrandet war. Dort trugen Sie den Namen Decha. Auf dem Kahn lebten einige burmesische Rohingya-Kinder, war es nicht so?«

»Ja. Das waren Kinder, die einem Pogrom, einer schonungslosen Verfolgung ausgesetzt waren. Ich habe versucht, ihnen zu helfen, sie zu retten. Bei mir bekamen sie ein Zuhause und Essen, sie konnten Englisch lernen, ich machte Musik für sie und schenkte ihnen Geborgenheit.«

»Doch für all das mussten die Kinder einen Preis zahlen«, ergänzte Olivia eiskalt. »Sie wurden sexuellen Übergriffen ausgesetzt. Durch Sie.«

»Warum glauben Sie das?«

»So arbeiten wir nicht. Ich glaube nicht, ich weiß. Abgesehen von Ihren eigenen Bildern gibt es einen Zeugen, der beobachtet hat, wie Sie auf dem Boot einen zwölfjährigen Jungen vergewaltigt haben. Der Zeuge wird das vor Gericht bestätigen.«

Olivia wandte sich Mette zu, die schon an der Tür stand, sie öffnete und wartete. Es dauerte ein paar Minuten, dann erschien Stilton. Er ging direkt zum Tisch, sah Frövik an und erkannte ungefähr dasselbe, was auch Veronica Wadner ein paar Stunden zuvor gesehen hatte.

Doch er genoss nichts.

»Das hier ist Tom Stilton, ehemaliger Kriminalkommissar«, erklärte Olivia.

Zum ersten Mal legte Frövik die Hände auf den Tisch. Auch sie waren verbrannt, doch man konnte deutlich sehen, wie er versuchte, eine Faust zu machen.

Olivia wandte sich an Stilton.

»Bitte berichte, was du auf der *Contamana* gesehen hast.«

Stilton war eiskalt. Er sah Frövik mit stechendem Blick an und beschrieb genau, was er in jener Nacht erlebt hatte, den sexuellen Übergriff, den er in Fröviks Kajüte bezeugt hatte, und wie das Opfer ihm später versichert hatte, dass es sich dabei nicht um ein Ausnahmeereignis gehandelt hatte.

»Leider kann der Junge nicht selbst davon erzählen«, sagte er. »Er ist bei dem Brand Ihres Schiffes ums Leben gekommen.«

Frövik neigte den Kopf ein wenig, vielleicht dachte er an den Flusskahn oder an Little Pluto. Als er wieder aufsah, suchte er Stiltons Blick.

»Aber ich habe überlebt«, sagte er. »Dank Ihnen. Sie haben mir das Leben gerettet.«

»Ja.«

»Warum? Das frage ich mich seither.«

»Damit Sie für den Rest Ihres Lebens das Vergnügen haben, sich im Spiegel zu sehen.«

»Tom!«

Hier unterbrach Mette ihn. Sie spürte, dass die Sache jetzt aus dem Ruder lief. Stilton machte augenblicklich kehrt und verließ das Zimmer. Als er die Tür hinter sich zugezogen hatte, sah Olivia wieder Frövik an.

Ihm war der Kopf auf die Brust gesunken, und Olivia konnte nicht feststellen, ob er noch bei Bewusstsein war. Er war schwer verletzt, fiel er womöglich in Ohnmacht? Sie drehte sich leicht zu Mette, die ihr mit einem kurzen Nicken bedeutete: Mach weiter.

Also machte sie weiter.

»Leugnen Sie nach wie vor, pädophil zu sein?«, fragte sie.

Frövik rührte sich nicht, er war in der Vergangenheit versunken und erinnerte sich, wie Tom gefragt hatte, ob er unheilbar krank sei, und er geantwortet hatte: »Das kommt darauf an, wie man ›krank‹ definiert. Krank zu sein, muss kein körperliches Gebrechen mit sich bringen, nicht einmal ein mentales. Es kann darum gehen, wie die Umwelt einen definiert.«

Schließlich hob er den Kopf. Seine Stimme war jetzt sehr schwach, fast nur mehr ein Flüstern.

»Es ist eine Neigung, für die man nichts kann«, erwiderte er und verstummte.

»Eine Neigung, die strafbar ist, wenn man sich an Kindern vergreift.«

Frövik sah Olivia an, sie merkte, dass er eine Bewegung mit seinen verbrannten Lippen versuchte, es aber ließ.

»Mit meiner Strafe habe ich mein ganzes Leben lang gelebt«, sagte er. »Ihre Strafe ist eine Befreiung. Sind wir jetzt fertig, ich bin sehr erschöpft.«

»Gleich. Wir können eine Pause machen, wenn Sie möchten.«

Mårten war mithilfe von starkem Kaffee und kaltem Wasser einigermaßen ausgenüchtert. Jetzt saß er neben Stilton vor dem Vernehmungsraum. Die kurze Unterbrechung durch Stiltons Beteiligung am Verhör mit Frövik war vorüber, und sie konnten ihr Gespräch fortsetzen. Sie hatten einander über alles auf den neuesten Stand gebracht, was während Stiltons Abwesenheit geschehen war. Meistens redete Stilton, für Mårten hatte sich eigentlich außer Mettes Pensionierung nicht viel verändert. Doch Toms Bericht von seiner Reise ins Goldene Dreieck berührte ihn zutiefst.

»Bist du dort an deinen Schmerz gelangt?«, fragte er.

»An meinen Schmerz?«

»Ging es bei der Reise nicht darum? Dass du deinen Schmerzpunkt findest?«

Stilton war nicht ganz klar, was Mårten meinte, ähnliche Formulierungen hatte er auch schon von Aditi gehört. Was sollte das – Schmerzpunkt?

»Ich wollte einen Pädophilen finden«, erklärte er.

»Nein, du wolltest dich selbst finden, Tom. Hast du das?«

Und Stilton war gerade im Begriff, Mårten einiges von dem zu enthüllen, was er in sich selbst gefunden hatte, als Mette herauskam.

»Seid ihr fertig?«, fragte Mårten.

»Er hat zugegeben, dass er pädophil ist.«

Stilton ballte insgeheim die Faust. Er wusste, dass etwas zu wissen eine Sache ist, es zu beweisen eine andere und ein Geständnis zu bekommen eine dritte. Offensichtlich hatte Olivia ein Triple eingefahren.

Unglaublich.

Er würde sie zu Suzy einladen.

»Aber wir sind noch nicht fertig«, fuhr Mette fort.

»Was heißt das, nicht fertig?«, fragte Stilton.

»Wir machen nur Pause.«

Mårten wandte sich an Stilton.

»Eins muss ich dich fragen, warum hast du überhaupt angefangen, nach diesem Decha, wie er sich hier nennt, zu suchen?«

»Das war ein Auftrag. Eine Frau namens Veronica Wadner hatte ein Foto von einem unbekannten Mann. Sie wollte, dass ich ihn ausfindig mache.«

Er wandte sich an Mette.

»Mit der solltest du mal reden.«

Stilton sah gerade noch die heftige Reaktion von Mette, als schon Olivia rief:

»Ich möchte jetzt weitermachen!«

Mette verschwand im Vernehmungsraum, und Mårten sah Stilton an.

»Wir sind unterbrochen worden«, sagte er. »Wie war das mit deinem Schmerzpunkt?«

Als Mette ins Zimmer zurückkehrte, stand Olivia am Fenster und schaute über ein dunkles und regenschweres Bangkok. Mette ging zu ihr und legte ihr wortlos die Hand auf die Schulter. Olivia empfand es als Unterstützung.

Und die brauchte sie.

Denn jetzt ging es richtig los.

Sie ließ sich wieder gegenüber von Frövik nieder. Er hatte in der Pause von einer Krankenschwester Wasser und einige Tabletten bekommen und saß nun aufrecht im Rollstuhl. Einen Moment lang musste Olivia denken, wie absurd die Situation doch war. Ein Mann mit schweren Brandverletzungen, der nur noch ein Schatten seiner selbst war, und den sie nun weiter vernehmen sollte.

Über ganz andere Tatbestände als Pädophilie.

Da musste sie an Lukas denken, und der Funken Mitgefühl, den sie für Frövik empfunden hatte, verglomm sogleich.

Sie sah Frövik an.

»Als wir uns das erste Mal trafen, haben Sie mir beschrieben, was die Ursachen für eine dissoziative Identitätsstörung sein können. Einer der Faktoren war sexuelle Übergriffe in der Kindheit. Ist das korrekt?«

»Ja. Was hat das mit dem hier zu tun?«

»Viel. Und mit Lukas Bengtsson.«

In Fröviks Schultern war eine fast unmerkliche Vibration zu erkennen. Olivia registrierte sie und redete weiter:

»Vor dem Gerichtsverfahren gegen ihn gehörten Sie zu dem Ermittlerteam, das seinen seelischen Zustand beurteilen sollte, ist das korrekt?«

»Ja, das wissen Sie doch.«

»Sie sind gemeinsam zu dem Schluss gekommen, dass er unter einer dissoziativen Identitätsstörung leidet.«

»Ja.«

»Ich bin Ihre privaten Patientenjournale durchgegangen und aus diesen geht hervor, dass Sie und Lukas Bengtsson über eine sehr lange Zeit eine kontinuierliche Beziehung hatten, ist das korrekt?«

»Aus vollkommen legitimen Gründen. Er hat psychische Probleme. Ich bin Psychologe.«

»Im Verhältnis zu Lukas sind Sie weit mehr als das. Ich denke, dass Ihre Beziehung bis weit in Ihre Zeit im Kinderdorf Skå zurückreicht. Eine sexuelle Beziehung. Ich denke, Sie haben sich schon damals an Lukas vergriffen und ihn so von sich abhängig gemacht.«

Das war sehr deutlich und brutal.

Fröviks Gesicht war aus offenkundigen Gründen ausdruckslos, aber Olivia meinte, unter der Haut auf seinen Wangen kleine Muskelbewegungen zu erkennen.

»Sie denken viel«, sagte Frövik. »Hat Lukas das gesagt?«

»Er hat jedenfalls genug gesagt.«

Olivia schlug einen Ordner auf, der vor ihr gelegen hatte, und zog ein paar Papiere heraus. Frövik versuchte zu erkennen, was es war, doch es gelang ihm nicht.

»Was ist das?«, fragte er.

Olivia antwortete nicht, sondern warf Mette einen kurzen Blick zu, als bräuchte sie Rückhalt für das, was nun kam.

Doch Mette reagierte nicht, denn sie wollte, dass Olivia das hier ganz allein durchzog. Gleichzeitig war ihr klar, dass sie sich keine Sorgen um ihren Schützling machen musste.

Olivia war flügge.

Die wandte sich nun wieder Frövik zu.

»Sie haben eben zugegeben, dass Sie pädophil sind und eine große Anzahl Kinder sowohl über digitale Medien als auch rein körperlich missbraucht haben. Wäre das vor einem halben Jahr bekannt geworden, dann hätte es sowohl für Sie wie auch für Ihre Ehefrau und ihre Arbeit mit der Organisation ›Wohl der Kinder‹ eine Katastrophe bedeutet. Sehen Sie das auch so?«

»Ja, und es wird jetzt genau so sein.«

»Aber vor einem halben Jahr wusste außer Ihnen und Ihren Opfern niemand davon, nicht wahr?«

»So könnte man sagen.«

Und dann wechselte Olivia abrupt das Thema.

»Sie wissen ja von dem Sprengstoffattentat auf die Familie Brovall in Stockholm.«

Frövik sah genauso erstaunt aus, wie Olivia es sich erhofft hatte.

»Ja. Eine schreckliche Geschichte.«

»Kaj Brovall, der bei dem Attentat ums Leben kam, war Ihr Steuerberater, ist das korrekt?«

»Ja. Er war der Steuerberater von vielen.«

»Hoffen wir mal, dass nur einer von denen pädophil war.«

Olivia lächelte ein wenig, ohne zu wissen, warum, und zog ein weiteres Papier aus dem Ordner.

»Das hier ist ein Papier, das Kaj Brovall wenige Tage vor seinem Tod geschrieben hat. Es handelt sich nur um kurze Notizen, er nennt keine Namen, doch es geht unverkennbar um Sie und seinen Verdacht, Sie seien pädophil. Er ist sehr erschüttert und erwägt, die Polizei zu informieren. Wussten Sie von seinem Verdacht?«

»Nein.«

»Das kann ich mir denken.«

Olivia legte das Papier weg und lehnte sich etwas zu Frövik herüber. Hinter ihr saß Mette und genoss den Auftritt. Endlich hatte sie eine Nachfolgerin in der sublimen Kunst des Kreuzverhörs gefunden. Sie lehnte sich auch ein klein wenig vor, wollte kein Wort verpassen.

»Ich glaube, dass das Attentat auf die Familie Brovall gegen Kaj und nicht gegen seine Ehefrau gerichtet war«, sagte Olivia. »Es sollte die Person getötet werden, die Ihre pädophilen Straftaten öffentlich machen konnte, und gleichzeitig sollte der Verdacht gestreut werden, Malin Brovall sei Ziel des Anschlags gewesen. Als Tatverdächtiger sollte dann ein psychisch kranker Mann ausgemacht werden. Lukas Bengtsson.«

Sie verstummte.

Jetzt hatte sie es formuliert.

Der Gedanke war ihr zum ersten Mal gekommen, als Lisa und sie entdeckt hatten, dass Kaj Brovall der Steuerberater von Gustav Frövik gewesen war. Was das ein Zufall? Oder hatte Kaj herausbekommen, dass Frövik pädophil war, und geplant, es zu enthüllen? Könnte Kaj der eigentliche Grund für das Attentat gewesen sein? Hatten alle, sie selbst eingeschlossen, falsch gedacht?

Dieser Gedanke wirkte sehr lange höchst absurd, doch je mehr sie und ihre Kollegen aus Fröviks Keller holten, desto mehr wurde er zur Gewissheit.

Oder zumindest zu einer Möglichkeit.

Jetzt kam die Beweisführung.

Olivia sah Mette an. Die Kriminalkommissarin im Ruhestand sah gelassen und bestätigend aus. Sie wusste, was Olivia vor ihrer Reise nach Bangkok herausgefunden hatte, und dass Lukas Bengtsson hier Gerechtigkeit widerfahren konnte.

Mit der großen Hilfe von Tom und seiner Reise nach Wanssingi.

Das würde sie in ihrem Bericht anmerken.

Frövik hatte genauso lange geschwiegen wie Olivia. Inzwischen war er sich vollkommen darüber im Klaren, dass die Frau ihm gegenüber darauf aus war, ihn zum Schuldigen an der Ermordung der Familie Brovall zu machen. Er merkte, dass ihn das eigentlich mehr faszinierte, als dass es ihm Angst machte. Wie würde sie zu Werke schreiten? Hier saß er mit einem für immer zerstörten Körper und einem sozialen Leben, das durch die Wahrheiten über seinen Missbrauch in Stücke gesprengt werden würde – es gab also nicht mehr viel zu verteidigen.

So sah Olivia das auch.

»Ich glaube, Sie waren es, der die Bombe im Auto der Familie Brovall platziert hat«, begann sie.

Und erklärte in der folgenden halben Stunde exakt, wie das vor sich gegangen sein könnte – unterstützt von dem, was die Stockholmer Polizei in den letzten Wochen herausgefunden hatte: verschlüsselte Anruflisten, Bilder, alte Drohmails von Lukas und eine Menge anderes.

Zum Beispiel, wie Frövik rein technisch vorgegangen war, die Konstruktion der Autobombe, die er vermutlich mithilfe einer ausführlichen Instruktion im Netz gebastelt hatte.

Die Webseite befand sich auf seinem Computer.

»Wir haben Ihr Sommerhaus auf Ingarö durchsucht und dort in einem Bootsschuppen Restmaterial von der Herstellung einer Bombe gefunden«, erklärte sie.

»Zum Beispiel?«

»Zum Beispiel Reste einer Sprengmasse, die in genau der Art Bombe zu finden ist, wie sie im Auto der Brovalls explodiert ist.«

Dann ging Olivia zu Lukas Bengtsson über. Hier musste sie sich am meisten zusammenreißen, denn auf keinen Fall durfte sie ihre persönlichen Gefühle das Verhör beeinflussen lassen. Sie spürte Mette Olsäters Blick im Rücken.

Mit möglichst fester Stimme beschrieb sie, wie Frövik durch das Abhängigkeitsverhältnis, in dem Lukas zu ihm stand, seinen Patienten dahingehend manipuliert hatte, dass er sich zu Malin Brovalls Haus begab. Dort hatte Frövik ihn angerufen, um das Handy von Lukas mit dem Ort zu verknüpfen. Frövik selbst hatte in der Nacht vor dem Attentat die Drohmail an Malin Brovall geschickt.

»Das haben unsere Techniker bestätigt.«

Dann hatte Frövik die Mail so formuliert, dass sie Verbindungen zu Lukas enthielt.

Frövik schwieg und spürte nur, wie unendlich müde er war. Diese Olivia Rönning kannte keine Gnade.

»Lukas' Verhältnis zu Malin Brovall war Ihnen ja wohl bekannt«, sagte Olivia. »Sie wussten, dass er sie zuvor schon einmal bedroht hatte, nicht wahr?«

»Das war ein Teil seiner Behandlung. Er musste seine Fixierung auf sie überwinden.«

»Sie wussten, wie man das einschätzen würde, wenn Lukas mit dem Tatort verknüpft werden könnte?«

Darauf antwortete Frövik nicht, das schien ihm offensichtlich. Schließlich basierte sein ganzer Plan darauf. Er hatte zu Lukas gesagt, Malin Brovall habe sich bereit erklärt, sie beide bei sich zu Hause zu treffen, um Lukas zu helfen, seine Fixierung auf sie zu überwinden. Also hatten sie sich bei ihrem Haus verabredet, und dann hatte er Lukas angerufen und gesagt, Malin habe es sich anders überlegt, und wolle das Treffen auf den nächsten Tag verschieben. Lukas könne nach Hause fahren. Um ganz sicherzugehen, hatte er in der Nacht noch einen von Lukas' Handschuhen unter das Auto gelegt. Den hatte er bei seinem letzten Besuch im Atelier mitgenommen, wo er unter dem Vorwand, die Bilder seines Patienten ansehen zu wollen, das Manifest des Unabombers in einem Bücherregal platzierte. Bei der Gelegenheit hatte er gleich in der Diele einen Handschuh mitgehen lassen. Das würde den Plan vollenden.

Doch nun war der Plan leider missglückt.

Deshalb antwortete er, als Olivia nun geradeheraus fragte, ob er derjenige gewesen sei, der die Bombe in Brovalls Auto angebracht hatte, nur mit ersterbender Stimme:

»Es war doch alles nur Jungsliebe.«

Und bei dieser widerlichen Antwort schlug Olivia ihren Ordner zu und verließ den Raum.

Mette erhob sich gleichzeitig, ging zum Tisch, drehte das Tonbandgerät zu Frövik hin und sagte:

»Aus formalen Gründe möchte ich gern, dass Sie bestätigen, dass Sie es waren, der die Bombe im Auto der Brovalls platzierte.«

»Das war ich.«

»Danke.«

Mårten erhob sich, als Mette aus der Tür kam.

»Seid ihr jetzt fertig?«, fragte er.

»Ja.«

»Ich aber nicht.«

Mårten betrat den Vernehmungsraum und schloss die Tür hinter sich. Als er sich herumdrehte, begegnete er Fröviks totem Blick. Mårten betrachtete den Mann im Rollstuhl, der lange Zeit einer seiner engsten Mitarbeiter in Skå gewesen war, einer der besten, mit einem besonderen Talent gesegnet, Kontakt zu traumatisierten Kindern herzustellen.

Ein Pädophiler.

Mårten sprach kein Wort. Schließlich sagte Frövik:

»Willst du das Messer nicht herumdrehen?«

Mårten machte kehrt und verließ den Raum.

Stilton war Mette und Olivia in eine kleine, enge Teeküche gefolgt. Er merkte, wie fertig beide waren. Als die Kaffeetassen gefüllt waren, wagte er ein Wort:

»Worum ging es denn da jetzt noch? Ich meine, außer dass er pädophil war?«

Die Antwort darauf sprengte selbst seine Vorstellungskraft.

*

Sie fuhren alle zusammen in einem weißen Minibus von Bangkok nach Mae Phim. Die Besucher würden bei Aditi übernachten, dort etwas essen und Zeit zusammen verbringen, bevor es wieder nach Hause gehen würde. Stilton bat darum, vor dem Retreat abgesetzt zu werden. Er wollte nur einen kurzen Besuch machen.

Nun wanderte er über den inzwischen wohlvertrauten

Strand zu Veronicas Haus. Im Wintergarten brannte Licht. Als er auf der Rückseite des Hauses war, klopfte er leicht an die Tür, schob sie dann auf und rief:

»Hallo, hier ist Tom Stilton! Sind Sie allein?«

Nicht dass er noch mal dem Schlüsseldienst in die Arme lief.

»Kommen Sie rein!«

Stilton betrat das Haus und ging zum Wintergarten. Veronica saß auf dem Sofa an der Wand, hatte eine Decke auf dem Schoß und ein Glas in der Hand. Stilton ging davon aus, dass es sich um Gin handelte.

»Möchten Sie einen Whiskey?«

»Whiskey?«

»Man darf nicht einseitig werden«, erklärte Veronica und zeigte auf den Tisch mit Getränken.

Stilton ging hin und schenkte sich einen Whiskey ein. Den hatte er sich wirklich verdient, fand er. Der Besuch im Krankenhaus hatte ihm einiges abverlangt, vor allem die Begegnung mit dem verbrannten Mann hatte an seinen Kräften gezehrt, auch wenn er Haltung bewahrt hatte.

»Können Sie mir ein wenig helfen?«, fragte Veronica.

Stilton drehte sich herum und sah, dass sie auf ihren Rollstuhl zeigte. Er stellte sein Glas ab und half Veronica in den Stuhl.

»Prost«, sagte sie.

Stilton erhob das Glas und sah sie an.

»Die schwedische Polizei hat soeben Gustav Frövik in Bangkok verhört«, sagte er. »Er hat zugegeben, pädophil zu sein und Kinder missbraucht zu haben.«

»Wie gut.«

»Außerdem hat er gestanden, in Stockholm ein Auto mit drei Personen darin in die Luft gesprengt zu haben.«

»Ich weiß.«

»Woher wissen Sie das?«

»Ich war eine der drei Personen.«

Es dauerte unglaublich lange, ehe Stilton begriff, was sie da eben gesagt hatte. Fassungslos starrte er Veronica an.

»Malin Brovall?«, fragte er schließlich.

»Das ist eine Frage der Definition.«

»Sie haben überlebt.«

»Ich habe überlebt, vielleicht, weil ich es gar nicht geschafft habe, mich ins Auto zu setzen. Die Säpo wollte das bis zum Gerichtsverfahren geheim halten, um mich zu schützen. Sie dachten, Terroristen hätten es auf mich abgesehen. Sowie ich das Krankenhaus verlassen durfte, verkaufte ich das Haus, zog hierher und nahm meinen Mädchennamen Malin Veronica Wadner an. Ich wollte von der Erde verschwinden. Ich hatte nichts mehr, wofür es sich zu leben lohnte.«

Stilton war erschüttert.

Hier saß Malin Brovall vor ihm. Als Veronica Wadner.

Ihrer Meinung nach eher ein Wesen als ein Mensch.

Er rang nach Worten.

»Wusste Mette Olsäter davon?«, bekam er schließlich heraus.

»Ja. Von Anfang an. Sie hat mir, als ich nach Thailand ziehen wollte, den Tipp mit Mae Phim gegeben. Sie kannte das Dorf und hatte den Kontakt zu einem Retreat hier, wo man mir vielleicht helfen könnte.«

»Aditi.«

»Ja. Und dann hat Mette auch Sie vorgeschlagen.«

»Mich?«

Das war jetzt ein bisschen viel für Stilton. Er verstummte. Malin erkannte, wie verwirrt er war, und hatte das Gefühl, ihm eine Erklärung schuldig zu sein.

Ruhig und fast ein wenig belustigt begann sie zu erzählen.

»Als ich vom Krankenhaus nach Hause kam, entdeckte ich unter einem Drucker in Kajs Arbeitszimmer einen Ordner mit einem handgeschriebenen Blatt Papier und dem Foto von einem unbekannten Mann. Es schien, als habe Kaj den Ordner dort versteckt. Auf das Papier hatte er ein paar Dinge notiert, die mich erstaunten.«

»Und was?«

»Ein paar fragmentarische Sätze über einen Mann mit einer dunklen Vergangenheit, was Kaj herausgefunden hatte und ihm große Angst machte. Ich nahm an, dass er sich dabei auf den Mann von dem Foto bezog, doch damals war meine erste Priorität, alles zu verkaufen, wegzukommen, zu verschwinden. Ich fand dieses Haus hier und erwarb es für wenig Geld. Nach einer Weile, als ich mich ein wenig mehr im Gleichgewicht fühlte, nahm ich mir das Blatt Papier und das Foto wieder vor, las Kajs Sätze, die plötzlich eine völlig neue Bedeutung bekamen. Kaj hatte wirklich sehr große Angst gehabt. Wovor? Vor dem Mann mit dem Geheimnis? Und da kam mir zum ersten Mal der Gedanke.«

Malin verstummte und Stilton saß regungslos fast ein wenig zu nah bei ihr.

»Welcher Gedanke?«, fragte er.

»Dass das Attentat vielleicht gar nicht gegen mich gerichtet war, sondern gegen Kaj.«

Malin nahm einen Schluck aus ihrem Glas und ließ den Satz noch einmal wirken. Schon als sie ihn zum ersten Mal dachte, war er schockierend gewesen. Doch nun hatte er sich auch noch bestätigt.

»Als der Schock sich gelegt hatte, sah ich mir noch einmal das Foto an«, fuhr sie fort. »Ein unbekannter Mann und ein seltsames Wort auf der Rückseite.«

»*Contamana.*«

»Genau. Vielleicht hatte Kaj es irgendwo gesehen, als er dahinterkam, was Frövik da machte. Möglicherweise hatte er versehentlich pädophile Fotos von diesem Boot in Fröviks Computer gesehen? Wie auch immer, eines Tages war ich im Oriental in Bangkok, und mit einem Mal sah ich den Mann von dem Foto. Ich erkannte ihn sofort und erschrak furchtbar. So schnell ich konnte, rief ich Mette Olsäter an und erzählte ihr alles. Ich sagte, ich wisse nicht, worum es ginge, weder in Kajs Notizen noch bei diesem Foto, doch sie reagierte sofort. Sie wollte, dass ich herausfand, wer dieser unbekannte Mann war. Keine von uns hatte Lust, die thailändische Polizei in die Sache hereinzuziehen, dazu wirkte das alles zu vage, also schlug sie vor, dass ich Kontakt zu Ihnen aufnehme. Sie wusste schließlich, dass Sie sich in Aditis Retreat aufhielten. Ich fand die Idee gut. Schließlich kannte ich Ihren Namen noch von der alten Reichskripo her, Sie waren perfekt für den Job.«

Stilton saß mit gesenktem Blick und versuchte, Malins Informationen zu verarbeiten.

»Nun, den Rest kennen Sie ja ungefähr«, sagte sie.

Malin lächelte und streckte ihr Glas aus. Stilton füllte es mit Whiskey, trank sein eigenes leer und goss sich ebenfalls nach. Er merkte, dass er das brauchte. Er war von Anfang an nach Strich und Faden reingelegt worden. Seine Reaktion war ganz natürlich: Er war ausgenutzt, hinters Licht geführt, manipuliert worden, und zwar alles gleichzeitig.

»Sie waren perfekt für unsere Zwecke«, sagte Malin und nippte an ihrem Whiskey.

Stilton nickte und nahm im Gegensatz zu ihr einen großen Schluck.

»Aber warum haben Sie nicht gesagt, was Sache war?«, fragte er. »Von Anfang an. Wer Sie sind?«

»Einerseits, weil Sie sich wahrscheinlich an mich erinnert hätten, auch wenn wir uns nie begegnet waren. Ich zog es vor, dass Sie mich so in Erinnerung behielten, wie ich früher gewesen war. Und dann wollte ich Mette keine Schwierigkeiten machen.«

»Wieso Schwierigkeiten?«

»Sie wollte nicht, dass Sie erfahren, von wem der Tipp kam.«

Diese Information setzte sich in Stilton fest, die würde er von Malins Haus bis zu Aditis Retreat mitnehmen. Fürs Erste aber nahm er einen neuen Schluck und sagte:

»Eine lange Reise für alle.«

»Ja. Am längsten vielleicht für Sie.«

»Eigentlich nicht«, sagte er und betrachtete die verstümmelte Frau vor sich. »Wie fühlen Sie sich jetzt? Wo der ganze Mist aufgeklärt ist?«

Malin lächelte, so gut es ging.

»Das ist so absurd«, erwiderte sie mit sehr leiser Stimme, »ganz anders als noch eben.«

»Was denn?«

»Ich war im Krankenhaus und habe ihn angesehen, habe gesehen, wie entstellt er ist, und es war eine unglaubliche Befriedigung. Es war, als würde der Hass mich für einen Moment wieder lebendig machen und mir Ruhe verschaffen. Einerseits. Auf der Ebene des Hasses. Das Böse hatte ein Gesicht bekommen. Ein entstelltes gleichwohl, wie mein eigenes. Doch es ändert weder die Vergangenheit noch die Zukunft. Die Trauer ist immer noch da, die Summe aller Verluste, in meinem Fall meiner Familie. Die Trauer und die Stille.«

»Sie haben keine Rettungsleine mehr?«

»Hat Aditi das gesagt?«

»So ähnlich«, sagte Stilton.

»Vermutlich hat sie recht.«

Malin schaute in ihr Glas, dann fuhr sie fort:

»Der Mann und die Tochter werden einem weggerissen, das soziale Leben geht in Stücke, der Körper und das Aussehen sind massakriert, wofür lohnt es sich dann noch zu leben?«

Darauf hatte Stilton keine Antwort.

Also antwortete Malin selbst:

»Für nichts. Man hört auf zu leben. Was dein Leben definiert hat, wird dem Erdboden gleichgemacht. Die Person, die du im Spiegel siehst, bist nicht du selbst … du bist nur ein verödetes Inneres, eine in einem entstellten Leib gefangene Vergangenheit. Das Einzige, was du mit dir selbst verbindest, sind die Augen im Spiegel, Spione aus deinem Inneren, die dich dazu zwingen anzusehen, was aus dir geworden ist. Das ist sehr hart.«

»Sind Sie verbittert?«

»Nein, darüber bin ich hinaus.«

Malin drehte den Stuhl herum, rollte zum Verandafenster und sah übers Meer. Stilton trat zu ihr und stellte sich direkt hinter sie. Vorsichtig streichelte er ihre eine Wange und behielt dann die Hand dort. Es war Malin Brovalls Wange, die er streichelte. Als er warme Tropfen über seine Finger rinnen fühlte, zog er die Hand zurück.

Rache, dachte Stilton auf dem Weg zurück ins Retreat am Strand entlang. Malin hatte ihre Rache bekommen und sie genossen. Hatte er selbst seine Rache genossen? Auf den Philippinen? Wohl kaum.

Sie war die treibende Kraft für das gewesen, was er getan hatte, doch genossen hatte er sie nicht. Eher im Gegenteil.

Sie hatte ihn gequält.

Allerdings hatte Malin ja auch Gustav Frövik nicht ermordet, die Dinge lagen also ein wenig anders.

Wir haben immerhin dafür gesorgt, dass ein paar menschliche Untiere ihre Strafe bekommen haben, dachte er. In Fröviks Fall vollkommen rechtmäßig, im Fall der Frau auf den Philippinen war das nicht so klar.

Man darf einen anderen Menschen nicht töten.

Vielleicht sollte ich mir das eintätowieren lassen?

Er merkte, dass der Whiskey in seinem Kopf das Kommando übernommen hatte.

Und beschloss, sich eine Weile auf dem Strand niederzulassen, um nüchtern zu werden.

Mårten und Olivia hatten eine Einkaufstour durch die Marktstraße von Mae Phim unternommen und alles besorgt, was auf Aditis Liste stand. Dazu noch jede Menge anderes Zeug, unter anderem guten Wein und einheimisches Öl. Mårten war durch die Kräuterbuden gezogen, während Olivia sich Fisch und Schalentieren widmete. Da gab es vieles, was sie überhaupt nicht kannte, also musste sie ein bisschen auf Risiko gehen. Es dämmerte schon, als ein ordentlich beladenes Tuk Tuk sie schließlich nach Hause brachte.

Jetzt war das Abendessen in vollem Gang.

Alle hatten bei den Vorbereitungen mitgeholfen, und Aditi richtete alles auf einer großen, schönen Decke an, die bald von einem Rand bis zum anderen mit Schalen und Tellern in allen möglichen Farben mit unzähligen Gerichten vollgestellt war. Ein überreichliches Büfett begrüßte sie mit einem betörenden Gemisch an Düften. Zwischen das Geschirr hatte sie kleine Glasflaschen mit Teelichten gestellt. Die etwas größeren Flaschen hatte Mårten beim Essplatz auf einem niedrigen Holztisch angeordnet.

Olivia und Abbas saßen auf der einen Seite der Decke nebeneinander, Mette und Mårten gegenüber, Aditi neben Luna.

Stilton war noch nicht erschienen.

Aditi als Gastgeberin entschied, dass sie anfangen sollten zu essen, was alle für eine weise Entscheidung hielten. Wer wusste schon, wo Tom war, womöglich unterwegs nach Chiang Rai.

»Skål!«

Mårten eröffnete die Tafel mit diesem urschwedischen Sesam-öffne-dich-Spruch, und dann ging es los. In der ersten Viertelstunde taten sie nichts anderes, als Essen in sich hineinzustopfen, denn alle waren extrem hungrig. Reden konnte man später auch noch.

Nachdem die erste akute Gier gestillt war und der gute Wein seinen Teil beigetragen hatte, kam das Gespräch in Gang.

Mårten erklärte gleich als Erstes, dass er nicht über Gustav Frövik reden wolle.

»Dieser Mensch soll das hier nicht auch noch zerstören dürfen.«

Also plauderten sie über anderes, während die Sonne sank und die Teelichte gegen neue ausgetauscht wurden. Die besondere Stimmung und das ausgezeichnete Essen brachten viele Geschichten, Erinnerungen und fröhliches Lachen hervor. Es war offenbar, dass sie – allen voran Mette und Olivia – das hier brauchten, um Finsternis und Anspannung abzuschütteln.

Als Mårten sich mal entfernte, um sich zu erleichtern, nutzte Mette die Gelegenheit, sein Gesprächsverbot zu umgehen.

»Ich bin sehr stolz auf dich«, sagte sie zu Olivia. »Dein Verhör mit Frövik war außerordentlich, vor allem, wenn man bedenkt, was da alles auf dem Spiel stand.«

»Danke«, erwiderte Olivia. »Es gab einen Moment, als ich ein wenig geschwankt habe, aber das hat man vielleicht nicht gemerkt.«

»Überhaupt nicht. In schwierigen Vernehmungen ist man oft unsicher, wichtig ist nur, dass man es nicht zeigt. Du meinst den Moment, als du Lukas Bengtsson erwähnt hast?«

»Ja.«

Mette nickte. Sie hatte Olivias Körpersprache beobachtet

und gesehen, wie sie sich veränderte, als die Rede auf Lukas kam, doch das würde Mette für sich behalten.

»Hast du dich bei Lisa gemeldet?«, fragte sie.

»Ja. Sie wird mich zum Sekt einladen, wenn wir nach Hause kommen.«

Mette lächelte. Sie hatte schon bemerkt, dass ihre beiden Lieblingsermittlerinnen sich in der letzten Zeit, vor allem seit der Sache mit Magnus Larsson, angefreundet hatten. Das freute sie. Ihre Küken waren in guten Händen.

»Ihr sitzt jetzt aber nicht hier und murmelt über Frövik, oder?«

Mårten war zurück und ließ sich neben seiner Ehefrau nieder.

»Ganz und gar nicht. Ich habe ein bisschen von unserer schönen Gartenreise erzählt«, beeilte sich Mette zu sagen.

Obwohl er wusste, dass sie log, goss Mårten ihr mit einem respektvollen Lächeln noch etwas Wein ein.

Und so ging das Abendessen weiter.

Ein paarmal wechselten sie die Plätze, und neue Gesprächsfäden wurden geknüpft, während es um sie herum langsam dunkel wurde. Als sich schließlich eine schweigende Gestalt dem Retreat näherte, dauerte es eine Weile, bis jemand reagierte.

»Bist du das, Tom?«

Mårten rief ihn und versuchte, gleichzeitig aufzustehen, was damit endete, dass der alte Kinderpsychologe eine kleine Rückwärtsrolle unternahm. Er hatte hart daran gearbeitet, den Nachgeschmack des Nachmittags im Krankenhaus mit Wein runterzuspülen. Luna war etwas zurückhaltender gewesen, weshalb sie jetzt aufstand und Stilton entgegenging. Er bekam eine Umarmung im Dunkeln unter einer Palme, dann nahm er ihren Arm und kam mit ihr zur Decke mit dem Abendessen. Es war noch viel da. Stilton nickte allen zu und ließ sich vor einen leeren Teller sinken. Er merkte, wie Mette seinen Blick suchte, doch er ignorierte sie, er wollte den Zeitpunkt selbst auswählen. Natürlich wollte sie wissen, wie er auf die Geschichte von Malin reagierte. Jetzt würde er sie ein bisschen auf die Folter spannen, das war ja wohl das Mindeste.

»Und, worüber habt ihr geredet?«, fragte er, weil ihm nichts Besseres einfiel.

»Über dich«, antwortete Aditi, und zum Teil stimmte das sogar.

»Aha. Und das war lustig, oder was?«

Stilton häufte sich ordentlich Essen auf und bekam von einem grinsenden Mårten ein großes Glas Weißwein.

»Ziemlich lustig war das«, ergänzte Mårten. »Denn ihr zieht ja offenbar hierher!«

Stilton hätte fast das bis zum Rand gefüllte Glas verschüttet, und Luna mischte sich rasch ein, damit die Situation nicht aus dem Ruder lief.

»Ich habe nur erzählt, dass Bettan den Kahn kaufen will«, sagte sie. »Und das ist eine gute Idee, glaube ich. Ich habe gar keine Lust, wieder auf das Ding zu ziehen.«

»Dann können wir doch in Rödlöga wohnen«, meinte Stilton und nahm einen großen Schluck.

»Du vielleicht, ich nicht.«

»Warum nicht?«

Alle anderen saßen schweigend und angespannt um die Decke herum. Vor allem Abbas runzelte die Stirn, denn das hier war auf dem besten Wege, sich zu einem Duell zu entwickeln, dessen Zeuge er lieber nicht werden wollte.

»Weil es mich komplett wahnsinnig machen würde, da draußen allein mit dir zu wohnen«, erwiderte Luna.

»Gut. Dann weiß ich ja Bescheid.«

»Und du weißt auch, dass es nichts mit dir zu tun hat. Oder mit uns. Die Frage ist einfach nur, wo wir zusammenleben werden.«

»Und du willst hier leben?«, fragte Stilton.

»Ich kann mir das sehr gut vorstellen.«

»Aber das ist ja nichts, was ihr jetzt entscheiden müsst, oder?«, versuchte Aditi.

Stilton aß weiter. Er war entschieden weniger überrumpelt, als es den Anschein hatte. Ihm war schon lange klar, dass Luna möglicherweise hierbleiben wollte. Darüber hatte er schon viele Nächte nachgedacht. Er wollte es nicht.

Er wollte nach Hause, wo immer das auch sein mochte. Aber ein Retreat in Ostthailand war nicht sein Zuhause, das wusste er. Wenn die Konsequenz daraus hieß, dass Luna und er sich trennen mussten, dann war es vielleicht einfach so. Er hoffte, es vermeiden zu können, doch ihm war auch klar, dass eine Frau wie Luna selbst über ihr Leben bestimmte. Sie würde ihm nicht einfach überallhin folgen.

Also trank er noch ein wenig und merkte, dass sich seine Blase meldete.

Und da ergab sich die Gelegenheit für Mette.

Er war pinkeln gegangen und zog es auch vor, dabei allein zu sein, doch Mette vereitelte diesen Plan.

»Wie lief es bei Veronica?«, fragte sie und stand plötzlich dicht hinter ihm.

Stilton pinkelte weiter.

»Was hat sie gesagt?«

Stilton schüttelte ab und zog den Reißverschluss hoch. Er warf einen Blick über Mettes Schulter und sah, dass niemand anders auf dem Weg zur Toilettenecke war, und sagte dann:

»Warum?«

Er starrte Mette so eindringlich an, dass jede andere wahrscheinlich zurückgewichen wäre. Doch nicht so Mette. Sie kannte Tom Stilton zu gut. Also erwiderte sie:

»Um deinetwillen.«

»Um meinetwillen …«

Stilton wiederholte es eiskalt, nicht als Frage, sondern als Aufforderung weiterzureden.

»Ich wusste, wie es dir geht«, erklärte Mette. »Nämlich beschissen. Mårten und ich haben uns Sorgen gemacht, wir haben schon einmal miterlebt, wie du ganz tief unters Eis rutschst, das weißt du. Wir wollten das nicht noch einmal mitmachen müssen.«

»War es so anstrengend?«

Mette ließ Stiltons Sarkasmus an sich ablaufen. Sie wusste, was hier angesagt war.

Aufrichtigkeit.

»Ich fürchtete, du würdest wieder in eine Psychose geraten, verschwinden, wegsacken. Und ich wollte alles in meiner Macht Stehende tun, um es zu verhindern.«

»Indem du mich manipulierst?«

»Indem ich im Rahmen all meiner Möglichkeiten alles tue, um dich wieder anzufeuern, um dich wieder auf die Füße zu bringen. Als Malin von dem unbekannten Mann im Oriental erzählte und dass sie herausfinden wollte, wer er war, habe ich ihr dich genannt. Du bist in solchen Sachen besser als die meisten anderen.«

»Aber warum hast du mir das nicht gesagt?«

»Wenn du rausgefunden hättest, dass ich versuche, dich zu triggern, dann hätte die Gefahr bestanden, dass du so reagieren würdest wie letztes Mal, als du in der Krise stecktest. Du hättest dich noch mehr zurückgezogen. Das Risiko wollte ich nicht eingehen.«

Stilton schaute über die Urwaldbäume, die das Retreat umgaben, seine Wangenmuskeln arbeiteten.

»Und du hast wirklich befürchtet, dass ich auf dem Weg in eine neue Psychose sein könnte?«, fragte er.

»Ja.«

»Warum?«

Hier hätte Mette jetzt sagen können, dass sie einen Bericht von Interpol über einen zerschlagenen Frauenkörper in einer Schlucht auf den Philippinen gelesen hatte, der am Ende als die Leiche der gesuchten Maria Basescu identifiziert worden war, möglicherweise im Zusammenhang mit einem nächtlichen Bungee-Sprung ums Leben gekommen. Und wie sie bewusst entschieden hatte, nicht nachzuprüfen, wann und wo Stilton nach Basescus Verschwinden in der Welt unterwegs gewesen war.

Sie wollte es nicht wissen.

Also antwortete sie:

»Weil du mir wichtig bist.«

Stilton sah in den Sand, und Mette tat etwas, was sie nur sehr selten machte: Sie beugte sich vor und umarmte ihn.

»Aber als du verschwunden bist, habe ich mir einfach Sorgen gemacht«, flüsterte sie.

Die ganze Gesellschaft um die Essensdecke sah, wie Stilton und Mette sich umarmten, und jeder hatte seine eigene Interpretation der Gründe. Mårten kam der Sache wahrscheinlich am nächsten:

»Die da hinten scheinen sich zu mögen, lasst uns darauf anstoßen.«

Es folgten noch einige Stunden unter einem hell strahlenden Mond, ehe die Schweden sich in ihre Behausungen zurückzogen. Mårten benötigte dafür etwas Hilfe von der Kriminalkommissarin im Ruhestand, und das Letzte, was man von ihm hörte, war der Versuch, eine irische Sängerin zu imitieren, wofür er offenbar schnell und brüsk zum Schweigen gebracht wurde.

Als Stilton zu Luna ins Bett kroch, musste er noch die Frage stellen, deren Beantwortung notwendig war, damit er schlafen konnte.

»Wie lösen wir das hier?«, fragte er.

»Wir machen Kinder.«

Stilton stützte sich auf den Ellenbogen auf, zwar war er nicht nüchtern, aber hören konnte er noch ganz gut.

»Kinder?«

Luna glitt auf seinen Körper, um dem etwas langsamen Inselbauern deutlich zu machen, worauf sie es abgesehen hatte.

*

Es war eine müde Gruppe Schweden, die am Morgen den weißen Minibus bestieg. Abend und Nacht hatten auf unterschiedliche Weise ihre Spuren hinterlassen, doch war in allen Umarmungen eine durchgehende Wärme zu spüren. Sie hatten wie noch nie zuvor miteinander geredet und gemeinsam Zeit verbracht. Zudem war den Reisenden auch klar, dass sie vielleicht zum letzten Mal hier waren, zumindest wenn Luna nicht Stilton noch einredete, sich auf das Netzfischen in den Gewässern vor Mae Phim verlegen zu wollen.

Was ziemlich unwahrscheinlich war.

Als der Bus losfuhr, hatte Stilton die Arme um zwei Frauen gelegt. Die eine liebte er, und die andere war seine Halbschwester. Er würde wahrscheinlich nicht sagen, dass er Aditi liebte, aber eine gewisse Geschwisterliebe war doch entstanden, und das war gut so.

Als der Minibus halb durch Mae Phim gekommen war, beugte sich Mette zum Fahrer vor und bat ihn anzuhalten.

»Ist dir schlecht?«, fragte Olivia.

»Nein. Ich bin gleich zurück. Mårten nicht wecken.«

Mårten war eingeschlafen, sowie der Bus Aditis Retreat verlassen hatte. Er hatte nicht so viele Stunden Nachtschlaf bekommen, wie ein Feierbär seines Alters benötigte, und deshalb schnarchte er jetzt, den Kopf auf Abbas' Schulter gelegt.

Mette stieg aus und ging zum Strand hinunter. Sie hatte sich telefonisch angekündigt, und nun sah sie, dass Malin ihre Hausrampe heruntergerollt war und ein Stück oberhalb des Wassers stand. Sie hatten sich nicht mehr gesehen, seit Mette ihr von der Entscheidung der Säpo berichtet hatte, geheim zu halten, dass sie noch lebte. Malin hatte daraufhin sobald sie konnte Schweden verlassen, während der Vorverhandlung wollte sie nicht bleiben. Seither hatten die beiden Frauen ein paarmal miteinander telefoniert, und jetzt fand Mette es an der Zeit, dass sie sich wieder einmal sahen.

Auch wenn es nur ein kurzer Besuch werden würde.

Sie kam zu Malin und blieb ein paar Meter vor ihr stehen. Sie sahen einander an, früher einmal Freundinnen und Mitglieder im selben Lesekreis.

»Danke«, sagte Mette.

»Ich habe zu danken. Geht es dir gut?«

»Ja. Und dir?«

»Viel besser als bei meiner Ankunft hier. Tom kann gut mit Leuten in meinem Zustand umgehen.«

Malin lächelte, und Mette erwiderte das Lächeln.

»War er wütend, als er zurückkam?«, fragte Malin.

»Ja. Nicht auf dich, ich glaube, das hat er alles verstanden. Aber auf mich. Was ja verständlich ist.«

»Lief es gut?«

»Bei Tom ist es immer gut, wenn man direkt ist. Ich habe gesagt, wie es war, meine Sorge um seinen Zustand und wie ich dich und das, was du herausfinden wolltest, benutzt habe, um diesen Zustand zu verbessern.«

»Und das hat er dir abgekauft?«

»Es ist die Wahrheit. Im Grunde glaube ich, er ist sehr zufrieden, denn ohne seine Hilfe hätten wir den Mörder von Kaj und Ida niemals gefunden, und das weiß er.«

»Wie gut. Fährst du jetzt nach Hause?«

»Ja. Ich habe das hier mitgenommen.«

Mette öffnete ihre Handtasche und zog ein Buch heraus. Es war *Blaue Stunden* von Joan Didion.

»Erinnerst du dich?«, fragte sie.

Malin nickte.

»Das hätten wir gelesen, wenn wir den Lesekreis nicht aufgelöst hätten«, erwiderte sie.

»Ich habe vor, es auf dem Heimflug zu lesen. Vielleicht können wir uns ja darüber austauschen.«

Malin nahm das Buch und sah Mette an, dann streckte sie vorsichtig eine Hand aus, und Mette nahm sie.

*

Stilton hatte sich mit einer großen Flasche kalten Wassers vor dem Bungalow niedergelassen. Die Zunge klebte ihm am Gaumen. Ein Stück entfernt sah er Aditi ein paar hoffnungsfrohe

Seelenverwandte um einen großen patinierten Wasserkrug, in dem Blumen schwammen, versammeln. Alles fließt, dachte er, sie macht ihr Ding, und hier sitze ich, und Luna ist wahrscheinlich baden. Die anderen sind nach Hause gefahren.

Zum ersten Mal seit langer Zeit dachte er einfach nicht weiter. Jetzt war jetzt. Oder wie der alte Seelenfänger wohl gesagt hätte: Alles ist gut.

»Tom!«

Luna rief nach ihm, offenbar vom Baden zurück. Er drehte sich nach ihr um und sah, wie sie in das dunkle Grün hinter dem Retreat zeigte. Stilton sah hin. Tief drinnen zwischen den Bäumen erkannte er eine schmale Gestalt, einen dunkelhäutigen Jungen. Es dauerte lange, vielleicht eine halbe Minute, ehe Stilton begriff, wer da stand. Dann sprang er auf die Füße und rannte hin.

»Little Pluto!«

Er stürzte zu dem Jungen und riss ihn in seine Arme. Das war doch nicht möglich! Er hielt den kleinen Kerl so fest, dass es beiden wehtat.

»Ich dachte, du wärest im Schiff verbrannt!«, rief er.

Stilton ließ Little Pluto los und sah ihn an. Der Junge hatte eine große Verletzung an einem Arm.

»Was hast du gemacht?«

»Ich habe mich verbrannt, als ich das Schiff angezündet habe.«

»Du warst das?«

Little Pluto nickte und schaute weg. Stilton sah seinen dunklen, traurigen Blick und zog den Jungen wieder in seinen Arm, diesmal etwas weniger fest. Als er ihn schließlich losließ, fragte er:

»Wie hast du hierhergefunden?«

»Ich habe in Chiang Rai ein Schuppentier verkauft und dann den Zug genommen. Du hast doch gerufen, dass du in Mae Phim wohnst.«

Stilton konnte immer noch nicht richtig fassen, dass hier Little Pluto vor ihm stand, er musste in die Hocke gehen und den Jungen ansehen.

»Du kannst dir gar nicht vorstellen, wie froh ich bin«, sagte er.

»Was ist mit Decha passiert?«

»Komm.«

Stilton legte einen Arm um Little Plutos Schultern, und sie gingen zum Retreat zurück. Auf dem Weg dorthin erzählte er alles, was passiert war.

»Dann sitzt er jetzt im Rollstuhl?«, fragte Little Pluto.

»Nicht nur im Rollstuhl, sondern bald auch im Gefängnis. In Schweden. Er hat dort zwei Menschen ermordet.«

»Und Bagha hier.«

»Ja, Bagha hier. Ein böser Mann.«

Im Retreat trafen sie auf Luna und Aditi.

»Das hier ist Little Pluto«, sagte Stilton, als würde er einen Außerirdischen vorstellen. »Er ist Rohingya und hat kein Zuhause.«

»Dann darf er hier wohnen«, erklärte Aditi und sah Little Pluto an. »Hast du Hunger?«

»Ja.«

Aditi nahm den Jungen am Arm und ging mit ihm davon. Luna sah Stilton an und schob ihre Hand in seine.

Olivia fuhr geradewegs vom Flughafen zum Hauptbahnhof, von wo sie einen Zug nach Katrineholm nahm, der um siebzehn Uhr dort ankam. Sie hatte zuvor in Karsudden angerufen und ihr Kommen angekündigt. Nun wurde sie von einer dienstbeflissenen Frau am Haupteingang empfangen, die sie sofort ins Zimmer von Lukas Bengtsson brachte.

Sie sah es zum ersten Mal, denn alle anderen Treffen hatten in einem kalten Besucherzimmer stattgefunden. Der Raum, in dem er jetzt saß, war sein privater Aufbewahrungsraum. Sie hatte schon viele Zellen und Gefängnisräume besucht, und auch dieses Zimmer atmete Anstaltsatmosphäre.

Deprimierend.

Lukas saß in denselben Kleidern da, die er das letzte Mal angehabt hatte, auf einem nicht gemachten Bett. Seine Haare waren gewachsen, noch nicht wieder lockig, aber doch auf dem Weg dahin. Er sah Olivia an, als sie hereinkam. Sie machte die Tür hinter sich zu und setzte sich neben ihn auf das Bett. Lukas rutschte ein Stückchen beiseite. Olivia beugte sich vor und nahm vorsichtig seine Hände in ihre. Lukas versuchte, sie wegzuziehen, doch Olivia hielt fest. Sie sah ihm direkt in die Augen.

»Bist du hier?«, fragte sie.

»Ich bin hier«, antwortete er und lächelte.

Dieses Lächeln erinnerte Olivia an ihr allererstes Treffen, die Begegnung mit einem fröhlichen und spannenden Künstler, der sich direkt in ihr Bewusstsein geschoben hatte und dort geblieben war.

Seither hatte sie das Lächeln nicht wiedergesehen.

»Du bist unschuldig«, sagte sie.

»Das weiß ich. Aber es gibt ein anderes Ich, das schuldig ist.«

»Nein, das gibt es nicht. Du hast das Auto von Familie Brovall nicht in die Luft gesprengt, weder du noch der andere, der du wirst, wenn du nicht hier bist.«

Lukas sah Olivia an, ein Funken seiner Intensität kehrte in die blauen Augen zurück.

»Woher weißt du das?«

»Weil Gustav Frövik gestanden hat. Er hat die Bombe in dem Auto der Brovalls platziert. Dann hat er dafür gesorgt, dass man dich für den Schuldigen hält.«

Sie ließ Lukas' Hände los.

Er faltete sie auf dem Schoß, legte den Kopf ein wenig schief, und sein Blick sank nach innen, als würde er ihn in der Zeit zurückführen.

»Gustav«, sagte er nach einer Weile.

»Das schwarze Monster auf dem fahlen Pferd.«

»Ja.«

»Er wird eine harte Strafe bekommen«, sagte Olivia.

Lukas nickte und lächelte wieder.

»Ich wusste es doch«, sagte er.

»Was denn?«

»Wer andere verfaulen lässt, verfault selbst.«

Olivia nahm seine Hand und merkte, dass sie kälter war als seine eigene. Lukas sah sie an.

»Werde ich hierbleiben?«, fragte er.

»Das weiß ich nicht genau. Zumindest wird die Zwangseinweisung aufgehoben werden.«

Aber du leidest immer noch unter derselben psychischen

Störung, dachte sie. Aber die kann auch an anderen Orten behandelt werden. Ob die Erkenntnis, unschuldig zu sein, die Krankheit beeinflusst? Vielleicht kannst du zu einem normalen Dasein zurückkehren, so wie du es gelebt hast, bevor all das hier passiert ist.

»Meine Behandlung verläuft gut«, sagte Lukas. »Ich verschwinde immer seltener. Die Medikamente sind schon halbiert worden.«

»Wie schön. Sollen wir einen Spaziergang machen?«

Aus der Entfernung, vom See aus gesehen, hätte ein neugieriger Beobachter die beiden, die da zwischen den Bäumen hindurchschlenderten, für ein Paar, für Geschwister oder vielleicht für einen Angehörigen halten können, der sich um einen Verwandten kümmerte.

Sie waren weder noch.

Das Paar, das sich nun auf eine warme Holzbank unter eine blühende Linde setzte, waren eine Polizistin und ein Patient.

Formell gesehen.

Wäre der Betrachter ein wenig näher herangeschlichen und hätte ihr Gespräch belauscht, dann wäre er wahrscheinlich erstaunt gewesen. Die Polizistin drückte sich auf eine Weise aus, die mit ihrer dienstlichen Stellung nichts zu tun hatte, und der Patient schien alles andere als krank zu sein.

Obwohl sie im Park eines Krankenhauses saßen.

Die Polizistin erzählte, dass sie das Buch, das der Patient geschrieben hatte, zu kaufen versucht hätte, aber nichts dafür bezahlen musste.

Er fragte, warum.

Sie sagte, sie würde den Mann kennen, dem das Buch gehörte.

Und als sie dann von der Totenwache desselben Mannes für die Schwedische Akademie zu erzählen begann, hätte sich der neugierige Beobachter wahrscheinlich auf den See zurückgezogen und darüber nachgegrübelt, warum nichts so war, wie es zu sein schien.

Lukas ließ den Blick über den Rasen von Karsudden schweifen und nahm Olivias Hand, ohne sie anzusehen.

»Das Anstrengendste hier sind all die Sachen, die herausgezerrt werden«, sagte er, »alles, was man so gar nicht vermisst. Oder verdrängt hat. Was bringt es denn, sich an Dinge erinnern zu wollen, die man zu vergessen versucht hat? Man hat doch seine Gründe, wenn man sich ein eigenes Leben schaffen will, das nicht von der Vergangenheit gequält wird.«

»Aber vielleicht ist das eine Möglichkeit, sich Dingen zu nähern, die dich heute beeinträchtigen?«

»Ja, vielleicht.«

Lukas ließ Olivias Hand los und sah sie an.

»Als ich klein war, verschwand ich oft«, sagte er. »Ich habe versucht zu lernen, mich zu verirren, um nicht nach Hause finden zu müssen.«

»Vielleicht ist es dasselbe wie heute.«

»Wie das?«

»Du malst Zustände, von denen du nicht weißt, wovon sie handeln, um nicht dort sein zu müssen, wo du bist.«

Lukas betrachtete Olivia, er dachte nach und antwortete dann mit einem Lächeln:

»Ich bin in einer psychiatrischen Klinik, hier sind sie alle darauf aus, sich zu verirren.«

Lukas stand auf, zog Olivia mit der Hand hoch, und sie beide gingen auf das Krankenhausgebäude zu.

»Brauchst du irgendetwas?«, fragte Olivia.

»Ein paar gute Pinsel. Ich habe wieder angefangen zu malen. Ölfarben und ein paar kleinere Leinwände habe ich bekommen, aber keine guten Pinsel.«

»Was malst du jetzt?«

»Das weiß ich nicht, ich male einfach, und wenn ich fertig bin, ist es ein Bild.«

Als sie am Eingang ankamen, schob Lukas die Hand in seine Jackentasche, zog ein zusammengefaltetes Papier heraus und gab es Olivia.

»Was ist das?«

»Ein Text. Ich habe ihn für dich geschrieben.«

»Danke!«

Olivia wollte schon das Papier auffalten, als Lukas sagte:

»Nicht jetzt lesen.«

*

Spät am Abend ging Olivia von der U-Bahn nach Hause. Sie verspürte eine Ruhe, die sie sehr lange vermisst hatte. Bei dem ganzen Ding mit Bangkok war es um Anspannung gegangen, fokussiert zu sein und darum zu kämpfen, ihre Gefühle vor Frövik zu kontrollieren. Auf dem Rückflug war sie sofort eingeschlafen und von Mette erst geweckt worden, als man ein nichtssagendes Frühstück servierte. Sie war total erschöpft gewesen. Jetzt hatte sie Lukas getroffen und ihm erzählt, dass er unschuldig war. Auch das hatte zur wachsenden Ruhe beigetragen.

Zum ersten Mal seit vielen Wochen ging es ihr gut.

Aus ihrem Haus kamen gerade zwei Polizisten. Zwischen sich hatten sie den Hausmeister Belvin. Olivia kannte einen der Polizisten und zog ihn ein wenig zur Seite.

»Was ist passiert?«

»Er ist wegen Hausfriedensbruchs festgenommen. Er ist hier in eine Wohnung eingedrungen, ist darin herumgelaufen und hat Fotos gemacht. Kennst du ihn?«

»Kaum. Aber es ist schön, ihn loszuwerden.«

»Pass auf dich auf.«

Der Polizist ging zu seinem Kollegen, und erst als Olivia schon durch die Tür war, kam es ihr mit einem Mal: Hatte Belvin sie in der Dusche fotografiert? Der Glotzer. Aber warum hatte er ihr Handy dafür benutzt? War er womöglich ein richtiger Perverser?

Sie schüttelte den Kopf, öffnete die Wohnungstür, legte ab und nahm Lukas' Papier mit in die warme und etwas stickige Küche. Dann öffnete sie das Fenster, sah in die Nacht hinaus und ließ sich den kühlen Wind über die Wangen streichen. Lange genoss sie die Kühle, dann setzte sie sich an den Küchentisch, zündete ein Teelicht an und faltete das Papier auseinander. Der Text war in einer sehr schönen Handschrift geschrieben. Olivia begann zu lesen:

den schönsten Mund
konnte ich nicht zeichnen
der lag noch im Stift
als du gingst

ich saß noch in der Skizze
und dachte an
das ungeborene Kind, das
in deinem Blick weinte

ein andermal
wenn ich ich bin
werden wir nach Cuatro Cienegas reisen
gemeinsam

Die schwedische Originalausgabe erschien 2018 unter dem Titel
»Kallbrand« bei Norstedts, Stockholm.

Dieses Buch ist auch als E-Book erhältlich.

FSC
www.fsc.org
MIX
Papier aus verantwortungsvollen Quellen
FSC® C014496

Verlagsgruppe Random House FSC® N001967

1. Auflage
Genehmigte Taschenbuchausgabe Oktober 2020,

Covergestaltung: semper smile, München
Covermotiv: © plainpicture/BY; Millennium/Lee Frost
Druck und Einband: GGP Media GmbH, Pößneck
SL · Herstellung: sc
Printed in Germany
ISBN 978-3-442-71956-3

www.btb-verlag.de
www.facebook.com/btbverlag

Cilla & Rolf Börjlind

Kaltes Gold

Kriminalroman

btb 75852
Aus dem Schwedischen von
Susanne Dahmann und Julia Gschwilm

NEU – Der 6. Fall für Olivia Rönning und Tom Stilton!

Schneeschmelze in den Bergen Lapplands. Die Leiche eines Mannes wird freigelegt. Erschossen – vor zirka 20 Jahren. Olivia Rönning nimmt die Ermittlungen auf. Auf dem Weg zur Fundstelle gerät ihr Hubschrauber in einen Sturm und stürzt ab. Als Olivia aufwacht, ist sie auf sich gestellt, das Funkgerät funktioniert nicht. Sie befreit sich aus dem Wrack und rettet sich in eine einsame Fischerhütte. Doch sie ist nicht allein an diesem unwirtlichen, von der Welt abgeschnittenen Ort, denn jemand will unbedingt verhindern, dass die Wahrheit über den Toten ans Licht kommt. Als Tom Stilton erfährt, was Olivia zugestoßen ist, gibt er sein ruhiges Leben in Thailand auf, um ihr zu helfen.